Franz Fikus

# DAVID

*König und Gejagter*

Franz Fikus

# DAVID

## *König und Gejagter*

Roman

Brendow
VERLAG + MEDIEN

Bibliografische Information Der Deutschen Bibliothek
Die Deutsche Bibliothek verzeichnet diese Publikation in der Deutschen Nationalbibliografie; detaillierte bibliografische Daten sind im Internet über http://dnb.ddb.de abrufbar.


Einbandgestaltung: Georg Design, Münster
Titelfoto: Interfoto
Satz: Satz & Medien Wieser, Stolberg
ISBN 3-87067-984-0
www.brendow-verlag.de

„Im Anfang war die Tat."
Goethe (Faust I)

# Inhalt

Teil I.

# Die Tochter des Königs

# 1

Flirrende Hitze lag über dem ausgedörrten Wadi und erhitzte die Steine und die niedrigen Sträucher, die an seinem Rand standen. Ein junger Mann zog fröhlich singend seinen schwer beladenen Esel an einer Leine hinter sich her. Sein Name war David, und er befand sich auf dem Weg ins Königslager im Ela-Tal, denn dort hielten sich seine drei Brüder auf.

Sie nahmen am Krieg gegen die Philister teil, der schon vierzig Tage dauerte, länger als erwartet. Die Lebensmittel im Lager waren knapp geworden und so hatte König Saul alle hebräischen Familien aufgerufen, bei der Versorgung mitzuhelfen. Deshalb waren auch auf dem Rücken von Davids Esel Säcke mit Broten, Käse, Röstkorn und Rosinen festgebunden.

David war guter Stimmung. Er pfiff eine lustige Melodie, die er sich selbst erdacht hatte. Er dachte sich öfters Lieder aus, während der einsamen Stunden, in denen er auf die Schafe seiner Familie aufpasste. Seinem doch eher langweiligen Hirtenleben in Bethlehem entflohen, malte er sich nun eine aufregende Zeit im Königslager aus. Vielleicht würde er auch den König sehen und – mit etwas Glück – sogar eine richtige Schlacht miterleben. Er konnte seine Ankunft kaum erwarten.

Bis Socho, einem Ort unweit seines Ziels, hatte er nichts zu befürchten. Jetzt aber war es an der Zeit, den Weg zu verlassen und am Hang Pfade mit dichtem Gebüsch zu wählen, die ihm vor möglichen feindlichen Spähern Deckung geben konnten. Er kam nun in eine wild zerklüftete Landschaft, in der es langsamer ging.

Der aus Ziegenfell gefertigte Wasserschlauch war seit dem frühen Morgen des dritten Tages leer. David und sein Lasttier hatten sich den Rest des Wassers geteilt, doch nun plagte sie der Durst. Der Kopf des Esels hing tief, manchmal kam seine trockene, graurote Zunge hervor und berührte fast den Boden. Das Tier tat David Leid, aber er konnte ihm keine Pause gönnen. So rasch wie möglich mussten sie einen kahlen, vor ihnen liegenden einsehbaren Hangabschnitt überqueren, um zur nächsten Schutz bietenden Sträuchergruppe zu gelangen.

David kraulte den Esel zwischen den langen Ohren. „Komm, komm, alter Junge“, murmelte er aufmunternd und verzog dabei leicht den Mund, weil ihm beim Sprechen die vor Hitze und Durst aufgesprungenen Lippen Schmerzen bereiteten.

Schließlich erreichten sie einen zehn Ellen tiefen, scharf eingeschnittenen, kurzen Hohlweg, an dessen Ende sich ein hoher roter Felsen befand. Davids Anspannung wuchs, während er zögernd die Schlucht betrat und sich umschaute. Ein plötzliches Geräusch erschreckte ihn bis ins Mark. Schnell drückte er den Esel in die nächste Nische, bedeutete ihm, sich ruhig zu verhalten, kroch hinter einen Geröllhaufen, beschattete die Augen mit der Hand und schaute nach vorn, wo er die Ursache des Geräusches vermutete.

„Wer bist du? Was machst du hier?“, ertönte plötzlich eine laute tiefe Männerstimme aus der Richtung des roten Felsens.

David zuckte zusammen und versuchte, sich so klein wie möglich zu machen. War er in die Hände der Philister gefallen? War dies das Ende seiner abenteuerlichen Reise? Sein Ende? Er riss sich zusammen und spähte erneut zum Felsen hinauf. Dort erblickte er in einem Spalt den Kopf eines Mannes, der einen struppigen Bart trug. Ein grünes Stirnband hielt die zottigen Haare zusammen.

„Wer bist du, habe ich gefragt!“ Die Stimme hatte einen drohenden Unterton angenommen.

In all seiner Furcht kam David erst jetzt zum Bewusstsein, dass der Mann keinen Federbuschhelm trug, wie es die Philister gewöhnlich taten. Auch hatte er einen langen Bart. Nein, so sah kein Philister aus! Dieser Mann konnte nur ein Hebräer sein, ein Posten des Königs Saul. David atmete auf. Demnach musste er dem hebräischen Lager schon viel näher sein, als er gedacht hatte. Erleichtert verließ er sein Versteck, griff nach der Leine des Esels und rief: „Ich bin David ben Isai aus Bethlehem und bringe Lebensmittel für meine Brüder, so wie es der König befohlen hat."

Der Beobachter richtete sich auf. Er war mittelgroß und in ein rot-blau gestreiftes, ärmelloses, rockartiges Gewand gekleidet, das bis zu den Knien reichte. Es war nur an einer Schulter befestigt und ließ die zweite frei. In seiner linken Hand blinkte ein drei Ellen hoher, gewölbter Langschild, in der anderen ein Wurfspeer, dessen Bronzespitze in der Sonne braun-gelb glänzte. Die Waffe hatte er mit dem Holzschaft auf die Erde gestellt und musterte nun argwöhnisch den kaum zwanzigjährigen Burschen, der neben dem Esel stehen geblieben war.

Der junge Mann trug ein unverkennbar hebräisches, einfarbig graues, ärmelloses Hirtenkleid, das bis unter die Knie reichte. Den einzigen Schmuck des Gewandes bildeten fingerbreite grüne Borten am Halsausschnitt und Saum.

Der Posten erkannte trotz des lockeren Kittels, dass er es mit einem starken und muskulösen Mann zu tun hatte. Instinktiv umfassten seine Finger den Speer fester. Auch wenn es sich bei dem Burschen der Kleidung nach um einen Hebräer handelte, passte doch etwas nicht ins Bild. Ein Mann aus Bethlehem mit rotblondem Haar und, wie es schien, auch noch mit blauen Augen? Eine böse Ahnung beschlich den Posten. Hatte er am Ende doch keinen Landsmann vor sich, sondern einen verkleideten Philister? Einen Kundschafter, der sich in das hebräische Lager einschleichen wollte?

David übersah in seiner Freude, dass der Posten ihn immer noch misstrauisch beäugte, schlug mit der linken Hand dem Esel leicht auf den Hals, zog mit der rechten an der Halfterleine und sagte gelassen: „Komm!"

„Halt! Stehen bleiben!", rief der Krieger auf dem Felsen feindselig. „Sonst bekommst du meinen Speer zu spüren. Er trifft sicher!“ Seine Stimme hatte an Härte zugenommen.

David hielt überrascht inne.

Der Posten wusste immer noch nicht recht, wer dieser blonde Mann mit dem beladenen Esel nun war. Unschlüssig kratzte er sich an der Schläfe. Dabei schoss ihm ein rettender Gedanke in den Kopf. „Wie heißen denn deine Brüder?“

„Eliab, Abinadab und Samma“, antwortete David umgehend.

Eine Pause trat ein. Das Gesicht des Kriegers verlor seine Strenge, und er entgegnete langsam: „Ja, die kenne ich alle drei. Sie haben den gleichen krächzenden Akzent wie du.“ Der letzte Zweifel wich aus seiner Miene. „Na los, komm schon!“

„Endlich hat er es begriffen“, raunte David dem Esel zu, als sie sich dem Mann näherten, der inzwischen geschickt vom Felsen heruntergeklettert war und am Ausgang der Schlucht wartete. David und der Posten begrüßten sich, zwar nicht wie Freunde, doch schon wie Verbündete.

„Ich habe schrecklichen Durst“, sagte der Hirte als erstes.

Ohne Begeisterung nahm der Posten die Zweihenkelflasche, die an einem Riemen um seinen Hals hing und reichte sie dem jungen Mann. „Aber nur einen Schluck! Es ist nicht mehr viel drin.“

David trank hastig. Gern hätte er noch einen zweiten Schluck getan, aber das war nicht möglich, weil ihn der Posten aufmerksam beobachtete. Nur ungern gab David die Flasche zurück. Der Krieger nahm sie entgegen und sagte dabei: „Ich heiße Jebas.“ Er hängte sich das Gefäß wie ein Kleinod um, griff dann zum Schild und schob ihn über die linke Schulter.

Jebas bat einen anderen Posten, der, vom Gespräch angelockt, inzwischen dazugekommen war, dass er sich auch um diesen Abschnitt kümmern solle, und wandte sich an David. „Damit du unterwegs nicht wieder aufgehalten wirst, werde ich dich bis auf den Bergrücken begleiten. Es ist nicht mehr weit bis dorthin.“

◆ ◆ ◆

Von der Höhe hatten sie einen schönen Blick auf ein dreieckförmiges Tal. „Wir sind da. Auf diesem Hang" - Jebas schlug mit dem Speer gegen den felsigen Boden - „befindet sich das hebräische, auf dem gegenüberliegenden das philistäische Lager."

*Ich bin also mitten im Krieg,* freute sich David. *Das Abenteuer kann beginnen.*

Jebas hatte das zufriedene Lächeln des Hirten nicht bemerkt, streckte den Arm aus und sagte: „Siehst du die beiden schlanken Zypressen da unten?"

Davids Augen folgten seiner Hand. Er erblickte ein Netz von ausgetretenen Pfaden, das wie ein Spinnengewebe aussah, hier und da Sträucher, mannsgroße Steine, einige wenige Zelte und schließlich auch die Zypressen. „Du meinst die Bäume links von dem schmalen Felsspalt?"

„Ja, ganz richtig. Dort lagern die Judäer, also auch die aus Bethlehem. Du wirst sie an den grünen Stirnbändern erkennen." Der Posten klopfte dem Hirten zum Abschied fest auf die Schulter und verschwand auf demselben Pfad, den sie gekommen waren.

David atmete tief durch und machte sich auch auf den Weg. Der Esel trottete hinter ihm her. Unten angekommen erblickte er lediglich halb verhungerte und schmutzig gekleidete Krieger. *Das soll das große Heer der Hebräer sein?* Er war enttäuscht.

Bald tauchten die ersten Männer mit grünen Stirnbändern auf. Gespannt suchte er den Hang ab und entdeckte schließlich in der Ferne seinen Lieblingsbruder Samma. David ließ die Leine des Esels los, rannte auf ihn zu und warf ihm beide Arme um den Hals. Tränen traten ihm in die Augen. „Samma, lieber Samma", sagte er, bevor ihm seine Stimme stockte.

Der Bruder drückte ihn ebenfalls an sich, und zum ersten Mal, seitdem er Bethlehem verlassen hatte, fühlte David sich wieder geborgen. Die Wiedersehensfreude hatte ihn sogar seinen Durst vergessen lassen, doch nun spürte er, wie sehr seine Kehle ausgetrocknet war. „Wasser", sagte er. „Bitte, ich habe schrecklichen Durst!"

Samma zögerte keinen Augenblick, ergriff einen halbvollen Wasserschlauch und reichte ihn dem Bruder. Der nahm ihn in beide Hände, hob ihn zum Mund und trank lange, ohne abzusetzen.

„Du trinkst ja wie ein Kamel", lachte Samma.

„Wir sind schrecklich durstig, der Esel und ich", erwiderte David und wischte sich über den Mund. Dann zeigte er auf das allein gelassene Tier, das sich nun zögernd den Männern näherte.

Samma suchte nach der einzigen Schüssel, die den Brüdern als Essnapf diente. David füllte sie bis zum Rand mit Wasser und hielt sie dem Esel hin. Das Tier schrie vor Freude und schob ungestüm das Maul in die Schüssel, so ungestüm, dass alles Wasser auf die Erde spritzte.

David lachte und füllte sie erneut. „Aber jetzt schön langsam."

Inzwischen hatten sich auch die beiden anderen Brüder, Eliab und Abinadab, eingefunden. Die Begrüßung mit ihnen fiel weniger herzlich aus. David spürte deutlich, dass sie ausschließlich an den mitgebrachten Lebensmitteln interessiert waren. Sein Besuch war ihnen gleichgültig. Es schmerzte ihn, aber er ließ es sich nicht anmerken.

Alle setzten sich im Kreis hin und Eliab, der Älteste, fragte: „Was gibt es zu Hause?"

David berichtete weitschweifig, was vorgefallen war: „Vater und den Geschwistern geht es leidlich gut. Mutter allerdings macht sich um euch so große Sorgen, dass sie nachts kaum schlafen kann. Sonst aber ist alles in Ordnung."

Abinadab war inzwischen aufgestanden, hatte die kostbare Ladung auf dem Esel in Augenschein genommen und band nun einen Sack nach dem anderen los. Brote, Käse, Röstkorn und Rosinen, die er entdeckte, erfüllten ihn offensichtlich mit großer Freude, denn er brummte dabei eine kleine Melodie vor sich hin.

„Die dicke Käserolle oben im Sack ist nicht für euch!", rief David ihm über die Schulter zu. „Leg sie bitte in meine Hirtentasche."

Abinadab unterbrach sein Summen. „Das ist wohl ein Scherz?", fragte er verwundert. „Für wen ist sie dann, wenn nicht für uns?"

„Ich soll sie Hauptmann Ner bringen", entgegnete David knapp. Dann bat er die beiden anderen Brüder, ihm zu erläutern, worum es in diesem Krieg eigentlich gehe.

Eliab fühlte sich angesprochen. „Unsere westlichen Nachbarn, die Philister, sind in unser Land eingedrungen. Diese verfluchten

Diebe haben uns nicht zum ersten Mal überfallen. Diesmal beabsichtigen sie, unsere Heimat, das Stammesgebiet Juda, auszuplündern. Sie führen viele Wagen für die erwartete Beute mit sich. Allerdings können sich ihre Karren nicht querfeldein bewegen, sondern nur auf einer Straße. Deshalb mussten sie den Weg durch das Ela-Tal wählen." Eliab wies mit der Hand nach rechts und fuhr fort: „Dort in der Dreiecksspitze des Tals befindet sich eine Senke. Es ist eine Art Nadelöhr, durch das sie nach Bethlehem, Hebron und in andere Städte Judas ziehen wollten. Aber unser König Saul hat glücklicherweise rechtzeitig von ihrem Plan erfahren und den Hang, auf dem wir uns befinden, besetzt. Dadurch wurden ihre Absichten vereitelt. Solange wir uns hier aufhalten", bei diesen Worten schlug er sich mit der Hand auf die Brust, „kommen sie nicht durch das Nadelöhr, jedenfalls nicht ohne Kampf, der ihnen große Verluste brächte."

„Woher weißt du das denn alles so genau?"

„Das sagen unsere Anführer, und die müssen es wohl wissen." Plötzlich unterbrach der älteste Bruder seine Erläuterungen und wurde kalkweiß im Gesicht. David bemerkte, dass sich ringsum eine große Unruhe ausbreitete. Alle starrten hinüber zum Hang der Philister.

„Was gibt's denn?", fragte David verwundert.

„Das wirst du gleich erleben", antwortete Eliab, der seiner Stimme einen gefassten Ton zu geben versuchte. Mit einer Kopfbewegung wies er auf die Mitte des feindlichen Lagers. Dort lösten sich zwei Personen vom unteren Hang, betraten das Tal und kamen dem Lager der Hebräer immer näher.

„Philister?" David war aufgesprungen und reckte den Hals.

Eliab nickte.

„Kommen die etwa zu uns?" Mit wachsendem Interesse stellte sich David auf die Zehenspitzen.

„Ja und nein. Warte es ab."

„Wer sind denn die beiden und warum kommen sie hierher?" David ließ nicht locker. Seine Augen wurden rund.

„Der Große, dieser Riese, heißt Goliat, der Kleine daneben ist sein Waffenträger Maoch. Sie kommen jeden Tag in die Mitte des Tals, um einen der unseren zum Zweikampf herauszufordern."

„Was soll denn das?“

„Es gibt seit alters her einen Brauch, festgefahrene Kriege, also wenn man nicht mehr ein noch aus weiß, durch einen Zweikampf zu entscheiden. Das sagen wenigstens die Hauptleute. Die Seite des Verlierers im Zweikampf hat dann auch den Krieg verloren. Würde in diesem Fall unser Kämpfer dem Riesen unterliegen, müssten wir den Philistern den Durchgang durch die Senke nach Juda gewähren. Würde aber unser Mann Goliat besiegen, müssten die Gegner in ihre Städte zurückkehren. Der Krieg wäre entschieden und damit zu Ende.“

„Und?“, fragte David, ohne den Blick von den beiden Philistern zu wenden.

Eliab wurde verlegen. „Niemand hat es bisher gewagt, Goliat im Zweikampf gegenüber zu treten, nicht einmal die besten Krieger. Der König hat sogar demjenigen die Hand seiner Tochter versprochen, der den Riesen besiegen würde. Aber auch das hat keinen von uns dazu bewogen, sich dem Ungeheuer zu stellen.“

David hatte aufgehört, Eliab zuzuhören, denn Goliat war wieder ein gutes Stück näher gekommen. David starrte ihn an und sein Atem ging schneller. Alles, was in diesem Augenblick zählte, war Goliat, alles andere war belanglos geworden. Nicht nur für ihn, wie er bemerkte, sondern auch für seine Brüder.

*Was für ein Riese!,* dachte David.

Goliat war wenigstens drei Köpfe größer als der größte der Hebräer ... nein, wenigstens vier Kopflängen. Und was war das für eine Rüstung! Aus der Entfernung konnte er sie nur ungenau sehen, aber auf Brust und Bauch schimmerten im Licht der Sonne rotbraune Schuppen, an Beinen und Armen hatte er Schutzschienen, auf dem Kopf saß ein Helm mit senkrecht stehenden schwarzen Federn.

*Nein, das ist fürwahr kein Mensch,* dachte David, ohne ihn aus den Augen zu lassen. Es schüttelte ihn.

Währenddessen baute sich neben Goliat der junge Maoch auf, etwa fünfzehn Jahre alt, aber fast so groß wie David. Er trug einen riesigen, mit einem Mäander verzierten Buckelschild bei sich, den er jetzt vor sich auf den steinigen Boden stellte. Goliat übergab ihm nun auch seinen Speer. Aber was war das für ein Speer! Sein Holzschaft war dicker als ein Männerarm und seine Spitze größer als eine Rübe. David war bisher nie auf die Idee gekommen, dass es so riesige Waffen überhaupt geben könnte.

Der Riese stemmte die Arme in die Seiten und seine starke Stimme dröhnte durch das Tal: „Hebräer! Wie ist es heute um eure Tapferkeit bestellt? Wo ist euer Held, der sich im ehrlichen Kampf mit mir messen will?"

Es folgte eine Pause. Goliat rollte die großen, dunklen Augen und ließ sie über das gegnerische Lager schweifen. Keine Antwort, keine Regung. Die Hebräer hatte das Grauen erfasst. Sie taten, als hätten sie nichts gehört.

Das Gesicht des Riesen verzog sich zu einem höhnischen Grinsen. „Findet sich denn in eurem großen Haufen wirklich kein einziger Krieger mit Mut? Nein? Natürlich nicht! Vor Angst schlottern eure Knie und zittern eure Hände! Ihr alle, eure Anführer, euer König eingeschlossen, ihr seid Memmen und elende Feiglinge!"

David zuckte bei jedem Schimpfwort zusammen. Er wurde bleich, seine Augen verengten sich. Hatte er richtig gehört?

Goliat verstummte und schaute enttäuscht in die Runde. Niemand meldete sich, auch diesmal hatte er die ihm von seinem Fürsten gestellte Aufgabe, die Hebräer zu einem Zweikampf zu bewegen, nicht erfüllen können. Verärgert griff er zum letzten Mittel, zur religiösen Schmähung. „Euer Siegesgott Jahwe hat euch doch angeblich in Kriegen und Kämpfen immer beigestanden. So heißt es doch bei euch. Habt ihr etwa das Vertrauen zu ihm verloren? Sollte er euch verlassen haben? Oder soll das vielleicht gar heißen, dass euer Jahwe unserem Kriegsgott Dagon nicht stand halten kann, dass Dagon stärker ist als euer Gott?"

Ein Aufstöhnen ging durch die Reihen der Hebräer, dann herrschte wieder Stille, so dass man den Wind in den Sträuchern säuseln hören konnte. Goliat wartete noch eine Weile, spie verächtlich auf den Boden und griff nach seinem gewaltigen Speer. Maoch schulterte mit Mühe den schweren Schild, während sich der Riese langsam umwandte. Die Sonne spiegelte sich dabei in immer anderen Teilen der Rüstung. Goliat wirkte wie ein Blitze schleuderndes Ungeheuer.

David war erbost. Aus dem Augenwinkel blickte er auf die Männer, die sich selbst hebräische Krieger nannten und jetzt mit angstverzerrtem Gesicht den sich entfernenden Gestalten nachstarrten. Dicke Schweißtropfen traten auf seine Stirn. Der Schuft hatte es gewagt, Jahwe, den König, ja alle Hebräer auf eine niederträchtige Weise zu beleidigen, und seine Landsleute, selbst seine Brüder, ließen es geschehen, ohne etwas zu unternehmen. Stöhnen, das war alles, was sie konnten. Niemals hätte er sich auf diese Art in Bethlehem demütigen lassen, ohne zurück zu schlagen.

Seine verletzte Ehre bäumte sich auf. Eiskalt musterte er Eliab, Abinadab und Samma, einen nach dem anderen. Plötzlich und unerwartet packte ihn ein blinder Zorn und mit vor Wut bebender Stimme schrie er die Brüder an: „Das lasst ihr euch bieten? Ja, er hat Recht, wenn er euch elende Feiglinge nennt! Verachtung ist das Einzige, was ihr verdient. Genau, Verachtung!"

Schließlich verlor David die Fassung. Er war wie von Sinnen, fuchtelte mit den Fäusten und brüllte immer lauter. Mit diesem Verhalten zog er die Aufmerksamkeit einer Nachbargruppe auf sich. Die Männer schauten mit Verwunderung auf den jungen, ihnen unbekannten Mann, der wie ein Wilder tobte.

Eliab dagegen waren die Augen hervor gequollen. Sein Gesicht war rot vor Ärger. Der große, starke Mann fasste den jüngsten Bruder am Arm, drückte zu und zwang ihn auf die Knie. David schrie auf und wand sich vor Schmerz. Ohne den Druck zu lockern, zischte ihn Eliab an: „Bist du hierher gekommen, um Unruhe zu stiften? Du machst uns zum Gespött der Leute!" Mit zusammengebissenen Zähnen schaute David auf seinen Peiniger, der wütend fortfuhr: „Du machst dich sofort auf den Weg nach Hause! Sofort!"

Als sein Bruder nicht widersprach, löste er seinen eisernen Griff und ließ ihn aufstehen, in der Hoffnung, dass der peinliche Vorfall damit beendet sei. Rund ein Dutzend Zuschauer war inzwischen näher getreten, machte um die Söhne Isais einen Kreis und beobachtete missbilligend ihr seltsames Treiben.

David fühlte sich tief verletzt. In seiner Erniedrigung rief er den Brüdern und den zahlreichen Gaffern laut ins Gesicht: „Wenn ich ein Krieger wäre, ich würde mich Goliat stellen!"

„Daran wird dich niemand hindern. Tu es doch!", tönte eine höhnende Stimme aus dem Kreis.

Die in ihrem Stolz gekränkten Männer blickten von allen Seiten tadelnd auf David. Sie machten ihrer gedrückten Stimmung mit neuen Sticheleien Luft, nannten ihn Schlauberger und Besserwisser.

Davids Bedrängnis wandelte sich in tiefe Verzweiflung. Trotzig, ohne recht zu wissen, was er sagte, geiferte er die ihn böse anstarrende Menge an: „Ja, ich werde es tun! Ich werde mit Goliat kämpfen!"

Noch bevor er diesen Satz ausgesprochen hatte, spürte er, wie sehr er sich mit diesen Worten verrannt hatte. Der Himmel brach über ihm zusammen, und es wurde ihm schwarz vor Augen. Eine Weile stand er unschlüssig da, dann rannte er los, durchbrach den ihn schmähenden Zuschauerkreis und stürmte geradeaus den Berg hinauf, entsetzt und erschreckt darüber, was er getan hatte. Was hatte ihn bloß geritten?

Das Laufen ermüdete und beruhigte ihn zugleich. Zufällig traf er auf seinen Esel, der sich während Goliats Auftritt unbeaufsichtigt auf die Suche nach etwas Fressbarem gemacht hatte. Das Tier schrie vor Freude, als es seinen Herrn erblickte und kam ihm mit der Hirtentasche auf dem Buckel tänzelnd entgegen. Der Esel war sein bester Freund. David lächelte kurz, klopfte ihm auf den Hals, nahm den Zügel, dann stiegen beide gemeinsam den Hang hinauf, möglichst weit weg von den Menschen, die ihn so maßlos enttäuscht hatten.

Auf halber Höhe gelangten sie zu einer alten, knorrigen Terebinthe, in deren Krone Grillen zirpten. Meistens hörte David ihnen gern zu, heute aber war er taub für ihre Musik. Erschöpft ließ er sich im Schatten des Baumes zu Boden fallen. Er brauchte eine Verschnaufpause, ein bisschen Ruhe, um zu sich zu kommen. David streckte sich aus, atmete tief durch und zog den Esel an der Halfterleine zu sich herunter. Das Tier verstand den Wunsch seines Herren und legte sich neben ihn.

Schon als Kind hatte David diesen Esel geliebt. Sein Fell war – wie bei diesen Tieren üblich – aschgrau, aber er hatte schwarze Ohren, die innen hellgrau schimmerten. Der Bauch war ebenfalls hellgrau, die große Schwanzquaste dagegen wieder schwarz. Sein weiches Fell und seine schrägen, großen Augen glänzten seltsam. Damals, als das Tier noch ein lustiges Füllen war, hatte David ihm den Namen Jadid gegeben, was „Liebling“ bedeutet.

David streichelte das Fell des Tieres und versuchte sich zu entspannen, aber sein Kummer ließ ihn nicht los. Er grübelte, fand keinen Ausweg und begann zu weinen. In dieser, wie er meinte, schlimmsten Stunde seines Lebens, fühlte er sich mutterseelenallein. Er hatte nur noch Jadid. Auf dessen Rücken bettete er seinen Kopf und ließ den Tränen freien Lauf. Wie gut das tat! Seufzend glitt er allmählich in einen unruhigen Schlaf hinüber. „Ich muss … ich muss …“, murmelte er noch dabei.

Er träumte von einem Vorfall, der sich unlängst auf der Weide seines Vaters ereignet hatte, als er die Schafe hütete.

Ein graubrauner Wolf hatte nacheinander drei Jungschafe aus seiner Herde gerissen. Als der Räuber sich am nächsten Abend wieder anschlich, wartete David schon auf ihn. Mit einem Stein aus der Schleuder traf er den Wolf am Kopf und betäubte ihn. Bevor das Tier wieder zu sich kommen konnte, hatte David ihm bereits die Kehle durchgeschnitten.

Der junge Mann schreckte aus seinem Schlaf hoch. Der Traum war überaus deutlich gewesen. Er erinnerte sich an jede Einzelheit, besonders daran, wie er auf den Räuber gezielt hatte. David schloss die Augen. Plötzlich hatte er eine Erscheinung: Der Wolf verwandelte sich in den Riesen Goliat! Ein Gedanke schoss durch Davids Kopf: *Warum sollte es nicht möglich sein, den Philister auf die gleiche Weise auszuschalten? Sein Gesicht ist ungeschützt. In diese Fratze müsste man einen Stein schleudern. Ein guter Schütze, ein so guter Schütze wie ich, könnte das aus sicherer Entfernung fertig bringen.* Davids Augen hellten sich auf. *Ja, das kann ich schaffen.* Dies war eine Möglichkeit, seine unüberlegte Ankündigung, gegen den Riesen anzutreten, wahr zu machen.

Plötzlich war alles klar. David war erleichtert. Er klatschte in die Hände und tanzte um den verwunderten Esel herum. „Ich werde Goliat töten, ich werde den Krieg gewinnen, ich werde ein Held sein!“, jubelte er. „Der König wird mich in sein Heer aufnehmen, und ich muss nie wieder nach Bethlehem und nie wieder Schafe hüten!"

David wusste, dass die Kerntruppe des Heeres ihren Standort in Gibea hatte. Dorthin, in die Hauptstadt, wollte er schon lange – in die wirklich große Welt. Nun würde sein sehnlicher Wunsch in Erfüllung gehen. Darüber, was er dort im einzelnen tun wollte, hatte er nie nachgedacht. Wozu auch? Wenn er erst mal dort wäre, würde er sich schon schnell an die dortigen Umstände anpassen. Was die anderen konnten, das konnte er auch! Rasch würde er in Gibea aufsteigen ... Dann erinnerte er sich an Eliabs Worte, dass der König dem Sieger über Goliat seine Tochter zur Frau versprochen hatte. *Ob das wohl wahr ist? Wahrscheinlich nicht. Ach, macht nichts.* Auch ohne eine Prinzessin zur Frau würde er zu einer großen Persönlichkeit werden.

Auf einmal hörte er wieder das Zwitschern der Vögel und das Zirpen der Grillen, und plötzlich stand Samma vor ihm. Der Bruder war froh, David endlich gefunden zu haben und wollte ihn trösten. Er hockte sich auf einen platten Stein und klagte, dass die täglichen Kränkungen Goliats sie alle nervös gemacht hätten. „Mit deinen bitteren Vorwürfen hast du Salz in unsere Wunden gestreut und heftige Aufregung ausgelöst. Aber keine Sorge, wir haben uns schon wieder beruhigt." Man sah es ihm an, dass er ohne zu beschönigen die reine Wahrheit gesagt hatte.

David freute sich über Sammas Verständnis für seine Entgleisung, die er selbst inzwischen für töricht und kindisch hielt. Trotzdem war er jetzt froh über den Streit, denn sonst wäre er vermutlich nie auf die Idee gekommen, sich dem Riesen zum Zweikampf zu stellen. Er warf sich, für Samma unerwartet, in die Brust und rief: „Aber ich will mit Goliat kämpfen! Und ich werde ihn auch besiegen."

Samma lächelte nachsichtig.

David beugte sich vor. „Du glaubst mir wohl nicht?", fragte er kühn, auf eine trotzige Weise, die keinen Zweifel ließ, dass er seine Ankündigung wahr machen wollte.

Dem Bruder war das Lächeln vergangen. Er biss sich auf die Lippe und rief gereizt: „Falls du es wirklich ernst meinst, musst du verrückt geworden sein!" Seinen Wutausbruch bedauerte er sofort, denn auf keinen Fall wollte er einen neuen Streit vom Zaun brechen. Also zügelte er sich und sagte versöhnlicher: „Und wie stellst du dir das vor?"

David hob die Augenbrauen. „Das ist mein Geheimnis. Ich kann es dir nur anvertrauen, wenn du mir heilig versprichst, es niemandem zu verraten."

„Was soll die Geheimniskrämerei?", fragte Samma immer noch freundlich, obwohl ihm das dumme Getue seines Bruders missfiel. *Was ist nur los mit David? Ist er vielleicht krank?*

David hatte sich auch gesetzt, auf ein Grasbüschel, die Beine übereinander geschlagen und sagte verschmitzt: „Ich möchte nämlich nicht, dass mir jemand meine kluge Idee stiehlt und sie vielleicht sogar selber anwendet."

Samma musterte ihn argwöhnisch. „Mit dir stimmt doch etwas nicht!", fuhr er ihn scharf an, bereute aber sogleich seinen rauen Ton.

„Willst du mir nun versprechen, es für dich zu behalten, oder nicht?", drängte David.

„Ja, ja, nun sag schon!"

Nun erzählte David dem Bruder, wie er sich den Zweikampf vorstellte.

*Nein, krank ist er nicht,* dachte Samma, *aber von Kriegsführung hat er keine Ahnung.* Erleichtert grinste er David an. „Also morgen, wenn Goliat wieder im Tal erscheint, nimmst du deine Schleuder, gehst auf ihn zu und schleuderst ihm einen Stein ins Gesicht? Einfach so?"

Über die Einzelheiten des Kampfes hatte David noch nicht nachgedacht. Wann denn auch? So war er sichtlich verblüfft, was den Bruder dazu bewegte, zufrieden fortzufahren: „Ein Zweikampf muss vom König genehmigt werden, weil, wie Eliab dir ja erzählt hat, von seinem Ausgang viel abhängt."

David biss sich auf die Unterlippe, sein Gesicht verdüsterte sich. „Ja, das kann ein Problem werden", sagte er kleinlaut. Seine Selbstsicherheit begann zu schwinden.

Im Glauben, das Ärgernis abgewendet zu haben, räusperte sich

Samma und kehrte zum eigentlichen Zweck seines Besuches zurück. „Eliab ist dir nicht mehr böse. Er hat eingesehen, dass er zu heftig reagiert hat. Er bittet dich herunter zu kommen. Abinadab ist gerade dabei, ein schönes Essen zu bereiten." Samma schnalzte mit der Zunge, was bedeuten sollte, dass es besonders gut sein würde.

David schüttelte trotzdem entschieden den Kopf.

„Du willst nicht?"

David schaute auf, strich sich langsam eine Haarsträhne aus der Stirn und sagte: „Ich muss mir die Sache mit der königlichen Genehmigung überlegen. Dafür brauche ich etwas Ruhe und Zeit. Versteh das bitte."

## 2

Nach dem Auftritt im Tal hatten Goliat und Maoch ihre Aufgabe erfüllt. Sie machten sich auf den Rückweg ins philistäische Heerlager und marschierten die Hauptstraße entlang. Zu beiden Seiten standen Mannschaftszelte aus dickem Leinen. Jeder Soldat besaß eine eigene Fellmatte, deren zottiger, dichter Pelz das Schlafen auf dem Steinboden bequemer machte. Am Kopfende war genug Platz für den Federbuschhelm und die Waffen.

Maoch nutzte erneut die Gelegenheit, den Panzer seines Onkels zu bewundern. Es war ein Schuppengebilde aus kleinen Bronzeplatten, so groß wie die Handfläche eines Kindes. Mit Kupferdraht, der in der Sonne hellrot schimmerte, waren sie an seine Lederweste geheftet. Die Füße steckten nicht wie üblich in Sandalen, sondern in von oben geschlossenen Schuhen aus dickem, gut gegerbtem Eselsleder. Auf der Vorderseite des Helms, der mit einem Kinnriemen geschlossen war, blinkten in der Sonne zwei goldene Zickzackleisten, das Rangzeichen eines höheren Offiziers.

Zu Goliats Waffen gehörten außer dem Schild, mit dem sich Maoch gerade abmühte, der Speer, den der Onkel selbst schulterte, das große Schwert an seiner Linken und der hinter dem Gürtel steckende Dolch. Schwert und Dolch waren aus dem edlen Metall Eisen, das nur die Philister herstellen, schmieden und härten konnten. Durch ihren silbergrauen Farbton unterschieden sich diese Waffen deutlich vom braun-gelben Bronzepanzer.

Maoch liebte den täglichen Marsch auf der Hauptstraße und nutzte ihn oft zu Gesprächen. „Warum nehmen die Hebräer deine Beschimpfungen so einfach hin, Onkel? Haben sie keinen Ehrgeiz?"

„Wahrscheinlich fehlt ihnen ein Mann, der sich zutraut, mich im Zweikampf zu besiegen. Meines Wissens gibt es nur zwei Männer, die das wagen könnten."

„Und wer ist das?"

„Da ist Jonathan, der älteste Sohn des Königs. Er ist ein furchtloser und geschickter Krieger in meinem Alter. Er hat vor zehn Jahren, in unserem letzten Krieg mit den Hebräern, nur in Begleitung seines Waffenträgers, eine ganze philistäische Abteilung im Schlaf überfallen, in die Flucht gejagt und damit wesentlich zu unserer Niederlage bei Michmas beigetragen. Da war er gerade mal siebzehn Jahre alt Der König soll Jonathan aber verboten haben, hier im Ela-Tal gegen mich anzutreten."

„Und der zweite?"

„König Saul selbst. Er ist ein großer, starker Mann, der sich in demselben Krieg genauso tapfer wie sein Sohn geschlagen hat. Aber das ist schon einige Zeit her. Inzwischen ist er älter und fülliger geworden, so dass seine Aussichten auf einen Sieg über mich nicht mehr allzu groß sein werden. Außerdem scheint mit ihm in letzter Zeit etwas nicht zu stimmen."

„Wie meinst du das?", hakte Maoch neugierig nach.

„Das scheint ein wohlgehütetes Geheimnis zu sein. Es ist uns bislang nicht gelungen, es zu enthüllen. Wir wissen nur, dass sich der König oft seltsam verhält. Zuweilen soll er toben wie ein Wahnsinniger, zuweilen sich bis zum Rausch mit rotem Wein betrinken, heißt es. Wahnsinnige und Trinker sind kaum erfolgreiche Kämpfer."

Maoch nickte zum Zeichen, dass er die Einschätzung seines Onkels teilte, und setzte zu einer weiteren Frage an: „Nehmen wir einmal an, es würde sich doch noch ein Gegner finden und du würdest ihn besiegen. Glaubst du wirklich daran, dass sich die Hebräer dann vom Hang zurückziehen und uns den Marsch durch die Talenge nach Juda gestatten?"

Goliat runzelte die Stirn. „Die Meinungen darüber, ob man den Hebräern trauen kann oder darf, sind geteilt. Ich persönlich traue ihnen nicht über den Weg. Aber unser Fürst Achis - ein herzensguter Mann, wie du weißt - ist in diesem Punkt anderer Ansicht. Vielleicht ist es bei ihm mehr Wunschdenken als nüchterne Einschätzung, denn es steht viel auf dem Spiel."

Maoch befeuchtete sich die Lippen. „Inwiefern?"

„Wenn er den Krieg hier im Ela-Tal durch einen siegreichen Zweikampf gewinnt, also ohne eigene Verluste, dann wird er in seiner Stadt Gat und in den anderen vier philistäischen Städten hohes Ansehen erlangen. Daher braucht man sich nicht zu wundern, dass er auf einen Zweikampf setzt." Nach wenigen Schritten fügte Goliat noch stolz hinzu: „Sein Standpunkt beweist auch, dass er mich für unbesiegbar hält." Er straffte sich dabei und wirkte noch größer.

Während die beiden sich unterhielten, hatte sich ein Diener des Fürsten genähert und teilte Goliat nun mit, dass sein Herr ihn in seinem Zelt erwarte. Der Onkel verabschiedete sich von Maoch mit einem väterlichen Klaps und eilte in Achis' Zelt.

Der runde Prachtbau mit einem Durchmesser von etwa dreißig Ellen mit einer Außenwand aus hellblauem und einem Dach aus dunkelblauem Leder war ein kleiner Palast. Der Posten vor dem Zelt trug, wie die gesamte Fußtruppe, einen eng anliegenden, kurzen Rock im Schachbrettmuster aus acht Quadraten in den beiden Farben des Zeltes. Vier rote Quasten hingen am unteren Rand. Auf seinem Kopf wiegte sich der blaue Federbusch des Helmes im Wind. In der Rechten hielt er einen auf den Boden gestützten hölzernen Speer mit matt glänzender Eisenspitze. „Der Fürst erwartet dich schon, Herr", verkündete er, nahm dem Riesen die sperrigen Waffen, und schlug den Vorhang zurück.

Goliat trat ein. Durch eine Öffnung im Dach fiel gerade so viel Licht ins Zelt wie nötig. Seine Augen, die kurz zuvor noch von der grellen Sonne geblendet waren, passten sich sofort der gedämpften

Helligkeit an. Er befand sich in einem halbrunden Empfangssaal, dessen Wände mit kostbarem, weißen Leinen bedeckt waren. Im Hintergrund stand der aus Zedernholz gezimmerte, reich verzierte Thronsessel, zu dessen beiden Seiten die großen schwarz gezeichneten Vögel nach kretischem Muster auffielen.

Goliat verbeugte sich und wandte sich zwei Fürsten und drei hohen Offizieren zu.

Seine volle Aufmerksamkeit widmete er zunächst Achis, dem Fürsten von Gat, der bei diesem Feldzug den Oberbefehl hatte. Der schmächtige Mann war etwa vierzig Jahre alt, wirkte aber viel älter. Gekleidet war er in ein wollenes Wickelkleid, ein teures Gewand, das nur die Oberschicht trug. Sein längliches, schönes Gesicht mit gerader Nase und schmallippigem Mund war von vollem, braunen, bis auf die Schultern fallenden Haar umrahmt, das von einem karmesinfarbigen Stirnband zurückgehalten wurde, dessen Enden locker über dem rechten Ohr herabhingen.

Neben ihm saß Akesch, der Fürst von Ekron. Er war etwas älter. Auch er trug das standesgemäße Wickelkleid. Seine Miene wirkte weniger froh. Ob ihn Sorgen plagten? Die anderen Anwesenden waren: Padi, der Anführer der Kampfwagen, Azuri, der Feldoberst von Gat, und Ahimiti, der Feldoberst von Ekron. Sie trugen ihre volle Uniform. Ihre Helme waren mit drei goldenen Zickzackleisten verziert. Goliat kannte alle drei Männer gut, ja, er war sogar mit ihnen befreundet.

Man nahm Platz. Achis begrüßte die Gäste förmlich.. Dann wandte er sich an Goliat und fragte: „Hattest du heute mehr Erfolg?"

Der Riese schüttelte den Kopf. „Leider nein, trotz großer Bemühungen." Er wirkte ein wenig verlegen.

„Schade", erwiderte Achis, „es wäre die einfachste Lösung gewesen. Aber es muss auch anders gehen. Wir, Fürst Akesch und ich, haben euch gerufen, um die Lage zu erörtern." Er holte tief Luft und fuhr fort: „Der Überraschungsangriff vor vierzig Tagen ist gescheitert, weil die Hebräer von unserem Plan erfahren haben. Wir wissen immer noch nicht, wie es geschehen konnte, dass sie bereits vor uns im Tal eintrafen. Damals haben wir uns für einen kurzfristigen Stellungskrieg entschieden, in der Hoffnung, dass es zu einer ordentlichen Schlacht im Tal kommen oder aber dass der Gegner einer Entscheidung des Krieges durch einen Zweikampf zustimmen würde. Beides ist fehlgegangen." Der Fürst stockte. Offensichtlich fiel es ihm schwer, eine schlimme Neuigkeit in Worte zu fassen. „Wir können es uns nicht mehr leisten, noch länger auf die Eroberung Judas zu warten. Wir verlieren sonst unser Gesicht. Das Volk in Gat und in Ekron wird ungeduldig. Hinter vorgehaltener Hand spricht man dort schon von unserer Unfähigkeit, mit der Hebräerbande fertig zu werden."

Achis bemerkte die Bestürzung in den Mienen seiner Offiziere. Er zwang sich daher zu einem Lächeln und sagte: „Ich habe aber auch eine gute Nachricht. Unseren Spähern ist es gelungen, einen Hebräer gefangen zu nehmen. Den wollen wir jetzt gemeinsam verhören."

Achis klatschte in die Hände und ein Diener trat ein.

„Bringt den Gefangenen herein!", befahl der Fürst.

Aska, der Anführer der Späher, ein grobschlächtiger Mann in der gleichen Uniform wie der Posten vor dem Eingang, nur ohne Helm, trat ein. Mit ihm kam der an den Händen gefesselte Hebräer.

Der Offizier grüßte und herrschte den Hebräer an: „Auf die Knie vor den Fürsten, du räudiger Schakal!"

Der entblößte, striemige Oberkörper des Gefangenen zeugte von Peitschenhieben. Viele Wunden waren schon verkrustet, andere noch ganz frisch. Der Hebräer kniete zitternd mit gesenktem Kopf neben dem Offizier nieder.

Der Fürst gab ein Zeichen und Aska knurrte: „Sprich! Wie ist die Stimmung in eurem Lager?"

Schweigen. Der Hebräer schaute sich verstohlen und ängstlich um. „Du willst also wieder nicht reden? Na warte, ich werde dir die Zunge schon lösen!" Zornig griff der Philister nach der Knute, die in seinem Gürtel steckte.

„Nein, nicht wieder schlagen!", rief der Gefangene. Dann berichtete er stockend, dass die schon seit einer Woche gedrückte Stimmung im hebräischen Lager ständig schlechter werde und die unzureichende Versorgung, oft sogar Hunger, insbesondere aber die täglichen Auftritte Goliats die Moral des Heeres untergruben. Befehlsverweigerungen und Desertierungen seien an der Tagesordnung.

Achis schaute in die Runde. „Fragen?"

Es gab keine Fragen und so wurde der Gefangene von Aska hinausgeführt.

„Das Warten hat auch einige Vorteile mit sich gebracht, einiges hat sich zu unseren Gunsten verändert", sagte der Fürst, stützte sich mit den Ellenbogen auf den Tisch und lehnte sich vor. „Es ist zu überlegen, ob wir diese neue Lage nicht nutzen sollten, einen Angriff zu wagen. Darüber wollen wir jetzt beraten." Den Blick heftete er auf seinen Feldobersten.

Azuri fühlte sich angesprochen, meldete sich zu Wort und erklärte knapp: „Das Pflichtbewusstsein der Hebräer hat sich verschlechtert, das bezweifle ich nicht. Aber die schwierigen Geländeverhältnisse auf dem gegenüber liegenden Hang sind unverändert. Und das war doch der Hauptgrund, warum wir bisher nicht angegriffen haben."

Die Falten in Padis Gesicht vertieften sich, als er sich an den Fürsten wandte. „Auf dem unebenen, holprigen Hang ist der Einsatz von Kampfwagen nicht möglich. Wenn die mitmachen sollen, müssen wir die Hebräer unbedingt ins flache Tal locken."

Azuris Augen verengten sich. „Ich fürchte, Abner, der Feldoberst der Hebräer, dieser schlaue Fuchs, wird sich unter keinen Umständen dazu bewegen lassen."

Ahimiti, der zweite Feldoberst, wollte seinen Einfallsreichtum unter Beweis stellen. „Dann müssen wir einen Scheinangriff durchführen. Wir könnten unsere Niederlage vortäuschen und danach eine ungeordnete Flucht ins Tal zurück. Im Siegestaumel werden die Hebräer uns verfolgen und ihren Hang verlassen. Dann hätten wir sie in der Ebene und wären ihnen mit unseren Kampfwagen und Phalanxen haushoch überlegen."

Azuris Augen verengten sich noch mehr zu winzigen Schlitzen. Er war anderer Meinung und durfte sie nicht verschweigen. Aber er wollte Ahimiti in Anwesenheit der Fürsten nicht vor den Kopf stoßen. Also sagte er ausweichend: „Dieser Plan bedarf einer genaueren Überprüfung."

Achis hatte diese Zweifel nicht überhört und erklärte: „Ich teile diesen Standpunkt. Bis morgen werden beide Feldobersten ihre Angriffspläne bis in die Einzelheiten ausarbeiten. Bei der nächsten Beratung werden wir dann den besseren auswählen."

Fürst Akesch, der bisher geschwiegen hatte, fügte hinzu: „Wir sind stark, wenn wir Phalanxen aufstellen und einsetzen können. Die Kampfkraft eines jeden Mannes verzehnfacht sich bei dieser Art von Kriegsführung. Es sieht so aus, als ob wir bei einem Sturm auf den anderen Hang einen Mann-gegen-Mann-Kampf nicht vermeiden können. Im Nahkampf sind unsere Soldaten den Feinden unterlegen. Diese Schwäche müssen wir beseitigen. Wir sollten sofort mit entsprechenden Übungen beginnen, selbstverständlich an Orten, die die Hebräer nicht einsehen können. Wir dürfen ihnen keinen Anlass geben, Verdacht zu schöpfen, dass wir einen Angriff planen. Aus eben diesem Grunde sollte Goliat auch seine Auftritte wie bisher fortsetzen." Dabei blickte er auf Achis, der mit einem Kopfnicken sein Einverständnis gab.

Die Stimmung im Zelt verbesserte sich, nur Azuri machte sich weiterhin Sorgen. *Sie stellen sich die Sache alle zu einfach vor,* überlegte er. *Man sollte die Hebräer nicht unterschätzen. Auch nicht, dass sie uns zahlenmäßig überlegen sind.* Bei der Erläuterung seines Plans würde er bei der Beratung morgen ausdrücklich darauf hinweisen.

## 3

David hatte auch weiterhin keinerlei Zweifel daran, dass er aus zwanzig, dreißig Schritten Entfernung das Gesicht Goliats mit dem Schleuderstein treffen und den Riesen töten konnte. Kopfschmerzen dagegen bereitete ihm die notwendige Genehmigung für den Zweikampf. Wie konnte er vom König die notwendige Zustimmung erhalten? Wer könnte ihm dabei helfen? Seine Brüder? Nein, die sicher nicht.

Während er noch grübelte, griff er in seine Tasche, um eine Handvoll Röstkorn zum Knabbern hervorzuholen. Dabei bemerkte er die Käserolle. Freudig überrascht sprang er auf, lief zu seinem in der Nähe weidenden Esel, lachte erfreut und rief: „Ich habe die Lösung."

Das Tier trat erschrocken zurück, so weit die Leine reichte.

David warf die Hirtentasche mit der Käserolle über die Schulter und begann den Abstieg. Um seinen Brüdern nicht zu begegnen, nahm er einen Umweg zu einer abseits stehenden Gruppe von Männern, die ebenfalls grüne Stirnbänder trugen. Dort erfuhr er, dass sich Ner, der Hauptmann der Bethlehemer, bei seinem Waffenzelt aufhielt.

David fand ihn schnell. Ner war ein mittelgroßer Mann in den Dreißigern mit gutmütigen Augen, sorgfältig gekämmtem Haar und einem frischgewaschenen sauberen Rock. Nachdem David ihm die Grüße seines Vaters ausgerichtet und das Geschenk, die große, duftende Käserolle, überreicht hatte, sagte er zaghaft: „Ich hätte eine Bitte."

„Immer heraus damit!", erwiderte der Hauptmann freundlich und betrachtete das Geschenk im Arm wie eine Mutter ihr geliebtes Kind. David stand zum ersten Mal im Leben vor einem Hauptmann und suchte nach den richtigen Worten. Ner bemerkte die Unsicherheit und hakte aufmunternd nach: „Worum geht es dir denn, junger Mann?"

„Ich bin bereit, gegen Goliat zu kämpfen! Ich weiß, dass ich ihn besiegen kann!", platzte David heraus. „Ich bin mir ganz sicher!", fügte er mit Nachdruck hinzu. Bittend schaute er den Hauptmann an. „Hilf mir, die Zustimmung des Königs für den Zweikampf zu bekommen."

Ners Gesicht verdüsterte sich, wurde gleichzeitig traurig. „Ich habe schon gehört, dass ein Neuankömmling sich Goliat zum Zweikampf stellen will. Das ganze Lager spricht ja mittlerweile davon. Bisher habe ich das Gerücht für sinnloses Gerede gehalten. Nun zeigt sich, dass es in der Tat einen Waghals gibt, der mit dem Riesen kämpfen will. Und es ist ausgerechnet der Lieblingssohn meines Freundes Isai." Ner kratzte sich verlegen die Schläfe. „Mein Junge, es wäre dein sicherer Tod, und außerdem auch ein Unglück für uns alle, für ganz Juda, denn nach Goliats Sieg bekämen die Philister das Recht, ungehindert in unser Land einzumarschieren. König Saul und Feldoberst Abner werden sich nie auf einen ungewissen Zweikampf einlassen." Er zog die Stirn kraus. „Was sage ich da: ungewiss? Nein, es ist sicher, ganz sicher, dass Goliat dich töten würde, und zwar schneller, als du es dir vorstellen kannst." Der Hauptmann hielt immer noch die Käserolle im Arm und schielte auf den enttäuschten, blass gewordenen jungen Mann. Er fühlte sich elend, aber er musste David von seinem unsinnigen Plan abbringen. Allerdings wollte er dies so einfühlsam und nachsichtig wie möglich tun, über einen Umweg: Der junge Hirte sollte selbst zur Einsicht kommen, dass er für den Zweikampf nicht der richtige Mann war. Also fragte er David: „Mit welcher Waffe willst du denn dem Riesen entgegentreten? Mit einem Lang- oder mit einem Sichelschwert? Und mit welchem Schild kannst du am besten umgehen? Kurz gesagt: Wie soll deine Ausrüstung aussehen?"

David war der Schweiß ausgebrochen, er antwortete stotternd: „Das kann ich dir nicht sagen, das ist mein Geheimnis." Er befürchtete immer noch, dass ihm jemand seine Idee, den Zweikampf aus sicherer Entfernung zu entscheiden, stehlen und ihm zuvorkommen könnte.

Ner empfand diese Antwort als kindische, aber dreiste Unverschämtheit. Sein Gesichtsausdruck verfinsterte sich, und David erkannte, dass er schnell einlenken musste. Kleinlaut, mit zerknirschter Miene bat er: „Hauptmann, kannst du mir versprechen, mein Geheimnis nicht preiszugeben?" Flehentlich schaute er den Mann an, von dem allein nun, wie er meinte, seine große, erträumte Zukunft abhing. „Bitte", fügte er beschwörend hinzu. Mit dem Handrücken wischte er sich dicke Tropfen von der Stirn.

Der Hauptmann war gerührt und blickte den Sohn seines Freundes wieder freundlicher an. „Sprich nur. Ich werde nichts ausplaudern." Dabei klopfte er dem verzweifelt aussehenden Jungen ermutigend auf die Schulter. Der Bursche gefiel ihm.

Nun erzählte David, wie er sich den Zweikampf vorstellte.

Zuerst erschien es dem erfahrenen Krieger Ner unwahrscheinlich, dass ein Hirte aus einer Entfernung von dreißig Schritten mit einem Stein aus der Schleuder Goliats Gesicht treffen könnte. „Und das soll ich dir glauben?"

Da berichtete ihm David, wie er im Mondschein den Wolf getötet hatte. Ner hatte dennoch seine Zweifel. *Sicher war das Zufall gewesen,* dachte er.

David las im Gesicht des Hauptmanns und sagte: „Ich habe meine Schleuder bei mir. Wir können sofort einen Versuch machen, wenn du willst." Er griff zur Tasche.

Das von David selbstbewusst vorgetragene Angebot überzeugte Ner. „In Ordnung, ich glaube dir jetzt." Der Hauptmann kratzte sich am Kopf. Er musste eine Begründung finden, um David von seinem unsinnigen Plan abzubringen. Es war nicht wichtig, ob die Begründung stimmte oder auch nicht, sie sollte auf den jungen Mann überzeugend wirken, denn es ging um sein Leben. „Aber ... es gibt da ein Problem", ergriff er nach wenigen Augenblicken wieder das Wort. „Der Zweikampf, um den es hier geht, ist ein Nahkampf. Sicher, gelegentlich wird solch ein Kampf auch mit einem Speerwurf eröffnet, aber das ändert nichts an der Tatsache, dass er im Wesentlichen als Nahkampf ausgetragen wird. Dein Plan mit der Schleuder ...", seine Stimme stockte, aber nur für einen Augenblick, dann setzte er eine selbstsichere Miene auf und fuhr fort: „... widerspricht den Regeln des Zweikampfes. Und damit ist alles hinfällig."

Entrüstet rief David schlagfertig: „Und das Verhöhnen unseres Gottes Jahwe, entspricht das etwa irgendwelchen Regeln? Sind wir nicht alle verpflichtet, uns dieser unverschämten Gotteslästerung mit allen Mitteln zu widersetzen? Verlangt das nicht das Mosaische Gesetz?"

Ob das Gesetz derartige Maßnahmen wirklich vorsah, wusste David zwar nicht genau, aber das spielte für ihn in diesem Augenblick auch keine Rolle. Er hatte eine handfeste Begründung gebraucht und diese umgehend gefunden. Froh und ein wenig trotzig verschränkte er die Arme vor der Brust.

Das Mosaische Gesetz war für Ner ein neuer Gesichtspunkt, den bisher noch niemand in Erwägung gezogen hatte. Er legte die Stirn in Falten.

David spürte das innere Schwanken des Hauptmanns, schaute ihm fest in die Augen und fragte ohne Umschweife: „Könntest du dich nicht zum König begeben und ihm sagen, dass ich bereit bin, mich Goliat zu stellen?“

Ner stutzte. Dann schüttelte er den Kopf. „Nein, das ist nicht möglich, nur Oberhauptleute dürfen unaufgefordert vor dem König erscheinen. Aber wir könnten uns beim Feldoberst Abner melden. Zu ihm habe ich als Hauptmann jederzeit Zutritt.“ Sofort bereute er diese Äußerung. Wie konnte er sich überhaupt auf diesen Unsinn einlassen? Hatte ihm der Bursche die Sinne verwirrt?

*Endlich,* dachte David erleichtert und sagte: „Gehen wir?“ Seine Augen leuchteten wie Sterne in einer wolkenlosen Nacht.

„Junger Mann, für mich steht hier einiges auf dem Spiel. Ich möchte nicht, dass Abner mich für wahnsinnig erklärt.“

Ners Widerspruch war halbherzig. David spürte es und wurde dreister: „Hauptmann, aber ich werde Goliat bestimmt zur Strecke bringen, und dir wird es der Feldoberst zu verdanken haben, dass du den richtigen Mann für diese Aufgabe gefunden hast.“ Um die Glaubwürdigkeit seiner Worte zu unterstreichen, fügte er noch hinzu: „Wenn ich mir meiner Sache nicht sicher wäre, würde ich dann ohne jeglichen Zwang mein Leben aufs Spiel setzen?“ Er straffte sich, um größer zu erscheinen.

Der letzte Satz hatte den Hauptmann überzeugt. „Komm, wir gehen“, murmelte er wie benommen.

Der Befehlsstand lag auf einem abgeflachten Teil des Hanges. Dort angelangt erfuhren sie von einem Posten, dass der Feldoberst beim König war und nicht so schnell zurückerwartet wurde.

David war nicht mehr zu bremsen. „Lass uns zum Königszelt gehen! Ich meine, nicht zum König selbst, sondern zu Abner. Das ist dir doch erlaubt, oder?“, sagte der junge Mann prompt und marschierte los.

Ner blieb nichts anderes übrig, als ihm zu folgen.

Dem Posten, der mit Speer und Schild in vorgeschriebener Haltung vor dem Eingang des großen Zeltes strammstand, sagte er, dass er für den Feldoberst eine Nachricht habe und ihn unbedingt sprechen müsste.

„Und in welcher Angelegenheit?"

„Ich bringe einen Kandidaten für den Zweikampf gegen Goliat."

Der Posten stürzte ohne Beachtung der vorgeschriebenen Regeln in das Königszelt. Wenige Augenblicke später kamen beide, sowohl der Feldoberst als auch der König, herausgeeilt, um den Herausforderer in Augenschein zu nehmen. Nachdem sie sich umgeschaut hatten, aber neben dem Hauptmann lediglich einen sehr jungen Mann mit rötlichem Haar und mit einem Hirtenkleid sahen, schaute der König Ner fragend an, als warte er auf eine Erklärung.

„Das ist er", sagte der Hauptmann und legte David die Hand auf die Schulter.

Die Augen des jungen Mannes funkelten tatendurstig. Saul musterte beide Männer mit zusammengezogenen Brauen. Er war enttäuscht, wollte sie gleich abweisen, änderte dann aber seine Meinung und bat sie ins Zelt.

Davids Herz klopfte bis zum Hals. Es war kein Traum mehr, es war Wirklichkeit, er stand wirklich vor seinem König, nur wenige Schritte von ihm entfernt. Genauso, wie er es sich beim Verlassen von Bethlehem erträumt hatte. Aber ihm fiel auf, dass etwas nicht in sein Bild passte. Vom Vater wusste er, dass der König ein kräftiger, geschickter Krieger in den Vierzigern war. Der große dicke Mann vor ihm aber hatte graues Haar und sah bedeutend älter aus, war fast im Alter seines Vaters. Das breite Gesicht und besonders die Nase waren gerötet, wie bei Leuten, die übermäßig dem Wein zusprachen. Seine linke Hand zitterte leicht. Doch die Kleidung war königlich. Er trug einen bis zu den Knöcheln reichenden weißen Rock, der von einem roten, mit Goldfäden durchwirkten, breiten Gürtel zusammengehalten wurde. Weiß waren auch die rotverzierten Sandalen aus weichem Leder, mit vielen in Schleifen gebundenen Riemen. Das Königszeichen, ein Reifen aus Gold, der auf dem großen Sessel im Hintergrund lag, war für David der letzte Beweis, dass er tatsächlich vor König Saul stand.

Der König ließ sich auf einem Lederkissen nieder. Abner setzte sich, ohne eine Aufforderung abzuwarten, neben ihn. Beide schwiegen. Hauptmann Ner fühlte sich wie auf der Folter. David harrte neugierig auf das erste Wort des Königs.

Das kam dann auch prompt. „Ner, du meinst tatsächlich, der Junge", polterte Saul mit ausgestreckter Hand los, „der wie ein heruntergekommener Hirte aussieht, könnte den Riesen Goliat besiegen?"

David erstarrte. So hatte er sich die Begrüßung nicht vorgestellt. Verstohlen schielte er auf Ner, dem das ganze Blut aus dem Gesicht gewichen war. Der Hauptmann bedauerte jetzt zutiefst, dass er sich hatte von David beschwatzen lassen. Ebenso wie er selbst anfangs, hielt natürlich auch der König den Vorschlag für unsinnig. Um den Schaden zu begrenzen, erwiderte Ner zerknirscht und demütig: „Der Feldoberst hatte befohlen, jeden Kandidaten, der sich zum Zweikampf stellen will, sofort zu melden." Mit beschwörenden Blicken flehte er Abner um Unterstützung an. Der mittelgroße, knorrige Mann, mit undurchdringlichem Gesicht und gepflegtem, pechschwarzen Bart, beachtete ihn nicht, sondern musterte mit seinen kleinen, tiefliegenden, dunklen, wachen Augen den Hirten, als wäre er ein auf dem Markt zum Verkauf angebotenes Schaf.

David spürte den durchdringenden Blick, dem standzuhalten ihm unmöglich war. Verlegen nestelte er an seinem Rock herum. Sollte er etwas sagen? Sollte er warten? Sollte er irgendetwas anderes tun? Er blickte zu Ner, dem die Schultern tief herunterhingen.

Den Feldobersten durchzuckte ein Gedanke. Er nutzte die Pause und sagte unerwartet zu den zwei verstörten Männern: „Geht für eine Weile vor das Zelt. Wir, der König und ich, werden über den Vorschlag beraten und euch dann hereinrufen." Seine Stimme klang so ruhig wie gewöhnlich.

David gefiel es nicht, dass man ihn aus dem Königszelt herausgebeten hatte, um ohne ihn über sein Ansinnen zu beraten. Sie hatten ihn nicht einmal gefragt, was er eigentlich vorhatte. Sie behandelten ihn wie ein Kind oder gar wie einen aufdringlichen, lästigen Tor. Das schmerzte ihn.

Ehe noch der Türvorhang wieder zugefallen war, wandte sich Abner mit füchsischer Miene an seinen Vetter, König Saul: „Dieser naive, aber offenbar furchtlose und tatendurstige junge Mann kann uns beim längst überfälligen Überraschungsangriff auf die Philister von großem Nutzen sein."

„Wie das denn?“, fragte der König mit gerunzelter Stirn.

Abner entwickelte ihm seinen Plan.

Saul schaute ihn ungläubig an. „Du meinst, das kann gelingen?“ Der König wiegte betroffen sein graues Haupt. Widersprüchliche Gefühle machten ihm zu schaffen. „Auf diese Weise liefern wir den tapferen Jungen dem sicheren Tod aus.“

Abner schaute seinen Vetter mit Unverständnis an und antwortete ungeduldig: „Einer mehr oder weniger, das spielt doch keine Rolle mehr. Es geht um viele Hunderte. Uns gehen die Lebensmittel aus, wir stehen vor einer Niederlage.“ Der König war immer noch unentschlossen, so ließ der Feldoberst nicht locker und drängte weiter.

Schließlich gab Saul zögernd nach. „Wenn du meinst ...“

Grinsend rief Abner die beiden Wartenden herein und bot ihnen freundlich zwei Lederkissen an. Die Blässe wich allmählich aus dem Gesicht des Hauptmanns. David versuchte, die veränderte Lage zu verstehen.

„Sag mir, wie heißt du? Warum willst du zum Zweikampf gegen Goliat antreten?“, fragte der Feldoberst freundlich lächelnd.

David begriff sofort, dass sich das Blatt zu seinen Gunsten gewendet hatte. Augenblicklich kehrte seine Selbstsicherheit zurück. Also betrachtete man ihn doch nicht, wie er schon befürchtet hatte, als lästigen Dummkopf. Sein Angebot wurde ernst genommen. Die soeben noch empfundene Kränkung wandelte sich in Stolz. Mit wenigen Sätzen und ruhiger Stimme führte er aus, dass die Beleidigungen des Philisters nicht hinzunehmen seien, dass sie gerächt werden müssten und er zudem fest überzeugt sei, den Riesen töten zu können. Während seiner Erklärung blickte er dem König tief in die Augen. Nur er zählte, ihn wollte er überzeugen.

Der Feldoberst hörte kaum zu, glaubte er doch nicht einen Augenblick daran, der Hirte könnte seine Absicht verwirklichen. Dennoch erwiderte er zuvorkommend: „David, du bist ein tapferer Mann. Wir nehmen dein Angebot an. Der Zweikampf wird morgen ausgetragen, sobald Goliat im Tal erscheint.“ Der Angesprochene hielt die Luft an. Abner sprach ohne Pause weiter: „Wir danken dir, David. Es ist allerdings wichtig, dass du mit niemandem über deine Aufgabe sprichst. Geh jetzt und triff deine Vorbereitungen." Mit dem Kinn wies er zur Tür.

Nur so wenig hatten sie ihm zu sagen? Kein Wort über seine Tapferkeit, keine über die Belohnung, die der Sieger über Goliat erwarten durfte? Er schluckte. Nein, er wollte nicht zu viel verlangen. Mit Kleinigkeiten sollte er sich jetzt nicht abgeben. Das Wichtigste war für ihn, dass er die Erlaubnis hatte, gegen Goliat anzutreten. Dieses Ziel hatte er erreicht.

Der König spürte einen schalen Geschmack im Mund. Er dachte daran, David wenigstens seinen Panzer und seine Waffen anzubieten, doch waren sie für den kleinen und im Vergleich mit ihm schmächtigen Hirten viel zu groß und zu schwer. Sie würden ihn nur behindern. Darum verwarf er seine Absicht wieder.

Im Aufstehen suchte der entlassene David Blickkontakt zu Ner.

„Der Hauptmann wird noch zu einer Besprechung hier bleiben", warf der Feldoberst schnell mit verschlagenem Gesicht ein. „Morgen früh erfährst du alles Nötige." Abermals schaute Abner den Jüngling prüfend an und dachte: *Hoffentlich macht er keinen Rückzieher.* Abner traute ihm nämlich nicht. Er konnte diesen Mann schon auf den ersten Blick nicht leiden. Warum, das wusste er nicht. Jedenfalls passte ihm das Benehmen dieses Burschen nicht.

David verließ das Königszelt und versuchte zu ergründen, was sich soeben abgespielt hatte. Die Wandlung von der schroffen, abweisenden Haltung des Königs hin zur liebenswürdigen Zusage des Feldobersten kam überraschend. Er konnte sie sich nicht erklären. Unverständlich war ihm auch, warum Abner nicht nach den Waffen gefragt hatte, mit denen er kämpfen wollte. Warum glaubte er – im Gegensatz zum König – an den Sieg eines Hirten, ohne sich vorher von dessen kriegerischem Können zu überzeugen? Auf diese Frage fand David keine schlüssige Antwort und gab es auf. Morgen würde er ja „alles Nötige" erfahren.

*Ende gut, alles gut,* sagte er zu sich und fühlte sich schon als Sieger. Fröhlich sprang er über einen Strauch, den jeder andere umgangen hätte. Eine beschwingte Melodie fiel ihm ein, er begann zu pfeifen und machte sich äußerst gut gelaunt auf den Weg zu seiner Terebinthe.

Im Winter und im Frühling regnete es in dieser Gegend heftig. Das Wasser floss dann in zwei Bächen den Hang hinab und machte das Wadi in der Talmitte zum Fluss. Im Sommer dagegen waren die Bäche ausgetrocknet und verwandelten sich in kleine, staubige Rinnen. Als David eine von ihnen überquerte, fiel sein Blick auf zwei runde, im Geröll liegende Steine, genau, wie er sie bei seinen Schießübungen mit der Schleuder auf der Weide in Bethlehem verwendet hatte. *Das sind die richtigen Steine für meinen Kampf.* Normalerweise hätte er lange suchen müssen, doch hier lagen sie herum, als ob sie auf ihn gewartet hätten. Er hob sie auf, machte zwei Schritte und war verblüfft. Da waren noch zwei weitere. Er kniete nieder und sammelte sie ein. Fünf ideale Steine ganz nahe beieinander, so etwas hatte er noch nie erlebt. *Ist das bloß ein Zufall?*

Mit dieser Frage beschäftigte er sich noch, als ihm einfiel, dass sein Esel schon einige Zeit nichts mehr zu fressen bekommen hatte. Er beschleunigte seinen Schritt.

Jadid begrüßte ihn schwanzwedelnd. David freute sich, dass jemand ehrlich nett zu ihm war, klopfte ihm auf den Hals und sagte: „Sofort." Er griff in seine Tasche und hielt dem Esel eine Handvoll Röstkorn hin. Das Tier schluckte es gierig hinunter und schaute David mit seinen großen Augen bittend an. „Gut, noch eine", sagte er scherzend. „Aber dann ist Schluss." Er griff noch einmal in seine Tasche. „Die nächste Portion ist für mich", teilte er Jadid laut mit und begann selbst zu knabbern.

Wieder fiel sein Blick auf die fünf vor ihm ausgebreiteten Steine, und er begann zu rätseln. Die fünf Steine allein konnten ja noch ein Zufall sein, aber vorher gab es den Traum mit dem Wolf und dann die überraschende Erlaubnis für den Zweikampf. Alle drei Dinge zusammen, das war bestimmt kein Zufall. Aber was sonst? Ein Zeichen? Ein Zeichen von Jahwe? Ein Hinweis, dass alles gut gehen wird? Ja, das musste es sein. Ein Hinweis seines Gottes auf seinen Sieg. Ein Gefühl der Zufriedenheit durchströmte ihn. *Nach Bethlehem werde ich nie wieder zurückkehren müssen. In der Hauptstadt wird man mich bewundern und lieben.*

Er streckte sich entspannt, nickte ein und träumte vom großen Glück.

◆ ◆ ◆

Als David das Königszelt verlassen hatte, wurde Ner vom Feldobersten beauftragt, sofort alle Anführer zum Kriegsrat beim König ein zu bestellen.

Hauptmann Ner gehörte dem Kriegsrat nicht an, war aber diesmal ausnahmsweise auch anwesend. Als Judäer nahm er neben seinem Vorgesetzten Platz, dem Oberhauptmann Baruch. In der Gesellschaft des militärischen Adels wagte er kaum zu atmen.

Der König ließ sich auf seinem Sessel nieder und strich zufrieden über seinen Bart. „Sicher wundert es euch", begann er, „dass ich eine Eilsitzung des Rates anberaumt habe. Der Grund dafür sind neue Aussichten auf einen erfolgreichen Angriff gegen das philistäische Lager."

Die Oberhauptleute horchten auf. Etwas Neues, wovon sie nicht wussten? Gedämpftes Murmeln. Mit einer Handbewegung stellte der König die Ruhe im Zelt wieder her. „Ein junger Mann hat sich zum Zweikampf mit Goliat gemeldet. Es handelt sich um David ben Isai aus Bethlehem."

Die bei den Oberhauptleuten kurzzeitig aufgekeimte Hoffnung auf eine erfolgreiche Wende des fest gefahrenen Stellungskrieges war wie weggeblasen. Von der kindischen, großtuerischen Prahlerei des Hirten hatten sie selbstverständlich gehört. Außerdem, vierzig Tage lang hatten sie alle einen Sturm auf die Stellung der Philister für hoffnungslos gehalten und nun sollte es plötzlich zu einer Wendung kommen, nur weil sich ein größenwahnsinniger Hirte zum Zweikampf gemeldet hatte? Ein fatales Missverständnis!

Der König bemerkte die Bestürzung bei seinen Anführern, nahm es aber gelassen. „Ich verstehe eure Zweifel, hoffe aber dennoch fest, dass der Feldoberst sie gleich ausräumen wird."

Abner erhob sich grinsend. „Selbstverständlich rechnet niemand damit, dass dieser Knabe, dem man allerdings Feigheit nicht vorwerfen darf, den Riesen besiegen wird."

Baruch, der älteste unter den Versammelten, hielt nicht an sich, sondern fragte: „Warum soll er dann zum Zweikampf antreten? Ich sehe keinen Sinn darin . . .!"

Abner entgegnete: „Die Antwort ist einfach: Wir brauchen ein Ablenkungsmanöver." Sein Gesicht nahm listige Züge an. „Die Ankündigung des Zweikampfes und der Auftritt des Hirten werden alle Aufmerksamkeit der Philister auf sich ziehen. Ihre Organisation wird gänzlich durcheinander geraten. Sogar die Späher, die sonst ständig unser Lager beobachten, werden den Zweikampf verfolgen." Triumphierend fügte der Feldoberst hinzu: „Diesen Moment werden wir zu einem Überfall auf ihre Stellungen nutzen."

„So geht das also", brummte Baruch. „Den jungen David will Abner kaltblütig opfern. Ausgerechnet meinen Landsmann. Warum hat er sich für diesen Zweck keinen Benjaminiter ausgesucht?"

Baruch schaute verdrossen vor sich hin, der neben ihm sitzende Ner dagegen war fassungslos. *Was habe ich nur angerichtet?*, fragte er sich. Er war entsetzt. Er fühlte sich mitschuldig an Davids geplanten Tod. Er fühlte sich elend.

Der Feldoberst hatte die Stimmungsänderung bei den Judäern nicht einmal wahrgenommen. Er begann jetzt, die Strategie zu erläutern. Besondere Aufmerksamkeit widmete er dem Zusammenspiel von Zweikampf und Angriff. Dabei verwendete er klare, einfache Worte, die jeder sofort verstand und den Oberhauptleuten wies er ihre Aufgaben zu. Bald hatte keiner von ihnen Zweifel daran, dass der von Abner geplante Überfall zum Erfolg führen würde. In dieser Gewissheit verließen sie das königliche Zelt.

Abner hielt Hauptmann Ner auf, nahm ihn zur Seite und schärfte ihm ein: „Sorge dafür, dass David noch einige richtig boshafte Schmähworte einfallen, die die Philister wütend machen und gegen ihn aufbringen. Auf ihn allein muss sich ihre ganze Aufmerksamkeit richten."

Ner starrte den Feldobersten sprachlos an. Abner bemerkte wohl, was in dem Hauptmann vorging, aber er zuckte nur mit der Schulter und ließ ihn stehen. Als Feldoberst hatte er andere, größere Probleme zu überdenken, als sich mit dem Schicksal eines einzelnen, eines hergelaufenen Hirten zu befassen.

# 4

Die abendlichen Sonnenstrahlen erleuchteten das leere Tal und den Hang, auf dem sich die Hebräer befanden, in rötlichen Farben.

David hatte sich an den Stamm seiner Terebinthe gelehnt und schaute hinab auf die lässig in Gruppen kauernden, sich langweilenden Männer. Das Lager machte einen fast toten Eindruck. Sein Blick fiel auf die Stelle, wo am späten Vormittag Goliat gestanden hatte und wo er ihn morgen mit der Schleuder töten wollte. Er schloss die Augen, sah in Gedanken den Riesen mit ausgestreckten Armen vor sich und einige Schritte von ihm entfernt den kleinen Maoch mit dem großen Schild.

Plötzlich packte David ein gewaltiger Schreck. Was, wenn Goliat den Schild in die Hand nähme, während er durch das Tal auf ihn zuging? Dann könnte er mit seiner Schleuder gar nichts ausrichten. Jeder Stein würde wie von einer Mauer abprallen und Goliat hätte nur ein hämisches Lachen für ihn übrig. Ein kalter Schauer durchfuhr David. *Was soll ich dann tun?*, fragte er sich. Es bliebe ihm nur die Flucht zurück ins eigene Lager. David war überzeugt, dass er, trotz kürzerer Beine, schneller laufen könnte als der in den schweren Panzer eingeschmiedete Riese. Die Flucht müsste gelingen - aber was dann? Das wäre eine weit schlimmere Blamage als der unselige Streit vom Vormittag, als er von den Männern unten verhöhnt und ausgelacht worden war. Dieser Gedanke berührte ihn zutiefst. Er wusste, dass er sich mit dieser Möglichkeit noch auseinander setzen musste, aber im Moment war er dafür zu müde. Also verschob er es auf später.

Inzwischen war der Abend gekommen. Der Wind seufzte in der Krone seiner Terebinthe, die Luft wurde kühler und die Nacht senkte sich herab. Die Sichel des Mondes und die hell leuchtenden Sterne erschienen nacheinander am Himmel. Der Hang, auf dem die Philister lagerten, und das Tal verschwanden aus seinem Blick, doch das eigene Lager konnte er noch deutlich erkennen.

*Wie merkwürdig,* überlegte er, *tagsüber war auf dem Hang alles ruhig, doch jetzt in der Nacht erwachte er zu geschäftigem Leben.*

Trotz seiner Übermüdung riss er sich zusammen und strengte seine Augen noch mehr an. Kein Zweifel, die Männer strömten zu den Zelten und kehrten mit Waffen zurück, die im Mondschein gut zu erkennen waren. Sie sammelten sich in Gruppen und marschierten ohne den sonst üblichen Lärm talabwärts, bis sie aus seinem Gesichtsfeld verschwunden waren.

David fuhr mit der Zunge über die trockenen Lippen und dachte nach. *Da ist etwas im Gange. Steht dieser Aufmarsch vielleicht in irgendeinem Zusammenhang mit meinem Zweikampf? Aber warum?* Er kam zu keinem Ergebnis. Wieder tröstete er sich damit, dass er ja morgen von Ner alles erfahren würde.

Sein größter Wunsch war im Augenblick, sich richtig auszuschlafen. Er breitete die Decke aus, die auf der Reise den Rücken des Esels vor Schürfungen geschützt hatte, legte die Hirtentasche mit den fünf wertvollen Steinen und der Schleuder an das Kopfende, griff zu seinem Mantel, einem annähernd quadratischen Tuch mit Quasten an den Ecken, deckte sich damit zu, wie er es oft auf der Weide getan hatte, klopfte dem neben ihm liegenden Esel auf den Hals und fiel schnell in einen tiefen Schlaf.

◆ ◆ ◆

Am späten Morgen, als die Sonne schon hoch am Himmel stand, wurde er geweckt. Er war gründlich ausgeschlafen und hatte sich von den Strapazen des Vortags erholt.

Neben ihm kniete Hauptmann Ner und hielt ein üppiges Frühstück in der Hand. „Du wirst heute Kraft brauchen", sagte er.

David sprang auf. Er war zwar hungrig, trotzdem wollte er zuerst wissen, was ihm der Hauptmann über seinen Zweikampf zu berichten hatte. Seine blauen Augen hingen an Ners Lippen.

„Der König hat beschlossen, heute die Philister anzugreifen."

David fielen die Truppenbewegungen in der Nacht ein. Er fragte mit aufgeregter Stimme: „Und mein Zweikampf?"

„Ruhe, nur Ruhe, Junge! Auch dein Zweikampf wird stattfinden." Der Hauptmann schluckte. Er wusste ja, welche Rolle Abner dem tapferen Sohn seines Freundes Isai in der bevorstehenden

Schlacht zugedacht hatte, aber er war zum Schweigen verpflichtet. Also berichtete er vom geplanten Ineinandergreifen von Zweikampf und Großangriff und sagte dann abschließend: „Wenn die Sonne über der Pinie hinter der Zypresse steht ..." - mit ausgestrecktem Arm zeigte er auf die Bäume, die er meinte -, „... dann kommst du herunter zu meinem Waffenzelt. Dann geht es los!"

Hastig nahm David sein Frühstück zu sich, wobei er hinunter ins Tal blickte. Während der Nacht hatte sich der Hang fast völlig entvölkert, aber ganz unten saßen, verborgen in Geländevertiefungen, hinter Felsen, Sträuchern und Zelten, bewaffnete Männer, eng zusammengepfercht an Stellen, die von der gegnerischen Seite nicht eingesehen werden konnten.

David kaute gerade am letzten Käsestück, als ihm plötzlich wieder der Schild des Riesen einfiel. *Was tun, wenn der Riese ihn tatsächlich in die Hand nimmt?* Heute sah er klarer. Damit Goliat erst gar nicht auf diesen Gedanken kam, nach dem Schild zu greifen, um sein Gesicht zu schützen, musste David harmlos aussehen, so harmlos wie ein einfacher Hirte. Vor einem Hirten würde der Riese sich bestimmt nicht fürchten, ja, es müsste sogar unter seiner Würde sein, einen Schild zu nehmen ...

David hatte die Antwort gefunden und rieb sich froh die Hände.

Die richtige Kleidung hatte er ja, die nötige Tasche auch. Es fehlte nur der Hirtenstock. Glücklicherweise blieb noch Zeit, um einen solchen zu suchen.

Er hatte Glück. Rasch fand er, was er suchte. Der Stock hatte sogar den richtigen Bogen am Ende. Nun war seine Ausstattung vollständig. Ein Blick zur Sonne, die sich der Pinie näherte, belehrte ihn, dass es an der Zeit war, aufzubrechen. Er bückte sich, nahm die Leine, mit der die Säcke vorher auf dem Esel befestigt waren, und benutzte sie als Gürtel. Hinter diesen steckte er die Schleuder und das große Messer. Die Schleuder auf den Rücken, das Messer gut sichtbar vorn. Als letztes hängte er sich die Tasche mit den fünf Steinen um, und zwar so, dass er leicht hineingreifen konnte.

Beim Hauptmannszelt angelangt setzte er sich in den Schatten und legte die Hände in den Schoß. Er wartete. Im Gesicht war er aschgrau, er wirkte auch bei weitem nicht mehr so siegesgewiss wie gestern. Beim Abstieg war ihm bewusst geworden, dass der berühmte Zweikämpfer Goliat ein wesentlich gefährlicherer Gegner war als der Wolf in Bethlehem. Heute würde er keinem wilden, dummen Tier, sondern einem intelligenten, geschickten Krieger entgegentreten, der gelernt hatte, Pfeilen und Speeren auszuweichen, der versuchen würde, aus der Schusslinie seines Steines zu entkommen ...

Und was dann?

Das war neben dem Schild die zweite lästige Frage, die ihn beschäftigte.

Kurz darauf erschien Ner, der beim letzten Gespräch vergessen hatte, Abners Anweisung zu befolgen. Nun gab er David den Rat, sich Schmähungen und Beleidigungen einfallen zu lassen, um den Riesen zu ärgern und aus dem Gleichgewicht zu bringen. „Wenn Goliat im Tal erscheint, bin ich wieder bei dir", fügte er noch hinzu. Er wollte dem jungen Mann zu verstehen geben, dass er seine schützende und lenkende Hand über ihn halte.

Es half, David fühlte sich schon besser. Er spürte, wie seine Bedenken verflogen. Ja, er würde siegen, selbstverständlich würde er siegen!

Sein Gesicht nahm wieder die übliche normale, rötliche Färbung an. Er atmete tief durch ...

◆ ◆ ◆

Goliat hatte schon seinen gewohnten Platz in der Mitte des Tals erreicht. Genau wie gestern baute sich Maoch wieder fünf Schritte von ihm entfernt auf. Er trug Schild und Speer seines Onkels. Der Riese stemmte die Arme in die Seiten und schaute sich gelassen um.

Doch plötzlich geschah etwas Unerwartetes: König Saul trat im roten Gewand vor sein Zelt. Im hellen Sonnenschein war er für die gegnerische Seite gut sichtbar. Zwei Trompeter hoben ihre Hörner und bliesen das hebräische Signal für „Achtung".

Vor dem König, wenn auch zwei Schritte tiefer, stand sein Herold, ein Mann, der über eine so laute Stimme verfügte, dass die Ohren schmerzten, und der dabei auch noch so deutlich sprach, dass er auf Hunderte von Schritten zu verstehen war. Als die Hörner verklungen waren, rief er in die Stille hinein: „Philister! Wir nehmen eure Aufforderung zum Zweikampf an. Unser Mann verlässt jetzt das Lager, um mit eurem Goliat zu kämpfen!"

Erneut ertönten die Hörner.

Ner erschien wieder und rüttelte den unverwandt auf Goliat starrenden David an der Schulter. „Deine Zeit ist da", sagte er mit einem unnatürlichen Klang in der Stimme. „Geh in Jahwes Namen!"

David überzeugte sich noch einmal mit einem raschen Handgriff, ob die Schleuder auf dem Rücken im Gürtel fest und sicher saß. Seine Erregung war gewichen und er ging in aufmerksam gebückter Haltung los. Seine Schritte ähnelten denen einer Katze, die sich einer Maus nähert.

Zu Ners Verwunderung ging David dem Riesen nicht direkt entgegen, sondern strebte langsam einem Punkt zu, der etwa fünfzig Schritte entfernt links von Goliat lag. *Was hat er vor?*, fragte sich der Hauptmann.

Er konnte natürlich nicht wissen, dass David sich durch diese Taktik zwei Vorteile erhoffte. Um den nahenden Gegner im Auge behalten zu können, war Goliat gezwungen, eine Drehung durchzuführen. Gerade da aber würde die Sonne stehen, die ihn blenden sollte. Das war der erste Vorteil.

„Er dreht sich, Jahwe sei Dank!", brummte David erleichtert.

Weit wichtiger aber war das zweite von ihm angestrebte Ziel. Er rechnete damit, dass ihm der Riese entgegengehen und sich dadurch von Maoch – und damit von seinem Schild – entfernen würde ...

„Los, mach schon!", knurrte David.

Aber sein Wunsch ging nicht in Erfüllung. Goliat rührte sich nicht vom Fleck.

*Pech!*, dachte David und ballte enttäuscht die Faust.

◆ ◆ ◆

Die philistäischen Soldaten staunten. *Ein Hirtenjunge als Gegner? Haben die Hebräer den Verstand verloren?*

Die Überraschung hielt allerdings nicht lange an. Auf einmal hatten sie nur eines im Sinn: den Zweikampf aus der Nähe zu beobachten! Endlich war mal etwas los in diesem öden Tal. Die Männer lachten, machten Scherze und liefen im Freudentaumel den Hang hinunter. Es war keine Zeit zu verlieren, denn der Kämpfer der Hebräer hatte schon den halben Weg zu Goliat zurückgelegt. Jeden Moment musste der Kampf losgehen, und niemand wollte den Anfang versäumen.

Die Offiziere der Philister mahnten zur Ordnung und bemühten sich, die Menge aufzuhalten. Aber vergebens, die Soldaten wollten bei diesem Ereignis dabei sein, und viele waren offensichtlich bereit, die Strafe für eine Befehlsverweigerung in Kauf zu nehmen. In wenigen Augenblicken gerieten Hunderte in Bewegung, der Menschenstrom schwoll an, er entwickelte ein Eigenleben und war nicht mehr zu zügeln.

◆ ◆ ◆

David hatte es nicht erreicht, den Riesen von Maoch weg zu locken. Damit waren auch die Bedenken vom gestrigen Tag, dass nämlich Goliat im entscheidenden Moment den Schild ergreifen und sein Gesicht schützen könnte, wieder da.

Mit diesem Gedanken beschäftigt, bemerkte er nicht, was um ihn herum geschah. Erst als die Erde dröhnte, gewahrte er die vom gegnerischen Hang herunter strömenden Menschen. Die an Disziplin gewöhnten Philister bildeten um Goliat und ihn selbst allmählich einen großen, geordneten Halbkreis.

David erschrak angesichts der neuen Gefahr. Er beabsichtigte, den Zweikampf auf eine Weise zu entscheiden, die nicht – wie Ner gesagt hatte – den Regeln entsprach. Waren die Philister auch dieser Ansicht? Würde er nach dem Einsatz der Schleuder als unfairer Kämpfer, als Regelbrecher da stehen? Was hatte er dann von den Soldaten zu erwarten? Das war nicht schwer zu erahnen.

Erneut hatte ihn ein Grauen gepackt, und er dachte fieberhaft nach. *Sowie ich Goliat getötet habe, muss ich die Flucht ergreifen!* Neue Bedenken überfielen ihn. Er müsste dann nicht einem einzigen

Mann in schwerer Rüstung, sondern einer aufgebrachten Meute entfliehen. *Ist das überhaupt möglich?* Unter den Philistern gab es mit Sicherheit Männer, die schneller laufen konnten als er. Der Schweiß brach ihm aus, das Hemd klebte an seinem Rücken, er wusste, von einer Erfolg versprechenden Flucht danach konnte keine Rede mehr sein. Mit der Hand wischte er sich den Schweiß von der Stirn.

Urplötzlich, unversehens fiel ihm Abners seltsames Verhalten im Königszelt ein. *Dieser Schuft hat mich in eine Falle laufen lassen,* wurde ihm schlagartig bewusst. *Natürlich hat er gewusst, dass sich um den Kampfplatz ein Zuschauerring bilden würde. Er hat mir diese Gefahr absichtlich verschwiegen, damit ich mein Angebot nicht zurückziehe. Oh was für ein leichtsinniger Dummkopf bin ich gewesen, was für ein Narr!,* gestand er sich ein. *Bestimmt hat auch schon vor mir so mancher an einen Kampf mit einer Fernwaffe, mit verstecktem Pfeil und Bogen oder gar mit der Schleuder gedacht,* überlegte er hastig. *Dass niemand einen solchen Plan in die Tat umgesetzt hat, kann nur den einen Grund haben, den ich in meinem Leichtsinn übersehen habe: Es bestand niemals die Aussicht, dieses Vorhaben zu überleben.* David stockte, stützte sich auf seinen Hirtenstab und beobachtete mit weit aufgerissenen Augen die ihn umgebende Menge.

In diesem Moment ertönte Goliats Stimme: „Du wirst doch wohl keine Angst haben, kleiner Floh?“ Sein Hohn war unüberhörbar.

David zuckte zusammen. *Angst?* Ja, er hatte Angst. Sein Puls raste, kalter Schweiß rann ihm in Strömen über den Körper. Starr vor Entsetzen versuchte er, dem Gewirr zusammenhangloser Gedanken zu trotzen und doch noch einen Ausweg aus dieser hoffnungslosen Lage zu finden. Und es fiel ihm nur einer ein: Er musste davonlaufen, jetzt, noch bevor der Zweikampf überhaupt begonnen hatte. Dann wäre er zwar in den Augen der Philister ein Feigling, aber das war immer noch besser als als unfairer Kämpfer erschlagen zu werden. Hastig schaute er zum Hang der Hebräer hinüber, um eine günstige Fluchtmöglichkeit zu erspähen. Dabei erinnerte er sich an die hinter Sträuchern und Steinen versteckten Männer, die zum Angriff bereit standen, und daran, dass sein Zweikampf ein

Bestandteil von Abners Plan war. *Soll vielleicht ausgerechnet mein Tod das Zeichen zum hebräischen Angriff sein?* Abner traute er mittlerweile alles zu. Würde er jetzt versuchen zu fliehen, würde er sicherlich Abners Plan durchkreuzen, ihn vielleicht gar zunichte machen, und er hatte nicht den geringsten Zweifel, dass der strenge, rücksichtslose Feldoberst ihm dann die Schuld für dieses Misslingen zuschreiben würde, was einem schmählichen Todesurteil gleichkam.

Seine Schultern senkten sich und es war ihm, als schaue er dem Tod in die Augen. *Ich habe mich verrechnet, ich habe mich übernommen, ich habe selbst Schuld.* Welche Wahl hatte er denn noch? Sich von diesem Ungeheuer widerstandslos abschlachten lassen? *Nein, das auf keinen Fal!.* Er riss sich zusammen. *Wenn mein Tod schon besiegelt ist, dann soll er wenigstens ruhmreich sein!* Ja, wenigstens das. Dem König, Abner, Ner, seinen eigenen Brüdern, ihnen allen wollte er beweisen, dass er kein Feigling war wie sie. Inmitten der aus Hunderten von Feinden gebildeten Menschenmauer würde er den Mann töten, vor dem allen Hebräern die Knie schlotterten. Dann mochte geschehen, was wollte. Er jedenfalls würde sich bis zum letzten Atemzug wehren.

Plötzlich waren alle Ängste wie weggefegt, ein neuer David war erstanden, der verwirrte Jüngling hatte sich unvermittelt in einen zu allem entschlossenen Krieger gewandelt. In diesem Moment war er wirklich erwachsen geworden.

Mit einem Blick auf den Riesen betete er: „Jahwe, gib, dass ich ihn noch töte, bevor ich selber sterbe!"

Gerade höhnte der Philister wieder: „Ich glaube, ich sehe nicht richtig. Mit einem Messer und mit einem Stock? Weißt du überhaupt, worauf du dich da einlässt?" Er lachte laut auf. „Also lebend entkommst du mir nicht!"

Entschlossen heftete David seinen Blick auf Goliat und rief: „Wieder reißt du nur dein unverschämtes Schandmaul auf. Das kann jeder. Komm doch her, aber dafür fehlt dir wohl der Mut!"

Der Riese war entrüstet, seinen Zorn sah man ihm von weitem an. Mangel an Mut, das hatte ihm bisher noch niemand unterstellt. Der respektlose Vorwurf traf seine Eitelkeit an der empfindlichsten Stelle, die Galle lief ihm über. „Was erlaubst du dir, du dreckiger kleiner Mistkerl?" Jedes Wort triefte vor Wut. David sah, wie sich Goliats Gesichtsfarbe verändert hatte. Der Riese holte tief Luft und brüllte: „Mit bloßen Händen werde ich dich zerquetschen ...", er schloss und öffnete zornig seine riesigen Pranken, um David auch anschaulich zu machen, was er mit ihm zu tun gedachte, „... und dein Fleisch den Vögeln zum Fraß vorwerfen!" Allerdings bewegte er sich keinen Fußbreit von der Stelle.

„Pah! Leere Drohungen! Vor dir Großmaul habe ich nicht die Spur von Angst. Aber du solltest dich vor mir fürchten." David ließ ihn nicht aus den Augen, während er fortfuhr: „Du grinst? Mit diesem Messer hier ...", er klopfte mit der Hand auf den Griff der Waffe im Gürtel, „... werde ich dir deine Philister-Gurgel durchschneiden."

Während des Wortwechsels war David dem Riesen immer näher gekommen. Jetzt betete er innerlich zu Jahwe: *„Herr, mein Herr, gib noch zwanzig Schritte, ohne dass er zum Schild greift! Dann bin ich nahe genug und kann schießen. Oh Herr, steh mir bei, ich flehe dich an!"*

◆ ◆ ◆

König Saul verharrte immer noch wie eine Säule vor seinem Zelt, beobachtete gespannt das gegnerische Lager und die ins Tal strömenden Philister. *Der kluge Abner hatte Recht,* dachte er, *es entwickelt sich alles, wie vorgesehen.*

Saul kreuzte die Hände vor der Brust. Als David schon auf dreißig Schritte an Goliat herangekommen war, näherte sich der Feldoberst dem König. In der Hand hielt er eine lange Stange, an der ein großes schwarzes Tuch befestigt war. „Es ist so weit!", rief er, denn er war der Meinung, Goliat würde David jeden Moment mit seinem Speer aufspießen und damit den Zweikampf im Tal beenden. „Die Zeit für den Angriff ist gekommen." Abners Augen funkelten wie im Fieber.

Saul erwiderte mit heiserer Stimme: „Gib das Zeichen!"

Abner schwenkte die schwarze Fahne. Es war das Startsignal, auf das die Hauptleute entlang des Hanges gewartet hatten. Nun sprangen die bewaffneten Hebräer aus ihren Verstecken hervor und rannten Mann neben Mann in drei aufeinander folgenden Reihen in die Talebene. Um sich gegenseitig nicht in die Quere zu kommen, steuerte jede Hauptmannschaft eine vorbestimmte Stelle am gegnerischen Hang an, so lautlos wie möglich.

Die philistäischen Soldaten nahmen zu dieser Zeit ausschließlich Goliat und seinen Gegner wahr. Allein auf die beiden beschränkte sich ihre ganze Aufmerksamkeit. Dem Tal, in das nun bereits die ersten Hebräer stürmten, widmeten sie keine Beachtung. Als erste bemerkten die am Hang gebliebenen Offiziere die Angreifer, aber da hatten diese schon etwa hundert Schritte zurückgelegt. Die Offiziere durchschauten sofort die List der Hebräer und versuchten lautstark, ihre Leute aus dem Tal zurückzubeordern. Doch die Soldaten hörten ihre Befehle nicht, weil sie das Streitgespräch zwischen Goliat und dem kleinen Hebräer im Bann hielt. Auf jeden Satz waren sie gespannt, sie wollten keine Silbe versäumen. Beim Zuhören und Zuschauen verrenkten sie sich die Hälse, damit ihnen auch nicht die geringste Kleinigkeit, nicht die kleinste Gebärde entging …

◆ ◆ ◆

Der Angriff der Hebräer war in vollem Gang. Jonathan, der älteste Sohn des Königs, befehligte die Truppen am rechten Flügel, an der Talsenke, wo die Entfernung zum gegenüberliegenden Hang am geringsten war. Vor allen anderen erreichte der hoch gewachsene, blau gekleidete Prinz als erster die feindliche Stellung.

Inzwischen hatten die Offiziere der Philister den Befehl zum Phalanxen bilden von den Trompetern blasen lassen. Die Soldaten folgten der Anweisung und bildeten drei hintereinander gestaffelte Menschenreihen. Im Normalfall standen in der ersten Reihe rund ein Dutzend Männer Schild an Schild, während sich in der zweiten die Speerkämpfer aufstellten. Durch schmale Spalte zwischen den Schilden richteten sich die Spitzen ihrer Waffen auf die Feinde. In der dritten Reihe wartete die Reserve, die einsprang, wenn einer aus der ersten oder zweiten Reihe verletzt oder getötet wurde. Jeder Soldat kannte seinen Platz und wusste, wo er zu stehen hatte.

Da aber auch in diesem Teil des Lagers viele Philister fehlten, erwiesen sich die Phalanxen als so lückenhaft, dass sie nur begrenzt kampffähig waren. Jonathans Männern konnten sie nicht standhalten. In der Aufregung begingen die Offiziere zudem einen folgenschweren Fehler: Anstatt aus zwei oder drei lückenhaften Phalanxen eine einzige voll kampffähige zu bilden, änderten sie überstürzt ihre ursprüngliche Anordnung und gaben den Befehl zum Kampf Mann-gegen-Mann, obwohl die Hebräer in großer Überzahl waren.

Jonathan erkannte die Chance, ließ seinen Schild fallen, fasste das Schwert mit beiden Händen und stürzte sich auf die Feinde. Sein Mut, seine Begeisterung wirkten ansteckend. Die Hebräer folgten dem Beispiel, entledigten sich gleichfalls ihrer Schilde, vergaßen ihre Angst und droschen mit beiden Hände und beinahe übermenschlichen Kräften auf die langsam zurück weichenden Philister ein. Sogar im hellen Tageslicht sah man die sprühenden Funken, die beim Zusammenprall der Schwerter und Metallschilde aufleuchteten.

Bald brach bei den Philistern in diesem Abschnitt jede militärische Ordnung zusammen. Die einzelnen Soldaten kämpften nicht mehr um die Stellung, sondern nur noch um das eigene nackte Leben. Schritt für Schritt wurden sie von Jonathans rasenden Männern zurückgedrängt. In kurzer Zeit hatten die Hebräer einen großen Teil der Mannschaftszelte, in denen sich auch die Waffen der im Tal verweilenden Soldaten befanden, erobert.

## 5

Am frühen Vormittag, noch bevor der Herold des hebräischen Königs die Annahme des Zweikampfs verkündet hatte, trafen sich Achis, der Fürst von Gat, und Akesch, der Fürst von Ekron, in Achis' Zelt. Sie waren fest davon überzeugt, dass sie die Hebräer in den nächsten Tagen besiegen würden und wollten in aller Ruhe über die bevorstehende Aufteilung der Beute und der eroberten Gebiete verhandeln. Als sie bei der vierten Bierschale angelangt waren, stürzte in großer Aufregung ein Posten ins Zelt und meldete, dass die Hebräer die Herausforderung angenommen hatten und einen Mann in den Zweikampf schicken würden.

Die zwei Fürsten sprangen auf, eilten aus dem Zelt und erblickten im Tal eine kleine, hell gekleidete Gestalt, die sich langsam dem philistäischen Soldaten Goliat näherte.

„Unglaublich", sagte Achis zu Akesch. „Warum lassen sich die Hebräer auf den Zweikampf ein, ohne mit uns über die Einzelheiten und die Bedingungen zu sprechen? Ist das Dummheit oder eine List?"

Als er die eigenen Soldaten zum Kampfplatz hinunterrennen sah, ließ er sofort das Signal blasen, das die höheren Offiziere zu ihm befahl. Dann wandte sich seine Aufmerksamkeit erneut dem Herausforderer zu. Der Mann hatte nur einen Stock bei sich, keine Waffen, kein Schwert, keinen Schild. *Hier stimmt etwas nicht!* Achis' Atem stockte. Während er nach einer Erklärung suchte, ließ er seinen Blick über das hebräische Lager schweifen. Entsetzt entdeckte er in diesem Moment, wie eine große Zahl Krieger lautlos durch das Tal auf das philistäische Lager zueilte. Er schätzte ihre Zahl auf etwa viertausend, ein Schwarm von waffenstarrenden Angreifern.

Neben ihm fasste sich der Fürst von Ekron verwirrt an den Kopf und stöhnte.

◆ ◆ ◆

Im Tal hatte nun auch Goliat die Angreifer bemerkt. Ein kurzer Blick genügte dem erfahrenen Krieger, um Abners List zu durchschauen. Er wurde zornig. Endlich hatte sich ihm die Möglichkeit geboten, durch einen Zweikampf einen ganzen Krieg ruhmreich zu entscheiden. Doch mit diesem Großangriff würden ihn die hinterhältigen Hebräer um die Früchte seines Sieges bringen. Daran ließ sich wohl nichts mehr ändern, doch seine Ehre wollte er sich nicht nehmen lassen. Wenigstens würde er es diesem frechen Hirten, der ihn auf unverschämte Weise beleidigt hatte, heimzahlen. Dafür reichte die Zeit noch. Sein Atem beschleunigte sich. „Maoch!", rief er. „Die Waffen! Schnell!" Seine Stimme überschlug sich beinahe.

Als Maoch den Schild zu schultern versuchte, fiel ihm in der Aufregung der Speer aus der Hand. Um ihn aufzuheben, musste er niederknien und gleichzeitig darauf achten, dass der hohe Schild nicht über ihn kippte. Das alles dauerte mehrere Atemzüge lang.

„Mach schon!", drängte Goliat, während er auf die herannahenden Hebräer starrte und dadurch den Hirten kurzzeitig aus den Augen ließ.

David erkannte die Gunst des Augenblickes. *Jetzt oder nie!* Er warf den Stock zur Seite, griff einen Stein aus der Hirtentasche und tat einige Sprünge auf Goliat zu. Noch im Laufen hatte er die auf dem Rücken verborgene Schleuder hervorgezogen, legte nun blitzartig den Stein in die Lederpfanne und wirbelte sie schwungvoll über dem Kopf.

Maoch, dem es mittlerweile gelungen war, die Waffen wieder zu schultern, blickte auf und erschrak. „Onkel, die Schleuder!", brüllte er. Goliat verstand nicht, was er meinte, und wandte sich ihm zu.

„Nein!", murmelte David aufgeregt. „Muss er sich gerade jetzt bewegen?"

Der Stein hatte die nötige Drehgeschwindigkeit erreicht. *„Herr, gib, dass er sich nicht mehr rührt"*, betete David und ließ dann einen Riemen der Schleuder los. Sie öffnete sich und der Stein sauste schwirrend davon. Der Hirte schaute ihm gebannt nach.

Die Sonne spiegelte sich in goldenen Zickzackleisten am Federbuschhelm des Riesen. *Wird der Stein die Stelle zwischen Helm und Brustpanzer treffen?* Mit zusammengekniffenen Augen hielt David den Atem an.

Maoch zeigte mit ausgestreckter Hand und stumm vor Entsetzen auf den Hebräer. Goliats Kopf drehte sich erneut, diesmal wandte er sich dem Angreifer zu, blieb aber in der Schusslinie. Als der Philister den heranfliegenden Stein entdeckte, war es für eine Ausweichbewegung bereits zu spät.

Der Stein traf Goliat mit voller Wucht, David meinte sogar das Krachen des Backenknochens zu vernehmen. Der Riese warf die Hände in die Luft und wankte.

„Jahwe, ich danke dir! Der Stein hat getroffen!"

Goliat ging in die Knie und stürzte zu Boden, wobei sein Panzer laut klirrte. Für David hörte es sich wie Musik an, wie die Klänge einer Zimbel.

Maoch schrie auf und schlug sich die Hände vors Gesicht. Dann rannte er, ohne sich um Schild und Speer seines Onkels zu kümmern, wie ein verschrecktes Kind, heulend den Soldaten nach, die eben noch den Zuschauerring gebildet hatten und jetzt, dem Befehl ihrer Offiziere gehorchend, zu den Zelten eilten, um sich zu bewaffnen.

David stand da wie angewurzelt und starrte auf den hingestreckten Riesen. Der bedrohliche Menschenwall war in alle Winde zerstoben. Plötzlich gab es nur noch sie beide, David und Goliath. *Habe ich ihn tatsächlich getötet? Habe ich gesiegt? Bin ich noch am Leben?*

Unversehens stöhnte der am Boden liegende Riese auf und bewegte sich. Der Kampf war also noch nicht zu Ende. David musste verhindern, dass sich Goliat wieder erholte und damit kampffähig würde. Er zog sein Messer aus dem Gürtel.

Goliat versuchte tatsächlich aufzustehen. David fasste ihn am Federbusch und schnitt ihm rasch die Kehle durch. Blut spritzte in hohem Bogen aus der Wunde des schweren Mannes und ergoss sich auf sein Hemd. David sprang zur Seite. Nicht nur sein Rock, auch seine Hände und Füße waren besudelt. Ihm wurde schlecht. Er verspürte ein flaues Gefühl im Magen und musste sich setzen.

◆ ◆ ◆

Das Trompetensignal rief die Feldobersten Azuri und Ahimiti eilig zum Fürstenzelt. Achis versuchte die Lage einzuschätzen. Von einem Gegenangriff oder gar Sieg konnte keine Rede mehr sein.

„Azuri", sagte er zähneknirschend, „lauf in den Ostteil des Lagers", er wies dabei auf eine große, blau gekleidete, Befehle erteilende Gestalt. „Du musst versuchen, einen geordneten Rückzug zu organisieren. Ein Teil der Zelte und die Waffen darin sind wohl für immer verloren." Er warf einen Blick auf die aus dem Tal heraufströmenden Soldaten. „Alle, die nicht mehr an ihre Waffen kommen, sollen sofort zur Wagenburg im Westen kommen. Wir brauchen sie bei den Hilfsarbeiten."

Azuri nickte zum Zeichen, dass er alles verstanden hatte, und entfernte sich schleunigst.

Jetzt wandte sich der Fürst an den älteren, schweratmenden Ahimiti. „Deine Aufgabe ist es, mit den Ekronern die Stellung im Westen so lange zu halten, bis in der Wagenburg alle Karren beladen und abmarschbereit sind."

„Ich will es versuchen", stöhnte der Feldoberst und wandte sich ab.

Inzwischen war auch der für den Transport verantwortliche Offizier da und wartete auf Anweisungen. Ohne den Blick von den nahenden Hebräern zu wenden, sagte Achis zu ihm: „Das Mittelstück werden wir vielleicht bis zum frühen Nachmittag halten können. Bis dahin müssen Küche, Schmiede und die Werkstätten geräumt sein."

„Sollen die Fürstenzelte auch abgebaut und verladen werden?"

Schmerz zeichnete sich auf Achis' Antlitz ab. „Die Zeit reicht dafür nicht aus, das weißt du so gut wie ich. Nur die Einrichtung kommt mit. Die Zelte holen wir uns bei den Hebräern beim nächsten Feldzug zurück."

„Verstanden", sagte der Offizier und verschwand.

Besorgt legte der Fürst Padi, dem letzten seiner Stabsoffiziere, die Hand auf die Schulter. „Deine Aufgabe ist es, mit den Kampfwagen unseren Rückzug durch die Ebene zu schützen." Mehr Zeit hatte Achis nicht für ihn, denn die Hebräer hatten wieder Boden gewonnen. Er hatte seinen höchsten Offizieren Aufgaben zugeteilt und die hatten sich entfernt. Der verschreckte Akesch war in seinem Zelt verschwunden. Achis war nun allein und sah sich nun gezwungen, die Verteidigung der Hangmitte selbst in die Hand zu nehmen.

◆ ◆ ◆

Goliat war tot, von ihm gingen keine Bedrohung, keine Gefahr mehr aus. David hatte sich erholt und versuchte sich nun einen Überblick über das zu verschaffen, was auf dem feindlichen Hang geschah. Die Truppen der Hebräer, die gleich nach seinem Steinwurf in drei Reihen an ihm vorbeigerauscht waren, befanden sich auf dem Vormarsch, die Philister zogen sich zurück, auch von ihnen drohte mittlerweile keine Gefahr mehr. Beruhigt wandte er sich wieder Goliat zu und betrachtete mit Genugtuung den in einer Blutlache liegenden Kopf.

*Das soll meine Trophäe sein,* überlegte er sich.

Um ihn vom Rumpf zu trennen, brauchte er Goliats Schwert. Dieses aber lag unter dem schweren, gepanzerten Körper. Mit großer Mühe wälzte er ihn zur Seite, ergriff dann den Knauf der Waffe, zerrte sie aus der Scheide, umklammerte mit beiden Händen den Griff, schöpfte tief Luft, holte aus und ließ das Schwert niedersausen. Der Kopf rollte zur Seite. Er packte ihn am federgeschmückten Helm und machte sich mit stolzgeschwellter Brust auf den Weg ins Lager.

Neben dem Zelt des Hauptmanns Ner, das jetzt leer stand, ließ er sich nieder und setzte seine Beute vor sich auf den Boden. Er malte sich aus, wie er dem König die Trophäe ehrerbietig zu Füßen legen und dafür seinen Dank erhalten würde. *Vielleicht bekomme ich zur Belohnung ja auch noch die Prinzessin zur Frau. Sicher ist sie hübsch wie alle Prinzessinen auf der Welt und schön gekleidet und reich. Bestimmt ist sie nicht mit den Mädchen in Bethlehem zu vergleichen, nicht einmal mit der Tochter des Stadtvorstehers.*

Der Kampflärm in der Ferne verebbte. David beobachtete, wie die Philister mit ihren Wagen aus dem Tal flohen und wie sich die siegreichen Hebräer an ihre Fersen hefteten. Ein großer Triumph, zu dem auch er beigetragen hatte.

Ja, darauf konnte er stolz sein.

# 6

Im Zelt des Königs waren erneut die Mitglieder des Kriegsrats zusammen gekommen. Sie waren alle unversehrt, nur Prinz Jonathan und der Oberhauptmann Baruch hatten leichte Verletzungen davon getragen. Sie bemühten sich, nicht zu zeigen, dass sie Schmerzen hatten, sondern überspielten diese mit einem zufriedenen Lächeln.

Ausnahmsweise saß Saul an diesem Abend nicht auf seinem Sessel. Er hatte kameradschaftlich unter den Oberhauptleuten auf einem Kissen am Tisch Platz genommen und strahlte vor Freude. „Ich will mich kurz fassen", sagte er wie im Rausch. „Ihr alle habt euch tapfer geschlagen und ihr alle habt euch eine Belohnung verdient. Ich werde mich erkenntlich zeigen. Aber darüber reden wir zu Hause in Gibea. Heute wollen wir uns einzig über den errungenen Sieg freuen und uns die erbeuteten Leckerbissen gut schmecken lassen."

Die Männer waren hungrig. Seit dem Morgen hatten sie nichts mehr gegessen und waren daher froh, als der König zum Becher griff und das Gelage eröffnete. Bald erfüllte lautes Schlürfen und Schmatzen den Raum. Der Wein floss in Strömen, die Gemüter erhitzten sich. Hefer, der Oberhauptmann der Manassitter, ein von Natur aus fröhlicher Mann, machte sich über die Philister lustig und brachte die Runde zum Lachen.

Es war schön, Sieger zu sein.

◆ ◆ ◆

David hatte bei Ners Zelt lange auf die Rückkehr des Hauptmanns gewartet und von der zu erwartenden Belohnung geträumt.

Die Zeit zog sich hin, und Ner erschien noch immer nicht. Auch sonst kam niemand. David wurde ungeduldig. Seine Ungeduld wandelte sich schließlich in Zorn. Er hatte jetzt besser als zuvor erkannt, wie groß das Risiko, das man ihm zugemutet hatte, und der Einfluss des Zweikampfs auf den Ausgang des Krieges gewesen waren. Und jetzt hatte man ihn, der doch eine wirklich große Tat vollbracht hatte, vergessen, einfach vergessen. Das war keine Undankbarkeit, das war geradezu eine Unverschämtheit! So hatte er sich den Abend nicht vorgestellt.

Voller Enttäuschung erhob er sich und machte sich auf den Weg zum Hügel, auf dem der Befehlsstand errichtet war. Dort sammelten sich die Rückkehrer aus der Schlacht. Als sie David erblickten, begrüßten sie ihn stürmisch, trugen ihn auf den Schultern durch das Lager und nannten ihn einen Helden. Seine Stimmung verbesserte sich dadurch zusehends. Er schaute zum großen Zelt hinüber. Sollte der dort weilende König ihn wirklich vergessen haben, dann würde ihn die lautstarke Ehrung, die ihm jetzt zu Teil wurde, sicher an seinen Verdienst erinnern.

David hatte richtig vermutet. Der tosende Beifall drang tatsächlich bis zum König. Saul wandte sich zu Baruch und sagte beiläufig: „Nimm diesen Hirten unter deine Fittiche. Ich glaube, er gibt einen guten Hauptmann ab." Er nippte an seinem Becher und fügte noch hinzu: „Ernenne ihn zum Hauptmannsanwärter. Und bis er seinen neuen Beruf erlernt hat, soll er bei Ner bleiben. Die beiden scheinen sich zu verstehen."

Es war spät geworden. Nach dem langen aufreibenden Tag, nach dem Kampf und dem darauf folgenden Siegestaumel, waren die Krieger müde, und so suchten sie sich einen bequemen Platz für die Nacht.

David hatte bis zum Schluss ausgeharrt und die ganze Zeit ungeduldig auf die Aufforderung gewartet, ins Königszelt gerufen zu werden. Aber es war vergebens. *Hatte man mich und den Zweikampf wirklich vergessen?* Der junge Mann hatte Tränen in den Augen. Mit einem Gefühl der Verzagtheit ging er zu Ners Zelt, holte Goliats Kopf hervor, den er dort versteckt hatte, und ging bedrückt hinauf zu seiner Terebinthe.

Sein Esel lag angebunden mit heraushängender Zunge hechelnd neben dem Baum. Das Tier lenkte ihn von der eigenen Enttäuschung ab. „Armer Jadid, den ganzen Tag lang hast du nichts zu trinken bekommen." Froh darüber, mit jemandem unverhohlen sprechen zu können, legte er den Kopf beiseite, ergriff die Leine und sagte: „Komm, wir gehen zur Tränke."

Der Esel antwortete mit einem fröhlichen Schrei, als ob er die Worte seines Herrn genau verstanden hätte. Unterwegs beklagte sich David über die Undankbarkeit der Welt. Jadid schien ihm beizupflichten, indem er bei jedem Schritt mit dem Kopf nickte.

Kaum waren sie wieder zurück, als David Schritte hörte. *Ein verirrter Philister?* Vorsichtshalber nahm er sein Messer in die Hand und suchte Deckung hinter dem Baumstamm. Einen Atemzug später erkannte er Samma, der ihn offensichtlich suchte.

„Bruderherz", rief dieser aus, als David hinter dem Baum hervortrat, lief auf ihn zu und umarmte ihn. „Ich habe dich vermisst und gesucht. Ich wollte dir sagen, dass ich stolz auf dich bin."

Sammas Lob war David viel wert. Er umarmte ihn und drückte ihn fest an sich. Dann setzten sich die Brüder mit verschränkten Beinen gegenüber, so wie sie es oft in Bethlehem getan hatten. David verdrängte den ihn immer noch würgenden Undank des Königs, griff zum Beutel mit Röstkorn, reichte ihn Samma und bediente sich dann selbst.

Der Krieg war zu Ende, und beide beschäftigte dieselbe Frage: Was nun?

„Ich möchte so schnell wie möglich zurück nach Hause", sagte Samma. Er hatte Heimweh, das sah man ihm an.

„Ich nicht. Ich werde versuchen, nach Gibea zu gehen", sagte David, mit der stillen Hoffnung im Herzen, dass Ner ihm dort weiterhelfen würde.

Samma war überrascht, hatte doch sein Bruder bisher nicht von solchen Absichten gesprochen. Es wäre ihm lieber, wenn David mit nach Bethlehem käme. Einer klaren Stellungnahme wich Samma aber aus, erzählte stattdessen viel und lebhaft von den schönen Stunden, die sie gemeinsam zu Hause verbracht hatten.

David durchschaute die Absichten seines Bruders schnell, war ihm für seine Bemühungen dankbar, auch wenn er seine Meinung nicht änderte.

„Lass uns den morgigen Tag abwarten", sagte Samma. „Da wird sich vieles von alleine klären." Er nahm David in die Arme und verabschiedete sich, insgeheim hoffend, der Bruder würde seinen Entschluss noch ändern.

„Samma ist doch der Beste“, murmelte David, als er sich in seinen Mantel hüllte. Das vertrauensvolle Gespräch hatte ihm gut getan. Getröstet drehte er sich auf die andere Seite und schlief sofort ein.

◆ ◆ ◆

Der Krieg war zu Ende, und jeder dachte an sein Zuhause. Die Hebräer spannten Ochsen vor ihre Wagen, die Karren setzten sich langsam in Bewegung und fuhren auf einem langen Umweg hinab ins Tal, ins ehemalige Niemandsland. Die hebräischen Zelte und Waffen brauchten zwanzig Wagen, die übrigen dreißig, mit denen Lebensmittel hergebracht worden waren, wurden zum anderen Hang gebracht, wo die von den Philistern zurückgelassene riesige Beute verladen wurde. Endlich hatten die Hebräer genügend Kriegsgerät, um die kleine in Gibea stationierte „Stehende Truppe“, wie sie genannt wurde, auszubauen und in ein „Stehendes Heer“ umzuwandeln, wie es schon lange geplant war.

Die Hauptleute hatten den Auftrag, den Kriegern, die sich während der vierzig Tage im Lagerleben und besonders beim Angriff bewährt hatten, den Vorschlag zu machen, in das Stehende Heer einzutreten. Für viele, besonders für die jüngeren Bauernsöhne, die nicht hoffen konnten, den väterlichen Hof zu erben, war das eine willkommene Gelegenheit, ihre Lage zu verbessern.

Diesen Vorschlag unterbreitete Ner auch zweien von Davids Brüdern. Abinadab nahm ihn sofort an, Samma bat um Bedenkzeit, da er erst mit seinem Heimweh fertig werden wollte. Dann aber entsann er sich, dass David ebenfalls nach Gibea gehen wollte. *Auf diese Weise werden wir zusammenbleiben,* dachte er, und willigte ein. Auch ihr gemeinsamer Neffe Joab erhielt ein Angebot, auch er stimmte zu.

David war erst spät erwacht. Als er von seinem Platz unter der Terebinthe ins Tal herunter kam, war das Leben im Lager schon in vollem Gange. Ners Waffenzelt war bereits abgebrochen, der Hauptmann selbst aber war anwesend und winkte David zu sich.

Neue Hoffnung keimte in dem jungen Mann auf. *Vielleicht bringt er mich jetzt zum König, und ich werde endlich die versprochene Belohnung erhalten.* Seine Wangen röteten sich. Er blickte auf seinen mit Goliats Blut befleckten Rock und der Gedanke kam ihm, dass das wohl nicht die richtige Kleidung sei. *Aber für ihre Reinigung hat es weder Zeit noch Gelegenheit gegeben,* entschuldigte er sich vor sich selbst. *Der König wird es verstehen!* Er wartete gespannt.

Ner war überglücklich, dass es dem Sohn seines Freundes Isai entgegen allen Erwartungen gelungen war, den Zweikampf zu überleben. Bewegt nahm er ihn in die Arme und sagte: „Ich habe eine gute Nachricht für dich."

*Also doch. Also doch. Ich habe es gewusst!,* jauchzte David insgeheim.

„Unser Oberhauptmann Baruch hat dich zum Hauptmannsanwärter ernannt."

*Ein guter Anfang.* David war froh und voller Hoffnung. Nun wartete er noch gespannt auf die Einladung zum König. Doch Ner teilte ihm nur noch mit, dass er sich jetzt um das Verstauen seines Zeltes auf dem letzten Karren kümmern müsse, und schickte sich an, zu gehen.

War das alles, was ihm der Hauptmann zu sagen hatte? Unmöglich! Hier musste ein Missverständnis vorliegen.

Plötzlich drehte sich Ner noch einmal um und wandte sich erneut an David. Die Augen des jungen Mannes leuchteten auf. „Ach, noch etwas", sagte der Hauptmann, „bring mir bei Gelegenheit Goliats Helm. Ich soll ihn bei Abner abliefern. Er ist ja ein Teil der Rüstung des Riesen."

Davids Augen wurden groß und kreisrund. Er hatte plötzlich das Gefühl, als habe er einen Stein im Bauch. Und nun begriff er endgültig die grausame Wahrheit. Nun wusste er, dass es die erhoffte Einladung zum König nicht geben würde.

Mit gesenktem Kopf keuchte er: „Ja, Hauptmann, ich werde ihn gleich holen."

Gebückt schleppte er sich den Hang hinauf. Er war kein Held mehr, er war wieder ein Nichts, so wie vor dem Kampf mit Goliat.

Er würgte vor Enttäuschung.

◆ ◆ ◆

Die hebräischen Krieger hatten sich inzwischen in zwei große Gruppen aufgeteilt. Die eine Gruppe bildete das neue „Stehende Heer“, die andere die „Ausgehobenen“, die ihre Pflicht getan hatten und nun nach Hause gehen durften. Unter ihnen wurden Waffen, Kleidungsstücke und andere erbeutete Gegenstände verteilt, die auf den Karren keinen Platz mehr hatten.

Es nahte die Stunde des Abschieds. Der König stand, in seinen roten Mantel gehüllt, auf einem drei Ellen hohen, aus Steinblöcken errichteten Sockel, dankte beiden Gruppen für ihre Ausdauer und für den im Kampf gezeigten Mut. Mit den Worten: „Ihr habt das Königreich, eure Eltern, Frauen und Kinder vor einer bösen Zukunft bewahrt“, beendete er seine Rede. Viele der Krieger hatten Tränen in den Augen.

Samma und Abinadab verabschiedeten sich herzlich von ihrem ältesten Bruder, der ebenfalls nach Hause entlassen wurde. Dann trat Eliab zu David und reichte ihm beide Hände. „Verzeih, du hattest Recht. Ich habe dich unterschätzt und dir Kummer zugefügt.“

„Schon gut, Eliab. Erzähl dem Vater, was hier vorgefallen ist. Ich möchte, dass er stolz auf mich ist.“ Mit diesen Worten nahm er auch Abschied von Bethlehem, von der Weide und dem dortigen, ihm trostlos erscheinenden Leben. Im Stillen schwor er, nie wieder dahin zurückzukehren. Für keinen Preis der Welt, auch wenn der neue Weg dornig und steinig werden würde …

◆ ◆ ◆

Seit zwei Tagen ritt, marschierte und rollte Sauls neu berufenes Stehendes Heer auf Gibea zu. Hinter einer Vorhut ritten König Saul, sein Sohn Jonathan und der Feldoberst Abner auf fast weißen, gepflegten, großen Eseln, dicht gefolgt von ihrer Leibgarde. Ihnen schlossen sich die Krieger der Stämme Benjamin, Efraim, Juda, Simeon, Gad und Ruben an. Dahinter kamen die Ochsenkarren. Ihnen folgte die schwer bewaffnete Nachhut. Heute wurde sie von Kriegern aus dem Stamm Manasse gestellt.

Etwa in der Mitte des Zuges ritt Hauptmann Ner an der Spitze der Krieger aus Bethlehem. Die einfachen Krieger bildeten das Fußvolk, lediglich Hauptleute hatten das Vorrecht, auf Eseln zu reiten. Ob einem Hauptmannsanwärter dieses Recht ebenfalls zustand, war offen, aber da David bei den Kriegern unbestritten als Held galt und einen eigenen Esel besaß, wurde ihm diese Ehre anstandslos gewährt. Und so ritt David neben seinem Hauptmann. Beide waren trotz deutlichen Altersunterschiedes gute Freunde geworden. Ner war beeindruckt von dem Mut und dem Verstand des jungen Mannes; David hatte einen Lehrer gefunden, von dem er hoffte, das Kriegshandwerk schnell und gründlich zu erlernen. Hauptmannsanwärter war er schon, bald würde er Hauptmann sein, so wie Ner. Er straffte sich auf seinem Esel.

Endlich tauchte in der Ferne ein Teil von Gibea auf. „Gibea!", riefen die Krieger erleichtert und begeistert. Dieser Name klang in Davids Ohren wie ein Zauberwort, wie eine Verheißung.

Als die zinnenbestückten Mauern erkennbar wurden, erfuhr der junge Hauptmannsanwärter von Ner, dass eine kleine Truppe unter Führung Esch-Boschets, des zweitältesten Sohnes des Königs, zur Bewachung der Stadt in Gibea geblieben war. Diese Krieger standen nun auf den Mauern, alle in voller Rüstung, mit dem Schild in der linken und dem Schwert oder dem Speer in der rechten Hand. Ihre Waffen schimmerten in vielen Farben im Sonnenlicht. Offenbar waren sie für diesen Auftritt sorgfältig geputzt worden.

*Dort werde ich auch einmal stehen,* dachte der Hauptmannsanwärter.

Inzwischen hatte die Vorhut die zum Torhaus führende Rampe erreicht und bildete nun an beiden Seiten ein Spalier. Die drei Anführer, König Saul, Kronprinz Jonathan und Feldoberst Abner ritten hindurch. Plötzlich ertönten Hörner und die zwischen den Zinnen stehenden Krieger riefen im Chor: „Hoch leben die Sieger aus dem Ela-Tal!"

Das vor ihm hoch aufragende Bollwerk aus wuchtigen Steinblöcken fesselte Davids Blick. Zu beiden Seiten der Einfahrt standen gewaltige Türme. Nun durchquerten die Bethlehemer das Torhaus und gelangten auf die Hauptstraße. Sie war umsäumt von einer riesigen, laut lärmenden Menschenmenge, in der Frauen und Kinder überwogen.

Mit angehaltenem Atem blickte David auf die sich vor ihm entfaltende neue Welt. Die Stadt war schön, die Leute waren schön, alles war schön. Wie in Bethlehem trugen die älteren, die verheirateten Frauen Kopftücher. Die Jüngeren waren bunt gekleidet und sahen gepflegter aus als die Mädchen in seiner Heimat. Viele von ihnen hatten Zimbeln, Rasseln und Handtrommeln dabei. Was sie hervorbrachten, hatte wenig mit Musik zu tun, vielmehr war es ein grässlicher Lärm. Wer kein Instrument hatte, klatschte im Takt in die Hände, um seine Dankbarkeit für die Befreiung von der Gefahr durch die Philister hörbar zum Ausdruck zu bringen.

David spitzte die Ohren. Trotz des durchdringenden Lärms glaubte er, seinen Namen gehört zu haben. Bald darauf noch einmal, ganz deutlich. Nein, es konnte keinen Zweifel geben, er vernahm einen lauten Ruf: „David ben Isai! Das muss er sein." Es folgte ein weiterer: „Er ist es! Der Mann, der den Riesen erschlagen hat!" Nun deuteten viele Hände in seine Richtung. Die Zurufe mit seinem Namen wurden lauter. Dem jungen Mann wurde es warm ums Herz. Die neue Welt, seine neue Welt, zollte ihm Anerkennung. Er war hingerissen, und ein Wonneschauer zog über seinen Rücken, als er sich der Menge zuwandte. Unwillkürlich straffte er sich und setzte ein breites Lächeln auf. In einem Atemzug nannte das Volk die Namen König Sauls, Prinz Jonathans und des Helden David! Er war glücklich, überglücklich!

Aber gleichzeitig wunderte er sich auch: *Woher kennen die Leute meinen Namen?* Er konnte ja nicht wissen, dass die Boten mit der Nachricht vom Sieg über die Philister schon vor zwei Tagen in Gibea eingetroffen waren. Die ganze Stadt kannte bereits alle Einzelheiten des Kampfes, sie hatten sich in Windeseile herum gesprochen. Beim Weitererzählen wuchs der Sieg im Ela-Tal zu einem unglaublichen Triumph und David zu einem sagenhaften Helden.

In seinem Hochgefühl hatte David kaum bemerkt, dass sie eine breite Querstraße überschritten hatten und nun bei der königlichen Festung angelangt waren. Der Palast bestand aus einem großen Rechteckbau mit vorstehenden Ecktürmen. Der zweite dieser Türme weckte das allgemeine Interesse der Rückkehrer. David folgte ihren Blicken: Oben standen zwei junge Frauen.

David schaute fragend den Hauptmann zu seiner Seite an.

Ner beantwortete seine unausgesprochene Frage: „Das ist der Prinzenturm. Dort wohnen die Kinder des Königs. Die beiden jungen Frauen zwischen den Zinnen auf der Wehrplatte sind Sauls Töchter, die Prinzessinnen Mirab und Michal."

Jetzt, als sein Name gleichzeitig mit dem des Königs gerufen wurde, erinnerte er sich plötzlich an Sauls Versprechen, dass der Sieger über Goliat eine Königstochter zur Frau bekommen sollte. Gespannt blickte er nach oben. Sofort hatte er sich entschieden: Die jüngere, die kleinere würde er nehmen, wenn er wählen dürfte. Das ovale Gesichtchen mit der lustigen Nase und den mandelförmigen, pechschwarzen Augen hatte es ihm gleich angetan. Das tiefschwarze Haar fiel ihr bis auf die Schultern. Die Prinzessin trug ein weinrotes langes Gewand, das am Saum und an den langen Ärmeln mit einer Doppelreihe blauer Streifen geschmückt war. Ein goldenschimmernder Gürtel umschloss eine bezaubernd schlanke Taille. Sein Pulsschlag beschleunigte sich, er war begeistert. Er wird königlicher Schwiegersohn werden und die kleinere Prinzessin seine Frau.

Er konnte sein Glück kaum fassen.

◆ ◆ ◆

Michal wandte sich aufgeregt an ihre Schwester. „Das muss er sein!"

Etwas geringschätzig antwortete Mirab: „Ich verstehe den ganzen Aufruhr nicht. Was ist denn dran an diesem kleingewachsenen, schmutzigen Hirten? Warum soll ein Viehtreiber so außergewöhnlich sein?"

Michal passten die missbilligenden Worte ihrer Schwester gar nicht. „Kleingewachsen? Er ist jung und wird noch wachsen. Schmutzig? Wer von den Kriegern ist denn sauber? Sie kommen vom Schlachtfeld, sie können nicht aussehen wie diese glatten, schleimigen Höflinge hier im Palast. Der Hirte hat etwas geleistet, wozu die feinen Oberhauptleute keinen Mut hatten. Das ist wahrhaftig ein Mann!" Es war zwar ihre Meinung, aber auch eine Trotzantwort, denn sie hatte den Wunsch, ihrer hochnäsigen Schwester zu widersprechen, die alles besser zu wissen schien, bloß, weil sie läppische zwei Jahre älter war. Hier bot sich die seltene Gelegenheit, ihr eins auszuwischen. Eine kleine, süße Rache.

Mirab hatte verstanden, schluckte ihren Ärger herunter und antwortete: „Das plumpe Geschehen auf der Straße interessiert mich eh nicht mehr. Ich gehe."

Michal hätte sich gern auch den Rest des Zuges noch angesehen, wollte aber nicht allein auf dem Turm bleiben und trottete der großen Schwester lustlos nach. „Und Viehtreiber?" überlegte sie weiter. „Nein, danach sieht er nicht aus."

◆ ◆ ◆

Obwohl die Prinzessinnen den Turm verlassen hatten, starrte David noch immer hinauf. Hatte die Kleinere der beiden nicht mit der Hand auf ihn gezeigt, ihm zugelächelt? Neue Hoffnung keimte in ihm auf. *Morgen oder übermorgen wird man mich sicherlich in den Palast rufen, an dem ich soeben vorbeigeritten bin.* Abermals geriet er ins Schwärmen. *Der König selbst wird sich bei mir bedanken und mir seine Tochter zur Frau geben. Dann wird eine Hochzeit gefeiert werden, wie es sie noch nie gegeben hat.* Zu gern hätte er gewusst, wie königliche Hochzeiten aussehen. Unvermittelt wandte er sich mit dieser Frage an Ner.

Der Hauptmann meinte zu wissen, worum es David eigentlich ging, und erwiderte: „Hat dir der König die Hand seiner Tochter versprochen? Ich kann mich daran nicht erinnern."

„Aber mein Bruder Eliab ...", entgegnete David verunsichert.

„In der Tat, so etwas hat man sich im Lager erzählt. Aber ich habe es nie aus dem Munde des Königs vernommen. Wenn er dir zum Dank für den Sieg über Goliat die Prinzessin zur Frau geben wollte, dann hättest du das sicher noch im Ela-Tal erfahren. Darauf brauchst du jetzt nicht mehr zu warten." Ner dachte, es wäre besser, dem Jungen gleich die harte Wahrheit zu sagen, damit er sich keine dummen, vielleicht sogar gefährlichen Hoffnungen machte.

Für David war die kühle Antwort wie ein Faustschlag ins Gesicht. Er musste seine ganze Kraft aufwenden, um die Enttäuschung zu verbergen.

Gibea war eine Stadt mit einem ovalen Grundriss. Sie war durch eine fünf Ellen hohe Mauer in zwei Hälften unterteilt, in die zivile Stadt mit der Hauptstraße und in das Heerlager, das sie gerade durch ein Innentor betraten. Vor ihnen befand sich ein großer, leerer Platz. Sie ritten bis zu seinem Ende und stiegen ab.

Ner rief einen seiner Leute herbei und ließ die Esel fortführen. „Wir sind zu Hause, hier wird unser Zelt stehen", sagte er und stampfte mit einer Sandale auf den Boden. David machte es ihm nach. Hier war ab heute auch sein Zuhause.

Rasch wurde es dunkel. Die Mannschaften entzündeten Lagerfeuer, denn der König hatte für die Sieger aus dem Ela-Tal ein Festessen angekündigt. Die Gruppe, zu der auch David gehörte, hatte eine Ziege erhalten, die gehäutet auf einem Bratspieß gedreht wurde. Das Fett brutzelte, kleine Rauchsäulen stiegen empor und ein appetitlicher Duft breitete sich aus, vermischte sich mit der warmen Sommerluft und hing wie eine unsichtbare Wolke über dem Platz. Gleichzeitig karrten Bäcker gesäuerte und ungesäuerte Brote durch das Lager. Jeder konnte davon nehmen, soviel er wollte. Wein hingegen war begrenzt, jede Gruppe bekam nur einen Schlauch.

Viele Bewohner der Stadt hatten David beim Einmarsch zugejubelt. Sie hatten ihn nicht vergessen. Es dauerte aber ziemlich lange, bis einige seiner Bewunderer ihn am äußersten Ende des Zeltplatzes unter den Kriegern aus Bethlehem ausgemacht hatten. Insbesondere Frauen wollten den tapferen Mann, der einen Riesen erschlagen hatte, aus der Nähe betrachten. Bald standen sie um David herum – und waren doch erst einmal enttäuscht. Sie hatten zwar keinen Simson erwartet, der, nur mit einem Knochen bewaffnet, vor hundert Jahren Dutzende von Philistern erschlagen hatte, aber dieser David schien ihnen doch zu klein für einen großen Helden zu sein.

David hörte ihre leisen Bemerkungen und spürte rasch, wie die Begeisterung für seine Person nachließ. Das traf ihn hart. Er wollte sich damit nicht abfinden und überlegte, was er tun könnte, um ihre Herzen zurück zu erobern. Plötzlich hatte er einen Einfall. Da er ein guter Harfenspieler war und mit diesem Instrument die Bevölkerung seiner Heimatstadt oft erfreut hatte, wollte er damit auch diesmal versuchen, die Menschen zu begeistern. „Ich kann euch etwas vorspielen, wenn ihr eine Leier oder eine Harfe habt", sagte er und schaute erwartungsvoll in die Runde.

Keine Antwort, kein Interesse für sein Angebot. *War das der falsche Vorschlag?*, fragte er sich bedrückt.

Plötzlich hörte er einen Zuruf: „Sofort!" Eine junge Frau mit rundlichem Gesicht winkte ihm und verschwand in der Menge.

David atmete auf. *Nur ein wenig Geduld,* dachte er.

Es dauerte eine kleine Weile, dann war die Frau wieder da. Sie hatte eine Harfe unter dem Arm. Augenzwinkernd überreichte sie David das Instrument mit den Worten: „Mein Name ist Lea. Ich bin die Tochter des Schmieds."

David setzte sich auf einen freistehenden Handkarren, mit dem soeben Brote gebracht worden waren, und begann zu spielen und dann auch zu singen. Nach einer Weile fingen Lea und die Frauen ohne jede Aufforderung an zu tanzen. David spielte und sang ohne Unterbrechung, ließ seine Bewunderer dabei aber nicht aus den Augen. Eine abseits stehende junge, gut gekleidete Frau fiel ihm auf, die am Tanz nicht teilnahm. Als Lea wieder einmal an ihm vorüber tanzte, fragte er, wer denn jene Frau sei. „Das ist Uschu", entgegnete sie. „Sie dient im Palast."

*Im Palast,* wiederholte David bei sich und spielte lauter, damit seine Musik auch Uschu erreichte. *Vielleicht erzählt sie der Prinzessin oder auch anderen aus der Königsfamilie von meinem Spiel. Das wäre doch schon was.* Obwohl er abgespannt und hungrig war, spielte er immer weiter und sang ein Lied nach dem anderen. Lieder, die den Menschen gefielen, wiederholte er und tat alles nur Mögliche, um die Herzen der Zuschauer zu gewinnen.

Das Fest ging dem Ende zu. Vom Mond sah man nur noch die Hälfte, die Feuer brannten langsam nieder, die Gäste aus der Stadt zerstreuten sich allmählich. Auch Lea nahm ihre Harfe, verabschiedete sich fröhlich von ihrem Helden und entschwand tänzelnd in der Nacht. Er schaute ihr und den letzten Besuchern nach. *Werden sie meinen Auftritt im Gedächtnis behalten oder ihn genauso schnell vergessen wie Saul sein im Ela-Tal gegebenes Versprechen?* Er war zu müde, um der Frage nachzugehen. *Die nächsten Tage werden es zeigen,* dachte er und suchte sich einen bequemen Schlafplatz.

# 7

Im Turm des Palastes hatten die Kinder des Königs jeder ein Wohn- und ein Schlafzimmer, sowie eine Kammer für die Dienerschaft. Die Räume der Prinzessin Michal, Sauls Lieblingstochter, lagen im obersten Geschoss. Sie hatten große quadratische Fenster zum Innenhof der Festung und schlitzartige Außenfenster zur Stadtseite.

Aus ihrem Wohnzimmer konnte Michal den Marktplatz überblicken, durch das Fenster im Schlafzimmer sah sie am Ende der zinnenbestückten Mauer den Verwaltungsturm, wo die hohen Beamten, der Arzt und der Schreiber ihren Arbeitsplatz hatten. Schräg gegenüber befand sich der Heerturm, wo sich der Feldoberst mit den Oberhauptleuten aufhielt.

Prinzessin Michal war eben erst aufgestanden, hatte ihr Morgengewand, ein leichtes bis zu den Knöcheln reichendes, weißes Kleid aus feinem Leinen, angezogen und legte gerade einen blauen Gürtel um. Sie hatte schlecht geschlafen und wusste auch warum: Immer, wenn an Krieger Wein verteilt wurde, war es draußen schrecklich laut. Obwohl ihr Turm nicht direkt an das Lager grenzte, da er an der gegenüberliegenden Palastecke stand, hatte sie der Lärm lange am Einschlafen gehindert.

Oder war es vielleicht nur die Neugier, die sie wachgehalten hatte?

Sie rief nach ihrer Dienerin, die wie jeden Morgen darauf gewartet hatte. Uschu trat ein. Sie war mittelgroß, eher klein, und nur wenige Jahre älter als Michal, hatte ein rundliches Gesicht mit vollen Wangen und trug ein gerade geschnittenes, einfaches graues Leinenkleid, das nur bis zu den Knien reichte. Durch die Länge unterschied sich das Kleid einer Dienerin von dem der Herrin.

Uschu war eine Kanaaniterin, ihre Ansichten und ihr Lebensstil waren überaus kanaanitisch. Der König war darüber nicht besonders froh. Ihm wäre es lieber gewesen, die Dienerin seiner jüngeren Tochter wäre eine in der hebräischen Tradition erzogene Frau. Aber Michal war seine Lieblingstochter, die ihre Wünsche durchzusetzen wusste. Sie hatte ihn schmeichelnd davon überzeugt, dass eine Dienerin etwas von Kleidung, Schmuck und Schönheitsmitteln verstehen müsse, und da waren die Kanaaniterinnen doch um ein Vielfaches kundiger als die Hebräerinnen.

Uschu wartete mit heiterer Miene auf Anweisungen ihrer Herrin, die sich missmutig an ihren Schminktisch unter dem großen Fenster gesetzt hatte und nun einen feinpolierten, runden Bronzespiegel mit verziertem Griff in die Hand nahm.

Die Morgentoilette begann mit der Frisur. Behutsam fuhr die Dienerin mit einem Elfenbeinkamm, dessen Zinken säuberlich gerundet waren, durch das glatte lange, dichte schwarze Haar der Prinzessin. Michal liebte das sanfte Kämmen, es hatte für sie etwas Sinnliches und Entspannendes.

Langsam wurde sie gesprächig. „Heute Nacht war es im Lager wieder mal besonders laut."

„Aber es war auch sehr aufregend!", antwortete Uschu. Ihre Augen blitzten.

Michal schaute ihre Dienerin verständnislos an. Sogleich berichtete die lebhaft, dass David, der Goliat erschlagen hatte, dort besonderes Interesse geweckt hatte. „Lea brachte ihm eine Harfe. Er spielte hinreißend, besser als unsere Hofmusiker. Dazu sang er zunächst wohlbekannte kanaanitische Lieder. Dann überraschte er die Zuhörer mit neuen hebräischen Weisen. Die soll er selbst erdacht haben. Wahrscheinlich ist das gelogen."

Michal schwieg. Plötzlich sah sie den jungen Mann vor ihren Augen, der gestern auf einem Esel an ihr vorübergeritten war. Sie versuchte, sich genauer an ihn zu erinnern. *Er war hübsch,* gestand sie sich ein. Und diese seltsame Haarfarbe, rostrot wie der Schwanz eines Eichhörnchens. Er hatte so offen zu ihr heraufgeschaut, ohne die übliche Scheu, mit der ihr sonst die Männer begegneten. *Seltsam, dass ein brutaler Draufgänger - nur so einer konnte einen Riesen erschlagen - gleichzeitig auch Harfe spielen und dichten kann.*

Sie wusste immer noch nicht so recht, wie sie über ihn denken sollte, als Uschu mit dem Kämmen fertig war.

◆ ◆ ◆

Davids Ausbildung hatte begonnen. Er musste, wie jeder Anfänger auch, an allen Übungen teilnehmen. Gleichzeitig machte Ner ihn mit der Organisation des Stehenden Heeres vertraut. Eine vollständige Hundertschaft, erfuhr er, setzte sich aus zwei Teilen zusammen, einer Kerntruppe, die aus zwanzig im Lager untergebrachten Männern bestand, und einer von achtzig Reservisten, die erst im Kriegsfall hinzu kamen.

Jeder Hauptmann, samt seiner zwanzig Mann starken Kerntruppe, hatte sein eigenes Zelt. In Dreierreihen umgaben sie den Übungsplatz, auf dem der Nahkampf trainiert wurde. Dieser befand sich in der Mitte des Lagers und war sowohl vom Königsturm wie auch vom Heerturm gut einsehbar.

Kronprinz Jonathan liebte es, den Übungen von der Wehrplatte aus zuzuschauen. Heute waren die neuen Judäer an der Reihe. Sie waren lediglich mit einem Lendenschurz bekleidet. Da entdeckte er einen besonders flinken Mann, der, Schwert und Schild in den Händen, mit geschmeidigen, katzenhaften Bewegungen vor seinem Gegner hin und her hüpfte. Immer wieder gelang es ihm, mit der Flachseite des Schwertes, wie es die Anweisung des Ausbilders erforderte, dem Gegenspieler einen ungefährlichen Hieb zu versetzen und zurück zu springen.

*Hervorragend! Wie ein Tänzer!*, dachte Jonathan.

Das Zuschauen machte ihm Freude. Plötzlich ertappte er sich dabei, dass er dem wohlgeformten, muskulösen Körper mehr Augenmerk schenkte als dem Kampf selbst. „*So ein schöner Mann!*"

Und dann erkannte er ihn: Das war ja David, der, der Goliat erschlagen hatte. Noch im Ela-Tal hatte er ihn einmal flüchtig aus der Nähe gesehen. Seine Haut hatte die Farbe frischen Honigs, seine Augen die des Frühlingshimmels. Seine Hände waren schlank, der Mund wohl geformt. Sein Aussehen hatte er sich gut eingeprägt. Seit diesem Tag verfolgte ihn das Bild des schönen Mannes. Er versuchte zwar, ihn zu vergessen, doch es gelang ihm nicht.

◆ ◆ ◆

David übte von früh bis spät den Umgang mit den verschiedenen Waffen und bald war er darin so gut wie alte, erfahrene Krieger. Er hoffte, dass es dadurch schneller zu seiner Beförderung zum Hauptmann kommen würde oder wenigstens auf eine besondere Anerkennung, aber beides blieb aus. Demnach konnte es nicht der richtige Weg sein, den er eingeschlagen hatte. *Was muss ich bloß ändern, um die Aufmerksamkeit meiner Vorgesetzten zu wecken?* Seit Tagen beschäftigte ihn diese Frage. Plötzlich durchfuhr ihn ein Gedanke: *Bestimmt kann der Truppe eine Ausbildung im Umgang mit der Schleuder von Nutzen sein.* Der meisterhafte Umgang mit der Schleuder hatte ihm zu seinem großen Erfolg verholfen, warum sollte sie ihn da nicht zu einem zweiten führen? Er beschloss also, sich als Ausbilder anzubieten, auch wenn er noch kein Hauptmann war.

Diesen Vorschlag unterbreitete er abends Ner. Der fand ihn gut und erklärte sich bereit, Davids Angebot an den Oberhauptmann Baruch weiterzuleiten.

Baruch stand immer noch stark unter dem Eindruck des Krieges im Ela-Tal, der doch im Wesentlichen durch *einen* Mann, den Judäer David, entschieden worden war, auch wenn Abner und viele andere es nicht so recht zur Kenntnis nehmen wollten. Baruch wusste auch, dass die Assyrer, ein weit im Osten wohnendes Volk, zur Verteidigung mit Schleudern bewaffnete Soldaten auf ihren Stadtmauern einsetzten. So befürwortete er, ohne lange zu überlegen, den Antrag auf Gründung einer Schleuderabteilung beim Feldobersten.

◆ ◆ ◆

Es klappte! David wurde zum Ausbilder berufen. Es war ihm gelungen, sich aus der Menge der Hauptmannsanwärter hervor zu heben. Nun würde er zeigen, wozu er fähig war. Aus drei judäischen Hauptmannschaften durfte er sich zwanzig Männer für seine Schleuderabteilung aussuchen. Nur Rechtshänder kamen in Frage. Sein Vetter Joab und seine beiden Brüder gehörten ebenfalls dazu. Für den Unterricht wurde ihm eine Stelle außerhalb der Stadtmauern neben dem Platz für die Bogenschützen zugewiesen. In der Nacht konnte David vor Freude kaum schlafen.

Am nächsten Morgen marschierte er stolz an der Spitze *seiner* Mannschaft durch das Tor zu *seinem* Übungsplatz. Verstohlen schaute er sich um, denn er hätte es gern, wenn ihn jemand aus der Stadt, vielleicht Lea, in der Rolle eines Hauptmanns hätte sehen können.

Am Übungsplatz angelangt freuten sich seine Männer auf die neue Waffe. Sie lernten schnell mit der Schleuder umzugehen. Besondere Anerkennung brachte David eine von ihm erfundene, aus Einzelplatten bestehende Zielscheibe, die es ermöglichte, die Zielgenauigkeit seiner Schützen fehlerlos zu bewerten.

Rasch stellten sich die ersten Erfolge ein.

## 8

Von der Wehrplatte seines Turmes blickte Jonathan auf die Kampfplätze vor der Stadt. David übte gerade mit seinen Leuten das Schleuderschießen, während der Stand daneben für das Bogenschießen frei war.

Der Prinz rief seinen Burschen herbei, der schulterte den Pfeilköcher, und beide verließen die Stadt.

*Hat es der Herr heute aber eilig,* dachte der Bursche und keuchte hinter ihm her. Am Bogenschießstand angekommen, ließ sich Jonathan den Köcher reichen. Die Pfeile, einer nach dem anderen, schnellten von der Sehne seines Bogens, schwirrten durch die Luft und bohrten sich in Pfosten, die Soldaten der Philister darstellen sollten. Fast alle verfehlten den weiß gekennzeichneten Punkt, der die gegnerische Brust andeuten sollte. *Nicht gerade die besten Treffer,* dachte der Bursche.

Als alle Pfeile verschossen waren, ließ Jonathan sie einsammeln und schickte den Burschen zurück in die Stadt.

„Erst hat er es so eilig gehabt, und jetzt ist ihm die Lust am Schießen schon nach einem Köcher wieder vergangen", brummte der Junge kopfschüttelnd und trottete davon.

◆ ◆ ◆

Joab hatte den Prinzen am Bogenschießstand erkannt und machte David auf ihn aufmerksam.

„Er wird doch nicht hierher kommen“, entgegnete David erschrocken und setzte hinzu: „Die Fortschritte sind noch lange nicht so, dass wir sie vorzeigen könnten.“

David ließ den Prinzen nicht mehr aus den Augen. *Also doch,* dachte er.

Schließlich kam Jonathan leichten Schrittes auf die Schleuderer zu, grüßte freundlich und sagte zu David: „Vom Oberhauptmann Baruch habe ich von deinen Erfolgen gehört. Ich möchte gern sehen, was du den Leuten schon beigebracht hast.“

David schwitzten die Handflächen vor Aufregung. *Hoffentlich wird Jonathan die Männer, die schießen sollen, nicht selbst auswählen*, dachte er. Um ihm dazu keine Gelegenheit zu geben, rief er ohne Zögern Kolaja auf, seinen besten Schützen. „Zeig dem Prinzen, was du gelernt hast.“

Kolaja verbeugte sich, dann ließ er einen Stein fliegen, der die Platte in der Mitte der Zielscheibe dröhnend traf. Ein schwaches Lächeln hellte Davids Gesicht auf. Er rief nach Joab. Auch er traf die Platte. Nun hatte David nur noch einen einzigen sicheren Schütze, den ließ er vortreten.

„Kannst du die Platte auch rechts unten treffen?“, fragte Jonathan, von dem Dargebotenen fasziniert.

„Ich will es versuchen.“ Der Mann zielte, dann sauste der Stein auch schon los. Es war ein Treffer rechts unten auf der Platte.

„Das hätte ich nicht für möglich gehalten“, murmelte der Prinz leise und sagte dann laut zu David: „Lass deine Männer alleine weiter üben. Ich möchte, dass du mich in die Stadt begleitest.“

Eine Weile gingen die beiden schweigend nebeneinander her. David fühlte sich geehrt, stolz beobachtete er den Prinzen von der Seite und wartete auf die Aufforderung, über seine Tätigkeit Bericht zu erstatten.

„Baruch ist voll des Lobes über deine Fortschritte als Hauptmannsanwärter“, begann der Prinz schließlich. „Auf der gestrigen

Abendbesprechung hat er dein Wissen und Können gepriesen. Soeben konnte ich mich selbst davon überzeugen, dass du auch ein begabter Ausbilder bist. Du hast das Kriegshandwerk schnell erlernt. Ich kann bei der heutigen Abendbesprechung des Stabes ruhigen Gewissens deine Beförderung zum Hauptmann vorschlagen." Jonathan schaute dem jungen Mann bei diesen Worten merkwürdig tief in die Augen.

David stockte der Atem vor Überraschung. Hatte er richtig gehört? Heute, noch heute sollte er befördert werden? Er war begeistert. Aber etwas stimmte da nicht. Von Ner wusste er, dass die Anlernzeit für einen Hauptmannsanwärter mindestens ein halbes Jahr betrug. Er hatte noch nicht einmal die Hälfte dieser Zeit hinter sich. Auch war ihm bekannt, dass ein Antrag auf Beförderung immer vom zuständigen Oberhauptmann gestellt wurde. Warum befasste sich der Prinz mit den Fortschritten eines kleinen Hauptmannsanwärters und warum wollte er selbst den Beförderungsantrag stellen? Warum nur? David überlegte und kam zu dem Schluss: Sicher hätte Baruch eine solche Verkürzung der Ausbildungszeit nicht durchsetzen können, aber ein Prinz konnte das erreichen. Das musste wohl der Grund sein.

*Ich soll also schon morgen Hauptmann werden?* David war glücklich und spürte das Bedürfnis, sich dem Prinzen für seine großzügige Unterstützung erkenntlich zu zeigen. Seine Miene drückte grenzenlose Verbundenheit aus. Stotternd fragte er: „Prinz, wie soll ich dir danken?"

Jonathan schaute David mit erstaunten Augen an und errötete dabei im Gesicht. Unerwartet blieb er stehen, öffnete die Arme und zog seinen Begleiter leicht an sich.

David verschlug es den Atem. Das war nicht die harte Art, mit der sich Männer zuweilen umarmten und mit den Händen auf den Rücken schlugen. Es war sanft, gefühlvoll, beinahe wie die Umarmung einer Frau. Jonathan strich ihm mit einer zärtlichen Geste über die Schulter. David erschrak, es wurde ihm heiß und kalt. Hatte er die Zärtlichkeit des Prinzen richtig verstanden? Plötzlich war er verstört, wie versteinert, rührte sich nicht und brachte kein Wort hervor.

Jonathan errötete wieder, aber diesmal aus Verlegenheit. Hatte er Davids Verhalten falsch eingeschätzt? War es nur Dankbarkeit für die Beschleunigung der Beförderung, die er als innige Zuneigung missverstand? Langsam zog er seinen Arm zurück. Vielleicht ist es auch nur der große Standesunterschied, der ihn verwirrt. „Lass uns gehen", sagte er und dachte daran, dass David vielleicht ein wenig Zeit brauchte, um seine Gefühle zu ordnen.

Schweigend legten sie den Rest des Weges zur Stadt zurück und durchschritten dann das Tor. Die Leute auf der Straße schauten mit großer Achtung auf David, denn es geschah nicht oft, dass sich der Prinz in der Öffentlichkeit mit einem Hauptmannsanwärter zeigte.

Jonathan wandte sich erneut an David und fragte ihn nach seinen weiteren Plänen bei der Ausbildung der Schleuderer. Diese Frage nahm David die Verlegenheit, er konnte wieder denken und sachlich berichten. Jonathan täuschte großes Interesse für dieses Thema vor, doch in Wirklichkeit überlegte er schon seinen nächsten Schritt. Beim Abschied blickte er David tief in die Augen und sagte: „Ich möchte dich gern für morgen Nachmittag einladen. Mein Bursche wird dich abholen." Das war alles. Er wandte sich ab und schritt auf das Palasttor zu.

David konnte nicht fassen, was er soeben gehört hatte. Hatte sich für ihn das Tor zum Palast schon geöffnet? Seine Gedanken kreisten immer wieder um die Frage: Was war der Grund für Jonathans Herzlichkeit? Männerliebe? Nein, sicher nicht. Er musste sich getäuscht haben. Aber was dann?

Im Zelt griff er zur Harfe und spielte eine soeben erfundene Melodie, die seine Stimmung wiedergab, ein Gemisch aus Freude und innerer Unruhe.

◆ ◆ ◆

Am nächsten Morgen gewahrte David an der Festungsmauer ein neu aufgestelltes Rundzelt. Er rieb sich die Augen. Ja, es war wirklich das erbeutete Zelt des Philisterfürsten Achis. Prächtig stand es da an der kleinen Pforte zum Innenhof der Festung, die nur für die Oberhauptleute bestimmt war.

Am späten Nachmittag geleitete Jonathans Bursche David zu diesem Zelt. Der Posten davor begrüßte ihn förmlich und sagte: „Der Prinz erwartet dich, David ben Isai." Dabei schlug er den Türvorhang zurück und gab dem jungen Mann den Weg frei.

David trat ein, und die Zeltbahn im Eingang fiel hinter ihm zu.

David fand sich in einem halbrunden Raum mit weißen Wänden und weißer Decke wieder, in der sich eine Lichtöffnung befand. Die Möblierung war eher spärlich, ein großer niedriger Eichentisch und Sitzkissen, wie er sie schon im Königszelt im Ela-Tal gesehen hatte. An den Wänden befanden sich Öllampen auf Ständern, etwa eine Elle hoch. Alles zusammen wirkte vornehm, aber kühl.

In der Mitte des Raumes erwartete ihn der festlich gekleidete Prinz. Gespannt schaute David ihn an. Er wirkte groß und schlank. Er trug einen längsgestreiften, dunkelgrünen, taillierten Rock, der bis zu den Waden reichte. Die vollen Haare fielen frei bis auf die Schultern. Ein feines Lächeln umspielte seinen Mund. „Schalom, sei herzlich willkommen", sagte er und schritt auf David zu. „Du bist mein erster Gast in diesem Zelt."

„Schalom, Prinz. Ich danke dir für die Einladung und die mir zuteil gewordene Ehre." Den vorbereiteten Satz hatte er ohne Stocken vorgebracht. Weitere Worte fehlten ihm jetzt.

Strahlend, in lockerer Stimmung lächelte ihn der Prinz an und sagte: „Für diese Einladung gibt es einen bestimmten Grund. Ich darf dir mitteilen, dass du gestern auf der Abendsitzung des Stabes zum Hauptmann befördert wurdest." Jonathan legte ihm freundschaftlich die Hand auf die Schulter.

Irgendwie hatte David nach dem letzten Gespräch mit der Beförderung schon gerechnet, aber bisher waren es doch nur Hoffnungen gewesen. Erst jetzt, in diesem Augenblick, waren sie Wirklichkeit geworden. *Ich bin Hauptmann, ein Hauptmann wie Ner!* Er war überwältigt. Ein Traum war wahr geworden. Freudentränen traten ihm in die Augen. Er wusste, dass er sich jetzt bei Jonathan zu bedanken hatte, doch ihm wollte keine passende Formel in den Sinn kommen. Verlegen stotterte er nur: „Ich danke dir, Prinz."

Jonathan nahm seinen Arm und führte ihn zum Tisch, auf dem zwei Silberschalen standen, die eine mit Granatäpfeln und Feigen, die andere mit verschiedenen Nüssen gefüllt, daneben zwei Silberbecher und ein verzierter Weinkrug. „Meine Küche", sagte der Prinz, und wies auf eine Tür in der hinteren Trennwand, „ist noch nicht eingerichtet. Du musst mit schlichter Bewirtung vorlieb nehmen." Es klang wie eine Entschuldigung.

Der herzliche Ton und Jonathans warme Stimme brachten Davids Unsicherheit allmählich zum Schwinden. „Es ist wunderbar, Prinz", erwiderte er nun.

Jonathan füllte die beiden Becher mit Wein und reichte einen davon seinem Gast. „Wir wollen auf deine Beförderung trinken, Hauptmann David ben Isai."

„Hab Dank für deine Gunst, Prinz." In dem kühl-vornehmen Zelt fühlte er sich nicht wohl. Benahm er sich richtig, wie man es von ihm erwartete – wie man es bei Hofe erwartete?

Jonathan spürte Davids Beklommenheit und sagte, um die Stimmung zu heben: „Die Anrede ‚Prinz' wollen wir mal vergessen, lieber Freund." Dann nahm er zutraulich seine Hand und führte ihn zu einem Sitzkissen, auf dem ein kostbarer Hemdrock ausgebreitet lag. David konnte die Augen nicht von dem Kleidungsstück wenden. Es war aus vier X- förmigen, blauen, senkrechten Stoffbahnen zusammengenäht, unterstrich die Taille und weitete sich glockenförmig nach unten. Die Längsnähte, der Halsausschnitt und die Ärmel waren mit dunkelblauen Borten besetzt, am Rocksaum hingen dunkelblaue Zierquasten.

Wortlos schaute David abwechselnd auf den Rock und auf den Prinzen. *Warum zeigt er mir diesen Rock?*, fragte er sich.

„Da du doch kleiner und schmaler bist als ich", sagte Jonathan, „hat ihn der Hofschneider ändern müssen. Er kennt dich vom Sehen her und er beteuerte mir, dass der Rock dir jetzt passen müsste. Nimm ihn, er gehört dir." Die Augen des Gastgebers leuchteten. „Lass sehen, ob der Schneider Recht hat."

David war über das Geschenk begeistert, verstand aber Jonathans Aufforderung nicht und schaute etwas ratlos drein.

„Zieh dein Hemd aus! Darüber können wir ihn doch nicht anprobieren", bemerkte der Prinz, trat drei Schritte zurück, ohne den Blick von David zu wenden, und wartete.

*Ich soll mich hier nackt ausziehen?*, überlegte David und zögerte.

„Keine falsche Scheu!“, fuhr Jonathan mit warmer Stimme fort.

David dachte nach. Eine Weigerung könnte der Prinz als Undankbarkeit oder gar als Kränkung auffassen. Also zögerte er nicht mehr, sondern zog entschlossen seinen Hirtenrock über den Kopf und ließ ihn zu Boden fallen. Es war das einzige Kleidungsstück, das er trug.

Von seiner Schönheit gefangen genommen, starrte Jonathan ihn fassungslos an. „Prächtig siehst du aus, mein David“, rief er.

David runzelte die Stirn. Das Verhalten des Prinzen irritierte ihn. Er war froh, als er den neuen Rock angezogen hatte.

„Sagte ich es nicht, er passt!“ Jonathan klatschte in die Hände. „Fürwahr, er steht dir ausgezeichnet mein Freund.“ Der Prinz ging auf David zu und küsste ihn.

David zuckte zurück. Er wollte die Gunst des Prinzen nicht verlieren, aber er konnte die Umarmung nicht erwidern.

Jonathan spürte Davids Abwehr. Da er ihn nicht verwirren wollte, wandte er sich lächelnd ab. „Setz dich. Lass uns die köstlichen Speisen genießen.“

## 9

Seine Zeit verbrachte Saul gewöhnlich im Thronsaal. Der große holzgetäfelte Raum war fast leer. Vor der Rückwand stand in der Mitte der Königssessel, ein großer Holzstuhl mit geschnitzter Rückenlehne und kräftigen Armstützen, darauf ein rotes Sitzkissen, daneben sein Schild und sein Schwert, auf der anderen Seite ein Köcher mit drei kurzen Wurfspeeren. Den Boden bedeckten die Felle erlegter Löwen und eine Reihe schwarzer Lederkissen.

Heute ging es dem König nicht gut. Sein Leibdiener, der stets hinter der Verbindungstür zum Turm Wache hielt und auf Befehle wartete, hörte plötzlich Schreie aus dem Thronsaal. *Die alte Krank-*

*heit,* dachte er entsetzt. Seit der Rückkehr aus dem Ela-Tal war sie nicht mehr aufgetreten, darüber waren alle froh gewesen. Doch nun war sie offensichtlich wieder da. „Mein Gott, mein Gott", seufzte der Diener und stürzte hinein.

Der König schlug mit den Fäusten auf die Armlehnen und murmelte unverständliche Worte. In seinen Mundwinkeln hatte sich weißer Schaum gebildet. Der Diener lief in die Halle und rief dem dortigen Posten zu: „Ich hole Hilfe, lass niemanden herein!", und eilte zum Verwaltungsturm, wo sich der königliche Leibarzt gewöhnlich aufhielt. Der griff sofort nach seiner immer bereitliegenden Tasche und hastete in den Palast.

Der König saß noch im Sessel, verhielt sich aber jetzt anders als zuvor, denn er stampfte mit den Füßen, rollte die Augen und lispelte vor sich hin.

„Hole sofort Prinz Jonathan! Beeil dich!", sagte der Arzt zum Posten und versuchte, dem König ein Beruhigungsmittel einzuflößen.

Saul riss den Becher an sich, schleuderte ihn dem Mediziner ins Gesicht und schrie: „Raus!" Es war ein Befehl. Verblüfft fügte sich der Arzt.

Als Jonathan in der Vorhalle eintraf, zitterten dem Arzt die Hände. „Es ist ein so schlimmer Anfall wie früher", erläuterte er. „Auch hat der König wieder Verwünschungen ausgestoßen und Samuels Namen gestammelt."

„Und was sollen wir tun?" In Jonathans Stimme klang Hilflosigkeit.

Der Arzt dachte kurz nach. „Früher hat Musik den König immer beruhigt", sagte er dann. „Heißt es nicht, dass David ben Isai bei seiner Ankunft im Zeltlager so schön auf einer Harfe gespielt und herrlich dazu gesungen hat?"

Jonathan wandte sich an den Posten. „Geh und suche den Hauptmann David ben Isai. Er soll unverzüglich hierher kommen." Dem königlichen Leibdiener befahl er: „Hole alle Harfen her, die du im Palast finden kannst."

Der Prinz öffnete die Tür zum Thronsaal und schaute hinein. Sein Vater hing wie leblos in seinem Sessel. Der Kopf war ihm auf die linke Schulter gesunken, von den Lippen tropfte Schaum über das Kinn und ein qualvolles, ächzendes Stöhnen drang durch den Raum. Jonathan war erschüttert. Er wusste, wie gefährlich es war, sich dem Vater in diesem Zustand zu nähern, trotzdem ging er hin und wischte ihm vorsichtig die Lippen mit dem Ärmel ab, da er kein Tuch dabei hatte. Alles verlief glimpflich. Leise stahl er sich wieder aus dem Saal in die Halle zurück und ging hinauf zu seiner Mutter, um ihr von dem Anfall zu berichten.

◆ ◆ ◆

Der Posten hatte den Hauptmann schnell gefunden. David wunderte sich über die Aufforderung, legte rasch seinen neuen Rock an und folgte dem Posten zur Festung.

Zum ersten Mal betrat er den rechteckigen Hof. Vor ihm lag ein prächtiger, von Türmen flankierter, zweistöckiger Bau: Das Machtzentrum des Königreichs. Er betrat das Erdgeschoss mit dem Thronsaal links, der Halle in der Mitte und dem Empfangssaal rechts. David hielt inne. Nun war er im Palast.

*Endlich!*

Jonathan kam ihnen entgegen. Mit niedergeschlagenen Augen und stockender Stimme erläuterte er, worum es ging.

David suchte sich unter den Harfen die beste aus, der Arzt begleitete ihn noch in den Saal, ließ ihn dann aber mit dem auf seinem Thronsessel zusammengesunkenen König allein. Immer noch ruhte dessen Kopf wie leblos, schlaff und ermattet auf der linken Schulter. Im halb geöffneten Mund waren die oberen Vorderzähne zu sehen, und ein röchelnder, schwerer Atem war zu vernehmen. Fürwahr kein majestätischer Anblick.

David war entsetzt. *Das ist doch nicht derselbe König, den ich im Ela-Tal erlebt habe,* dachte er. Doch schnell fasste er sich wieder, presste das Instrument unter den linken Arm, griff in die Saiten und begann leise zu spielen.

Der Kranke schien den Musikanten nicht zu bemerken, daher spielte David etwas lauter. Plötzlich kam ihm der Gedanke, das Loblied auf den König zu singen, das damals nach dem Sieg über die

Philister bei Michmas aufgekommen, in späteren Jahren aber fast völlig in Vergessenheit geraten war. David hatte es in Bethlehem von einem Veteranen dieser Schlacht gehört und behalten. Im Text des Liedes wurden Sauls Entschlossenheit, sein Mut und seine Klugheit gewürdigt. David begann und auch seine Stimme wurde sicherer und stärker.

Das Lied schien beim König Erinnerungen an alte, gute, vergangene Tage zu wecken, denn er schloss den Mund und begann zu lächeln. Als das Lied zu Ende war, begann David von neuem. Saul öffnete zuerst das linke Auge, dann das rechte und musterte aufmerksam den Sänger.

„Wer bist du, junger Mann?"

„Ich bin David ben Isai ..."

„Du bist der, der den Philister Goliat erschlagen hat. Spiel weiter, mein Junge. Es tut mir gut." Saul stützte den Kopf an die Rücklehne des Sessels und schloss die Augen wieder.

David sang weiter, ohne bemerkt zu haben, dass der König eingeschlafen war.

Der Arzt hatte hinter der Tür gestanden und den Vorgang durch einen schmalen Spalt beobachtet. Er wusste, dass das Schlimmste nun überstanden war. Ein erquickender Schlaf hatte in der Vergangenheit stets zu schneller Gesundung geführt. Leise schlich er in den Thronsaal, fasste David an der Hand, flüsterte: „Du hast ein Wunder vollbracht", und geleitete ihn in die Halle, wo Jonathan wartete.

Der Prinz legte David erleichtert den Arm um die Schulter. „Ich bin tief in deiner Schuld."

◆ ◆ ◆

Prinzessin Michal hatte mittlerweile von ihrer Dienerin Uschu erfahren, dass der König wieder erkrankt war. Die Betreuung des kranken Königs war am Hof zwar Männersache, trotzdem lief sie sofort die Treppe hinab und huschte unbemerkt in den Empfangssaal. Dort wartete sie ... Worauf? Das wusste sie selbst nicht so genau. Auf eine gute Nachricht vielleicht.

Sie hörte die Unterredung in der Halle, dann Davids Spiel und

Gesang, und war zutiefst berührt. Als sie aus dem weiterem Gespräch noch erfuhr, dass David ihren Vater geheilt hatte, wollte sie sich den Wundertäter ganz aus der Nähe anschauen und trat herein. Jonathan und der Arzt wandten Michal den Rücken zu, während David ihr mit seinen blauen Augen direkt ins Gesicht blickte.

Zum ersten Mal sah sie ihn aus der Nähe. Sie war bezaubert. *Dieser begabte junge Mann ist auch noch wirklich schön!* Sie konnte ein kokettes, herausforderndes Lächeln nicht unterdrücken. Ohne es zu bemerken, strahlte sie ihn an.

David erkannte sie, war überrascht und wunderte sich, dass eine Prinzessin, ein Mitglied der Königsfamilie, so offen gegen die allgemeinen Sitten verstieß. *Eine Frau soll doch immer zurückhaltend sein.* Er war schockiert. Seine Schwärmerei für die Prinzessin erlitt einen Dämpfer der Enttäuschung. Die ganze Familie schien nicht ganz normal zu sein.

Jonathan führte David zum Ausgang. „Behalte für dich, was du hier gesehen hast. Es muss geheim bleiben."

David hatte es die Stimme verschlagen. Nicht imstande zu antworten, nickte er nur mit dem Kopf.

Vom Bruder und vom Arzt unbemerkt, zog sich Michal schnell in den Empfangssaal zurück und blickte David durch das Fenster nach, wie er über den Hof ging.

*Ein außergewöhnlicher Mann. Den muss ich kennen lernen.*

## 10

Die letzten Vorfälle hatten Davids bisheriges Bild von der Königsfamilie ins Wanken gebracht. Am Hofe schien alles ganz anders zu sein, als er zu Hause - und auch noch im Ela-Tal - gedacht hatte. Was ging hier vor? Er wollte es unbedingt wissen. Bis zum Nachmittag saß er grübelnd am Eingang seines Zeltes. Er wartete fieberhaft auf Ner und kaute an den Fragen, die er ihm stellen wollte.

An diesem Tag kam der alte Hauptmann später als sonst nach Hause. Kaum hatte er sich gesetzt, da wandte sich David schon voller Ungeduld an ihn. „Ner!“ Seit der öffentlichen Bekanntgabe seiner Beförderung nannte David seinen ehemaligen Vorgesetzten nicht mehr Hauptmann, sie hatten vereinbart, sich mit Namen anzureden. „Wenn du ein wenig Zeit für mich hättest, möchte ich dir gern einige Fragen stellen.“

„Für dich habe ich immer Zeit, David.“

„Es wäre sicher nicht gut, wenn uns ein Dritter dabei belauscht. Lass uns auf die Stadtmauer gehen.“

„Wenn du meinst. Ich habe nichts dagegen“, gab Ner zurück, wunderte sich aber insgeheim.

Tagsüber hielten auf der Mauer nur wenige Männer Wache. David suchte und fand eine Stelle, wo sie sich ohne Zuhörer unterhalten konnten.

„Warum diese Geheimnistuerei“, platzte Ner schließlich neugierig heraus. „Was hast du für Fragen?“

„Heute hat man mich in den Palast gerufen“, begann der junge Hauptmann. „Ich sollte dem kranken König auf der Harfe vorspielen.“ Bewusst hatte er die Betonung auf das Wort „krank“ gelegt.

Ner nickte.

*Also weiß er schon von dem Vorfall, trotz der im Palast betriebenen Geheimhaltung,* dachte David. Er fuhr fort: „Was ist das für eine Krankheit? Ist der König vielleicht von Dämonen besessen?“

Ner holte tief Luft, um zu antworten, doch David ließ ihn nicht zu Wort kommen. „Ich habe noch weitere Fragen. Was ist mit Jonathan?“ In diesem Augenblick war ihm Jonathans Blick eingefallen, als er im Zelt den neuen Rock anprobiert hatte. Nach dem Vorfall mit dem kranken König sah er das Verhalten des Thronfolgers in einem neuen, anderen, weit kritischeren Licht. „Und das ist noch nicht alles. Heute hat mich Prinzessin Michal nicht nur kokett, sondern, wie ich meine, verführerisch, ja beinahe ... dirnenhaft angelächelt. Ist es normal, dass sich die Tochter des Königs einem ihr fremden Hauptmann gegenüber so herausfordernd verhält?“ Er sah Ner an. „Was ist bloß mit denen los? Vielleicht ein rätselhafter Fluch?“

Der junge Mann spürte auf einmal, dass er sich bei der Darstellung seiner Meinung unmäßig verrannt hatte, fasste sich aber schnell wieder, schaute Ner beschwörend an und sagte dann in ruhigem Ton: „Ich bin völlig verwirrt. Vielleicht sehe ich alles falsch. Auf jeden Fall würde es mir helfen, in Zukunft Fehler zu vermeiden, wenn ich begreifen könnte, was da vor sich geht."

Ner dachte kurz nach und erwiderte dann: „Das ist eine lange Geschichte."

„Je mehr ich weiß, desto besser für mich. Erzähl bitte."

Ner lehnte sich an die Zinne und verschränkte die Arme. „In den ersten Jahren seiner Herrschaft hatten König Saul und der Prophet Samuel gemeinsam Hand in Hand regiert. Zu dieser Zeit bekämpften sie in mehreren kleineren Kriegen erfolgreich die aus dem fernen Ostjordanland einfallenden Banden. Durch diese Siege wuchs das Selbstvertrauen des Königs immer mehr und allmählich glaubte er, dass er in kriegerischen Dingen auch ohne Samuel und seinem Rat auskommen könnte. Er machte sich unabhängiger, was dem Propheten missfallen musste. Die Beziehung zwischen den beiden wichtigsten Männern im Lande kühlte sich ab. Schließlich kam es zum offenen Streit und Samuel, der Prophet, der Gottesmann, erklärte dem König wütend: ‚Der Herr hat dich verworfen und wird einen anderen würdigeren König erwählen.' Ohne ein weiteres Wort wandte er sich um und ging von dannen. Anfangs nahm der König die Drohung, den Fluch nicht ernst. Dann kamen Zweifel, ob er nur Samuels Zorn entsprang oder tatsächlich von Jahwe stammte. Die quälende Ungewissheit nagte an seinen Nerven. Immer öfter griff er zum Weinkrug, um zu vergessen. Aber die Krankheit schritt fort. In den nächsten Jahren häuften sich schlimme Wutausbrüche und Tobsuchtsanfälle. Selbst im Ela-Tal hatte der König einen kurzen Anfall, der natürlich vor den Kriegern geheim gehalten wurde. Aber dann gab es den großen Sieg, mit deiner und Gottes Hilfe. Es war der Beweis, dass Jahwe auch weiterhin an Sauls Seite stand. Wenigstens vertraten Abner, Jonathan und Leute aus der näheren Umgebung des Königs diese Meinung, um ihm die ständigen Ängste vor dem Fluch zu nehmen. Die meisten Hauptleute im Lager meinen aber, dass diese Einflussname wenig geholfen hat. Ihre Überzeugung könnte man so ausdrücken: Der König hat sich immer noch nicht beruhigt und schaut sich ständig voller Argwohn um, ob vielleicht irgendwo ein Mann heran wächst, der ihm - mit Samuels Hilfe - den Thron streitig machen und rauben will."

Ner hatte seine Erzählung beendet und zupfte an seinem Bart. „Das ist die wahre Geschichte von Sauls Herrschaft. Heute hatte der König erneut einen Anfall. Er ist ein kranker Mann. Während eines Anfalls, der einige Tage dauern kann, ist er nicht in der Lage, ein Heer einzuberufen und zu befehligen." Er nickte und fügte besorgt hinzu: „Es ist auch keiner in Sicht, der in einer schwierigen Lage an seine Stelle treten könnte."

„Was ist mit Jonathan?", fragte David.

„Jonathan ist waghalsig bis zur Unvernunft, er ist ein Draufgänger. Ich selbst habe eher den Eindruck, dass bei ihm im Kampf der Verstand aussetzt und er dann nur gefühlsmäßig handelt. Ein König muss kaltes Blut bewahren können."

„Und die anderen Prinzen?"

Ner schüttelte den Kopf. „Keiner von ihnen eignet sich für dieses Amt." Nach einer Atempause wurde er noch deutlicher: „Wir haben keinen König und keinen Thronfolger, dem wir uns jederzeit bedenkenlos anvertrauen könnten."

„Und Abner?"

„Abner ist weder gesalbt, noch gewählt, noch ein Prinz. Die Stammesältesten würden sich ihm nicht unterordnen."

David war entsetzt. „Willst du damit sagen, dass sich unser Königreich in Gefahr befindet?"

Ner schüttelte erneut den Kopf. „Nein. Wir sind besser gewappnet als je zuvor. Unsere Pflicht ist es jetzt, Saul so lange nach Kräften zu unterstützen, bis Jahwe selbst uns einen neuen König schickt."

David schaute den Hauptmann verwirrt an, aber Ner bemerkte es nicht und wechselte das Thema. „Du hast auch nach Michal gefragt. Über sie weiß ich nur wenig. Sie ist im Palast aufgewachsen, sie ist Sauls Lieblingstochter und wurde von ihm immer verhätschelt. Der Vater kann sich nicht gegen sie durchsetzen. Schöne Kleider und Schmuck sind für sie das wichtigste, vom wirklichen

Leben in der Stadt und im Land hat sie wohl wenig Ahnung. Aber dich interessiert, denke ich, vor allem ihr Verhältnis zum anderen Geschlecht, nicht wahr?"

David horchte auf.

„Sie kokettiert gern, wie du offenbar schon selbst erlebt hast. Aber sie lässt die Männer dann nach kurzer Zeit wie ein langweiliges Spielzeug fallen. Das haben schon mehrere Bewerber zu spüren bekommen. Wie man hört, bemüht sich jetzt Pichol, der Sohn eines Jugendfreundes des Königs, um ihre Hand. Ich glaube nicht, dass daraus etwas wird. Mir scheint, sie weiß selber nicht so recht, was sie eigentlich will. Wenn du meinen Rat hören willst, vergiss sie, bevor du dir Ärger einhandelst. Die Standesunterschiede sind zu groß. Du bist zwar ein Hauptmann, in den Augen der Prinzessin aber sicherlich nur der kleine Hirte aus Bethlehem, mit dem man sich wohl die Zeit vertreiben kann, den man aber nicht ernst nimmt."

David war blass geworden und schwieg.

Ner schaute besorgt auf seinen jungen Freund und dachte, es sei wohl das Beste, David jetzt allein zu lassen. Er klopfte ihm väterlich auf die Schulter und verließ die Mauer.

## 11

Mit seinem Bericht hatte Ner David an ein Geheimnis erinnert, das für ihn nun schlagartig in einem anderen Licht erschien.

Er erinnerte sich noch gut an jenen schönen, sonnigen Morgen vor einigen Monaten, als der Prophet Samuel in seine Heimatstadt kam. Er führte ein Rind mit sich an der Leine, das er dort dem Herrn opfern wollte. Wie sich dann jedoch herausstellte, war die Opferung nur ein Vorwand. In Wirklichkeit war er nach Bethlehem gekommen, um sich Isais Familie anzuschauen. Nach einem Höflichkeitsgespräch mit dem Vater ließ sich Samuel alle Söhne der Reihe nach vorstellen. Davids ältere Brüder interessierten den Propheten allerdings nicht. Erst als er selbst an die Reihe kam, änderte sich Samuels Gesichtsausdruck. David erinnerte sich noch jetzt genau daran, wie er ihn damals angeschaut hatte.

„Komm mit mir", sagte der Prophet zu ihm und führte ihn in eine Ecke des Hofes, wo im Schatten einer Akazie die alte Holzbank stand. Auf ihr lag eine Harfe. David schob sie zur Seite und der Gottesmann ließ sich nieder. Wieder schaute er ihn an und forderte ihn auf, ihm alles über sich zu erzählen. Daraufhin hatte David ihm ausführlich über seine Arbeit auf der Weide berichtet.

„Und was machst du sonst noch?"

„Am liebsten übe ich den Umgang mit der Schleuder. Und ich spiele gern auf der Harfe."

Der Prophet wollte darüber Genaueres wissen. So erzählte David, dass er gelernt hatte, aus der Entfernung von zwanzig Schritten mit dem Schleuderstein einen Granatapfel zu treffen, und wie er sein Können genutzt hatte, um einen Wolf, der ihm Schafe aus der Herde gerissen hatte, zu töten.

*Er ist tüchtig und mutig zugleich,* dachte Samuel, griff zur neben ihm liegenden Harfe und reichte sie dem jungen Burschen mit den Worten: „Spiel mir etwas vor!"

David kannte damals schon viele Lieder, war aber der Meinung, dass einen Propheten vor allem ein religiöses Lied interessieren könnte. Also überlegte er nicht lange, griff in die Saiten und begann zu singen:

*„Der Herr ist mein Hirte,*
*nichts wird mir fehlen.*
*Er lässt mich lagern auf grünen Auen*
*und führt mich zum Ruheplatz am Wasser.*
*Er stillt mein Verlangen;*
*er leitet mich auf rechten Pfaden,*
*treu seinem Namen.*
*Muss ich auch in finsterer Schlucht wandern,*
*so fürchte ich kein Unheil,*
*denn du bist bei mir.*
*Dein Stock und dein Stab geben mir Zuversicht."*

„Dieses Lied habe ich noch nie gehört“, warf Samuel ein.

„Ich habe es selbst gedichtet und die Melodie dazu erfunden“, antwortete David.

Auf Samuels Gesicht malte sich eine Mischung aus Staunen und Wohlwollen. David kam es vor, als schaue er ihm bis tief ins Herz. Dann hörte er die Worte: „Nicht nur tüchtig und mutig, sondern auch musikalisch begabt. Und fromm.“

Der Gottesmann blickte in den Himmel, als ob er sich der Zustimmung Jahwes vergewissern wollte, und murmelte: „Er ist es, wahrlich, er ist der Gesuchte!“

Ohne ein weiteres Wort fuhr Samuel mit der rechten Hand in die Brusttasche seines Rockes, zog ein goldverziertes Horn hervor und befahl ihm niederzuknien. Dann sprach er feierlich, die Worte klangen wie ein Schwur: „Was ich jetzt tun werde, hat mir der Herr aufgetragen.“ Er zog den mit einem Goldgriff versehenen Korken aus dem Horn, neigte es bedächtig, goss ein wohlriechendes Öl auf Davids Haar und sprach dabei mit gedämpfter Stimme: „Ich salbe dich im Namen des Allerhöchsten. Mögest du dem Herrn immer eifrig und gehorsam dienen.“

David schaute den Propheten mit weit aufgerissenen Augen an und wurde ein zweites Mal überrascht. Der alte Mann bückte sich zu seinem Ohr und flüsterte leise, so dass nur David allein die Worte vernehmen konnte: „Das war eine Königssalbung! Merke es dir gut: eine Königssalbung! Aber sie muss geheim bleiben, bis die Zeit reif ist.“

Damals, entsann sich David, hielt er die Salbung für ein Missverständnis. Er, ein einfacher Hirte, sollte König werden? Das konnte nicht sein. Trotz allem fühlte er sich zur befohlenen Geheimhaltung verpflichtet und sprach mit niemandem darüber.

Dann hatte der Krieg im Ela-Tal begonnen und die ganze Angelegenheit war von neuen wichtigen Dingen überschattet worden …

Und wieder war viel Zeit vergangen. Jetzt stand er hier auf der Mauer von Gibea und schaute auf Sauls Palast hinunter. Und ganz deutlich hörte er Samuels Worte: „Merke es dir gut: eine Königssalbung!“

Seine Gedanken kreisten um Ners Bericht, und er versuchte sich an Ners Worte zu erinnern, die er im Zusammenhang mit Sauls Krankheit gesagt hatte. Nach wenigen Augenblicken wusste er es. „Der König schaut sich ständig voller Argwohn um, ob vielleicht irgendwo ein Mann heran wächst, der ihm - mit Samuels Hilfe - den Thron streitig machen will." Ja, genau so hatte er es formuliert. In diesem Augenblick begriff David die Gefahr, in der er sich befand. Was würde der König tun, wenn er von seiner Salbung hörte? David erblasste vor Schreck. Durfte er überhaupt weiterhin hier in Gibea bleiben und so tun, als hätte es Samuels Besuch in Bethlehem nicht gegeben? Wäre es nicht besser, die Hauptstadt sofort zu verlassen?

Er schüttelte den Kopf. Nein, gerade das wollte er nicht. Zu oft hatte er bei seinen Schafen auf der Weide von dieser Hauptstadt geträumt. Unter Einsatz des Lebens hatte er es bis zum Hauptmann gebracht. Zudem hatte er das Glück, den Kronprinzen zum Freund zu haben. Nein, er hatte schon zuviel erreicht, um alles beim ersten Anflug von Angst leichtfertig aufzugeben.

Ein wenig beruhigte er sich, als ihm bewusst wurde, dass der König nur einen Mann fürchten muss, der das Königsamt auch wirklich ausüben konnte, also auf keinen Fall einen Hirten, auch wenn dieser kürzlich zum Hauptmann ernannt worden war. *Der König ist zwar krank, aber nicht dumm. Zu glauben, dass ich der von Samuel erwählte Nachfolger des Königs bin, ist lächerlich und gegen alle Vernunft.*

Diese Überlegung wirkte wie eine Befreiung von seinen Ängsten. *Ich bleibe,* sagte er zu sich. *Gut, dass ich nicht unnötig in Panik geraten bin.*

Er schnippte mit den Fingern, erhob sich und verließ um einiges klüger die Mauer.

# 12

Michal langweilte sich. Beim gemeinsamen Frühstück hatte ihr Jonathan versprochen, sie heute Vormittag zu besuchen und so wartete sie nun auf ihren Bruder.

Sie schaute zum Fenster hinaus. Es war gerade Markt. Normalerweise liebte sie es, den Menschen von oben zuzuschauen, doch heute machte es ihr keinen Spaß.

Endlich vernahm sie die bekannten Schritte und lief dem großen Bruder entgegen, sprang hoch und warf sich ihm in die Arme.

„Dem Vater geht es besser. Er wird bald wieder ganz gesund sein“, sagte er, während sie sich setzten, und fuhr gleich verschmitzt fort: „Wem haben wir das wohl zu verdanken? Was meinst du?“ Seine Augen blitzten und er fügte hinzu, ohne auf ihre Antwort zu warten: „Dem unübertrefflichen Musiker David natürlich.“

Michal sah keinen Grund, ihm zu widersprechen, sie war ganz seiner Meinung. Aber die Begeisterung, mit der ihr Bruder über David redete, überraschte sie und machte sie stutzig.

„Ich muss mich bei ihm bedanken“, sagte Jonathan.

„Gewiss“, erwiderte sie abwartend. Davids Harfenspiel, das auch sie am Vortag gefangen genommen hatte, klang ihr wieder in den Ohren. Dass sie mitgehört hatte, verschwieg sie ihrem Bruder auch jetzt. Warum? Das wusste sie nicht so recht. Sie folgte einem inneren Gefühl.

Jonathan schaute zum Fenster hinaus. „Für heute Abend möchte ich ihn einladen. Meine Küche ist gestern eingerichtet worden. Als Dankeschön kann ich ihm ein gutes Essen bieten. Was hältst du davon?“

„Das finde ich gut. Bin ich auch eingeladen?“

Über Jonathans Gesicht huschte ein Schatten. Nur für einen Augenblick, aber Michal hatte es doch bemerkt. „Stimmt etwas nicht?“, fragte sie und behielt den Bruder fest im Auge.

Er hatte sich schnell gefangen und erwiderte scheinbar gelassen: „Nein, nein, alles in Ordnung. Am Nachmittag werde ich dich abholen.“ Dann hatte er es auf einmal eilig und verabschiedete sich.

Als Jonathan ihre Gemächer verlassen hatte, musste Michal weiter an David denken. Sie sah seine blauen Augen vor sich und sein rötlich-blondes Haar. Eine Zeit lang fand sie es erheiternd, dann aber wollte sie sein Bild loswerden. Doch es gelang ihr nicht. Um auf andere Gedanken zu kommen, trottete sie in die Küche. Da der Koch an diesem Tag nichts Besonderes auf dem Plan hatte, war es dort langweiliger als sonst. Nach kurzem Nörgeln, worauf der Koch immer auf die gleiche Weise antwortete, nämlich mit „Gewiss, Prinzessin", kehrte sie in ihre Zimmer zurück und legte sich hin.

Es dauerte lange, sehr lange bis endlich der ersehnte Nachmittag kam. Obgleich Uschu sie wie üblich morgens gebadet hatte, fühlte sie sich nicht mehr frisch genug. Darum ließ sie sich mit wohlriechendem Öl einreiben. Dann begann das Ankleiden. Sie entschloss sich für das rosafarbene, bis zu den Knöcheln reichende, eng anliegende Kleid und den Mantel mit Kapuze, die bei Wind, wie er heute über den Platz pfiff, die Frisur am besten schützte.

„So elegant heute?", fragte Jonathan erstaunt beim Eintreten. Sie spürte seinen musternden Blick und errötete leicht.

„Ich bin soweit. Lass uns gehen", entgegnete sie munter.

Gemeinsam schritten sie über den Hof, bis der Posten die Tür in der kleinen Pforte öffnete, die zum Heerlager führte. Jonathan durchschritt sie als erster, dann folgte seine Schwester. Als Michal Achis' ehemaliges Zelt erblickte, rief sie voller Bewunderung aus: „Die Philister haben uns doch einiges voraus" und stieg flink die Treppe hinab, um das Rundzelt von innen in Augenschein zu nehmen. „Es ist eleganter als Vaters Thronsaal. Aber es müsste unbedingt noch etwas Farbe hinein. Du solltest Uschu um Rat fragen, sie kennt sich am besten mit so etwas aus."

Der Posten, der vor dem Eingang stand, verkündete laut: „Hauptmann David ben Isai", und sogleich betrat der Gast, gekleidet in dem blauen Rock, das Rundzelt.

Auf diesen Augenblick hatte Michal gewartet. Sie tat einen Schritt zur Seite, ließ ihn dabei aber nicht aus den Augen. *Ein schöner Mann!,* dachte sie. *Richtig fürstlich sieht er aus.*

*Michal!,* schoss es David durch den Kopf. Mit der Anwesenheit der Prinzessin hatte er nicht gerechnet. Seine Hände zitterten leicht, als er sich vor den beiden verneigte, und zwar auf die Weise, wie er es in den letzten Tagen in der Stadt beobachtet hatte. Die Gegenwart der Prinzessin hatte ihm die Sprache verschlagen, er brachte kein Wort heraus. Jonathan rettete ihn aus der peinlichen Lage, indem er zwei mit Rotwein gefüllte Becher vom Tisch nahm und sie seiner Schwester und dem Freund reichte. Mit einem dritten Becher in der Hand rief er aus: „Lasst uns auf das trinken, was gestern passiert ist, David. Wir“, er blickte auf seine Schwester, um zu unterstreichen, dass er auch in ihrem Namen sprach, „wir wollen uns bei dir für das bedanken, was du an unserem Vater getan hast.“

Der Gast erwiderte bescheiden, er habe nur getan, worum man ihn gebeten hatte. David blieb gehemmt, weil er stets befürchtete, sich in den Augen der Prinzessin falsch zu verhalten. Nach dem langen Gespräch auf der Mauer hatte er zwar beschlossen, Ners Rat zu beherzigen und sich von Michal fernzuhalten - aber ein wenig wollte er ihr doch imponieren. Gern hätte er vor der jungen Frau, die vielleicht drei Jahre jünger war als er, den Mann von Welt gespielt, wusste aber nicht wie. *Wie verhält man sich eigentlich in der Gesellschaft einer Prinzessin? Und was tut man mit den Händen?*

Der aufmerksame Jonathan, der Davids Verlegenheit bemerkt hatte, reichte ihm die Harfe und forderte ihn auf: „Wie wäre es, wenn du uns zum Auftakt etwas vorspielen würdest?“

David atmete erleichtert auf. Er sollte etwas tun, was er meisterlich beherrschte. Nun konnte und würde er seine Kunst unter Beweis stellen. Seine Finger glitten über die Saiten. Das fürstliche Zelt und die Prinzessin verschwanden vor seinen Augen, für ihn gab es nur noch die Musik.

Michal hörte aufmerksam zu. Doch eigentlich interessierte sie sich nicht nur für Davids Spiel. Seine breite Brust und die schmalen Hüften, die sich im Rhythmus der Melodie wiegten, ließen in ihr eine seltsame Erregung aufkeimen.

Dann hatte David sein Spiel beendet. Jonathan war begeistert. „Du überraschst mich immer wieder“, rief er aus.

David blickte erwartungsvoll auf die Prinzessin. Michal aber hatte sich noch nicht entschieden, wie sie sich dem Mann gegenüber verhalten wollte. Also setzte sie eine undurchdringliche Miene auf und bemerkte trocken: „Es hat mir Spaß gemacht, mal etwas anderes zu hören."

David schaute enttäuscht zu Boden.

Jonathan bat seine Gäste zu Tisch. Die Geschwister ließen sich auf die Kissen nieder mit dem Rücken zur Trennwand, die das Zelt in zwei Hälften teilte. David beobachtete genau, wie das Paar sich setzte und versuchte, es ihnen gleich zu tun, als man ihm den Platz gegenüber anwies.

Auf dem Tisch stand eine flache am Rand verzierte Kupferschale, gefüllt mit verschiedenen Obstsorten. Jonathan bot David eine grüne, aber reife Feige an. Er selbst nahm eine Dattel. Michal lehnte lächelnd ab. Der Mann gegenüber faszinierte sie zu sehr. Sie blickte auf die langen Finger, die so behände und elegant über die Saiten einer Harfe gleiten konnten. *Wie anmutig er sie jetzt beim Gestikulieren bewegt.* Es machte Freude, ihnen zuzuschauen.

Nach der Vorspeise klopfte Jonathan zweimal mit der offenen Hand auf den Tisch. Die Diener mussten auf dieses Zeichen gewartet haben, denn sofort erschienen sie mit einer heißen Platte, die sie in die Mitte des Tisches auf eine geflochtene Strohmatte stellten. Darauf war das Fleisch eines acht Wochen alten Ziegenböckchens, in fingerdicke Scheiben geschnitten und in Fett gebraten. Um den Braten herum lagen tiefgrüne Kräuter, außerdem entstieg der Pfanne köstlicher Thymianduft. Zugleich wurde jedem Gast eine flache, mit Linsen gefüllte Schüssel gereicht. Dann verließen die Diener den Raum, der Vorhang in der Trennwand fiel wieder zu.

Der Wein hatte Michal gesprächig gemacht. Nach einem weiteren Becher kam sie in Stimmung und auf ihrem Gesicht erschien wieder das verführerische Lächeln, das David nach dem Vorspielen im Thronsaal so aus dem Gleichgewicht gebracht hatte. Kokettierte sie wieder mit ihm, oder missverstand er ihre Mimik? Spielte sie vielleicht mit ihm, wie Ner ihn gewarnt hatte? Wie sollte er sich bloß verhalten? Zurücklächeln? Wegschauen? Er wusste es nicht. Am liebsten wäre er davongerannt.

Ein neuer Gang aus mit Rosinen gefüllten Bratäpfeln wurde aufgetragen und auch eine neue Kanne mit Wein.

Nach dem Essen entzündete ein Diener die vor der Zeltwand auf niedrigen Steinsäulen stehenden Öllampen, denn es wurde allmählich dunkel. Die Stimmung stieg an, denn auch bei David hatte der Wein die Hemmungen weggespült. Es wurde laut und zwanglos über Scherze und Nichtigkeiten gelacht. Das, was David sagte, fand Michal besonders lustig. Immer wieder schaute sie ihn an, vielleicht noch koketter als zuvor. David spürte, wie ihm das Blut in den Kopf schoss und er befürchtete, sich durch sein Erröten zu verraten.

Gänzlich unerwartet gab der Posten, der vor dem Eingang Wache hielt, ein Zeichen und bat, eintreten zu dürfen. Jonathan befahl ihn ins Zelt. Der Mann meldete einen Boten des Feldobersten.

Jonathan ging hinaus.

„Prinz", meldete der Bote, „soeben ist ein Späher aus dem Grenzgebiet bei Bet-Semes eingetroffen. Der Feldoberst hat die Abendsitzung des Stabes vorgezogen und für sofort einberufen. Er bittet um deine Anwesenheit."

„Ich komme", antwortete Jonathan, kehrte ins Zelt zurück und sagte ärgerlich: „Schade, gerade jetzt muss ich zu einer Besprechung weg. Viel lieber würde ich hier bei euch bleiben." Dabei glättete er sein Gewand und sagte, schon im Gehen begriffen: „Lasst euch den Wein schmecken. Ich bin sicher bald zurück."

Michal und David waren plötzlich allein. Sie verstummten beide. Die bisher lockere Stimmung verflog. Ohne die schützende Anwesenheit ihres großen Bruders verlor Michal die sonst zur Schau getragene gesellschaftliche Sicherheit. Mit einem Mann, nur zu zweit, fühlte sie sich gehemmt. Auf jeden Fall musste sie verhindern, dass der Gast ihre Verlegenheit bemerkte. Um das eingetretene Schweigen zu überbrücken, bat sie David, ihr noch etwas Wein einzuschenken. Dabei ärgerte sie sich mehr und mehr über ihre eigene Beklommenheit. Sie wünschte sich Jonathan zurück.

Auch David fühlte sich ratlos, ihm wollte kein Scherz mehr einfallen. In der Hoffnung, dass der gute Wein ihn aufmuntern und ihm helfen würde, etwas Lustiges zu sagen, griff er nach dem Becher und trank ihn ohne abzusetzen vollständig aus.

Doch die erhofften Folgen blieben aus.

Michal wollte dem schönen David gefallen und hätte ihn gern mit vergnüglichen Plaudereien unterhalten. Schließlich war sie ja nun die Gastgeberin. Aber je mehr sie sich bemühte, desto leerer wurde ihr Kopf. *So etwas ist mir noch nie passiert,* dachte sie unmutig. In der bedrückenden Stille hörte man durch die Lederwände Stimmen von Männern, die sich in der Nähe des Zeltes unterhielten. „Hier im Lager ist es immer unangenehm laut", stammelte sie, um endlich überhaupt etwas zu sagen.

Der letzte Becher hatte Davids Beobachtungsfähigkeit und Denkvermögen eingeschränkt. Er bemerkte nicht, dass Michal sich redlich bemühte, das Gespräch in Gang zu bringen. Seltsamerweise hatte er aus ihrem Satz nur ein einziges Wort herausgehört: unangenehm. Es dröhnte ihm im Ohr und wuchs sich aus wie eine schwarze Wolke vor dem Gewitter. Aus dem beiläufig hingeworfenen Wort entwickelte sich ein verhängnisvoller Gedanke: *Meine Gesellschaft ist ihr unangenehm.* Er fühlte sich gedemütigt. Wieder fiel ihm ein, was Ner über Michal gesagt hatte. *Was denkt sie sich eigentlich?* Eine unbegründete Wut stieg in ihm auf, er wurde böse und zischte sie an: „Prinzessin, du meinst wohl, mich von oben herab behandeln zu können, so wie einen schlichten Hirten von der Weide ..." „Nein, nein", fiel sie ihm erschrocken ins Wort. „Wir alle wissen, dass du ein tüchtiger, begabter Mann mit großen Fähigkeiten bist." *Womit habe ich ihn nur zornig gemacht?*, fragte sie sich verzweifelt. Sie wusste nicht weiter.

In seine eigenen Gedanken verstrickt, hatte David nicht einmal richtig gehört, was sie gesagt hatte. Was hatte ihn nur geritten, dass er sich so zutiefst missachtet fühlte? Mit kaltem Blick und eisiger Stimme fuhr er sie an: „Vergiss nicht, erhabene Prinzessin, deine Großmutter war, genauso wie die meine, eine ganz gewöhnliche Bäuerin. Auch deine Mutter hat in ihren jungen Jahren schwer arbeiten müssen, so wie meine Schwestern heute. Weil dein Vater König geworden ist, spielst du dich jetzt auf, bist überheblich. Was bildest du dir eigentlich ein?"

In seinem Weinrausch verstand er zunächst gar nicht, wie sehr er die Königstochter mit diesen Worten verletzt hatte. Erst als er ihr ins Gesicht blickte und sah, wie bleich und fassungslos sie war, begann ihm zu dämmern, dass er einen verhängnisvollen Fehler begangen hatte. Er erschrak furchtbar.

Michal starrte ihn mit vorwurfsvollen Augen an. *Überheblich? Einbilden?* So eine Frechheit war ihr noch nie widerfahren. Sie fühlte sich diesem dreisten Emporkömmling mit seinen Viehtreibermanieren ausgeliefert. Was sollte sie tun?

In ihrer Ratlosigkeit begann sie zu weinen.

Der Schrecken hatte bei David gleichzeitig wie ein Schock und wie ein Wunder gewirkt und ihn schlagartig nüchtern gemacht. Er konnte wieder klar denken und begriff, dass sein Verhalten als unverschämt gelten und schlimme Folgen haben würde. Die Beleidigungen würde sie ihm nicht verzeihen. Verzweifelt fasste er sich an den Kopf und überlegte. *Grübeln bringt mich auch nicht weiter. Ich muss unbedingt etwas unternehmen.* Aber was?

Da fiel ihm ein, dass Michal ihn, als Jonathan noch da war, kokett angelächelt hatte. Er musste ihr also doch gefallen haben, als Mann gefallen haben. Vielleicht sollte er in ihr nicht die Prinzessin, sondern einfach nur die Frau sehen. Schlimmer werden konnte es sowieso nicht mehr. Entschlossen erhob er sich, setzte sich an Michals Seite und nahm ihre Hand. Sie ließ es geschehen, als ob sie gar nichts bemerkt hätte. Unbewusst streichelte er sie zärtlich. Ihr Weinen wurde leiser. Sie hörte auf zu zittern, doch die Tränen liefen noch immer über ihre Wangen.

Sie tat ihm jetzt zutiefst Leid, und er wollte sie trösten. In seiner Verzweiflung nahm er, zuerst zögernd, dann entschiedener, ohne richtig zu wissen, was er eigentlich tat, das Gesicht der Prinzessin in seine bebenden Hände und begann, die herabpurzelnden Tränen abzuküssen.

Michal ließ es geschehen. Leicht streifte er mit seinen Lippen ihren Mund. Da er keine Abwehr spürte, küsste er sie, obwohl in ihm eine innere Stimme aufschrie: *Bist du wahnsinnig? Das wird dich den Kopf kosten!*

Erschrocken nahm er die Hände von ihren Wangen und schaute sie hilfesuchend an.

Michal fühlte sich wie im Traum. War es wirklich der gleiche Mann, der sie zuvor auf so unverschämte Weise beleidigte, der sie jetzt aber so wonnevoll geküsst hatte? Sie hörte auf zu weinen und begann zaghaft zu lächeln.

David versuchte zu verstehen, was in dieser Frau vorging. Vielleicht war doch noch nicht alles verloren? Er folgte seinem Gefühl und umarmte sie herzlich.

Michal öffnete die bislang geschlossenen Augen, schaute ihn schelmisch an, löste sich aus seiner Umarmung und gab ihm einen Kuss. „Alles ist wieder gut", flüsterte sie mit warmer Stimme. Doch Erziehung und Vernunft waren immer noch stärker als das aufkeimende Gefühl. Sie rutschte ein wenig von ihm ab und fuhr fort: „Nun möchte ich, dass du wieder auf deinen Platz hinter dem Tisch zurückkehrst."

Wieder ein Umschwung! David blickte sie verständnislos an und machte keine Anstalten, sich zu erheben.

„Bitte", fügte sie schweren Herzens hinzu, während sie ihn noch einmal küsste.

David konnte ihr wechselhaftes Verhalten nicht nachvollziehen, wollte aber auf keinen Fall einen neuen Streit heraufbeschwören. So blieb ihm nichts anderes übrig, als sich widerwillig zu fügen. Also kehrte er auf sein Kissen auf der gegenüberliegenden Seite des Tisches zurück und wartete voller Ungeduld, was weiter geschehen würde.

„Du darfst Michal zu mir sagen. Lass uns Freunde sein", sagte sie in versöhnlichem, nahezu zärtlichem Ton.

Nun hüpfte Davids Herz vor Freude. Wie gern hätte er sie dankbar und erleichtert in die Arme geschlossen, wagte es aber nicht aus Furcht, zurückgewiesen zu werden. Sie verhielt sich eben ganz anders als die Mädchen in Bethlehem.

Vor dem Zelt wurden Schritte hörbar. Gleich darauf trat Jonathan mit ernster Miene ein, ließ sich auf seinen Platz neben Michal nieder, wo gerade eben noch David gesessen hatte, und nahm einen Schluck Wein. Ihn beschäftigten eigene Probleme, die unnatürliche Rötung auf den Gesichtern seiner Gäste fiel ihm nicht auf.

Michal ahnte, dass etwas Schlimmes bevorstand. „Nun sprich schon!", sagte sie nervös.

„Auf der Höhe von Bet-Semes, im Wadi Soreg, wurden Philister gesichtet."

Michals Beunruhigung wuchs. „Was bedeutet das?", fragte sie.

„Niemand weiß im Augenblick, was die Philister im Schilde führen", entgegnete Jonathan. „Es kann der Aufmarsch zu einem großen Vergeltungsschlag für die Niederlage im Ela-Tal sein, vielleicht aber auch nur ein Beutezug der Stadt Ekron. Oder es handelt sich lediglich um eine Räuberbande, die beabsichtigt, hebräische Dörfer an der Grenze zu plündern. Um zu erfahren, wie stark die Philister sind und was sie vorhaben, muss gleich morgen früh ein Spähtrupp aufbrechen." Mit einem Blick auf David fuhr er fort: „Ich habe vorgeschlagen, dich mit dem Spähtrupp zu betrauen. Du wirst sein Anführer sein", Jonathans Betonung lag auf *Anführer*. „Ikabod, der Späher aus Bet-Semes, wird dich begleiten."

Jonathan hatte David für diese Aufgabe empfohlen, obwohl er wusste, dass David noch keine praktische Erfahrung mit Spähtrupps hatte. Aber David hatte Großes geleistet - der Sieg über Goliat, die schnelle Ausbildung einer Schleudertruppe - wie kaum jemand vor ihm. Der Prinz hatte Vertrauen in seine Fähigkeiten und wollte ihm Gelegenheit geben, sich auszuzeichnen.

David wusste genau, dass sein Sieg im Ela-Tal in der Erinnerung der Menschen langsam verblasste und er unbedingt einen neuen bemerkenswerten Erfolg brauchte, um in Gibea weiter aufsteigen zu können. „Du bist in der Tat ein guter Freund", entgegnete er und schaute Jonathan dankbar und voller Tatendrang in die Augen.

*Die Männer sind doch alle gleich,* dachte Michal bitter. *Krieg ist für sie immer das wichtigste im Leben. Da ist endlich ein junger Mann, mit dem man plaudern und sich amüsieren könnte, und was macht er? Er freut sich, dass er gegen die Philister ziehen kann. Gegen die Unvernunft der Männer ist kein Kraut gewachsen.* Gereizt schaute sie ihren Bruder an. *Warum muss ausgerechnet David dorthin? Gibt es keinen anderen Hauptmann für diese Aufgabe?* Sie schüttelte missmutig den Kopf.

# 13

Als David mit großen Schritten zu seinem Zelt zurückkehrte, wartete bereits Ner auf ihn. Er hatte vom Oberhauptmann Baruch, der auch an der Abendsitzung beim Feldoberst teilgenommen hatte, den Auftrag erhalten, dem frischgebackenen Hauptmann bei der Aufstellung der Mannschaft und deren Ausrüstung behilflich zu sein. Bis tief in die Nacht hinein waren sie beschäftigt.

Es war noch finster, als sich der zwanzig Mann starke Trupp in Bewegung setzte. An seiner Spitze ritt Hauptmann David, die Krieger marschierten zu Fuß, am Schluss trotteten zwei Lastesel, die die Verpflegung und einen Teil der Waffen trugen. Als sie am Turm der Prinzen vorbeikamen, schaute David mit klopfendem Herzen zum Fenster des zweiten Stocks hinauf. Es war leer. Doch ihre Abwesenheit dort erklärte er sich schnell: Sie wusste nicht, wann genau er die Stadt verlassen würde. Aber dennoch war er ein wenig enttäuscht.

Mit einem leichten Schlag auf den Hals munterte er seinen Esel Jadid zu schnellerem Gang auf. Das Stadttor öffnete sich wie von Geisterhand. Naftali, der Hauptmann der Wache, wünschte dem jungen Hauptmann und seinen Leuten Jahwes Beistand. *Können wir gut gebrauchen,* dachte David und bedankte sich mit einem breiten Lächeln. „Viel Erfolg", riefen ihm auch die Wachleute im Torhaus zu, und er genoss die ihm entgegengebrachte Aufmerksamkeit.

Die Truppe bewegte sich auf das Wadi Soreg zu. Während seiner kurzen Ausbildung hatte David zwar eine Menge über den Umgang mit Waffen, aber nicht viel über Taktik gelernt. Wie sollte er sich verhalten, wenn seine Späher die ersten Philister meldeten?

Er begann zu überlegen. Für ihn, den militärischen Neuling, wäre es beim Zusammentreffen mit dem Feind sicherer, alte, erprobte Vorgehensweisen anzuwenden, als selbst neue auszuklügeln. Er kramte in seinem Gedächtnis und erinnerte sich, was sein Vater Isai an langen Winterabenden über den Kampf der Hebräer mit den Midianitern erzählt hatte. Ihnen haftete der Makel an, dass es ihre Kaufleute waren, die einst Josef, den Sohn Jakobs, als Sklaven nach Ägypten verkauft hatten. Aus diesem Grund mochten die Hebräer sie nicht, und es gab fortwährend Streit. Zur Zeit des Richters Gideon waren die Midianiter in hebräische Gebiete eingefallen. Gideon war mit einer verhältnismäßig kleinen Gruppe gegen die Eindringlinge ausgerückt, aber jeder seiner Männer hatte neben den Waffen einen halb verschlossenen Ölkrug mit schwimmendem Docht bei sich, in dem schon eine winzige Flamme brannte, die von außen aber nicht sichtbar war. Im Schutze der Dunkelheit schlichen sich Gideons Männer bis an die Zelte der Midianiter heran und schlugen den Krügen die Hälse ab. Sofort verwandelten sie sich in lodernde Fackeln, die in die feindlichen Zelte geworfen wurden. Das feindliche Lager ging in Flammen auf.

Davids Gedanken kreisten immer noch um die List und Taktik des großen Richters, als Ikabod, der Mann aus Bet-Semes, an ihn herantrat und sagte: „Noch einen halben Tag und wir erreichen meine Stadt."

David schickte den Mann voraus, um zu erkunden, ob die Philister die Stadt bereits belagerten. Er selbst rückte mit seinem Spähtrupp vorsichtig nach, bis Bet-Semes auf einem rot schimmernden Tafelfelsen in der Ferne aufleuchtete. *An dieser Stelle des Wadis hat der Name Soreg* - was soviel wie hellrot bedeutet - *tatsächlich seine farbliche Begründung,* dachte David.

Er betrachtete gerade eingehend die hohen Mauern, als Ikabod von seinem Spähgang zurückkam. „In und um Bet-Semes herum gibt es keine Philister. Der Stadtvorsteher Miklot bittet dich mit deiner Truppe zu sich", lautete die kurzgefasste Meldung.

David gab den Befehl zum Aufbruch. Miklot wartete bereits mit dem Ältestenrat vor dem Stadttor. „Wir heißen dich willkommen, Hauptmann David ben Isai, und danken dem König für die uns gesandte Hilfe."

David war verwundert. Was mochte Ikabod dem Mann nur erzählt haben? Ehe er den Irrtum aufklären konnte, sprach der Stadtvorsteher beglückt weiter: „Wir verfügen wohl über zweihundert waffenfähige Männer, aber sie haben nie eine ordentliche militärische Ausbildung genossen. Gemeinsam mit deinen Leuten und unter deiner Führung, Hauptmann David, werden wir die Mauern unserer geliebten Stadt verteidigen können und brauchen uns nicht mehr vor den Philistern zu fürchten." Mit offenen Armen ging er auf David zu und drückte ihn freundschaftlich an sich. Er war für ihn der ersehnte Retter in der Not.

David fühlte sich geschmeichelt. Aber er musste Miklot enttäuschen, so Leid es ihm tat. „In deiner Stadt können wir nicht bleiben. Ich muss weiter, denn ich habe einen Auftrag. Ich muss die Stärke der in das Grenzgebiet eingedrungenen Philister und ihre Absichten erkunden."

Für Miklot blieb die Verteidigung seiner Stadt das Wichtigste. Bedrückt sagte er daher: „Du kannst nicht bleiben?"

David schüttelte den Kopf.

Niedergeschlagen trat der Stadtvorsteher einige Schritte zurück. Trotzdem zeigte er dann höflich auf das Tor. „Tretet ein! Bestimmt seid ihr hungrig."

Auf dem Marktplatz waren Frauen dabei, zwei lange, niedrige Tische zu decken. Davids Männern lief das Wasser im Munde zusammen.

Er selbst folgte dem Stadtvorsteher in dessen Haus und begann sogleich damit, ihm Fragen zu stellen.

„Vor drei Tagen breitete sich im Süden ein Feuerschein aus", berichtete Miklot. „Vermutlich brannten dort, in einem Kaufmannsort am Wadi Jarmut, mehrere Häuser. Einen Tag später, das heißt also vorgestern, zog in der Entfernung von rund tausend Schritten eine Kolonne an unserer Stadt vorbei. Es ist also anzunehmen, dass es sich um dieselben Philister handelte, die im Süden gebrandschatzt hatten. Sie kamen, Gott sei Dank, nicht näher an unsere Mauern heran. Die Stärke der Mannschaft konnten wir nicht ausmachen, doch haben wir genau gesehen, dass sie zwei Dutzend Karren mit sich führten." Er machte eine Pause und überlegte. „Da ist aber noch etwas, das dich interessieren könnte. Gestern Abend kam ein Hirte vorbei, der erzählte, dass er im Tal auf dem Weg nach Zora das Poltern schwerer Karren gehört hatte."

„Und?", fragte David aufmerksam.

„Er hatte sich nicht an den Treck herangetraut, sondern war sofort in den Schutz unserer Mauern geflohen."

David sprang auf. „Kannst du ihn herbei rufen?"

„Nein, leider nicht. Er ist schon wieder weg“, antwortete der Stadtvorsteher. Er dachte kurz nach und fuhr dann fort: „Du kannst mit Sicherheit davon ausgehen, dass es sich um dieselbe Bande handelt, die wir gesehen haben.“

„Dann kennen wir zumindest ihre Marschrichtung. Morgen früh brechen wir auf in Richtung Zora.“

„Das willst du wirklich mit zwanzig Männern wagen?“ fragte Miklot mit unverhohlenem Respekt.

David straffte die Brust und nutzte die günstige Gelegenheit. „Ich habe eine Bitte an dich. Ich brauche einen ruhigen Esel mit zwei Krügen Öl. Es muss sich leicht entzünden lassen und gut brennen.“

„Wie groß sollen die Krüge sein?“

„Ein Bath oder ein wenig größer, aber nur so schwer, dass sie ein starker Mann leicht tragen kann.“

„Natürlich kannst du alles das bekommen.“ Miklot schaute David verwundert an. „Würdest du mir auch verraten, wozu du das Öl brauchst, oder ist das dein Geheimnis?“

„Vielleicht kann ich Gideons List noch einmal anwenden. Den Philistern ist sie bestimmt unbekannt.“

Miklot kannte sie auch nicht. Sein Vater war anscheinend mit der hebräischen Geschichte weniger vertraut gewesen als Isai. Der Stadtvorsteher wollte sich aber keine Blöße geben und fragte nicht weiter nach.

Für den Abend plante David den Besuch des im ganzen Lande bekannten Baal-Tempels von Bet-Semes. Auf dem Weg dorthin berichtete der ortskundige Ikabod: „Der Tempel ist ein altes, prachtvolles Bauwerk. Er wird immer noch benutzt. Heute opfern dort nicht nur die Kanaaniter, sondern auch viele Hebräer. Der Götzendienst feiert bei unseren Leuten ja eine richtige Wiederbelebung.“

David nickte betrübt. Nur zu gut wusste er über diese Entwicklung Bescheid, denn auch in Bethlehem war sie spürbar. Sein Vater Isai hatte oft dagegen gewettert. Die Neubelebung des Götzendienstes kam nicht von ungefähr, sie war vielmehr die Folge der verhängnisvollen Niederlage der Hebräer bei Eben-Eser vor dreißig Jahren, bei der den Philistern die Bundeslade mit den steinernen Gesetzestafeln und einem Krug Manna in die Hände gefallen war. Wie hatte das geschehen können? Warum hatte Jahwe das zugelassen? Das war seitdem die quälende Frage. Viele Hebräer glaubten nach dem Vorfall, Jahwe und Baal müssten auf der gleichen Stufe stehen, und bei Eben-Eser habe sich eben Baal als der Stärkere erwiesen. Daher kamen die Menschen zu der trügerischen Einsicht, es könne nicht schaden, wenn man neben Jahwe auch Baal Opfer brächte. Der Tempel von Bet-Semes war eine der Brutstätten dieses falschen Glaubens.

*Vielleicht ist es eine Sünde, wenn ich den Tempel besuche,* dachte David, aber sein Wunsch, endlich zu erfahren, was die Menschen hier so faszinierte, war stärker.

David und Ikabod begaben sich zum Baal-Priester. Der zeigte sich bereit, für den Anführer der Truppe, die, wie er vermutete, bei der Verteidigung von Bet-Semes mithelfen würde, auch jetzt zu später Stunde im Tempel noch die Lampen zu entzünden.

Zu dritt betraten sie das Gebäude. Auf zwei in der Mitte des Raumes angeordneten Säulenreihen aus Zedernstämmen ruhte das Holzdach. An den Seitenwänden gab es Steinbänke für die Teilnehmer des Götzendienstes, in der Vorderwand gähnte eine zwei Schritt breite Öffnung zum Allerheiligsten, mit einer vierstufigen Treppe aus weißem Marmor, flankiert von winzigen Weihrauchaltären, die auf Säulen standen. Hinter der Treppe glänzte in der Nische auf einer Erhöhung das Bronze-Standbild des Gottes.

*Du sollst keine fremden Götter neben mir haben!* – dieses wichtige mosaische Gebot schoss David durch den Kopf. *Ich bin nicht gekommen, um den Götzen anzubeten, sondern um ihn zu besichtigen,* entschuldigte er sich vor sich selbst.

„Das ist Baal“, erläuterte der Priester mit ehrfürchtiger Stimme und deutete auf die große Skulptur. Baal bedeutete in der ursprünglichen kanaanitischen Sprache so viel wie Herr. „Er ist der Fruchtbarkeitsgott, der für Regen, Nebel und Tau sorgt. Von ihm hängt das Gedeihen der Ernte ab. Darum hält er in der Linken quer über dem Kopf ein Bündel geschnittener Gerste mit großen Ähren und in der Rechten vor sich ein junges Bäumchen.“

Zuvorkommend wollte der Priester an den Altären neben der

Treppe Weihrauchkugeln entzünden, doch David wehrte ab. Das käme bereits einer Teilnahme am heidnischen Gottesdienst gleich und dessen wollte er sich nicht schuldig machen.

„Die Tempeltänzerinnen kann ich dir zu dieser späten Stunde nicht rufen", bedauerte der Priester. „Da musst du morgen früh wiederkommen."

Über die komplizierte Götterwelt der Kanaaniter, der Urbewohner dieses Landes, wussten die Hebräer nur wenig, aber über die Tänzerinnen umso mehr. Auch David. Es waren schöne Mädchen, die zur Ehre Baals Männer zum Liebemachen aufforderten. Sie waren Dienerinnen des Fruchtbarkeitsgottes. Viele hebräische Bauern wussten sie zu schätzen und nahmen gern an ihren Spielen teil. Das Angenehme wurde so mit dem Nützlichen verbunden. So konnten sie unter Baals Schutz mit besseren Ernten auf ihren Feldern rechnen.

Der Priester blickte David noch immer fragend an. Anscheinend wollte er von ihm wissen, ob er morgen am Götzendienst teilnehmen wolle. Doch der Hauptmann schüttelte den Kopf. Er hatte genug gesehen. Beim Verlassen des Tempels fragte er sich nachdenklich: *Wie können die sonst so klugen und gebildeten Kanaaniter glauben, dass eine Bronzefigur in der Lage ist, ihnen Regen zu bescheren?*

## 14

Ohne Zwischenfall kamen David und seine Männer in die Nähe von Zora. Lediglich ein kleiner Berg trennte sie noch von dem Dorf. Mit Ikabod und Geschan, einem Mann mit ausgezeichneten Augen, kletterte er auf den Gipfel der Erhebung. Von dort bot sich ihnen ein guter Einblick in das ganze Tal.

Es hatte die Form einer sandigen Zunge, die sich zwischen zwei Berge schob. Und wie vermutet, befand sich hier in Zora das Lager der Philister. Vor einer Quelle an der Zungenspitze waren zwei Dutzend Wagen kreisförmig in Form einer Wagenburg aufgestellt. Davor leuchtete ein helles, rechteckiges Soldatenzelt, in dem etwa zwanzig Mann Platz fanden. David kannte diese Zelte zur Genüge, wohnte er doch in Gibea selbst in einem ähnlichen. Die Wände bestanden, wie bei Wanderzelten üblich, nicht aus schweren Ziegenfellen, sondern aus Stoff, gewöhnlich aus dickem Leinen. Die schmale, der Straße zugewandte Seite des großen Mannschaftsraumes war weit geöffnet, doch das Innere lag im Schatten. Hineinsehen konnte er also nicht. Er wusste aber, dass sich dahinter der Raum für den Offizier befand.

Seitlich von Wagenburg und Zelt standen in vier Reihen Häuser, die durch drei Gassen getrennt wurden. Die meisten waren bröckelige Lehmhütten, aber es gab auch einige größere Vierraumhäuser. Zwei von ihnen, direkt am Ortseingang, waren abgebrannt. Über ihnen standen noch immer Rauchwolken. Es roch nach versengtem Holz, Getreide und Leder. Dorfbewohner waren keine zu sehen, dafür aber jede Menge Philister. An der Kleidung konnte man drei Gruppen unterscheiden: Soldaten, Kaufleute und Diener. Die Beobachter kamen überein, dass es sich um etwa vierzig Soldaten und sechzig Zivilisten handelte. Die letzten schleppten Säcke aus den Häusern, wahrscheinlich mit Getreide gefüllt, und Schläuche, deren Inhalt vermutlich aus Wein oder Öl bestand. Die Beute, das Diebesgut, stellten sie fein säuberlich in Reihen sortiert neben die Wagen.

David versuchte ruhig zu bleiben und kühl nachzudenken, obwohl es in ihm kochte.

Das war nicht die Vorhut eines größeren Heeres, sondern eine ausgesprochene Räuberbande mit Militärschutz, daran hatte er keine Zweifel. Sein Spähtrupp hatte die Aufgabe, die Stärke der philistäischen Truppe und ihre Ziele zu erkunden. David besaß jetzt die gewünschten Antworten und konnte somit heimkehren. Sicher würde er in Gibea nun schon als Hauptmann mit Erfahrung gelten. Sicher wäre er damit auch auf der Aufstiegsleiter eine Sprosse höher gestiegen – aber nur eine, und noch nicht einmal eine besonders große. Aber hatte er damit die sich ihm in Zora bietenden Möglichkeiten auch vollständig ausgeschöpft? Er überlegte. Schließlich durchzuckte ihn ein Gedanke: Was wäre, wenn er die Eindringlinge angreifen und vernichten – oder wenigstens vertreiben würde? Dann hätte er nicht nur eine militärische Aufgabe erfüllt, sondern auch einen Sieg errungen. Und das wäre schon etwas ganz anderes.

Gleichzeitig kamen Bedenken auf. Wäre das überhaupt zu schaffen? Zahlenmäßig waren ihnen die Philister stark überlegen.

Seine Hände wurden feucht. Viel Zeit zum Nachdenken blieb ihm nicht. Er verglich die derzeitige Lage mit den Umständen im Ela-Tal. Damals war sie viel schlimmer gewesen. Damals hatte er sich für eine gefährliche Aufgabe entschieden, und darum war er heute Hauptmann. Andernfalls wäre es wahrscheinlich nie soweit gekommen. David kratzte sich am Kinn. Der Gedanke von vorher meldete sich wieder und flüsterte: *Wenn du schnell aufsteigen willst, musst du Risiken auf dich nehmen.*

„Ja", sagte David leise zu sich, „ich werde es tun."

Geschan hielt immer noch Ausschau nach Posten. Es waren aber nur zwei auszumachen. Einer am Ortseingang, nicht weit entfernt von den ausgebrannten Häusern, ein zweiter direkt vor der Quelle. Außer den Waffen hatten sie eine Trommel bei sich, mit der sie bei Gefahr Alarm schlagen konnten.

„Bei Einbruch der Dunkelheit kann ich die Posten erledigen", raunte Ikabod dem Hauptmann zu und legte die Hand auf seine im Gürtel steckende Waffe. Der Vorschlag passte in Davids Plan und er nickte dankbar.

Unten sammelten die Soldaten trockenes Gestrüpp und Feuerholz, das sie zum Dorfplatz schleppten. Nun wusste David schon, wie sich das weitere Geschehen entwickeln würde. Aber bis zum Anbruch der Dunkelheit blieb noch viel Zeit. Ohne Eile erteilte er Geschan Anweisungen für Joab, der in seiner Abwesenheit das Kommando über die in einer Höhle vor der Bergwand versteckte Truppe innehatte. „Vergiss nicht, ein Schakalzeichen mit ihm auszumachen", fügte er hinzu. „Und Samma soll mit Kolaja und fünf Schleuderern unverzüglich zu mir herauf kommen."

Es war schon spät am Nachmittag, als die Gerufenen eintrafen. David sagte zu Ikabod: „Jetzt kannst du gehen. Jahwe sei mit dir."

◆ ◆ ◆

Ikabod schlich wie ein Wiesel lautlos und geschickt den Berg hinab. Dabei musste er von unten einsehbare Hangflächen meiden. Als er unten am Dorfrand ankam, war es schon dunkel. Noch bei Licht hatte er den auf und ab schreitenden Posten genau beobachtet. Er rechnete sich aus, dass der Mann sich im Augenblick etwa dreißig Schritte links von ihm befinden müsste und horchte aufmerksam in die Nacht hinein. Deutlich drangen Rufe aus dem entfernten Lager zu ihm, aber nahe Schritte hörte er nicht. Er kroch auf allen Vieren vorsichtig voran. Während seine Augen die Dunkelheit zu durchdringen suchten, glitt er wie ein Reptil über den Fels. Plötzlich erblickte er den Posten, der müde geworden sein musste, denn er hatte sich auf einen Stein gesetzt.

*Kein Wunder, dass ich ihn nicht hören konnte,* dachte Ikabod.

Kühl schätzte er die Lage ab. Günstig war, dass der Posten ihm den Rücken zuwandte. Dass er aber unerwartet einen Lederpanzer trug, machte ein anderes Vorgehen nötig, als er eigentlich geplant hatte. Mit nur einem einzigen Stoß in den Rücken konnte er den Mann nicht töten. Das Herz schlug ihm wie ein Hammer laut in der Brust. „Nur der Hals ist ungeschützt", murmelte Ikabod.

Der Posten rührte sich noch immer nicht, wahrscheinlich döste er vor sich hin. Der Hebräer nahm die Sandalen ab, steckte sie hinter seinen Gürtel, griff nach dem Messer, rannte los, erwischte den Posten am Federbusch und fuhr, wie beim Schlachten einer Ziege, mit der Klinge durch seine Kehle. Ein gedämpfter kurzer Aufschrei, ein Röcheln, und der Mann fiel vom Stein, auf dem er gesessen hatte. Sicherheitshalber wiederholte Ikabod den Schnitt. Den zuckenden Körper fasste er dann am Lederpanzer und schleifte ihn hinter einen Strauch, damit er nicht weiter auffiel. Er räumte die Trommel und die Waffen beiseite und huschte mit dem blutbeschmierten Messer in der Hand zwischen narbigen Lehmwänden zur Quelle, wo der zweite Posten stand.

◆ ◆ ◆

Solange das Tageslicht es erlaubte, hatte David Ikabod nachgeschaut und sich den Abstiegspfad eingeprägt. Nun, als es dunkel geworden war, führte er seine kleine Gruppe auf demselben Weg ins Tal und versteckte sie in einer Bodenvertiefung.

Vor ihnen brannten in einer Entfernung von weniger als dreißig Schritten zwei Lagerfeuer. Über jedem hing ein mittelgroßes, etwa einjähriges, gehäutetes Rind. Immer wenn Fetttropfen in die Glut fielen, leuchteten helle Punkte auf. Windböen brachten einen angenehmen, appetitanregenden Duft zu den Beobachtern. Das Wasser lief ihnen im Munde zusammen.

Die Philister hatten sich inzwischen um ihre Lagerfeuer geschart. Am weiter entfernten Feuer hockten die Kaufleute, am näher liegenden die Soldaten. Sie unterhielten sich laut, aber die Entfernung war zu groß, um auch nur ein einziges Wort verstehen zu können. Ihren Gesten war jedoch zu entnehmen, dass sie scherzten und bei guter Laune waren. Ihre Waffen, außer den Messern, von denen sie sich nie trennten, waren im Hintergrund vor dem Zelt in einem Ständer aufgereiht.

*Besonders vorsichtig sind sie ja nicht gerade,* überlegte David. *Im Ela-Tal haben sie wohl nichts hinzugelernt.*

Als die Rinder braun und knusprig gebraten waren, eröffnete der Anführer den Schmaus. Es sah so aus, als könnten die Männer nicht genug von dem duftenden Fleisch bekommen. Das danebenliegende gesäuerte Brot blieb unangetastet.

„Je mehr sie schmausen, desto besser", lachte David listig, und als dann noch große Becher verteilt wurden, grinste er höhnisch über das ganze Gesicht. Ein Diener ging mit einem Weinschlauch im Arm um die Soldaten herum und füllte die ihm entgegen gehaltenen Trinkgefäße. Jeder war darauf bedacht, dass sein Becher auch bis an den Rand voll wurde. Die Stimmung der Zecher verbesserte sich zusehends, sie versuchten sogar ein Lied anzustimmen, aber es blieb bei dem Versuch.

„Man kann doch nicht gleichzeitig essen, trinken und singen. Das können nicht einmal die Philister", spottete Samma flüsternd und drängte David: „Jetzt, das ist der richtige Augenblick für unseren Angriff."

„Lass uns noch warten, bis der Wein seine Wirkung getan hat", antwortete der Bruder leise. Er blieb ruhig und überlegen.

In der Mulde war es still geworden, alle warteten angespannt. Als sich schließlich die ersten Philister rülpsend auf den Rücken legten, flüsterte David: „Jetzt!"

Auf dieses Wort hatte Abiam, einer von Davids Schleuderern, nur gewartet und stieß ein kurzes doppeltes Schakalgeheul aus. Das war an sich nichts Ungewöhnliches, denn es wimmelte in den Bergen von Schakalen. Gleich darauf ertönte von Joabs Truppe die Antwort: Zwei kurze Heuler nacheinander.

Davids Männer hielten den Atem an.

◆ ◆ ◆

Ikabod war es schon vorher gelungen, auch den zweiten Posten vor der Quelle lautlos zu töten und zu Joab und seinen Männern zu stoßen. Sie hatten sich inzwischen in Sträuchern versteckt, die hinter dem Rücken der Philister wuchsen. Der doppelte Heuler war die Bestätigung dafür, dass die Abteilung angriffsbereit wartete.

Sofort nach Verklingen der Zeichen sprang Ikabod mit gezücktem Messer auf und lief gemeinsam mit drei Männern, die große Gegenstände trugen, auf die Stelle zu, wo der zweite Posten gestanden hatte. Er wählte bewusst den ihm bekannten Pfad, obwohl es ein Umweg war. Hier bestand keine Gefahr zu stolpern, auch wenn das Licht der Lagerfeuer so weit nicht reichte.

Ohne Zwischenfall erreichte er die Hinterseite des Philisterzeltes und drang mit seinen drei Begleitern in das leere Offiziersgemach ein. Von jetzt an waren sie für einen eventuellen Beobachter nicht mehr auszumachen. In aller Ruhe schnitt Ikabod mit seinem Messer die innere Zwischenwand des Zeltes auf.

Zwei seiner Begleiter, die die schweren Krügen aus Bet-Semes trugen, mussten erst verschnaufen, denn das Laufen mit der Last hatte sie außer Atem gebracht. Der dritte begann unverzüglich mit seinen Vorbereitungen, ein Feuer zu entzünden.

Ikabod riss mit einem Ruck die aufgeschlitzte Trennwand auseinander, so dass ein breites Loch entstand. „Los!" flüsterte er den Männern mit den Krügen zu. „Hinein mit euch!"

Sie schlüpften vorsichtig durch die Öffnung in den großen

Mannschaftsraum des Zeltes und gossen das ganze Öl gleichmäßig über alle Pritschen und die zusammengelegten Decken.

„Es könnte nicht besser laufen", jubelte Ikabod. „Die Tücher werden wie echte Dochte einer Öllampe brennen."

Der dritte Mann hatte sich inzwischen hingekniet. Er hatte einen faustgroßen Feuerstein in der linken Hand und den ein wenig größeren Schlagstein in der rechten. Bei jedem Schlag splitterten dünne, glühende Plättchen vom Feuerstein ab. Die meisten fielen dem Mann auf die linke Hand und brannten schmerzlich. Er hielt zusätzlich noch ein Büschel Zunder in der Hand, einen getrockneten Schwamm, der nur an bestimmten Baumstämmen wuchs. Nach dem dritten Versuch fing der handgroße Schwamm schließlich Feuer, ein roter Punkt, so groß wie ein Gerstenkorn, leuchtete auf.

„Na endlich!", rief Ikabod.

„Ruhe!", entgegnete der am Boden kniende Mann und blies von der Seite auf den glühenden Punkt. Er erweiterte sich auf die Größe eines Fingernagels. Der Mann lächelte zufrieden, legte die Steine beiseite, nahm den Zunder wie eine kleine Taube in beide Hände und blies vorsichtig hinein. Als schon mehrere Flammen züngelten, streute er fein zerkleinertes Reisig auf das Feuer und legte das brennende Werg auf ein bereitliegendes kurzes Brett. Der Raum war von Licht erfüllt.

„Schnell", knurrte Ikabod ungeduldig. „Wenn man uns entdeckt, ehe das Zelt brennt, war alles umsonst."

„Nur keine Aufregung", sagte der Feuermacher, legte behutsam noch ein Bündel getrockneter Äste in die Flamme, wartete, bis auch die gut brannten, nahm das Brett auf den Arm, kroch mit dem lodernden Gestrüpp durch den Schlitz in der Trennwand in den Mannschaftsteil des Zeltes und schüttete die brennenden Äste schnell auf mehrere Pritschen. Das Öl hatte inzwischen genug Zeit gehabt, um zum Teil zu verdunsten. Die leicht entzündlichen Gase verwandelten sich sofort in einen Feuerball. Der Mann rettete sich mit einem raschen Sprung zurück in den Offiziersraum.

Dann stürzten alle vier aus dem Zelt.

◆ ◆ ◆

Seit dem doppelten Heuler hatte David erwartungsvoll auf den Eingang des Zeltes gestarrt. Den Kernpunkt seiner Taktik bildete die zu erwartende Verwirrung der Philister durch den Brand des Zeltes.

Es schien ihm, als wäre nach dem Lautzeichen schon eine Ewigkeit vergangen, und nichts geschah. Hatte er Ikabod mehr zugetraut, als er wirklich konnte? Seine wachsende Anspannung versuchte er vor den Männern zu verbergen.

Dann blitzten im Inneren des Zeltes endlich Feuerzungen auf. David fiel ein Stein vom Herzen, und er rief: „Los!"

Seine Männer richteten sich mit gezückten Schleudern in den Händen auf. Schon wirbelten die Steine über ihren Köpfen. Die Philister am ersten Feuer waren gut sichtbar und - was das Wichtigste war - sie waren unbewegliche Ziele. Die hebräischen Krieger landeten drei Treffer. Kolaja lächelte. Das war nicht viel, aber drei Feinde waren immerhin ausgeschaltet.

Ein gellender Aufschrei am Lagerfeuer war die Antwort. Das Zelt brannte lichterloh. David rieb sich die Hände. Die Überraschung war gelungen, hoffentlich ging es auch weiter gut.

Fast gleichzeitig prasselte ein neuer Wurf von Steingeschossen auf die Philister herab, diesmal aus dem Gebüsch, wo sich Joab mit seinen Männern versteckt gehalten hatte. Seine Schleuderer wollten abermals ihre Waffe gebrauchen. „Nein!", schrie er. „Dafür ist keine Zeit mehr!" Er sprang aus dem Gebüsch, gab den Leuten mit der Hand das Zeichen, ihm zu folgen, und lief mit erhobenem Sichelschwert voraus.

Unterdessen schleuderten Davids Leute erneut und trafen wieder. Ein dritter Schuss war nicht mehr möglich, weil Joabs Leute von den Philistern nur noch wenige Schritte entfernt waren. Auf einen Wink Davids sprangen seine Männer aus der Mulde hervor und stürmten, von Samma angeführt, auf das erste Lagerfeuer zu. David folgte ihnen mit wirbelnder Schleuder über dem Kopf, ständig bereit, selbst einzugreifen, wenn die verfluchten Diebe an einer Stelle Oberhand gewinnen sollten.

Jetzt ertönte der Befehl des philistäischen Offiziers: „Phalanx bilden!"

David hielt inne und biss sich auf die Lippe. Er wusste, dass es schwer werden würde, falls es den Philistern gelänge, diesen Befehl auszuführen, deshalb ließ er sie nicht aus den Augen. Die Soldaten wollten sich bewaffnen. David bemerkte, dass der Wein schon wirkte, denn sie schauten sich verwirrt um, als müssten sie sich erst daran erinnerten, dass sie ihre Waffen vor dem Zelt aufgereiht hatten. Dann rannten alle schleunigst in diese Richtung.

Auch die Kaufleute und ihre Diener am zweiten Feuer waren inzwischen aufgesprungen. Kopflos, voller Schrecken, rannten sie sich gegenseitig um, liefen den Soldaten zwischen die Füße und versperrten ihnen damit den Weg zu den Waffen. Einige der Zivilisten gerieten in ihrer Aufregung zu nahe ans Feuer, erlitten Verbrennungen, brüllten vor Schmerz und trugen so wesentlich zur Vergrößerung des Durcheinanders unter den Philistern bei.

Joab versuchte mit seinen Männern, den Soldaten den Zugang zum hölzernen Waffenstand zu verwehren. Nur einem Teil, etwa der Hälfte der Philister, war es gelungen, in den Besitz von Speeren und Schilden zu kommen. Von einer Phalanx konnte keine Rede mehr sein. Als der Offizier die für ihn niederschmetternde Wahrheit erkannte, änderte er seine frühere Anweisung und befahl den Kampf Mann-gegen-Mann.

David atmete auf, aber nur für einen winzigen Augenblick. Er sah, wie sich ein großer Philister von der Seite auf seinen Vetter stürzte, der ihn nicht bemerkt zu haben schien. Für eine direkte Hilfe war es zu spät. „Joab, von links!“, schrie David.

Joab drehte sich blitzschnell um, sein Sichelschwert sauste durch die Luft und der Kopf des Soldaten fiel zu Boden. Im Blutrausch brüllte er: „Schlagt sie alle tot! Alle! Alle!“ Seine Leute ließen sich das nicht zweimal sagen. Wie wild schlugen sie um sich, Blut spritzte ihnen auf die Kleidung und in die Gesichter, aber sie achteten nicht darauf. Geschan erhielt einen Messerstich in die Brust und fiel zu Boden. „Zeigt es diesen Hunden!“, rief er und drückte eine Hand auf die Wunde, um den Blutstrom zu stoppen.

David versuchte mit aller Kraft, Ruhe zu bewahren und beobachtete weiter, mit einer schussfertigen Schleuder in der Rechten und einem Schild in der Linken, das Geschehen und leitete den Angriff durch Zurufe.

Ein Philister, der seine Waffen nicht mehr erreicht hatte, riss ein brennendes Holzscheit aus dem Feuer und hielt es vor sich. Als er den Anführer der Hebräer erblickte, griff er ihn von der Seite an. Im letzten Moment bemerkte David eine tanzende Flamme neben sich. Für einen Schuss war es zu spät, also rannte er mit dem Schild gegen den feuerglühenden Scheit. Der Aufprall riss dem Mann das Feuer aus der Hand. Der Philister geriet dadurch ins Straucheln und stürzte zu Boden. Das Scheit flog hoch und prallte ihm mit seiner Glut geradewegs ins Gesicht. Der Mann schrie auf. Sofort kam ihm ein zweiter Philister mit ausgestrecktem Speer zu Hilfe.

Beim Zusammenstoß war David der Schild aus der Hand gefallen. Es gelang ihm gerade noch, die Schleuder hoch zu reißen. Im letzten Augenblick traf er den Angreifer mit dem Stein am Kopf. Es krachte, und der Philister fiel auf den Soldaten, dem er hatte helfen wollen.

Ikabod tauchte auf und stach mit einem erbeuteten, langen, dünnen, eisernen Stoßschwert geschickt um sich. Die schnellen Bewegungen der Waffe erinnerten an die Zunge einer zischenden Schlange. Mit einem Sprung stieß er sie einem hochgewachsenen Soldaten mit ganzer Kraft in den Bauch.

Vor Joab kniete ein wehrloser älterer Kaufmann. Seine noch vom Essen beschmierten Lippen bewegten sich, wahrscheinlich bat er um sein Leben. Doch es nützte ihm nichts. Mit angehaltenem Atem sah David, wie das Sichelschwert herunter sauste. Ihm wurde speiübel. Aber die Schwäche verging sofort. Seiner Verantwortung als Hauptmann bewusst, riss er sich zusammen. *Nur kein Mitleid. Diese Leute kamen zu uns als Diebe. Wenn wir sie heute nicht töten, kommen sie morgen wieder, brennen unsere Häuser nieder, entführen unsere Mütter und Geschwister.* Ja, es musste sein, sagte er sich und wirbelte schon wieder die Schleuder. „Abi, pass auf“, rief er seinem Bruder zu und schoss auf den ihn angreifenden Philister. Dieser stürzte. Abinadab dankte seinem Bruder mit einer kurzen Handbewegung.

Die Verluste der Feinde wuchsen. Verzweifelt ergriffen sie die Flucht, nur wenige tapfere Soldaten mit ihrem Anführer in der Mitte deckten den Rückzug. Dann verebbte der Lärm, die Philister und ihre Verfolger verschwanden im Dunkeln. Die Räuber waren vertrieben.

„Kampf einstellen!", rief David so laut er konnte. Sofort kehrten die erhitzten, laut atmenden, mit Blut beschmierten Krieger zurück. Ikabod kam als letzter und meldete, dass die Philister in Richtung Ekron abzögen.

*Der „kleine Krieg" ist zu Ende,* freute sich David. Er hatte keinen Mann verloren. Zufall oder die Gunst Jahwes? Insgesamt hatten sie lediglich fünf Verwundete, nur einer von ihnen war schwer verletzt.

Die Mannschaft bewunderte ihren Anführer.

◆ ◆ ◆

Am Vortag, beim Anrücken der Philister, waren die meisten Bewohner Zoras geflohen, hatten sich auf dem Berg über der Quelle versteckt und von oben zugesehen, wie ihr Hab und Gut gestohlen wurde. Dann hatten sie auch den Kampf und die Vertreibung der Diebe im Licht der Lagerfeuer und des brennenden Zeltes beobachtet. Nun kletterten sie herunter und kehrten in ihren Ort zurück. Kalkol, der Dorfälteste, fiel vor David dankend auf die Knie.

„Schon gut, schon gut", erwiderte der Hauptmann wie ein alter fürsorglicher Beschützer. „Dazu sind wir doch da."

Die Menschen waren von dem jungen, bescheidenen Mann begeistert.

Obwohl die Philister eine Menge Käse, Brot und Trockenfleisch zurückgelassen hatten, wollte Kalkol sich nicht lumpen lassen, und gab zwei eigene Schafe zum Schlachten hin. Diese brieten nun über den neu entfachten Feuern. Davids Krieger hatten die ehemaligen Plätze der Feinde eingenommen, aber aus ihren Fehlern gelernt. Die Waffen lagen griffbereit hinter ihrem Rücken. Während sie sich genüsslich die Mägen füllten, aus den von den Räubern zurückgelassenen, mit Blattornamenten verzierten Bechern Wasser tranken - denn Wein hatte der Hauptmann verboten - und mit den Frauen des Dorfes schäkerten, begaben sich David, seine beiden Brüder und Joab in die von den Räubern verlassene Wagenburg. Dort war es wesentlich ruhiger.

David hatte keinen Auftrag gehabt, die Philister zu bekämpfen. Er hatte es aus eigenen Stücken getan, um Ruhm zu erwerben. Und es war geglückt. Jetzt galt es, eine Meldung für Gibea vorzubereiten, die den in Zora errungenen Sieg in der Hauptstadt in entsprechendem Licht darstellen würde. Darüber wurde beraten.

„Je kürzer, desto eindrucksvoller", wiederholte David.

Schließlich einigten sie sich alle auf einige wenige Sätze. Nur Samma wiegte unentschlossen den Kopf.

Es war schon nach Mitternacht, als David den Boten Hilkijah rufen ließ. „Du musst morgen in Gibea sein. Gleich nach deiner Ankunft gehst du zu Baruch – zu keinem anderen, verstanden? – und berichtest, dass David bei Zora mit seinem Spähtrupp auf eine mittelgroße Philistergruppe aus Ekron gestoßen ist. Die hat er angegriffen, aufgerieben, besiegt und in die Flucht geschlagen. Ein weiterer Angriff der Ekroner ist nicht zu befürchten."

Der Bote bestätigte mit einem Nicken, dass er alles verstanden hatte.

„Genau so, wie ich es gesagt habe, ohne ein Wort zu verändern. Verstanden?", wollte David wissen.

Hilkijah nickte abermals verwundert. Er überbrachte immer alle Meldungen wörtlich. Dafür war er doch bekannt. „Selbstverständlich", gab er zur Antwort.

„Noch etwas", mischte sich jetzt Joab ein. „Außer der Meldung für den Oberhauptmann hast du noch eine weitere Aufgabe zu erfüllen. Auch das Volk der Stadt muss von unserem …" – hier stockte er kurz, suchte nach einem angemessenen Ausdruck – „großartigen Triumph erfahren. Sollte bei unserer Rückkehr der Empfang in der Stadt nicht festlich genug ausfallen, werde ich allen in Gibea erzählen, dass du der größte Feigling und Drückeberger in der Truppe warst."

Der Bote entgegnete: „Ich habe verstanden und werde alles richtig machen."

David schaute Joab missbilligend an, weil er befürchtete, dass diese Eigeninitiative auch Unheil anrichten könnte. Aber gerade in dem Augenblick tauchten Michals mandelförmige Augen vor ihm auf. Sie wollte er doch beeindrucken, und Joabs zusätzlicher Auftrag ging gerade in diese Richtung. Er würde zur Vergrößerung seines Ansehens in der Stadt und wahrscheinlich auch im Palast beitragen. Darum widersprach er nicht und stimmte mit einem schwachen Kopfnicken zu.

Als Hilkijah in der Dunkelheit verschwunden war, räusperte sich Samma unerwartet und erklärte ernst: „Übertreibt ihr es nicht mit der Meldung, insbesondere mit der ‚weiteren Aufgabe'?" Ohne eine Antwort abzuwarten, setzte er finster hinzu: „Ihr versucht den Eindruck zu erwecken, als ob ihr einen Krieg gewonnen hättet. In der Tat haben zwei Dutzend Philister ihr Leben verloren, einige Dutzend anderer wurden verjagt und eine Handvoll klappriger Wagen erbeutet. Joabs ‚weitere Aufgabe' grenzt an Größenwahn."

David runzelte unsicher die Stirn. Gebilligt hatte er den Zusatz seines Vetters nur im Hinblick auf Michal. Nach Sammas bissiger Bemerkung schien er ihm jetzt tatsächlich leichtfertig zu sein, aber dazu wollte er sich dennoch nicht bekennen. „Die Zukunft wird zeigen, wer Recht hatte", entgegnete er brüsk und erhob sich. „Geht jetzt zu den Lagerfeuern, ehe die Männer euch alles wegessen."

Selbst schaute er sich mürrisch die Wagen an, die die Philister hinterlassen hatten. Sie sahen alle gleich aus, bis auf einen, der von oben mit abnehmbaren Deckeln geschlossen war. *Ein Kaufmannswagen der Kanaaniter? Wie kommt der denn hierher?*, fragte er sich. *Wahrscheinlich aus dem Jarmut- Wadi. Dort werden sie ihn geraubt haben.* Vom Posten ließ er sich eine Fackel geben und schaute hinein. Seine Stimmung verbesserte sich augenblicklich. Im Wagen lagen kunstvoll bemalte Schüsseln, Vasen, teure Haushaltsgeräte und Stoffballen. Ein besonders schöner Dolch mit verzierter Scheide und ziselierter Klinge hatte es ihm sogleich angetan. Im Licht der Fackel funkelten die im Griff eingelassenen farbigen Edelsteine. Der Knauf hatte die Gestalt eines Löwenkopfes. *Ein Prachtstück!*

Dann fand David einen bestickten Lederbeutel. Als er ihn öffnete, geriet er ins Staunen. Er enthielt eine Halskette aus dunkelblauen Lapislazulikugeln, die alle rund und zudem gleichgroß waren. Eine wunderbare Arbeit. In Bethlehem hatte sicher noch niemand eine solche Kette gesehen. Und in Gibea? Er ließ sie durch die Finger gleiten und lächelte.

Üblicherweise stand dem Anführer nach einem Sieg ein Teil der Beute zu. David nahm für sich den Dolch und den Lederbeutel. Dabei fiel ihm ein, dass seine Männer es ihm hoch anrechnen würden, wenn auch sie an der gemachten Beute teilhaben könnten. David überlegte. *Jeder soll den verzierten kostbaren Becher behalten, den er beim Abendschmaus benutzt hat.* Die Verletzten sollten sich von den Toten nehmen, was sie wollten. Philistäische Waffen und Kleidung wurden bei den Hebräern hochgeschätzt. Sie würden helfen, die Schmerzen leichter zu ertragen. Und auch die Zuneigung zu ihrem Hauptmann festigen, denn nichts stärkt so sehr eine Freundschaft wie Geschenke.

◆ ◆ ◆

Kurz nach Sonnenaufgang standen die von den Philistern zurückgelassenen Wagen mit vorgespannten Zugtieren zum Abmarsch bereit. Sammas abfällige Bewertung über „klapprige Karren“ traf nicht zu. Die Wagen waren mit Eisenachsen und Speichenrädern ausgestattet, sie galten im Vergleich mit hebräischen Wagen, die nur über Eichenholzachsen und Scheibenräder verfügten, als unverwüstlich. Einige der Gefährte waren schon mit Beute beladen nach Zora gekommen. In zwei leere Wagen ließ David Stroh schütten, das Kalkol gern gegeben hatte, um die Verwundeten bequemer befördern zu können.

Während der bewegten Abschiedsszene zwischen den Befreiern und den Bewohnern Zoras kam ein junger Mann vom Ende des Dorfes her gelaufen. Er durfte etwa in Davids Alter sein. Mit verrußtem und tränenverwischtem Gesicht warf er sich laut jammernd vor den Anführer nieder. „Hauptmann, ich habe allein mit meinem Vater in einem der von den Philistern in Brand gesteckten Häuser gewohnt. Diese verfluchten Räuber haben ihn ermordet. Unser gesamter Besitz ist den Flammen zum Opfer gefallen, ich besitze nichts mehr. Für die Feinde spüre ich in meinem Herzen nur abgrundtiefen Hass, für dich hingegen empfinde ich große Dankbarkeit, weil du die Diebe vertrieben und meinen lieben, guten Vater, den ich soeben begraben habe, gerächt hast.“ Seine großen, schwarzen Augen richteten sich flehentlich auf den Hauptmann. „Ich bitte dich, nimm mich in deine Mannschaft auf! Ich werde dir treu bis an mein Lebensende dienen."

David zögerte keinen Augenblick, sondern reichte ihm die Hand. Der junge Mann verstand diese Geste als Einverständnis und sprang erfreut auf. Er war mittelgroß, schlank, kräftig gebaut und besaß ein ehrliches und vertrauenerweckendes Gesicht.

„Wie heißt du?", fragte der Hauptmann mit aufmunternder Stimme.

„Josef ben ..."

„Gut, Josef, du kannst mitkommen."

David war überzeugt, die richtige Entscheidung getroffen zu haben. *Wenn ich in Gibea aufsteigen will, dachte er, dann brauche ich eine Gruppe von Männern, die blind zu mir hält, auf die ich mich immer verlassen kann. Bislang kann ich nur mit Samma, Abinadab, Joab und Ikabod rechnen. Dieser Josef könnte dazu zählen.* Sollte er einmal einen Diener brauchen, dann wäre das der richtige Mann.

# 15

Gibea lebte in Angst. Es gab noch immer keine Nachricht von den vermutlich gefährlichen Philistern. „Vielleicht ist der von einem jungen, wenig erfahrenen Hauptmann geführte Spähtrupp von den Feinden in eine Falle gelockt und überwältigt worden", flüsterten sich die verängstigten Bewohner in den Gassen zu.

Im Heerlager liefen schon Vorbereitungen für einen zweiten Spähtrupp. Er sollte unter der Leitung eines erfahrenen Anführers am nächsten Morgen aufbrechen und Klarheit verschaffen.

Da erspähte ein Torwächter plötzlich in der Ferne einen offensichtlich ermatteten Mann, der sich der Stadt näherte. Er fiel zu Boden, stützte sich auf die Hände, rappelte sich wieder auf und taumelte weiter. Er kam genau aus der Richtung, aus der man entweder den heimkehrenden Spähtrupp oder die angreifenden Feinde erwartete.

Einige Männer liefen sofort die Treppe zum Turm hinauf, um besser sehen zu können, um wen es sich handelte.

„Allem Anschein nach ist es ein Krieger aus der Gruppe Hauptmann Davids“, erklärte schließlich der Wachmann, der den Beinamen Adlerauge trug.

„Er scheint verwundet zu sein“, meinte ein anderer.

„Er lebt ja kaum noch“, sagte ein Dritter.

„Er hat keine Waffe bei sich. Das ist ein schlechtes Zeichen“, warf Adlerauge ein. Die Männer um ihn herum nickten zustimmend mit düsteren Mienen. „Es sieht ganz so aus“, fuhr er fort, als ob die Philister den Spähtrupp aufgerieben haben. Der dort draußen hat sich offenbar als einziger retten können.“ Adlerauge fuhr sich mit der Hand durch das Haar. „Ich befürchte, dass die Philister morgen vor unseren Mauern stehen werden.“

Die Männer neben ihm erstarrten.

Der todmüde Mann hatte inzwischen die Rampe vor dem Tor erreicht. Wachleute liefen ihm entgegen, aber ehe sie ihn erreicht hatten, brach er wieder zusammen. Einer erkannte ihn sofort. „Das ist Hilkijah.“

Sie nahmen ihn auf und trugen ihn ins Torhaus. Nach einem ordentlichen Guss Wasser über das Gesicht, öffnete der Bote die Augen und schimpfte mit schwacher Stimme: „Was ist das für eine Begrüßung? Hört doch auf, das gute Wasser zu verschwenden.“

Mittlerweile war auch der Anführer der Wache hinzugekommen und beugte sich über Hilkijah. „Du bist ohnmächtig zusammengebrochen. Wir sind in großer Sorge.“

„Es gibt keinen Grund zur Sorge“, rief der Bote, den die Dusche munter gemacht hatte. „Im Gegenteil, es gibt einen Sieg zu melden, einen großen Triumph.“

Die um ihn herum Versammelten staunten mit großen Augen und offenen Mündern. „Sicher ist er krank und redet im Fieber“, bemerkte der Anführer.

„Unsinn!“, wiederholte Hilkijah gekränkt. „Wir haben einen großen Sieg errungen. Ich habe von Hauptmann David ben Isai den Befehl erhalten, mich sofort bei Baruch zu melden und ihm Bericht zu erstatten."

Der Bote trug nur noch eine Sandale, der andere Fuß war wund gescheuert und brannte schmerzlich. Aber noch mehr quälte ihn der Durst. Er griff nach der ihm gereichten Wasserflasche und trank ohne abzusetzen die Hälfte aus. Gleich fühlte er sich besser und versuchte aufzustehen. Ein Wink des Anführers genügte, zwei Wachleute fassten Hilkijah unter den Armen, stützten den geschwächten Mann und halfen ihm beim Gehen.

◆ ◆ ◆

Baruch hatte erfahren, dass ein Bote eingetroffen war und wollte sich gerade auf den Weg zum Tor machen, als draußen Stimmen laut wurden. Durch die Zeltöffnung erblickte er drei Männer, die auf ihn zukamen. Er machte einen Schritt zur Seite und ließ sie eintreten. Hilkijah fiel auf die Ledermatte, er hatte keine Kraft mehr, sich zu erheben. Sitzend blickte er zum bestürzten Oberhauptmann auf und rang nach Luft.

„Was ist geschehen?", fragte Baruch entsetzt und ließ dem Mann einen Becher Wasser reichen.

Der Bote trank ihn hastig aus und wiederholte wortwörtlich die Meldung, wie David ihm aufgetragen hatte. Da diese nur wenige Worte umfasste, bat Baruch Hilkijah, ihm genauer über die Schlacht in Zora zu berichten. Der Bote raffte seine letzten Kräfte zusammen. In seiner Erzählung wurde alles stark übertrieben: die Stärke der Philister, die List Davids und die Tapferkeit der Truppe. Auch vergaß er nicht, seine eigene Rolle in dem Kampf in ein angemessenes Licht zu setzen. Plötzlich flossen die Sätze immer langsamer, dann stockte er inmitten eines Wortes und sackte in sich zusammen.

Dem Oberhauptmann erschienen die zusätzlichen Erläuterungen Hilkijahs zur kurzgefassten Meldung Davids stark aufgebläht. Aber der Sieg war schließlich von Judäern, von seinen Judäern errungen worden. Also sah er keinen Grund, ihre Erfolge durch eine genauere Überprüfung zu schmälern und beschloss, den gesamten

Bericht in der angehörten Form weiterzuleiten. Beim Verlassen des Zeltes sagte er zum Posten nur kurz: „Ich gehe zum Feldobersten Abner."

Als Hilkijah wieder aufwachte, spürte er, wie sein Magen knurrte. Sogleich richtete er seine Schritte zur Lagerküche. Dem Koch rief er zu: „Ein großes Essen für den Helden!"

Die Kunde von Davids Sieg hatte inzwischen die Runde gemacht und auch schon die Küche erreicht. So wie alle Bewohner Gibeas, freute sich auch der Koch über die gebannte Gefahr. Darum setzte er dem Mann das Beste vor, was er hatte.

Mit der zweiten Lammkeule in der Hand entsann Hilkijah sich der Weisung von Joab und erzählte unaufgefordert und mit vollem Mund die Geschichte des Sieges, die er sich auf dem Weg von Zora nach Gibea zurechtgelegt hatte.

Gesättigt begab er sich dann zum Marktplatz vor dem Palast, wo viele Menschen zusammengekommen waren und anscheinend auf ihn warteten. Mehrere Personen redeten gleichzeitig auf ihn ein, so dass er sich sehr wichtig vorkam.

„Erst einmal Ruhe, liebe Leute! Ich fange nicht eher an, als bis es ganz still ist." Die Aufforderung machte Eindruck, es wurde so leise, dass man ein Blatt hätte fallen hören können. Hilkijah holte tief Luft und begann seine Erzählung, die nun noch weit farbiger ausfiel als beim Oberhauptmann und in der Küche. Er wurde durch Hochrufe unterbrochen. „Es lebe David! Es lebe Hauptmann David! Es lebe unser David!", riefen die Leute.

◆ ◆ ◆

Die Rufe drangen auch über die Mauer in den Palastturm, wo Michal vor ihrem schmalen Südfenster saß. Sie hörte den Lärm auf dem Marktplatz und schaute neugierig hinunter: Sie sah eine Menschenmenge, die einen mit den Händen fuchtelnden Krieger in zerschlissener Kleidung umringte. Offensichtlich erzählte der etwas, aber verstehen konnte sie nichts. Nur das Wort „David" drang hin und wieder deutlich zu ihr hinauf.

Sie klatschte in die Hände, hastiger als gewöhnlich. Augenblicklich trat ihre Dienerin Uschu ein. „Schau nach, was da unten los ist!“, befahl Michal kurz.

Uschu begriff sofort, worum es sich handelte. „Ich bin schon auf dem Weg, Prinzessin“, rief sie.

Als die Dienerin fort war, versuchte Michal sich noch weiter in die Nische des Fensters zu zwängen. Endlich erblickte sie Uschu, die sich energisch durch den immer stärker werdenden Menschenring bis zum Erzähler vorschob. Die Prinzessin wurde ungeduldig. „Was macht sie nur solange? Sie soll zurückkommen und mich nicht endlos auf die Folter spannen.“ Aber die Dienerin stand noch immer wie angewurzelt zwischen den Leuten. Plötzlich atmete Michal erleichtert auf, denn das Mädchen verließ die Menge und lief schnell zum Festungseingang zurück. Michal eilte zum anderen Fenster und sah, wie die Dienerin durch den Palasthof rannte. Schritte auf der Treppe, und schon stand Uschu mit hochrotem Kopf im Zimmer und rang nach Luft.

„So sprich schon!“, rief die Prinzessin aufgeregt, stampfte mit dem Fuß auf und übersah dabei völlig, wie unpassend sie sich vor ihrer Dienerin benahm.

„Ich muss erst zu Atem kommen“, japste Uschu und begann dann ihren Bericht.

Michals Atem beschleunigte sich. „Sprich, schneller!“, trieb sie die Dienerin freudig an, sprang auf und begann zu tanzen, als sie erfuhr, dass David unversehrt auf dem Weg nach Gibea war.

*So merkwürdig und ausgelassen hat sich die Prinzessin noch nie benommen,* dachte Uschu verwundert und schüttelte den Kopf.

Michal bemerkte es, hielt inne, ließ sich auf einem Hocker nieder, setzte eine freundliche Miene auf und sagte: „Du kannst gehen, ich brauche dich nicht mehr.“

◆ ◆ ◆

Wieder waren zwei Tage vergangen. Die Sonne stand noch hoch am Himmel, als die Stimme eines Wachpostens im Ausguck über dem Tor ertönte: „David! David kehrt mit seinen Kriegern zurück!“

Die Leute schienen nur auf diese Meldung gewartet zu haben.

Mit einem Schlag war die gesamte Stadt auf den Beinen, es wimmelte nur so von Neugierigen auf der gesamten Länge der Hauptstraße. Alle warteten sie voller Spannung. Bald durchquerten die ersten erbeuteten Karren das Stadttor und zuckelten gemächlich in die Stadt hinein. Nachdem alle Wagen in der Stadt waren, kam David, allein auf seinem grauen Esel. Ihm folgten zu Fuß Joab, Samma, Abinadab und Ikabod, schließlich die übrigen Krieger. Auch die Verwundeten marschierten in der Gruppe mit, so gut sie konnten.

Ein Freudentaumel brach unter der Menge los. Frauen tanzten um David herum und sangen dazu. Dazwischen erklangen immer wieder Hochrufe. „Es lebe David!" oder „Es lebe der Sieger über die Philister!"

Unter dem Jubel der Bewohner erreichte die Kolonne den Marktplatz und befand sich nun genau an der Stelle vor dem Palast, wo zwei Tage zuvor Hilkijah den Neugierigen vom Sieg berichtet hatte.

David blickte zu dem schmalen Turmfenster hinauf und entdeckte Michal, die ihm mit der Hand lebhaft zuwinkte. Er glaubte, sie lächeln zu sehen, und es wurde ihm warm ums Herz. *Ich wusste, dass es so sein wird,* freute er sich. *Erfolg muss man haben, dann regelt sich alles andere schon von selbst.* Voller Begeisterung winkte er zurück.

Die Geste der Prinzessin blieb der Menge nicht verborgen. Michals offen bezeugte Zuneigung für den Helden vergrößerte noch die Bewunderung des Volkes für David und steigerte den Siegestaumel.

Der Spähtrupp näherte sich dem Tor zum Heerlager, wo Davids Vorgesetzter, Oberhauptmann Baruch, ihn erwartete. David stieg ab und verneigte sich mit Würde. Baruch eilte ihm entgegen, umarmte ihn herzlich und sagte: „Ich gratuliere dir zu deinem Sieg. Wenn die von Hilkijah überbrachte Meldung den Tatsachen entspricht, dann hast du deine erste Aufgabe glänzend gemeistert. Nun führe deinen Zug zu dem neuen Zelt, das ich für dich und deine Mannschaft habe errichten lassen."

David strahlte. Er stieg wieder auf seinen Esel und ritt voller Neugier weiter. *Hoffentlich hat er mir ein philistäisches Beutezelt mit einem Offiziersgemach zugebilligt,* dachte er und lachte froh, als er sah, dass sein Wunsch erfüllt worden war. Sein Zelt stand direkt an der Stadtmauer, nicht weit entfernt von dem des Hauptmanns Ner.

David hatte nun sein eigenes Zuhause. Er brauchte keine Rücksicht mehr zu nehmen und konnte tun und lassen, was ihm beliebte. Allein für das eigene Gemach hätte es sich gelohnt, den kühnen Überfall in Zora zu wagen. Hastig stürzte er in das Zelt. Baruch hatte das Davids Gemach vornehm ausstatten lassen. Auf einer Seite des schmalen Rechteckes befand sich eine Pritsche, auf der anderen eine Truhe, die als Tisch dienen konnte, dabei lagen zwei Sitzmatten. Im Vergleich zu Ners Zelt, in dem er bisher mit dem Hauptmann gewohnt hatte, war das hier ein Palast. Ein Palast für einen Helden.

Glücklich trat David vor sein Zelt, schaute sich um und erkannte auf der Wehrplatte des Heerturmes Jonathan, der ihm zuwinkte und so zu verstehen gab, wie sehr er sich über seinen Erfolg freute. David war stolz, er hatte seinen Freund nicht enttäuscht und konnte sicher mit seiner weiteren Unterstützung rechnen. David mochte den Mann, dem er soviel zu verdanken hatte, von ganzem Herzen. Jonathan hatte ihm ermöglicht, die Leitung des Spähtrupps zu erhalten und seine Fähigkeiten unter Beweis zu stellen.

◆ ◆ ◆

Michal und Jonathan waren nicht die einzigen Mitglieder der Königsfamilie, die den Einzug des heimkehrenden Spähtrupps in die Stadt aufmerksam verfolgten. Auch dem König hatte man mitgeteilt, dass das Volk der siegreichen Truppe und ihrem Anführer einen überwältigenden Empfang bereitete.

*Einem gewöhnlichen Hauptmann? Das ist nicht üblich.* Saul wurde unruhig und wollte mit eigenen Augen sehen, ob sich da womöglich etwas zusammenbraute. Ohne Aufsehen hatte er sich in den Verwaltungsturm begeben und im Raum des Baumeisters, der an diesem Tag nicht anwesend war, ans Fenster gesetzt, als auch schon der Spähtrupp auf der Hauptstraße einrückte. Die Begeisterung des Volkes wurde immer größer. Saul glaubte seinen Ohren nicht zu trauen. Das war eine Begrüßung, wie selbst er sie nur wenige Male erlebt hatte. Stechender Neid stieg in ihm hoch. Was sollten diese übertriebenen Hochrufe?

Er lauschte angestrengt und errötete, als er hörte, was die Leute sangen. *So eine Unverschämtheit,* dachte er und wollte den ausfälligen Zweizeiler nicht wahrhaben. *Sicher habe ich mich verhört,* beschwichtigte er sich. Aber dann hörte er erneut Frauenstimmen, die unmissverständlich sangen:

> *„Saul hat Hunderte erschlagen,*
> *David aber Tausende!“*

Hier ging es nicht um die Zahlen, die vom Volk eh nie genau genommen wurden. Die Unverschämtheit lag darin, dass David in diesem Gesang über den König gestellt wurde – *eine bodenlose Unverschämtheit!*

Saul knirschte mit den Zähnen. Er spürte einen Wutanfall nahen. „Nein, nicht jetzt! Ich muss einen klaren Kopf bewahren.“ Es gelang ihm, die Schwäche zu überwinden und sich zu beherrschen.

„Wer ist das denn eigentlich, dieser David?“, fragte er sich allen Ernstes und blickte zurück. War sein Erfolg im Ela-Tal lediglich ein Zufallstreffer, wie er bisweilen geglaubt hatte? Hatte er in Zora nur großes Glück gehabt, wie Abner nach Eintreffen der Siegesmeldung abgewiegelt hatte? Nein, jetzt wusste er es besser. *Dieser David ist ein vielseitig begabter junger Mann, er kann Siege erringen und sie dem Volk verständlich machen. Er versteht es, die Gunst der Menschen zu gewinnen.*

Saul drängte sich weiter in das Fenster und gewahrte nun den würdevoll reitenden David, der dem Volk zuwinkte.

Die Menge verehrte ihn offensichtlich! Ein fürchterlicher Gedanke fuhr dem König durch den Kopf. *In den Augen des Volkes ist David offensichtlich nicht nur der Bessere, sondern auch der Würdigere.*

*Der Würdigere?* Samuel fiel ihm ein. Wie hatte der sich damals geäußert? „Ein Würdigerer wird König werden!“ Genau diese Worte hatte Samuel ihm wütend ins Gesicht geschleudert.

Der Schweiß brach ihm aus. Eine schreckliche Ahnung bemächtigte sich seiner und er fasste sich an den Kopf. Gab es womöglich einen Zusammenhang zwischen dem damaligen Fluch des Propheten und der heutigen Begrüßung Davids auf der Hauptstraße Gibeas? War vielleicht dieser David der Würdigere? War es möglich, dass dieser listige Hirte ihn mit Samuels Hilfe seines Thrones berauben wollte? Ausgeschlossen! - Oder doch?

Den Bedenken musste er auf den Grund gehen, sonst würde es für ihn keine ruhige Nacht mehr geben.

◆ ◆ ◆

Der allmonatliche Neumondsempfang beim König war wegen des Philistereinfalls bei Bet-Semes vertagt worden. Doch da diese Gefahr nun vorüber war, kehrte der Hof zum normalen Leben zurück. Saul aber war nicht nach einem Empfang zu Mute. Gern hätte er die Feier nochmals verlegt, aber er tat es nicht, um kein unnötiges Gerede in der Stadt heraufzubeschwören. Der Zeremonienmeister ahnte nichts von Sauls Sorgen und traf die nötigen Vorkehrungen wie üblich.

Immer wenn zum Neumondsempfang Gäste von außerhalb eingeladen waren, wurden sie vor der Festung mit militärischen Ehren begrüßt. Eine Hauptmannschaft mit voller Bewaffnung bildete ein Spalier und stand stramm, wenn die Ankommenden das Tor passierten. Diese Ehrung der Gäste hatte man von den Kanaanitern übernommen.

Für die Begrüßung am Eingangstor waren die einzelnen Stämme im Wechsel zuständig. Diesmal war es Aufgabe der Judäer. Ihr Oberhauptmann Baruch war stolz auf David und seine Truppe, die die letzte Schlacht - zwar eine kleine, aber doch eine Schlacht - gewonnen hatte und wollte sie bei dieser Gelegenheit den Besuchern vorstellen.

Als die Zeit gekommen war, war die Mannschaft mit sorgfältig geputzten Waffen angetreten, allen voran saß auf seinem Esel ihr Anführer im blauen Rock und versuchte, mit seiner Haltung den besten Eindruck auf die Fremden zu machen.

Der König erwartete seine Gäste im Festungshof direkt vor dem Palast. Er war an diesem Tag niedergeschlagen und begrüßte sie freudlos. Danach führte er sie sogleich an die üppig gedeckte Tafel im Empfangssaal, an dessen Ende wie immer seine Frau Ahinoam und seine Kebse Rizpa, seine beiden Töchter Mirab und Michal, seine vier Söhne Jonathan, Esch-Boschet, Jischwi und Malkischua sowie sein Vetter Abner Platz genommen hatten. Von den Gibeanern waren diesmal eingeladen: Der Arzt, der mit der richtig gewählten Musik dem König bei seinem letzten Anfall schnell geholfen hatte, und Doeg, ein Mann, auf den Saul neuerlich aufmerksam geworden war. Er beabsichtigte, ihn als seinen Spitzel einzusetzen.

Doeg war Edomiter und kam aus dem fernen Süden, aus der Negev-Wüste. Die Edomiter waren ein semitisches, mit den Hebräern verwandtes Volk, das südlich vom Salzmeer lebte. Als Nichthebräer war Doeg in die inneren kleinen Streitereien im Heer und in der Stadt nicht verwickelt. Sie interessierten ihn kaum. In Sauls Augen war das ein großer Vorteil.

Eine Einladung zum Neumondsfest war eine Auszeichnung. Damit wollte der König den ihm ergebenen Mann noch fester an sich binden, als ob er ahnte, dass er bald jemanden brauchen würde, der Befehle ausführte, die andere verweigern könnten.

Zu den auswärtigen Gästen gehörte Lajisch aus Gallim mit seinem Sohn Palti, den Ner seinerzeit auf der Stadtmauer erwähnt hatte. Lajisch war ein Jugendfreund des Königs, und Palti machte seit geraumer Zeit Michal schöne Augen ...

... aber Michal interessierte sich wenig für den Gutsherrensohn. Was sollte sie nach einer eventuellen Heirat auf dem Lande? Sie würde dort vor Langeweile sterben. Außerdem war Palti weder besonders schön, noch besonders klug. Eben nur ein durchschnittlicher junger Mann.

Beim letzten Empfang hatte sie aus reiner Langeweile mit ihm gescherzt, und er hatte sich wohl schon Hoffnungen gemacht. Diesmal aber war er enttäuscht, denn Michal hatte seine Anwesenheit kaum zur Kenntnis genommen und behandelte ihn wie Luft. Sie verließ kurz nach dem Essen achselzuckend den Saal und begab sich in ihre Zimmer, wohin er ihr nicht folgen durfte.

*Hat sie sich vielleicht einem anderen Mann zugewandt?*, fragte sich Palti verletzt und griff zu einem großen Becher Wein.

Der Hauptgast dieses Tages war Ahimelech, der Hohepriester aus Nob. Als die Beziehungen zwischen dem König und Samuel noch ungetrübt waren, hatte Saul das Heiligtum gegründet. Später, als sich das Verhältnis zu dem Propheten verschlechterte, vertraute der König keinem Priester mehr, weil er vermutete, dass sie alle mit Samuel unter einer Decke steckten. Sauls Beziehungen zu Ahimelech hatten sich allmählich abgekühlt.

Ganz unabhängig davon entwickelte sich beim Stamm Benjamin, dem auch der König angehörte, der Götzendienst immer stärker. Der Hohepriester machte sich Sorgen und hatte deshalb den König um ein Gespräch gebeten. Es war mehrere Male verschoben und schließlich auf diesen Neumond gelegt worden.

Während der Unterredung, die nach dem Essen geführt wurde und unter vier Augen stattfand, wies Ahimelech auf die Zunahme des Baal-Kultes in Benjamin hin. Neben Bet-Semes war Gibea die zweite Stadt im Königreich, in der die Opfergaben für Jahwe immer stärker zurückgingen. Ahimelech bat um tatkräftige Unterstützung bei der Förderung des richtigen Glaubens und bei der Bekämpfung des falschen.

Saul hatte seine frühere Zusammenarbeit mit Samuel, die mit einem bösen Streit und Fluch geendet hatte, noch gut im Gedächtnis. *Keine Gemeinsamkeiten mehr mit Priestern,* überlegte er, schüttelte mit dem Kopf und erklärte dem Gottesmann, dass es seine ihm von Jahwe aufgetragene Pflicht sei, das Land vor Feinden, vor allem vor den Philistern, zu schützen. Religion hingegen sei Priester- und Levitensache. „Jeder ist für seine Aufgaben allein verantwortlich", erklärte er dem Hohenpriester. Es kam zu keinem Einvernehmen zwischen den Männern.

Ahimelech war verärgert, zog sich zurück und sprach mit niemandem mehr ein Wort.

An diesem offenbar schlechten Tag waren alle unzufrieden. Lediglich Abner und Rizpa unterhielten sich angeregt und lachten zuweilen. Das Fest wurde früher als üblich beendet. Der König verabschiedete die Gäste mit erzwungener Freundlichkeit, während seine Gedanken anderorts weilten ...

## 16

Michals Morgenbad war beendet. Uschu rieb ihr den Körper mit einer dünnflüssigen Salbe aus Olivenöl, Myrrhe, Terebinthenharz und Riechstoffen ein. Im Raum verbreitete sich ein betörend schöner Duft.

Kaum waren sie mit dem Ankleiden fertig, als Jonathan klopfte und in der Tür erschien. „Guten Morgen, Schwesterchen", rief er fröhlich aus.

Michal lief ihrem großen Bruder entgegen, direkt in seine ausgestreckten Arme. Sie nahm ihn bei der Hand, führte ihn ins Nebenzimmer zu ihrer Liege und sagte: „Das gestrige Fest war eine ausgesprochen langweilige Veranstaltung. Außerdem verstehe ich nicht, warum Vater David nicht eingeladen hat. Ihm gebührte doch eine Ehrung für den letzten Sieg."

„Das meine ich auch. Dieses Versäumnis will ich nachholen und ihn heute in mein Zelt zu einem Essen einladen. Möchtest du auch kommen?"

*Natürlich will ich! Und wie gern!* Aber Michal beschloss, Haltung zu bewahren und beherrschte sich, nickte besonnen und fragte, ob sonst noch jemand käme.

„Das wäre zu überlegen", entgegnete Jonathan und hob die Augenbrauen.

Michal wusste inzwischen genau, was sie wollte, und schob listig nach: „Aber wäre es nur zu dritt denn nicht viel netter als in einer größeren Gesellschaft?"

Der Bruder hatte ihr Spielchen nicht bemerkt und antwortete: „Einverstanden, Schwesterchen."

Die sonst so redselige Michal verstummte, es schien, als sei sie mit eigenen Gedanken beschäftigt. Darum verabschiedete sich Jonathan schnell. „Ich muss gehen. Ich hole dich aber zur gewohnten Stunde ab."

Das Gespräch mit Jonathan hatte ihr wieder Davids blaue Augen ins Gedächtnis gerufen. Inzwischen hatte sie ihm auch schon lange verziehen, dass er es nach dem netten Abend im Zelt vorgezogen hatte, in den Krieg zu ziehen, anstatt bei ihr in Gibea zu bleiben. *So sind die Männer eben, damit muss man sich abfinden.*

Weiterhin mit David befasst, entsann sie sich des Versprechens ihres Vaters, das er im Ela-Tal gegeben hatte, nämlich dass der Sieger über Goliat eine Königstochter zur Frau bekommen sollte.

Sie erhob sich und wanderte im Zimmer auf und ab. „Welch ein Unsinn!", sagte sie leise und spann doch den Gedanken weiter. Es machte ihr einfach Spaß. Und so stellte sie sich plötzlich die Frage: *Könnte ich diesen Mann heiraten?* Sie war sich nicht sicher. Dann fiel ihr das Gespräch mit Mirab auf dem Turm ein, als die Sieger aus dem Krieg zurückkehrten und ihre Schwester schlecht über David gesprochen hatte. *Was wird sie sagen, wenn ich einen ehemaligen Hirten heirate?* Und die anderen?

Sie überlegte weiter und fand schließlich, wie sie meinte, die beste Lösung:. David sollte ihr Freund sein, der hin und wieder für sie musizierte und ihr ein Lied vorsang. Sie überlegte noch einmal und fügte leise hinzu: „Ein bisschen Zärtlichkeit wäre auch ganz schön."

Auf ihrer Liege ausgestreckt, schaute sie an die Decke und war eine Weile mit sich und der Welt zufrieden. Doch das Gefühl des Wohlbehagens war nur kurz, dann plagte sie die Langeweile aufs Neue. Zweimal hatte sie schon ihre Meinung darüber geändert, welches Kleid sie anziehen sollte. Auch ihre Frisur wurde erneut aufgefrischt. Und der Bruder kam immer noch nicht …

Als er dann endlich erschien, ergriff sie sogleich den bereit liegenden Überwurf und sagte: „Wir können gehen."

Jonathan blickte sie von der Seite an und dachte: *Sonst hat sie es nie so eilig.*

Michal ergriff seine Hand und sie verließen die Gemächer.

◆ ◆ ◆

Als David das Zelt betrat, ging Jonathan mit schnellen Schritten auf ihn zu und umarmte ihn herzlich. Michal beobachtete die beiden aufmerksam. Sie sah zwar, dass David diese Zärtlichkeit nicht erwiderte, aber dennoch störte es sie.

Nach der Begrüßung trat Jonathan zurück und sagte: „Ich gratuliere dir. Der Kampf in Zora war eine Meisterleistung. Du bist jetzt der berühmteste Hauptmann in Gibea, mein lieber David."

David fühlte sich geschmeichelt, blieb doch sachlich und erwiderte: „Du hast mir dazu verholfen. Ohne dich hätte ich meine Fähigkeiten nicht unter Beweis stellen können. Dafür bin ich dir besonders dankbar." Er zog lächelnd aus der Falte seines Rockes einen Dolch hervor und bot ihn dem Prinzen dar. „Dieses Beutestück ist ein Geschenk für dich."

Schon in Zora war David über das für Jonathan passende Geschenk entzückt. Er wollte sich für den fürstlichen blauen Rock erkenntlich zeigen und nicht der einseitig Beschenkte bleiben. Nun konnte er dem Königssohn ein gleichwertiges Gegengeschenk überreichen und genoss die freudige Überraschung in dessen glänzenden Augen. Einen Augenblick lang fühlte er sich dem Kronprinzen ebenbürtig.

Jonathan war ein Kenner edler Waffen. Er besaß selbst einige prächtige Stücke und wusste den Dolch zu schätzen. „Er ist hinreißend schön", sagte er aufgeregt. „Aber das ist keine philistäische Waffe", stellte er dann mit einem fragenden Blick fest.

David erzählte daraufhin die Geschichte von dem kanaanitischen Kaufmannswagen und wie dieser vermutlich in die Hände der Philister geraten war.

Bei ihrer Unterhaltung über den Dolch hatten die beiden Männer Michal ganz vergessen. Sie stand abseits, fühlte sich zurückgesetzt und ärgerte sich, dass sie überhaupt mitgekommen war. Doch plötzlich, ganz unversehens wandte sich David ihr zu und sagte: „Prinzessin, meine teure Michal, auch für dich habe ich ein Geschenk." Er griff wieder in die Faltentasche und zauberte einen bestickten Beutel hervor, aus dem eine Halskette glitt. „Dieses Schmuckstück ist für dich." Er hielt die Kette in das Licht der zahlreichen Öllampen, so dass die rundgeschliffenen Lapislazulikugeln in voller Schönheit matt schimmerten.

Michal war hingerissen. *Also hat er auch im Krieg an mich gedacht,* ging es ihr durch den Kopf. Mit einem Freudenschrei warf sie ihren Mantel zu Boden und ließ sich von David die Kette anlegen. Dabei berührte der junge Mann wie ungewollt ihren Nacken. Sie spürte es und ließ es geschehen. Beide genossen die kurze Berührung.

Währenddessen war Jonathan mit seinem Dolch beschäftigt gewesen. Jetzt blickte er auf, schaute seine Schwester an und sagte: „Mit dieser Kette bist du noch schöner." Sie war sich nicht sicher, ob ihr Bruder mit seinen Worten Bewunderung ausdrücken oder sie nur necken wollte. Dieser Zweifel brachte sie in die Wirklichkeit zurück. Sie hatte in ihrer freudigen Aufregung vergessen, sich für das schöne Geschenk zu bedanken. Ein Augenblick des Zögerns, dann lief sie mit leuchtenden Augen auf David zu, warf ihm die Arme um den Hals, küsste seine Wange und sagte: „Das ist die schönste Kette, die ich habe. Sie ist wunderschön. Ich danke dir."

Jonathan staunte. Er wusste, dass sie in ihrem Schmuckkasten weit schönere Ketten hatte, dass es also eine Lüge war. *Zwischen den beiden bahnt sich etwas an,* wurde ihm bewusst und so etwas wie Eifersucht kam in ihm auf. Doch er unterdrückte das unangenehme Neidgefühl mit dem großzügigen Gedanken: *Ich gönne es ihr!*

David war nicht uneingeschränkt glücklich. Blitzschnell waren bei ihm Bedenken aufgekommen. Eine Beziehung zu Michal und gleichzeitig eine enge Freundschaft zu ihrem Bruder - das könnte für ihn gefährlich werden, vor allem, wenn es Jonathan missfiel. David dachte an Ners Erzählung auf der Stadtmauer. Er hatte ihm eindringlich geraten, die Prinzessin zu meiden. „Der Prinz ist unberechenbar und kann gewalttätig werden", hatte er damals gesagt. David blinzelte verstohlen zu Jonathan herüber und bemerkte erleichtert, dass er wieder lächelte.

Dann wurde das Essen aufgetragen und Jonathan bat seine Gäste zu Tisch. Die Speisen waren ausgezeichnet, der Wein vortrefflich. Alle scherzten und waren bei bester Laune.

Schließlich merkte Jonathan, dass die Zeit seiner allabendlichen Besprechung bei Abner herannahte und sagte mit ernstem Gesicht: „Für mich ist es Zeit. Leider."

„Aber David hat uns heute noch gar nichts vorgespielt", schmollte Michal.

„Es geht nicht, ich muss fort. Die Zeit ist wie im Flug vergangen. Aber ihr könnt ja wieder auf mich warten. So wie neulich."

Michal und David tauschten hinter Jonathans Rücken zufriedene Blicke aus. Der Prinz fügte noch hinzu: „Ich werde mich beeilen", und verließ das Zelt.

„Nun beginnt der musikalische Teil", erklärte Michal.

David fegte Ners Rat endgültig beiseite und griff zur Harfe. Mit übergeschlagenen Beinen setzte er sich auf den Boden und spielte eine besinnliche hebräische Melodie, die Michal in ihren Bann zog. Allmählich wurde sein Spiel lebhafter, er sprang auf und begann schwungvoll zu tanzen, bis auch sie es ihm gleichtat. Das eng anliegende hellblaue Kleid erlaubte es, alle Rundungen ihres schönen Körpers, der sich im Rhythmus der Harfenklänge wiegte, zu erkennen. Er war bezaubert. Seine Phantasie vervollständigte das bewunderte Bild.

Plötzlich warf er das Instrument auf ein Kissen, lief auf sie zu, öffnete die Arme und fing sie auf. Sie schmiegte sich wie ein Kätzchen an seine breite Brust. Als er sie fest an sich drückte, rief sie scherzhaft: „Du nimmst mir ja den Atem!" und versuchte, sich aus seiner Umarmung zu lösen. „Komm, lass uns noch einen Becher trinken", sagte sie lächelnd, und nahm ihn an die Hand.

Er setzte sich neben sie. Als sie anstießen, bemerkte er: „In diesem Kleid bist du noch viel schöner als sonst."

„Besonders mit deiner Kette, nicht wahr?", antwortete sie schelmisch mit einem Blick auf die lustig schaukelnden Lapislazulikugeln und rückte dabei näher an ihn heran. Er war hingerissen, legte seinen Arm um ihre Schulter, zog sie liebevoll an sich und küsste sie auf die Wange. Während sie aneinandergeschmiegt verharrten, streichelte seine Hand sanft über ihren Hals und Rücken. Als sie dann ihren Busen erreichte, neigte Michal den Kopf auf seine Schulter und schloss die Augen. Sie waren glücklich.

Michal schlug die Augen auf und ergriff mit beiden Händen seine Hand.

„Ich mag dich", hauchte er ihr zutraulich ins Ohr.

Sie wandte sich ihm zu und öffnete die Lippen, die er begierig küsste. Die ganze Zeit hatten sie miteinander geschwiegen, nur die drei Worte seiner kurzen Liebeserklärung waren gefallen. Die nahm sie jetzt auf.

„Ich dich auch", flüsterte sie und schaute ihm tief in die Augen.

„Sehr?"

„Ja, sehr, mein David!"

Er nahm ihre Hand und drückte sie voll Dankbarkeit und Glück. Schweigend aneinandergeschmiegt, nur ihren eigenen Empfindungen nachhängend, hörten sie plötzlich Stimmen vor dem Zelt. Wie Kinder, die sich ertappt fühlten, ließen sie einander los. David nahm seinen alten Platz auf der anderen Seite des Tisches wieder ein.

Jonathan kam von seiner Besprechung zurück und betrat das Zelt.

„Wir haben schon auf dich gewartet", sagte Michal.

Jonathan bemerkte ihre verlegenen Gesichter und spürte sofort, dass seine Schwester in diesem Augenblick mehr höflich als ehrlich war. Ihm fiel der Kuss ein, mit dem Michal sich bei David für die Kette bedankt hatte. Jetzt schöpfte er Verdacht, dass dieser Kuss nicht der einzige geblieben war. Er spürte Neid und Eifersucht. *Vielleicht irre ich mich aber auch,* dachte er.

Eine peinliche Stille war eingetreten. Um sie zu unterbrechen, wandte Michal sich an ihren Bruder und fragte: „Gab es etwas Wichtiges?"

„Ja, schon", antwortete Jonathan und berichtete lustlos, dass es gelungen war, in Megiddo, einer großen kanaanitischen Stadt im Norden des Landes, einhundert eiserne Schwerter gegen Gerste zu erwerben.

David plagten sowohl das schlechte Gewissen als auch eine innere Unruhe. Ständig beobachtete er aus dem Augenwinkel seinen Freund, um zu erraten, was er dachte.

Schließlich nahm er sich zusammen und fragte: „Langschwerter oder Kurzschwerter?"

„Kurzschwerter. Die sind billiger", antwortete Jonathan sachlich. Dann beschrieb er den Knauf und die Klinge der Waffen. Seine Stimme klang wieder normal. David atmete beruhigt auf.

Michal aber ärgerte sich über ihre Frage, die das dumme Gespräch über die Schwerter eröffnet hatte. *Unterhalten sich Männer denn nie über gescheite Themen?* Weiter hörte sie nicht mehr zu, sondern schenkte ihre ganze Aufmerksamkeit der neuen Kette, indem sie mit den blau schimmernden Kugeln spielte.

Es war schon spät, als sich die drei vor dem Zelt verabschiedeten. Ein goldener Halbmond leuchtete über dem Lager und der Treppe, die Jonathan und Michal gerade emporstiegen.

David schaute ihnen mit gemischten Gefühlen nach. Er hatte heute unvernünftig gegen seinen früheren Entschluss gehandelt und war ein großes Risiko eingegangen. Warum eigentlich? Hatte Michal ihm den Verstand geraubt? Nein, er war jetzt endgültig und hoffnungslos in sie verliebt. Wenn es zu einem Konflikt mit Jonathan kommen sollte, würde er ihn durchstehen. Aber so schlimm, wie Ner es vorausgesagt hatte, würde es wohl nicht kommen.

◆ ◆ ◆

Am nächsten Tag überströmten Michal die Erinnerungen an den vergangenen Abend. Die Männer, die sie bisher kennen gelernt hatte, waren alle wie Pichol. Keiner hatte sie wirklich fesseln können. David hingegen war anders. Er war ein Held, der einen Riesen erschlagen hatte, ein wirklicher Mann. Ein Musiker, der nicht nur spielen und singen konnte, sondern seine Melodien und Texte selber schuf, ein Künstler also. Eine Persönlichkeit, von der sowohl ihre Dienerin Uschu als auch Jonathan, der erste Prinz im Palast, voll des Lobes waren, vom begeisterten Volk ganz zu schweigen. Das alles waren Eigenschaften, die eine Frau gern bei ihrem Mann sah. Und wie zärtlich er sein konnte! Sie verfiel ins Träumen, dachte an das Lied, das David im Zelt gespielt hatte, und summte es leise vor sich hin.

Sie war verliebt, das Leben war herrlich!

# 17

König Saul war allein im Thronsaal, hatte den Kopf in die Hand gestützt und brütete starren Blicks vor sich hin. Schon vor einiger Zeit waren ihm Gerüchte um eine Salbung zu Ohren gekommen, die der Prophet Samuel in Bethlehem durchgeführt haben sollte. Aber man hatte das bisher wirklich nur für Gerüchte gehalten, kaum jemand glaubte ernsthaft daran. Wegen seiner damaligen Sorgen hatte auch Saul ihnen keine Bedeutung zugemessen. Nach der umjubelten Rückkehr des Spähtrupps aus Bet-Semes und Zora aber lebte das Gemunkel in seinen Gedanken erneut auf. War es wirklich nur Geschwätz? Verdächtig war, dass David aus Bethlehem stammte.

Der König überlegte. Es gab verschiedene Arten von Salbungen, sie alle waren semitische Auserwählungs-Zeremonien. Saul entsann sich gut auf seine eigene, die Samuel vor vielen Jahren an ihm vollzogen hatte, und ein schrecklicher Verdacht schoss ihm durch den Kopf. Sollte die Salbung in Bethlehem etwa eine Königssalbung gewesen sein? Wieder erinnerte er sich deutlich an den feierlichen Empfang Davids nach seinem Sieg, an die Rufe der Menschen auf der Straße und an das fürstliche Auftreten des Emporkömmlings. Saul drängte sich mit größerer Wucht als zuvor die Frage auf, ob David nicht der von Samuel angekündigte „Würdigere" war.

Plötzlich hatte er das Bedürfnis, sich mit jemandem zu beraten, und ließ seinen Vetter Abner rufen.

Als der Feldoberst den Thronsaal betrat, fand er den König in schlechter Verfassung vor. Ohne vorausgehende, übliche Höflichkeitsfloskeln sprach Saul sofort über seinen Verdacht und sagte zum Schluss: „Ehe es zu spät ist, müssen wir David beseitigen. Die Gefahr ist zu groß, um länger zu warten."

Für Abner war Sauls Bestürzung nur ein erneuter Ausdruck der Ängste, die ihm Samuel mit seinem Fluch bereitet hatte. David war in der Tat ein tüchtiger Bursche, das gestand Abner ein, aber das reichte noch lange nicht aus, um König zu werden und um dieses Amt zu bekleiden. Ein Reich zu regieren ist eine Sache, zu der ein Schafhirte niemals fähig wäre.

*Beseitigen?* Nun, dagegen hätte er nichts einzuwenden, aber wie stellte sich sein Vetter das vor? Da Saul ziemlich aufgewühlt war, musste Abner mit großer Besonnenheit verfahren. Über seiner Nase erschienen zwei senkrechte Falten. „Beseitigen? Auf welche Weise?", fragte er.

„Anklagen! Verurteilen! Hinrichten!", zählte der König auf. „Irgendein Vorwand wird sich doch wohl finden lassen."

Abners Stirnfalten vertieften sich. Er schwieg.

Saul hatte gehofft, mehr noch, er hatte vorausgesetzt, dass der Vetter ihm umgehend zustimmen würde. Sein Schweigen jetzt war ihm daher unverständlich. *Begreift Abner den Ernst der Lage denn nicht?*, fragte er sich. „Sollte David König werden, dann bist du den Posten des Feldobersten los, sofern du überhaupt am Leben bleibst."

Die Drohung ließ Abner kalt. Sein vordringliches Ziel war es, einer unvernünftigen Entscheidung entgegenzuwirken. „Das ist schwieriger, als du dir das vorstellst", gab er behutsam zurück. „Aber der Reihe nach. An die Königssalbung eines Hirten glaube ich nicht. Samuel ist kein Dummkopf. Er hätte sich für deinen Nachfolger einen erfahrenen Mann, vielleicht einen der Stammesältesten oder Stadtvorsteher ausgesucht."

Sauls Wangenmuskeln zuckten. Abner erkannte, dass der König nahe daran war, die Fassung zu verlieren und er sofort einlenken musste.

„Schade, dass Goliat ihn im Ela-Tal nicht erschlagen hat. Dann hätten wir ihn vom Hals."

Ein kurzes, grimmiges Lächeln huschte über Sauls Gesicht. Sein Vetter sprach ihm aus der Seele. Er lehnte sich beruhigt zurück.

Abner strich über seinen Bart und meinte jetzt, nachdem er den König besänftigt hatte, seinen Standpunkt begründen zu müssen. „Bei einer schnellen Verurteilung und Hinrichtung würden wir im Heer auf Unverständnis, ja sogar auf Widerspruch stoßen. Für diese Vermutung habe ich Gründe. Im Lager heißt es, man müsse den altgewordenen, im Ela-Tal verwundeten, häufig kränkelnden Baruch ablösen. Er selbst scheint auch dieser Meinung zu sein, denn gestern hat er bei mir um seine Versetzung nach Hebron ersucht."

Saul konnte keinen Zusammenhang mit dem vorherigen Thema erkennen und zeigte seinen Unwillen. Doch Abner ließ sich bei seinem Vortrag nicht beirren.

„Bei den Hauptleuten aus Juda herrscht die einstimmige Meinung, dass David der richtige Anwärter für den Posten des Oberhauptmanns ist. Sie möchten ihn gern als Nachfolger von Baruch sehen. Die Anführer der anderen Stämme sind dergleichen Meinung."

Nach einem kurzen Moment des Staunens rief der immer zorniger werdende König: „So weit ist es also schon gekommen!"

Abner versuchte zu beschwichtigen. „Kein Grund, in Panik zu geraten. Wichtig ist, dass wir nichts überstürzen." Da der König schwieg, fuhr er ruhig fort: „Wir brauchen sichere Auskünfte. Erst einmal müssen wir klären, ob David wirklich von Samuel gesalbt worden ist. Wenn ja, dann bliebe noch die zweite Frage, um welche Art von Salbung hat es sich dabei gehandelt?"

Das Gesicht des Königs lief rot an. „Wozu das alles?"

Abner beschloss, nicht klein beizugeben. „Erlaube mir noch eine kurze Anmerkung", fuhr er entschieden fort. „Sollte es sich tatsächlich herausstellen, dass sich David noch zu Lebzeiten eines Königs einer Königssalbung unterzogen hätte, dann wäre das Hochverrat. Die Oberhauptleute würden in diesem Fall unseren Standpunkt teilen und einer Verurteilung zustimmen, aber nur, wenn die Sache auch zweifelsfrei erwiesen ist. Wir brauchen also Beweise."

Der König schüttelte den Kopf. Die Überlegung seines Vetters schien ihn nicht zu überzeugen. „Abner", sagte er, „wir verlieren nur unnötig Zeit!"

Der Feldoberst blieb hart. „Sieh mal, ein Tag mehr oder weniger spielt doch keine große Rolle. Wie wäre es, wenn du Doeg nach Bethlehem schicken würdest? Er soll in Erfahrung bringen, was damals tatsächlich geschehen ist. Es wird uns helfen, das kannst du mir glauben."

Saul brummte etwas Unverständliches, gab dann aber seine Zustimmung. Erleichtert verließ Abner den Thronsaal in der Hoffnung, Zeit gewonnen zu haben.

In den nächsten Tagen würde er die richtige Lösung schon finden, davon war er überzeugt.

◆ ◆ ◆

Nach seiner Rückkehr aus Bethlehem erstattete Doeg dem König Bericht.

„Einige Wochen vor dem Krieg im Ela-Tal war Samuel wirklich in Bethlehem. Dort hat er ein Kalb geopfert und dann noch längere Zeit im Hause Isais verbracht. Isai hat sieben Söhne, und die waren zu der Zeit alle zu Hause, auch David. Was im Haus Isais geschehen ist, das habe ich nicht erfahren, denn es passierte hinter verschlossenen Türen. In Bethlehem munkelt man aber, es hätte eine Salbung stattgefunden."

Dem König wurde es bange. Die Salbung hatte es also tatsächlich gegeben. Nun war er sich auch sicher, dass es sich um eine Salbung zum König gehandelt hatte. Worum sollte es sich sonst gehandelt haben? Also musste er jeden Tag, ja jede Stunde mit dem von Samuel und David geplanten Umsturz rechnen.

Er geriet in panische Angst, wollte seine Furcht beherrschen, aber diesmal gelang es ihm nicht. Die Augen quollen hervor, er stieß einen Schrei aus und begann mit den Fäusten auf die Armlehnen zu hämmern.

Doeg erstarrte. Sofort erschien der Leibdiener des Königs im Thronsaal, der auch an diesem Tag hinter der Turmtür gestanden und das ihm wohlbekannte Donnern vernommen hatte. Er nahm den Edomiter beim Arm und führte ihn hinaus. Dann tat er all das, was ihm für den Fall befohlen worden war, wenn der König wieder einen Anfall erleiden würde.

# 18

Obwohl seit dem Treffen in Jonathans Zelt schon Tage vergangen waren, klangen Michal noch immer die drei Worte Davids - „Ich mag dich“ - in den Ohren. Sie war sich über ihre Gefühle immer klarer geworden und wusste nun sicher, dass sie diesen Mann liebte, von ganzem Herzen liebte, ihn liebte wie noch niemanden zuvor. Sie sehnte sich nach ihm, sie wollte ihn wiedersehen und das so bald wie möglich. Doch wie konnte sie das erreichen?

Es war nicht geheim geblieben, dass sie mit David allein im Zelt gewesen war, und es gab bereits Gerüchte in der Stadt, das zumindest hatte ihr Uschu zu verstehen gegeben. Ein drittes Treffen würde das Getuschel noch verstärken und das wollte sie nicht. Sie zerbrach sich den Kopf, wie sie es schaffen konnte, David woanders zu begegnen. Wie ein gefangenes Tier im Käfig wanderte sie unruhig in der Wohnung auf und ab. Ihre Gedanken kreisten um das zwischen den Küssen im Zelt geführte Gespräch, um jene drei aussagekräftigen Worte. Jetzt wusste sie es genau: Sie wollte ihn heiraten.

Im Treppenhaus des Turmes war plötzlich das Geklapper von Sandalen zu hören. Michal rief nach Uschu, um zu hören, was los sei. Die Dienerin meldete kurz: „Der König ist wieder krank. Hauptmann David soll ihm vorspielen.“

*Vielleicht ist das die Gelegenheit, ihn wiederzusehen,* dachte Michal.

Mit zitternden Händen holte sie die Lapislazulikette aus dem Schmuckkasten, legte sie an, schaute in den Spiegel und nickte zufrieden. Schon war sie auf dem Weg zu den Palasträumen. In der Halle angekommen, blieb sie auf der Treppe stehen, denn aus dem Empfangssaal hörte sie Stimmen. Sie erkannte die des Arztes - und die ihres Liebsten. Dem Wortwechsel entnahm sie, dass die Männer auf Jonathan warteten.

Entschlossen betrat sie den Saal und lächelte David glücklich an.

Insgeheim hatte David auf Michals Kommen gehofft. Seinen Gesprächspartner ließ er mitten im Satz stehen und trat auf sie zu. Drei Schritte voreinander hielten beide verlegen inne. Wie sollten sie sich in Anwesenheit des Arztes verhalten?

Michal entschied schnell. Kurz gab sie dem Arzt zu verstehen, dass sie mit David etwas zu besprechen habe und er den Raum verlassen solle. Verdutzt entfernte er sich. Die Tür fiel zu, und nun waren beide allein.

Michal trat mit leuchtenden Augen an David heran und reichte ihm ihre Hände, die er sogleich erfasste. „Ich wollte dich sehen", platzte sie heraus. „Ich habe mich nach dir gesehnt, Liebster."

„Ich habe jeden Tag an dich gedacht", flüsterte er zurück.

„Solange wir noch allein sind, möchte ich etwas sehr Wichtiges von dir wissen." Sie schaute ihm in die Augen und fragte errötend, ob er sich an ihr Gespräch im Zelt erinnere, ob sie aus seiner Liebeserklärung schließen könne, dass er sie heiraten wolle.

David war es, als ob der Himmel sich über ihm öffnete. Er vergaß Ners warnende Vorhersage. Sein Verstand setzte aus. Er kniete vor ihr nieder. „Ich liebe dich! Ich bin so froh! So schnell wie möglich werde ich den Heiratsantrag in die Wege leiten", versprach er. Obwohl er in diesem Augenblick keine Ahnung hatte, wie das geschehen sollte, war er doch davon überzeugt, dass er Michal diese Zusage schuldig sei.

Jonathan betrat mit der Harfe im Arm den Festsaal und stutzte beim Anblick des knienden David. *Bestimmt wieder einer dieser seltsamen Einfälle meiner Schwester,* dachte er und fragte schlicht: „Was ist denn hier los?"

David sprang auf. Er trat zwei Schritte zurück, erstarrte, seine Zunge wurde bleischwer. Michal hingegen hatte trotz des Glücksgefühls ihre Geistesgegenwart nicht verloren. „Das sagen wir dir später, wenn David sein Spiel vor dem Vater beendet hat."

In ihrem Kopf wirbelten Gedanken und Pläne heftig durcheinander, sie würde Zeit brauchen, um sie zu ordnen. Erst dann wollte sie dem Bruder die frohe Mitteilung machen. Frohe? Würde auch er die Nachricht als froh empfinden? Diese lästige Frage verdrängte sie. Im Augenblick war sie zu glücklich, um an Nebensächlichkeiten zu denken.

Jonathan war zu sehr mit der Krankheit des Vaters beschäftigt, als dass er sich jetzt um die eigenartige Szene, die Michal und David ihm geboten hatten, kümmern mochte. Die Krankheit und die baldige Gesundung des Vaters waren für ihn das Wichtigste. Er reichte David das Instrument, nahm seinen Arm, zog ihn mit sich in die Halle, öffnete die Tür zum Thronsaal und ließ ihn eintreten.

Davids Benommenheit wich und er begann sogleich zu spielen.

Seit dem Gespräch mit Doeg und dem Anfall war der König nicht wieder zu Bewusstsein gekommen. Röchelnd verharrte er jetzt steif in seinem Sessel. Der Kopf war ihm auf die Brust gesunken. Als David nur spielte, geschah nichts, doch sobald er zu singen begann, hob der König ruckartig sein gequältes Haupt und blinzelte den Musiker an. Er musste David an der Stimme erkannt haben.

*David im Thronsaal?* Für Saul war das ein Schock. Augenblicklich wich seine Krankheit, und er war plötzlich hellwach. Er schaute sich um, ob nicht auch Samuel gekommen war. Nein, David war allein. Die schlimmste Befürchtung war also gebannt.

Sauls Denkvermögen war wieder voll zurückgekehrt. *Wie ist dieser unsägliche Kerl überhaupt in den Saal gekommen?* Der König wurde zornig, holte Luft und schrie den Harfenspieler an: „Schlange! Betrüger! Räuber!"

Behände griff er zu seinem Speer, der neben dem Thron stand, holte aus und schleuderte die Waffe mit ganzer Wucht gegen David.

Der hatte die Gefahr rechtzeitig erkannt, duckte sich, warf sich auf die Seite, sprang zur Tür und hechtete mit einem zweiten Satz hinaus in die Halle. Der Speer bohrte sich mit dumpfen Aufprall in die hölzerne Täfelung, gerade mal eine Elle von der Tür entfernt.

◆ ◆ ◆

In der Halle hörten Jonathan, der Arzt und Michal undeutliche, aber unheimliche Schreie des Königs und den darauf folgenden Knall im Thronsaal. Mit Entsetzen schauten sie auf David, als dieser wie eine verscheuchte Katze herausstürzte.

„Was ist denn geschehen?", fragte Jonathan verblüfft.

„Der König hat einen Speer nach mir geworfen", antwortete David verwirrt, während er versuchte, sich zu fassen.

Wieder ertönten Schreie im Thronsaal, diesmal waren die Worte deutlich zu verstehen: „Elender Betrüger! Räuber!"

Der Arzt lief eilends zu seinem Patienten. Michal hingegen war entsetzt über die Tat ihres Vaters. Als sie jetzt die entwürdigenden Beschimpfungen vernahm, wurde sie ohnmächtig.

Jonathan fasste sich an den Kopf und sagte zu David: „Entschuldige! Mein Vater muss dich verwechselt haben. Wirklich, es muss sich um ein Missverständnis handeln. Der Versuch, dem Vater wie früher mit Musik zu helfen, ist offensichtlich nicht gelungen." Man merkte seiner Stimme die Fassungslosigkeit an, als er fortfuhr: „Ich denke, es ist besser, wenn du jetzt gehst. Warte in deinem Zelt auf eine Nachricht von mir." Mit diesen Worten wandte er sich Michal zu und beugte sich über seine regungslos am Boden liegende Schwester.

David verließ den Palast und eilte durch den Innenhof. Mit allen Sinnen spürte er die ihm drohende Gefahr. In seinem Kopf wirbelten die Gedanken. Der König hatte ihn Betrüger und Räuber genannt. Warum nur? Er hatte doch niemanden betrogen, niemanden beraubt. Aber unabhängig davon, ob königliche Beschuldigungen begründet waren oder nicht, sie konnten, soviel wusste David, ein Todesurteil nach sich ziehen. Der König war zugleich Oberster Richter, sein Urteil galt und wurde vollstreckt. Abner wäre für seine Ausführung zuständig, und er würde keinen Augenblick zögern.

David lief es eiskalt über den Rücken.

*Und Michal? Was ist mit Michal?*, fragte er sich. Sie tat ihm herzlich Leid. Jonathan hatte ihn weggeschickt, im Augenblick konnte er also nichts für sie tun. Konnte er überhaupt etwas für sie tun? Ein schmerzliches Gefühl der Ohnmacht bemächtigte sich seiner. Er biss die Zähne zusammen und ballte die Fäuste.

In seinem Zelt setzte er sich auf die Matte. Immer wieder hallten die Verunglimpfungen des Königs in seinem Ohr. Seine Gedanken drehten sich im Kreise. Eines war sicher, er war in Gefahr. Eine schreckliche Vermutung überkam ihn. *Hat der König vielleicht von meiner Salbung erfahren?* Ja, das musste es sein. Alles Blut wich aus seinem Gesicht. Er erstarrte. Sollte er wirklich noch auf eine Nachricht von Jonathan warten oder nicht doch sofort die Flucht ergreifen? Aber wohin sollte er fliehen? In sein Dorf, zu den Schafen? Niemals!

Er bekam Bauchschmerzen, kämpfte mit seiner Befürchtung und entschied sich am Ende, doch zu bleiben, wenigstens bis zu einem klärenden Gespräch mit seinem Freund.

Das ungewisse Warten wurde zur Qual.

◆ ◆ ◆

Dem Arzt war es gelungen, den König zu besänftigen, und als er wieder eingeschlafen war, beruhigte sich auch das Leben im Palast. Zwei Diener brachten Michal unter Jonathans Aufsicht auf einer Trage behutsam in ihre Wohnung. Dort hielt ihr der Bruder Duftstoffe unter die Nase und sie belebte sich zusehends.

„Wo ist David?", war ihre erste Frage.

„In seinem Zelt, nehme ich an", antwortete Jonathan. „Aber mach dir keine Sorgen um ihn."

„Und Vater?"

„Er schläft", entgegnete der Bruder.

„Das ist gut." Sie lächelte leicht, setzte sich und nahm Jonathans Hand: „Ich muss mit dir über etwas sehr Wichtiges sprechen."

„Ich schlage vor, du erholst dich erst. Dann reden wir in Ruhe über alles."

„Nein, ich kann nicht länger damit warten! Bitte", sagte sie mit schwacher Stimme und wies auf einen Platz neben sich.

Jonathan setzte sich. „Vielleicht solltest du doch erst einmal wieder zu Kräften kommen", versuchte er sie abermals zu hindern, denn da er sah, dass ihr Gesicht gerötet war, glaubte er, sie hätte Fieber. Eine zusätzliche Anstrengung könnte ihr da nur schaden.

„Nein, jetzt. Es ist wichtig." Sie holte tief Luft und es schoss aus ihr heraus: „Ich liebe David! Und David liebt mich!" Erneut holte sie Luft, bevor sie fortfuhr: „Jonathan, bitte sei ein guter, verständnisvoller Bruder!"

Jonathans Gesicht verfärbte sich. Ihm fiel die Szene im Empfangssaal wieder ein, als David vor seiner Schwester gekniet hatte. Er wusste jetzt genau, was sie mit „guter, verständnisvoller Bruder" meinte. Sie wünschte, dass er auf seine Liebe zu David, auf seinen Platz im Dreieck verzichten sollte. *Sie verlangt viel,* dachte Jonathan bestürzt, als er in das blasse Gesicht mit den großen, Zustimmung heischenden Augen schaute. *Wenn David sie so sehr liebt wie sie ihn, dann sind meine Chancen nicht groß. Gibt es überhaupt eine Möglichkeit, der Entwicklung ihrer Beziehung entgegen zu wirken? Gewalt und Macht kommen gegen Gefühle nicht an. Wenn ich ihnen meine Zustimmung verweigere, verliere ich sie beide, die Menschen, die mir auf der Welt am nächsten stehen.* Er war der Verzweiflung nahe.

Während er schwieg, wurden Michals bittende Augen noch größer und füllten sich mit Tränen.

Diese Tränen seiner kleinen Schwester machten Jonathan mürbe. *So wie es aussieht,* dachte er, *habe ich nicht mehr viel zu verlieren.*

Mit einem Nicken gab er sein Einverständnis.

„Du bist der beste Bruder auf der ganzen Welt. Du wirst mir … du wirst *uns* also helfen?"

*Auch das noch,* dachte er. *Frauen kennen wirklich kein Maß.* Aber er widersprach nicht.

Michal richtete sich auf und warf ihm stürmisch die Arme um den Hals.

◆ ◆ ◆

Am Tag nach seinem Anfall hatte der noch geschwächte König den Feldoberst zu sich rufen lassen. Im barschen Ton erklärte er ihm gereizt, dass Doeg zwar keinen Beweis für eine Königssalbung aus Bethlehem geliefert hatte, aber sein Bericht die schlimmsten Vermutungen bestärke.

„Ich habe keine Zweifel, dass Samuel und David einen Umsturz vorbereiten", fauchte er.

Abner wartete. Er wollte den König ausreden lassen.

Saul holte tief Luft. „Und das ist noch nicht alles. Dieser Schuft hat es hinter meinem Rücken fertig gebracht, den gutgläubigen Jonathan und meine kleine Michal zu umgarnen und zu betören. Heute früh hat Michal mich um die Erlaubnis gebeten, David heiraten zu dürfen." Der König wurde noch lauter. „Ich war so überrascht, dass ich ihr nicht antworten konnte. Aber das werde ich nie und nimmer zulassen!"

Abner schüttelte den Kopf. „Kein Zweifel“, sagte er, ohne die Ruhe zu verlieren, „David ist eine Gefahr für dich, für mich, für das ganze Königreich. Doch wir müssen überlegt vorgehen.“

„Was willst du damit sagen?“ Saul runzelte die Stirn.

„Michal hat einen Heiratswunsch geäußert, also ist sie in diesen Schurken verliebt. Verliebte Frauen aber sind unberechenbar. Schlimm ist auch, dass unter den Kriegern und in der ganzen Stadt noch immer über das Königsversprechen im Ela-Tal geredet wird. Der König Israels hatte dem Sieger über Goliat die Hand seiner Tochter versprochen. Warum löst er sein Wort nicht ein?“

Saul hörte wie versteinert diese Worte. Entgegen Abners Erwarten widersprach er jedoch nicht. *Er hat mich wohl nicht verstanden,* dachte der Feldoberst und fügte deshalb hinzu: „Ein einfaches, trotziges ‚Nein‘ zu einer Verlobung zwischen David und Michal ohne Angabe von Gründen würde Gibea nicht begreifen. Das könnte zu nicht übersehbaren, schlimmen Folgen führen.“

Abner rechnete mit einem Wutausbruch. Doch der König ließ die Schultern hängen und flüsterte mit schwacher Stimme: „Ich kann nicht mehr. Für Auseinandersetzungen mit meinen erwachsenen Kindern, mit den Hauptleuten und mit der Stadt reichen meine Kräfte nicht mehr aus.“

Abner fühlte Mitleid mit dem König. „Dann überlass mir die Sache, ich habe schon einen Plan. Ich werde David in eine Falle laufen lassen.“

„Und wie willst du das anstellen?“

„Also da muss ich etwas ausholen …“

„Gut, dann fang schon an!“

„Michals Wunsch nehmen wir widerspruchslos hin, obwohl sie natürlich nach hebräischer Tradition überhaupt kein Recht hat, einen Heiratskandidaten selbst zu benennen. Denn die Heirat einer Tochter ist ausschließlich Sache ihrer Eltern, insbesondere des Vaters, also die deine. Wenn du ihrer Bitte, David heiraten zu dürfen, zustimmst, wird man es in der Stadt als Zeugnis deiner Worttreue und Großzügigkeit auslegen.“

„Und was hat das mit deinem Plan zu tun?“, fragte Saul ungeduldig.

Über Abners Antlitz huschte ein listiges Lächeln. „Der Brautpreis! Der Brautpreis ist die Falle.“ Saul schüttelte verständnislos den Kopf, doch Abner fuhr böse grinsend fort: „Du lässt David rufen, ohne ihm vorher mitzuteilen, worum es geht, und fragst ihn dann direkt, welchen Brautpreis er bietet. Auf sein früheres Verdienst im Ela-Tal kann er sich nicht berufen, das hast du bereits mit seiner Beförderung zum Hauptmann abgegolten. Eine Zahlung kann er aber auch nicht leisten, denn nicht einmal das Doppelte des gesamten Vermögens seines Vaters Isai könnte als standesgemäß gelten. Er hat also keine andere Wahl, er muss einen Dienst anbieten. Wenn er das tut, dann haben wir ihn …“

„Wie das?“

„Da das Gespräch für David überraschend kommt, wird er nicht vorbereitet sein und dir auf der Stelle kein Angebot machen können. Dann wirst du ihm freundlich entgegenkommen und fragen, was er von einhundert Vorhäuten halte? Das wäre doch ein angemessener Brautpreis für eine Prinzessin.“

Saul zuckte zusammen. „Was soll das denn?“, fragte er verwirrt.

Abner grinste. „Nun, alle Männer der angrenzenden Völker sind beschnitten. Um in den Besitz von Vorhäuten zu gelangen, muss David also wohl oder übel einige Philister töten …“

Der König blickte seinen Vetter aufmerksam an.

Als der merkte, dass er Sauls Aufmerksamkeit hatte, fuhr er fort, seinen Plan zu erläutern: „Aber warum ausgerechnet einhundert Vorhäute, wirst du jetzt vielleicht fragen? Nun, David gilt als großer Held, darum kann man ihm auch eine außergewöhnliche Aufgabe zumuten.“ Abner grinste noch breiter als zuvor. „Selbstverständlich ist das für eine Truppe von lediglich zwanzig Mann eine undurchführbare Unternehmung, aber David wird in seinem Größenwahn deinen Vorschlag ohne mit der Wimper zu zucken annehmen, dessen bin ich mir sicher. Und das bedeutet seinen sicheren Tod.“

„Seinen sicheren Tod?“, fragte der König mit noch immer gerunzelter Stirn. „Ich verstehe nicht …“

Abner war stolz, dass noch nicht einmal Saul seine List sofort durchschaute. „Um auf eine genügend große Anzahl von Philistern zu stoßen, muss David sich tief in ihre Gebiete hinein wagen. Sollte es ihm wider Erwarten gelingen, so viele von ihnen zu töten, wird er trotzdem nicht wieder nach Hause kommen. Die gut organisierten Feinde werden natürlich schnell bemerken, wenn einige ihrer Männer verschwunden sind und sich auf die Suche nach ihnen machen. Die Leichen können nicht spurlos verschwinden, man wird sie finden, auch wenn David sie noch so gut verstecken würde. Stell dir ihre Wut vor, wenn die Philister dann die Schändung, die Entmannung, an den Körpern feststellen. Ihre Wut wird grenzenlos sein. Sie werden David wenn nötig bis weit in unser Land hinein verfolgen und nicht aufgeben, bevor sie ihn und seine Leute erwischt haben."

Während der Feldoberst sprach, waren Sauls Schultern immer tiefer gesunken. Als Abner geendet hatte, sagte der König mit leerem Blick: „Ich fühle mich schlecht und krank und will mit dir nicht streiten. Wenn du felsenfest überzeugt bist, dass dein Plan zum gewünschten Erfolg führt, lass David rufen."

## 19

Wie er es versprochen hatte, ließ der Prinz noch am gleichen Tag David zu sich rufen. Als dieser sein Zelt betrat, saß Jonathan aufgewühlt auf einem Kissen. Den Kopf hatte er auf die Arme gestützt. „Setz dich zu mir", sagte er leise.

*Es muss schlimmer sein, als ich befürchtet habe,* dachte David. Ungeduldig brachte er sofort die vom König gegen ihn ausgestoßenen Beschuldigungen „Schlange, Betrüger, Räuber" zur Sprache und wunderte sich, dass Jonathan seine Besorgnis nicht teilte. „Mach dir keine Sorgen über den Vorfall mit dem Speer. Vater ist doch krank, es ist alles bloß ein Missverständnis. Du musst es ihm nachsehen."

Für Jonathan war das Geschehnis im Thronsaal damit abgetan, aber David teilte diese zuversichtliche Meinung nicht. Dennoch zog er es vor, seine Zweifel zunächst für sich zu behalten und zu schweigen. *Erst muss ich wissen, warum Jonathan einen so bedrückten Eindruck macht.* Er wartete.

„Lieber David, ich mag dich wie zuvor. Trotzdem habe ich der Bitte meiner Schwester nachgegeben und versprochen, ihrer … eurer Heirat nicht im Wege zu stehen."

Er sah wie ein gebrochener, alternder Mann aus. David war verblüfft, dennoch war er nicht imstande, Mitgefühl für Jonathan aufzubringen. Im Augenblick interessierte ihn nur Michal. Sie hatte sich für ihn eingesetzt, sie hatte ihrer beider Hochzeit am Hofe ins Gespräch gebracht. Sein Herz schlug höher. Damit war wahrscheinlich auch das frühere – wie Jonathan gesagt hatte – Missverständnis mit dem Speer entschärft.

David schaute seinen Freund an, der noch immer mit auf die Arme gestütztem Kopf zusammengesunken dasaß. David wurde sich seiner Selbstsucht bewusst. Zögernd nahm er die Hand des Freundes und sagte: „Lieber Jonathan, ich liebe Michal und danke dir von Herzen für die Zustimmung zu unserer Hochzeit. Du bist ein großzügiger Freund! Ich werde es dir immer danken."

In Jonathans Augen erschienen Tränen, als er mit gebrochener Stimme sagte: „Es wird besser sein, wenn du jetzt gehst. Ich möchte allein sein."

David umarmte ihn und verließ das Zelt.

◆ ◆ ◆

*Michal hat also den Weg für unsere Hochzeit frei gemacht,* überlegte David. Jetzt konnte er also den Heiratsantrag stellen. *Aber zum Antrag gehörte auch der Brautpreis,* fiel ihm ein. *Wie hoch wird er für eine Prinzessin sein? Auf jeden Fall mehr, als meine Familie aufbringen kann.* Das war das Problem. Aber er hatte im Empfangssaal des Palastes Michal sein Wort gegeben, den Heiratsantrag in die Wege zu leiten. Nun musste er das Versprechen einlösen. Aber wie?

Ratlos und zunehmend verzweifelt raufte er sich die Haare. In seinen Gedanken versunken hatte er nicht bemerkt, dass ein Mann sein Zelt betreten hatte. Es war ein Bote des Königs. Er kam mit einer Einladung.

Immer noch mit dem Brautpreis beschäftigt, hatte David nur halbwegs zugehört und das Wort „Einladung“ fälschlicherweise als „Vorladung“ verstanden. So brach er unverzüglich mit dem Boten auf, um in den Thronsaal zu gehen. Auf dem Weg zum Palast dröhnten ihm die Vorwürfe des Königs wieder im Ohr: *Schlange, Betrüger, Räuber.* Er meinte zu wissen, warum er zum König befohlen wurde: Es ging um seine Bestrafung, vielleicht sogar um sein Todesurteil.

David hielt kurz inne. Sollte er die Flucht ergreifen? Er schüttelte den Kopf. Die Wachmänner im Tor und auf den Mauern waren sicher bereits in Alarm versetzt worden, ein Fluchtversuch hatte also keinen Sinn. Ein neuer Gedanke schoss ihm durch den Kopf: *Warum sollte ich eigentlich vom König verurteilt werden?*, fragte er sich. *Was habe ich denn getan oder gar verbrochen? Ich bin weder ein Betrüger, noch ein Räuber, noch sonst etwas. Ich werde meine Unschuld beweisen.* Dann hielt er inne. *Und wenn dem König zu Ohren gekommen ist, dass ich von Samuel gesalbt wurde?* David blieb wie angewurzelt stehen.

Der Bote fasste ihn am Ärmel und sagte: „Komm, wir müssen uns beeilen. Der König wartet.“

◆ ◆ ◆

Der Posten öffnete die Tür zum Thronsaal und David trat zögernd ein. Vor einigen Tagen war er in diesem Raum nur knapp dem Tode entronnen. Er schaute auf die Stelle, wo der Speer sich hinein gebohrt hatte. Das Loch in der Holzwand war noch da, man hatte es nicht aufgefüllt. Angst, ein Gefühl, das er nur selten empfand, beschlich ihn aufs Neue. Er versuchte, sie so gut es ging, zu verbergen.

David verbeugte sich, grüßte und wunderte sich gleich darauf, dass der König seinen Gruß freundlich erwiderte und ihm sogar ein Kissen anbot. Dann erhob Saul mit fremd klingender Stimme das Wort: „Ich bin in Eile und möchte es daher kurz machen. Stimmt es, dass du dir Prinzessin Michal, meine Tochter, zur Frau wünschst?“

David brachte kein Wort hervor, so groß war die Überraschung. Mit Mühe gelang ihm ein Nicken.

Das folgende Gespräch verlief genau so, wie Abner es vorhergesehen hatte. Der König schloss mit den Worten: „Beim nächsten Neumond, in knapp vier Wochen, erwarte ich dich hier wieder mit dem Brautpreis von einhundert Vorhäuten." Damit war der junge Mann entlassen.

David glücklich, dass er sich nicht hatte verantworten müssen, sondern dass stattdessen der Brautpreis vereinbart worden war, auch wenn der sich als außerordentlich ungewöhnlich herausgestellt hatte. Er erhob sich, wollte aber die Gelegenheit noch nutzen und zeigen, dass er bereit war, für seinen König mehr zu tun, als dieser von ihm erwartete. Sein Temperament ging mit ihm durch, er wandte sich dem König zu und rief: „Du wirst sehen, ich werde den geforderten Brautpreis noch überbieten. Das versichere ich dir."

Von seinem künftigen Schwiegervater erwartete er ein Wort der Anerkennung, aber stattdessen gab Saul ihm mit einer flüchtigen Handbewegung zu verstehen, dass das Gespräch endgültig beendet sei. Der junge Mann war bestürzt.

◆ ◆ ◆

Als David den Saal verlassen hatte, grinste Abner zufrieden. Kopfschüttelnd wandte er sich an den König: „Was ist nur in ihn gefahren? Er hat deine Forderung sogar noch überboten! Er muss verrückt sein. Aber damit spielt er uns vortrefflich in die Hände. Niemand wird dir in Zukunft vorwerfen können, an diesen Hochstapler übertriebene Forderungen gestellt zu haben. Er sitzt in der Falle." Ein kurzes, raues Lachen stieg aus seiner Kehle.

Der König schien da weniger zuversichtlich. Er schwieg.

Abner schlug vor, auf die geschickt gestellte Falle mit einem Becher Wein anzustoßen. Für einen guten Trunk war Saul eigentlich immer zu haben, aber diesmal brannte ihm der Wein im Halse. Auch gelang es ihm nicht, die verbliebenen Zweifel hinwegzuspülen. Wenn Abners Plan nicht aufgehen würde, was dann? Nach hebräischem Recht war die Braut nach Erbringung des Brautpreises sogleich Ehefrau des Bräutigams. Die Hochzeit war nur noch eine Formsache, ein Fest. Saul stellte den noch halbvollen Becher wieder hin. Das wäre eine Katastrophe. Das musste verhindert werden.

◆ ◆ ◆

Als David die eingegangene Verpflichtung erneut überdachte, musste er zwangsläufig feststellen, dass er sich vielleicht doch übernommen hatte. Mit nur zwanzig Leuten in das Philisterland einzudringen, dort mehr als hundert Männer zu töten, sie zu entmannen und dann noch zu entkommen ... das war schlichtweg unmöglich. Er erkannte, dass der König ihn überrumpelt und in eine Falle gelockt hatte. Warum hatte er das nicht sofort bemerkt? Wo war sein Verstand geblieben?

David überkam eine große Wut auf sich selbst und auf seine eigene Dummheit. Wie irre schlug er mit dem Kopf gegen den Zeltpfosten. Der Schmerz bezwang schließlich seinen Wahn, und er begann wieder klar zu denken. *Ich habe mich hereinlegen lassen wie ein Anfänger,* grollte er. Gab es für ihn noch ein Zurück? Der früher schon verworfene Gedanke kehrte wieder. Er könnte alles hinwerfen, Gibea verlassen und wieder nach Bethlehem gehen. Er überlegte angestrengt. *Hier in Gibea habe ich die Aussicht, Prinz zu werden, dort bin ich wieder nur Hirte auf einer trostlosen Weide.* Das Gespött der Leute würde ihn auch dort erreichen. Nein, das war kein Ausweg. Dann schon lieber sterben.

Er ließ sich auf die Matte fallen und sah zur Decke. Wieder erschienen ihm Michals mandelförmige Augen. Die schöne Prinzessin lächelte ihm zu. „Sie ist es wert", sagte er laut zu sich selbst und beschloss, das Wagnis einzugehen. „Ja, ich werde es tun!"

So machte er sich auf zu Joab und zu seinen Brüdern. Er erklärte ihnen beides, die Gefährlichkeit seines Abenteuers, aber auch die sich möglicherweise daraus ergebenden Aufstiegsmöglichkeiten, nicht nur für sich selbst, sondern auch für sie, als Verwandte eines Prinzen, der er nach der Hochzeit sein würde. So ganz ehrlich waren die Erklärungen aber doch nicht, denn er strich die Vorteile deutlicher hervor als die Gefahren.

Schließlich fragte er kurz und bündig: „Macht ihr mit?"

Joab war sofort dabei, Samma und Abinadab aber bekamen zuerst einen Schrecken. Sie brauchten Zeit zu überlegen, meinten sie, doch dann stimmten sie trotz böser Befürchtungen zu.

Anschließend rief David seine ganze Mannschaft zusammen, die um seine guten Beziehungen zum Kronprinzen und seiner jüngeren Schwester wusste, und informierte sie über den vom König geforderten Brautpreis. „Wer will mich begleiten? Die Aufgabe ist gefährlich, aber es soll sich lohnen. Mich interessieren nur die Vorhäute, alles andere, was wir erbeuten werden, wirklich alles, soll euch gehören."

Stille ringsumher. Die Männer waren unentschlossen.

Es war verabredet worden, dass Joab, Abinadab und Samma sogleich die Hand heben sollten, um den anderen als Vorbild zu dienen. Ikabod, Kolaja, Geschan und der Feuermacher schlossen sich ihnen an. Langsam, eher zögernd folgten schließlich auch die anderen. Alle, bis auf zwei, Hilkijah und dessen innigster Freund.

Mit einer so großen Unterstützung hatte David nicht gerechnet. Er war zufrieden, dankte den Männern und sagte: „Ihr sollt es nicht bereuen", verabschiedete sich herzlich und lenkte seine Schritte zum Oberhauptmann Baruch. Ihm erzählte er von seinem Gespräch im Thronsaal.

Der alte Mann hatte den Goliat-Helden seit langem schon liebgewonnen und freute sich, dass dieser endlich die Prinzessin zur Frau erhalten sollte. „Aber der Brautpreis ist komisch. Da hat es der König übertrieben", sagte er.

David erwähnte nicht, das er eine Falle vermutete. Er war zu Baruch gekommen, um ihn um Rat zu bitten. Der alte Hase, der alle Feldzüge Sauls mitgemacht hatte, der die Taktiken und Aufmarschgebiete der Philister genau kannte, zerbrach sich lange den Kopf. „Nur bei einer vollständigen Überraschung könnte es gelingen", sagte er nachdenklich.

Sie redeten lange miteinander, und die Stimmung hob sich langsam. Am Ende ihres Gesprächs erklärte Baruch: „Wenn du dich an meine Ratschläge hältst, ist die Sache - ein wenig Glück vorausgesetzt - vielleicht doch nicht aussichtslos. Ich werde Ner beauftragen, dir bei den Vorbereitungen zu helfen."

David konnte sich des Eindrucks nicht erwehren, dass der Oberhauptmann ihn wie einen Sohn behandelte. „Ich danke dir von ganzem Herzen", sagte er zum Abschied, und Baruch umarmte ihn.

◆ ◆ ◆

Beim Abendessen hatte Saul Michal mit wenigen kargen Worten und finsterer Miene von Davids Heiratsantrag, seiner Annahme und der für nächsten Mittag geplanten Verkündigung der Verlobung in Kenntnis gesetzt.

Michal war selig. Ihr David war doch ein Mann! In kürzester Zeit hatte er sein Versprechen erfüllt, den König um ihre Hand zu bitten.

Das Gesetz verlangte, das wusste sie gut, dass sich Braut und Bräutigam nach der Verkündigung der Verlobung nicht mehr sehen durften. Doch Michal wollte den Geliebten unbedingt noch einmal treffen. Es gelang ihr, den Bruder zu überreden, ihnen sein Zelt für den nächsten Vormittag zur Verfügung zu stellen. „Du bist der beste Bruder auf der ganzen Welt“, rief sie freudestrahlend.

Das Treffen begann, wie sonst auch, zu dritt. Jonathan fühlte sich wie unter Folter. Als er die beiden schließlich allein gelassen hatte, ließ Michal ihren Gefühlen freien Lauf. „Ich habe so sehr auf dich gewartet“, flüsterte sie David liebevoll ins Ohr. Er schloss sie in die Arme, presste sie an sich, dass ihr die Luft wegblieb, und küsste sie stürmisch. Anmutig und beschwingt entwand sie sich ihm und bewunderte ihren Helden aus einiger Entfernung. David griff nach den Bechern, die auf dem Tisch standen, und reichte ihr einen davon. „Auf unsere glückliche Zukunft.“ Sie leerten die Gefäße und setzten sich.

Dann wurde Michal plötzlich ernst und schaute David tief in die Augen. „Kurz bevor du kamst, hat mir Jonathan vom Brautpreis berichtet. Er vermutet, es sei eine von Abner ausgeklügelte, schändliche Falle, und dass du wenig Aussichten hast, heil nach Gibea zurückzukehren. Es sei ein Spiel auf Leben und Tod, meinte er. Ist es wirklich so? Sag du es mir.“

„Mach dir keine Sorgen, ich will und werde es schaffen.“

Auf diesen Satz hatte sie gehofft. Er musste es ja wissen, sie glaubte ihm unerschütterlich. „Liebster!“ rief sie und fiel ihm erneut überglücklich um den Hals. David verlor das Gleichgewicht und beide rutschten von ihren Sitzkissen auf den Teppich.

Michal fand das lustig, lachte vergnügt und legte sich verführerisch auf den Rücken. Ihre langen Haare waren weit nach hinten gefallen und bildeten eine Krone über der Stirn. Vom Duft ihres Körpers berauscht, strahlte David sie mit glücklichem Lächeln an und neigte sich zu ihr. Alle Kriegssorgen waren vergessen, er sah nur noch ihren sinnlichen Mund. Mit begehrlichen Augen beugte er sich tiefer und drückte einen langen Kuss auf ihre warmen, feuchten, gespitzten Lippen. Während seine Finger über ihre Wangen und ihren Hals glitten, durchströmte eine starke Erregung seinen Leib.

Das lose Kleid aus feinem Leinen lag wie eine hauchdünne Decke um ihren Körper. David starrte entzückt auf ihre langen Beine, den leicht eingesunkenen Bauch, aber besonders bewunderte er, wie schon letztens, die bezaubernden kleinen Brüste mit den einladenden spitzen Knospen. Er konnte sich nicht satt sehen.

Sie hatte es schnell bemerkt und freute sich, dass ihr Körper ihn so begeisterte. Die gleichzeitigen Bedenken, dass sie mit ihrem Begehren gegen die althebräischen Sitten verstoße, spielten für sie in diesem Augenblick keine Rolle mehr. Davon hatte sie oft geträumt, hatte auf Davids Zärtlichkeiten gewartet, aber nicht vermutet, dass sie so wunderbar sein könnten. Das aufregende Spiel genoss sie mit geschlossenen Augen.

Davids Hand glitt sanft über ihren Busen und wanderte weiter. Aber dann durchzuckte es Michal, plötzlich und erschrocken öffnete sie ihre Augen. Sanft zog sie Davids Hand zurück und spürte seine große Enttäuschung. Sogleich küsste sie ihn auf den Mund, doch der Zauber der intimen Vertrautheit, in die sie sich hineingesteigert hatten, war verflogen.

Michals Verhalten war weder impulsiv noch zufällig. Sie kannte die Gesetze gut. Wenn der Bräutigam in der Hochzeitsnacht das Fehlen der Jungfräulichkeit feststellte, konnte er verlangen, dass seine unkeusche Frau vor das Haus auf die Straße gezerrt und dort von den Hochzeitsgästen und den Familienmitgliedern erbarmungslos gesteinigt wurde. Zwar hatte das Aufeinanderprallen der strengen hebräischen Vorschriften und der lockereren kanaanitischen Kultur zu einem allmählichen Verfall der alten Sitten geführt und dazu, dass es wegen solcher Dinge immer weniger zur Anklage kam, aber es kam ab und an doch einmal vor. Und obwohl Michal solch überkommene Vorstellungen als unzeitgemäß empfand, fühlte sie sich doch als Tochter des Obersten Richters.

Und so gerieten ihre Wünsche in Zwiespalt mit ihrem familiären Pflichtgefühl, was ihr in Davids Armen besonders schwer fiel. Ihre verwinkelten Gedankengang wollte sie ihrem Geliebten an diesem schönen Morgen nicht auch noch langatmig erklären.

So kam es, dass David ihr Verhalten nicht verstand und darum enttäuscht war. Sie spürte es und fühlte sich schuldig. „Liebster", sagte sie zärtlich, während sie ihren Verlobten umarmte, „wir haben ein langes, glückliches Leben vor uns, wir werden noch viele Nächte miteinander verbringen."

Sein starkes Begehren musste sich der Vernunft fügen, er durfte nicht mehr fordern, als sie zu geben bereit war. Einsichtig stellte er sich auf ihre Wünsche ein.

Eng umschlungen saßen sie da, dachten an eine rosige Zukunft und schworen sich ewige Liebe. Michal schwebte in Glückseligkeit. Es schien ihr der schönste Tag ihres Lebens ...

Die Verliebten hatten das Zeitgefühl verloren. Aber Jonathan kündigte sich durch ein lautes Gespräch mit dem Posten vor dem Zelt an, und so konnten sie sich auf sein Kommen einstellen.

Der Bruder setzte sich zu ihnen und sagte besorgt zu David: „Ich habe Zeit zum Nachdenken gehabt und will dir einen Rat geben, um mit meinem Gewissen ins Reine zu kommen." Bekümmert blickte er seinem Freund in die Augen. „Sollte es sich bei deinem Beutezug herausstellen, dass du dein Vorhaben nur unter äußerster Lebensgefahr zum Erfolg führen kannst, lass es sein! Bitte! Mit Sicherheit werden wir das Brautpreisproblem auch anders lösen können. Ich verspreche dir meine Hilfe."

„Du bist der beste, der allerbeste Freund, Jonathan. Aber mein Entschluss steht fest. Ich will und ich werde den Brautpreis erbeuten. Und bei meiner Ehre, ich werde dem König mehr als die geforderten einhundert Vorhäute bringen."

Michal konnte ihren Blick nicht von ihrem Verlobten abwenden, so stolz war sie auf ihn. Für ihren David gab es keine unüberwindlichen Schwierigkeiten. Er war ihr unbesiegbarer Held.

Jonathans Besorgnis hatte sich trotzdem wie ein Nebel auf die Stimmung gelegt. Frohe Laune wollte nicht mehr aufkommen. Auch nahte schon der Mittag, die Zeit der Verlobungsverkündigung. Daher musste man sich trennen.

◆ ◆ ◆

In der Nacht fand Michal keinen Schlaf. Immer wieder dachte sie an alle Zärtlichkeiten des Vormittags und träumte davon, dass diese sich nach Davids Rückkehr und ihrer Hochzeit täglich wiederholen würden. Sie schwelgte in ihren wunderbaren Vorstellungen und wartete auf den Sonnenaufgang, denn sie wollte ihren Verlobten unbedingt beim Verlassen der Stadt noch einmal sehen.

Geräusche auf dem Marktplatz rissen sie aus ihren Gedanken, sie stürzte ans Fenster und wunderte sich. Eine große Gruppe kanaanitischer Kaufleute mit zwei bepackten Eseln und zwei Karren strebte dem Stadttor zu. David ritt auf Jadid dem Zug voran. Als er Michal erblickte, winkte er ihr freudig zu. Sie winkte traurig zurück, denn Jonathans Verdacht, dass Abner David eine Falle stellen wollte, war wieder da. Schmerzlich wurde ihr bewusst, dass es in keiner Weise sicher war, dass ihr David unbeschadet von diesem Kriegszug zurückkommen würde. Von den zu erwartenden Gefahren verstand sie wenig, aber ihr erfahrener Bruder hatte von diesem Beutezug abgeraten. Ihre Pflicht wäre es gewesen, David trotz seiner Zuversicht nicht ziehen zu lassen. *Warum habe ich ihn nicht zurückgehalten? Warum nicht? Es war überheblicher Leichtsinn.*

Die Wahrheit war bitter. Tränen liefen ihr unaufhaltsam über die Wangen. Sie hatte keine Kraft mehr, in ihr Bett zurückzukehren. Zusammengekauert blieb sie vor dem Fenster hocken.

Inzwischen hatte sich eine große Menschenmenge versammelt, um den Kaufmannszug am Tor zu verabschieden. Davids Beliebtheit war es zu verdanken, dass die Bewohner von Gibea sich bereit fanden, ihre Kleidertruhen nach kanaanitischen Gewändern zu durchsuchen, um sie der Truppe zur Verfügung zu stellen. Hätte Lea, die vom ersten Tag an in David vernarrt gewesen war, sich nicht den ganzen Abend um das Einsammeln der Dinge bemüht, wäre die

Verkleidung der neunzehn Krieger nicht so perfekt ausgefallen. Sie drückte David noch eine tadellose Kopfbedeckung eines Kaufmanns in die Hand und sagte: „Wir werden auf dich warten, Prinz."

„Wir werden auf dich warten", wiederholte die Menge im Chor.

## 20

Sie waren knapp eine Woche unterwegs gewesen, als sich auf einem hohen Hügel die Mauern von Beer-Schewa abzeichneten. Bislang hatten sie die große Nord-Süd-Straße genutzt. Auch wenn sie von Spähern der Philister gesehen worden wären – was man nicht ausschließen konnte –, hätten diese sie für Kaufleute halten müssen. Der Verdacht, dass es sich um eine hebräische Kampfgruppe handelte, konnte bei der Verkleidung nicht aufkommen. Da war sich David sicher.

Noch vor der Stadt mussten sie von der Straße nach rechts in unwegsames Gelände abbiegen, um an den von Baruch benannten Ort zu gelangen. Er lag an der großen Querstraße zwischen Beer-Schewa und der philistäischen Stadt Gaza. David fand einen Hirten, der sich für ein schönes, verziertes Eisenmesser bereit erklärte, seine Herde kurzfristig einem Freund aus der Nachbarschaft zu überlassen und die angebliche Handelskarawane an den gewünschten Ort zu führen.

Dann war es soweit, eine verwinkelte Schlucht lag vor ihnen. David setzte sich an ihren Rand, blickte herab und überlegte. Der König hatte ihm bis zum Neumond Zeit gegeben. Eine Woche war schon vergangen. Der Rückweg würde genau solange dauern. Für sein Vorhaben blieb also lediglich eine Woche Zeit. Das war nicht viel. Also begann er sofort mit der Erkundung der Gegend. Gemeinsam mit Joab suchte er nach Stellen, die für einen Überfall nach Wegelagererart in Frage kämen. Schließlich hatten sie sich für zwei Plätze entschieden. Einer war besonders günstig, falls eine Karawane oder Truppe der Philister von Beer-Schewa kommen würde, der andere für eine aus der entgegengesetzten Richtung.

Schon am nächsten Tag meldete Davids Späher eine von Gaza herannahende Handelskarawane. Sie bestand aus zwanzig Kaufleuten und Dienern, die von zehn Kriegern begleitet wurde. Es war also nicht ganz so, wie Baruch in Gibea vermutet hatte. Er hatte von unbewaffneten Karawanen gesprochen. Offenbar hatten sich die Zeiten geändert.

David wollte sein Ziel mit möglichst wenigen Handstreichen erreichen, denn man konnte nie ausschließen, dass trotz günstiger Geländeverhältnisse bei einem Anschlag jemand aus der Schlucht entkam, über den Vorfall berichtete und damit eine Verfolgung durch die Philister auslöste. Am liebsten wären David daher zwei hintereinander kommende, sechzig Mann starke Karawanen gewesen. Die gab es auch hin und wieder – hatte zumindest Baruch gesagt.

Es war erst der zweite Tag und David beschloss, auf eine bessere Gelegenheit zu warten. So ließ er die Karawane unbehelligt passieren. Als sie in der Schlucht unter ihm vorbeizog, beobachtete er aufmerksam das Verhalten der begleitenden Soldaten. Vier schwer bewaffnete Männer bildeten die Vorhut, vier die Nachhut, jeweils einer ging an den Seiten und schaute ständig bergauf, so dass sich beide Berghänge stets in ihrem Blickfeld befanden.

Davids Männer verharrten ruhig in ihren Verstecken, bis die Philister vorüber waren. Weil die Späher keine weitere Karawane meldeten, nutzte der Hauptmann die Zeit, um seine Leute für den bevorstehenden Kampf vorzubereiten. Der Überfall wurde geprobt.

In der Nacht konnte David kaum schlafen. Er dachte an Michal, er spürte förmlich die zärtlichen Liebkosungen und ihre heißen Küsse. Gab es für ihn noch etwas Wichtigeres als Michal? In Kürze würde sie seine Frau sein und er gleichzeitig Prinz werden … In Kürze? Vorerst musste er noch den Brautpreis erbeuten und dann noch einer Verfolgung entgehen, lebend davon kommen. Mittlerweile wusste er genau, wie gefährlich sein Vorhaben war. Doch die volle Wahrheit gestand er niemandem, nicht einmal seinen Brüdern.

Während des ganzen dritten Tages kam lediglich eine kleine

Gruppe edomitischer Kaufleute mit drei Wagen vorüber, ebenfalls mit Militärschutz. Philister sahen sie nicht mehr.

Die kostbaren Tage verrannen, und David wurde nervös. Und dann endlich, am vierten Tag, die Sonne stand schon tief, berichtete ein vom schnellen Laufen erschöpfter Späher dem Hauptmann, dass eine über hundert Mann starke Gruppe im Anmarsch wäre. Diesmal waren es Philister, eine Hälfte Soldaten, die andere waren Steuereintreiber, wie ihre Kleidung verriet.

David wunderte sich. Steuereintreiber? Was wollten die in Beer-Schewa? Sollten die Einwohner der hebräischen Stadt finanzielle Vereinbarungen nicht eingehalten haben? Aber was kümmerte es ihn! Wichtig war nur die Größe der Karawane. Wenn es gelänge, alle Philister umzubringen, hätte er den geforderten Brautpreis mit einem Streich erbeutet! *Die Leute sind bestimmt schon den ganzen Tag unterwegs,* überlegte er. Es war ein wolkenloser, heißer Tag, sie mussten also müde und erschöpft sein, auch hungrig und durstig, denn kurz vor dem Ziel macht man keine Pause mehr, besonders wenn der Tag zu Ende geht.

Schnell hatte er seinen Entschluss gefasst und rief laut: „Zum Angriff vorbereiten!"

Jeder seiner Männer kannte seinen Platz, denn sie hatten bereits mehrere Male den Beschuss der Straße geübt. Genügend runde, glatte Steine und die Schleudern lagen bereit.

Gespanntes Warten.

Endlich tauchte die gemeldete Karawane hinter der Krümmung des Weges auf. Der für den Überfall ausgesuchte enge Abschnitt der Schlucht hatte eine Länge von etwa vierzig Schritten. Er sollte zum Kessel, zur Falle werden.

Die Philister schleppten sich ermattet dahin. Die Mehrzahl der begleitenden Soldaten hatte sich der unbequemen Helme und schweren Schilde entledigt und sie auf den Karren gelegt, der in der Mitte des Zuges fuhr. Sie fühlten sich sicher und rechneten nicht mit einem Überfall.

Jeder der hebräischen Krieger kauerte auf seinem Platz und wartete auf den Befehl. Als David „Jetzt!" rief, erhoben sie sich und schleuderten so schnell sie konnten drei Steine hintereinander.

Die schon in Zora erprobte Angriffsvorbereitung klappte hervorragend. Nach dem Beschuss krümmte sich fast die Hälfte der Philister getroffen auf der steinigen Straße. Die Hebräer hatten hauptsächlich auf Soldaten gezielt, ein großer Teil von ihnen war sofort kampfunfähig. Schreie, Flüche, Verwirrung. Männer mit einem Treffer am Kopf zuckten nur wenige Male und lagen dann regungslos da. Andere stöhnten und drückten die Hände auf Körperstellen, die von Steinen getroffen waren, in der Hoffnung, die Schmerzen zu lindern.

Die Steuereintreiber gerieten in Panik und versuchten, sich hinter dem Wagen in Sicherheit zu bringen. Er war jedoch zu klein, um fünfzig Männern Schutz zu bieten. So stießen sie sich gegenseitig beiseite und achteten nicht mehr auf den anderen, denn es ging ums eigene Überleben. Wer nur konnte, kroch unter den Karren.

David hatte sich den Offizier an der Spitze des Zuges zum Ziel ausgesucht. Es war ein Meisterschuss. Der erste Stein traf den Mann am ungeschützten Hals, und gleich darauf lag er auch schon wie eine schlafende Katze zusammengerollt auf dem Boden. Aus Nase und Mund floss Blut.

Die Soldaten in der Schlucht fühlten sich führungslos.

„Angriff", rief David in diesem Augenblick.

Die in zwei Gruppen aufgeteilten Hebräer stürmten mit großen Sprüngen den Hang hinunter und besetzten Ein- und Ausgang der Schlucht. Die Falle war zugeschnappt! Von zwei Seiten rasten nun Joabs und Sammas Männer auf die Soldaten zu, die sich ratlos umschauten, da niemand aus ihren Reihen Befehle erteilte. Die Stärke der Philister lag darin, dass sie schnell und genau Anweisungen ausführen konnten. Doch die fehlten jetzt. Was sollten sie tun? Eine Phalanx bilden?

Ehe sie sich versahen, waren sie schon in Einzelkämpfe verwickelt. Weil sie aber im Zweikampf nicht besonders geschult waren, behielten Davids Männer die Oberhand.

Der Anfangserfolg machte die Hebräer zu tollkühnen Angreifern. Sie ließen die lästigen Schilde fallen, fassten nach Jonathans Art ihre Schwerter oder Speere mit beiden Händen, feuerten sich gegenseitig mit wilden Zurufen an und kämpften wie die Löwen.

Es krachte, Funken flogen, Kleidung färbte sich rot, schwerverletzte, um die sich niemand kümmerte, stöhnten laut.

Davids Männer wollten ihrem Hauptmann, der vom Berghang das Geschehen durch Zurufe leitete, zeigen, was sie konnten. Nicht ohne Bedeutung war dabei auch das Versprechen, dass diesmal die ganze reiche Beute den Kriegern allein gehören sollte. „Besondere Verdienste werden hoch belohnt", hatte der Hauptmann noch vor dem Angriff erwähnt. Und diesmal gab es offensichtlich einiges zu holen, denn die reichen Beamten waren gut gekleidet. Auch lockte der große Wagen. Sicher befand sich darin manche Kostbarkeit. Die Aussicht auf ein Wertstück setzte zusätzliche Kräfte frei. Verletzte spürten ihre Wunden nicht, wer nur konnte, kämpfte weiter.

Bald gab es keine philistäischen Soldaten mehr.

Die Steuereintreiber erkannten, dass ihnen jetzt der Karren keinen Schutz mehr bot und versuchten, aus der Schlucht zu entkommen. Fliehen konnten sie nur über den gegenüberliegenden steilen Hang. Auf den stürzten sie jetzt zu, ohne zu überlegen, ob sie überhaupt imstande wären, ihn zu erklimmen.

David beobachtete von halber Hanghöhe aus die Entwicklung und erkannte die Gefahr. Ein einziger geflohener Steuereinnehmer würde ausreichen, den Beutezug ernsthaft zu gefährden. Er würde die Philister von dem Überfall in Kenntnis setzen und eine Verfolgung auslösen. Die kleine hebräische Mannschaft wäre gezwungen, unverzüglich den Platz an der Querstraße zu verlassen und Schutz in den Bergen zu suchen. Eine Heimreise auf der Straße und damit auch eine Rückkehr nach Gibea vor Neumond wäre dann so gut wie ausgeschlossen. Auch wenn er, David, die vereinbarten einhundert Vorhäute mitbringen würde, wäre die vom König gestellte Bedingung wegen des Termins nicht erfüllt. Sicher würde der Brautpreis dann nicht anerkannt, der gefährliche Beutezug wäre umsonst gewesen.

David benötigte nur wenige Augenblicke, um diese neue Gefährdung des Unternehmens zu begreifen. „Joab, die Leute auf der rückwärtigen Felswand!", rief er hinab.

Der Vetter sammelte sofort die noch kampffähigen Hebräer und die Verfolgung begann.

Die Flüchtenden fanden in der Panik keine geeigneten Stellen, an denen ein Ersteigen des steilen Hanges möglich gewesen wäre. Auf der verzweifelten Suche nach einem Pfad oder einem Versteck konnten sie dem Geschehen hinter ihrem Rücken keine Beachtung schenken, und ehe sie sich versahen, wurden viele von ihnen mit dem Schwert oder Speer niedergemacht. Joabs Männer durchkämmten die Schlupflöcher auf den Hängen, zerrten die verschreckten Steuereintreiber heraus und töteten sie auf der Stelle.

David unterbrach das Gemetzel. Die noch Lebenden wurden befragt. Es stellte sich heraus, dass weder heute noch morgen nachrückende Philister auf diesem Weg zu erwarten waren. Die Männer hatten David bereitwillig jede Auskunft erteilt in der Hoffnung, verschont zu werden. Doch sie irrten. Gleich nach der Befragung wurden auch sie rücksichtslos getötet.

Der Überfall war erfolgreich beendet. David hatte eine Menge Vorhäute erbeutet und rieb sich die Hände. Er hatte auch noch einen weiteren Grund über seine Entwicklung als Krieger und Anführer froh zu sein. Im Ela-Tal in der Rolle eines gemeinen Kriegers, in Zora als Hauptmann, zwar schon als Anführer, aber am Kampf noch beteiligt, befehligte er jetzt wie ein Oberhauptmann seine Leute aus der Ferne. *Krieger, Hauptmann, Oberhauptmann,* zählte er auf. *Die nächste Rangstufe ist Feldoberst.* Ob er der Aufgabe, ein ganzes Heer zu befehligen, auch schon gewachsen war? Unversehens geriet er ins Träumen …

Doch zuerst musste er den nächsten Schritt einleiten.

In der Truppe gab es zwei Männer, die bei Tieren und auch bei Menschen Wunden verarzten konnten. Die machten sich bei Fackellicht die Arbeit, die Philister zu entmannen.

David schüttelte sich. *Wie konnte Saul nur auf solch einen schaurigen Auftrag kommen?* Aber dieser Brautpreis war gefordert worden, ihm blieb keine andere Wahl.

Angewidert wandte er sich ab.

Die abgetrennten Penisse wurden gezählt. Es waren einhundertundzwei.

Davids Freude war riesig. *Damit erübrigt sich ein weiterer Überfall.*

Als er seinen Männern verkündete, dass der Auftrag vollbracht war, brachen die Männer in tosenden Jubel aus. Nur zwei der Hebräer hatten keine Wunden davon getragen, und so wünschte sich keiner noch eine Schlacht, auch wenn eine sagenhafte Beute in Aussicht gestellt würde. Sie brauchten Ruhe, ihre Verletzungen zu behandeln und auszukurieren.

Aber David hatte seinen Brautpreis. Nun war Michal praktisch schon seine Ehefrau. Ein Glücksgefühl durchströmte ihn, er setzte sich abseits auf einen großen Stein und versuchte, sich seinen Empfang im Palast und seine Hochzeit vorzustellen. Er war erregt und wonnetrunken. Dann würde er auch Prinz sein und der Königsfamilie angehören. Er hatte es geschafft.

*Prinz! Prinz! Prinz David! Das klingt wunderbar,* bemerkte er voller Stolz.

## 21

Nach einem Nachtmarsch erreichte David bei aufgehender Sonne die Hauptstadt. Es war gerade die Zeit, zu der das Stadttor geöffnet wurde. Die Wache hatte noch nicht so früh mit der Rückkehr der Truppe gerechnet, da man sie erst in einigen Tagen zum Neumond erwartete. So war niemand auf eine feierliche Begrüßung vorbereitet, aber alle bestürmten David sogleich mit Fragen.

„Ich habe den Brautpreis“, rief dieser den Wachsoldaten freudestrahlend zu und begab sich dann sogleich zusammen mit Samma zum Eingang der Palastfestung. Wie immer standen dort ein Posten und ein Bote, der die Aufgabe hatte, von Nichteintrittsberechtigten Nachrichten für die Mitglieder des Hofes entgegenzunehmen.

„Melde dem König bei nächster Gelegenheit, dass David ben Isai zurück ist und um eine Audienz für die Übergabe des Brautpreises bittet. Mein Bruder wird hier vor dem Palasttor auf Antwort warten.“

Der Bote schien die Nachricht für wichtig zu erachten, denn er eilte gleich schnellen Schrittes davon.

◆ ◆ ◆

Beim Frühstück war der König mürrisch. Anstatt zu essen, brütete er vor sich hin und sagte kurz angebunden: „David ist heute früh zurückgekommen." Dann schwieg er wieder verdrossen.

Jonathans Gesicht leuchtete auf, Michals Augen funkelten wie Edelsteine. Angesichts der schlechten Stimmung des Vaters aber wagten beide nicht, ihre Freude zu zeigen, um keinen Familienstreit heraufzubeschwören.

„Abner soll sofort in den Thronsaal kommen", wies der König plötzlich ungehalten einen Diener an, der gerade Früchte auftischte.

Jonathan horchte auf. Er befürchtete, dass der seinem Freund schlecht gesonnene Feldoberst wieder einen bösen Trick ersinnen könnte und bat den Vater daher um Erlaubnis, bei der Übergabe des Brautpreises anwesend sein zu dürfen.

Unter dem Druck der bittenden Augen Michals nickte Saul, wenn auch widerwillig. Gleich darauf bereute er bereits, dass er seiner Lieblingstochter wieder nachgegeben hatte. Vor Verlassen des Raumes brummte er: „Den Brautpreis werden ich zur Mittagszeit entgegennehmen." Damit war Jonathan vom früher stattfindenden Treffen mit Abner, das sogleich stattfinden sollte, ausgeschlossen.

Als der Vater fort war, beugte sich Jonathan augenzwinkernd zu seiner Schwester hinüber, der vor Aufregung die Hände zitterten. „Keine Angst! Beim wichtigsten Akt, bei der Übergabe des Brautpreises, bin ich dabei."

„Bester Jonathan, was sollte ich nur ohne dich tun?"

„Sicher wärst du verloren", versuchte der Bruder zu scherzen.

◆ ◆ ◆

Der Feldoberst marschierte in der Halle in Gedanken versunken auf und ab, als der König missgestimmt die Treppe herabkam. Während der Posten Haltung annahm, betraten die beiden den Thronsaal und nahmen Platz.

„Ich habe es schon vernommen …“, begann Abner.

„Da siehst du, wie klug dein Vorschlag war“, unterbrach ihn der König böse.

„Bist du dir denn sicher, dass er seine Aufgabe erfüllt hat?“ Abner versuchte den Eindruck zu erwecken, es sei noch nicht alles verloren. „Vielleicht wird es sich zeigen, dass die Bedingung nicht voll erfüllt ist. Nicht voll erfüllt heißt nicht erfüllt …“

An diesen Zipfel der Hoffnung wollte sich Saul nicht klammern. „Wir kennen ihn lange genug. Wir wissen, dass er alles, was er tut, auch gründlich macht!“

„Warten wir es ab“, blieb Abner bei seiner Auffassung. „Nur nichts überstürzen.“

„Diese Weisheiten habe ich von dir schon vor vier Wochen gehört“, knirschte der König zornig. „Was machen wir, wenn David uns wirklich den geforderten Brautpreis übergibt?“

Abner schwieg.

Saul fuhr mit der Zunge über die Lippen. „Statt dieser lächerlichen Geschichte, dieser vermeintlichen Falle, die du mir aufgeschwatzt hast, hätte man David eines Verrats beschuldigen und hinrichten sollen, wie ich es wollte. Der Verdacht war schwerwiegend und damit ausreichend. Sicher, es wären nicht alle in der Stadt darüber glücklich gewesen, aber bis heute hätten es alle vergessen. Aber nein, was hast du mir geraten? Und was ist daraus geworden?“, höhnte der König bitter.

„Vielleicht sollten wir doch erst einmal abwarten.“ Abner versuchte hoffnungsvoll zu wirken.

„Etwas anderes fällt dir nicht ein?“, schrie Saul los und sprang auf. „Bist du dir überhaupt bewusst, dass David nach einer unbeanstandeten Übergabe des Brautpreises sofort mein Schwiegersohn und damit auch Prinz sein wird?“ Nach diesem Wutausbruch wurde er wieder ruhig und setzte sich auf sein Kissen. „Gut“, sagte er, „ich werde David für die Mittagszeit hierher bestellen. Du rechnest damit, dass David die Bedingung nicht voll erfüllt hat. Gut, du wirst bald Gelegenheit haben, dich davon zu überzeugen.“

Der König grinste. Aber es war kein überlegenes Grinsen. Es war der klägliche Versuch, die eigene Unsicherheit zu überspielen.

◆ ◆ ◆

Die Sonne stand schon hoch. David hatte noch immer keine Nachricht aus dem Palast. Ungute Ahnungen beschlichen ihn. Dass Abner ihn nicht mochte oder gar hasste, das wusste er. Was aber dachte Saul? *Will er mich als Schwiegersohn haben oder will er es nicht?*

David war noch in seine Grübeleien versunken, als Samma endlich das Zelt betrat. „Der König erwartet dich am Mittag im Thronsaal, zur üblichen Empfangszeit."

Davids Miene hellte sich auf. Gleich war er wieder zuversichtlicher. „Wir müssen uns vorbereiten."

Kurz vor Mittag machten sie sich auf den Weg. David hatte seinen blauen Rock angezogen und hielt in jedem Arm ein in der Sonne glänzendes Kupfergefäß. Am Marktplatz angekommen schaute er gespannt zum Turmfenster hinauf. Und er hatte sich nicht geirrt!

Dort stand Michal und schwenkte ein Tuch in Lapislazulifarbe. Wollte sie ihn damit an sein Geschenk erinnern? Er nickte ihr fröhlich lächelnd zu.

Inzwischen hatten sich viele Menschen auf dem Platz versammelt und riefen begeistert: „Lang lebe das Prinzenpaar! Mögen sie viele Söhne haben."

Unter dem Beifall der ständig wachsenden Menge schritt David mit stolzgeschwellter Brust zum Festungseingang, Samma folgte zwei Schritte hinter ihm mit einem polierten Brett, das er kurz zuvor im Handwerkerviertel der Stadt aufgetrieben hatte.

Im Thronsaal wartete der König missmutig auf seinem Sessel, links von ihm saß Abner, rechts Jonathan, jeder auf einem kostbaren Kissen.

*Der künftige Schwiegersohn bringt den gewünschten Brautpreis,* überlegte David, *und der Schwiegervater ist schlecht gelaunt. Kein gutes Zeichen!* Schlimmer noch, David konnte sich des Eindruckes nicht erwehren, vor seinem Richter zu stehen. Schnell blickte er zu Abner hinüber. Der Feldoberst beobachtete ihn genauso wie damals im Zelt vor dem Kampf mit Goliat. David wurde es ungemütlich. Sein Befinden verbesserte sich erst, als Jonathan ihm vertraulich zuzwinkerte. *Vielleicht ist es doch nicht so schlimm,* dachte er und verneigte sich tief vor dem düster dreinschauenden König.

Nach einer knappen Begrüßung wünschte Saul, den Brautpreis in Augenschein zu nehmen.

David reichte seinem Bruder das erste Gefäß. Mit einem Messer zerbröselte Samma den harten Lehmdeckel. Dann begann er, einen nach dem anderen die abgeschnittenen Penisse mit den gut erkennbaren Vorhäuten hervorzuziehen, die er vor den Thron auf sein Bett legte.

David stand mit in die Hüfte gestemmten Armen vor dem König und zählte:

„Zwanzig ... Dreißig ..."

Abner würgte. Er kochte innerlich vor Wut. Fieberhaft suchte er nach einem Vorwand, die Übergabe zu unterbrechen und in Frage zu stellen, aber es gab keinen. Enttäuscht knirschte er mit den Zähnen.

David hatte das leise Geräusch vernommen. Ein triumphierendes Lächeln traf den Feldobersten.

Der König hatte den Kopf gesenkt. Sein Gesicht konnte David nicht sehen.

„Vierzig ... Fünfzig ..."

Das zweite Gefäß wurde geöffnet und das Abzählen ging weiter.

„Sechzig ..."

Abner wäre am liebsten aufgesprungen und hätte den dreisten Emporkömmling auf der Stelle mit eigenen Händen erwürgt, dennoch versuchte er, nach außen hin ruhig zu erscheinen.

David war froh, dass Jonathan ihn nicht mit den beiden allein ließ. Es war nicht ausgeschlossen, dass Abner später die Übergabe des Brautpreises in Frage stellen würde. Ihm war alles zuzutrauen. Aber dann konnte Jonathan wenigstens bezeugen, dass alles ordnungsgemäß verlaufen war.

„Hundert!", verkündete David schließlich.

Samma neigte das Kupfergefäß zum König hin, so wie es ihm sein Bruder vor Verlassen des Zeltes eingeschärft hatte, um zu zeigen - oder wenigstens anzudeuten -, dass es noch nicht leer war.

David lächelte überlegen. Er hatte den vereinbarten Brautpreis überbracht, ja sogar noch mehr als gefordert. Für Saul kam das einer Katastrophe gleich. Seine Hände zitterten.

Jonathan wusste genau, was sein Vater dachte. Weil er verhindern wollte, dass die Übergabe aufgrund eines Wutausbruchs seines Vaters scheiterte, sagte er in die starre Stille: „Der vereinbarte Brautpreis wurde anstandslos überbracht."

David war im siebten Himmel. Dankbar blickte er seinen Freund an, der ihm noch einmal weiter geholfen hatte. Der Weg zur Hochzeit mit Michal war frei.

David lächelte überglücklich.

Der König beobachtete beide. Er fühlte sich von seinem eigenen Sohn und von einem frechen, unverschämten Hauptmann gedemütigt. Schließlich verlor er doch die Beherrschung. „Raus! Alle raus!", brüllte er heiser mit zornverzerrtem Gesicht.

David erwachte aus seiner Verzückung und gewahrte Sauls Augen, in denen der blanke Hass loderte. Schrecken durchfuhr ihn. Ein Blick auf Jonathan. Der war entsetzt, dennoch nickte er seinem Freund ermunternd zu.

*Vielleicht ist doch noch nicht alles verloren,* dachte David beim schleunigen Verlassen des Thronsaals.

Auf Jonathans Veranlassung wurde die Übergabe des Brautpreises öffentlich bestätigt. Die Menschen jubelten. Davids Ansehen wuchs. Für die Männer wurde er zum Sinnbild von Erfolg und Heldentum, für die Frauen die Verkörperung ihrer Träume, ein Märchenprinz. Das Volk wartete nun mit Ungeduld auf die Ankündigung der Hochzeit.

◆ ◆ ◆

Nach dem Frühstück bat der König Michal und Jonathan, zu bleiben. Als die anderen den Raum verlassen hatten, begann er: „Ihr beide wart immer meine Lieblingskinder und mein Stolz, das wisst ihr ja. Daran hat sich auch nichts geändert." Dann begann er, ihnen seine Meinung über David zu erläutern. „Er ist ein rücksichtsloser Aufsteiger, dem nichts heilig ist. Er will dem Heer, der Bevölkerung, allen beweisen, dass seine Fähigkeiten größer sind als die des Feldobersten, ja, sogar die des Königs selbst. Damit stört er die unverzichtbare Ordnung im Heer. Gleichzeitig treibt er einen Keil in die Stadt und teilt sie in seine und meine Anhänger, was die Verwaltung erschwert oder sogar unmöglich macht. Es ist ein Weg ins Chaos."

Die Kinder schauten ihn bestürzt und sprachlos an.

„Besonders schmerzt mich, dass es ihm gelungen ist, auch euch beide auf seine Seite zu ziehen." Saul machte eine kurze Pause, holte tief Luft und fügte mit trauriger, gebrochener Stimme hinzu: „Er benutzt euch. Ihr seid für ihn lediglich das Werkzeug für die Ausführung seiner hinterhältigen Pläne. Nichts mehr als Sprossen auf seiner Karriereleiter. Heute braucht er euch, morgen wird er euch vernichten. Euch und eure Kinder." Auf Sauls Stirn standen große Schweißtropfen.

Michal und Jonathan konnten dem Vater nicht glauben. Sie wollten nicht wahrhaben, was er sagte.

Saul, der ihre Ablehnung spürte, kniff die Augen zusammen, verlor die Geduld, und zischte: „David will, koste es, was es wolle, König werden! Er ist für unsere Familie - und damit auch für euch beide - und für das Königreich gefährlicher als die Philister."

„Nein", schrie Michal auf. „Das sind alles nur böse Verleumdungen. David hat immer nur das getan, was ihr, du, Vater und Abner von ihm verlangt habt. Der Kampf mit Goliat, der Kampf mit der Räuberbande in Zora, die Tötung von einhundert Philistern bei Beer-Scheba, all das lag im Interesse des Königtums. Und jedes Mal hat er dabei sein Leben aufs Spiel gesetzt." Sie atmete schwer und fragte mit funkelnden Augen: „Was hat er denn Böses getan? Warum soll er gefährlich sein? Nein, nicht David ist eine Gefahr für uns, sondern Abner, der Ränkeschmied, der mit seinem Neid das Leben im Palast und in der Stadt vergiftet."

Der König war erstaunt. So hatte er seine kleine Tochter noch nie sprechen hören. Als Jonathan seine Schwester durch ein Kopfnicken bestärkte, erkannte Saul, dass er die beiden nicht umstimmen konnte. Tränen der Wut und Enttäuschung traten in seine Augen. Es blieb ihm nichts übrig, er musste zum letzten Mittel greifen, obwohl die Beweislage gar nicht stichhaltig war.

„Hat David euch eigentlich erzählt, dass er sich von Samuel hat salben lassen? Wahrscheinlich zum König, wozu sonst? Er ist ein Gehilfe Samuels, des Mannes, der unverhohlen einen anderen König als mich in Gibea sehen will. Auch ihr seid dem Alten ein Dorn im Auge, denn ihr seid meine Nachkommen. Das gilt besonders für dich, mein Sohn, denn du bist der rechtmäßige Thronfolger."

Das war ein Schlag, der Jonathan erbleichen ließ. Es dauerte geraume Zeit, bis er seine Sprachlosigkeit überwinden konnte. „Das kann ich nicht glauben", erklärte er mit brüchiger Stimme.

Michal stellte jetzt die Frage, die der Vater befürchtet hatte: „Hast du dafür Beweise?"

Saul erzählte, was ihm Doeg nach seiner Rückkehr aus Bethlehem berichtet hatte.

„Doeg, dieser dumme Schwätzer! Er will am Hofe aufsteigen, ihm ist jede Verleumdung recht, die sein Ansehen in deinen Augen hebt. Ihm solltest du keinen Glauben schenken." Michal fühlte sich in diesem Augenblick dem Vater überlegen, fühlte sich als Siegerin.

„Du brauchst Beweise, stichhaltige Beweise? Ich werde sie dir bringen, Beweise für die Salbung und für seine Gefährlichkeit. Doch bis dahin darf er auf keinen Fall formal königlicher Schwiegersohn und Prinz werden. Dich, Michal, bitte ich, mit der Hochzeit bis zur endgültigen Klärung der Vorwürfe gegen ihn zu warten. Es wird nicht lange dauern." Es fiel Saul sichtlich schwer, diese geradezu untertänige Bitte zu formulieren. Er tat es in der Hoffung, Zeit zu gewinnen.

„Nein", antwortete Michal ungerührt.

Saul erblasste. „Das wirst du noch bereuen, das sage ich dir, ich, dein dich liebender Vater!"

Aufgewühlt schüttelte sie den Kopf. „David ist nach der Übergabe des Brautpreises rechtlich schon mein Ehemann. Ich möchte, dass die Hochzeitszeremonie so schnell wie möglich stattfindet. Ich liebe ihn über alles und will mit ihm zusammen sein." Sie holte tief Luft und setzte hinzu: „Eure Ränke werden mich davon nicht abhalten." Dann schienen ihre Kräfte aufgezehrt zu sein und sie begann zu weinen.

Der Vater suchte mit den Augen Unterstützung bei Jonathan, doch der blickte zu Boden. Saul schlug entnervt mit der Hand auf den Tisch. „Er wird deine Thronfolge in Frage stellen, Jonathan! Weißt du, was das bedeutet? Den Tod! Willst du dieses Risiko eingehen?“

Doch sein Sohn schwieg weiter mit gesenktem Kopf. Saul wusste nun endgültig, dass er auch ihn nicht überzeugen konnte. Er erhob sich wortlos und verließ gebrochenen Herzens seine, wie er dachte, verblendeten Kinder, über deren Köpfen sich schwarze Wolken zusammen ballten.

◆ ◆ ◆

Nach dem Streit hatte Jonathan seine Schwester in ihre Wohnung gebracht. Sie hatte sich wieder gefangen, hockte auf der Bettkante in ihrem Schlafzimmer und sah sich – trotz der großen Meinungsverschiedenheit mit dem Vater – glücklich am ersehnten Ziel. Sie glaubte Saul kein Wort. Das ganze unnötige, scheußliche Gespräch wollte sie vergessen, in ihrem Gedächtnis restlos tilgen. Mit Jonathan hingegen wollte sie über das einzig wichtige Thema, über die Hochzeit sprechen.

Doch der Bruder nahm es nicht auf. Er hing seinen Gedanken nach und schaute nur stumm zum Fenster hinaus. Was sein Vater über David gesagt hatte, war tief in sein Inneres gedrungen. Hatte David ihm tatsächlich eine Salbung verschwiegen, das Zusammenspiel mit einem Mann, der an Vaters Krankheit und an vielem anderen schuld war? War David wirklich ein Betrüger, wie der Vater meinte? War er tatsächlich eine Bedrohung für die Familie, für ihn selbst und für Michal? Liebte David seine Schwester überhaupt, wie er es versichert hatte, oder war alles nur ein ehrgeiziges böses Spiel?

Allein diese Fragen taten Jonathan schon weh. Er brauchte Gewissheit. Nichts schien ihm im Augenblick so wichtig, wie ein klärendes Gespräch mit David. „Ich muss jetzt gehen“, unterbrach er unerwartet Michal. „Über deine Hochzeit reden wir ein andermal.“

Er brauchte nicht lange zu suchen. Auf dem Weg zu seinem Zelt traf er den Freund, nahm ihn mit sich und schilderte ihm offen das gerade mit dem Vater geführte Gespräch.

David war entsetzt. Zur bislang verschwiegenen Salbung konnte er sich jetzt nicht bekennen, denn das würde ihn unglaubwürdig machen. In Lügen stürzen wollte er sich aber auch nicht, also formulierte er seine Antwort so, dass sie ihn entlastete und trotzdem wahr war. „Ich habe nie etwas gegen den König unternommen und werde es auch niemals tun. Auch niemals gegen dich oder Michal. Das schwöre ich dir!"

Diese Worte hatte David mit voller Inbrunst ausgesprochen. Für Jonathan galt Davids Schwur mehr als Doegs Geschwätz. „Ich glaube dir. Wir sollten gleich zum Vater gehen und den Irrtum aufklären", rief er erleichtert.

Jonathan fiel ein Stein vom Herzen. Er glaubte David, weil er ihm glauben wollte. Schließlich war ein Schwur doch ein Schwur.

David schüttelte den Kopf. „Der König ist durch Doegs und Abners Unterstellungen so gegen mich eingenommen, dass wir nichts erreichen würden. Eher müsste ich mit einem Speer als mit einem offenen Ohr für meine Erklärungen rechnen." David bemerkte Enttäuschung auf dem Gesicht des wohlgesonnenen Freundes und versuchte zu beschwichtigen: „Warten wir es ab. Wenn ich erst sein Schwiegersohn bin, wird mich der Vater näher kennen und schätzen lernen."

Jonathan wiegte zweifelnd den Kopf. „Wir wollen es hoffen", sagte er und fragte sich: *Woher nimmt David nur seine Zuversicht?*

◆ ◆ ◆

Saul saß grübelnd im Thronsaal und starrte an die Decke. Er war König, und er hatte die Macht, die Hochzeit zu verbieten. Aber die ihm von Abner eingeimpfte, quälende Frage „Was dann?" ließ ihn nicht los. Er fühlte sich krank und nicht stark genug, das Risiko einer Rebellion im Heer oder in der Stadt einzugehen. Also verschob er die Entscheidung auf später. Seine Ratlosigkeit setzte ihm zu und machte ihn unsicher. Aber nach außen hin wollte er sich dazu nicht bekennen. Er rief in den folgenden Tagen niemanden mehr zu sich, weil er fürchtete, dass ihn die Gesprächspartner durchschauen könnten. Weil er aber keinen empfing und keine Anweisungen erteilte, geriet die Verwaltung des Königreichs ins Stocken. Die Berater und Abner sahen sich gezwungen, unaufschiebbare Entschlüsse selbst zu treffen.

Die Vorbereitungen zur Hochzeit waren in vollem Gange. Auf Jonathans Veranlassung hatte der Herold den Hochzeitstermin bekannt gegeben. Abner hatte Baruchs Versetzung nach Hebron bewilligt. Sein frei gewordenes Haus erklärte Michal als das ihre. Mit dem Stadtbaumeister Henan besichtigte sie es und ließ es neu herrichten. In Gedanken lebte sie schon in der glücklichen Zukunft, in ihrer eigenen Welt.

Die königliche Familie traf sich unverändert täglich bei Tisch. Der verunsicherte Vater wusste wohl um das Tun seiner Kinder, nahm aber keine Stellung dazu. Er schwieg verbissen, grübelte und hoffte auf einen glücklichen Einfall oder Zufall. *Besser nichts tun als etwas Falsches,* diese Überlegung war zur Richtschnur geworden. Fehler hatte er schon genug gemacht, einen weiteren durfte er sich nicht mehr leisten. Also tat er, was er, wie er meinte, gefahrlos tun konnte: warten. Warten auf eine günstige Gelegenheit.

In seine Meinungsverschiedenheiten mit Jonathan und Michal waren die übrigen Familienmitglieder nicht eingeweiht, doch spürten alle, dass etwas Bedrohliches in der Luft lag. Sie fühlten mit allen Sinnen, dass Saul die bevorstehende Hochzeit nicht gut hieß, deshalb kam auch keine Begeisterung auf.

Nur Mutter Ahinoam machte eine Ausnahme. An Querelen zu Hause hatte sie sich längst gewöhnt, sie maß ihnen schon seit langem keine größere Bedeutung bei. Michal hätte längst verheiratet sein sollen, und in David sah sie den richtigen Vater für ihre Enkelkinder. Er war ein mutiger, tüchtiger und hübscher Mann, also hatte sie gegen die Hochzeit nichts einzuwenden. In diesen Tagen gab es für sie nur zwei Themen: das Hochzeitskleid und den Hochzeitsschmuck. Mutter und Tochter waren sich näher gekommen und führten den ganzen Tag Gespräche über das bevorstehende Fest.

Abends im Bett dachte Michal dann an ihren edlen, unvergleichlichen David. Beim Einschlafen spürte sie wieder seine Lippen auf ihrem Mund, seine Hände auf ihrem Körper und träumte vom ganz großen Glück. Die Zukunft würde herrlich sein, das Leben eine Wonne.

Der Hochzeitstermin rückte näher. Bei wohlhabenden Leuten erstreckten sich die Feierlichkeiten über mehrere Tage, bis hin zu einer Woche. Um den Vater aber nicht zu reizen, überredete Jonathan seine Schwester zu einer verkürzten Hochzeit, die nur einen Tag dauern, aber alle wesentlichen Teile der Zeremonie umfassen sollte.

Der König hatte die Verlobung nicht aufgehoben und die Hochzeit nicht verboten. Nun war es für einen solchen Schritt zu spät. Die Zeit und die Ereignisse hatten ihn überholt. Es blieb ihm nichts anderes mehr, als gute Miene zum bösen Spiel zu machen, wenn er sich nicht lächerlich machen wollte.

Die Tradition verlangte, dass sich ein Teil der Hochzeitszeremonie im Haus des Bräutigams abspielte. Ein „Haus des Bräutigams" musste also her. Michal und Jonathan entschieden, dass David das ehemalige Haus Baruchs, das später als Haus des Ehepaares vorgesehen war, schon jetzt als sein eigenes beziehen sollte.

Am Vortag der Hochzeit kamen Davids Eltern nach Gibea. Sie kamen mit zwei Söhnen, dem ältesten, Eliab und Ozem, dem zweitjüngsten, der nun an Davids Stelle zu Hause die Schafe hütete. Die anderen Geschwister blieben in Bethlehem und kümmerten sich um die Enkel, das Vieh und die Landwirtschaft.

Stolz empfing David die Familie in seinem neuen prächtigen Haus. Er nahm seinen Vater am Arm und führte ihn durch alle Räume. Aus dem Augenwinkel beobachtete er Isai und freute sich, dass er tief beeindruckt war. Dem Vater hatte er immer zu imponieren versucht, heute war es ihm gelungen.

# 22

Das Hochzeitsfest begann. Das Haus des Bräutigams war für diesen Anlass feierlich geschmückt worden. Auf einer Seite des Hofes spielten Musiker, auf der gegenüberliegenden standen Tische mit gebratenen und gekochten Fleischstücken, verschiedenen Käsesorten und Brot, es waren dort Tische mit Kuchen, Süßigkeiten und Obst. Daneben befanden sich Weinkrüge und silberne Becher.

Nur wenige Gäste waren geladen, außer den Familienmitgliedern noch die Oberschicht der Stadt sowie die Oberhauptleute und die königlichen Berater, die im Verwaltungsturm der Festung tätig waren. Eine Ausnahme bildete Ner, der immer noch lediglich Hauptmann war. Aber David fühlte sich seinem ehemaligen Lehrmeister und Freund zu besonderem Dank verpflichtet und wollte ihn mit dieser Einladung öffentlich ehren.

Nach der Begrüßung der Gäste durch den Bräutigam begann Baruch, der sich freundlicherweise bereit erklärt hatte, den Zeremonienmeister zu spielen, seines Amtes zu walten. Einzig für diese Aufgabe war er aus Hebron nach Gibea angereist.

Nach einem ausgiebigen Frühstück formierte Baruch auf der Straße vor Davids Haus den Hochzeitszug. Ganz vorn marschierten die Musiker mit einem Schellenbaum, dahinter kam der Bräutigam mit seinem Vater, ihnen folgte die Mutter, umrahmt von ihren ältesten Söhnen Eliab und Abinadab, dahinter gingen Samma, Ozem und Joab. Den Abschluss bildeten die geladenen Gäste.

Fröhlich lachend zogen sie zum Palast, zum Haus der Braut und freuten sich über die Glückwünsche und heiteren Zurufe des Volks.

◆ ◆ ◆

Michal hatte wenig geschlafen. Ständig hatte sie den Tagesanbruch herbeigesehnt. In dieser Nacht nahm sie Abschied von ihrer Turmwohnung, in der sie die letzten Jahre verbracht und ihre kleinen Sorgen und Freuden durchlebt hatte.

Immer noch beschlichen sie Zweifel, ob sie den richtigen

Schmuck gewählt hatte. Noch gestern gab es Streit mit ihrer Mutter, die der Meinung war, dass die Lapislazulikette mit den großen Kugeln überhaupt nicht zu ihrem zarten Kopfputz passe. Doch Michal hatte sich durchgesetzt. Diese Kette, die sie seit der Verlobung Tag und Nacht getragen hatte, wollte sie auch am Hochzeitstag nicht missen.

Als die Sonne am Himmel ihren Höhepunkt erreichte, begann im Empfangssaal des Palastes das Ankleiden der Braut. In Anwesenheit der Mutter legte Uschu der Prinzessin den Jungferngürtel an, der mit einem durch vier Ösen geführten, dünnen Band verschnürt wurde. Michal schlüpfte in ein langes weißes hemdartiges Gewand aus dünnem, beinah durchsichtigem ägyptischen Leinenstoff mit Rüschen an den langen Ärmeln und am Rocksaum. Darüber streifte die Dienerin einen rötlichen Überwurf mit halblangen Ärmeln. Das wichtigste Kleidungsstück aber war das Brautkleid aus hellblauem, mit Silberfäden durchwirkten Stoff, das der Vater einst für seine heranwachsenden Töchter bei einem kanaanitischen Händler aus Megiddo erworben hatte. Es hatte einen großen Ausschnitt, kurze Ärmel und war kürzer als der Überwurf. Rock- und Ärmellänge waren so gewählt, dass unter dem Brautkleid auch die beiden anderen Kleidungsstücke hervorschauten.

Ahinoam betrachtete zufrieden ihre Tochter. Als Uschu zur bereitliegenden Lapislazulikette griff, schaute die Mutter weg. Sie wollte sich nicht noch einmal ärgern.

Michal ließ ihren Spiegel nicht aus der Hand und gab Uschu nervöse, meist widersprüchliche Anweisungen. Doch die Dienerin behielt Ruhe und ließ sich nicht aus der Fassung bringen, bejahte alle Bemerkungen ihrer Herrin und tat doch, was sie selbst für richtig hielt.

Den Kopfschmuck bildete ein Netz aus weißen und roten Korallenkugeln, die aus einem weit im Süden, hinter der Wüste Negev, gelegenen Meer stammten. Es bedeckte Stirn, Ohren und einen Teil der Wangen.

Michal jauchzte, als sie sich im Spiegel betrachtete. Sie war selig. „Jetzt noch die goldenen Armspangen“, rief sie fröhlich. „Und dann den Schleier.“

Das Ankleiden war beendet. Ahinoam nahm ihre Tochter in den Arm und drückte sie fest an sich. Sie wünschte ihr das schönste Hochzeitsfest und wusste, dass es in großem Maße vom Gelingen ihres nächsten Schrittes abhängig sein würde.

Gestern hatte sie ihn überreden können, doch an der Zeremonie im Palasthof teilzunehmen. Trotzdem war sie nicht sicher, ob er sein Versprechen einhalten würde. Sie durchquerte die Halle, in der sich die Familie sammelte, und betrat den Thronsaal.

Der König, der einst so hart durchgreifen konnte, saß da wie ein willensloser, alter Mann. Gern hätte sie ihn bemitleidet, doch dafür blieb keine Zeit. Als er seine Frau unschlüssig ansah, sagte sie: „Du hast es versprochen", nahm ihn beim Arm und führte ihn in die Halle.

Er hatte keinen Blick für seine schöne, festlich gekleidete Tochter, die bittend zu ihm aufschaute. Auf einen Wink der Mutter fasste der Vater sie unter und führte sie in den Palasthof, die Familienmitglieder folgten ihnen. Die Stimmung war gedrückt. Michal war die einzige, die sich wirklich freute, die anderen warteten gespannt und hofften, dass die Zeremonie wie geplant verlaufen würde. Ahinoam betete, ihr Mann möge nicht noch im letzten Augenblick eine böse Überraschung bereiten.

In diesem Moment betrat der von Baruch geführte Hochzeitszug den Palasthof. Michal erblickte ihren David und ihr Herz hämmerte fröhlich. Er trug den ihm einst von Jonathan geschenkten Rock, in dem er wahrhaft fürstlich aussah. Der Hochzeitsturban hatte die gleiche Farbe, ebenso seine Schuhe. David war eine blau leuchtende Gestalt. Michal konnte den Blick nicht von ihm wenden.

Die beiden Gruppen bewegten sich langsam und würdevoll aufeinander zu. Schließlich standen sich Michal mit ihrem Vater und David mit Isai gegenüber. Dann wechselten sie ihre Plätze. Braut und Bräutigam standen nun nebeneinander auf einem kleinen, prächtigen Teppich vor ihren Vätern, um den Segen zu empfangen.

„Mögest du ...", begann Isai zaghaft und blickte auf den König, der mit grimmig versteinerter Miene auf David schaute. Ahinoam, die hinter Saul stand, berührte leicht seinen Arm. Saul zuckte zusammen und sprach jetzt gleichzeitig mit Isai: „Mögest du zu Tausend und Abertausenden werden …"

Der von beiden Vätern gesprochene Text stammte noch aus mosaischer Zeit. Mit der Zahl Tausend waren nicht nur die Kinder der soeben geschlossenen Ehe gemeint, sondern auch alle späteren Nachkommen, die im getrauten Paar ihren Ursprung haben sollten.

Der Bräutigam schlug den Schleier der Braut zurück. Während ein Musikant die Trommel rührte, nahm er sie in den Arm und küsste sie. Damit war Michal Davids Ehefrau. Sie strahlte ihn an und flüsterte ihm ins Ohr: „Endlich. Ich bin so glücklich."

Er drückte sie mit einem triumphierenden Lächeln zärtlich an sich.

In den letzten Jahrzehnten war es üblich geworden, dass der Brautvater nach dem öffentlichen Kuss dem Bräutigam einen Brauttrunk reichte. Ein Diener wartete mit dem gefüllten Becher. Mit bereits ausgestreckter Hand warf der König noch einen Blick auf das umschlungene Paar. Davids triumphales Lächeln entging ihm nicht. Es wirkte wie ein Schlag und auf einmal fiel es ihm wie Schuppen von den Augen. Er zog seine Hand wieder zurück, denn in diesem Moment wurde ihm schmerzlich bewusst, dass er sich von den Umständen und vor allem von seiner Frau zu einer verhängnisvollen Tat hatte treiben lassen und ins eigene Verderben rannte. *Damit muss Schluss sein, und zwar sofort!,* sagte er sich und ballte die Fäuste.

Anstatt den Becher zu reichen, gab er plötzlich dem Trommler ein Zeichen. Als dieser inne gehalten hatte, erklärte der König: „Ich fühle mich heute nicht gut. An den weiteren Feierlichkeiten werde ich daher nicht mehr teilnehmen. Jonathan, mein ältester Sohn, wird mich vertreten."

Ohne das Brautpaar auch nur eines weiteren Blickes zu würdigen, wandte er sich um und schritt auf die Halle des Palastes zu. Abner folgte ihm wie ein Schatten. Die Stimmung im Hof wurde frostig.

Die Gäste waren verwirrt. Der Brautvater hatte den Brauttrunk nicht gereicht und beteiligte sich auch nicht an der Feier im Hause des Bräutigams? War der König wirklich so krank, dass er an den

Festlichkeiten nicht teilnehmen konnte? Jetzt wollten sich einige erinnern, dass Saul seinen Schwiegersohn bei der Umarmung der Braut mit bösen Augen angestarrt hatte. Aber warum? Waren sie etwa zerstritten? Und Abner? Warum blieb er nicht bei den Hochzeitsgästen? Mancher fragte sich schon, ob es nicht klüger sei, ebenfalls der Feier fernzubleiben …

Weil aber alle Söhne des Königs teilnahmen, beruhigten sich die Menschen wieder und blieben.

◆ ◆ ◆

Als der Hochzeitszug den Palasthof verlassen hatte, war der König wie verwandelt und fühlte neue Kräfte in sich. Er ließ das Festungstor schließen und begab sich mit Abner in den obersten Stock des Verwaltungsturmes. Von den Beamten war keiner anwesend, denn sie nahmen ja alle an der Feier teil. Der König wollte die Meinung des Volkes zu der von Michal erzwungenen Eheschließung erfahren und lehnte sich möglichst weit in die Fensternische. Von hier oben konnte er alles überblicken, sah die freudig bewegte Menge, die vielen Menschen, die auf Dächern und Mauern standen, die jubelten und außer sich waren vor Freude.

„Derartige Beifallsbekundungen hat man mir, dem König, noch nie entgegengebracht“, stöhnte Saul. „Dieser Räuber, der meine Tochter am Arm hält, ist schon der heimliche König der Krieger und der Stadtbevölkerung.“ Mit vor Zorn verzerrtem Gesicht verließ er die Fensterbrüstung wieder und fauchte Abner an: „Du bist an allem Unheil schuld! Die Lage ist heute viel schlimmer als vor deiner lächerlichen Idee mit dem Brautpreis.“ Er fasste sich an die Stirn. „Aber sie ist noch nicht so schlimm, wie sie in einem Monat sein wird. Ich muss David vorher beseitigen.“ Diese Feststellung, diese bedrückende Wahrheit und die Formulierung des seherischen Satzes hatten ihn erschöpft. Er hielt inne.

„Mein König …“, begann Abner förmlich.

Saul schnitt ihm schroff das Wort ab. „An deine Versprechen, dass du David in eine Falle locken und auf eine von allen gut geheißene Weise ausschalten wirst, glaube ich nicht mehr. Du bist zwar auch eine listige Schlange, aber ihm bist du nicht gewachsen." Dem Vetter wurde unheimlich, als Saul mit erhobener Faust fortfuhr. „Als König bin ich auch Oberster Richter. Ich habe nicht nur das Recht, sondern auch die Pflicht, gefährliche Gegner zu verurteilen und hinrichten zu lassen. Ich werde meine Pflicht erfüllen, ohne auf deine Ratschläge zu hören. Sie waren falsch und ich habe nicht mehr die Hoffnung, dass sich daran etwas ändern wird. Dich brauche ich heute nicht mehr. Lass mich allein!"

Die Augen des Königs funkelten böse. Abner erhob sich wortlos und verließ mit gesenktem Kopf den Raum. *Sein Hass wird uns alle ins Verderben stürzen,* dachte er beim Betreten des Palasthofs. *Der Weitblick ist ihm gänzlich abhanden gekommen.*

Saul knirschte mit den Zähnen und dachte angestrengt nach. *Soll ich David jetzt gleich verhaften lassen? Wie werden die Hochzeitsgäste, seine Oberhauptleute und Beamten das aufnehmen?* Er schüttelte den Kopf. *Nein, jetzt ist nicht der richtige Zeitpunkt. Aber lange warten kann ich nicht mehr.* Hoffentlich würde sich morgen oder übermorgen ein Vorwand ergeben. Und wenn nicht, dann würde David eben wegen geplanten Hochverrats festgenommen. „Ja, so werde ich verfahren", sagte Saul laut. Er war stolz, dass er eine Entscheidung getroffen hatte, vor der er monatelang zurückgeschreckt war. Er fühlte sich wieder als König - und er würde es auch bleiben.

◆ ◆ ◆

Inzwischen näherte sich das Hochzeitspaar seinem Haus. Dort gab es eine Überraschung: Man hatte trockene, wohlriechende Kräuter entzündet. Als das Brautpaar eintraf, wurden Weihrauchkugeln dazugeschüttet. Michal und David durchschritten eine duftende, weiße Wolke. Diese heidnische, von den Kanaanitern übernommene Weise der Verehrung hob das beliebte Prinzenpaar in ungeahnte Höhen empor. Man sah Michals strahlenden Augen das große Glück an. Vor dem weit geöffneten Eingangstor wurden Körbe voll köstlicher Kuchen unter die Menge verteilt.

Dann verschwand das Paar mit seinen Gästen im Hof und die Torflügel schlossen sich.

Die Musiker spielten eine kanaanitische Melodie, während sich die Gäste an den reich gedeckten Tischen ihre Plätze suchten. Das Brautpaar hatte sich auf blumengeschmückten Sesseln niedergelassen. Michal hielt Davids Hand fest umklammert, als ob sie diese nie wieder loslassen wollte. Mit verliebten, aber auch besitzergreifenden Blicken schaute sie ihn verzückt von der Seite an. *So ein Mann!* Sie war hingerissen. Was brauchte sie noch mehr? Nichts. Gar nichts.

Auch der Bräutigam war stolz. Ab heute war er Prinz, Mitglied der königlichen Familie, und er hatte eine wunderschöne Prinzessin zur Frau, die er heiß und innig liebte. Sie streichelte ihm gerade zärtlich die Hand. Sanft legte er seine auf die ihre. So bezaubert war er noch nie zuvor in seinem Leben gewesen. Er beugte sich vor und suchte mit den Augen das Antlitz seines Vaters. Der lächelte zufrieden. Isais Achtung bedeutete David sehr viel.

Verschiedene erlesene Speisen wurden aufgetragen und die Weinkrüge auf den Tischen mehrten sich. Die Laune der Gäste wurde immer besser. Baruch war zufrieden und seine Augen lachten.

Der Abend rückte näher. Die Braut verabschiedete sich von den Gästen, drückte noch kurz Davids Arm, verließ das Fest und eilte in ihr Haus, wo Uschu schon auf sie wartete. Flink lief sie die Treppe hinauf und betrat ihr Schlafgemach, das in die traditionelle Huppa, die Hochzeitskammer, umgewandelt war. Die Vorhänge an den Fenstern waren fest zugezogen, es war so dunkel, dass man kaum etwas erkennen konnte. Fast wäre sie über das Hochzeitslager in der Mitte des Raumes gestolpert.

*Wie zur Zeit der Patriarchen,* fuhr es ihr durch den Kopf, *als noch die strenge Vorschrift galt, die Hochzeitsnacht im vollständig abgedunkelten Zimmer oder Zelt mit einer verschleierten Braut zu verbringen.* Missverständnisse oder Betrügereien waren dabei, wie sie wusste, oft nicht ausgeblieben.

Glücklicherweise hatten sich die Sitten ein wenig gelockert. Michal hatte beschlossen, ihre Brautnacht so zu verbringen, wie sie sich diese erträumt hatte.

Uschu musste die Vorhänge von den Fenstern, die nicht zum Hof gingen, entfernen. Michal schaute sich den ganzen Raum im schwindenden Tageslicht an, schüttelte den Kopf und ließ das

Hochzeitsbett aus der Mitte des Raumes in die Nähe der Wand schieben, so dass eine große Fläche davor frei blieb. „Such im Hause noch vier große Standleuchter", sagte sie zu Uschu.

Die Augen der Dienerin blitzten auf. „Das gefällt mir", rief sie erfreut und sprang in großen Sätzen die Treppe hinunter. Gleich war sie auch schon wieder zurück.

Bei hell flackernden Öllampen entkleidete Uschu ihre Herrin bis auf ihr leicht durchsichtiges Hemdkleid, das zwar schlicht war, aber verführerisch wirkte. Auch allen Schmuck legte Michal ab - bis auf die Lapislazulikette. Schon morgens beim Ankleiden hatte sie Uschu angewiesen, einen blauen Gürtel mitzunehmen. Die Dienerin legte ihn nun um Michals Taille. Das farblich zur Halskette passende, die Figur betonende Band brachte Michals körperliche Reize besonders gut zur Geltung. Sie schaute in den Spiegel, ließ sich die Frisur, die beim Entfernen des Korallennetzes zerzaust worden war, neu ordnen und sagte ein wenig nervös, aber sehr zufrieden mit sich: „Gib dem Herrn das Zeichen und sprich auch mit dem Kapellmeister."

Uschu war so aufgeregt, als ginge es um ihre eigene Hochzeitsnacht, und lief die Treppe hinab, wobei sie zwei Stufen auf einmal nahm.

David war in die letzten Vorbereitungen nicht eingeweiht und staunte, als er den erleuchteten Raum betrat. Im Fackellicht wirkte die Huppa wie ein heidnischer Tempel und Michal wie eine kanaanitische Göttin. Das Licht der hinter ihr stehenden Fackel leuchtete durch das dünne Kleid und zeichnete die Rundungen ihrer schönen Gestalt in verlockender Weise ab. Die Kapelle spielte draußen die ihr von Uschu aufgetragene Melodie. David war wie verzaubert.

Er näherte sich Michal mit geöffneten Armen, aber sie wich ihm aus.

„Die Nacht soll so beginnen, wie ich es mir ausgedacht habe", jauchzte sie und begann im Takt zu der vom Hof heraufdringenden Musik zu tanzen.

Vier Fackeln warfen vier flatternde Schatten an die Wände. David meinte zu träumen. Als sie dann noch den blauen Gürtel löste und ihn während des Tanzes im weiten Bogen von sich warf, hielt er es nicht länger aus, warf seinen Hochzeitsturban zur Seite und lief auf sie zu. Diesmal ließ sie sich einfangen. Er kniete vor ihr nieder, ohne dabei seine Umarmung zu lösen. Um keinen Preis der Welt hätte er sie jetzt entfliehen lassen. Seine Hände glitten an ihrem Rücken, an ihren Hüften und Beinen hinab, bis sie den unteren Saum des Kleides erreichten. Er ergriff ihn, richtete sich wieder auf und versuchte, ihr das Gewand abzustreifen. Sie half ihm willig dabei und streckte die Arme in die Höhe. Noch mit dem Entkleiden beschäftigt, erblickte er ihren nackten Busen, fand ihn viel schöner als in seinen Phantasien während der langen Reise nach Beer-Schewa und an den letzten Abenden vor der Hochzeit. Er warf das Kleid beiseite, kniete erneut nieder, umarmte sie und küsste zärtlich ihren Bauch.

Die Tanzmelodie füllte noch immer den Raum. Verführerisch entwand sich Michal seinen Armen und tanzte vor ihm in ihrer spärlichen Bekleidung, die nur noch aus dem Jungferngürtel und der Lapislazulikette bestand. Er hatte sich auf dem Boden niedergelassen und glaubte, in den Himmel zu schauen. Doch als sie wieder auf ihn zukam, umfing er ihre Hüften und begann mit zitternden Händen am Band des Jungferngürtels zu nesteln. Endlich gelang es ihm. Das Tuch fiel zu Boden, sie war nun völlig nackt.

Plötzlich verließ sie der ganze Mut. Beschämt stand sie unbeweglich vor ihm und wartete zögernd auf sein Tun. Er schloss sie blitzschnell in die Arme und drehte sich mit ihr im Kreise, wie er es oft zu Hause mit seinen kleinen Neffen getan hatte.

Michals soeben verlorene Sicherheit kehrte zurück. „Hast du mich nicht gerade mit einer Schleuder verwechselt?“, fragte sie schelmisch.

Er lachte und trug sie auf das Hochzeitslager, in dem sie eine Hand breit tief versank, weil unter einem weißen Laken mehrere weiche Bärenfelle übereinander geschichtet lagen.

Hastig entkleidete er sich. Anfangs schaute sie scheu weg. Aber die Neugier siegte und mit halb geschlossenen Augen blinzelte sie zu ihm hin, als er den Rock über den Kopf zog und sie einen Atemzug lang nicht beobachten konnte. Zum ersten Mal sah sie einen Mann nackt. *Wie schön David ist!*

Mit einer behenden Wendung hatte er sich zu ihr gelegt und sie stürmisch umarmt. „Es tut weh“, rief sie lachend. „Du musst viel zärtlicher sein!“ Er lockerte die Umarmung, sie konnte wieder atmen und holte tief Luft. Sie küssten einander, ihre Zungen berührten sich. Sie streichelten sich. Eine Welle der Erregung durchlief ihren ganzen Körper. Beide atmeten schneller.

„Komm“, raunte sie ihm leise ins Ohr.

„Meine ganze Liebe gehört dir, nur dir“, erwiderte er.

Sie schauten einander in die Augen. Dann versank die Welt für sie …

Teil II.

# Auf Irrwegen

# 1

Auf dem Dach ihres Hauses zwitscherte lustig ein Sperling. Michal und David saßen im Schatten, tranken mit Wasser verdünnten Zitronensaft, der mit Honig gesüßt war. Die junge Frau hatte sich an ihren Mann gekuschelt und träumte mit offenen Augen. Das Leben war wunderschön!

Zur Mittagszeit erhielten sie unerwarteten Besuch von Jonathan.

Schon als sie ihn durch den Hof kommen sahen, bestürmte beide ein ungutes Gefühl. Sein Gesichtsausdruck gefiel ihnen nicht. Nach einigen Höflichkeiten und Scherzen fragte David seinen Schwager direkt, was denn der Grund für seinen Besuch sei.

Jonathans Miene verfinsterte sich. „Der Vater ist seit gestern ein anderer Mensch geworden. Zum Frühstück kam heute kein kranker und gebrochener Mann wie früher. Heute erschien ein entschlossener König. Er hat uns unfreundlich angeschaut, kein Wort mit uns gesprochen, sondern leise Selbstgespräche geführt, was er sonst nicht tut. Ich habe in seiner Nähe gesessen und zweimal Fetzen von dem verstehen können, was er vor sich hinmurmelte. Es wiederholten sich die Worte: ‚David', ‚verhaften', ‚hinrichten', ‚sofort'. Ich hielt es nicht für ratsam, etwas zu entgegnen, zu fragen oder gar zu widersprechen, denn seine Augen waren eisig. Es hätte nur schaden können, denke ich. Na ja, plötzlich hat er sich mit mürrischem Blick erhoben und Doeg rufen lassen, den Anführer der Sicherheitstruppe. Dann hat er ohne ein Wort den Thronsaal verlassen."

„Doeg?", fragte David.

„Ja, Doeg", erwiderte Jonathan. „Der Mann, der für Verhaftungen zuständig ist."

David erschrak, sein Gesicht zuckte unwillkürlich.

„Deine Bestürzung scheint begründet zu sein. Wahrscheinlich schwebst du in Gefahr, vielleicht sogar in Todesgefahr. Ich kann dir nur einen Rat geben: Fliehe sofort aus der Stadt!" Jonathan senkte die Augen, seine Ohnmacht schmerzte ihn. Er wusste, dass es diesmal nicht in seiner Macht lag, seinen besten Freund zu schützen.

„Nein, niemals", rief Michal, die dem Gespräch der Männer entsetzt gelauscht hatte.

Jonathan tat seine Schwester zutiefst Leid. Dennoch fuhr er fort: „Ich werde im Palast berichten, du hättest deine Familie nach Bethlehem begleitet."

Michal kamen die Tränen. Sie fühlte sich ratlos und blickte bange auf David, der von einem Augenblick zum anderen blass geworden war. Er hatte einen Gesichtsausdruck, den sie bei ihm nicht kannte.

In den letzten Tagen hatte David an nichts anderes denken können als an die Hochzeit, die wegen des merkwürdigen Verhaltens des Königs ständig an einem dünnen Faden gehangen hatte. Nur sie war wichtig gewesen, mit allem anderen wollte er sich später befassen. Darum traf ihn Jonathans Warnung jetzt wie ein Blitz. *Gestern hat der König mir noch den Hochzeitssegen erteilt, heute bringt mir Jonathan das Todesurteil.* Es war aus. Und diesmal endgültig. *Also doch alles liegen lassen und fliehen?* Alles in ihm wehrte sich dagegen. Gab es wirklich keine Rettung mehr? *Vielleicht geschieht noch ein Wunder.* Mehrere Male schon hatte er sich in einer aussichtslosen Lage befunden, und dann war doch noch alles gut geworden.

Ein Hoffnungsschimmer tauchte auf und er sagte: „Es ist doch nicht ausgeschlossen, dass der König seine Auffassung auch rasch wieder ändert? Das hat er doch schon öfter getan."

Jonathan entsann sich des Gesprächs, das der Vater mit ihm und mit Michal nach einem Frühstück kurz vor der Verlobungsverkündung geführt hatte, und schüttelte den Kopf. „Ich denke nicht."

Unwillig lenkte David ein und sagte: „Gut, ich werde mich auf die Flucht vorbereiten, wie du es mir rätst. Aber ich bleibe solange in der Stadt wie nur irgend möglich." Seine Worte hatten einen bitteren Unterton.

Michal, die sonst so stolze Prinzessin, kauerte zusammengesunken auf ihrem Kissen wie ein Häufchen Unglück. Nur Bruchstücke der Unterhaltung waren in ihr Bewusstsein gedrungen, aber unterschwellig befürchtete sie das nahende Ende ihres gerade erst begonnenen Glücks. „Ich habe Angst", hauchte sie tonlos, schaute erwartungsvoll zu ihrem Bruder und dann zu ihrem Mann. *Die beiden müssen doch einen Ausweg finden! Wenn nicht sie, wer sonst?* Aber die Männer schienen Michals Anwesenheit vergessen zu haben.

Jonathans Miene war noch ernster geworden. „David", sagte er, „es könnte sein, dass wir beide zum letzten Mal in Ruhe miteinander reden." Seine Stimme klang verantwortungsbewusst. „Deshalb möchte ich ein Thema ansprechen, das mir als ältestem Königssohn besonders am Herzen liegen muss." Der Thronfolger schaute David in die Augen. „Ich schließe nicht aus, dass du einmal König werden wirst."

David sah ihn verblüfft an. Das erste Mal hatte ihm Samuel prophezeit, dass er König werden würde, damals hatten die Worte wie ein Märchen geklungen. Inzwischen war er aber schon Prinz geworden und so dem Thron näher gerückt. Dass aber der Kronprinz diese Möglichkeit offen in Erwägung zog, ließ ihn aufhorchen.

Jonathan fuhr fort: „Ich möchte dich bitten: Sollte dieser Fall eintreten, räche dich nicht an Sauls Nachkommen, auch wenn sie dir bei deinem Aufstieg hinderlich sein sollten."

Die Worte waren wie ein Keulenschlag. Alle schwiegen, die Stille wog schwer, man konnte sie beinahe mit Händen greifen.

Mit wenigen Worten hatte Jonathan eine schreckliche Vermutung geäußert, die David unversehens tief getroffen hatte. *Wie kann er nur annehmen, ich könnte seiner Familie Leid antun?* Jonathans

Familie war jetzt auch seine Familie. David war völlig ratlos. *Habe ich auch sein Vertrauen verloren?* Die Frage bohrte in ihm. Wie sollte er antworten?

Um Zeit zu gewinnen, erklärte er, dass er sich nicht vorstellen könne, einmal König zu werden. Es klang wenig überzeugend. Er spürte es und fügte hinzu: „Aber wenn du es wünschst, will ich dir schwören, in Zukunft immer auf der Seite deiner Familie zu stehen und sie mit allen Kräften zu unterstützen."

Zu Davids Erstaunen nickte Jonathan.

David hob feierlich die Hand und sprach laut und deutlich: „Ich schwöre bei Jahwe."

Michal, die David und Jonathan aufmerksam beobachtete, konnte den Sinn ihrer Unterhaltung nicht begreifen. Wie kam ihr Bruder überhaupt dazu, solch einen unsinnigen Verdacht zu äußern? Wie konnte er David schwören lassen? Er war ihr Mann und sein Freund. Sie wusste genau, das was Jonathan gesagt hatte, war alles Unsinn.

Der Königssohn schloss David in die Arme und sagte: „Der Schwur hatte alle Zweifel ausgeräumt. Ich werde für dich alles tun, was ich nur kann, lieber David." Dann nahm er das Thema Flucht wieder auf. „Solltest du dich dazu entschließen, werde ich dich am zweiten Tag darauf am frühen Morgen beim Bogenschießstand erwarten. In der Nacht kannst du dich dort in den dichten Büschen verstecken. Ich werde dir dann berichten, wie sich die Dinge am Hof entwickelt haben und ob du ohne Gefahr in die Stadt zurückkehren kannst."

Als Jonathan den Hof verlassen hatte, begann Michal leise zu weinen. David umarmte sie und streichelte ihr langes, seidiges Haar. Mit seinen Gedanken war er aber schon weit fort. Die Flucht beschäftigte ihn und vor allem die Frage: „Wohin?"

Michal spürte seine wachsende Unruhe und ihr Weinen ging in lautes Schluchzen über. Er nahm sie auf die Arme, trug sie nach oben auf ihr Lager, kniete nieder und drückte zärtlich ihre Hand. Im Schlafzimmer fühlte sie sich geborgen, und es ging ihr besser. Erschöpft legte sie sich auf die Seite und schlummerte ein.

Nach dem Aufwachen war sie gefasst und zuversichtlicher.

◆ ◆ ◆

Die Flucht ging David nicht mehr aus dem Sinn. Er wollte vorbereitet sein. Michal und Josef - nur er war noch im Hause, die Dienerschaft hatte frei - sollten ihm helfen. Gemeinsam begannen sie die Suche nach Dingen, die von Nutzen sein konnten. Beim Rundgang durch das Haus fanden sie in einem Abstellraum eine Leiter und eine Seilrolle. Zu ihrer Überraschung erblickten sie dort auch eine mannshohe hölzerne Götzenfigur, maßen ihr aber keinerlei Bedeutung zu. Danach wurde Josef aufs Dach geschickt. Von dort aus sollte er die Straße beobachten.

Am Abend sprachen David und Michal erneut über eine mögliche Verhaftung. „Vor dem Morgengrauen wird nichts geschehen", sagte Michal. „Die Häscher müssen doch etwas sehen können, wenn sie dich ergreifen wollen." Sie fügte in sachlichem Ton noch hinzu: „Auch weiß ich von früher, dass Vater unliebsame Maßnahmen, die die Bevölkerung nicht erfahren sollten, immer kurz vor Sonnenaufgang ausführen ließ, wenn die Stadt noch menschenleer war."

„Wahrscheinlich hast du Recht. Aber darauf kann ich mich nicht verlassen. Ich will gerüstet sein." Er zog sich den alten Hirtenrock an und legte die kleine Hirtentasche zurecht, in der sich ein Dolch sowie seine Schleuder mit drei Steinen befanden. Er fügte noch zwei gesäuerte Brote hinzu. Ununterbrochen war er angespannt und lauschte den Geräuschen auf der Straße, von wo das Unheil kommen konnte.

Die Sterne am Himmel durchliefen ihre Bahnen wie immer, aus der Stadt drang kein Laut mehr. Es war spät in der Nacht, als David und Michal endlich eng aneinander geschmiegt einschliefen.

Als es bereits dämmerte, rüttelte Josef seinen Herrn an der Schulter. „Sie kommen! Es sind sieben Männer. Offensichtlich ist Doeg ihr Anführer."

Auch Michal war sofort wach. Erst jetzt begriff sie, dass es sich nicht um ein Spiel handelte. Nein, es ging um Davids Leben! Sie wunderte sich über ihre Selbstbeherrschung, nach außen wirkte sie völlig ruhig.

Plötzlich ertönte lautes Klopfen an der Hoftür. „Aufmachen!" Das war Doegs Stimme.

Michal gab dem Diener kurze Anweisungen und schickte ihn zum Tor. Das Klopfen wurde lauter. Doeg wiederholte seine Aufforderung. „Aufmachen! Los, schnell!"

„Es ist Nacht", antwortete Josef gelassen. „Es ist mir verboten, um diese Zeit jemanden ins Haus zu lassen. Komm später wieder."

„Wir kommen auf Befehl des Königs!", rief die Stimme von draußen.

„Das ändert die Sache", lenkte Josef ein. „Ich muss aber trotzdem die Zustimmung meines Herrn oder meiner Herrin einholen. Warte also!"

Etwas später erschien Michal in einen dunklen Mantel gehüllt auf dem Dach des Seitenflügels, der an die Straße grenzte. Streng schaute sie von oben auf Doeg herab. „Du kommst auf Befehl des Königs?"

„Ja ...", Doeg stockte und fügte nach einer Pause deutlich leiser hinzu: „... Prinzessin."

„Und wie lautet dein Befehl?"

„Wir sollen Hauptmann David ben Isai sofort zum König in den Palast bringen."

„Das ist nicht möglich. Mein Mann ist schwer krank, er kann sich nicht vom Bett erheben. Sobald er wieder gehen kann, wird er sich beim König melden", sagte sie so glaubhaft wie nur möglich. Sie musste Zeit gewinnen, und das konnte sie nur erreichen, wenn sie ruhig Blut behielt.

„Er ist bestimmt noch betrunken von der Hochzeit", sagte einer von Doegs Leuten halblaut.

Michal hatte es trotzdem verstanden, packte die Gelegenheit beim Schopf und entschied sich für einen Einschüchterungsversuch. Sie zeigte mit der Hand auf den Mann, der sich die Äußerung geleistet hatte und rief. „Dich werde ich bestrafen lassen! Wie ist dein Name?"

Der Angesprochene stotterte: „Ich ... ich ... habe nicht ..."

„Doch, du hast! Wie heißt du?"

„Natanel", antwortete der Mann kleinlaut.

In solch einem Ton hatte Doeg die Prinzessin noch nie zuvor sprechen gehört. Er war verblüfft und verlor seine Dreistigkeit.

Michal nutzte die Gunst des Augenblicks erneut und fuhr den Anführer der Truppe scharf an: „Du gehst sofort zum König! Du berichtest ihm, was ich gesagt habe und fragst ihn dann, was er befiehlt. Verstanden?"

Doeg hatte mit offenem Mund zugehört. Fassungslos starrte er die Prinzessin an und konnte sich nicht von der Stelle rühren.

„Hast du etwa nicht gehört? Los!" Sie machte eine gebieterische Geste.

Doeg gehorchte. Er befahl Natanel und einem zweiten Mann, vor dem Hause Wache zu halten und rückte dann mit den übrigen vier zum Palast ab.

*Was für ein Dummkopf!,* dachte Michal. *Lässt nur zwei Posten vor dem Tor zurück.* Warum ließ er das Haus nicht auch auf der anderen Seite bewachen? *Damit hätte er uns einen bösen Streich gespielt,* überlegte sie gefasst. *Wenn David die Flucht noch gelingen soll, darf ich keine Zeit verlieren.*

Sie eilte die Treppe hinunter. Im Hof traf sie auf Josef und wies ihn an, den Götzen aus der Abstellkammer zu holen. Dann flitzte sie wie ein Wiesel in die Wohnung.

„Doeg hat zwei Wachleute vor dem Tor zurückgelassen. Von der Straße her können sie die Vorderwand und die Seitenwände des Hauses überblicken, also ist eine Flucht nur durch eins der Ostfenster möglich", schilderte sie ihrem Mann die Lage.

Ihr klares Denken überraschte David. Diese Michal kannte er noch nicht. *Gut so,* dachte er und atmete erleichtert auf.

Im Erdgeschoss gab es überhaupt keine Außenfenster und die Ostfenster im Obergeschoss waren schmale, direkt unter der Decke quer liegende Mauerschlitze. Normalerweise konnte man nicht hindurch steigen, doch für einen schlanken Mann wie David musste es möglich sein, sich von innen nach außen hindurch zu zwängen. Sie stellten die am Vortag entdeckte Leiter an eines der Fenster, dann kletterte David hinauf. Oben angekommen erkannte er, dass es aussichtslos war, sich mit dem Kopf voran durch den Schlitz zu schieben, denn so musste er unweigerlich auf die vorgestreckten Hände oder gar auf den Kopf stürzen. Er überlegte schnell. Schwieriger, aber weniger gefährlich erschien ihm der Sprung mit den Beinen voran.

„Mach schon", drängte Michal.

David nickte und schob den linken Fuß in die Fensteröffnung. Mit der rechten Hand hielt er sich an der obersten Sprosse fest. Sein Körper hing in der Luft. Hastig ergriff Michal einen Stuhl, kletterte hinauf und stützte ihren Mann mit ganzer Kraft ab. David war überrascht, dass die zarte Prinzessin so viel Kraft aufbringen konnte. Jetzt schob er auch den rechten Fuß nach und zwängte sich langsam auf dem Bauch liegend durch den schmalen Mauerschlitz. Eine kurze Umarmung, ein letzter Kuss. „Ich komme wieder", flüsterte er. Sie drückte ihm das Seil in die Hand, dessen Ende sie selbst festhielt.

„Ich liebe dich", sagte sie mit weicher Stimme. Tränen rollten über ihre Wangen. „Vergiss mich nicht!"

„Warte auf mich!", flüsterte er noch, stieß sich dann mit ganzer Wucht ab und verschwand aus ihrem Blickfeld.

Die Leine riss Michal um, doch sie ließ sie nicht aus den Händen. David hing auf halber Höhe. Springen wollte er nicht, da der Boden unter ihm mit großen, ungleichmäßigen Steinen übersät war. Bei einem unglücklichen Aufprall könnte er sich den Fuß verrenken. Darum rief er leise hinauf: „Leine nachlassen, aber ganz langsam."

Michal sollte die Leine stückweise freigeben, doch der Versuch misslang, stattdessen entglitt ihr der Riemen …

Ein dumpfer Aufschlag. Sie erschrak zu Tode. Doch David war mit beiden Füßen auf einer flachen Steinplatte unversehrt gelandet und rief: „Geschafft." Ohne auf die Schürfwunden an ihren Handflächen zu achten, stieg Michal nun selbst auf die Leiter und warf den Rest des Seils und die Hirtentasche hinunter. *Jahwe gib, dass ihn keiner gesehen hat,* betete sie inbrünstig und ließ sich erschöpft auf ihr Bett fallen.

Zur gleichen Zeit erschien Josef in der Tür und meldete: „Herrin, Doeg kommt mit seinen vier Leuten zurück."

Sofort war sie wieder auf den Füßen. „Hast du es geschafft?"

„Ja, Herrin“, antwortete er schon auf der Treppe, als unten das Tor von Schlägen dröhnte.

Michal stieg wieder auf das Dach. Als Doeg sie erblickte, rief er – nun respektlos und mit frecher Miene: „Wir haben Befehl, ihn mitsamt seinem Bett in den Palast zu bringen.“

Michal war über seine Dreistigkeit empört. Was heißt „ihn“? Für Doeg war David Hauptmann oder Prinz, auf keinen Fall aber irgendein „er“. Sie schluckte die Kränkung herunter. *Nur eins ist wichtig: Ich muss Zeit gewinnen.*

„So lautet der Befehl des Königs“, ergänzte Doeg und grinste höhnisch.

Die Prinzessin zwang sich zu einer ruhigen Erwiderung. „Ich lasse sofort öffnen.“

Kurz darauf führte Michal den sich rüpelhaft aufführenden Doeg mit seinen Leuten ins Gästezimmer im Seitenflügel, wo vorgestern noch Baruch geschlafen hatte. Die Tür stand weit offen, aber Josef verstellte mit seinem Körper entschlossen den Eingang. Doeg trat einen halben Schritt zur Seite und schaute an ihm vorbei in den Raum. Wirklich, dort lag tatsächlich ein Mann auf dem Bett. Er hatte rötliche Haare und Davids Größe. Unterwegs waren Doeg nämlich Zweifel gekommen, ob David überhaupt krank sei oder ob das nur eine Ausrede der Prinzessin war. Doch nun waren seine Bedenken verflogen. „Vier Männer zum Bett!“, befahl er barsch und versuchte, Josef beiseite zu schieben.

„Nicht so hastig, mein lieber Doeg!“, entgegnete Michal im Befehlston. „Er ist ohnmächtig. Bei eurer Unachtsamkeit fällt er bestimmt aus dem Bett. Ich werde ihn noch mit einem Riemen festschnallen.“

Die Anwesenden schauten tatenlos zu, wie die Prinzessin eine zweite, dünne Decke auf die Gestalt im Bett legte, damit auch das Gesicht verhüllte und schließlich einen Riemen um die Oberschenkel spannte. Wieder drängte sich Doeg in den Raum, doch mit einer gebieterischen Handbewegung befahl sie ihn zurück. Sorgfältig band sie den leblos daliegenden Körper mit einem zweiten Riemen in Brusthöhe an das Bett fest.

Doeg trat von einem Bein auf das andere, während er innerlich fluchte. Der König war ungeduldig gewesen, als er den zweiten Befehl erteilt und ausdrücklich Eile befohlen hatte.

Michal überprüfte die Riemen gewissenhaft und sagte: „Er ist bereit. Tragt ihn vorsichtig! Sollte ihm unterwegs etwas zustoßen, werdet ihr es mir büßen." Ihre Augen funkelten Doeg zornerfüllt an, ihr Hass war echt. Doch der blieb unbeeindruckt und grinste wieder höhnisch. Er schien zu wissen oder wenigstens zu ahnen, was dem Hauptmann drohte.

Michal schaute mit gemischten Gefühlen zu, wie das Bett mit dem Götzen aus schwerem Eichenholz von vier Männern durch den Hof getragen wurde. *Doeg wird hoffentlich nicht unter die Decke schauen,* dachte sie mit wachsender Furcht. Angstschweiß lag auf ihrem Körper. Nein, er tat es nicht, wenigstens noch nicht. Kaum hatte sich die Hoftür hinter Doeg und seinen Männern geschlossen, verließen Michal die Kräfte wieder. Sie wäre gestürzt, hätte Josef sie nicht aufgefangen. Er führte sie ins Haus zurück, wo sie das Bewusstsein verlor. Den Diener überfiel die Angst, er holte Wasser und sprühte es der Prinzessin behutsam ins Gesicht, während er flehentlich betete: „Herr, gib, dass sie wieder aufwacht!"

Die Zeit schien stillzustehen.

◆ ◆ ◆

Endlich schlug die Prinzessin die Augen auf. „War ich bewusstlos?", fragte sie und als er nickte, wollte sie wissen: „Wie lange?"

Er zuckte die Achseln. „Lange."

Eine quälende Unruhe ergriff sie. „Haben sie ihn gefasst? Ist etwas geschehen?"

Josef begriff sofort, dass die Prinzessin nach David fragte. Er schüttelte den Kopf.

Michal atmete auf, blickte zum Himmel und flüsterte: „Jahwe, ich danke dir!" Dann hielt sie inne, versuchte, sich zusammenzunehmen und wandte sich an Josef. „Du warst mutig und tüchtig, aber die Beteiligung an der Täuschung mit dem Götzen wird man dir im Palast nicht verzeihen. Auch du musst die Stadt so schnell wie möglich verlassen." Tiefe Sorge lag in ihrer Stimme. „Das gleiche gilt für Samma, Abinadab und Joab. Versuche sie zu verständigen, ehe der Tag im Lager anbricht. Um diese frühe Stunde schlafen sie bestimmt noch in ihrem Zelt. Ihr müsst fort, ehe man sich im Palast auf euch besinnt."

◆ ◆ ◆

David hatte die ihm nachgeworfene Leine aufgewickelt und in die Tasche gesteckt. Gebückt lief er zur Südmauer, wo es am Ende der Querstraße eine Treppe zum Wehrgang gab. Dort wollte er hinauf.

Die Nachtwachen auf den Mauern waren um diese Stunde schon abgezogen. Es gab nur noch Wachleute auf den Türmen, auf jedem ein Mann. David kannte die Verhaltensregeln und wusste, dass die letzten erst beim Öffnen des Tores durch neue Posten ausgetauscht würden. Die Männer hatten die halbe Nacht auf den Türmen gestanden und waren müde. Sie durften sich nicht setzen, das verbot die Vorschrift, aber sie hatten gelernt, im Stehen zu schlafen, wenn sie glaubten, es sich leisten zu können. Jeder von ihnen hatte seine Pflicht getan, so gut er konnte. Zu dieser Zeit aber dachten sie nur noch an die Ablösung und an den Schlaf in ihrem Zelt.

David schaute sich um und sah, wie Doeg mit dem Götzen auf dem Bett im Festungstor verschwand. Er atmete auf. Die Täuschung war gelungen. Jetzt eilte die Zeit. Auf der vorletzten Stufe der Mauertreppe duckte er sich und erkundete die Lage.

Die Sonne zeigte sich gerade über den Bergen weit hinter dem Jordan und blendete den Posten auf dem Westturm. Anstatt in die lästige Helligkeit zu blicken, schaute er lieber den Frauen nach, die graziös mit Krügen auf dem Kopf dem Stadttor zustrebten, um Wasser zu holen. Der Posten auf dem Ostturm war mit dem Riemen seiner Sandale beschäftigt, die sich anscheinend gelöst hatte.

Der Augenblick war günstig. David kroch leise auf die Mauer, legte die vorbereitete Seilschlinge um eine Zinne und ließ sich behände herab. Das Seil musste er zurücklassen, weil er die Schlinge von außen nicht mehr lösen konnte. Sie würde zwar den Verfolgern die Stelle verraten, von wo er geflohen war, aber das hatte er bei der Wahl der Fluchtstelle mit bedacht.

Die Stadtmauern waren von einem etwa fünfzig Schritt breiten kahlen Gürtel ohne Sträucher, die Schutz bieten könnten, umgeben. Diesen musste David nun überwinden. Mit der Hirtentasche in der Hand lief er um sein Leben. Erst als er die Gärten dahinter erreichte, schaute er sich zum ersten Mal um. Die Wachleute hatten anscheinend nichts bemerkt, denn sie schlugen keinen Alarm. Er war aus ihrem Blickfeld entschwunden und konnte aufatmen.

## 2

Als der König den Betrug mit dem Götzen bemerkte, brüllte er Doeg wutentbrannt an: „Du bist zwar treu, aber dümmer als ein Schaf! Wahrscheinlich ist David schon längst geflohen. Weit kann er aber noch nicht sein. Du musst ihn fassen!"

Doeg schaute entsetzt auf seinen Herrn, auf den Götzen und dann wieder auf seinen Herrn. Er schämte sich. Wie konnte er sich bloß so hereinlegen lassen – und dazu noch von einer Frau!

„Schnell!", mahnte ihn der König zur Eile.

*Für die Vorbereitung einer Flucht braucht man Zeit,* überlegte Doeg beim Verlassen des Palastes und folgerte, dass sich David noch in der Stadt oder auf der Mauer versteckt halten müsste. Also schickte er je einen Mann auf die Süd-, die Ost- und die Nordmauer, die übrigen drei noch einmal in das Haus der Prinzessin, das gründlich durchsucht werden sollte. Er selbst rannte zum Tor und ließ es schließen.

Bei der Überprüfung der Zinnengänge wurde das Seil gefunden, das David bei seiner Flucht zurücklassen musste. Doeg frohlockte, denn nun er hatte den ersten Anhaltspunkt. Er setzte zwei Zweiergruppen seiner Leute auf die Wege an, die nach Bethlehem führten. *Aber wenn dieser Fuchs mit Absicht eine falsche Spur gelegt hat?* Doeg schickte nach dieser Überlegung seine dritte Zweiergruppe in die entgegengesetzte Richtung los. Den Vergleich, eine Nadel im Heuhaufen zu suchen, konnte er nicht verdrängen.

Der Tag verging, am Abend kehrten die zwei Gruppen unverrichteter Dinge in die Stadt zurück, die dritte erst am Morgen.

Doeg hatte einen begründeten Verdacht.

◆ ◆ ◆

Am Vortag hatte David Michals Frage, wohin er denn eigentlich fliehen wolle, bewusst übergangen. Er wollte selbst ihr nicht verraten, dass er vorhatte, zu dem bei Hofe verhassten Propheten Samuel zu fliehen. Sie hätte es nicht verstanden. Rama, der Wohnort Samuels, lag im Nordosten von Gibea, etwa eine halbe Tagesreise entfernt. Den Gottesmann, der ihn in Bethlehem gesalbt hatte, wollte er ohne Umschweife fragen, ob er mit seiner Unterstützung rechnen könne. Schließlich war er es gewesen, der mit der Salbung in Bethlehem zu seiner gegenwärtigen misslichen Lage beigetragen hatte ...

Es war also schon Abend, als David müde, schmutzig und hungrig an die Tür des Propheten klopfte. Langsame, schleppende Schritte drangen an sein Ohr. *Jahwe sei Dank!,* betete er. Sein mühsamer Weg war nicht umsonst gewesen.

Samuel zeigte sich erfreut, als er David erkannte. David konnte sich frisch machen, dann bewirtete der Prophet den hungrigen Gast. Schließlich saßen sie im Schein einer kleinen Öllampe bis in die tiefe Nacht beisammen.

Es zeigte sich, dass der alte Mann über vieles, was in Gibea vor sich ging, bestens unterrichtet war. *Er muss dort jemanden haben, der ihn auf dem Laufenden hält,* dachte David.

„Ich bin mit deiner Entwicklung zufrieden", lobte der Prophet den Besucher und fuhr dann fort: „Weißt du, der künftige König muss mit der Kriegsführung vertraut sein, er muss die Staatsgeschäfte beherrschen und, was nicht weniger wichtig ist, er muss das Vertrauen und die Anerkennung des Volkes besitzen. Auf all diesen Gebieten hast du große Fortschritte gemacht, mein Sohn."

*Er sieht in mir den zukünftigen König! Die Salbung war also echt,* vergewisserte sich David. Seine Augen hingen an den Lippen des Propheten.

„Gehorsam ist das wichtigste." Der junge Mann verstand nicht, welchen Gehorsam Samuel meinte. Sollte er ihm gehorsam sein? Er wollte eine Frage stellen, aber der alte Mann setzte seine Rede ohne Unterbrechung fort: „Am fehlenden Gehorsam Jahwe gegenüber ist König Saul gescheitert. Jetzt quälen ihn böse Geister und Dämonen. Und das wird sich wohl auch nicht ändern."

Jetzt endlich kam David dazu, eine Frage zu stellen: „Wie soll es weiter gehen?"

„Gottes Absichten sind unergründlich, aber ich werde für dich beten."

David erstarrte. *Beten? Nicht mehr?* Er hatte den langen Weg nicht auf sich genommen, um ihn um Gebete zu bitten. Er brauchte wirksame Hilfe.

Dann kam es noch schlimmer. Der Prophet bedeutete ihm, dass er wieder gehen müsse, solange es noch finster sei. Er wollte ihm einen dunklen Mantel mitgeben, damit er in der Nacht nicht so auffalle, wie jetzt in seinem hellen Hirtenrock. Samuel bemerkte Verwunderung in den Augen des jungen Mannes und erklärte: „Du weißt, bei Wutanfällen erteilt der König widersinnige Befehle, die sofort ausgeführt werden. Er könnte mich, den alten Mann, verfolgen und in seinem Wahn verhaften lassen, wenn er von deiner Anwesenheit in meinem Hause und von meiner Hilfeleistung erführe."

*Also hat selbst der große Samuel Angst vor dem König,* dachte David enttäuscht. Seine Hoffnungen, bei dem Propheten Unterstützung zu finden und sich bei ihm für das Königsamt vorzubereiten, waren zerstoben. Zum ersten Mal fühlte er sich verlassen und ratlos.

Samuel gab ihm noch ein Brot und eine zweihenkelige Wasserflasche mit auf den Weg, verabschiedete sich von ihm, öffnete die Tür einen Spalt breit und schaute hinaus. Er war nicht sicher, ob sich auf der gegenüberliegenden Seite ein Schatten bewegt hatte. „Es gibt noch einen Hinterausgang", flüsterte er David zu und zog ihn im Dunkeln am Ärmel hinter sich her. „Lauf schnell zwischen den beiden kleinen Häusern hindurch, dann verbergen dich Sträucher. Jahwe ist mit dir!"

In Davids Kopf drehte sich alles wie ein Mühlrad. Wie hatte er nur glauben können, mit einem alten, vereinsamten Mann, einem

Greis, gegen das mächtige Gibea antreten zu können? Die Angst musste ihm den Verstand geraubt haben. Er schämte sich seiner Einstellung vom Vortag. Nur Jonathan war sein wahrer Freund, niemand anders. Auf ihn konnte er zählen. Und auf Michal, deren Besonnenheit und Tatkraft bei der Flucht ihn tief beeindruckt hatte.

Sein Schwager hatte versprochen, zwei Tage nach der Flucht zum Bogenschießplatz zu kommen. Und er würde sein Versprechen auch halten. Bestimmt hatte er sich bei seinem Vater für ihn verwendet, und alles würde wieder werden, wie es gewesen war. Damit wäre der böse Traum endlich vorüber.

Mit neuer Hoffnung setzte David seine Wanderung fort.

◆ ◆ ◆

Am Tag nach der großen Aufregung mit dem Götzen schaute Jonathan vorsichtig in den Thronsaal und fragte den Vater, ob er ihn sprechen könne.

Saul blickte ihn unfreundlich an. „Wenn es denn sein muss."

Jonathan erkannte, dass der Augenblick für ein heikles Gespräch nicht gerade günstig war, doch er spürte den Zeitdruck, der auf ihm lastete. Einmal musste es sein. So erkundigte er sich zuerst nach dem Befinden des Vaters. Saul antwortete nicht. Der Sohn kam dann auf David zu sprechen und versuchte zu beweisen, dass der Verdacht gegen den Schwiegersohn unbegründet sei. Der Vater knurrte böse, aber Jonathan ließ nicht locker. „Es stimmt nicht, dass David einen Umsturz plant."

„Er plant keinen Umsturz, sagst du?" Der König runzelte die Stirn und erklärte, dass man David in der letzten Nacht in Rama gesehen habe. „Und was tut er da, ausgerechnet bei dem Mann, der meinen Untergang beschlossen hat? Leider haben Doegs Leute, diese törichten Kerle, ihn nicht gefasst."

Jonathan war verblüfft. „Das kann nicht sein! Es muss sich um einen Irrtum handeln!"

„Ein Irrtum? Ha! Es passt doch alles zu der Salbung in Bethlehem, oder nicht? Gemeinsam wollen die beiden unsere Familie vernichten. Dann wird Samuel sich brüsten können, dass sein Fluch in Erfüllung gegangen ist. Bist du wirklich so dumm, dass du die Zusammenhänge nicht begreifst? David ist ein gefährlicher Betrüger, mein Sohn!" Die Augen des Königs hatten einen bösen Glanz bekommen.

Jonathan schien an eine derartige heuchlerische Verlogenheit seines Freundes nicht glauben zu können. Schließlich hatte der ihm doch geschworen, nichts gegen den König zu unternehmen. „Aber Vater ..."

Das war zu viel für Saul. Voller Zorn sprang er hoch, brüllte: „Verräter!", ergriff wutentbrannt den immer neben dem Thron stehenden Speer und schleuderte ihn gegen die Wand, wobei er Jonathan nur um Haaresbreite verfehlte. „Das soll dir eine Warnung sein. Der nächste trifft!"

Wortlos und zutiefst erschüttert verließ Jonathan den Thronsaal. Der Bruch zwischen Vater und Sohn war soeben besiegelt worden. Der Thronfolger wollte nicht so recht an an die vom Vater vorgebrachten Verleumdungen glauben, doch Zweifel an Davids Ehrlichkeit waren gesät ...

◆ ◆ ◆

David hatte sich in den Büschen am Bogenschießstand versteckt. Nun, in der Morgendämmerung, blickte er zwischen den Ästen hindurch auf die vor ihm liegenden hohen Mauern. In diese Stadt wollte er unbedingt zurück. Er hatte sich auch schon einen Plan für die nächste Zukunft zurecht gelegt. Zunächst wollte er sich für eine Weile aus dem öffentlichen Leben zurückziehen, sich so unauffällig wie möglich verhalten und die Zeit in seinem neuen Haus mit seiner schönen Frau verbringen. Er dachte an Michal und an ihre Zärtlichkeiten. Das Glück war zum Greifen nah. *Wenn Jonathan kommt, wird alles wieder gut werden.*

Der Strauch, den David sich ausgesucht hatte, war dicht gewachsen. Er hatte sich mit Gewalt zwischen seine Äste schieben müssen und sie drückten ihn nun von allen Seiten. Wieder blickte er zur Rampe vor dem Stadttor. Es wimmelte dort schon von Leuten. Endlich lösten sich aus dem Menschenknäuel zwei unterschiedlich große Gestalten. „Das sind sie! Jonathan und sein Pfeilbursche." Nur noch dreißig, zwanzig, zehn Schritte trennten die Freunde voneinander. David schob vorsichtig die Äste noch etwas mehr auseinender, um besser sehen zu können. *Warum ruft er mich denn nicht beim Namen?*, wunderte er sich. Stattdessen ließ sich Jonathan einen Pfeil geben, spannte den Bogen und schoss. Der Pfeil flog an der Zielscheibe vorbei und landete weit weg im Abseits. Der Junge lief sofort los, um den Pfeil zu suchen.

Als der Bursche genügend weit entfernt war, fragte Jonathan laut: „Bist du da? Kannst du mich hören?"

„Ich danke dir, dass du gekommen bist …"

Jonathan unterbrach David mitten im Satz und fragte, um sicher zu gehen: „Hast du heute früh auf dem Übungsplatz schon jemanden gesehen?"

„Nein, habe ich nicht. Warum? Kann ich herauskommen?"

„Nein, auf keinen Fall! Ich habe schlechte Nachrichten, der Vater hat sich nicht umstimmen lassen. Er hat Verfolger ausgesandt, die dich gefangen nehmen oder töten sollen. Ich muss Schluss machen, der Pfeiljunge kommt zurück. Dein Versteck darfst du jetzt auf keinen Fall verlassen."

David war sprachlos, die Nachricht entsetzte ihn. Seine ganze Welt stürzte in sich zusammen. Jonathan nahm von dem Burschen den nächsten Pfeil entgegen und schoss erneut. Auch die anderen Pfeile aus dem Köcher schnellten nacheinander von der Sehne. Sie trafen zwar alle den Stand, waren aber von ihrem Mittelpunkt weit entfernt. „Offenbar ist heute ein schlechter Tag", sagte Jonathan zu seinem Begleiter. „Wir brechen die Übung ab und kehren heim."

Der Bursche schaute seinen Herrn verwundert an, lief zur Scheibe und riss die Pfeile heraus, während sich die beiden Freunde halblaut voneinander verabschiedeten. „Grüße mir Michal von Herzen und sage ihr, dass ich sie über alles liebe!", flüsterte David zum Abschied. Jonathan schluckte und wischte sich eine Träne aus dem Auge. Er glaubte wieder unerschütterlich an die Ehrlichkeit seines Freundes. „Leb wohl, nein: Auf Wiedersehen!", stotterte er mit tränenerstickter Stimme.

◆ ◆ ◆

Dann waren der Prinz und sein Pfeiljunge schon wieder auf halbem Weg zur Stadt. David konnte es nicht fassen. Noch vor wenigen Tagen war er gefeierter königlicher Schwiegersohn in einem schönen Haus, heute dagegen ein Ausgestoßener, ein gejagtes Freiwild.

Der enge Sitzplatz in den Sträuchern wurde immer lästiger. Das verschmutzte Hirtenkleid klebte an seiner feuchten Haut, das Wasser in der Flasche ging zur Neige und vor ihm lag noch ein langer, heißer Tag. *Wie soll es bloß weitergehen?* Er wusste weder ein noch aus. Samuel hatte ihm keinen Unterschlupf und keine Unterstützung gewährt, Jonathan hatte ihm die Rückkehr nach Gibea nicht ermöglicht. Sein Aufstieg schien endgültig gescheitert, nun ging es nur noch ums nackte Überleben. Mit einer solchen Wende hatte er nicht gerechnet. Für diesen Fall hatte er keinen Plan.

◆ ◆ ◆

Seit Davids Flucht und Josefs Weggang hatte Michal außer Uschu niemanden mehr gesehen. Tagsüber hatte sie in ständiger Angst gelebt, in den Nächten sich unruhig auf ihrem Bett hin und her gewälzt. War sie dann irgendwann doch erschöpft eingeschlafen, schreckte sie stets bald wieder hoch. In ihrem Kopf hämmerten immer die gleichen Fragen. *Ist David die Flucht gelungen? Wo mag er sein? Hoffentlich ist er in Sicherheit. Wie wird Vater auf meinen Betrug mit dem Götzen reagieren? Wird er mich bestrafen?* Nur Jonathan, ihr großer, vertrauter, kluger Bruder konnte ihr in ihrer Situation noch helfen. *Aber warum besucht er mich nicht? Bestimmt hat er schwerwiegende Gründe. Er wird schon noch kommen, sobald er kann, dessen bin ich mir sicher. Und er wird Rat wissen!* An diese Hoffnung klammerte sie sich mit dem Rest ihrer Kräfte.

Michal war den Tränen nahe. Warten war zu ihrer Hauptbeschäftigung geworden. Um kein Klopfen zu überhören, hatte sie sich im Hof von Uschu einen Sessel aus Kissen bauen lassen. Hier saß sie, schlummerte ein und erwachte wieder.

*Hat jemand ans Tor gepocht? Oder habe ich mich verhört?*

Sie horchte. Tatsächlich, das Klopfen wurde wiederholt, diesmal lauter. Uschu musste es auch vernommen haben, denn sie lief zur Hoftür und öffnete. Als Michal ihren Bruder erblickte, sprang sie ihm mit einem Freudenschrei entgegen, warf sich an seine Brust und schluchzte.

„Was ist mit David?", war ihre erste Frage. Sie erinnerte sich an die Verabredung der Männer noch vor der Flucht. „Hast du ihn gesehen? Hast du mit ihm gesprochen?"

„Gerade eben. David ist unversehrt und gesund. Er lässt dir sagen, dass er dich über alles liebt."

Ihre Augen leuchteten auf. Das war die erste gute Nachricht seit zwei Tagen. Michal musste sich setzen, sie fühlte sich schwach, aber glücklich. Das Schlimmste war also nicht eingetreten. David war frei und wohlauf. Das war im Augenblick das Allerwichtigste. Voller Unruhe fragte sie jedoch weiter: „Was geschieht nun?"

*Was soll ich der armen Michal nur antworten?* Jonathan kämpfte mit sich und sann über eine erträgliche Antwort nach, fand aber keine und entschied sich für die bittere Wahrheit. „Unsere - deine Sache steht schlecht. Jeden anderen hätte die Täuschung mit dem Götzenstandbild das Leben gekostet. Dein Glück, dass du Vaters Lieblingstochter bist. Aber das Ganze ist leider noch nicht ausgestanden. Wir müssen eine glaubhafte Ausrede finden, um Vaters Zorn auf dich zu beschwichtigen, ehe er eine Entscheidung trifft."

Jonathan hörte im Geiste wieder den dumpfen Knall vom Einschlag des Speeres, den der Vater im Thronsaal gegen ihn geschleudert hatte. Das eigene Vergehen, seine hartnäckige Verteidigung des Freundes, war weit geringer als das Vergehen seiner Schwester. Nur eine überzeugende Lüge konnte sie retten. „Ich habe mir eine Geschichte überlegt."

Michal horchte auf und hing an seinen Lippen. Sie hatte gewusst, dass ihr großer, kluger Bruder einen Ausweg wissen würde. Warum machte er dabei aber so ein verlegenes Gesicht?

Jonathan erklärte ihr seine Notlüge. „David hat dich mit einem Messer bedroht. Du musstest ihm helfen, um dein eigenes Leben zu retten. Den Götzen hat er vor seiner Flucht selbst auf das Bett gelegt und dir befohlen, seinen Plan nach der Flucht zu Ende zu führen.

Sonst würde er dich töten lassen. An dem Schwindel mit Davids Krankheit hättest du nur aus Angst und gegen deinen Willen teilgenommen." Michal streckte ihm abwehrend die Hände entgegen, er ließ sich aber nicht beirren. „Diese Geschichte werde ich den Geschwistern erzählen."

„Nein!", schrie Michal auf. „Mit diesen Lügen können wir David nicht belasten! Sie werden ihn zum Erpresser und Verbrecher machen und seine Verfolgung rechtfertigen. Nein, niemals!" Sie war verzweifelt und weinte bitterlich. Die Ringe unter ihren Augen wurden noch dunkler.

Jonathans Stimme klang todernst. „David ist in Sicherheit. Jetzt geht es um dein Leben. Du hast keine andere Wahl, du musst tun, was ich dir vorschlage, wenn du dich retten willst. Dein Tod würde David nichts nützen, ganz im Gegenteil." Große Tränen rannen unaufhaltsam über Michals Gesicht. Sie tat ihm so unendlich Leid, er drückte sie fest an sich. „Ich glaube, David würde dir auch dazu raten."

Diese Begründung schien zu wirken. „Meinst du wirklich?"

„Ich bin mir sicher."

Sie hatte aufgehört zu weinen. „Du bist mein großer, kluger Bruder. Ich will tun, was du für richtig hältst."

◆ ◆ ◆

Wichtige Ereignisse wurden in Gibea dem Volk stets durch einen Herold bekannt gegeben. Die Bevölkerung wartete ungeduldig auf eine Erklärung dafür, warum David, der frischgebackene königliche Schwiegersohn, aus der Stadt geflohen war und warum er verfolgt wurde. Saul fühlte sich unter Zeitdruck. Ihm war immer noch kein einleuchtender und überzeugender Wortlaut für eine öffentliche Mitteilung eingefallen. Da wiederholte Esch-Boschet beim Frühstück Michals Geschichte über ihre Rolle bei Davids Flucht. Der Bericht kam dem König gerade recht, er stellte David als einen gewissenlosen und brutalen Menschen dar. Zwar kamen Saul auch Zweifel, ob die Geschichte überhaupt stimmte, doch im Augenblick war ihm ihr Wahrheitsgehalt nicht so wichtig.

Auf dem Marktplatz ließ er noch am gleichen Tag verkünden: „Dem Hofe liegen Beweise vor, dass David ben Isai ein Erpresser, Staatsverräter und Umstürzler ist. Dieser Tatbestand ist erst nach der Hochzeit bekannt geworden. Als David zu den Vorwürfen Stellung nehmen sollte, ist er geflohen, wobei er Prinzessin Michal mit einem Messer bedrohte und sie zwang, ihm bei der Flucht zu helfen. Ein unschuldiger Hauptmann flieht nicht im Morgengrauen über die Mauer aus der Stadt. Mit diesem Schritt hat er vielmehr seine Schuld eingestanden. Wer dem Flüchtling Hilfe erweist, wird streng bestraft. Wer hingegen zu seiner Ergreifung beiträgt, wird großzügig belohnt."

Im Heerlager war die Bekanntmachung vom Marktplatz wie ein Blitz eingeschlagen. Die Männer steckten die Köpfe zusammen und tuschelten. David ein Umstürzler? Der Mehrheit, aber besonders seinen Landsleuten, den Judäern, schienen die Beschuldigungen unzutreffend und wenig glaubhaft.

Aber es gab auch andere Stimmen. Bei der Auseinandersetzung um Davids Schuld oder Unschuld wurde deutlich, dass nicht alle im Lager den steilen Aufstieg des jungen Hauptmanns mit Wohlwollen verfolgt hatten. Viele der Männer hatten jahrelang treu im Heer gedient und vergebens auf eine Beförderung gewartet. Und da kam plötzlich ein Neuling daher und überholte sie alle. Sie waren auf David neidisch, doch bislang war es nicht ratsam, vielleicht sogar gefährlich gewesen, kritische Ansichten zu äußern, weil augenscheinlich der einflussreiche Königssohn hinter dem glatten Emporkömmling stand. Nun brauchten sie kein Blatt mehr vor den Mund zu nehmen. Chiram, ein Hauptmann der Judäer, war der erste, der sich öffentlich zu der königlichen Verlautbarung bekannte und David ausdrücklich einen schändlichen Verräter nannte.

Saul war tief enttäuscht, dass sich nur ein einziger judäischer Hauptmann gegen David ausgesprochen hatte. So überlegte er, wie er die Meinungsbildung im Heerlager noch beeinflussen könnte. Da die Stelle des Oberhauptmanns der Judäer nach Baruchs Weggang frei geworden war, befahl er dem Feldoberst kurzerhand, Chiram zum Oberhauptmann zu ernennen. Abner war dagegen, weil er dessen Fähigkeiten für diesen wichtigen Posten in Frage stellte.

„Dann soll er es wenigstens vorläufig werden“, entschied der König. Er wollte ein Zeichen setzen, das alle verstehen sollten: Davids Gegner werden bevorzugt!

## 3

Sofort nach Davids Flucht hatte Josef den Auftrag der Prinzessin befolgt und Davids Verwandte, seine Brüder und Joab, aufgesucht.

Alle vier saßen nun hinter den Zelten unter der Stadtmauer verborgen, um ungestört beraten zu können. Schon nach kurzer Zeit herrschte Einigkeit. Joab, der sich als Kopf der Vierergruppe verstand, schob sein Kinn vor und fasste zusammen: „Abinadab besorgt vier eiserne Kurzschwerter und vier Leinen. Samma, du sprichst mit Hauptmann Ner.“

Josef, der an dem Betrug mit dem Götzen teilgenommen hatte und dadurch am stärksten gefährdet war, sollte sich bis Mitternacht versteckt halten.

Ohne Zeit zu verlieren, machte sich Joab auf die Suche nach Lea. Er traf sie auf dem Marktplatz beim Einkaufen schwarzer Oliven. Er winkte sie in eine menschenleere Ecke, berichtete ihr über Davids Flucht und sagte: „Ich fliehe ebenfalls heute Nacht, zusammen mit Davids Brüdern. Vielleicht müssen wir uns alle eine Zeit lang verstecken. Wir brauchen eine Person in der Stadt, die uns über geplante Verfolgungen unterrichtet. Könntest du diese Aufgabe übernehmen?“

Lea schüttelte leicht den Kopf. „Ich würde euch gern helfen, aber in der Wohnstadt, außerhalb des Lagers, weiß man nur wenig über das, was da drinnen vorbereitet wird.“

„Ich finde es gut, dass du nicht gleich nein sagst“, entgegnete Joab dankbar. Er berichtete, dass Samma sich gerade in dieser Angelegenheit bei Ner befinde, und fuhr fort: „Der Hauptmann wird über die nötigen Informationen verfügen. Du brauchst nur hin und wieder unauffällig in seine Nähe zu kommen, so dass er sie dir ohne größeres Risiko für euch beide mitteilen kann."

Lea hörte aufmerksam zu. Sie bemühte sich, ruhig zu bleiben, trotzdem zitterten ihr die Hände. *Sie hat Angst,* dachte Joab und hatte dafür Verständnis. Gern hätte er ihr noch etwas Nettes gesagt, doch sie konnten nicht lange beieinander stehen, ohne Aufmerksamkeit zu erregen. Daher musste er sich kurz fassen. „Folgendes wäre meine, unsere Bitte: An jedem dritten Tag der Woche holst du recht früh, gleich nach Öffnung des Tores, beim Brunnen Wasser. Im dichten Gestrüpp hinter der Wasserstelle wird ein Mann auf dich warten. Wer es sein wird, kann ich noch nicht sagen. Wenn du sichtlich ungeschickt einen Krug Wasser verschüttest, ist das das Zeichen dafür, dass du etwas mitzuteilen hast. Er wird dann auf eine Gelegenheit warten."

Lea hörte gespannt zu. *Der Vorschlag klingt vernünftig,* dachte sie erleichtert. Schließlich stimmte sie zu. Dann trennten sie sich unauffällig wieder, obwohl sie beide ein starkes, bis zum Hals hinaufreichendes Herzklopfen verspürten.

*Weiß sie wirklich, worauf sie sich da einlässt?*, überlegte Joab auf dem Rückweg ins Lager. *Sie muss bis über beide Ohren in David verliebt sein. Für mich oder Davids Brüder wäre sie dieses Risiko sicher nicht eingegangen. Frauen sind seltsame Geschöpfe. Für ein nettes Wort, für ein Lächeln des angebeteten Mannes sind sie bereit, alles aufs Spiel zu setzen.*

◆ ◆ ◆

Seit Davids Flucht waren nun schon mehrere Tage vergangen und der König hatte noch immer nicht entschieden, wie Michal für ihren unerhörten Betrug bestraft werden sollte. Seine Lieblingstochter hatte ihn, den König, lächerlich gemacht! Ihre Geschichte hatte er zwar für seinen Zweck nutzen können, doch glauben konnte er sie nicht. Heute hatte er sich zu einem Entschluss durchgerungen. Er suchte seine Frau Ahinoam auf und teilte ihr mit, dass er seine verblendete Tochter Michal nie wieder sehen wolle. Die geringste Strafe wäre, sie aus der Stadt zu verbannen. „Soll sie sehen, wie sie allein, ohne ihren Vater, zurechtkommt!"

Die Mutter erbleichte und entgegnete stockend, dass sie dann mit Michal ebenfalls fortgehen würde.

So sehr war Saul an Ahinoam nicht mehr gelegen. Gerade jetzt, wo sie aufsässig wurde, hätte er sie gern mit der Tochter ziehen lassen, aber einen neuen Familienskandal konnte er sich derzeit nicht leisten. Also gab er nach und ging auf ihren Vorschlag ein: Michals Ehe sollte gelöst werden - dazu hatte er als König das Recht - und sie sollte sofort außerhalb von Gibea erneut verheiratet werden.

◆ ◆ ◆

Und wieder waren drei Tage vergangen. Ein Diener betrat den Thronsaal und meldete, dass Lajisch und sein Sohn Palti im Vorraum warteten.

Ein höhnisches Grinsen glitt über Sauls Antlitz.

Als Lajisch und Palti in den Thronsaal geführt wurden, rätselten sie immer noch über den Grund der Einladung. Der König erhob sich von seinem Sessel, kam verbindlich lächelnd auf sie zu und bot ihnen Kissen zum Sitzen an. Er selbst kehrte nicht zu seinem Thron zurück, sondern ließ sich bei ihnen nieder und schaute sich den jungen Mann, den Ahinoam als künftigen Schwiegersohn auserwählt hatte, aufmerksam an: Zwanzig Jahre alt, mittelgroß, blass, Ohren und Mund ein wenig zu groß, sonst aber nichts Auffälliges. Saul hatte gegen ihn nichts einzuwenden.

Er erkundigte sich bei seinen Gästen nach ihrer Reise und nach ihrem Wohlbefinden, bevor er ihnen den Anlass erläuterte, warum er sie nach Gibea gebeten hatte.

Lajisch machte einen verwunderten Eindruck. Palti staunte noch mehr, er konnte sein plötzliches Glück kaum fassen.

„Und der Brautpreis?", fragte Lajisch.

„Der Brautpreis enthält nur eine Bedingung: Es darf zu keinem Treffen zwischen David und Michal kommen ..."

Ungebeten fiel ihm Palti, der vor Freude kaum sitzen konnte, ins Wort: „Dafür werde ich schon sorgen." Als ihn der Vater strafend anschaute, errötete er bis über die großen Ohren.

Zum ersten Mal nach langer Zeit musste Saul schmunzeln. Er

dachte belustigt: *Der Junge gefällt mir.* Alles schien sich ohne Schwierigkeiten zu entwickeln. Erleichtert ließ der König seinen zweitältesten Sohn Esch-Boschet rufen, den Ahinoam schon vorher in den Heiratsplan mit Palti eingeweiht hatte. Saul erteilte noch einige Anweisungen und entließ seine Gäste besonders freundlich.

◆ ◆ ◆

Michal saß im Hof auf ihrem Lieblingsplatz und weinte, als es laut ans Tor pochte. Uschu öffnete und ließ die Gäste eintreten. Als die Prinzessin ihren Bruder Esch-Boschet zusammen mit Palti und Lajisch kommen sah, wischte sie sich schnell die Tränen fort und wartete etwas erstaunt.

„Willst du uns nicht zum Sitzen einladen?", fragte Esch-Boschet.

Michal hatte sich gefasst und schickte die Dienerin nach Sitzkissen, Bechern, einem Krug Wasser und einem Krug Wein. Als Uschu alles herbeigeschafft hatte, nahmen die Gäste Platz.

Palti aber heftete seine Augen auf Michal. War das die lebensfrohe, heitere und stolze Prinzessin, die er vor einem Jahr kennen gelernt und die er bis vor kurzem noch so sehr bewundert hatte? Nein, sie war nur noch ein Schatten ihrer selbst. Das Gesicht war schmaler geworden, unter den verquollenen Augen lagen dunkle Ringe.

Eine böse Ahnung stieg in Michal auf. Warum kam ausgerechnet Esch-Boschet, den sie noch nie hatte sonderlich leiden können, mit Gästen zu ihr und nicht Jonathan? Jetzt wandte sich der Bruder ihr zu mit den Worten: „Ich muss dich alleine sprechen. Lass uns ins Haus gehen." Nur ungern folgte sie ihm. Ohne Umschweife, förmlich wie ein Bote und ohne mit der Wimper zu zucken, teilte er ihr den Beschluss des Vaters mit.

Benommen musste sie sich setzen. „Nein! Niemals!", rief sie verzweifelt.

„Wenn du einen Wutanfall des Vaters vermeiden willst, musst du gehorchen! Ich will nicht ausmalen, was sonst mit dir geschehen würde."

Sie ließ den Kopf hängen.

Sein erstes Ziel hatte er erreicht. Sie war eingeschüchtert. In einem längeren Gespräch versuchte er Michal jetzt davon zu überzeugen, dass sie froh sein könne, mit einer so geringen Strafe davon zu kommen.

Mit einer Träne im Auge blickte sie den Bruder kalt an: „Du hast Recht, ich habe keine andere Wahl. Ich muss mich dem grausamen Willen meines Vaters beugen. Es ist aus zwischen uns, für immer."

Die Frau, die aus dem Haus in den Hof trat, war nicht mehr dieselbe, die sie eben noch gewesen war. Ihre Augen waren eisig, die Gesichtszüge hart. Sie hatte das Gefühl, von allen verlassen zu sein und wusste plötzlich, dass sie von nun an ganz auf sich allein gestellt war und nichts mehr in Gibea verloren hatte. Jetzt wollte sie stark sein. Das war sie auch David schuldig. Wenn er mich braucht, muss ich auch im Stande sein, ihm zu helfen.

Es fand eine verkürzte Heiratszeremonie statt. Der strahlende Palti und die betrübte Michal, der alles gleichgültig war, was um sie herum geschah, standen nebeneinander. Lajisch, der Vater Paltis, und Esch-Boschet in Vertretung des Vaters der Braut erteilten den Segen und sprachen die nötigen, vom Gesetz vorgeschriebenen Formeln.

Dem Ritual entsprechend hatte nun der Bräutigam die Braut zu küssen. Palti wandte sich Michal zu, streckte strahlend seine Arme nach ihr aus und spitzte die Lippen.

Michal trat, wie von einer Tarantel gestochen, einen Schritt zurück und giftete ihren soeben angetrauten Ehemann an: „Rühr mich nicht an! Nicht jetzt und jemals sonst!" Ihre Augen schleuderten Blitze.

Paltis Arm fiel wie leblos herab, das Gesicht erstarrte zu einer steinernen Maske und auch die Sprache hatte es ihm verschlagen. Ein Sturz vom Himmel in die Tiefe. Hilflos schaute er seinen verblüfften und erschrockenen Vater an, der beide Hände an die Schläfen presste.

„Die Heirat ist vollzogen", sagte Esch-Boschet geistesgegenwärtig, um der Schwester mit dieser Formel den Rückzug abzuschneiden. Wie durch eine Wand hörte sie ihren Bruder sagen: „Lass deine Sachen packen! Der Vater möchte, dass der Hochzeitszug morgen früh, noch vor Sonnenaufgang, ehe das Leben in der Stadt erwacht, Gibea verlassen hat."

Für Michal war auch das ein harter Schlag. Sie ließ die Männer stehen, ging zu ihrer Dienerin, umarmte sie - zum ersten Mal in ihrem Leben - und sagte: „Du kommst mit!"

Uschu nickte zuerst wortlos, erwiderte dann: „Vielleicht wird doch noch alles gut", um ihre Herrin zu trösten.

„Vielleicht", stimmte ihr Michal wie ein fernes Echo zu und dachte: *Ja, David, mein mir rechtmäßig angetrauter Mann, wird kommen und mich holen. Gallim eignet sich für eine Entführung weit besser als Gibea.* Dieser Gedanke gab ihr neue Kraft. „Uschu, wir packen! Bring zuerst Davids Sachen. Sie müssen alle mit. Verstaue sie in der schönen Truhe mit dem verzierten Deckel."

Die drei Männer trauten ihren Ohren nicht. Jeder war auf eine andere Weise schockiert, als sie ohne ein Wort der Verabschiedung den Hof verließen.

## 4

David hatte einen ganzen Tag gehabt, um nachzudenken. Abends verließ er hungrig und durstig sein Versteck am Schießstand, entschlossen zu einer Flucht über das Hochgebirge. *Dort wird man mich am allerwenigsten vermuten,* hoffte er.

Eine schmale Mondsichel beleuchtete nur schwach den wenig ausgetretenen Weg. Seine Kräfte schwanden, die aufgesprungenen Lippen schmerzten, aber er taumelte weiter. Bald ging die Steinwüste in eine grüne Steppe über, ein sicherer Hinweis auf eine nahe Quelle. „Ich muss sie nur finden", sagte er vor sich hin und horchte aufmerksam in die Nacht.

Wirklich, da plätscherte etwas. Mit letzter Kraft schleppte er sich auf das Geräusch zu. Es wurde lauter und deutlicher. Er quälte sich weiter. Endlich! Ein träges Rinnsal quoll aus dem Felsen hervor und ergoss sich in eine Pfütze. Gierig fing er das kostbare Nass in seinen zu einer Schale geformten Händen auf. Nachdem er dreimal von der köstlich schmeckenden, kühlen Flüssigkeit geschlürft hatte, konnte er wieder denken. *Zuerst muss ich etwas zu essen finden, damit ich zu Kräften komme.* Mit Verfolgern musste er überall rechnen, doch am geringsten schien ihm das Risiko in einem Heiligtum. Er entschied sich für Nob, wo er den Hohenpriester kannte - wenigstens vom Sehen her.

Es war kurz vor Mitternacht des folgenden Tages, als David von der Höhe des Bergpfades das hundert Schritte unter ihm liegende, im gleißenden Mondlicht gebadete Heiligtum erblickte. Es war von hohen Mauern umgeben, die ein Rechteck bildeten. Nur mit Mühe konnte er darin zwei große Gebäude erkennen, wahrscheinlich die Wohnhäuser der Priester, und ein drittes kleineres, wohl der Kultraum. Um besser sehen zu können, kniff er die Augen zusammen. In der Mitte der Anlage gewahrte er noch einen quadratischen Block, das musste der Brandaltar sein.

David wusste, dass Nob ein neues Heiligtum war. Es war errichtet worden, kurz nachdem die Philister das alte Heiligtum in Schilo zerstört hatten. Den Priestern war es damals gerade noch gelungen, ihr nacktes Leben zu retten. Sie hatten alles stehen und liegen lassen müssen, einzig das Ephod konnten sie mitnehmen, ein besonderes Kleidungsstück, das bei wichtigen Amtshandlungen vom Hohenpriester getragen wurde.

Vorsichtig kletterte David den Hang hinab, betrat die Straße vor dem Kloster und schaute sich um. Beklemmende Stille, niemand war zu sehen. David hatte trotzdem das Gefühl, nicht allein in diesem Tal zu sein. Ein erneuter Blick rundherum. Nichts Verdächtiges. Er zögerte nicht länger, sondern trat an das Tor des Klosters. Es war verschlossen. Mit einem faustgroßen Stein, den er vom Weg aufgehoben hatte, pochte er an die Tür. Ein dunkles, leises Echo hallte von den Bergen zurück.

„Was ist denn los?", meldete sich unwillig eine verschlafene Männerstimme. David klopfte erneut. „Wir öffnen bei Sonnenaufgang!", fuhr dieselbe Stimme fort. Sie klang verärgert.

„Mach sofort auf! Ich komme im Namen des Königs zu eurem

Hohenpriester Ahimelech. Ich habe es eilig", befahl David gebieterisch.

Der Schieber im Tor bewegte sich und ein Auge erschien im Guckloch. Der Priester sah einen ärmlich gekleideten Mann und fragte mit offenem Argwohn: „Du kommst vom König? Du? Wer bist du denn?"

Der wortgewandte Besucher überzeugte den Mann schnell von der Wichtigkeit und Dringlichkeit seiner Aufgabe und wurde eingelassen. Der Priester weckte Ahimelech, der bald, sich noch die Augen reibend, in einem langen weißen Gewand im Hof erschien. Sein volles Haar und der lange Bart schimmerten hell. Eine große Würde ging von ihm aus. David hatte diesen Mann schon einmal gesehen, damals, als er am Neumondfest in Gibea teilgenommen hatte. David war damals Hauptmann der Ehrenwache vor dem Festungstor gewesen und konnte sich noch gut an ihn erinnern.

Auch Ahimelech erkannte den Besucher sofort. Für ihn gab es nicht den geringsten Zweifel, dass es sich um den Schwiegersohn des Königs handelte. Aber warum erschien der Prinz nachts, allein und in schäbige Kleidung gehüllt hier im Heiligtum? Die königlichen Prinzen reisten immer in Begleitung, das wusste der Hohepriester nur allzu gut. Unschlüssig und mit unüberhörbarem Bedenken in der Stimme fragte er den Besucher. „Bist du allein?"

„Nein, vier Leute halten sich im Gebüsch vor dem Tor versteckt." David hatte Ahimelechs Zaudern bemerkt und ohne auf weitere Fragen zu warten, erklärte er dem Hohenpriester, dass er sich in geheimer Mission befinde und darum als Hirte verkleidet sei. Sein Aufbruch wäre so eilig gewesen, dass er weder Waffen noch Wegzehrung hatte mitnehmen können. Worum es bei seinem Auftrag gehe, könne er nicht einmal einem Priester anvertrauen, denn der König habe strenge Geheimhaltung befohlen.

„Was führt dich nun zu uns, zu mir, mitten in der Nacht?", fragte Ahimelech schon freundlicher.

„Ich brauche für mich und meine Leute etwas zu essen und Waffen."

*Ein merkwürdiges Anliegen,* dachte der Priester erstaunt, zeigte seine Verwunderung aber nicht und ging sachlich auf die erste Bitte ein. „Oh, du kommst an einem schlechten Tag. Gestern hat es fast gar keine Speiseopfer gegeben. Wir sind sechsundachtzig Männer hier in diesem Heiligtum. Alles wurde bereits zum Abend verzehrt. Aber heute werden wieder Opfergaben erwartet. Wenn du bis Mittag…" „Nein, nein!", fiel David ihm ins Wort. „Wir sind in Eile und können nicht warten."

„Mhm", brummte Ahimelech nachdenklich. „Da du dich in ungewöhnlicher Mission befindest, muss ich wohl eine Ausnahme machen." Er wandte sich um und schritt auf das kleine Gebäude zu, schob den Türvorhang im Eingang beiseite, betrat den Kultraum und zündete die Öllampen des siebenarmigen Leuchters, der Menorah, eine nach der anderen an. In dem jetzt gut erleuchteten Raum erblickte David den Schaubrottisch. Darauf lagen zwölf Brote in zwei Stapeln. Die Anzahl bezog sich auf die zwölf Stämme der Hebräer. An jedem Sabbat wurden die Brote gegen frische, von Leviten gebackene ausgetauscht. Die alten wurden dann im Heiligtum von den Priestern verzehrt. Ahimelech nahm fünf Brote und legte sie in einen Beutel. „Für jeden eins", murmelte er dabei, und reichte David das Päckchen mit den Worten: „Ich freue mich, dass ich dir helfen konnte." Dann wurde er verlegen. „Schlimmer steht es um dein zweites Anliegen. Wir sind Priester und haben keine Waffen, bis auf zwei, den Dolch und das Schwert Goliats, deine damalige Beute aus dem Ela-Tal. Sie werden, wie du wohl weißt, in unserem Kultraum als Siegestrophäen aufbewahrt."

Natürlich erinnerte sich David sehr gut an diese Waffen. Der riesige Dolch wäre für ihn, einen mittelgroßen Mann, das richtige Kurzschwert. Oft hatte er davon geträumt, ihn zu besitzen und rief jetzt begeistert: „Den Dolch hätte ich gern."

Er beobachtete, wie Ahimelech mit langsamen, würdevollen Schritten den Schaubrottisch umrundete. Auf einer Bank lagen zwei in schwarze Tücher gehüllte, lange Gegenstände. Der Hohepriester bückte sich, hob das kürzere Paket auf und wickelte es aus.

David erkannte die Waffe sofort und stürzte entzückt in den Kultraum.

„Halt!", wehrte Ahimelech ab. „Nur Priester dürfen hier eintreten."

Das Verbot war höflich, aber bestimmt. Der junge Mann murmelte eine Entschuldigung. Ahimelech trat feierlich aus dem Kultraum, wobei er den Dolch auf seinen ausgestreckten Händen trug. „Mit Jahwes Hilfe hast du ihn damals erbeutet. Nun möge er dich verteidigen, wann immer es nötig ist.“

Die Übergabe kam einer Zeremonie gleich. David verneigte sich voller Ehrfurcht vor dem Gottesmann, bedankte sich förmlich und fügte plötzlich und unerwartet hinzu: „Ich hätte noch eine Bitte an dich, Ahimelech. Könntest du Jahwe für mich befragen?“

Der Priester war in den Bann des jungen Prinzen geraten, er hätte ihm keine Bitte mehr abschlagen können. „Das will ich gerne tun.“ Er kehrte in den Kultraum zurück und kam mit dem Ephod auf dem weißen Kleid zurück, einer Brusttasche aus allerfeinstem Gewebe. Sie war mit Edelsteinen besetzt, zwölf rechteckige, verschiedenfarbige Juwelen in vier verschiedenen Reihen. In der Brusttasche wurden die Lose Urim und Thummim verwahrt. Es waren längliche Steine gleicher Gestalt, die verschiedene Zeichen trugen. Das Urim bedeutete „ja“, das Thummim „nein“. Mit ihrer Hilfe konnten Gott vorgelegte Fragen beantwortet werden.

„Wie lautet deine Frage an Jahwe?“

„Ich sagte schon, dass ich meine Aufgabe nicht verraten, also meine Frage nicht laut äußern darf. Genügt es, wenn ich sie in Gedanken stelle?“

„Dein Wunsch ist nicht üblich, doch will ich wegen der besonderen Umstände auch diesmal eine Ausnahme zulassen. Trage Jahwe deine Frage leise vor, während ich bete.“ Ahimelech hob beide Arme gen Himmel, verharrte eine Weile in diesem Zustand, griff dann in die Brusttasche und brachte einen Stein hervor. Er betrachtete ihn zuerst selbst, dann zeigte er ihn David. Es war das Urim. „Du wirst Glück haben. Dein Wunsch wird in Erfüllung gehen.“

David war überwältigt vor Freude, fiel auf die Knie und umarmte die Beine des alten Mannes, der ihm die Hand auf den Kopf legte. „Nicht ich, sondern Jahwe, der Herr, hat dir die gute Antwort erteilt.“

◆ ◆ ◆

Auf dem Hang hinter der Straße hatte Doeg schon früh am Abend seinen Beobachtungsposten bezogen. Er war eingeschlafen, aber dann hatte ihn das Klopfen an der Pforte geweckt. Allerdings konnte er niemanden sehen, weil das Tor des Heiligtums im Mondschatten lag. Er beobachtete es dennoch aufmerksam. Eine Tür wurde geöffnet. Kein Zweifel, mitten in der Nacht hatten die Priester jemanden eingelassen. Könnte der nächtliche Besucher etwa David gewesen sein? Dann hätte er endlich die Spur des verhassten Flüchtlings gefunden. Er beschloss zu warten, doch die Augen fielen ihm immer wieder zu. Widerwillig machte er Kniebeugen, um wach zu bleiben.

Abermals knarrte der Riegel im Tor, und Doeg wurde hellwach. Die Tür öffnete sich erneut einen Spaltbreit und ein Mann mittlerer Größe, in einen schwarzen Mantel gehüllt, kam heraus. Als er wenige Schritte später in das Mondlicht trat, konnte Doeg deutlich ein Schwert an seiner Seite erkennen. Das war mit Sicherheit kein Priester. Aber wer dann? Vielleicht doch David? Schon wollte er hinunterstürzen, aber dann verließ ihn der Mut. „Allein kann ich es mit diesem Teufelskerl ja nicht aufnehmen", entschuldigte er seine Feigheit. „Man darf nie unüberlegt handeln. Aber jetzt weiß ich wenigstens, dass die verdächtige Gestalt den Weg nach Bahurim eingeschlagen hat."

Der Himmel rötete sich schon im Osten, als Doeg von seinem Beobachtungsplatz herunter kam und zum Tor des Heiligtums schritt. Es gelang ihm, mit dem Priester, der auch in der Nacht Wache gehalten und alles mit angesehen hatte, ins Gespräch zu kommen und ihn unauffällig, wie ganz nebenbei, über den Nachtbesuch auszufragen. Bald war es gewiss: David war im Heiligtum gewesen. Doeg hatte auch erfahren, was Ahimelech alles für den Gast getan hatte. Zähneknirschend trat er den Heimweg nach Gibea an.

◆ ◆ ◆

Doegs Vermutung, David hätte den Weg nach Bahurim eingeschlagen, war falsch. Auf der nächsten Kreuzung hatte der Flüchtling den nach Bahurim führenden Pfad verlassen und sich gen Bethlehem gewandt. Er hatte fünf Brote und eine volle Wasserflasche dabei, war außerdem bewaffnet und zusätzlich war Jahwes Befragung zu seinen Gunsten ausgefallen.

David hörte Vögel zwitschern und fand, dass die am Rande seinen Pfades wachsenden, farbigen Disteln auffallend schön waren. Die Harfe, die er in Gibea zurücklassen musste, fiel ihm ein, er vermisste sie sehr.

Am späten Nachmittag des folgenden Tages erblickte er in der Ferne Bethlehem. Die Stadt lag auf einem Hügel, umringt von alten, noch aus kanaanitischer Zeit stammenden, langsam bröckelnden Mauern. Nach kurzer Zeit hatte er auch seine ehemalige Herde ausgemacht. Die Schafe leuchteten auf der Weide wie helle Punkte. Als es dunkel wurde, schlich er sich vorsichtig dorthin. Die Tiere schliefen friedlich in der Hürde, kein Blöken war zu hören. Eine sanfte Stille lag über der Steppe, als er schließlich das Hirtenhäuschen erreichte, in dem er früher so oft genächtigt hatte. Wie hatte er es damals gehasst! Heute aber erschien es ihm als begehrte ruhige Wohnstatt. Die Tür stand offen. Drinnen erblickte er das alte, bequeme Lager aus Reisig und Fellen und darauf eine schnarchende Gestalt. Es war Ozem!

David rief ihn beim Namen. Ozem sprang auf und war sofort hellwach.

„Ich bin es. David, dein Bruder. Keine Angst!"

Der Schein des Mondes beleuchtete David. Ozem erkannte ihn sofort und kam heraus. „Gut, dass du erst in der Nacht gekommen bist", sagte er nach einer kurzen Begrüßung. Man hat dich schon überall hier und in der Stadt gesucht. Wir waren alle in großer Angst um dich."

David wurde bewusst, dass er seine Familie in große Schwierigkeiten gestürzt hatte. Beklommen sagte er: „Erzähl!"

Ozem hob die Schultern und berichtete, was vorgefallen war: „Vier bewaffnete Männer waren heute Mittag in der Stadt. Sie durchsuchten unser Haus und verkündeten außerdem auf dem Marktplatz, dass jeder bestraft werde, der dem Verräter David ben Isai, Hilfe bei seiner Flucht leiste. Auch beauftragten sie den Stadtvorsteher, sofort durch einen Boten in Gibea Meldung zu erstatten, wenn du auftauchen solltest. Hier oben auf der Weide haben sie die Schlafstatt durchwühlt, um zu sehen, ob du dich vielleicht dort versteckt hältst. Einer der Männer hat mich wie einen Hund mit dem Schaft seines Speeres geschlagen und wütende Flüche ausgestoßen. „Wir werden ihn schon kriegen", hat er gemault." Ozem senkte den Kopf.

„Und die Eltern?" fragte David besorgt.

Der Bruder berichtete, dass die Mutter ständig weinte und der Vater, um Jahre gealtert, schweigsam unter der Tamariske sitze.

Sprachlos starrte David vor sich hin. Der Vater tat ihm am meisten Leid. Noch auf der Hochzeit war er stolz wie ein Pfau auf seinen Jüngsten gewesen. Die Ereignisse danach mussten ihn tief getroffen haben.

Ozems Worte schlugen wie Peitschenhiebe auf David ein. Er fühlte sich schuldig bei dem Gedanken, der König könnte auch seine Familie verfolgen. Also noch eine Sorge. Dann teilte er seinem Bruder schweren Herzens mit, er werde noch im Schutze der Nacht nach Westen ziehen. Er habe vor, sich eine Zeit lang in den berüchtigten Höhlen von Adullam aufzuhalten. Er rechne damit, dass Samma, Abinadab und Joab Gibea verlassen hätten und bald hier auf der Weide aufkreuzen würden. Dann sollten sie ihm nach Adullam folgen. „Dasselbe gilt auch für dich und die Brüder zu Hause, sobald euch eine Verhaftung drohen sollte", sagte David noch und packte dann mit Ozems Zustimmung vier gesäuerte Brote, zwei Stücke Käse und einen Beutel mit geröstetem Korn in seine Hirtentasche.

Dann verschluckte ihn die Finsternis.

# 5

Zwei Tage später erreichte er Adullam, eine Ruine, einen menschenleeren Grenzort in öder Landschaft, den die Philister nie in die von ihnen verwalteten Gebiete einbezogen hatten. Auch das hebräische Königshaus hatte nichts unternommen, die Herrschaft auf diese Gegend auszudehnen. Es war Niemandsland. In den nahegelegenen Höhlen hielten sich oft geflohene Sklaven, Diebe und allerlei Gesindel auf.

David hatte sich in einem Gebüsch versteckt und beobachtete die vor ihm liegende rotgelbe Felswand mit mehreren dunkel gähnenden Löchern. Er hatte keinen Zweifel, dass es sich um Eingänge in die vermuteten Höhlen handelte. Niemand war zu sehen, also verließ er sein Versteck und schlich zur nächstliegenden Felsöffnung.

„Was willst du hier?“, fragte plötzlich eine raue Stimme aus der Dunkelheit.

David griff unbewusst nach seinem Dolchschwert, ließ es aber stecken.

„Sag mal, Kleiner, wo hast du denn das schöne Ding gestohlen? Zeig mal her!“

„Du scheinst nicht besonders tapfer zu sein, wenn du dich vor einem einzigen Fremden verbirgst“, war Davids Antwort.

„Sei nicht so frech, sonst ramme ich dir meinen Speer in den Bauch.“

David wechselte die Taktik und sagte: „Lieber Freund, ich suche eine bequeme, sichere Höhle, um mich auszuschlafen. Kannst du mir nicht dabei helfen? Ich habe noch zwei Brote, die können wir teilen.“

„Zeig zuerst die Brote her“, klang es versöhnlicher.

*Warum spricht der Mann wohl so undeutlich?*, fragte sich David, während er eins der Brote aus der umgehängten Tasche heraus nahm und seinem unsichtbaren Gesprächspartner entgegenhielt. „Wollen wir Freunde werden?“

Eine schmutzige Gestalt in einem zerlumpten Hemd, dessen

ehemalige grüne Farbe man mehr schlecht als recht erahnen konnte, trat aus der Öffnung hervor und ließ seinen Speer zu Boden fallen. Auf der rechten Wange leuchtete eine hässliche Narbe. Als er entgegnete: „Du kannst Jechiel zu mir sagen", bemerkte David, dass dem Mann in der rechten Hälfte des verunstalteten Oberkiefers alle Zähne fehlten.

„Ich bin David ben Isai."

„Aha." Er kaute schon auf dem Brot, das ihm der Ankömmling gereicht hatte und sprach mit vollem Mund, noch undeutlicher als zuvor: „In der Höhle rechts befindet sich ein weiches Lager aus dünnen Ästen mit einem Fell darüber. Ruh dich aus, dann sehen wir weiter."

David vertraute dem Mann, nahm sein Angebot an und schlief – mit seinem Dolchschwert unter dem Kopf – wie ein Stein bis in den nächsten Tag hinein.

Als er aufwachte, stand die Sonne schon hoch am blauen Himmel. Ausgeruht, aber durstig sprang er auf und trat aus der finsteren, kühlen Höhle in das grelle, blendende Tageslicht. Mit halb zugekniffenen Augen erkannte er Jechiel an der Narbe auf der Wange. Neben ihm saß ein großer starker Mann mittleren Alters mit breitem Kinn und einer Adlernase. Sein Rock war ebenfalls verschlissen, aber nicht zerlumpt. Um die sorgfältig gekämmten Haare hatte er sich ein rotes Stirnband gebunden.

„Schalom", begrüßte Jechiel ihn freundlich.

David rieb sich die Augen. „Schalom! Würdest du mir den Weg zur Quelle zeigen?"

„Gewiss doch. Komm aber erst einmal näher und verbeuge dich vor Kenan, dem Anführer unserer Gruppe."

David schaute sich um und erblickte nun einige Dutzend Männer, die es sich auf schattigen Stellen bequem gemacht hatten. *Das also ist die Gruppe,* dachte er. Gemessenen Schrittes trat er an Kenan heran und stellte sich vor. Ohne eine Aufforderung abzuwarten, setzte er sich dann ihm gegenüber auf einen flachen niedrigen Stein.

Jechiel schielte neugierig zu seinem Anführer hinüber. Ohne mit der Wimper zu zucken, sagte Kenan mit überlegen wirkender

Gelassenheit: „David ben Isai, du bist neu hier. Du kannst also die bei uns herrschenden Regeln noch nicht kennen. Wir sind eine gut organisierte Bande. Gemeinsam beschaffen wir uns Lebensmittel, gemeinsam sorgen wir für unsere Sicherheit. Alle meine Männer haben eine Aufgabe. Du gehörst ab jetzt zu uns, und auch dir werde ich eine zuweisen."

David schwieg. Da er sich nicht, wie erwartet, für die Aufnahme in die Bande bedankte, fragte Kenan verwundert: „Hast du noch Fragen, junger Mann?"

„Ich danke dir für dein Entgegenkommen, Kenan, aber ich werde dein Angebot nicht annehmen." Die Augen des Anführers wurden größer, an seinen Schläfen traten Adern hervor, die mit dem Rhythmus des Herzens anschwollen und abebbten. So etwas hatte es in Adullam noch nie gegeben. David begriff, dass er seine Absage hätte höflicher vortragen sollen. Ein Streit war das Letzte, was er brauchen konnte, darum versuchte er einzulenken. „Wenigstens nicht sofort. Über deinen wohlgemeinten Vorschlag werde ich nachdenken."

Der junge, selbstbewusste Mann beeindruckte Kenan. Es gehörte Mut dazu, sich einem Anführer auf dessen eigenem Gebiet zu widersetzen. Auch gefiel ihm die Besonnenheit, mit der David auf seine wachsende Wut reagiert hatte.

„Gut, dann bis morgen." Kenan erhob sich zum Zeichen, dass das Gespräch beendet war.

David, noch durstiger als zuvor, ergriff Jechiel, der mit offenem Mund den letzten Sätzen zugehört hatte, am Ärmel. „Wo ist die Quelle?"

„Komm, gehen wir."

◆ ◆ ◆

Gegen Abend des übernächsten Tages meldete ein Posten: „Es nähern sich vier Männer."

Kenan erteilte Anweisungen, woraufhin seine Leute in ihren Höhlen verschwanden. Auch David, dessen Rolle in der Bande nach wie vor ungeklärt war, versteckte sich.

Nach einiger Zeit traf die nächste Meldung ein: „Sie sind bewaffnet, führen aber seltsamerweise zwei Ziegen mit sich. Einer von ihnen schleppt einen Sack."

„Ihr lasst euch nicht sehen und wartet auf meine Befehle", rief der Anführer mit gedämpfter Stimme.

Auf dem Platz vor den Höhlen wurde es still. Als die vier Ankömmlinge um die letzte Ecke bogen und ins Blickfeld der Versteckten kamen, verließ David plötzlich eigenmächtig seine Höhle und lief auf sie zu. „Samma! Abinadab! Joab!", rief er laut und begrüßte sie herzlich nacheinander.

Er wandte sich Josef, dem letzten der Gruppe zu, der seinen Gruß achtungsvoll erwiderte: „Hauptmann, ich überbringe dir herzliche Grüße von der Prinzessin …"

Kenan war inzwischen mit seinen Leuten näher gekommen und glaubte zu träumen. *Hauptmann? Prinzessin? Was geht hier vor?*

„Wir waren bei Ozem, er hat uns die Ziegen aufgedrängt", sagte Samma. Und Joab fügte hinzu: „Ich habe mich mit einem Sack mit Broten abgeschleppt. Brot kann ja nie schaden."

David wandte sich an Kenan: „Erlaube, dass ich dir meine Brüder, meinen Vetter und meinen Diener vorstelle." Samma, Abinadab, Joab und Josef verneigten sich höfisch, wie sie es in Gibea gelernt hatten. Zwei Welten prallten aufeinander.

Kenans Gehirn arbeitete fieberhaft. Er hatte sofort begriffen, dass sich diese fünf Männer ihm niemals unterordnen würden. Doch durfte er auf keinem Fall zulassen, dass sich in seinen Höhlen eine zweite Bande breit machte. Angestrengt suchte er nach einer Lösung, um der Entwicklung zuvor zu kommen. Und wieder traten an seinen Schläfen dicke, pulsierende Adern hervor.

David bemerkte es und sagte: „Wir schlachten jetzt die beiden Ziegen und laden euch alle herzlich zu einem großen Festessen ein."

Der Bandenführer schwieg mit eisiger Miene.

Als David Jechiel, den zweiten Mann in der Bande, ermunternd anschaute, rief dieser aus: „Wir haben da noch einen Schlauch Wein."

Eine Stimme aus der Menge setzte hinzu: „Wir können euch helfen."

Die gesamte fünfzig Mann starke Truppe näherte sich den Ziegen, etliche hatten schon ihre Messer gezückt. Einer von ihnen schrie: „Wartet, ich hole eine Schüssel für das Blut."

Joabs Gesichtsausdruck verfinsterte sich, doch David fasste ihn am Ärmel. „Lass es gut sein." Dann ging er zu Kenan und legte ihm den Arm auf die Schulter. „Dich, den Anführer, lade ich besonders herzlich ein und bitte dich, deinen Leuten zu erlauben, meine Gäste zu sein."

Kenans Miene entspannte sich, als er die Worte „Anführer" und „deine Leute" vernahm. Er zeigte sich schließlich einverstanden. Als Jechiel das sah, befahl er sogleich seinen Männern, Feuerholz zu holen. Davids Lippen verzogen sich zu einem kurzen Lächeln.

Nach dem Schmaus hatte Kenan den neuen Leuten eine eigene Höhle zugewiesen, wo sie die erste ruhige Nacht seit Tagen verbrachten. Dann aber sandte David sie wieder zurück nach Bethlehem, wo sie so viele Lebensmittel wie möglich holen sollten. Zwei Wochen lang schleppten sie Getreide, Käse und verschiedene Leckerbissen. Aus Angst, der König würde anstelle Davids die Familie bestrafen, wurde der Hof in Bethlehem aufgegeben. Davids Eltern mit Eliab, den Frauen und Kindern reisten zu Verwandten nach Moab, wo sie gern aufgenommen wurden. Die letzten drei seiner Brüder, die noch in Bethlehem verblieben waren, kamen mit einer Herde nach Adullam. Dadurch festigte sich Davids Stellung im Lager noch mehr.

In den Höhlen gab es nun zwei streng voneinander getrennte Gruppen. Die größere von beiden unterstand Kenan, die kleinere hatte David als Anführer. Im Stillen aber hatte die alte Bande David schon längst ebenfalls als ihren Anführer anerkannt, weil er über Lebensmittel verfügte und bereit war, sie zu teilen.

Kenans Einfluss schwand immer mehr. Aber für einen Machtkampf mit David fehlte ihm der Mut, und so verließ er eines Tages im Morgengrauen heimlich die Höhlen. Keiner wusste, wohin er verschwunden war. Und so gab es von nun an in Adullam nur noch eine Bande und nur noch einen Anführer.

◆ ◆ ◆

Ohne Davids Zutun hatte es sich in Juda herumgesprochen, dass die Bande in Adullam einen neuen, einen besonders klugen Anführer hatte. „Seinen Männern geht es gut, sie brauchen sich um nichts zu kümmern", hieß es. Aber auch von einem Nachteil war die Rede: „Man muss sich diesem Anführer strikt unterordnen." Jedoch schienen die Vorteile den Nachteil zu überwiegen, denn täglich baten Neuankömmlinge bei David um Aufnahme.

Aber der Wohlstand im Lager hielt nicht lange an. Als die Vorräte aus Bethlehem aufgezehrt waren, stellte sich ein weiteres Problem. Zwar lebte in den Bergen genügend Wild, doch es fehlten die Waffen, um es zu jagen. Viele unter den Banditen verstanden etwas von Handwerk. David beauftragte sie, Speere mit Steinspitzen herzustellen. Wie in alten Zeiten zurrten sie mit dünnen Riemen die Spitzen am Schaftende fest und verklebten sie mit Harz. Auf die gleiche Weise stellten sie Pfeile und Keulen her.

Die Jagd mit den selbst hergestellten Waffen machte Spaß, und bald gab es wieder genügend Fleisch für alle.

Der Zustrom von Leuten riss nicht ab. David teilte die immer größer werdende Bande in Gruppen auf, die nun Mannschaften hießen und militärisch geschulten Männern unterstellt wurden. Joab, Samma und Abinadab galten nun - nach gibeanischem Vorbild - als Hauptleute. David wurde entsprechend Oberhauptmann genannt. Jede der drei Mannschaften hatte inzwischen eine Stärke von fast einhundert Mann.

David war also zum Anführer eines zweiten Heeres im Lande der Hebräer geworden. Er war wieder wer. *Kann ich mit dem Erreichten zufrieden sein?*, fragte er sich, wenn er nachts nicht schlafen konnte. Die Antwort lautete aus zwei Gründen „nein". Zum einen musste er mit Verfolgungen rechnen. Er war ein Flüchtling und würde es bleiben. Nicht weniger schmerzlich war zum anderen der Verlust Michals. Sie war eine im Luxus aufgewachsene Prinzessin, nie würde sie ein karges Leben in Höhlen, wie er es gegenwärtig führte, akzeptieren können und wollen. Das bedeutete für ihn, die gemeinsame Zeit mit Michal war vorüber. Es tat ihm weh. *Wenn ich unter den neuen Umständen vorwärts kommen will*, überlegte er, *darf ich mich nicht an unerreichbare Ziele klammern, die mich auf meinem neuen Weg nur läh-*

*men würden. Die Vernunft gebietet, dass ich mich innerlich von Michal löse und sie so schnell wie möglich vergesse.*

## 6

Nachdem Doeg in Nob auf Davids Spur gestoßen war, eilte er schnellstens nach Gibea zurück und bat am Festungstor, sofort beim König vorgelassen zu werden. Er wurde empfangen, Saul hörte seinen Bericht an und fragte ungeduldig: „Und warum hast du ihn nicht gefasst?"

„Aber ich war doch allein!"

Der König war unzufrieden, hatte jedoch Verständnis. Auch ein besserer Krieger als Doeg hätte es kaum gewagt. David, der ehemalige Hirtenjunge, war zu einer Legende geworden, man maß ihm schon übermenschliche Kräfte zu.

Doeg schilderte im Weiteren dem König, was er von dem wachhabenden Priester am Tor des Heiligtums erfahren hatte: „David wurde von Ahimelech persönlich empfangen. Der Hohepriester hat ihm eine Waffe und Wegzehrung mitgegeben. Außerdem hat er Jahwe für ihn befragt."

Der König fühlte, dass sich sein Magen verkrampfte. „Dieser Verräter!", rief er wutentbrannt. „Ahimelech und seine Priester stecken mit Samuel unter einer Decke. Sie arbeiten Hand in Hand an meinem Umsturz!" Nun sah Saul also seinen früheren Verdacht bestätigt. „Du wirst dich sofort nach Nob begeben", fauchte er Doeg an. „Bringe Ahimelech mit allen seinen Priestern und Leviten zu mir! Aber nicht in die Stadt, sondern auf den Tamariskenhügel über der Quelle. Dort werde ich über sie Gericht halten. Sprich aber nicht darüber, sonst könnten sie einen Fluchtversuch unternehmen. Teile ihnen nur mit, der König wünsche sie zu sprechen." Seine Augen funkelten vor Hass.

◆ ◆ ◆

Drei Tage später erreichten Ahimelech und seine Priesterschar die Stadt.

Als der König sie vom Turm aus kommen sah, ballte er die Fäuste. Durch einen Boten wies er dann Ehud, den Oberhauptmann der Benjaminiter, der im Lager auf den verabredeten Marschbefehl wartete, an, auszurücken.

Saul setzte sich erzürnt den bereitliegenden Goldreif auf das Haupt, griff zu seinem Speer, schritt die Treppe hinab, stieg auf seinen Esel, verließ den Innenhof und ritt zum Stadttor hinaus. Auf der Rampe holte er seine Benjaminiter ein.

◆ ◆ ◆

Doeg hatte inzwischen die Priester auf den Tamariskenhügel geführt.

Mit Befremden stellte Ahimelech fest, dass man sie nicht in den Palast oder wenigstens in den Festungshof gebeten hatte, was doch angebracht gewesen wäre.

Verwundert schaute er sich um. Er sah, dass sich vom Stadttor der König mit einer riesigen Begleitmannschaft näherte.

*Zwei Hundertschaften? Wozu die vielen Krieger?*

Bislang hatte der friedliche Gottesmann keinen Argwohn gehegt, als aber Saul kaltschnäuzig, ohne ein einziges Wort der Begrüßung an ihm vorbei ritt, wurde es ihm unheimlich.

Mit dem Speer in der Hand nahm der König auf einem steinbehauenen Stuhl Platz. Zu Ahimelechs Erstaunen wurden die Priester von den Benjaminitern eingekreist. Nun dämmerte ihm, dass über sie Gericht gehalten werden sollte. *Man hat uns also unter falschem Vorwand her befohlen. Warum bloß?* Er konnte es sich nicht erklären.

In diesem Augenblick schlug Saul kräftig mit dem Speerschaft auf den Boden, streckte die Hand aus und rief mit wütigem Gesicht: „Verräter! Ihr alle seid Verräter! Ihr habt mein ausdrückliches Verbot missachtet und habt David, dem Empörer und Umstürzler, Hilfe geleistet. Ihr macht mit ihm gemeinsame Sache und schadet auf verbrecherische Weise dem Königtum und damit dem ganzen hebräischen Volk."

Ahimelech erbleichte. Er war von dieser für ihn unverständlichen Anschuldigung so überrascht, dass er zunächst keine Worte fand. Eine entsetzliche Stille lag über dem Tamariskenhügel. Als er die drohende Gefahr begriff, änderte sich seine Gesichtsfarbe. *David ein Schuft? Das kann doch nicht sein.* Trotzdem fiel er auf die Knie und rief: „König, mein König, es muss sich um ein großes Missverständnis handeln! Es stimmt, dein Schwiegersohn, der Hauptmann David ben Isai, erschien vor einigen Tagen des Nachts bei uns im Heiligtum und erklärte, er sei im geheimen Auftrag des Königs unterwegs. Er bat mich um Unterstützung. Wie aber kann ich einem Prinzen meine Hilfe verweigern? Das war ja auch nicht das erste Mal, dass ich Männern Beistand geleistet habe, die sich auf deine königliche Anweisung beriefen. Von einem Verbot weiß ich nichts. Worauf bezieht es sich denn?"

Der König blickte kurz zu Doeg.

Doeg stockte. Es war nicht seine Aufgabe gewesen, dafür zu sorgen, dass das Verbot im ganzen Lande bekannt gemacht wurde, und so wusste er nicht, ob es Nob überhaupt erreicht hatte. Aber er nahm es an und nickte kurz mit dem Kopf.

Diese Bestätigung reichte dem König aus, er rollte die zornigen Augen und schrie gereizt: „Schlaue, listige Ausreden, die habt ihr Priester immer bereit! Ich brauche nur eine kurze Antwort. Hast du in der bewussten Nacht David Verpflegung und eine Waffe ausgehändigt?" Von Wort zu Wort wurde seine Stimme härter.

„Ja, aber ...", begann Ahimelech.

Saul unterbrach ihn schroff. „Kein Aber! Du hast dich einer ausdrücklichen Anordnung des Königs widersetzt. Deine Priester haben sich diesem Verbrecher nicht entgegengestellt. Damit seid ihr alle schuldig! Der Umstürzler hat dank eurer Hilfe - bewaffnet und mit Brot versorgt - entkommen können. Meine königliche Pflicht ist es, das Land vor Schädlingen zu schützen ..."

„Das ist ein schrecklicher Irrtum ...", unterbrach diesmal Ahimelech den König lautstark.

Doch Saul brüllte mit blutunterlaufenen Augen, als hätte er den Einwand nicht gehört: „Als oberster Richter verurteile ich dich und alle deine Priester zum Tode durch das Schwert!"

Für diese Gerichtsverhandlung und die Umzingelung der Beschuldigten hatte Saul mit vollem Bewusstsein die Benjaminiter, seine eigenen Stammesgenossen, ausgewählt. Zu ihnen hatte er das größte Vertrauen, auf sie konnte er bislang immer zählen und an sie richtete er jetzt seinen Befehl: „Schlagt ihnen die Köpfe ab!“ Mit dem Speerschaft stampfte er auf den Boden. Das Urteil war gefällt.

Doch es geschah etwas Unerwartetes. Keiner zog das Schwert, niemand rührte sich. Die Krieger schauten wie erstarrt zu Boden. Das war eine Befehlsverweigerung. Eine Befehlsverweigerung, die in einen Aufstand umschlagen konnte.

Sauls Stärke war, dass er in besonders gefährlichen Situationen stets kaltes Blut bewahren konnte. Er wandte sich scheinbar ruhig an Doeg mit der Frage: „Kann ich mich auf dich verlassen?“

Der Edomiter sprang herbei, zückte sein Schwert, brüllte: „Hinknien!“, fasste Ahimelech am Schopf, holte aus und ließ es niedersausen. Dann rief er die Männer seiner Truppe zu sich. Die gehorchten dem Befehl ihres Anführers ... und das Gemetzel an den Priestern begann. Die Köpfe der Priester wurden abgeschlagen, aus den Hälsen der niedersinkenden Körper spritzte Blut und sammelte sich in den Vertiefungen des Bodens. Dort stand es bald fingerdick.

Einige Priester riefen noch in Todesangst: „Ungerechtigkeit!“, „Willkür!“, „Mord!“, doch niemand beachtete ihre Schreie. Andere wollten davonlaufen, aber Doeg feuerte seine Männer an, sie stürzten sich auf die Fliehenden, gerieten dabei in Blutrausch und wüteten noch schrecklicher. Es machte ihnen nichts aus, dass sie zwischen Köpfen und kopflosen Leibern im Blut wateten, sie fühlten sich als getreue Diener des Königs.

Zum Schluss wischten sie die Schwerter an der weißen Kleidung der Getöteten ab.

„Gut gemacht“, lobte sie ihr Anführer.

Als das Urteil ausgeführt war, kochte Saul noch immer, denn er hatte ein neues Problem: Was sollte er mit den Befehlsverweigerern tun? Sie hart zu bestrafen, dafür hatte er nicht den Mut, also entschied er sich für eine Halbheit: Einen Monat lang sollten die Benjaminiter im Lager zusätzlich Hilfsarbeiten verrichten.

Unzufrieden ritt er zurück in die Stadt.

◆ ◆ ◆

David war nun schon einige Monate in Adullam. Das Höhlengebiet hatte sich inzwischen in ein ordentliches Heerlager verwandelt, das Tag und Nacht mit einer äußeren und einer inneren Postenkette geschützt wurde.

An einem frühen Nachmittag sichteten die Wachen einen einzelnen Mann, der sich dem Lager näherte. Obwohl er allein war, war Vorsicht geboten, es konnte ja ein Kundschafter sein. Die Leute verschwanden in ihren Höhlen und sonstigen Verstecken, wie zu Kenans Zeiten. Erst als dem Ankömmling durch die äußere Kette der Rückweg abgeschnitten und ein Entkommen unmöglich gemacht war, trat ihm ein Posten entgegen.

Der Fremde wusste, dass David sich in dieser Gegend befand und wünschte, zu ihm geführt zu werden.

Beim Oberhauptmann erschien ein Mann um die Dreißig mit einem feinen, länglichem, gepflegten Gesicht, tadellos gekämmten Haaren und sauberen Händen ohne Schwielen, denen man ansah, dass sie noch nie schwer gearbeitet hatten. Er nahm seinen Beutel vom Rücken und legte ihn behutsam neben sich. „Ich bin Abjathar, Sohn des Hohenpriesters Ahimelech aus Nob.“

David entdeckte nun auch eine Ähnlichkeit mit dem Mann, der ihm damals die Schaubrote und Goliats Dolch ausgehändigt hatte. Wirklich, es waren die gleichen Züge.

„Sei gegrüßt, Abjathar“, erwiderte er daher freundlich und forderte seinen Gast auf, sich zu setzen. „Wie geht es deinem ehrwürdigen Vater?“

Ein trauriger Schatten zog über das Antlitz des Gastes, er senkte den Kopf und schwieg beharrlich auf die Frage. David überkamen böse Ahnungen, und er fragte leise: „Ist ihm Schlimmes widerfahren?“

Abjathar nickte und sagte: „Mein Vater ist tot. Alle Priester von Nob sind tot.“

David zuckte zusammen. „Wer hat das getan?“ rief er aus. „Wie ist das geschehen?“ Schreckliche Gedanken bohrten sich in sein Hirn, als er seinen Gesprächspartner mit bangen Augen anstarrte.

Abjathar erzählte eine lange Geschichte, der David bedrückt zuhörte. Zum Schluss sagte er: „Du könntest nun fragen, warum ich noch am Leben bin?“ Damit hatte er recht, denn gerade diese Frage war David im Augenblick durch den Kopf geschossen. Abjathar fuhr fort: „Lange bevor die Priestergruppe den Tamariskenhügel erreichte, riss der Fersenriemen meiner Sandale. So konnte ich nicht weitergehen, ich musste sie erst reparieren. Die Arbeit nahm einige Zeit in Anspruch und ich blieb weit hinter der Gruppe zurück. Kurz bevor ich auf dem Tamariskenhügel ankam, konnte ich aus der Ferne sehen, wie mein Vater und die übrigen Priester plötzlich von bewaffneten Kriegern eingekreist wurde. Ich schöpfte Verdacht und beschloss nicht weiterzugehen, sondern abzuwarten.“ Er machte eine Pause und fügte dann leise hinzu: „Schließlich wurden alle auf Geheiß des Königs ermordet, weil mein Vater dir auf der Flucht Hilfe geleistet hat.“

David war entsetzt. Hatte der König den Verstand verloren? Folgte er nur noch seinem Zorn? Und was hatte er dann wohl Michal angetan? Arme Michal. David fühlte sich unwohl in seiner Haut.

Beide Männer schwiegen eine längere Zeit, bis Abjathar wieder das Wort ergriff. Er berichtete, dass er nach dem ungeheuerlichen Gemetzel erst aufgewühlt in der Gegend umhergeirrt, am Ende aber doch wieder nach Nob gegangen war und sich in der Nähe des Heiligtums versteckte hatte. „Auf Sauls Befehl hin waren inzwischen sämtliche Wohngebäude zerstört worden, nur der Opferaltar war unversehrt geblieben. Tags darauf erschien ein einzelner Benjaminiter mit zwei Opfertauben. Ich verließ mein Versteck, nahm sie entgegen und erfuhr im Gespräch, dass dieser Mann Augenzeuge des Geschehens gewesen war. Das Blut sei in Strömen geflossen, sagte er, und alle, bis auf Doeg und seine Leute, waren erschüttert gewesen ...“ „Hör auf!“, rief David tief bewegt.

Abjathar schaute in tiefem Schmerz auf seinen Zuhörer. David glaubte in den traurigen Augen des Priesters den Vorwurf zu lesen, dass er allein an allem, auch am Tod seines Vaters schuld wäre. *Nein,* sagte er sich, *die später eingetretenen Folgen hatte er in jener Nacht nicht voraussehen können.* Irgendwie fühlte er sich dennoch schuldig. „Ich hätte nicht in Nob um Hilfe bitten dürfen“, raunte er beklommen.

Abjathar erwiderte nachsichtig: „Es trifft dich keine Schuld, sondern ganz allein Saul, denn er hat vorschnell gehandelt und – ohne den Dingen auf den Grund zu gehen – ein falsches Urteil gefällt."

Das Gespräch über die Schuldfrage brachte die beiden Männer einander näher. David forderte Abjathar zum Bleiben auf und bot ihm eine Höhle als Schlafplatz an.

Der Priester war einverstanden, stand auf und griff nach seinem Beutel, der Davids Neugier erregte. „Was hast du darin?"

„Mein Priestergewand und das Ephod", antwortete Abjathar.

Davids Augen blitzten. „Als Sohn eines Hohenpriesters und Besitzer des Ephods bist du nach mosaischem Recht jetzt Hoherpriester der Hebräer, unser Hoherpriester."

Abjathar nickte zustimmend. Mit großer Zuvorkommenheit begleitete David den Mann in seine neue Behausung. *Hoffentlich bleibt er bei uns in Adullam,* dachte er dabei. *Es kann sich noch erweisen, dass ein Hoherpriesterer nützlicher sein wird als eine gut ausgerüstete Hundertschaft.*

◆ ◆ ◆

Der Zustrom von Männern nach Adullam hielt an. Eines Tages stand unerwartet Ikabod vor David. Der Oberhauptmann war froh, diesen erprobten, tüchtigen und treuen Gefolgsmann wiederzusehen. David wollte wissen, wie es ihm gelungen war, mitsamt seiner Bewaffnung – mit Schild, Schwert und Speer – Gibea zu verlassen.

„In der Nacht war ich Wachmann auf der Mauer. Als mein Nebenmann auf dem Turm kurz einnickte, seilte ich mich an einem dünnen Riemen ab, den ich schon seit Tagen um den Leib gewickelt trug." „Vortrefflich", sagte David mit Anerkennung. „Erzähle mir, was es Neues gibt in Gibea."

Ikabod bestätigte, was David schon über seinen Kundschafter von Ner und Lea her wusste. Außerdem erfuhr er, dass Michal erneut verheiratet worden war. Als erstes empfand er ein Gefühl der Freude: Also war sie am Leben! Der rücksichtslose Saul hätte sie zur Strafe auch hinrichten lassen können. Doch dann spürte er einen stechenden Schmerz: *Michal ist die Frau eines anderen.*

Ikabod setzte seinen Bericht fort: „Jonathan ist nicht mehr der erste Prinz in der Stadt. An seiner Stelle lädt der König nun den zweitältesten Sohn Esch-Boschet zu allen Besprechungen ein."

Zum Schluss erfuhr David noch, dass alle, die für ihn, den angeblichen Verräter, Fürsprache gehalten hatten, bei Saul in Ungnade gefallen waren.

*Dieses neue Gibea, ohne Michal und ohne den einflussreichen Jonathan, ist nicht mehr mein Gibea,* dachte David. Er musste erreichen, auch ohne die beiden vorwärts zu kommen.

„Aber der König hat es auch nicht leicht", fügte Ikabod hinzu. „Seit dem Mord an den Priestern in Nob geht ein tiefer Riss durch das Lager und durch die Stadt. Viele glauben, dass Saul ein Verbrechen gegen Gott begangen habe und wollen ihm nicht mehr bedingungslos folgen. Aus diesem Grund hat er bislang auch noch keine Verfolger nach Adullam geschickt. Er fürchtet, so heißt es, dass es zu einer Befehlsverweigerung, wie auf dem Tamariskenhügel, kommen könnte."

David atmete auf. *Wenigstens eine gute Nachricht,* dachte er.

Ikabod sprach weiter: „Aber die Verleumdungen Abners, Doegs und Chirams, des neuen Oberhauptmanns der Judäer, bleiben nicht ohne Wirkung. An deine Unschuld, Hauptmann, glauben immer weniger Menschen in der Stadt." Ikabod bemerkte, wie sich das Gesicht seines Herrn verfinsterte, und er versuchte zu beschwichtigen. „Doch die Hälfte der Judäer steht immer noch auf deiner Seite, und bis die letzten sich abwenden werden, muss noch viel Zeit vergehen."

Ikabods Bemühung war David nicht entgangen. *Dieser erprobte Krieger ist um mein Wohl besorgt und steht treu zu mir,* dachte er und fasste schnell einen Entschluss: „Es ist mir gelungen, hier in Adullam eine kleine Streitschar aufzustellen. Die Hauptleute sind Joab, Samma und Abinadab. Und du sollst der Vierte sein."

# 7

Ahinoam war eine Schönheit. Sie war siebzehn Jahre alt, hatte leicht lockiges Haar, große leuchtende Augen, eine Stupsnase, einen langen Hals, einen mittelgroßen wohlgeformten Busen und lange Beine. Ihre Hüften waren vielleicht ein wenig zu breit, aber sie verstand es, diesen Makel mit locker fallenden gürtellosen Kleidern zu verbergen. Sie war die Tochter eines Gutsherrn aus Jesreel. Zu Hause hatte sie sich gelangweilt, daher war sie als Gast nach Kegila zu ihrem Onkel Sotai gekommen, dem Stadtvorsteher des Ortes.

Gerade war die Gerstenernte im Gange.

Anfangs beteiligte sie sich noch mit den anderen daran. Sie sammelte, wie alle auf dem Feld arbeitenden Frauen, die von den Schnittern geernteten Ähren in Körbe. Die ganze Zeit verbrachte sie daher in gebückter Haltung, was ihr ständige Rückenschmerzen verursachte. Doch das Schlimmste war, dass ihre Fingerspitzen wund wurden. Auch ärgerten sie die dunklen Schmutzränder unter den Nägeln, die nicht mehr sauber zu bekommen waren. Darum gab sie die Feldarbeit wieder auf, blieb in der Stadt und langweilte sich noch mehr als zu Hause in Jesreel, weil in diesen Tagen alle jungen Leute draußen bei der Ernte waren und ihr somit die Gesprächspartner fehlten.

Das Wichtigste am Tagesablauf war am Abend die Unterhaltung mit Scheera, der zwei Jahre älteren Tochter Sotais. Immer häufiger kam die Rede auf den Räuberhauptmann von Adullam, einen Prinzen, der einmal einen Riesen erschlagen hatte und noch dazu ausgezeichnet auf der Harfe spielen konnte! Von diesem Mann träumten sie dann auch noch, wenn die Nacht vorbei war.

Die Ernte dauerte an. Da es zu dieser Zeit immer wieder zu Diebstählen kam, wurden Wachen aufgestellt, die auf das noch nicht geschnittene Getreide Acht gaben und – wenn nötig – mit verabredeten Zeichen Hilfe herbeiriefen.

Von einer der Wache, die weit im Westen ihren Dienst versah, kam eines Tages atemlos ein Bote zur Tenne gerannt, wo gerade gedroschen wurde und rief: „Philister! Viele Philister! Sie kommen durch das Wadi Sur!“ Ohne anzuhalten lief er weiter zum Stadttor hinauf.

Die mit dem Worfeln des Getreides beschäftigten Frauen gerieten in Panik und wiederholten verängstigt die Nachricht: „Die Philister kommen!“, warfen ihre Schaufeln weg und rannten kreischend dem Boten nach. Die älteren Männer, für die Überfälle nichts Neues waren, mahnten zur Besonnenheit und begannen, ihre Karren mit Werkzeugen und Kornsäcken zu beladen, um wenigstens etwas zu retten und nach Hause zu bringen.

Als sich über dem westlichen Horizont eine große, dunkle Staubwolke erhob, spannten sie die Ochsen vor die Karren, denn nun wurde es wirklich Zeit. Der nahende Lärm machte die Zugtiere störrisch. Einige warfen sich einfach zu Boden und versperrten mit ihren riesigen Leibern die Straße. Weder mit guten Worten noch mit Schlägen noch mit Ochsenstacheln waren sie zum Gehen zu zwingen. Die furchterregende Staubwolke näherte sich bedrohlich und die Aussichten, das Stadttor mit den Karren noch vor den Eindringlingen zu erreichen, wurden immer geringer. Es blieb ihnen nichts weiter übrig, als alles auf halbem Wege stehen zu lassen und nur an die eigene Rettung zu denken.

◆ ◆ ◆

Es war ein mittelgroßes Heer der Philister, das sich der Stadt näherte. Den Soldaten zu Fuß folgte eine Wagenkolonne. Es waren große, zweirädrige Planwagen, die jeweils von zwei Ochsen gezogen wurden. Die Mehrheit der Soldaten trug nur Dolche bei sich. Voll bewaffnet waren einzig die Soldaten der Vor- und Nachhut, wie bei philistäischen Einheiten üblich.

In bester Stimmung näherten sie sich der Stadt, wo auf den Mauern finster dreinschauende Kegilaner standen.

Aus der Truppe der Philister löste sich ein Herold, nur mit einem Schild bewaffnet, und ging den Weg zum Tor herauf. Etwa einhundert Schritte davor blieb er stehen und rief: „Kegilaner, wir wollen euch kein Haar krümmen. Wir kommen, um den fälligen Tribut einzufordern und wollen darüber mit eurem Stadtvorsteher sprechen. Wir verlangen zwei Dutzend Karren Getreide und die Hälfte eurer Herden." Laut, langsam und deutlich hatte der Mann seine Meldung gemacht. Doch er erhielt keine Antwort, es wurde auch kein Pfeil auf ihn abgeschossen. Daher legte er seine Hände wie einen Trichter um den Mund, wiederholte seine Sätze und fügte hinzu: „Morgen komme ich wieder, um eure Antwort zu hören. Überlegt sie euch gut und nehmt zur Kenntnis, dass wir so großzügig sind, weniger von euch zu fordern als euren Tribut- Rückstand."

Seit der Niederlage im Ela-Tal hatten die Philister auch in Kegila keine Tributzahlungen mehr eingetrieben. Die Forderung kam also überraschend. Wie sollten sie sich verhalten? Der Stadtrat und Lappidot, der Hauptmann von Kegila, hatten sich nach dem Auftritt des Herolds zu einer eiligen Beratung beim Stadtvorsteher Sotai eingefunden. Sofort aufgeben und auf die unverschämte Forderung eingehen wollten sie nicht. Darum beschloss man, im Schutze der Nacht einen Boten abzuseilen und nach Gibea zu senden, um den König zu unterrichten.

Doch wie groß waren die Aussichten, dass Saul ihnen zu Hilfe käme? Wohl eher gering. Auch in Kegila wusste man, dass das Ansehen des Königs nach dem furchtbaren Mord an den Priestern von Nob schwer gelitten hatte. Außerdem war bekannt, dass er die Verfolgung und Festnahme des Umstürzlers David, an denen ihm so sehr gelegen war, hatte abbrechen müssen. Konnte man da erwarten, dass Saul in dieser für ihn schwierigen Zeit wegen der kleinen Stadt Kegila einen Krieg mit dem mächtigen Feind vom Zaune brechen würde?

Verbittert musste sich der Stadtrat eingestehen, dass Kegila schließlich doch nur auf die eigenen Kräfte angewiesen war.

„Wie sehen unsere Verteidigungschancen aus?", fragte Sotai möglichst gelassen. Alle Augen ruhten auf Lappidot.

„Ein Sturm auf unsere Mauern würde die Philister einige Hundert Tote und Verletzte kosten. Sie werden lieber warten, bis der Durst uns zwingt, uns zu ergeben", entgegnete der Hauptmann.

Kegila war eine Feste, die man eigentlich leicht verteidigen konnte, aber sie hatte einen großen Nachteil: In der Stadt selbst gab es keinen Brunnen. Die Quelle lag außerhalb, vor dem Stadttor. Täglich gingen die Frauen hier das Wasser holen. Für den Notfall gab es innerhalb der Mauern Zisternen, die noch von den Kanaanitern, den Erbauern der Stadt, in den Felsen gehauen worden waren und die die Kegilaner in den letzten Jahren vorsorglich vergrößert hatten. Durch ein ausgeklügeltes Rinnen- und Kanalsystem leiteten sie in der winterlichen Regenzeit das Wasser in die Behälter. In der Regel blieb es einige Monate lang genießbar. Im diesjährigen heißen Sommer allerdings war schon mehr als die Hälfte davon verdunstet. Die Güte des Wassers verschlechterte sich von Woche zu Woche. Es begann, übel zu riechen und auf seiner Oberfläche schwammen unappetitliche grüne algenartige Gewächse. Ungekocht vertrugen es nicht einmal die Tiere.

„Wie lange werden wir uns ohne Frischwasser verteidigen können?", fragte der Stadtvorsteher den Hauptmann.

„Nicht lange", antwortete dieser und wiederholte verschmitzt den weisen Satz des großen Josuas: „Wenn du stärker bist, dann schlage zu; wenn du schwächer bist, dann verhandele."

Die Ratsmitglieder senkten die Köpfe.

◆ ◆ ◆

Auch Davids Außenposten hatten die in Richtung Kegila marschierende Kolonne der Philister gesichtet. Sie meldeten rund eintausend Mann. In Gedanken verglich David das feindliche Heer mit dem seinen. Das eigene war inzwischen ständig gewachsen und hatte schon eine Stärke von vierhundert Leuten erreicht. Im Vergleich mit den Philistern aber waren sie schlecht ausgebildet, noch schlechter bewaffnet und wegen falscher Ernährung teilweise krank und geschwächt. Die einen hatten Durchfall, andere Verstopfung, fast alle litten an Bauchschmerzen. Die Stimmung war darum nicht die beste.

Vor Sonnenuntergang kletterte David auf einen nahe gelegenen Berg. Von dort konnte er beobachten, wie die Philister dicht an die Stadt heranrückten. *Es sieht so aus, als ob sie sie belagern wollten,* dachte er.

Plötzlich hatte er eine Idee. Wenn es ihm gelänge, die Philister zu vertreiben und Kegila zu retten, hätte er etwas getan, was eigentlich zu den Pflichten des Königs gehört. Dann würde man ihn nicht mehr verächtlich „Räuberhauptmann“, sondern achtungsvoll „Befreier“ oder „Retter“ nennen. Der ihm anhaftende Makel wäre verflogen. Nicht nur das: Die Stadt wäre ihm auch zu großem Dank verpflichtet. Endlich würden seine Männer wieder Brot und Gemüse in ausreichender Menge bekommen. Auch könnte er mit den erbeuteten Waffen der Philister sein Heer gebührend aufrüsten. *Lauter Vorteile! Ich sollte es versuchen ...*, dachte er. Sofort ließ er Ikabod rufen und beauftragte ihn mit einem Spähgang.

Der Plan, die Philister zu überfallen, fand bei dem Draufgänger Joab sofort großen Beifall, bei Davids Brüdern allerdings weniger. Sie wiesen darauf hin, dass die einfachen Krieger sich vor den Philistern fürchteten und eher aus dem Lager fliehen würden als mitzumachen.

*Ja, die Brüder haben Recht,* dachte der Oberhauptmann. *Was kann man dagegen tun?* Da fiel ihm Abjathar ein. *Vielleicht kann er helfen.*

David suchte den Hohenprieser auf und setzte ihn über seine Absichten in Kenntnis. Abjathar mochte die Baal-Anbeter nicht und war überzeugt, dass Jahwe einen Angriff auf die Philister gut heißen würde.

Während des Gesprächs erblickten sie eine aus Richtung Kegila kommende Schafherde, etwa zwanzig Tiere. „Die Philister müssen sie erschreckt haben“, bemerkte der ehemalige Hirte sachkundig und setzte hinzu: „Der gute Zufall spielt sie uns in die Hände.“

„Es ist kein Zufall, es ist ein Fingerzeig Jahwes“, entgegnete Abjathar mit einem Blick gen Himmel. Nun war er endgültig bereit, David bei seinem Plan zu unterstützen.

Am frühen Morgen wurden alle Handwerker zusammengerufen. Der Hohepriester teilte ihnen mit, dass er wegen der Gefahr durch die Philister Jahwe ein Bittopfer darbringen wolle. Aus diesem Grund solle ein Altar errichtet werden. Sofort meldeten sich mehr Steinmetze, als für diese Aufgabe nötig waren. Die Arbeit ging schnell voran. Als letztes wurden an den Ecken der Deckplatte weiße Hörnersteine gesetzt.

Inzwischen war Ikabod von seinem Spähgang zurückgekehrt und erstattete David Bericht. „Ich weiß jetzt genau, wo die Philister ihre Wagenburg haben, wie sie bewacht ist, wo die Posten in der Nacht und am Tage stehen. Auch konnte ich sie belauschen und einiges Interessante in Erfahrung bringen."

„Ich bin gespannt", entgegnete David zufrieden.

„Für den heutigen Vormittag sind Verhandlungen mit den Kegilanern geplant. Die Philister scheinen es nicht besonders eilig zu haben, denn sie stellen Zelte auf. Vom Zelt für den Anführer und von einem Waffenzelt war die Rede. Ich weiß sogar, wo sie stehen werden."

„Wo?"

Ikabod bückte sich und zeichnete mit dem Finger eine Skizze in den Sand.

Währenddessen nahmen die Mannschaften in einem Halbkreis um den Altar Platz. Als Opfertier wurde ein weißer, makelloser, einjähriger Schafbock aus der zugelaufenen Herde gewählt. Während Abjathar im weißen Amtskleid seine Hand auf den Kopf des Bockes legte, wurde dem Tier der Hals durchschnitten. Das in einer Schüssel aufgefangene Blut sprengte der Hohepriester über die Opferplatte.

Zwei Helfer hatten das Tier auf der Altartreppe flink enthäutet und zerlegt. Die Eingeweide und die Haut wurden entfernt. Als die Schenkel vom Körper abgetrennt und mit frischem Wasser gewaschen waren, legte Abjathar sie auf den Altar. Das Feuer wurde entfacht und Flammen schossen in den Himmel. Die Männer verharrten in feierlicher, andächtiger Stille. Der Priester stand auf der obersten Treppenstufe, betete mit ausgebreiteten Armen laut zu Gott und bat um seine Gunst für die bevorstehende Befragung.

„Befragung?", murmelten die näher Sitzenden, die das Wort genau verstanden hatten. „Was denn für eine Befragung?", staunten sie und blickten auf David, der rechts neben dem Altar stand.

„Was für eine Befragung?", wiederholte einer von ihnen laut.

Abjathar unterbrach sein Gebet und David trat vor den Altar, über dem jetzt dunkle Rauchschwaden emporstiegen. „Die heidnischen Philister haben vor unseren Augen eine hebräische Stadt umzingelt und wollen sie vernichten. Unsere Brüder schweben in Gefahr. Wir beide, der Hohepriester und ich, wir glauben, dass die zugelaufene Herde ein Zeichen Gottes ist, und Jahwe von uns erwartet, dass wir die Tiere opfern, die Philister vertreiben und Kegila befreien."

„Das kann doch nicht sein!", stöhnte eine verängstigte Stimme aus der Menge. Ein unwilliges Gemurmel erhob sich vor dem Altar. Die Furcht stand den Männern ins Gesicht geschrieben.

David bemerkte es wohl, ließ sich aber nicht beirren und fuhr fort: „Eben darum wollen wir Jahwe befragen." Er deutete auf das Ephod, das Abjathar gerade aus seinem Beutel hervorzog. Das Stimmengewirr unter den Männern verstummte, kein Einwand wurde laut.

Der Hohepriester legte die Brusttasche an und betrat erneut die Treppe. Als er sich den Männern zuwandte, blinkten in der Nachmittagssonne die zwölf farbigen Edelsteine. Alle wussten, dass sich in der Tasche die heiligen Lose Urim und Thummim befanden.

Da die Ephodsteine nur mit einem Ja oder einem Nein antworten konnten, musste die Frage an Jahwe entsprechend gestellt werden. „Herr, soll David mit seinen Leuten gegen die Philister zu Felde ziehen, die Kegila belagern?", sang der Hohepriester den mit David abgestimmten Text.

Nun musste es sich entscheiden. Abjathar schüttelte das lose auf seiner Brust hängende Ephod, die Steine klimperten und der Gottesmann schaute kurz gen Himmel. Die weiter hinten Sitzenden hatten sich erhoben, um besser sehen zu können. Der Hohepriester legte behutsam die rechte Hand in die Tasche und brachte ehrfurchtsvoll einen Stein hervor. Welcher war es? Das war die Frage. Abjathar hielt ihn über dem Kopf. Tatsächlich, es war das Urim, das „Ja" bedeutete.

Der Hohepriester lächelte. Es kam, wie er erwartet hatte.

Jahwe hatte gesprochen, doch die Begeisterung für den geplanten Angriff, die der Oberhauptmann sich erhofft hatte, blieb aus. Offenbar hatte das Gottesurteil die Ängste der Männer vor den gefürchteten kriegerischen Philistern nicht beseitigen können.

Davids Plan war in Gefahr. Nervös suchte er nach einer Lösung.

Entweder sie fiel ihm unverzüglich ein oder die Gunst der Stunde war vertan. Da leuchteten seine Augen plötzlich auf. Er hob beschwörend die Hand und rief: „Männer! Ich verstehe eure Bedenken, wir wollen Jahwe noch einmal anrufen und gezielter befragen. ‚Werden wir den Sieg über die Philister erringen?', so soll jetzt die Frage heißen."

Die Zuhörer wussten sehr wohl, dass sie sich aus Feigheit drückten. Diese Zusatzfrage half ihnen aus der seelischen Not. Ein zustimmendes Geflüster ging durch ihre Reihen. Auch der Priester billigte Davids Vorschlag. Alle warteten, einige spürten das Herzklopfen bis in den Hals. Jetzt würde es sich endgültig entscheiden.

Abjathar schüttelte das Ephod und zog wieder einen Stein aus der Brusttasche hervor. Es war abermals das Urim, es war die unmissverständliche Siegesverheißung.

„Der Sieg ist uns gewiss!", rief Ikabod laut in die Menge.

Nun waren alle Bedenken wie weggefegt, die Stimmung hatte sich gewandelt. Ein Dutzend junger Leute sprang begeistert auf und schrie: „Worauf warten wir noch?"

„Geschafft!", murmelte David erleichtert. „Jahwe sei Dank!"

Abjathar mahnte das Volk mit einer Handbewegung zur Ruhe: „Lasst uns die Zeremonie zu Ende führen!"

Der letzte Teil des Rituals war das Gemeinschaftsopfer. Dafür waren die übrigen Schafe bestimmt. Sie wurden geschlachtet, zerlegt und in Kupferkesseln, die noch aus Kenans Zeiten stammten, gekocht. Dann wurden sie gemeinsam verspeist.

Die Männer waren zum Kampf bereit.

Was David jetzt die größte Sorge bereitete, war die schlechte militärische Ausrüstung seiner Leute. Ikabod schlug vor, das am Rande des Philisterlagers stehende Waffenzelt zu erobern. Er beteuerte, dass er mit seiner Mannschaft die dortigen Posten beseitigen und den Weg frei machen könne.

David stimmte zu.

◆ ◆ ◆

Es gelang tatsächlich, die nichtsahnenden Wachen zu töten, ehe sie Alarm schlagen konnten. Die nachrückenden Hebräer warfen ihre Steinkeulen und Speere mit Steinspitzen weg, griffen rasch zu den blinkenden Philisterwaffen und bildeten in aller Stille eine Kette um die schlafenden und nichts ahnenden Feinde.

Auf Davids Zeichen begann der Angriff. Seine Männer wussten ja, dass sie siegen würden. Jahwe hatte es ihnen durch das Urim zugesagt. Sie waren nicht zu halten und liefen laut brüllend gegen die unseligen Baal-Verehrer an.

Die Philister schliefen unter freiem Himmel. Sie hatten lediglich die Grundausrüstung bei sich, das heißt Messer und Schwerter. Die Speere, die für die Bildung einer Phalanx nötig waren, hatten sie am Abend zuvor im Waffenzelt abgelegt, das inzwischen in die Hände der Hebräer gefallen war. Mit ihren eigenen Speeren kamen die Hebräer nun auf sie zu. Ihnen konnten die Philister nur ihre kurzen Hiebwaffen entgegensetzen.

Davids Männer griffen in Gruppen an, wahrscheinlich fühlten sie sich in der Menge sicherer. David war begeistert: Von ganz allein hatten sich geschlossene Kampfgruppen gebildet, die den philistäischen Phalanxen entsprachen. „Vergrößert die Gruppen!", rief er seinen Leuten zu.

Speerstarrende Blöcke rollten auf die Feinde zu.

◆ ◆ ◆

Die Wachen auf den Mauern von Kegila hörten den Kampflärm vor der Stadt und stellten zu ihrem Erstaunen fest, dass die Belagerer von außen angegriffen wurden. Sollten am Ende doch die königlichen Einheiten zu Hilfe gekommen sein?

Hauptmann Lappidot ließ sofort alle waffenfähigen Männer wecken.

◆ ◆ ◆

Der plötzliche Lärm hatte den Obersten der Philister aufgeschreckt. Im faden Mondschein sah er mehrere Kriegertruppen, die lärmend durch das Lager zogen und seine Soldaten vor sich her trieben.

Woher kamen die Angreifer? *König Saul oder sein Feldoberst Abner müssen, ungesehen von unseren Spähern, in dieses Gebiet eingedrungen sein,* dachte er. *Wer auch sonst? Heimtückische Überfälle, das ist alles, was diese verfluchten Hebräer zu Stande bringen können.* Voller Zorn versuchte er, seine Offiziere zu sich zu befehlen.

In diesem Moment öffnete sich das Stadttor und schreiend stürmten die Kegilaner heraus. Der Philister erkannte fassungslos, dass seine Leute in eine gefährliche Umzingelung gerieten. Überall tauchten brüllende Gestalten auf und schlugen wild um sich. *Sollen das vielleicht die Dämonen sein, an die die verrückten Hebräer angeblich glauben?*

Es war unmöglich vorauszusehen, was im nächsten Augenblick geschehen würde.

Die Todesschreie seiner Soldaten zerrissen die Luft. Kälte fuhr dem Obersten über den Rücken. Ihren Tod musste er persönlich beim Fürsten verantworten, man würde ihn zur Rechenschaft ziehen. Das Leben der eigenen Leute schonen, war oberstes Gesetz. Verluste durften nur in strategischen Notlagen in Kauf genommen werden oder wenn übergroße Gewinne in Aussicht standen. Weder das eine noch das andere traf aber hier zu. Deshalb entschied sich der Oberste der Philister schnell für das kleinere Übel, für die Preisgabe der kläglichen Karren und der zwei Zelte.

Er ließ zum Rückzug blasen.

Der Kampf endete unversehens schnell. Die gestern noch mit Verachtung gestraften Banditen aus den Höhlen von Adullam und die ehrenwerten Bewohner Kegilas fielen sich auf dem Schlachtfeld in die Arme. In dieser Nacht waren sie zu Waffenbrüdern geworden. Bei aufgehender Sonne zogen sie gemeinsam singend durch das Tor in die Stadt. Verwundete wurden wie Helden auf erbeuteten philistäischen Langschilden getragen. Kegilaner trugen Verletzte aus Davids Heer und umgekehrt.

Beim Einzug der Krieger war die ganze Stadt auf den Beinen und jubelte den Siegern zu. Frauen, Kinder und Greise säumten den Torplatz. Staunend hörten sie, dass nicht König Saul die Stadt von den Belagerern befreit hatte, wie es eigentlich seine Pflicht gewesen wäre, sondern dass sie ihre Rettung allein dem Oberhauptmann David zu verdanken hatten, der ihnen zu Hilfe gekommen war. Als die Menschen dann noch erfuhren, dass David auf Jahwes Anweisung gehandelt hatte - so bestätigte es der Hohepriester Abjathar mit dem Ephod in der Hand -, trat in ihren Köpfen ein Versöhnungsprozess ein, der die bisher Geächteten zu wirklichen Brüdern machte.

Auf dem Torplatz drängten sich die strahlenden Befreier aus Adullam und ließen sich feiern. Die Frauen heizten schnell ihre Backöfen an, mahlten Korn, um Brote zu backen, und setzten sie den Männern zusammen mit Oliven und anderen Leckerbissen vor. Sie taten es von Herzen gern. Auf die Frage, was sie denn am liebsten hätten, gaben die Männer stets die gleiche Antwort: „Alles, nur kein Fleisch."

David stieg auf die Steinbank neben dem Tor und versuchte, sich ein Bild zu machen. Ein großer Teil der Bewohner hatte die Adullamer nun akzeptiert und fühlte sich ihnen verpflichtet. Das war schon gut, doch noch mehr war ihm an guten Beziehungen mit dem Stadtrat gelegen. Warum bloß war bisher keiner von ihnen an ihn herangetreten, um sich zu bedanken? Das hätte schon der bloße Anstand verlangt.

Er schaute sich nach allen Seiten um. An der Wegkreuzung zur Hauptstraße stand eine Gruppe gut gekleideter, älterer Personen, die wild gestikulierend aufeinander einredeten. *Das müssen sie sein, die Herren vom Stadtrat,* dachte er. *Ob ich zu ihnen rübergehen soll?* Sollte er sie vielleicht aufsuchen? Nein, dann wäre er Bittsteller, und das wollte er auf keinen Fall sein. Also warten. Diesmal war keine Eile geboten.

◆ ◆ ◆

David hatte richtig vermutet: Es waren wirklich die Männer vom Stadtrat. Auch sie beobachteten den Torplatz, insbesondere die Adullamer. Die zerlumpte Bande ekelte die feinen Herren. Die

Männer aus den Höhlen aßen nicht wie zivilisierte Menschen, sie verschlangen die vorgelegten Speisen wie hungrige Tiere. Und das Volk himmelte den schlanken, selbstbewussten Mann auf der Steinbank geradezu an.

„Das ist er, ihr Anführer", murmelte Lappidot.

„Wir müssen ihn so schnell wie möglich wieder loswerden", sagte Sotai.

„Aber wie?", fragte ein Mann mit Glatze.

„Am besten wir beschenken ihn reich und schicken ihn nach Adullam zurück", schlug der Stadtvorsteher mit gerunzelter Stirn vor. „Wir müssen mit ihm reden und das irgendwie hinkriegen."

„Ich bezweifle, dass er sich mit einem Geschenk abspeisen lässt", meinte Lappidot. „Mit diesem David habe ich kurz am Stadttor gesprochen. Wisst ihr, was mir dieser Räuberhauptmann gesagt hat?"

Sotai spürte, dass es etwas sehr Unangenehmes gewesen sein musste.

Der Stadthauptmann wiederholte langsam Davids Worte: „Ohne uns hätten die Philister eure Stadt niedergebrannt, und ihr wäret ohne Dach über dem Kopf, wenn euch euer Leben geblieben wäre. Aber keine Angst, sollten sie erneut kommen, werden wir sie wieder vertreiben. In unsere Stadt lassen wir sie nicht hinein." Lappidot schaute die Männer der Reihe nach an. „Habt ihr mich richtig verstanden: ‚in *unsere* Stadt' hat er gesagt."

Sotai versuchte, ruhig Blut zu bewahren, wie man es von einem Stadtvorsteher erwartete. „Das klingt wirklich äußerst anmaßend. Vielleicht war es aber nur eine unüberlegte, einfach so hingeworfene Bemerkung. Ich schlage vor, wir laden diesen David sogleich in den Ratssaal ein und hören uns an, was er zu sagen hat. Wir sind schon mit gerisseneren Burschen fertig geworden." Und zu Lappidot gewandt fuhr er fort: „Du kennst ihn ja schon. Bitte ihn zu uns, wir werden auf euch warten."

◆ ◆ ◆

David ließ die vornehmen Herren nicht aus den Augen. Ein Mann löste sich aus der Gruppe und kam auf ihn zu. David erkannte ihn: Das war ihr Hauptmann.

„Im Namen des Stadtrats möchte ich dich gern in unseren Ratssaal einladen“, sagte Lappidot zuvorkommend.

David willigte gern ein und die beiden Männer machten sich auf den Weg zur Stadtmitte.

Als David den Saal betrat, spürte er sofort die Abneigung aller Anwesenden. Schließlich trat ein Mann mit listigem Gesicht aus der Mitte der Versammelten hervor.

„Mein Name ist Sotai. Ich bin der Stadtvorsteher von Kegila“, sagte er und bedankte sich dann umständlich für die Hilfe bei der Rettung der Stadt.

David wurde ärgerlich. „Ich glaube, hier liegt ein Missverständnis vor. Wir sind keine Helfer, wir sind die Retter. Wenn jemand geholfen hat, dann wart ihr es“, erklärte er Sotai in aller Ruhe und wartete.

Die Ratsherren schauten sich verblüfft an. Sotai behielt klaren Kopf. „Um diese Kleinigkeit werden wir uns doch nicht streiten. Für deinen Einsatz wollten wir uns erkenntlich zeigen und würden gern einen entsprechenden Vorschlag von dir hören.“

„Ihr habt meine Krieger gut bewirtet. Es hat gut angefangen, wir sind zufrieden“, erwiderte David lächelnd.

Sotai machte große Augen. *Was meint er denn damit? Will dieser Räuber mit seinen Leuten in Kegila bleiben? Wollen seine Männer für längere Zeit in der Stadt herumlungern und sich von unseren Frauen bedienen lassen? Wenn das seine Absicht ist, müssen wir andere Wege suchen, um die Bande wieder loszuwerden.*

Im Moment wusste Sotai keine richtige Antwort auf Davids undurchsichtige Äußerung und suchte mit den Augen Hilfe bei den anderen Ratsmitgliedern. Doch die schwiegen verwirrt. *Ehe wir uns eine sinnvolle Taktik überlegt haben, sind weitere Gespräche sinnlos,* überlegte Sotai.

Laut sagte er: „Es war schön, dass wir uns kennen gelernt haben. Ich denke, für weitere Verhandlungen werden wir noch genügend Zeit haben.“

Trotz der höflichen Worte war das Gesprächsklima eisig geworden. David verabschiedete sich und verließ den Raum. *Habe ich mich richtig verhalten?*, überlegte er. *Gehe ich als Sieger hier heraus?*

Das würde sich in den nächsten Tagen herausstellen.

# 8

Die Tage zogen dahin. Die Befreier fühlten sich in Kegila wie zu Hause. Ihr Lager hatten sie zwar draußen, direkt vor dem Stadttor aufgeschlagen, doch die meiste Zeit verbrachten sie auf dem Torplatz. Die Bewohner boten ihnen jeden Abend eine Suppe an. Die Adullamer hatten sich daran gewöhnt und betrachteten diese Geste inzwischen als selbstverständlich.

Anders die Städter, ihnen wurden die Männer langsam lästig. Der Stadtrat hielt geheime Beratungen ab und überlegte, wie man sie loswerden könnte. Aber die Herren des Stadtrats fürchteten David, sie hatten nicht den Mut, ihn einfach aus der Stadt zu weisen.

Die Gerstenernte war zu Ende, aber im Weinberg reiften schon die ersten Trauben. Die ganze Aufmerksamkeit der Kegilaner galt nun der bevorstehenden Weinernte. Das Anbaugebiet lag weit entfernt vor der Stadt. Zur Erntezeit zogen die Familien mit Zelten hinaus und wohnten einige Tage lang im Freien, denn es war nicht so ohne weiteres möglich, nachts in die Häuser zurück zu kehren. In der Stadt blieben nur die Großeltern mit den Kleinsten, den Enkelkindern, dazu einige wenige Leute zur Betreuung des Viehs. Und somit tauchte ein Problem auf: Wer sollte die „Retter“ bewirten?

Schon der Gedanke, dass die ehemaligen Räuber allein, unbeaufsichtigt in der Stadt bleiben sollten, war den Oberen unerträglich. Jetzt musste etwas geschehen. Der Vorsteher erhielt die Aufgabe, dieses Problem zu lösen.

Sotai ließ David zu sich bitten. Er begrüßte seinen Gast mit einem auffallend listigen Gesichtsausdruck. Er hatte einen schönen blauen Rock dabei, den er David nun mit beiden Armen überreichte. „Das ist mein persönliches Dankeschön für den Anführer des Heeres, das uns einen großen Dienst erwiesen hat."

Das Geschenk war wohlüberlegt, denn das ganze „Heer" sah tatsächlich aus wie eine verschmutzte Lumpenbande, und ihr Anführer machte da keine Ausnahme.

David bedankte sich erfreut, schöpfte aber sogleich Verdacht. Gespannt blickte er auf den Stadtvorsteher, der fortfuhr: „Wir müssen hinaus zur Weinernte und wollten euch, ehe wir auseinander gehen, noch großherzig beschenken." In anscheinend gleichgültigem Ton, als spräche er vom gestrigen Wetter, fügte Sotai hinzu: „Wir dachten an Getreide, so viel deine Leute tragen können und an eine kleine Viehherde nach Wunsch."

Davids Gesichtsausdruck verdüsterte sich, so dass Sotai glaubte, das Angebot reiche seinem Gesprächspartner nicht aus. Er stellte sich auf längere Verhandlungen ein und wollte die vorgeschlagene Belohnung schrittweise erhöhen, bis sie den Oberhauptmann zufrieden stellte.

Davids Mundwinkel zuckten. Mit hochgezogenen Brauen sagte er leise: „Auseinander gehen? Sotai, ich glaube, du verkennst die Lage. Ich habe die Stadt gerettet und habe damit auch das Recht, mit meinen Leuten hier zu bleiben. Es soll aber nicht umsonst sein. Ich verpflichte mich, dafür zu sorgen, dass kein Philister und keine anderen Diebe in die Stadt eindringen oder etwas von den umliegenden Feldern stehlen. Wir werden eure Beschützer sein."

*Ist es eine Erklärung oder eine Drohung?*, überlegte Sotai.

Jedenfalls war der Standpunkt des Befreiers so klar und deutlich, dass dem Stadtvorsteher jedes weitere Feilschen aussichtslos, ja sogar gefährlich erschien. Unschlüssig schwieg er.

Um die Mundwinkel des Oberhauptmannes glitt ein kleines Lächeln. Er bemühte sich um einen versöhnlichen Gesichtsausdruck und bemerkte, dass seine Leute als Mitbewohner auch gern bereit seien, bei den Feldarbeiten oder der anstehenden Weinernte mitzuhelfen.

Sotai verschlug es die Sprache. Bei der Weinernte? Alle wussten, dass die Weinernte mehr ein Fest als eine Arbeit war, zu der die Kegilaner wirklich keine Hilfe brauchten. Die Frechheit des Banditenhäuptlings war grenzenlos. Er musste eine Geißel Gottes sein, der man nicht entgehen konnte. Der Vorsteher wusste keinen Rat mehr und versprach stotternd, Davids Standpunkt dem Rat zu unterbreiten.

Es kam, wie David vorausgeahnt hatte. Der Rat kuschte, gab nach und die Adullamer erhielten die Erlaubnis, in den Weinberg mitzukommen. David war stolz auf diesen Erfolg. Er ahnte aber nicht, dass er mit seinen hochgesteckten Ansprüchen den Rat in seiner Not veranlasst hatte, den am meisten sprachgewandten Mann, den sie scherzhaft den „Glatzkopf" nannten, mit einem verzweifelten Hilferuf zum König zu senden. Er war für seine Gerissenheit und sein Verhandlungsgeschick weit über die Grenzen Kegilas hinaus bekannt und sollte in Gibea Hilfe für seine Stadt erbitten. Alles, was Kegila dem König als Gegenleistung anbieten konnte, war die Mithilfe bei der Gefangennahme des verhassten Räuberhäuptlings ...

◆ ◆ ◆

Die Weinernte war in vollem Gange. Drei junge Männer aus Abinadabs Mannschaft hüpften barfuss, nur mit einem Lendentuch bekleidet, in der oberen Keltergrube herum. Der rote Saft spritzte nach allen Seiten und die Zuschauer lachten belustigt. An den Schenkeln der Treter liefen Tropfen wie Perlenschnüre herunter. Der aus den Beeren gestampfte, dunkle Saft floss durch ein dünnes Rohr in einem fingerdicken Strahl aus der oberen in die kleinere, untere Grube, den Saftsammelbehälter. Dort saß Ahinoam und füllte die Flüssigkeit geschickt mit der Kelle in schmalhalsige Krüge. Immer wieder schaute sie sich nach David um, der in seinem neuen Rock von einer Gruppe zur anderen schlenderte und fortwährend die gleiche Mahnung wiederholte: „Männer, macht keinen Ärger! Ihr seid nicht hier, um die Trauben zu essen, sondern um sie in die Körbe zu pflücken."

Plötzlich bemerkte er die junge Frau am Sammelbehälter. Sie schaute weg, so als hätte sie ihn insgeheim beobachtet. Unwillkürlich griff sie in ihre Frisur und versuchte, das Haar neu zu ordnen.

Nach dem nächsten Krug schaute sie erneut hin, und ihre Blicke trafen sich. Sie fühlte sich ertappt und senkte die Lider.

*So eine reizende Frau,* schoss es David durch den Kopf. Sogleich begab er sich zu ihr und sagte herausfordernd: „Schalom, schöne Kegilanerin."

Ahinoam verstand den Unterton, schaute ihn von unten her an und entgegnete mit wohlklingender Stimme: „Ich bin keine Kegilanerin, ich bin nur Gast hier. Der Hof meines Vaters befindet sich in Jesreel."

„Das ist aber weit weg. Bei Megiddo, nicht wahr", sagte David schnell. Er wollte das Gespräch mit ihr nicht abreißen lassen.

„Nein, nein, das Gut meines Vaters befindet sich nicht in der Ebene Jesreel, wie man meinen könnte. Es liegt nicht weit weg von hier, nur eine Tagesreise südlich von Kegila", gab sie zur Antwort und schaute ihm nun offen in die Augen.

Jetzt erst sah David, wie entzückend sie wirklich war. Das hübsche Gesicht, das lockige Haar, der Schwanenhals ... Von ihrer Schönheit hingerissen, fehlten ihm die Worte und er sagte wenig einfallsreich: „Ich finde es wunderbar hier im Weinberg." Er hörte sein Herz wild hämmern. Dergleichen war ihm schon lange nicht mehr passiert – nicht mehr, seitdem er Michal getroffen hatte ...

Es war nicht das erste Mal, dass ein Mann in Ahinoams Gegenwart den Kopf verlor. Doch dieser David war anders als die anderen Männer. Schön und stolz war er. Ein Prinz, der ehemalige Mann der Königstochter Michal, über die man im ganzen Lande redete. Dieser David gefiel ihr. Sie wollte ihm aus der Verlegenheit helfen und sagte selbstbewusst lächelnd: „Man erzählt sich, dass du ein großer Musiker bis. Es wäre schön, wenn du uns am Abend nach getaner Arbeit etwas vorspielen könntest."

Er war bezaubert, bemerkte aber, dass die Leute um sie herum ihnen aufmerksam zuschauten. „Warum nicht?", sagte er also nur kurz, warf ihr einen verschmitzten Blick zu und setzte seinen Rundgang fort, wobei ihm ihre süße Stimme fortwährend in den Ohren klang.

Am Abend fand der versprochene Musikabend statt. Es wurde gespielt, gesungen und getanzt. Dabei fiel es weiter nicht auf, dass

David nach einiger Zeit den vom funkensprühenden Feuer erhellten Tanzplatz verließ. Er hatte Ahinoam längst erspäht, die auf einer Terrassenmauer saß und ihm zuwinkte. Er zog sich langsam aus dem Lichtkreis in die Nacht zurück und ging in einem Bogen unbeobachtet auf die Stelle zu, wo er die schöne Frau entdeckt hatte.

Sie machte eine einladende Handbewegung, und er setzte sich zu ihr auf die Mauer.

„Das war doch eine gute Idee", rief sie fröhlich.

„Es war deine Idee."

„Natürlich", sagte sie selbstbewusst. „Aber jetzt artet die Vorstellung dort unten wohl doch eher in ein abstoßendes Gegröle aus."

„Ich schlage vor, wir steigen noch ein bisschen den Berg hinauf, um dem Lärm zu entgehen. Dort scheint mir ein schöner, behaglicher Aussichtsplatz zu sein." Mit der Hand zeigte David auf die über ihnen liegenden Terrassen.

Ahinoam blickte eine Weile auf das Feuer, ohne ihn anzuschauen und ohne ein Wort zu erwidern. Als David noch überlegte, was er wohl falsch gemacht hätte, wandte sie sich ihm zu, lächelte gefällig, sprang leichtfüßig auf. Dann schlenderten beide davon.

David schien es eilig zu haben. Bald war er ihr ein gutes Stück voraus. Als er es bemerkte, blieb er stehen und wartete auf sie, Ahinoam näherte sich nur langsam. Er konnte den Blick nicht von ihr wenden. Sie standen an der zweiten Terrassenmauer. Ohne Anstrengung sprang er hinauf und reichte ihr die Hand. Mit seiner Hilfe kletterte sie ihm nach. Er hielt ihre Hand ein bisschen länger fest als nötig, dann lockerte er langsam den Griff, doch die ihre rutschte nicht heraus. Als er seine Finger spreizte, glitten die ihren dazwischen. Es wurde ihm heiß. Nach wenigen weiteren Schritten legte er vertraulich seinen Arm um ihre Taille, und sie schmiegte sich willig an ihn. Beide genossen den leichten Druck ihrer Hüften. David spürte, dass er sie begehrte.

Inzwischen hatten sie einen hervorragenden Aussichtsplatz erreicht. Er suchte nach einer weichen, flachen Stelle, wo sie sich nieder ließen. Seine Hand legte er ganz nahe an die ihre, die einen Grasbüschel umklammerte. Nichts geschah. Ahinoam blickte schweigend auf die unten tanzende Menge. Nach einer Weile schob

David seine Hand ein wenig weiter vor, so dass sich ihre kleinen Finger berührten. Sie zuckte, schaute ihn an und legte ihre Hand auf die seine und kam näher zu ihm. Er zog sie an sich, sie gab ihm gern nach, ihre Wangen berührten sich. Er legte sich auf den Rücken, sie beugte sich über sein Gesicht. Mit beiden Händen erfasste David ihren Kopf, küsste ihre Wangen, die Augenlider, schließlich den geschlossenen Mund.

„Du bist die schönste Frau, die ich kenne", flüsterte er ihr ins Ohr.

Sie öffnete leicht den Mund. Der erste gegenseitige, leidenschaftliche Kuss. Er zog sie tiefer zu sich herunter und spürte ihren festen Busen auf seiner Brust. Während sie ihn küsste, streichelte er ihren Rücken, immer öfter, immer tiefer. Der Saum ihres Kleides glitt dabei stets ein wenig höher, während sie seinen Hals umschlang und stockend atmete. Er löste ihre Hände, zog ihr das Kleid, das einzige Kleidungsstück, das sie trug, über den Kopf, breitete es auf dem Boden aus und legte sie behutsam darauf. In seiner Erregung erschien ihm Ahinoam noch viel schöner, unglaubhaft schön.

*Bin ich im Himmel? Oder im Paradies? Ist sie ein Engel?*

Doch dann tobte nur noch ein einziger Gedanke durch seinen Körper: *Ich will sie! Ich will sie! Hier und jetzt!*

◆ ◆ ◆

Das Glück, das Ahinoam ihm geschenkt hatte, war größer als alles, was er bisher erlebt hatte. Er hatte das Gefühl, ohne sie nicht mehr leben zu können. Sie verdrängte alle anderen Gedanken.

Gleich nach der Rückkehr aus dem Weinberg in die Stadt bat er seinen Bruder Samma zu sich, begrüßte ihn außergewöhnlich höflich und sagte: „Ich habe eine Bitte an dich."

Diese Redewendung klang in Sammas Ohren ungewohnt, denn seit der Befreiung von Kegila hatte David sich verändert. Er war nun endgültig der „große, unnahbare Oberhauptmann" geworden. Seitdem hatte er immer nur Anweisungen erteilt. Was hatte nun die Änderung seines Verhaltens zu bedeuten? Ist mein jüngerer Bruder verlegen, oder kommt mir das nur so vor?

Dann kam der Schock. David erklärte ihm, dass er beabsichtige, sich mit Ahinoam zu verloben und ihn, seinen Bruder, bitte, sich in aller Form mit einem Heiratsantrag an Ahinoams Vater zu wenden.

Samma war empört und fragte gereizt, wie Michal - die er im Stillen immer verehrt hatte - das wohl aufnehmen würde? „Hast du vergessen, dass sie dir unter Einsatz ihres eigenen Lebens die Flucht aus der Hauptstadt ermöglicht hat? Dass du dich jetzt, nur wenige Monate später, mit einem Bauerntrampel verloben willst, nur weil sie vielleicht ein schönes Gesichtchen und eine verlockende Figur hat, finde ich nicht nur geschmacklos von dir, sondern regelrecht gemein.“ Bei diesen Worten war Sammas Miene verdächtig finster geworden.

David wischte sich über die Stirn. „Michal hat wieder geheiratet. Sie hat unsere Ehe beendet.“ Sein schlechtes Gewissen regte sich bei diesen Worten, doch die Erinnerung an die letzte Nacht war stärker.

Samma war nun vollends wütend. „Aber alle wissen, dass sie der König zur Auflösung eurer Ehe gezwungen hat. Du scheinst ein kurzes Gedächtnis zu haben.“ Samma holte tief Luft und antwortete zornig: „Was deine Bitte betrifft: Nein! Ich will mit deinem Heiratsantrag nichts zu tun haben. Vielleicht lässt sich Abinadab für diese Aufgabe missbrauchen. Ich jedenfalls nicht.“ Ohne seinen Bruder noch eines Blickes zu würdigen, verließ er das Zelt.

David bedauerte zutiefst, dass der beredte Samma die Vermittlung des Heiratsantrages abgelehnt hatte. Er brauchte einen geschickten Vermittler, weil er nicht über einen ausreichenden Brautpreis verfügte. Was konnte er Ahinoams Vater bieten? Außer fünf philistäischen Offiziersschwertern, die er bei der Beuteverteilung für sich behalten hatte, besaß er nichts.

◆ ◆ ◆

Ahinoams Vater Jojada hatte schon früher von David und seiner Bande aus den Höhlen von Adullam gehört. Die Sache behagte ihm nicht besonders. Nur widerwillig hatte er sich dem Druck seiner geliebten Tochter gebeugt, die von Abinadab angebotenen Schwerter entgegen genommen und in die Heirat eingewilligt.

Die Hochzeit fand auf dem Gut in Jesreel statt. Ahinoam war glücklich, ihr Vater hingegen immer noch zurückhaltend. David verhielt sich ihm gegenüber ausgesprochen ehrerbietig, und es gelang ihm schnell, Jojada in längere Gespräche zu verwickeln. Der Schwiegervater änderte seine Meinung und nach einer dritten Aussprache war er der festen Überzeugung, dass David ein ordentlicher Mensch sei und dazu noch das Zeug habe, einmal hoch aufzusteigen. Er hatte ja schon einmal gezeigt, wozu er fähig war. Auf so einen Schwiegersohn konnte man eigentlich stolz sein. Beim nächsten Krug Wein wurden die Männer zu Freunden und gelobten einander gegenseitige Hilfe, wenn es denn nötig sein sollte.

David hatte nun einen einflussreichen Verbündeten und eine ihn liebende, schöne Frau. Er spürte neue Kräfte und glaubte, dass es wieder aufwärts gehen würde.

Nach dem Hochzeitsfest begaben sich David und Ahinoam auf den Weg nach Kegila. Zu gern hätte er sie auf den eigenen Esel gehoben und ständig in den Armen gehalten, aber das war nicht möglich, ohne sich lächerlich zu machen. So oft es ging, ritt er so nahe an sie heran, dass sich ihre Füße berührten. Er konnte es kaum erwarten, bis sie sich nur zu zweit in sein Zelt zurückziehen konnten.

Am Horizont tauchte ein Mann auf einem Esel auf, der in schnellem Galopp näher kam. Es war der Verbindungsmann zu Lea und Ner. Ein ungutes Gefühl überkam David. Er drückte seinem Esel die Fersen in die Seiten und das Tier rannte los.

Als sie sich trafen, hielt der Bote an, saß ab und nahm Haltung an. „Oberhauptmann, Joab hat mich in Kegila beauftragt, unverzüglich nach Jesreel zu eilen und dir meine Meldung persönlich zu überbringen." Die Worte des Boten klangen wie eine Entschuldigung. Er wusste genau, dass seine Nachricht das junge Glück des Oberhauptmannes trüben würde.

„Sprich, was ist geschehen?" Davids Unruhe wuchs.

„Dein Informant hat Lea mitgeteilt, dass König Saul für einen Kriegszug nach Kegila rüstet, um der Stadt zu Hilfe zu eilen. Es ginge nun nicht mehr um das Einfangen eines einzelnen aufrührerischen Mannes, sondern um die Befreiung einer besetzten Stadt."

„Ich verstehe nicht ...“ Davids Augen weiteten sich.

„Sotai hat einen der Stadtältesten, diesen klugen Glatzkopf, zum König geschickt. Saul nutzte die Gelegenheit, trommelte alle Leute auf dem Marktplatz zusammen und ermunterte den Kegilaner, über dich herzuziehen. Er schreckte auch vor gemeinen Lügen nicht zurück.“

„Kannst du dich nicht etwas genauer ausdrücken?“ David verspürte Unbehagen und zeigte Ungeduld.

Der Bote schien nach maßvollen Worten zu suchen. „Der Glatzkopf hat dich als rücksichtslosen, unverschämten Erpresser und deine Leute als wüste Räuber bezeichnet.“

David war bei diesen Worten vor Zorn rot geworden. Der Verbindungsmann unterbrach erschrocken seinen Bericht.

„Sprich weiter!“, befahl der Oberhauptmann durch die Zähne.

Der Bote senkte die Stimme. „Nach dem Auftritt des Glatzkopfs konnten Abner und Doeg deine bisherigen Anhänger leicht davon überzeugen, dass du ein gefährlicher Umstürzler und außerdem ein brutaler Räuberhauptmann geworden bist. Selbst die Judäer scheinen bereit zu sein, mit einem Befreiungszug der von dir unterdrückten Stadt Kegila zur Hilfe zu kommen. Die Parole in Gibea heißt jetzt: ‚Wir müssen Kegila von Banditen, Stadtplünderern und Frauenschändern befreien.‘“

Diese Nachricht schlug bei David wie ein Blitz ein. Das ganze Blut wich aus seinem Gesicht. Er musste sich an der Mähne seines Reittiers festhalten und versuchte mit allen Kräften Fassung zu bewahren.

Abinadab, der dem Gespräch zugehört hatte, rief entrüstet: „Das schreit nach Rache! Wir werden Sotai, dem Glatzkopf und dem ganzen Rat die Gurgeln durchschneiden!“

Trotz der Aufregung arbeitete Davids Gehirn normal und er hielt die Ansicht seines Bruders für falsch. „Der König hätte dann erst recht einen handfesten Vorwand, um uns mit seinem Heer zu verfolgen, denn Verbrecher müssen bestraft werden“, knurrte er. „Wir könnten ihm keinen größeren Gefallen tun. Außerdem käme am Hofe unweigerlich der Verdacht auf, dass wir in der Hauptstadt Informanten haben. Wir dürfen also nicht unüberlegt handeln. Was bleibt uns also? Wir werden uns so verhalten, als wäre nichts geschehen."

David hatte sich wieder voll im Griff, brachte sogar ein Lächeln zustande und wandte sich erneut an den Boten: „Wann soll das Heer des Königs ausrücken?"

„Drei Tage, nachdem ich die Stadt verlassen hatte. Das Marschtempo der Truppe ist aber wesentlich langsamer als das meines Esels. Sie können frühestens in einer Woche hier in Kegila ankommen."

*Eine Woche Vorsprung,* überlegte David, *das sollte ausreichen.* Er beendete die Besprechung, und die Gruppe setzte sich wieder in Bewegung.

Die ganze Zeit ritt er neben Ahinoam, die bedrückt leise vor sich hin weinte. Sie war entgeistert. Mit einer solchen Entwicklung hatte sie nie gerechnet. Ihr Onkel, ihr geliebter Onkel, hatte Gibea gegen ihren Mann aufgehetzt. Warum nur?

David bemerkte ihre Sorgen und versuchte, sie zu beruhigen. „Alles wird wieder gut werden. Habe Vertrauen zu mir!"

Das waren Worte, die sie hören wollte. *Ich habe Vertrauen zu David. Vollstes Vertrauen.* Ihr Gesicht hellte sich auf und dem frischgebackenen verliebten Ehemann wurde es leichter ums Herz.

◆ ◆ ◆

Der heimkehrende Hochzeitszug wurde im Lager vor dem Stadttor von allen Leuten – mit Joab an der Spitze – mit Hoch-Rufen stürmisch begrüßt. Zu einer Hochzeit gehörte normalerweise auch ein Trinkgelage, und alle freuten sich schon darauf.

Aber David sprach keine derartige Einladung aus, er dankte ihnen nur kurz für den herzlichen Empfang und kündigte für den Abend eine Versammlung an.

Sie verlief in gedrückter Stimmung. Ohne auf die Informanten in Gibea zu verweisen – um sie nicht zu gefährden –, teilte David seinen Männern mit, dass das königliche Heer unterwegs sei, um sie alle zu erledigen. Sie hätten keine andere Möglichkeit, als in die Berge zu entweichen.

Die Männer glaubten ihrem Oberhauptmann zwar aufs Wort, doch so hatten sie sich ihre Zukunft nach der Eroberung Kegilas nicht vorgestellt.

David bemerkte ihre Enttäuschung und sagte: „Aber wir werden die Stadt nicht mit leeren Händen verlassen."

Aber das war nur ein kleiner Trost.

# 9

Soeben hatte ein Bote aus Gibea das Amtszimmer des Stadtvorstehers Sotai verlassen. Er war mit der Nachricht gekommen, dass König Saul sich wegen eines bevorstehenden Angriffs der Philister auf die Gegend von Bethlehem gezwungen sah, seine Pläne zu ändern. So konnte er Kegila nicht zur Hilfe kommen, das Heer müsse abmarschbereit in der Hauptstadt bleiben, wenigstens so lange, bis die Gefahr gebannt wäre.

Diese Mitteilung hatte Sotai schwer getroffen. Den Kopf in den Händen, die Ellenbogen auf den Tisch gestützt, grübelte er über eine andere Möglichkeit nach, wie man die Bande aus Adullam loswerden könnte. In diesem Moment meldete ihm ein Diener, dass der Oberhauptmann David bitte, vorgelassen zu werden.

Der Stadtvorsteher geriet in Panik. *Hat dieses Schlitzohr vielleicht von unseren Plänen Kenntnis erhalten? Das kann Ärger geben! Jetzt heißt es, nur Ruhe bewahren.*

David trat ein und grüßte.

„Schalom", erwiderte Sotai den Gruß und wartete gespannt auf die Vorwürfe, die seiner Ansicht nach nun kommen mussten.

Stattdessen begann David versöhnlich: „Lieber Freund", und Sotai blieb vor Staunen der Mund offen. David wiederholte seine Erklärung von früher, dass er und seine Leute bereit sei, die Stadt zu schützen.

*Die alte Frechheit,* dachte der Vorsteher und rang nach Luft.

„Wir können uns allerdings auch in die Berge zurückziehen und eine andere Form der Begleichung wählen ...", fuhr David mit überlegen ruhiger Stimme fort. Mit einer versöhnlichen Geste breitete er die Arme aus.

Bei Sotai leuchtete ein Hoffnungsschimmer auf. „Diese zweite Möglichkeit wäre uns lieber", fiel er David ins Wort. Er wollte das Angebot festhalten, bevor es der Räuberhauptmann wieder zurücknahm. „Wir werden euch ein großartiges Abschiedsfest geben."

„Das kann nicht schaden, dieses Anerbieten finde ich liebenswert. Doch vorher müssten wir uns über die Bezahlung einigen", entgegnete David mit einem verschmitzten Lächeln.

*Erwürgen könnte ich diesen dreisten Räuber!,* kochte es in Sotai.

David ließ ihn nicht aus den Augen und dachte: *Es geht voran.*

Der Oberhauptmann setzte sich bequem hin und sagte mit undurchsichtiger Miene: „Kegila hat uns zu verdanken, dass keine vierundzwanzig Karren Getreide abgeführt wurden. Und die Hälfte eurer Herden obendrein. Außerdem haben die vertriebenen Feinde Wagen und Zugtiere zurückgelassen, die einen enormen Wert darstellen."

Sotai dämmerte, worauf David hinaus wollte. „Die Wagen und die Ochsen brauchen wir nicht", entgegnete er schlagfertig.

„Aber ihr habt sie doch schon in Besitz genommen."

„Oberhauptmann ..., du kannst ... sie gern wiederhaben", stotterte der Vorsteher.

„Dein Vorschlag ist unredlich", erwiderte David streng. „Wenn wir, wie du es gern möchtest, in die Berge abziehen sollen, können wir weder Karren noch Zugtiere gebrauchen, denn es gibt dort keine Wege und keine Straßen. Aber für euch haben sie ihren Wert."

Sotai fühlte sich in die Enge getrieben und zupfte verzweifelt an seinem Rock. „Du willst unseren Ruin", klagte er vorsorglich.

David unterdrückte ein Grinsen. „Nein, nein, euren Ruin wollen wir nicht! Wir bestehen ja auf keiner Begleichung. Wir bleiben ebenso gern als eure Beschützer in der Stadt." Seine Stimme klang freundlich und verbindlich.

*So ein Heuchler! Wir brauchen deinen verfluchten Schutz nicht, du elender Erpresser,* dachte der Vorsteher, während er laut fragte: „Wie sollte die Begleichung dann aussehen? Was sind deine Vorstellungen?"

„Jeder Ochse ist drei Esel wert. Wir sind aber großzügig und treten ihn für zwei ab."

Steif vor Schreck rief Sotai mit bebenden Lippen: „Aber das wären ja alle unsere Esel!"

„Ihr könnt euch ja für die Ochsen neue beschaffen", erwiderte David selbstsicher und fuhr dann fort: „Nun zum Korn, ohne das wir nicht leben können. Für die Karren bekommen wir so viel Getreide, wie die Esel tragen können. Auf jedes Tier zwei Säcke." Er zuckte mit den Achseln. „Das ist immer noch viel weniger als euch die Philister abgenommen hätten."

*Seine Unverschämtheit kennt keine Grenzen,* überlegte der innerlich aufgebrachte Vorsteher. *Aber kein Preis ist zu hoch, um diese schreckliche Bande loszuwerden. Wer bürgt dafür, dass er morgen nicht noch höhere Forderungen stellt?* Sotai knirschte so laut mit den Zähnen, dass man es hören konnte. Nach einer Weile nickte er mit vor Wut hochrotem Kopf und erklärte sein Einverständnis.

David lächelte breit. „Es freut mich, dass wir uns so schnell auf brüderliche und freundschaftliche Weise einigen konnten. Sobald die Esel beladen sind, ziehen wir ab. Es eilt aber nicht. Für das Einsacken des Getreides könnt ihr euch ruhig so viel Zeit nehmen wie nötig."

Da David nicht wusste, dass Saul die Hilfe für Kegila hatte aufschieben müssen, rechnete er schon in den nächsten Tagen mit dem Erscheinen der königlichen Truppen. Darum hätte er den Abmarsch in die Wüste lieber heute als morgen angetreten. Er befürchtete aber, dass auf Sotai ausgeübter Druck genau das Gegenteil, also eine Aufschiebung der Übergabe oder gar neue Verhandlungen nach sich ziehen könnte. So gab er sich gelassen und am Termin scheinbar uninteressiert.

Zwei Tage später standen achtzig bepackte Esel vor dem Tor. An den Seiten jedes einzelnen hingen verabredungsgemäß zwei Säcke. Die Stadt hatte zum Wort ihres Vorstehers gestanden.

Auf den Mauern waren keine Kegilaner zu sehen, um die „Freunde" zu verabschieden, ganz im Gegenteil, die Bewohner fühlten sich bestohlen. Zur Verabschiedung war einzig und allein Sotai gekommen. Er wollte mit eigenen Augen sehen, wie die Diebe Kegila verließen. Aber er musste warten. Die Bande war anscheinend mit dem Beladen der Tiere nicht zufrieden. Es wurde umgepackt. Stärkere Esel erhielten drei Säcke, zu den zwei an den Seiten hängenden kam noch ein dritter auf den Rücken. Eine größere Anzahl der Lasttiere wurde dadurch frei. Auf diese Esel luden Davids Männer die beiden in Teile zerlegten Philisterzelte, die Kochkessel und verschiedenes Werkzeug, das die Philister mitgeführt und auf der Flucht stehen gelassen hatten.

„Räuber!", fluchte Sotai leise und sagte laut: „Von Zelten war in unserer Vereinbarung keine Rede."

„Wozu auch?", fragte David spitz zurück. „Schließlich haben *wir* sie erbeutet und stets als unser Eigentum angesehen. Sie haben euch sowieso nie zur Verfügung gestanden."

„So ein Schuft!", brummte Sotai. „Wenn sie endlich abgezogen sind, schließen wir das Tor und feiern zwei ganze Tage lang."

◆ ◆ ◆

Davids Schar schlängelte sich durch das Hochgebirge nach Süden, mitten durch ein unwirtliches Gebiet, in dem die königlichen Truppen sie nur schwer verfolgen konnten. Mit den erbeuteten Waffen der Philister allerdings waren sie nicht viel schlechter ausgerüstet als Sauls Heer in Gibea.

Alle, auch die Hauptleute, gingen zu Fuß – mit Ausnahme von David und Ahinoam. Sie ritten auf großen starken Reittieren, die ein Geschenk des Schwiegervaters aus Jesreel waren. Ihnen folgten noch zwei Esel mit Truhen, die Ahinoams Aussteuer enthielten.

◆ ◆ ◆

Längst schon hatte sich die Nachricht von Davids Sieg bis weit über die Grenzen Kegilas hinaus verbreitet und fegte in Windeseile durch das ganze Land. Die Nachricht von einem zweiten Heer im hebräischen Reich weckte Interesse, nicht nur bei armen Verfolgten, sondern auch bei manchen Reichen, die aus verschiedenen Gründen mit Sauls Politik unzufrieden waren, besonders wegen seiner ungerechten Steuern. David könnte - unterstützt von seinem eigenen Heer - nützliche Reformen erzwingen, hieß es.

*Warum unterstellt man mir Dinge, an die ich nicht im Geringsten denke?*, überlegte David, doch widersprach er den Gerüchten nicht. Er stellte sich taub und beschloss zu warten, ob sie sich für ihn als günstig oder ungünstig erweisen würden. Erst dann wollte er Stellung beziehen.

Viele, die sich sonst niemals mit einem Räuberhauptmann eingelassen hätten, dachten jetzt ernsthaft an Kontakte zu dem zur Legende gewordenen Anführer. Viele überlegten nüchtern den Eintritt in sein Heer, die ersten baten schon um Aufnahme. Zu ihnen gehörte auch Benaja ben Behoda, den David noch aus dem Ela-Tal kannte. Man hatte ihm die Stelle eines Hauptmannanwärters angeboten. Er musste also ein befähigter Krieger sein. Damals hatte er das Angebot abgelehnt. Davids wachsendes Heer benötigte einen weiteren Hauptmann, also war Benaja David willkommen.

Die größte Überraschung aber war ein Kanaaniter, der sich bei der Vorhut meldete und behauptete, auf der Suche nach dem Heer Davids zu sein, dem er sich anschließen wolle. Ikabod brachte ihn sogleich zu seinem Oberhauptmann.

„Was willst du bei uns?“, fragte David den Fremden, während er ihn durchdringend musterte.

Karit, so hieß der Mann, erzählte seine Lebensgeschichte. Zuletzt war er durch ein Missgeschick in Schulden geraten. Nun wurde er von seinen Gläubigern verfolgt und war deswegen in die Wüste geflüchtet. Er wollte David seine Dienste anbieten. Auf die Frage, was er denn zu bieten habe, trug Karit vor, dass er des Lesens und Schreibens kundig sei. Im Auftrag des Fürsten von Megiddo hatte er in der Vergangenheit die verschiedensten Geschäfte getätigt, auch mit den Philistern. Er sei viel gereist und kenne das Land gründlich.

David war unschlüssig. Als Schreiber und geschäftskundiger Mann war ihm der Kanaaniter hochwillkommen, aber er war sich nicht sicher, ob dieser Karit nicht vielleicht doch ein fremder Spion war.

Schließlich nahm er ihn auf. Aber er wollte ihn eine Zeit lang in seiner Nähe behalten und unauffällig beobachten.

Der Zustrom von neuen Leuten riss nicht ab. Zu ihnen gehörte auch Henan, der Baumeister aus Gibea. David war erstaunt, als man ihm den Ankömmling meldete. Brachte der hohe Beamte eine Nachricht vom König? Doch es stellte sich heraus, dass der Grund ein ganz anderer war. Henan berichtete, dass er sich in der Hauptstadt im Streit um Davids Schuld oder Unschuld unvorsichtigerweise offen auf seine Seite gestellt hatte. Von da an hatte ihn der König nicht mehr empfangen. Auch Abner, Doeg und Esch-Boschet - der letzte hatte Jonathans Platz eingenommen - hatten ihn ignoriert. So hielt es ihn nicht länger in Gibea. Darum hatte er sich entschieden, David aufzusuchen, und fragte jetzt, ob der Oberhauptmann für ihn und seine Kenntnisse Verwendung hätte.

David war hocherfreut und umarmte Henan. Er ahnte, dass er bald einen Baumeister brauchen würde.

◆ ◆ ◆

Sein kleines Heer näherte sich dem Ziel. Neben dem Steinbockfelsen, einem backenzahnähnlichen Felsmassiv, stieß es durch das Mündungswadi, das den Namen Arogat trug, bis an das Ufer des Salzmeeres vor. Viele - auch David - sahen die riesige, glitzernde Wasserfläche mit der feinen Dunstschicht darüber zum ersten Mal. Tausende von Schritten weit reichte das Meer, und hinter ihm erhoben sich steil die hohen braun-violetten Berge Moabs.

Die Männer waren nicht zu halten. Ohne auf eine Erlaubnis zu warten, entledigten sie sich ihrer Waffen und liefen auf das flache Westufer zu, wateten in das Wasser hinein, schöpften die zusammengelegten Hände voll und begannen hastig zu trinken. Doch schon nach dem ersten Schluck spuckten sie es angewidert aus. Die so herrlich schimmernde Flüssigkeit war glitschig, salzig und schmeckte eklig. Einige gossen sie sich über das Gesicht und begannen zu schreien. Sie konnten kaum noch etwas sehen und wollten so schnell wie möglich raus aus dem teuflischen Nass. Der Meeresboden war uneben, aus ihm ragten viele große Steine hervor, die sie mit ihren schmerzenden Augen übersahen. Sie stolperten, stürzten und fielen mit dem Gesicht ins Wasser. Die Augen brannten wie Feuer, nun sahen sie gar nichts mehr. Mit den nassen Händen versuchten sie das höllische Zeug aus den Augen zu wischen und verschlimmerten alles noch mehr. Nachdem es ihnen gelungen war, sich wieder aufzurichten, hatten sie die Orientierung verloren.

„Wo ist das Ufer?"

„In welche Richtung müssen wir gehen?"

Sie waren verzweifelt.

Karit, der Kanaaniter, der David seine Dienste angeboten hatte, hatte die Gefahr erkannt und lief so schnell er konnte zum Ufer. „Wer nicht sehen kann, soll stehen bleiben, sich nicht bewegen und auf keinen Fall die Augen reiben", rief er.

David selbst war ratlos, vertraute aber dem sicher auftretenden Karit und ließ ihn gewähren. Auf dessen Anweisung hin wateten ältere, besonnenere Männer nun vorsichtig in das nur langsam tiefer werdende Wasser, nahmen die vorübergehend Erblindeten an die Hand und führten sie ans Ufer zurück. Das letzte Wasser aus den mitgeführten Flaschen wurde verwendet, um die brennenden Augen auszuwaschen. Das half. Die Augen schmerzten zwar immer noch, aber die Männer konnten wieder sehen.

„Am Abend wird alles wieder gut sein", tröstete Karit.

Der Kanaaniter hatte sich durch sein Wissen und durch seine Umsicht bewährt. David war froh, dass er ihn bei sich aufgenommen hatte. Ohne Karit hätte es zur Panik mit schlimmen Folgen kommen können. *Ein Spion, ein Gegner, wäre mit seiner Hilfe nicht so weit nicht gegangen,* dachte David. Seit diesem Vorfall genoss Karit das volle Vertrauen seines Oberhauptmanns.

Die Truppe hatte sich schnell mit dem sonderbaren Salzmeer angefreundet und eine neue Entdeckung gemacht: Wenn man sich ruhig in das Wasser legte, schwamm der Körper wie ein Stück Holz auf der Oberfläche, auch, wenn man Hände und Füße nach oben streckte. Eigentlich ging man doch dann im Wasser unter. Warum war es hier anders?

Keiner hatte für dieses Wunder eine Erklärung, nicht einmal der Kanaaniter.

# 10

Noch am selben Tag erreichten sie Engedi.

Der Zug hielt zwischen dem Meerufer und der Längsseite des etwa tausend Schritte langen Steinbockfelsens. Zwei Stufen zeichneten sich am Berg deutlich ab. Die erste reichte bis zu einer Höhe von rund hundert Schritten, die nächste weit über diese hinaus, vielleicht um weitere zweihundert Schritte.

„Auf der ersten Stufe befindet sich ein von unten nicht einsehbares Plateau, das sich für ein bequemes Wohnlager bestens eignet", erläuterte Ikabod, den David als Kundschafter vorausgeschickt und der sich mit diesem Gelände vertraut gemacht hatte. „Die Felsklippen zum zweiten, dem höheren Plateau mit der Gipfelkette, das bei einer Verfolgung durch den König als Fluchtlager dienen könnte, sind steil und schwer zu erklimmen."

David war angetan und zufrieden. Er sagte zu Ikabod: „Zuerst wollen wir bis ganz nach oben klettern."

Die beiden Männer gerieten ins Schwitzen, kurz vor dem Gipfel liefen ihnen große Schweißperlen den ganzen Körper hinunter. Ikabod führte David gleich zur wichtigsten Stelle, zu einer Quelle.

Der Oberhauptmann schaute sich um und rief: „Ein guter Platz für ein Fluchtlager. Wenn unser Baumeister - gut, dass wir ihn haben - an leicht zugänglichen Stellen noch Hindernisse errichtet, werden wir hier auch eine länger andauernde Belagerung überstehen."

Der Abstieg zum unteren Plateau war ebenfalls nicht leicht. Die beiden Männer mussten verschnaufen, bevor sie sich auf die Suche nach einem geeigneten Lager machten. Sie bogen um die Ecke und standen vor einer Felswand mit zahlreichen Höhleneingängen.

David rieb sich die Hände. „Hier können die Hauptleute ihre Männer gut unterbringen."

Ein paar Schritte weiter stießen sie auf einen Wasserfall mit einem großen Teich davor. Noch nie hatte David ein solches Naturwunder gesehen. Bezaubert rief er: „Hier genau an dieser Stelle möchte ich wohnen." Sie traten näher. „Die drei Höhlen sind für mich, die große als Wohnung, die kleine daneben für Josef und die dritte als Beratungsraum."

◆ ◆ ◆

Der Oberhauptmann und der Kanaaniter schauten von oben auf das Salzmeer, das wie eine von der Sonne beleuchtete Silbertafel strahlte, so stark, dass sie die Augen bis auf einen schmalen Schlitz zukneifen mussten.

„Woher kommt das viele Wasser?", fragte David seinen gebildeten Begleiter.

„Vor allem aus dem Fluss Jordan. Er mündet drei Tagesreisen weiter nördlich in das Salzmeer. Sehen kann man ihn darum von hier aus nicht. Es gibt auch noch kleine Flüsse zu beiden Seiten des Meeres, doch die spielen lediglich in der Regenzeit eine Rolle."

„Und wohin fließt das Wasser ab?"

„Dieses Meer hat keinen Abfluss. Trotzdem erhöht sich sein Wasserspiegel nicht, weil genau so viel Wasser verdunstet, wie hinzukommt. Das reine Wasser verdunstet, die anderen Bestandteile, vor allem das Salz, bleiben zurück. Darum hat das Wasser des Meeres diesen scheußlichen Geschmack und brennt in den Augen."

Ununterbrochen beobachtete David den grell schimmernden Meeresspiegel. „Außer weißen Salzklumpen schwimmen auf der Oberfläche auch schwarze Flocken. Weißt du, was das ist?"

„Das ist Pech, eine klebrige Masse, die wie Holz brennt. Es eignet sich wegen starker Rauchentwicklung nur schlecht zur Beleuchtung von Wohnungen, etwa als Ersatz für Öllampen. Man verwendet es aber zur Herstellung von Fackeln. In Megiddo und auch in Jerusalem werden diese Fackeln in der Nacht als Straßenbeleuchtung benutzt. Man braucht sie auch zum Erhellen von Höhlen. Ich werde einige herstellen und sie dir zeigen."

Der Oberhauptmann nickte beeindruckt.

◆ ◆ ◆

David und Ahinoam saßen am Rand des Teiches und schauten auf das wild herabstürzende Wasser. „Wie schön, dass du mich hierher gebracht hast“, flüsterte sie ihrem Mann überglücklich zu und umarmte liebevoll seinen Hals. „Dieser Berg soll unsere neue Heimat werden. Hier wollen wir glücklich sein.“

David legte den Kopf auf ihre Schulter und glaubte zu träumen. Er hatte eine wunderschöne Frau, ein kleines Heer, das ihn und sie beschützte, und - konnte man sagen - auch ein Reich, obwohl es sich nur auf einen Berg, nur auf den Steinbockfelsen, begrenzte. Aber hier hatte er die Befehlsgewalt.

Josef kam hinzu. „Die Wohnung ist hergerichtet“, sagte er stolz.

Ahinoam sprang auf, zerrte David hoch und zog ihn am Arm zu ihrer Höhle. Im Eingang blieb sie stehen. Alles war so, wie sie es angeordnet hatte. Im Hintergrund leuchteten Lampen. In einer Nische schimmerte das Lager, die übrige Einrichtung bildeten die zwei Truhen mit Ahinoams Ausstattung. Auf die Truhe mit dem flachen Deckel hatte Josef zwei Silberbecher gestellt und auch einen kleinen noch aus Jesreel stammenden Weinschlauch. Daneben lag die Harfe.

Sie traten ein. In der Höhle war es köstlich kühl. Ahinoam reichte David den Schlauch, er schenkte ein. Sie schaute ihm verliebt in die Augen, nahm einen Becher und sagte fröhlich: „So wie heute soll es ewig bleiben.“

Sie nippten, David nahm ihr den Becher aus der Hand, stellte beide auf die Truhe und schloss seine schöne Frau fest in die Arme.

„Ich bin überglücklich“, hauchte sie ihm ins Ohr.

Beide ließen sich auf die am Boden liegenden Kissen nieder. Ahinoam schmiegte sich zärtlich an ihren Mann. Die Strapazen der Reise durch die unwirtliche Steinwüste waren vergessen. Dicht beieinander schauten sie durch die Höhlenöffnung auf die geschäftigen Männer, die draußen unter Anweisung der Hauptleute mit viel Lärm und Getöse ihre Höhlen bezogen und die Nachtlager einrichteten. Er, ihr David, war der Herrscher in diesem Lager und sie, Ahinoam, die ungekrönte Königin. Der letzte Gedanke war ihr tiefes Geheimnis, das sie ihrem Mann nicht anvertraut hatte.

„Möchtest du mir vielleicht etwas vorspielen?“, fragte sie ihn bittend mit einem Blick auf die Harfe.

„Gern, aber erst am Abend. Jetzt muss ich nach dem Rechten sehen. Du möchtest sicher abends schon richtiges Brot essen?"

„Ach ja, das wäre schön", antwortete sie mit gemischten Gefühlen. Natürlich freute sie sich auf Brot, das sie so lange hatte entbehren müssen. Den scheußlichen Brei aus schlecht zerstampftem Korn und gekochtem, sehnigem Fleisch, den es während der Reise täglich gab, hatte sie gründlich satt. Das stimmte. Doch noch lieber wäre ihr jetzt Davids Harfenspiel gewesen. *Schade, dass Männer solche Wünsche nicht verstehen.* Sie umarmte die Beine ihres Mannes, der aufgestanden war und mit großer Aufmerksamkeit durch den Eingang nach draußen spähte. *Mit seinen Gedanken ist er schon fort, weit weg von mir,* bedauerte sie, ließ es sich aber nicht anmerken.

◆ ◆ ◆

David wandte seine Schritte sofort zu den Männern, die die schwerste Arbeit zu leisten hatten. Auf dem Rücken schleppten sie die Kornsäcke von der Uferstraße den Berg hinauf und verstauten sie auf dem Plateau in einer dafür bestimmten Höhle. Diese harte Arbeit mussten Menschen ausführen, denn der Pfad war so steil, dass die Esel auch ohne Last auf dem Rücken große Mühe hatten, hinauf zu kommen.

Eine andere Gruppe war mit Kornmahlen beauftragt. Sie suchten sich die dafür nötigen Steine: Eine flache Kalksteinplatte, auf die eine Handvoll Korn geschüttet wurde, und einen rollenartigen Handstein, mit dem das Getreide zu Schrot zermahlen wurde. Kornreiben war eine zeitraubende Arbeit. Bald erfüllte das dafür typische Geräusch das ganze Lager.

Wieder andere befassten sich mit den Backöfen. Diese Öfen formten sie unter Henans Aufsicht aus einem Gemisch aus Lehm und dünnen flachen Steinen als dickwandige, hohle Halbkugeln, die oben offen waren. Das Feuer erhitzte sie von innen. Wenn es ausgegangen war, steckten die Männer die Hand durch die Öffnung und klatschten fingerdicke Teigfladen an die heißen Innenwände. Dies taten sie mit großem Geschick, denn bei einem Fehlwurf fiel der kostbare Fladen in die rotglühende Asche und verkohlte.

Vor Einbruch des Abends erhielt jeder einen ganzen Fladen. Es war ein richtiges Fest, an dem auch Ahinoam an Davids Seite teilnahm. Für sie suchte der Bäcker ein besonders schönes, goldbraunes Stück aus. Sie genoss nicht nur das Brot, sondern auch die abgöttische Verehrung der vielen Männer. Diese Ehrerbietung am Tag und Davids Wärme in der Nacht - was konnte es Schöneres im Leben noch geben?

Alle erweckten den Eindruck, als würden sie in einem großen, friedlichen Dorf wohnen, aber sie wussten auch, dass die Ruhe nicht ewig dauern würde. David rechnete fest damit, dass der König ihn auch weiterhin verfolgen würde. Das untere Lager zu verteidigen war nicht möglich, daher setzte er seine ganze Hoffnung in die Fluchtburg. Er versuchte zu überschlagen, wie viel Zeit ihm noch für die Errichtung der Befestigungen auf dem oberen Plateau blieb, und kam zur Einsicht, dass Henan sich sehr sputen müsste. Er sollte seine Arbeit gründlich machen, denn eine Eroberung des Steinbockfelsens würden sie nicht überleben.

## 11

Die Philister, die zur Zeit, als David in Kegila weilte, ins hebräische Grenzgebiet eingefallen waren, hatten einige Ortschaften überfallen und beraubt, sich dann aber wieder zurückgezogen. Von ihnen drohte Gibea nun keine Gefahr mehr, und König Saul konnte sich endlich erneut mit der „Plage David“ befassen.

Er hatte Abner und Doeg zu sich beordert, um zu erfahren, was die Späher über den Umstürzler herausgefunden hatten.

Abner berichtete, dass David sich mit seiner Bande in Engedi häuslich eingerichtet habe. Ihm, dem Feldoberst, sei es gelungen, Männer aus dieser Gegend ausfindig zu machen, die den Steinbockfelsen und seine Umgebung gut kannten. Mit ihrer Hilfe habe Henans Nachfolger, der neue Baumeister, ein maßstabgerechtes Modell des Felsens geschaffen. „Ich habe es lange betrachtet und weiß nun, wie das Plateau mit geringen eigenen Verlusten gestürmt werden kann. Wir brauchen etwa anderthalb tausend Mann, wenn es beim ersten Anlauf gelingen soll. Die nötigen Leute können wir mit einer kleinen Mobilmachung in Benjamin und Efraim innerhalb weniger Tage zusammen bekommen." Abner strich sich selbstsicher mit der Hand über den Bart.

„Das klingt gut", bemerkte der König und fuhr, jetzt an Doeg gewandt, fort: „Und was hast du zu berichten?"

„Endlich habe ich Nachrichten von meinem bei David eingeschleusten Mann." Bei dieser Erfolgsmeldung hätte Doegs Gesicht strahlen müssen. Dem König, der seine Leute gut kannte, fiel aber auf, dass dies nicht zutraf.

„Was ist?" fragte er.

Die Nachrichten, die Doeg zu melden hatte, konnten den König aus der Fassung bringen und seine Wut auf den Überbringer richten. Er musste sie entsprechend harmlos darstellen. „Henan, unser alter Baumeister, der vor einigen Wochen spurlos verschwand, ist bei David aufgetaucht."

„Verräter", zischte der König, blieb aber ruhig.

*Die erste Nachricht habe ich gut angebracht,* dachte Doeg und überlegte die Formulierung der zweiten. „Zur Zeit baut er den oberen Teil des Steinbockfelsens zu einer Festung aus. An Stellen, wo das Erstürmen verhältnismäßig leicht gewesen wäre, werden unter seiner Anleitung Mauern und Steinhürden errichtet."

Der König schwieg weiter, aber Abner war auf seinem Kissen zusammengesunken. Doeg bot sich die Gelegenheit, dem Feldobersten eins auszuwischen und dem König zu zeigen, wer von ihnen beiden seine Arbeit besser machte. Also schonte er den Rivalen nicht und richtete an ihn die giftige Bemerkung: „Ein Geländemodell, das die neuen Hindernisse nicht berücksichtigt, ist wertlos."

Der Wettstreit dieser Männer belustigte Saul ein wenig, obwohl eigentlich wichtige Staatsangelegenheiten auf dem Spiel standen. Höhnisch wandte er sich Abner zu, gespannt, wie der reagieren würde. Der Feldoberst antwortete prompt: „Länger als zwei Wochen kann das in Kegila gestohlene Korn nicht ausreichen. Die Esel können sie nicht essen, denn die sind nicht koscher. Größere Mengen Trockenfleisch von erlegtem Wild können sie auch nicht speichern. Das einzige, was sie in Hülle und Fülle haben, ist Wasser, aber davon allein kann man nicht lange leben - geschweige denn kämpfen."

Der Feldoberst hatte das Blatt geschickt gewendet. Der König war wieder auf seiner Seite. „Zwei Wochen sagst du?"

„Wahrscheinlich nicht einmal das", entgegnete Abner.

*Und wenn es doch länger dauern sollte?*, dachte der König. „Wir müssen für vier Wochen vorbereitet sein."

Abner entsann sich an seine Fehleinschätzung bei der Vorbereitung des Krieges im Ela-Tal und stimmte zu.

„Wie viel Zeit brauchst du, um die nötige Versorgung für eintausendfünfhundert Mann zu besorgen und auf Wagen zu verstauen?", wollte Saul wissen.

„Etwa zehn Tage." Der Feldoberst kratzte sich an der Schläfe.

Nachdenklich wog der König sein graues Haupt. „Abner", sagte er, „bist du dir ganz sicher, dass wir David in Engedi fassen? Einen Fehlschlag können wir uns auf keinen Fall leisten." Er schaute seinem Vetter dabei tief in die Augen.

Dem Feldobersten wurde es unbehaglich, dennoch entgegnete er mit Überzeugung: „Ja, da bin ich mir sicher."

Der König erhob sich und erklärte: „In zehn Tagen ziehen wir in den Krieg."

Die Entscheidung war gefallen.

◆ ◆ ◆

In Gallim lebten Michal und Palti zwar in einem Hause, aber dennoch getrennt voneinander. Einige Tage nach ihrer Ankunft, als sie schon mit dem Weinen aufgehört hatte, traf sie Palti im Hof und sagte ihm, dass sie gern ihr eigenes Haus hätte, nur für sich und ihre Dienerin Uschu.

Palti war sofort bereit, ihr diesen Wunsch zu erfüllen.

Michal war überrascht und erwiderte dankbar: „Ein Haus ist vielleicht zu groß, mir genügen drei Räume. Ich hätte es gerne so wie damals im Turm in Gibea."

Palti nickte. Die Eheleute lächelten sich zum ersten Mal an. Er liebte Michal und war froh, ihr eine Freude machen zu können.

Innerhalb eines Monats wurde das Hause Paltis um einen zusätzlichen Flügel mit drei Räumen im Obergeschoss und einem Wohndach angefügt. Im Erdgeschoss befanden sich die Küche, eine Vorratskammer und ein weiterer Raum, der bei Bedarf als Gästezimmer genutzt werden konnte.

Michal war wieder Herrin in ihrem eigenen Haus. Ihr Selbstbewusstsein und der Glaube, dass David alles wieder in Ordnung bringen würde, kehrten zurück. Täglich stieg sie am frühen Morgen, wenn es noch kühl war, auf das Dach und hielt Ausschau. Sie erwartete David zwar nicht persönlich – sie wusste, dass seine Anwesenheit in der Nähe von Gibea großer Leichtsinn wäre –, aber schon einen Boten mit Grüßen und Neuigkeiten. Bestimmt würde David sie zu sich nehmen, sobald es die Umstände erlaubten. Wie? Nun, darüber zerbrach sie sich nicht den Kopf. David hatte schon Taten vollbracht, die niemandem sonst gelungen wären. Er würde auch Mittel und Wege finden, sie aus Gallim weg in ein gemeinsames, schönes Leben zu führen. Nur Geduld!

Trotzdem geriet ihr seelisches Gleichgewicht hin und wieder ins Wanken. Wenn es ihr schlecht ging, begab sie sich allein in ihr Schlafzimmer und weinte sich aus. Danach war für einige Zeit alles wieder in Ordnung.

Die Beziehung zu Palti entspannte sich. Manchmal nahm Michal auch an gemeinsamen Mahlzeiten mit seiner Familie teil. Paltis ständige Hilfsbereitschaft erleichterte ihr die langsame Rückkehr in ein ganz normales Leben.

Sie hatte endgültig aufgehört zu weinen.

Dann erschien Jonathan in Gallim. Michal war entsetzt. Was war aus dem stolzen und selbstbewussten Kronprinzen geworden! Er ging leicht gebückt und hatte einen traurigen Blick. „Wir haben uns mit Vater um David zerstritten“, sagte er seiner Schwester am ersten Tag. Auf Einzelheiten wollte er nicht eingehen.

„Ich habe im Erdgeschoss ein Zimmer für dich“, sagte sie freudig erregt und nahm ihn mit, um es ihm zu zeigen. Dann setzten sie sich an den Tisch. Uschu brachte Gebäck und Wein.

„Weißt du etwas Neues über David?", wollte Michal wissen.

Er begann stockend, erzählte ihr dann, aber in abgeschwächter Form, was irgend so ein hergelaufener glatzköpfiger Bote aus Kegila über David auf dem Marktplatz in Gibea berichtet hatte.

„Das ist nicht wahr, das kann nicht wahr sein!", entfuhr es Michal. „Das sind alles von Doeg erdachte Lügen, die der Fremde vorgetragen hat." Für Michal gab es da keinen Zweifel.

Größere Schwierigkeiten bereitete Jonathan die zweite Nachricht, nämlich dass David wieder geheiratet hatte. Er wusste, dass er es Michal sagen musste, ehe sie es von Uschu oder jemand anderem erfuhr, aber er brachte es nicht übers Herz und verschob das schreckliche Gespräch von einem Tag auf den anderen. *Später, wenn sie es leichter ertragen konnte …*

Michal und Jonathan wurden von neuem das alte, vertraute Geschwisterpaar, so wie sie es einst vor Davids Ankunft in Gibea waren, aber die Heiterkeit und Leichtigkeit von damals kehrten nicht wieder zurück.

Es vergingen viele Wochen, und immer noch gab es keine Nachricht von David.

*Warum schickt er mir noch nicht einmal Grüße?*, fragte sie immer wieder aufs Neue. *Das dürfte doch nicht so schwierig sein. Warum bloß nicht?* Sie wurde traurig und mürrisch. Dann fiel ihr wieder der Bericht des Glatzkopfs aus Kegila ein. „David ist ein Räuberhauptmann und Erpresser", hatte er in Gibea verlauten lassen.

Michal spazierte unruhig auf dem Dach ihres Hauses umher und schaute erneut in alle Richtungen. Auch heute war kein Bote in Sicht. Sie grübelte. War der schweigende David wirklich der großmütige Held und der sie über alles liebende Ehemann oder doch etwa der verrufene Räuberhauptmann? Sein unzuverlässiges Verhalten passte mehr und mehr zu einem Räuberhauptmann … Diese Bewertung verwarf sie sofort wieder. *Wie kann ich nur so schlecht über ihn urteilen?* Sie bezichtigte sich einer hässlichen Verdächtigung. *Nein, ich liebe David und werde immer auf ihn warten.*

Michal tat, wie sie es verabredet hatten, doch immer öfter blieb die Lapislazulikette in ihrem Kästchen. Sie fand, sie passte nicht mehr zu jeder Kleidung.

Jonathan schaute seiner traurigen Schwester, die nur noch ein Schatten ihrer selbst war, mit Sorge zu. In Gibea hatte sie ständig gelacht, jetzt geschah das kaum noch. Aus dem fröhlichen Mädchen war eine griesgrämige Frau geworden. Es wollte ihm das Herz zerreißen. *Und wenn sie erst von Davids neuer Frau erfährt?*

Er mochte daran nicht denken.

## 12

Der Steinbockfelsen in Engedi glich einer sich im Aufbau befindlichen Stadt. Im oberen Teil des Bergmassivs tobte ein Lärm wie sonst nur in Steinbrüchen. David hatte dem Baumeister zwei ganze Abteilungen unterstellt. Sie waren mit dem Abbrechen von Felsblöcken beschäftigt. Die von den Philistern vor Kegila erbeuteten Werkzeuge erwiesen sich dabei als außerordentlich nützlich. Unter Ausnutzung von Holzrollen und Hebeln wurden die Blöcke an den Rand des oberen Plateaus geschoben, wo sie die zugänglichen Stellen versperren sollten. Die schwer arbeitenden Männer waren in Schweiß gebadet, aber keiner murrte. Was sie taten, geschah zu ihrer eigenen Sicherheit. Jetzt gab es nur noch einen einzigen leicht begehbaren Zugang zur Fluchtburg: über eine große, feste Leiter, die hochgezogen werden konnte.

Ikabod erhielt die Aufgabe, mit seiner Mannschaft Brennholz und Pech in großen Mengen zu sammeln. Dieses Material wurde teils in Höhlen auf Uferhöhe versteckt, teils möglichst unauffällig an dem Steinbockfelsen gegenüberliegenden Strand angehäuft. Es sollte aussehen, als hätte es der Wind dorthin getrieben.

Die letzten zwei Abteilungen hatten den Auftrag, sich um die Tiere zu kümmern und Lebensmittelvorräte anzulegen sowie den Wachdienst zu regeln.

Die verschiedenen Aufgaben hatte David auf seine Hauptleute verteilt. Ihm selbst blieb dadurch mehr freie Zeit für sich und Ahinoam. Außerdem spielte er wieder mit Muße Harfe und machte seine Späße. Dennoch, seine Sorglosigkeit war vorgetäuscht. Ständig dachte er über die Verteidigung des Felsens im Fall einer Belagerung nach. Er hatte noch kein endgültiges Konzept. Darum interessierten ihn außer den Steilhängen auch noch die vielen Höhlen im Berg, besonders eine trichterförmige, brunnenartige Vertiefung auf dem unteren Plateau, in die er sich eines Tages mehr als fünfzig Schritte tief abseilte.

Am Boden dieses Brunnens war es fast dunkel. David musste seine Augen anstrengen, um überhaupt etwas sehen zu können. Dann erblickte er einen nach Osten gerichteten Tunneleingang. Vorsichtig tastete er sich in ihn hinein. Er wartete, bis sich seine Augen völlig an die Dunkelheit gewöhnt hatten. Dann war ihm, als erblicke er vor sich einen Lichtschimmer. Behutsam bewegte er sich auf ihn zu. Dabei stürzte er mehrere Male, doch es gelang ihm, immer auf die Hände zu fallen. Dass dabei Schürf- und Risswunden an Händen und Füßen entstanden, spürte er in der Aufregung nicht. Es wurde immer heller, er bog um eine Ecke und stand vor einer Öffnung. Er kroch hindurch und stand plötzlich draußen auf einem vorstehenden Gesims, einer Art Balkon, wohl fünfzig Schritte über dem Salzmeer. *Ein Adlernest,* dachte er. Der ganze Uferstreifen unter dem Steinbockfelsen lag in seinem Blickfeld. Ein idealer Beobachtungspunkt, von unten nicht auszumachen! Ein Glücksfall!

Auf dem Rückweg fand er noch einen Brunnen. Ein hinuntergeworfener Stein wies auf eine bemerkenswerte Tiefe hin. *Der Felsen müsste eigentlich Brunnenfelsen heißen statt Steinbockfelsen,* ging es David durch den Kopf. *Da ich schon mal hier bin, werde ich versuchen, ihn ebenfalls zu erkunden.* Er war froh über die mitgenommene Reserveleine, wickelte sie ab, band ein Ende an einen aus der Wand hervorstehenden spitzen Brocken, warf das zweite in das schwarze Loch und kletterte hinab. Es wurde stockdunkel und Furcht einflößend.

Die Leine war gerade lang genug. Er musste sich also auf Uferhöhe befinden. Von der Straße unten hatte er gesehen, dass es in der Felswand mehrere Höhlen gab. *Vielleicht besteht zwischen dem Brunnen, in dem ich mich jetzt befinde, und den Höhlen eine Verbindung?* Neugierig schaute er sich um und entdeckte wieder ein winziges

Licht. In diese Richtung tastete er sich langsam vor und erreichte eine Höhle mit einem senkrechten mannshohen Schlitz in der rechten Wand, durch den das Licht einfiel.

Der Spalt erwies sich als Durchstieg in eine hellerleuchtete zweite Höhle. *Eine Doppelhöhle also,* staunte David. Er zwängte sich durch den Schlitz. Die Vorderhöhle hatte an ihrem Ende eine große Öffnung, durch die das grelle Tageslicht hineinflutete. Die Öffnung war, wie vermutet, wirklich auf Uferhöhe. David trat hinaus auf die Straße, vor ihm erstreckte sich das Salzmeer.

Gut zu wissen, *dachte er,* dass es eine von außen unsichtbare Verbindung zwischen dem Uferstreifen und dem ersten Plateau gibt.

Müde vom vielen Klettern, aber frohgemut wanderte David von der Straße aus den üblichen Weg den Berg wieder hinauf.

Unterwegs stieß er auf den Baumeister und berichtete ihm von seiner Entdeckung. „Da muss noch einiges vorbereitet werden …"

„Ich habe schon mit der Befestigung des Lagers alle Hände voll zu tun", versuchte Henan sich zu wehren.

„Das weiß ich, aber früher oder später werden Strickleitern in dem Brunnen gebraucht, die ein schnelles Auf- und Absteigen ermöglichen."

*Lieber später,* dachte der Baumeister und seufzte.

„Und an den Höhlenwänden werde ich Fackeln anbringen lassen", fügte David aufgekratzt hinzu.

„Fackeln?"

„Karit wird Pechfackeln anfertigen, die wir dort ausprobieren können."

David ließ den verdutzten Baumeister stehen und ging grinsend davon.

◆ ◆ ◆

Einige Tage später beobachtete David von seinem Adlernest aus die Uferstraße und erblickte dabei im Norden zwei Männer. Der eine war ein Wachmann, den er an seinem grünen Rock erkannte. Und der andere? Diese zerlumpte Gestalt? Richtig, das war der Verbindungsmann zu Lea. Schnell durchquerte er den inzwischen schon mit Fackeln erleuchteten Tunnel, kletterte in die tiefer gelegene Doppelhöhle herunter, trat auf die Straße und ging den beiden entgegen.

Die Nachrichten waren schlecht. „Vor drei Tagen hat das eintausendfünfhundert Mann starke Heer, das euch fangen soll, Gibea verlassen. An seiner Spitze sind König Saul, Abner und Doeg. Sie wissen, dass du in Engedi bist und werden auf der Uferstraße anrücken. Sie führen viele, sehr viele Karren mit Lebensmitteln mit sich."

David biss sich auf die Unterlippe. „Eintausendfünfhundert Mann und viele Karren hast du gesagt?" Der Bote nickte.

Der Bericht war niederschmetternd, denn Henans Verteidigungsmauern waren noch nicht fertig. Noch Schlimmeres ließen die vielen Karren erahnen. Damals, im Ela-Tal reichten die Vorräte für vierzig Tage. *Beabsichtigt der König eine eben solange Belagerung vor dem Steinbockfelsen?* Seine eigenen Lebensmittel würden kaum für die Hälfte der Zeit ausreichen.

David verschlug es den Atem, trotzdem versuchte er zu lächeln. Zu dem Wachtposten sagte er: „Nimm den Mann mit in die Küche, der Koch soll ihm das beste Essen vorsetzen. Er hat es verdient."

◆ ◆ ◆

Zwei Tage darauf lautete die Meldung eines Spähers: „Das königliche Heer wird voraussichtlich schon morgen in den Mittagsstunden vor dem Steinbockfelsen erscheinen."

Die Vorbereitungen für die Verteidigung wurden nun auch in der Nacht bei Fackellicht fort geführt.

Das Kinn in die Hand gestützt, lauschte David aufmerksam in seinem Adlernest. Neben ihm lag Ikabod und schaute mit zusammengekniffenen Augen zum Meer hinunter. Aus der Ferne war immer deutlicher das Donnern der königlichen Wagen zu vernehmen. Dann erschien die Vorhut. Sie marschierte direkt am Meer entlang, sodass die Fernwaffen vom Felsen her kaum eine Bedrohung für sie darstellten. Trotzdem hielten alle ihre Schilde mit der Rechten in Abwehrhaltung hoch über dem Kopf.

Der Aufmarsch verlief reibungslos, wie auf dem Übungsplatz.

Da nahte auch schon Abner auf seinem fast weißen Esel. David erkannte den Feldoberst an der Kleidung. Hochaufgerichtet ritt er rechts neben dem König. Die Person links konnte nur Doeg sein. Sie hielten direkt gegenüber von Davids Ausguck an. Saul, Abner und Doeg stiegen beinahe gleichzeitig ab. Die Wachen errichteten blitzschnell eine Wand aus Langschilden, welche die drei Männer abschirmte.

Die ersten Wagen rollten vorüber, einer war bis oben hin mit Leitern beladen. David spürte, wie sich eine Gänsehaut auf Armen und Beinen bildete. Diese Ausrüstung fürchtete er am meisten, besonders weil die Verteidigungsmauern seiner Festung noch nicht fertig waren. Unzählige Karren folgten, sie fuhren bis zum Fuße des Steinbockfelsens, hielten an. Kurz vor dem Arogat-Wadi sammelten sie sich und begannen, zu einer Wagenburg zusammen zu fahren. Da der schmale Uferstreifen die übliche kreisförmige Aufstellung der Karren nicht zuließ, standen sie nun alle in Reihe nebeneinander in geringer Entfernung vom Wasser, gerade so weit entfernt, wie man zum bequemen Entladen der Wagen brauchte. Die Zugtiere wurden ausgespannt und in das Nordwadi geführt, wo Gras und Gestrüpp üppiger wuchsen.

Inzwischen war auch die Haupttruppe des königlichen Heeres vorgerückt. Abner verließ die Schutzwand mit einem Langschild in der Hand und wies den einzelnen Truppenteilen ihre Lagerplätze zu.

Das Ufer füllte sich mit Menschen.

Handwerker hatten mit dem Aufbau des Königszeltes begonnen. Es war nicht das erbeutete Prachtzelt von Akesch, es war das gleiche, das Saul auch im Ela-Tal benutzt hatte. *Für diesen Platz genau das Richtige,* dachte David in seinem Versteck. Das grobe, locker herabhängende Ziegenleder bot vollen Schutz vor jedem Pfeil- und Steinbeschuss.

Unter ihm wimmelte es bald von bewaffneten Männern. Davids Zuversicht schwand. Er ging zum Lager zurück, wo er auf Ikabod traf.

„Wir haben lediglich eine Möglichkeit, mit dem Leben davon zu kommen“, sagte er entmutigt. Ikabod hörte aufmerksam zu. „Nur wenn es uns gelingt, die Wagenburg mit den Lebensmittelvorräten anzuzünden. Dann wird der König spätestens nach einer Woche abziehen müssen. Und so lange werden wir uns dieser Übermacht wohl stellen können, vorausgesetzt, dass auch die Leitern abbrennen.“

„Dann war es doch gut, dass wir das viele Brennmaterial zusammengelesen haben“, sagte Ikabod mit stolzem Unterton, schließlich war es seine Arbeit gewesen. Die Haufen aus trockenem Astwerk und Pechklumpen lagen entlang des Ufers herum. Bei einem flüchtigen Beobachter musste tatsächlich der Eindruck entstehen, der Wind hätte sie gestreut. „Gut gemacht“, lobte sich Ikabod selbst. „Den Leuten von den Wagen stehen sie zum Glück nicht im Wege. Aber morgen oder übermorgen könnten sie das Brennmaterial vielleicht für ihre Lagerfeuer benutzen.“ Er runzelte die Stirn. „Ich will damit sagen, dass es am sichersten wäre, wenn wir schon in dieser Nacht die Wagen in Brand stecken würden.“

David wog den Kopf hin und her. Er schien zu überlegen.

„Ich werde mich mit einigen geschickten Männern von Süden her im Schutze unserer Gestrüpphaufen anschleichen“, fuhr Ikabod kühn fort. „Wir werden einen Posten nach dem anderen ausfindig machen und töten, dann leise eine Menge von dem mit Pech angereicherten Geäst unter die drei letzten Wagen stecken und anzünden. Heute kommt der Wind glücklicherweise von Süden. Er wird das Feuer blitzschnell auf die staubtrockenen Planen der anderen Karren lenken. Löschwasser ist zwar in Mengen da, aber sie haben keine Eimer.“ Ikabod lachte hämisch.

David schaute voller Anerkennung auf den einfallsreichen und tapferen Mann. Und er traute ihm die Durchführung dieses Handstreichs auch zu. Aber er wäre mit dem Tod mehrerer Posten erkauft, das hingegen passte nicht in die von ihm beschlossene Strategie. Auf keinen Fall wollte er sofort mit Töten beginnen. „Ich habe einen anderen Plan. Wenn es dunkel wird, schleichst du dich allein in der Verkleidung, wie sie die Truppe im Südabschnitt trägt, in die Wagenburg und erkundest, wie es dort in der Nacht aussieht. Finde heraus, wo Posten stehen und wie viele es sind. Morgen beschließen wir das weitere Vorgehen. In der darauf folgenden Nacht muss das Feuer gelegt werden!"

Ikabod wollte widersprechen, doch David schüttelte den Kopf. „Wir müssen weitsichtig planen. Geh jetzt und suche dir, so lange es noch hell ist, einen Pfad aus, auf dem du abends in das Arogat-Wadi hinunter klettern willst."

◆ ◆ ◆

Unten am Strand wurden gerade die Waffenzelte der Hauptleute ausgeladen. David wusste, dass Abner im Moment keinen Angriff beginnen würde, und er konnte es sich leisten, seinen Stand zu verlassen, um im Lager oben nach dem Rechten zu sehen. Als erstes begab er sich zu Ahinoam, für die Henan eine wind- und wetterfeste Hütte gebaut hatte.

Ahinoam kauerte verängstigt davor. David setzte sich zu ihr, nahm sie in die Arme und flüsterte ihr zu: „Keine Angst, ich bin in deiner Nähe."

„Was soll ich nur machen?" Sie zitterte am ganzen Körper.

Ahinoam tat ihm Leid. Er wollte sie trösten, wusste aber nicht so richtig wie. „Am besten, du legst dich schlafen. In dieser Nacht wird nichts geschehen. Schade, dass ich nicht bei dir bleiben kann." Sein Gesicht drückte Bedauern aus. „Ich muss die Entwicklung auf der Uferstraße im Auge behalten, das verstehst du doch, nicht wahr, Liebling?"

Tränen liefen ihr übers Gesicht. Sie wollte tapfer sein, nickte und lächelte schwach.

David versuchte, sich möglichst gelassen zu geben. „Josef wird die ganze Zeit vor der Hütte Wache halten. Er wird einen Boten bei sich haben, der mich schnellstens zu dir rufen kann, wenn du es wünschst."

„Es gibt keinen zweiten so fürsorglichen Mann wie dich. Ich will deinen Rat befolgen und sofort schlafen gehen." Sie wusste, dass sie nicht würde einschlafen können, aber das verschwieg sie ihrem Mann, um ihm keinen weiteren Kummer zu bereiten. Er hatte ja Sorgen genug.

Mit einem zärtlichen Kuss verabschiedete sich David von seiner Frau, eilte zu den Männern, die beim Mauerbau tätig waren, feuerte sie an und erteilte den Hauptleuten noch kurze Anweisungen.

Sie schaute ihm mit verliebten Augen nach.

◆ ◆ ◆

Als David seinen Ausguck wieder erreichte, wurde es langsam Abend. Unten wurden Posten aufgestellt, die anderen Krieger suchten sich Schlafplätze und wickelten sich in ihre Mäntel. Es begann eine ruhige Nacht.

David starrte jetzt nach Süden, zur Wagenburg hinüber, wo er schon längst Ikabod vermutete. *Wenn die Wachen bei den Karren ihn erwischen, wird es dort zu einem Tumult kommen,* überlegte David. *Solange Ruhe herrscht, ist also alles in Ordnung.* Fieberhaft wartete er auf die Rückkehr seines tüchtigen Spähers. Die Zeit schien still zu stehen.

Kurz vor Sonnenaufgang kam Ikabod endlich gesund zurück, strahlte und wollte sofort Bericht erstatten.

„Später", sagte David, nahm ihn am Ärmel und zog ihn mit sich in den Tunnel.

„Wohin?"

„In die Doppelhöhle. Ich möchte dort sein, ehe das Lager erwacht", entgegnete David schon unterwegs. Sie stiegen schnell die Leiter hinab, betraten den ersten Teil der Doppelhöhle, schlichen zur Spaltöffnung und lauschten. Kein Laut war zu hören. David beugte sich vor und schaute in die vordere Höhle. „Niemand da", sagte er halblaut und drückte sich durch die enge Öffnung. Ikabod folgte ihm in den vorderen Raum. In der Morgendämmerung konnten sie die ganze Höhle überblicken, liefen schnell zum Höhlenausgang und versteckten sich hinter Felsbrocken so, dass sie von außen nicht gesehen werden konnten.

Etwa fünfzig Schritte vor ihnen stand das Königszelt. Davor hatte eine Wache hinter einem Schilderzaun Posten bezogen.

Plötzlich rumorte es im Zelt und der Eingangsvorhang wurde von innen aufgeschlagen. In der Öffnung erschien der König in einem Untergewand und einem roten quadratischen Manteltuch über dem Rücken. Er rieb sich die Augen und gähnte.

David war erstaunt. *Das ist doch sträflicher Leichtsinn. Ein in der Felswand versteckt wartender Schütze könnte jetzt einen Pfeil abschießen oder einen Stein schleudern.*

Aber nur wenige Augenblicke lang war Saul ungeschützt, denn auf einen Wink des Anführers der Leibwache sprangen sofort mehrere Posten mit Langschilden vor den König, der etwas zu ihnen sagte, was David aber aus der Entfernung nicht verstehen konnte.

Eine Sechsergruppe umgab den König. Die neben ihm stehenden Männer bauten über seinem Kopf ein Dach aus Schilden. Der kleine Zug setzte sich in Bewegung, genau auf den Höhleneingang zu, wo die beiden Beobachter lauerten ...

Als David die erste Verblüffung überwunden hatte, riss er Ikabod am Arm und flüsterte: „Schnell, zurück in die hintere Höhle!" Durch den Wandschlitz zwängten sie sich in den zweiten Raum und behielten aus ihrem Versteck den Vorderraum im Auge.

Ein Posten trat ein, ging bis zur Mitte, schaute ringsherum, brummte: „Alles in Ordnung" und verließ die Höhle wieder. Im vom Tageslicht jetzt schon gut erleuchteten Eingang erblickten die Beobachter den König, der ganz allein die Höhle betrat. Die Posten blieben davor. Zwei von ihnen stellten sich mit dem Rücken zur Höhle in den Eingang. Die über dem Salzmeer aufgehende Sonne warf ihre langen Schatten auf den felsigen Boden.

Als Saul die Höhle betrat, knirschte der Sand leise unter seinen Schuhen. Nahe der Wand legte er seinen Mantel ab und David begriff, warum er ohne Begleitung gekommen war. Der König zog sein Hemd bis über die Knie hoch und hockte sich hin, mit dem Gesicht zum Eingang.

Ikabod flüsterte aufgeregt: „Soll ich ihn töten? In seiner Hocke ist er wehrlos. Nicht einmal die Wache wird etwas bemerken. Ehe sie ihn finden, sind wir längst auf und davon."

David versuchte Ruhe zu bewahren. „Nein, auf keinen Fall!", antwortete er, zog schnell seine Sandalen aus und zwängte sich leise mit gezücktem Messer durch den Felsspalt. Auf Zehenspitzen schlich er zu der Gestalt, die ihm den Rücken zukehrte, setzte lautlos den rechten Fuß auf den neben dem König liegenden roten Mantel, bückte sich, hob mit der linken Hand einen Zipfel auf, zog das Tuchende straff und führte mit dem Messer einen kurzen Schnitt durch. Das abgetrennte Stück behielt er in der Hand. Der hockende König war so mit sich beschäftigt, dass er das beim Schneiden entstandene Geräusch nicht wahrnahm. David blickte auf die Rücken der Posten in der Öffnung, die steif dastanden wie zuvor. Also hatten auch sie nichts bemerkt. Flink und geräuschlos zog er sich in die hintere Höhle zurück. Das Stück roten Stoffs hielt er krampfhaft in der Linken, sein Atem ging immer noch schnell. Den König ließ er nicht aus den Augen.

Kurz verharrte Saul noch in seiner Hocke, erhob sich dann, griff zu seinem Mantel, legte ihn über die Schulter, begab sich zum Eingang und verschwand gemeinsam mit den wartenden Posten aus dem Blickfeld der beiden Beobachter.

„Schnell nach oben“, raunte David Ikabod zu.

Schon auf der Strickleiter fragte Ikabod seinen Oberhauptmann aufdringlich und vorwurfsvoll: „Warum durfte ich diese einmalige Gelegenheit nicht nutzen? Wir wären ihn los! Abner, die Hauptleute, der ganze Hof, sie alle hätten andere Sorgen, als uns zu verfolgen. Sie müssten sich mit der Wahl eines neuen Königs beschäftigen. Wahrscheinlich würden sie sich für deinen Freund Jonathan entscheiden. Der würde uns in Ruhe lassen oder gar zurück an den Hof rufen!“

In seinen weitreichenden Plan wollte David Ikabod nicht einweihen, also sagte er nur kurz: „Den König zu töten, das wäre ein Fehler. Vielleicht gelingt es mir, eine List anzuwenden, die uns auf unblutige Weise vor seiner Verfolgung rettet.“

Ikabod staunte. Inzwischen waren sie schon die erste Leiter hochgeklettert. David befahl ihm jetzt, zu Ahinoam zu laufen, mit der Bitte, ihm den blauen Rock, das Geschenk Sotais, auszuhändigen. „Mach aber schnell“, fügte er hinzu.

David selbst begab sich durch den mit Fackeln erleuchteten Tunnel zum Adlernest und beobachtete, wie das Lager langsam erwachte. Den König konnte er nicht ausmachen. Er musste sich in seinem Zelt befinden.

Als Ikabod wieder zurück kam, schlüpfte David in seinen festlichen Rock und wartete solange, bis Saul, angekleidet und mit dem roten Mantel über der Schulter, aus dem Zelt trat. David versuchte, seiner Aufregung Herr zu werden, und stieg auf die Brüstung des Gesimses, so dass er von unten gut zu sehen war.

Ikabod erwischte seinen Herrn am Ärmel und versuchte ihn runterzuziehen. „Oberhauptmann! Sie werden dich gleich abschießen!“

„Lass nur, ich muss es wagen“, entgegnete David scheinbar gelassen. „Pass aber genau auf, ob unten jemand den Bogen spannt.“

„Dummer Leichtsinn! Das ganze Lager lässt sich eh nicht überblicken“, brummte Ikabod, während David beide Hände trichterförmig an den Mund legte und, so laut er konnte, rief: „Mein königlicher Herr!“ Seine Stimme zitterte leicht.

In der morgendlichen Stille waren seine Worte beim Königszelt gut zu hören. Die drei Anführer, die dort beieinander standen, vernahmen sie deutlich und schauten sich verblüfft nach dem Rufer um. Abner entdeckte ihn als erster und streckte die Hand in seine Richtung aus. Eine von der aufgehenden Sonne beleuchtete Gestalt stand dort hochaufgerichtet vor dem Hintergrund des gewaltigen rötlichen Felsens, reglos wie aus Stein. Der Blick des Königs folgte Abners Hand. Alle drei traten neugierig, ohne auf ihre Sicherheit zu achten, aus der Deckung hervor.

David verbeugte sich höfisch vor dem König und wiederholte seine Anrede, griff in die Seitentasche seines Rockes, holte ein rotes Tuch von der Größe zweier Handflächen hervor und hielt es mit dem ausgestreckten Arm hoch über den Kopf. Es flatterte im Wind wie ein Wimpel. „Dieses Dreieck ist ein Zipfel deines Mantels!“, rief David.

Alle schauten sofort auf den Umhang des Königs und stellten verdutzt fest, dass ihm in der Tat eine Ecke fehlte, was bislang noch niemand bemerkt hatte.

Die blaue Gestalt fuhr mit deutlicher, weittragender, sicherer Stimme fort: „Mein König, ich war mit meinen Leuten in der Höhle, die du heute Morgen besucht hast. Sie wollten dich, ihren Verfolger, töten. Ich musste sie mit allen Kräften zurückhalten, um dein Leben zu retten." David verbeugte sich abermals und sprach dann weiter: „Als Zeichen meiner Anwesenheit in der Höhle habe ich von deinem Mantel ein Stück abgeschnitten und mitgenommen." Wieder schwenkte er das rote Tuch über dem Kopf.

Sauls Gefolge starrte mit Entsetzen zu ihm hinauf. Im Lager herrschte Totenstille.

David wechselte die Anrede und sprach mit warmem, vertrautem, liebenswürdigem Tonfall weiter: „Vater, du verfolgst mich, weil deine Berater behaupten, ich suche dein Verderben. Du siehst, das trifft nicht zu! Ist dieser Mantelzipfel nicht Beweis genug?" Der rote Wimpel flatterte im Wind.

Abner hatte Davids Plan durchschaut, fluchte hässlich und murmelte mit hochrotem Gesicht zu Doeg: „Dieser listige Schakal versucht den König zu beschwatzen. Er will ihn umstimmen, ihn zur Aufgabe der Verfolgung bewegen. Er baut ihm eine Brücke für einen Rückzug ohne Gesichtsverlust."

Doeg nickte zweimal. „Ja, diese Schlange will dem König einreden, dass wir beide ihn unbegründet gegen seinen ‚guten' Schwiegersohn aufhetzen." Ausnahmsweise waren die beiden Männer einer Meinung.

Saul starrte auf den wehenden Zipfel und dachte: *Bestimmt wieder eine List. Bei David weiß man ja nie, was er beabsichtigt.* Zugleich erinnerte er sich an den Traum der letzten Nacht. Seine Tochter Michal hatte ihn eindringlich von Davids Unschuld zu überzeugen versucht. Er überlegte. Der heutige merkwürdige Vorfall in der Höhle passte zu diesem Traum. Er war in Davids Hand gewesen, David hätte ihn, seinen Verfolger, töten können, hatte es aber nicht getan. Er hatte ihn verschont. *Aber warum bloß?* Kein Feind hätte sich so verhalten. Mit aller Gewalt drängte sich Saul die Frage auf: *Ist David wirklich der Umstürzler und Thronräuber, für den ich ihn gehalten habe? Oder ist alles wirklich nur ein Missverständnis gewesen, wie Jonathan meint?* Saul kamen Zweifel.

Und wieder ertönte Davids Stimme, mit einer Bitte im Unterton: „Vater, ich bin unschuldig. Gib mir Gelegenheit, es dir zu beweisen."

Mit wutrotem Kopf packte Abner den in Gedanken versunkenen

König am Ärmel. „Listig missbraucht er dich für sein schändliches Theater, mit dem er uns gefährliche Lügen auftischt. Er versucht, den guten, unschuldigen Schwiegersohn herauszukehren und als gleichwertiger Gesprächspartner aufzutreten. Wir dürfen ihm nicht länger Gehör und Aufmerksamkeit schenken, wir müssen uns sofort zurückziehen!“

Als ihn der König wie geistesabwesend anschaute, fuhr Abner eindringlich fort: „Wir müssen weg! Sonst wird der tückische Verräter reden und reden und das Heer mit seinen Schwindeleien berieseln. Am Ende werden unsere Männer nicht mehr wissen, wer hier Recht hat.“

Von seinem Feldobersten ließ sich Saul widerstandslos ins Zelt führen. Dabei murmelte der König betroffen vor sich hin: „Er hat mich in der Hand gehabt und nicht getötet. So handelt doch kein Feind!“

Abner fürchtete, der König könnte die Verfolgung leichtfertig absagen. Er verlor die Beherrschung und brüllte Saul an: „David weiß nur zu gut, dass er in der Falle sitzt und keine Aussicht hat, lebend von diesem Berg herunter zu kommen. Darum versucht er alles, um zu entrinnen. Sollte ihm das mit seinem üblen Trick gelingen, vergisst er die süßen Worte sogleich und wird erneut gegen dich wüten.“ Abner stellte mit Bedauern fest, dass seine Warnung Saul nicht erreichte. Er musste deutlicher werden. „Hast du vergessen, dass er König werden will, und du ihm dabei im Wege stehst?“ Doch Saul hörte nur halbwegs zu. Abner fasste sich ratlos an den Kopf.

Michals bittender Blick erschien erneut vor seinen Augen. *Hat David wirklich Vater zu mir gesagt?* Saul war innerlich zerrissen. Nun fiel ihm auch ein, dass sein Vetter sich schon häufiger geirrt hatte, wenn es um David ging. Wie sollte er sich entscheiden?

Abners Gedanken kreisten auf anderen Bahnen. „Wenn wir sofort mit dem Sturm des Felsens beginnen, kann er uns nicht entkommen.“ Mit diesem zuversichtlichen Vorschlag wollte der Feldoberst seinen Vetter aus den Grübeleien reißen und ihm den nötigen Angriffsbefehl entlocken. Der erwartete Erfolg blieb aus.

Doeg warf einen Blick auf den hoch oben stehenden und unbezwingbar aussehenden David. Dieser Mann war unberechenbar. Heute hatte er dem König einen Zipfel vom Mantel abgeschnitten, morgen schon konnte er ihm selbst die Gurgel durchschneiden, nur weil er ihn wegen Nob verraten hatte oder jetzt an der Verfolgung teilnahm. Bei Saul hatte David Grund gehabt, ihn zu verschonen, in seinem Fall würde er es gewiss nicht tun. Doeg beschlich die Angst, er wollte auf einmal weg von diesem unheilvollen Ort und suchte nach einem Ausweg. Da kam ihm ein Gedanke. „Ich habe einen anderen Vorschlag", sagte er prompt und freute sich auch noch, weil er Abner vor dem König widersprechen konnte. Die Betonung lag deshalb auf „anderen".

Saul suchte auch nach einer anderen Lösung, und deshalb hörte er aufmerksam zu.

Doeg fuhr fort: „David erklärt vollmundig, er sei unschuldig. Na gut, dann soll er es doch beweisen! Gehen wir auf seine Bitte ein und erlauben ihm, sich in Gibea dem Gericht zu stellen. Dort wird man untersuchen, was er an Beweisen für seine Unschuld vorzubringen hat." Aufmerksam beobachtete Doeg den König. Es schien ihm, als erkenne er ein unwillentliches Nicken. Das ermunterte ihn zur weiteren Ausführung seines Vorschlags. „Man könnte David eine Frist setzen. Macht er vom großzügigen königlichen Angebot keinen Gebrauch, wird seine Schuld für alle, auch für seine Stammesgenossen, die Judäer, und sogar für die Bethlehemer und andere Anhänger offensichtlich sein. Die Klärung der Schuldfrage, die eindeutige Feststellung, dass David ein Betrüger ist, wird die Stadt von ihrer kranken Atmosphäre säubern und wieder gesunde Verhältnisse schaffen."

Der König schien erleichtert. „Da könntest du Recht haben", sagte er zu Doeg.

Abners Gesicht wurde vor Zorn rot. Am liebsten hätte er Doeg auf der Stelle erwürgt. Wütend öffnete er den Mund, um dagegen zu halten. Doch Saul kam ihm zuvor: „Abner, deine Ratschläge bezüglich David gingen in der Vergangenheit oft ins Leere. Ich gebe Doegs Empfehlung den Vorzug."

Der Feldoberst musste sich setzen, seine Knie machten nicht mehr mit und er rang nach Luft. Doeg, dieser verrückt gewordene

Doeg, hatte ihm seinen hervorragenden Plan zunichte gemacht. Abner ließ den Kopf machtlos hängen und knirschte mit den Zähnen.

Bald darauf verkündete ein Herold unter dem Adlernest mit lauter Stimme den von Doeg auf der Stelle verfassten und von Saul akzeptierten Wortlaut: „David ben Isai, auf deine Bitte gewährt dir der König in seinem Großmut die Möglichkeit, innerhalb eines Monats vor dem Gericht in Gibea deine Unschuld zu beweisen. Die Verfolgung wird bis zu diesem Termin ausgesetzt."

David war entzückt. Er verbeugte sich tief und rief zurück: „Vater, ich danke dir von Herzen für dein großzügiges Entgegenkommen." Kopfschüttelnd stieg er von der Brüstung herab, küsste das rote Dreieck und steckte es in die Tasche. Mit solch großem Erfolg hatte er nicht gerechnet. Er konnte einfach nicht daran glauben und befürchtete, dass man die ihm erteilte „Möglichkeit" gleich widerrufen und die Belagerung fortsetzen würde.

Aber nichts dergleichen geschah.

◆ ◆ ◆

In Gedanken versunken hatte David nicht bemerkt, dass seine Hauptleute hinter seinem Rücken aufmarschiert waren. Joab, Abinadab, Samma und Benaja kamen, um ihren Anführer zu dem überraschenden Erfolg zu beglückwünschen. Er hatte es fertiggebracht, die Aufgabe der Belagerung zu erreichen, ohne einen Tropfen Blut zu vergießen.

„Das sollte dir mal jemand nachmachen", sagte Joab voller Anerkennung, während sie einer nach dem anderen ihren Oberhauptmann freudig umarmten.

„Und wie soll es jetzt weitergehen?", fragte Samma, der als erster aus dem Siegesrausch erwachte.

„Ich möchte gerne in Gibea beweisen, dass ich keinen Umsturz geplant habe. Aber Abner und Doeg würden das niemals zulassen. Sie sind verbohrt. Irgendwelche falschen Zeugen würden Saul schnell einreden, dass ich den König und sie beide töten und mich selbst auf den Thron setzen wollte. Für solche Pläne gibt es nur eine

Strafe: den Tod." David holte Luft und fuhr fort: „Zu seinem Wort wird der König stehen. Wir werden also vier Wochen lang Ruhe haben. Dann aber wird Abner mit umso größerer Wucht zuschlagen." Wieder unterbrach er seine Rede für mehrere Atemzüge. Seine Hauptleute warteten gespannt. „Das ist kein Thema für heute. Geht zu euren Männern und lasst Brot backen, viel Brot. Vom Trockenfleisch soll jeder bekommen, soviel er möchte. Die Leute sollen ein Siegesfest feiern. Ich selbst muss mich um Ahinoam kümmern. Entschuldigt mich bei ihnen. Ich hoffe, sie werden es verstehen."

◆ ◆ ◆

Am nächsten Tag kehrte David zu Sammas Frage zurück: *Wie soll es jetzt weitergehen?* Im Winter, der vor der Tür stand, waren zahlreiche Gebiete Judas mit dem Wagen nicht zu erreichen. Zu diesen gehörte Engedi leider nicht. Er musste also damit rechnen, dass Abner nach Ablauf der zugestandenen Monatsfrist mit einem noch besser ausgerüsteten Heer vor dem Steinbockfelsen erscheinen würde. Auf diesem Berg durfte er also nicht bleiben. Er musste weg.

Aber wohin? Das war die Frage.

Erst einmal ging es um den kommenden Winter. Die nahe Wüste Maon war ein unwirtliches Gebiet, noch karger und öder als die Höhlen von Adullam, aber in der Regenzeit mit Wagen unbefahrbar. Dort wäre er vor Abner sicher.

David entschied sich für diese Gegend. Dort wollte er mit seinem Heer überwintern.

## 13

David hatte sein neues Lager in der Wüste auf einem schwer zugänglichen Hügel mit zahlreichen Höhlen aufgeschlagen.

In Sichtweite lag Karmel, ein kleiner Ort mit einem großen Teich. Direkt am Wasser gab es mehrere Gebäude, die zum Anwesen

Nabals gehörten. Er galt als reichster Mann der Sippe Kaleb. Nabal betrieb Landwirtschaft und Viehzucht. Vom Heerlager sahen seine Herden wie graue Flecken in der Landschaft aus. David schätzte sie auf zweitausend Schafe und eintausend Ziegen.

Die Aufsicht über ihr Lager hatte David seinen Hauptleuten überlassen, um mehr Zeit für sich und Ahinoam zu haben. Doch bald musste er sich eingestehen, dass sein Interesse an der schönen Frau zu erlahmen drohte. Die einzigen Themen ihrer Unterhaltungen waren Erinnerungen aus Jesreel, Kleider, Farben, Düfte. Binnen kurzem kannte David alle ihre Geschichten zur Genüge. Die Zeiten, die sie schweigend miteinander verbrachten, wurden immer länger. Er begann sich zu langweilen.

Aber Schafe interessierten ihn, den ehemaligen Hirten, immer noch. Einmal nutzte er einen freien Tag, um den Viehbestand des Großbauern in Augenschein zu nehmen. Mit einem freundlichen „Schalom" begrüßte er einen Hirten, der gerade am Brunnen mit Wasserschöpfen beschäftigt war.

Der blickte kurz auf und gewahrte einen Unbekannten. „Ich bin gleich fertig", antwortete er auf Davids Gruß, ohne seine Arbeit zu unterbrechen. Der lederne Wassersack klatschte wieder und wieder in den Brunnen.

Derweil hatte David Zeit, die Herde genauer zu betrachten. Plötzlich entdeckte er, dass ein Lamm eine steile gefährliche Klippe erklomm und hinterrücks abzustürzen drohte. Schon war es geschehen, es strauchelte, verlor den Halt und fiel kopfüber in eine zehn Schritt tiefe Schlucht. David musste tatenlos zusehen, wie es sich zweimal überschlug und unten aufprallte.

Der Hirte, der nicht genügend aufgepasst hatte, sprang erschrocken auf, um das Lamm zu retten. Mit dem kleinen, stöhnenden Schaf um den Hals kam er betrübt zurück, legte es behutsam in den Schatten und betastete sorgfältig seinen Körper. „Der linke vordere Oberschenkel ist gebrochen, da lässt sich nichts mehr machen. Wenn der Aufseher kommt, werde ich großen Ärger bekommen."

„Lass mal sehen", warf David ein und untersuchte das Vorderbein. „Es ist nicht so schlimm", sagte er nach einer Weile. „Das wird wieder gut."

Der Mann blickte den Fremden ungläubig an. Er war schon Jahre lang Hirte und glaubte zu wissen, welche Brüche wieder heilten und welche nicht. Mit Rippenbrüchen gab es überhaupt keine Probleme, schwieriger heilte ein gebrochener Knochen im Unterschenkel, vorausgesetzt, dass nur das Wadenbein oder nur das Schienbein gebrochen war. Ein Oberschenkelbruch war aussichtslos.

David legte dem Hirten die Hand auf die Schulter. „Auf meinem Weg zu dir bin ich über Lehmklumpen gestolpert. Ich werde einige holen. Besorge du mir Wasser."

„Ist das dein Ernst?"

„Siehst du nicht, wie das Tier leidet? Los, mach schon!" David drückte ihm den Wassersack in die Hand. Dann streichelte er das stöhnende Lamm und wiederholte, was er zuvor schon dem Hirten gesagt hatte: „Es ist nicht so schlimm, es wird alles wieder gut."

David wusste, wie man zu Tieren spricht. Das Lamm wurde ruhiger.

David hatte zwei Lehmklumpen geholt und wies den Hirten an, sie mit einem Messer zu zerbröseln, mit Wasser einzuweichen und mit der Hand auf einem flachen Stein zu verkneten. Er selbst zog sein Messer aus dem Gürtel, schnitt damit von einem Olivenbaum vier gerade, knapp eine Elle lange, fingerdicke Zweige ab und sagte dann: „Zeig mal deine Riemen her!"

Jeder Hirte hatte Lederriemen bei sich, sie gehörten zur Grundausrüstung. Der Mann unterbrach gehorsam das Kneten, wusch sich mit dem Rest des Wassers die Hände, langte in seine Tasche und brachte ein Knäuel von miteinander verknoteten Schnüren hervor. David suchte sich die dünnste Schnur aus, die etwa vier Ellen lang war.

„Nimm das Lamm zwischen die Schenkel und halte die drei gesunden Beine fest, damit es mit ihnen nicht ausschlagen kann." Er selbst richtete den gebrochenen Schenkel, legte die vier Äste wie Leisten an das Bein und schnürte sie mit dem Riemen fest, behutsam, Windung für Windung, vom Huf bis zur Schulter. Zwischen den Windungen schauten schmale, weiße Fellbahnen hervor.

Das Lamm stöhnte lauter. „Wir sind gleich fertig", redete David ihm leise zu. Es schien zu verstehen und verstummte. Nun ergriff David den Milchtopf des Hirten, der beim Herauskramen der Riemen aus der Tasche gefallen war, und füllte ihn mit dem Lehmbrei.

„Lehm in mein Trinkgefäß?", rief der Hirte entrüstet.

„Kannst es ja wieder auswaschen."

David presste den dickflüssigen Brei mit den Fingern vorsichtig zwischen die Riemenwindungen und strich darüber noch eine fingerdicke Schicht Lehm.

„Das soll halten?", fragte der Hirte mit offensichtlichem Zweifel.

„Sicher. Aber erst wenn der Lehm zu einer festen Kruste getrocknet ist."

Das Lamm wurde mit den übrigen Riemen gefesselt und so in die Sonne gelegt, dass die wärmenden Strahlen nur auf das geschiente Bein fielen. „So viel muss das arme Tier leider aushalten, wenn es gesund werden will", erklärte David.

„Bist du sicher, dass es später wieder laufen kann?"

„Ich habe so etwas schon öfter gemacht, immer mit Erfolg. Nach drei Wochen kannst du den Verband vorsichtig abwaschen und aufschneiden. Eine Zeit lang wird das Schaf noch humpeln, aber von Tag zu Tag wird es besser werden."

Von weitem näherte sich eine Gestalt. „Das ist Kelub, der Aufseher, der jede Woche bei uns Hirten eine Kontrolle durchführt", erläuterte der Hirte und fragte schnell: „Ich brauche das Lamm also nicht als Verlust zu melden?"

„Es wird wieder gesund werden und zu einem großen Schaf heranwachsen."

Kelub, ein großer Mann in den Vierzigern mit hoher Stirn und gelichtetem Haar, war näher gekommen. Quer über der Schulter trug er eine Wachstafel mit einem Griffel an einer Schnur. Der Aufseher hatte den Fremden erblickt. Er schätzte es nicht, wenn Herumtreiber und Landstreicher seine Hirten von der Arbeit abhielten. Solche Kerle waren ihm ein Dorn im Auge.

David und der Hirte saßen im Schatten eines Olivenbaums. Als Kelub noch etwa zehn Schritte entfernt war, sprang der Hirte auf, begrüßte den Aufseher mit einem „Schalom" und einer tiefen Verbeugung.

Der beachtete ihn in keiner Weise, wandte sich sofort an den Unbekannten und fauchte ihn an: „Mach, dass du hier fortkommst, aber schnell!"

David schaute den Mann gelassen an und erwiderte ganz ruhig: „Das mosaische Recht scheint dir nicht geläufig zu sein. Du solltest wissen, dass es Fremden gegenüber Gastfreundschaft und Höflichkeit gebietet. Das gilt auch für Aufseher."

„Wer bist du?", klang es schon höflicher.

„Ich bin David ben Isai, der Anführer des kleinen Heeres da oben." David wies auf seinen Berg.

Kelub hatte es die Sprache verschlagen.

David lächelte kurz und fuhr fort: „Ich wollte dich aufsuchen, um dir einen Vorschlag zu unterbreiten."

Der Aufseher wartete verdutzt.

David teilte ihm mit, dass sein Heer nun für die Sicherheit aller zu Nabal gehörenden Herden sorgen würde. „Dann brauchst du keine Räuber und Diebe mehr zu fürchten."

Kelub sagte noch immer kein Wort.

So fügte David hinzu: „Außerdem können wir eure verunglückten Tiere fachgerecht verarzten."

Ungefragt mischte sich der Hirte in das Gespräch: „Ja, das kann er wirklich", und zeigte auf das Schaf mit dem geschienten Bein.

„Bist du ein Arzt?", fragte der Aufseher mit einem Unterton von Achtung.

David ging auf seine Frage nicht ein. „Überbringe mein Angebot Nabal, deinem Herrn!"

Angebot? Ein Angebot hatte es gar nicht gegeben. Der dreiste Fremde hatte versucht, ihm einen vollständig unnötigen Schutz aufzudrängen. Aber David hatte ihm Respekt eingeflößt, darum sagte Kelub höflich: „Darüber können wir später reden, zuerst muss ich meine Arbeit tun."

Der Aufseher befahl dem Hirten seinen Sack auszuschütten. Darin befanden sich verschiedene Steine, größere und kleinere, weiße und schwarze. Jeder eigroße weiße Stein bedeutete ein ausgewachsenes Schaf, jeder halb so große ein Jungschaf. Die schwarzen Steine standen für Ziegen.

„Sind dir in der letzten Woche Tiere abhanden gekommen oder wurden Junge geboren?"

„Nein, Herr, es hat sich nichts verändert."

Kelub legte die Steine vor sich hin, in übersichtliche Reihen zu je einem Dutzend. Dann zählte er die Schafe in der Herde nach, schaute schließlich auf seine Wachstafel und sagte: „Stimmt!" Damit war die Kontrolle beendet.

Mittlerweile hatte der Aufseher nachgedacht, wie er auf den frechen Vorschlag des Fremden antworten sollte. Sein Herr Nabal würde ihn nicht nur auslachen, er würde ihn für verrückt erklären, wenn er ihm Davids dreistes Angebot, das auf eine schlichte Erpressung hinauslief, antragen würde. Eine harte Absage David gegenüber wollte er aber auch nicht riskieren. Er fürchtete einen Zornausbruch dieses unheimlichen Mannes, deshalb entschloss er sich für einen Mittelweg und erklärte: „Zur Unterbreitung von Vorschlägen, die über meinen Arbeitsbereich hinausgehen, bin ich nicht befugt. Ich muss dich schon bitten, dein Angebot meinem Herrn Nabal persönlich vorzutragen. Aber wenn du es wünschst, kann ich dich bei ihm anmelden."

David erinnerte sich an die unerfreulichen Gespräche mit Sotai in Kegila. Das mit Nabal würde wahrscheinlich ähnlich verlaufen. Schon besser, wenn der Aufseher es für ihn erledigte. Zuvorkommend wandte er sich nochmals an Kelub: „Tu das. Es soll dein Schaden nicht sein!"

Der Aufseher widersprach nicht. Seine Miene war undurchdringlich. David hatte keinen Grund anzunehmen, dass der Mann sein Angebot nicht weiterleiten würde.

# 14

Der Winter ging zu Ende. Es gab keinen Nachtfrost mehr und so begann Nabal mit der Schafschur. Sie fand am Teich statt, wo die Tiere vorher gewaschen wurden, und würde drei Tage dauern. Wie üblich sollte sie mit einem großen Festessen abgeschlossen werden.

Die Vorbereitungen waren schon in vollem Gange. Ein leichter Wind brachte wohlriechenden Bratenduft zu den Scherern. Der Koch briet das Fleisch in Zwiebeln und Knoblauch. Die vornehme Gesellschaft mied zwar das scharfe Gemüse, aber bei den Hirten war es beliebt. Sie wussten um die gesunderhaltenden und Energie bringenden Kräfte dieser Knollen.

Eine Gruppe von Frauen war mit dem Backen von Kuchen beschäftigt. An diesem Tag geizte Nabal ausnahmsweise nicht mit Weizenmehl, Feigen und Rosinen für das Gebäck.

◆ ◆ ◆

Aus der Ferne beobachtete David die Schafschur. Sein Anteil an Nabals Wollernte war nicht groß, er hatte lediglich einige wenige Tiere zu verarzten gehabt. Raubüberfälle, die er hätte abwehren müssen, hatte es nicht gegeben - wenn man von dem vereitelten Versuch zweier Landstreicher absah, ein Lamm zu stehlen. Man konnte diese Tatsache natürlich auch von der anderen Seite betrachten, die Dinge auch anders sehen: Nur deshalb hatte es keine Diebstähle gegeben, weil Davids Leute auf der Hut waren, was sich im Winter überall herumgesprochen hatte.

Nun stand das Fest der Schafschur bevor. *Der richtige Zeitpunkt, um eine Belohnung einzufordern*, dachte David. Er beauftragte Jischbaal, einen seiner tüchtigsten Leute, mit einem halben Dutzend Männern zu Nabal zu reiten und den Anspruch geltend zu machen.

◆ ◆ ◆

Nabal liebte gutes Essen. Die Folgen dieses Genusses waren ein dicker Bauch, Hängebacken und ein volles Doppelkinn. Kissenartige Säcke im Gesicht ließen die Augen noch kleiner erscheinen, als sie in Wirklichkeit schon waren. Beim Gehen spreizte er die Beine, um nicht aus dem Gleichgewicht zu geraten, was ihm im nüchternen Zustand auch ganz gut gelang.

Der Gutsherr musste heute schon eine ganze Menge Wein getrunken haben, denn im Kampf um die Balance war er im Augenblick anscheinend nicht allzu erfolgreich. Aus der Küche hatte er sich gerade eine besonders schön gebräunte, saftige Hammelkeule geholt und war mit ihr beschäftigt, als unerwartet sieben hochgewachsene, nur mit einem Dolch bewaffnete, ihm unbekannte Männer eintraten. Sie gaben sich betont friedlich und grüßten gemeinsam: „Schalom, Nabal!"

Der Hausherr blinzelte sie erstaunt und fragend an.

Jischbaal trat vor und erklärte: „Wir gehören zu den Leuten David ben Isais. Das ist der, der deine Herde den gesamten Winter über vor Dieben beschützt und sie auch als Arzt betreut hat. Am Schurfest nun bittet unser Anführer um eine angemessene Belohnung. An diesem Tage möchten wir gern mit euch feiern."

Nabal starrte die Eindringlinge durch die schmalen Augenschlitze zwischen den fetten Augenlidern an und antwortete ungehalten: „Ich habe niemanden mit dem Schutz meiner Herden beauftragt." Das Denken schien ihm Schwierigkeiten zu bereiten. „Wer hast du gesagt?", fragte er im gleichen Atemzug. „David ben Isai? Das ist doch dieser Räuberhauptmann, der die Stadt Kegila bestohlen hat."

Die sieben Männer standen immer noch friedfertig da, ohne die Beleidigung zur Kenntnis zu nehmen. Jischbaal zuckte nur leicht mit den Mundwinkeln.

Der Gutsherr biss in die Keule und fuhr mit vollem Mund fort: „Es ist nicht meine Art, Wegelagerer und Diebe zu unterstützen. Also schert euch weg, aber schnell, sonst lasse ich die Hunde auf euch los!" Der in der Nähe stehende Aufseher Kelub fuhr zusammen. Er hatte es nämlich nicht gewagt, seinem Herrn von dem Gespräch mit David und dessen Angebot zu berichten. Darum überlegte er fieberhaft, ob er das Versäumte jetzt nachholen sollte. *Nabal ist betrunken, er wird nur seine Unzufriedenheit an mir auslassen und auch seine Meinung nicht ändern.* Also kam er zu dem Schluss, es lieber sein zu lassen.

„Raus!“, schrie Nabal erzürnt.

Auf einen Wink Jischbaals verließen die Männer mit funkelnden Augen das Haus und sprangen zornig auf ihre Esel, die vor der Tür warteten.

*Das kann böse Folgen haben,* überlegte Kelub. Er erinnerte sich an David und seine finster dreinschauenden Leute. Auch diese Sieben verhießen nichts Gutes. Er musste unbedingt etwas unternehmen, um einem drohenden Unheil vorzubeugen. Kurzentschlossen suchte er Nabals Frau Abigail auf und berichtete ihr von dem Vorfall. „Der trunkene Herr hat David und seine Leute beschimpft, beleidigt und verjagt, anstatt ihnen aus der Vernunft heraus eine Belohnung zu gewähren. Wütend haben sie den Raum verlassen. Ich kenne Davids Bande, es sind wilde Kerle. Wenn die über uns herfallen, wird es ein großes Unglück geben.“

Nachdenklich entließ Abigail, eine schöne junge Frau mit einem klugen Gesicht, den Aufseher. Sie hatte von diesem David schon gehört. Er sollte ein außergewöhnlicher, aber auch gefährlicher Mann sein. *Mein unvernünftiger Gemahl hat ihn und seine Leute beleidigt. Das wird der Räuberhauptmann bestimmt nicht hinnehmen.* Der Aufseher hatte von drohendem Unheil gesprochen. Auch ihr war klar, dass schnell etwas geschehen müsste. Aber was? Vielleicht sollte sie zu Nabal gehen und ihm erklären, dass er einen Fehler begangen hatte, den er sofort wieder gut machen müsste. *Nein, das hat keinen Sinn,* war ihr nächster Gedanke. *Er ist vom Wein berauscht. Jedes Gespräch ist unnötige Zeitverschwendung.*

Abigail wusste, dass sie klüger war als ihr Mann. Seitdem der nach und nach feist geworden war und anscheinend nichts als Essen und Wein im Kopf hatte, hielt sie ihn schlicht und ergreifend für dumm. Von da an traf sie alle wichtigen Entscheidungen, was Haus, Personal und Herden betraf, ohne ihn. Auch jetzt, in diesem schwierigen Fall, fühlte sie sich zum Handeln berechtigt. *Nur keine Zeit verlieren!*

Flink begab sie sich in die Speisekammer und ließ alle noch vorrätigen Lebensmittel auf Lastesel packen. Es kamen zweihundert Brote, fünf fertig zubereitete Schafe, fünf Maß geröstetes Korn, einhundert Rosinenkuchen und zweihundert Feigenkuchen sowie zwei große Schläuche mit Wein zusammen.

Im Vorbeigehen überzeugte sie sich, dass Nabal in seinem Sessel eingeschlafen war. Dann winkte sie Kelub zu sich. Der Aufseher wusste, wo David sein Quartier hatte, und kannte auch den Weg, den die Bande nehmen musste, wenn sie zum Sturm auf Karmel ansetzen wollte. Abigail übertrug ihm die Leitung der kleinen Karawane aus Lasteseln und befahl, sofort aufzubrechen.

Sie selbst eilte ins Schlafgemach, ließ sich von ihrer Dienerin noch einmal schminken und neu ankleiden. Sie wählte das in der Taille eng anliegende Kleid mit dem großen Ausschnitt, in dem sie im ersten Ehejahr ihren Mann schelmisch betört hatte. Zufrieden stellte sie fest, dass es ihr immer noch gut stand. In den letzten Monaten hatte sich Abigail um ihr Aussehen wenig gekümmert, es war ihr gleichgültig geworden. An diesem Abend jedoch war es anders. Aufmerksam blickte sie in den Spiegel und lächelte sich im Licht der Lampen an. Ja, sie war schön, immer noch schön und jugendlich und hatte ihre Reize. Den Räuberhauptmann und Prinzen in einer Person, den wollte sie beeindrucken.

◆ ◆ ◆

„Sie kommen“, rief der Posten.

David trat vor sein Zelt, als Jischbaal vom Esel sprang und sogleich ausrief: „So ein unverschämter Schuft.“

„Was ist geschehen?“

Jischbaal berichtete, was in Karmel vorgefallen war. „Nabal hat uns unflätig beschimpft, aus dem Haus gejagt und mit Hunden gedroht. Wir haben uns natürlich an dein Gebot gehalten, sonst wäre er jetzt nicht mehr am Leben.“

Inzwischen war eine größere Anzahl von Männern herbeigeeilt und lauschte Jischbaals Bericht. Dann warteten sie gespannt, wie ihr Anführer auf diese grobe Beleidigung reagieren würde.

David hatte sich wirklich um Nabals Herde bemüht und war bereit gewesen, sie falls nötig zu verteidigen. Daher schmerzte ihn Nabals Missachtung tief, so tief, dass auch er die Fassung verlor. „Ihm, Kelub, und den anderen werden wir es heimzahlen. Nicht ein einziges Schaf ist ihnen abhanden gekommen, obwohl auch wir mehr als einmal Hunger gelitten haben.“ Sein Zorn steigerte sich. Er rollte wild mit den Augen und fuchtelte mit dem Kurzschwert in der Luft herum.

Davids Wut ging auf die Männern über. Sie schrieen gleichfalls: „Wir zahlen es ihnen heim! Wir zahlen es ihnen heim ...!“

In der aufgeheizten Stimmung verwandelte sich Davids Zorn in Raserei. „Keiner in diesem elenden Haus wird diese Nacht überleben!“, schrie er.

Samma war unangenehm überrascht. Solche Drohungen hatte er bei David noch nicht gehört. Aber den Männern schienen sie zu gefallen. Sie brüllten begeistert Beifall. Nach Monaten der Langeweile sollte endlich wieder etwas geschehen. Bei geringem Risiko winkte reiche Beute.

Sie stoben auseinander und holten sich Esel – Lastesel zwar, die bisher das Getreide getragen hatten, aber das spielte keine Rolle –, gürteten ihre Schwerter und standen zum Aufbruch bereit.

So brachen sie auf.

Unterwegs ebbte Davids Wut allmählich ab. Plötzlich kamen Zweifel bei ihm auf, ob seine Entscheidung auch richtig gewesen war. Wenn er das Töten von Menschen in Karmel zuließe – ob berechtigt oder nicht –, würde sich die Bevölkerung der ganzen Gegend gegen ihn wenden. Ganz Juda könnte für ihn zu einem großen Kegila werden. Er hatte sich zu einem schweren Fehler hinreißen lassen, den er jetzt bereute. Ohne Gesichtsverlust konnte er seine Entscheidung nicht mehr zurück nehmen.

Tief in Gedanken versunken ritt er vor seiner in fröhlicher Erwartung tobenden Gruppe und kaute an seinem Problem.

◆ ◆ ◆

Der Mond leuchtete in voller Pracht und machte die Nacht fast zum Tag.

Abigail und ihre Dienerin waren in den Stall geeilt, hatten Rennesel bestiegen und mittels deren Schnelligkeit Kelubs Karawane bald eingeholt. Abigail setzte sich an die Spitze des Zuges. Es war höchste Zeit, denn hinter der nächsten Straßenbiegung ertönten Lärm und Eselgetrappel.

Plötzlich sah sie sich einer großen Reitertruppe gegenüber, angeführt von einem mittelgroßer Mann.

„Das muss er sein", murmelte sie, glitt behände von ihrem Tier und kniete in der Mitte des Weges nieder.

Der Reiter hielt an, gab seiner Truppe das Haltezeichen, stieg verwundert ab und ging auf die vornehme Frau zu, die nun langsam ihren Kopf senkte. „Deine Magd Abigail bittet um Verzeihung. Mein Mann Nabal war betrunken, deshalb hat er deinen Friedensgruß missachtet und deinen berechtigten Wunsch nicht erfüllt. Ich komme mit dieser Karawane zu dir ...", hier unterbrach sie ihre Rede und wies mit der Hand auf die Lastesel hinter ihrem Rücken, „... um Nabals Fehler wenigstens zu einem Teil wieder gut zu machen."

Als David ihr zuhörte, schoss ihm ein neuer Gedanke durch den Kopf: „Jahwe schickt mir diese Frau! Sie liefert mir den Vorwand, meine übereilte, falsche Entscheidung, Nabal und sein Haus zu töten, wieder rückgängig zu machen." Er war ihr dankbar, trat an sie heran und reichte ihr die Hand, um ihr beim Aufstehen zu helfen.

Abigail blickte zu ihm auf und war gebannt. Dieser Mann strahlte eine ihr unbekannte Kraft aus. Er gefiel ihr, sie wollte seine Aufmerksamkeit wecken. Sich ihrer Reize bewusst, bückte sie sich ein wenig, so dass sich ihr Kleid bauschte und er ihre wohlgeformten Brüste erahnen konnte.

*Wie schön sie ist!,* dachte er bewundernd.

Abigail hatte Erfahrung mit Männern. Als sie seine abschätzenden Blicke bemerkte, behielt sie ihre Haltung bei und drückte nur zärtlich seine Hand.

Sie hatten sich verstanden. Er schaute ihr begehrlich in die Augen, sie lächelte ihm verheißungsvoll zu. Der Funke sprang über. Es war das, was zwar selten, aber hin und wieder doch passiert: Liebe auf den ersten Blick.

Die hungrigen Männer nahmen von Kelub die beladenen Esel entgegen und jubelten vor Freude. David und Abigail waren zur Seite getreten und unterhielten sich angeregt, ohne auf den Trubel zu achten.

Zum Abschied drückte David Abigail kurz an sich. In ihm verstärkte sich der Wunsch, diese wunderbare Frau recht bald wiederzusehen. Mehr noch, er begehrte sie.

◆ ◆ ◆

Der vom Wein berauschte Nabal hatte die Abwesenheit seiner Frau nicht bemerkt. Wieder zurück in Karmel nahm Abigail am weiteren Verlauf des Festes nicht mehr teil, sondern ging sogleich in ihr Schlafgemach.

Lange lag sie wach. Sie sei eine kluge und schöne Frau, hatte er voller Ehrfurcht gesagt und sie gleichzeitig begehrlich betrachtet. Noch jetzt spürte sie, wie seine Augen bewundernd auf ihr geruht hatten. Und wie zärtlich er sie zum Schluss umarmt hatte! *Das ist ein Mann!* In dieser Nacht hätte sie ihn gern bei sich gehabt. *Warum bin ich bloß verheiratet, noch dazu mit einem feisten Dummkopf!* Unruhig wälzte sie sich auf ihrem Lager von einer Seite auf die andere. Endlich schlief sie doch noch ein.

Als sie am späten Morgen erwachte, war ihr Ärger immer noch nicht verflogen, und sie musste sich Luft machen. Natürlich war Nabal an allem schuld. Das wollte sie ihm an den Kopf werfen. Mit diesem Vorsatz begab sie sich nach unten.

Ihr Ehemann stand mit dunklen Augenrändern, einem aufgedunsenen Gesicht und zerknittertem Rock auf der Terrasse. Seit gestern hatte er sich nicht gewaschen und nicht umgezogen. *Wie ein Schwein sieht er aus!*, dachte sie, als sie sich ihm wie eine Katze der Maus näherte. Die Maus ahnte nichts …

„Du hast dich gestern wie ein Tölpel benommen“, fauchte sie. „Ich, deine Frau, habe dir und uns allen das Leben retten müssen.

David war mit seiner Truppe schon auf dem Weg hierher, um sich für deine blöden, sinnlosen Torheiten zu rächen."

Nabal hörte ihr mit rot anlaufendem Gesicht und hervorquellenden Augen zu.

„Ich habe ihn mit zweihundert Broten, fünf gebratenen Schafen..."

„Du hast was? Wie konntest du das wagen?", unterbrach er sie wütend, und seine Gesichtsfarbe wechselte von rot nach blau.

„Sollte ich vielleicht warten, bis man uns töten und den Hof in Flammen aufgehen lassen würde?", rief sie und stemmte dabei ihre Arme in die Seiten.

So dreist hatte sie noch nie zu ihm gesprochen. Sein Herz hämmerte immer schneller und heftiger, die Augen starrten sie feindselig an und auch die Lippen wurden blau. Er holte zum Schlag aus. Mit erhobener Hand hielt er verkrampft inne, einen Augenblick lang, dann kippte er wie ein gefällter Baum nach hinten. Es krachte fürchterlich, seine Lippen bewegten sich, doch er brachte keinen Ton heraus. Wie gelähmt lag er auf dem Boden und blickte hilfesuchend um sich.

Einige Diener hatten den Aufprall gehört, kamen herbeigelaufen und schauten bestürzt auf ihn und ihre Herrin.

„Tragt ihn auf sein Bett!", befahl Abigail kalt.

„Sollen wir nicht einen Arzt aus Hebron rufen?", fragte einer von ihnen.

„Das ist nicht nötig", antwortete sie kurz. „Ich werde ihn persönlich pflegen."

◆ ◆ ◆

Zehn Tage später war Nabal tot und Abigail eine reiche Witwe.

Die Nachricht darüber verbreitete sich schnell und erreichte bald auch Davids Lager. Noch während der vorgeschriebenen Trauerzeit erschien Abinadab bei ihr als Werber. Er fasste sich kurz: „David, mein Bruder, bittet dich, seine Frau zu werden."

Hatte sie richtig gehört? David hielt um ihre Hand an? Sie konnte es nicht glauben. Ihre Wangen röteten sich, ihr Herz hüpfte vor Freude. Nach ihrem Treffen mit David hatte sie oft an ihn denken müssen. Nach Nabals Tod hatte sie gehofft, dass er bei ihr vorbeischauen würde, und war enttäuscht gewesen, dass er sich nicht gezeigt hatte. Ein Glücksgefühl überströmte sie jetzt und nahm ihr fast den Atem.

Bei einer zweiten Eheschließung hatte die hebräische Frau, anders als bei der ersten, das Recht, sich selbst einen Mann zu wählen. Von diesem Recht machte Abigail nun ohne einen Augenblick zu zögern Gebrauch.

Trotz ihrer Freude über den Antrag versuchte sie, Fassung zu bewahren, und erwiderte scheinbar gelassen: „Richtet David aus, dass ich seine Werbung gerne annehme, dass ich mich von nun an als seine Verlobte betrachte. Ich brauche aber noch eine Woche hier in Karmel, um alle Angelegenheiten mit dem Hof und den Herden zu regeln." Sie nahm aus ihrem Haar eine goldene Spange und reichte sie Abinadab. „Übergib diese Nadel meinem Verlobten als Zeichen meines Einverständnisses."

Abinadab bedankte sich höflich, wie er es in Gibea gelernt hatte, und verließ mit der Gruppe, die ihn begleitet hatte, Abigails Hof.

Die Witwe war aufgeregt. Eine neue Zukunft hatte sich aufgetan, ihr Leben würde sich von Grund auf ändern. Sie war schon eine erfahrene Frau und wusste, dass Liebe wohl etwas sehr Wichtiges, aber bei weitem nicht alles war. So überkamen sie auch Bedenken. *Will ich wirklich auf meinen Wohlstand in Karmel verzichten und mit einem vom König Verfolgten ins Ungewisse ziehen? Mich auf Flucht und Entbehrungen einlassen?* Der Reichtum an der Seite eines ungeliebten Mannes in einem großen Haus hatte ihr kein Glück gebracht. Der Wunsch mit einem Helden, mit einem ehemaligen Prinzen, verheiratet zu sein, überwog die Bedenken.

Sie dachte an seine schönen Augen und sagte laut: „Mein Entschluss steht fest, ich gehe mit David." Sie lachte glücklich.

◆ ◆ ◆

Als David Ahinoam seine erneute Heiratsabsicht mitteilte, weinte diese bitterlich. Er hielt sie fest im Arm und beteuerte: „Du, du allein bleibst für mich doch immer meine Lieblingsfrau."

Davids Beteuerung wirkte wenig, brachte keinen Trost. Ahinoams Tränen flossen unaufhaltsam weiter. Er fühlte sich unbehaglich in seiner Haut und versuchte, sie auf andere Weise zu beruhigen. „Du weißt doch, bei uns Hebräern ist es Brauch, dass ein angesehener Mann mehrere Frauen ehelicht. Es ist eben so Sitte." Auch diese Beschwichtigung half nicht viel. Also griff er zum nächsten Argument. „Alle unsere Vorräte sind verbraucht und wir sind am Verhungern. Ohne die Herden Abigails, aber vor allem ohne das Getreide aus ihren Speichern, können wir nicht überleben. Du, ich, meine Männer, wir alle brauchen Brot – und zwar umgehend."

Die zielstrebige Beweisführung Davids zeigte Ahinoam, dass Davids Beschluss feststand. Um den geliebten Mann nicht ganz zu verlieren, willigte sie ein und erklärte sich bereit, Abigail freundlich zu empfangen.

Es fiel ihr schwer, unendlich schwer.

◆ ◆ ◆

Der Termin der Vermählung rückte näher. Mit großen Hochzeitsfeiern hatte David bisher kein Glück gehabt. Bei seiner ersten mit Michal war Rücksicht auf den Vater der Braut genommen worden, man hatte ihn nicht reizen wollen. Auch die zweite war verkürzt worden, denn David hatte mit seinen Hauptleuten nicht unnötig lange außerhalb von Kegila bleiben wollen. Um Ahinoam nicht zu kränken, sollte auch seine dritte nicht länger dauern, als das Fest zu ihrer Heirat, also nur drei Tage.

Abigail hatte schon eine wochenlange Hochzeit hinter sich. Es machte ihr nichts aus, dass ihre zweite Vermählung nur kurz sein sollte.

Abigail sandte drei gleichgroße, vornehme Zelte in Davids Lager. Eines davon sollte bei der Zeremonie als Haus des Bräutigams dienen, wo – wie im Allgemeinen üblich – die Festlichkeiten begannen. Der zweite Teil der Zeremonie fand im Gutshaus in Karmel statt.

Abinadab spielte wieder die Rolle des Hochzeitsvaters. Da Abigail selbst keinen Vater mehr hatte und auch keinen Bruder, erteilte Haran, der Bruder ihres verstorbenen Mannes, den väterlichen Segen. Er wurde Erbe des Hofes und der verbliebenen Herden. Haran mochte seinen neuen Schwager auf Anhieb, und so wurden er und David schnell Freunde und gelobten einander Hilfe, wenn es nötig sein sollte.

Den letzten Teil der Zeremonie, bei der die Ehe vollzogen wurde, begingen die jung Vermählten, wie es die Tradition verlangte, im Haus des Bräutigams.

Für Ahinoam war das alles zuviel. Sie zog sich von der Feier in ihr Zelt zurück und weinte in dieser Nacht still vor sich hin.

Als Hochzeitsgeschenk erhielt David von seinen Brüdern einen länglichen Schild, umsäumt mit einem ziselierten Silberband. In der Mitte waren auf weißem Grund zwei gleichgroße, ineinander verschlungene Dreiecke in blauer Farbe abgebildet, die mit sechs Spitzen einen Stern ergaben. David besaß nun einen Schild mit eigenem Wappen. Jetzt brauchte er auch einen Waffenträger, einen Schildträger. Diese Aufgabe fiel Eleasar zu.

## 15

Inzwischen war es Frühling geworden, die Straßen trockneten aus und waren wieder befahrbar. Das bedeutete aber auch, dass Abner jederzeit mit dem königlichen Heer anrücken konnte. Der Aufenthalt im Winterlager ging dem Ende zu. Seine Verteidigung wäre aussichtslos, das war von vornherein klar gewesen.

Die in der Regenzeit verdrängten Sorgen kehrten mit ganzer Wucht wieder. Die Hoffnung, einen sicheren Ort für sich und seine Leute zu finden, hatte sich nicht erfüllt. David spürte die große Verantwortung für alle die Leute, die sich ihm anvertraut hatten. Sie lastete schwerer auf ihm als die Angst um das eigene Leben.

„Sie alle werden mich verfluchen, dass ich sie betrogen und ins Unglück gestürzt habe." Diese Befürchtung weckte ihn in der Nacht und ließ ihn nicht wieder einschlafen.

*Was tun?*

Diese Frage beschäftigte ihn unentwegt. Seine Gedanken bewegten sich im Kreis, und er fühlte sich elend.

Plötzlich, wie Regen aus blauem Himmel, kam ihm ein Einfall. Erschrocken hob er den Kopf. „Nein, auf keinen Fall!"

Doch der neue Gedanke hatte sich bereits verselbstständigt und flüsterte hartnäckig: „Nur die Philister können dir und den deinen vor Saul Schutz bieten, sonst niemand."

„Das ist Verrat!", wehrte sich Davids Gewissen.

„Was heißt Verrat?", antwortete der selbstständig gewordene Gedanke. „Verrat an wem? An Saul, deinem Verfolger? Pflichten hast du deinen Leuten gegenüber, ihnen hast du Sicherheit versprochen. Pflichten hast du vor allem deinen Frauen gegenüber. Sie haben sich dir anvertraut."

Er fühlte sich zerrissen und elend in seiner Haut. Es war ihm bekannt, dass sich in Not geratene Hebräer bei den Philistern verdingten und in ihren Städten schwere, schmutzige Arbeiten verrichteten. Eine solche Entscheidung galt zwar nicht als löblich, wurde aber hingenommen. Obwohl sie ihre Heimat verlassen hatten, behielten viele von ihnen das Zugehörigkeitsgefühl zum hebräischen Volk, einige betätigten sich sogar als Spione. David erinnerte sich an den Spitzel aus Gat, der vor vielen Monaten, noch zu Goliats Zeiten, König Saul davon unterrichtet hatte, dass die Philister ins Ela-Tal einfallen würden. Als er später nach Gibea zurück kam, wurde er belohnt und galt als Held.

In der darauffolgenden Nacht war David zu dem Schluss gekommen, dass es für ihn tatsächlich keinen anderen Ausweg gab als den Wechsel zu den Philistern. Er sagte sich bewusst „Wechsel", denn dieses Wort klang weniger schlimm als die Bezeichnung „Überlaufen".

Aber wie sollte der Wechsel vonstatten gehen? Sogleich fielen David verschiedene Schwierigkeiten ein. *Die Philister wissen, dass ich Goliat erschlagen habe,* ging es ihm durch den Kopf. *Wahrscheinlich haben sie auch von meinem Überfall in Zora gehört. Und dann mein Beutezug, als ich den Brautpreis für Michal erobert habe. Die vielen Toten könnten sie mir heimzahlen, wenn ich bei ihnen aufkreuze.*

Auch diese Möglichkeit, dem König und Abner zu entfliehen, zerrann anscheinend in ein Nichts.

Aber der selbstständig gewordene Gedanke meldete sich wieder. „Deine Kämpfe mit den Nachbarn haben sich doch alle vor langer Zeit zugetragen", flüsterte er. „Heute bist du ein vom König verfolgter Mann, sein Feind, wie auch sie, die Philister, Sauls Feinde sind."

„Die Feinde unserer Feinde sind unsere Verbündeten", urteilte Davids Verstand. *Aber denken die Philister auch so?* Zuerst brauchte er eine klare Antwort auf diese grundsätzliche Frage.

David ließ Karit rufen und bot ihm Platz an. „Ich will mit dir etwas besprechen. Es muss aber unter allen Umständen unter uns bleiben!"

„Natürlich", entgegnete Karit sachlich und gespannt zugleich.

„Du kannst doch Briefe schreiben?"

„Sicher, ich war schließlich, wie du weißt, Schreiber des Fürsten von Megiddo."

„Ich wollte mich nur vergewissern." Davids Gesicht hellte sich auf. „Können wir mit dem Schreiben noch heute beginnen?"

Der Kanaaniter schüttelte verneinend den Kopf. „Ich muss erst das dafür nötige Material besorgen."

Karit arbeitete die ganze Nacht hindurch. Er schabte ein Stück Leder, bis es dünn wie Papyrus war, dann glättete er es, fertigte einen Pinsel aus den Fasern eines Olivenzweiges und mischte Tinte aus verkohlter Asche, Olivenöl und Wasser zusammen. Am frühen Morgen begab er sich mit einer Tasche zu David und breitete all diese Dinge vor ihm aus.

„Karit, ich habe noch nie einen Brief diktiert. Ich habe also keine Ahnung, in welcher Form ich beginnen muss. Gibt es da Regeln?"

„Ja, das geht so: Zunächst stellt sich der Absender vor, danach nennt und grüßt er den Empfänger und dann erst folgt der eigentliche Inhalt des Briefes."

David hatte verstanden, stellte keine weiteren Fragen mehr,

stemmte die rechte Hand in die Seite, schaute an Karit vorbei ins Leere, holte tief Luft und begann.

„David ben Isai, der Anführer des selbstständigen Heeres in Juda, an Achis, den Fürsten von Gat. Ich sende dir, Fürst, meine Grüße und wünsche dir ein langes Leben. Mit Sicherheit ist dir bekannt, dass mich Saul, der König der Hebräer, unerbittlich verfolgt. Er ist mein Feind, so wie er auch der deine ist. Ein gemeinsamer Feind aber könnte uns zu Verbündeten machen. Für einen sicheren Aufenthalt in deinem Gebiet bin ich bereit, mich und mein sechshundert Mann starkes Heer in deine Dienste zu stellen. In Treue und Ergebenheit würden wir dir dankbar dienen."

Der Kanaaniter fügte links unten noch eine Bemerkung hinzu: „Diesen von David ben Isai diktierten Brief hat der Schreiber Karit niedergeschrieben." Stolz zeigte er seinem Herrn den Lederbogen, rollte ihn dann schweigend zusammen, griff in die Tasche, holte ein blaues Band hervor, wickelte es um die Lederrolle und verklebte die Enden mit einem Wachsklumpen, der die Größe eines Taubeneis hatte. „Jeder könnte im Namen David ben Isai ein Schreiben an den Fürsten senden. Um einen Betrug zu erschweren, werden Siegel verwendet. Sie ersetzen die Unterschrift. Wie ich vermute, besitzt du noch keinen Stempel, darum habe ich in der Nacht einen für dich angefertigt."

Er holte einen daumengroßen Knochen hervor. In die untere Stempelfläche war ein sechseckiger Stern eingeritzt.

„Es ist das gleiche Zeichen wie auf meinem Schild", rief David überrascht aus.

Karit überreichte David den Stempel. „Siegel werden von den Eigentümern nicht aus der Hand gelassen. Viele tragen sie an einer Schnur um den Hals."

David wusste nicht, wie man mit einem Siegel umzugehen hat und wartete auf eine Unterweisung.

„Die Stempelfläche wird leicht auf den Wachsklumpen gedrückt und dann abgehoben. Es bleibt der sechseckige Stern – das Siegel – im Wachs sichtbar."

„Leuchtet mir ein", entgegnete David, und zum ersten Mal im Leben setzte er sein Siegel unter ein Dokument. Karit griff zu einem schlanken Keramikkrug und legte die Schriftrolle hinein. „Damit das Siegel unterwegs nicht beschädigt wird", erläuterte er.

Der Brief war fertig. „Wie soll er Achis zugestellt werden? Was rätst du mir?", fragte David den Schreiber.

„Ich könnte ihn selbst hinbringen. Ich war schon einmal in Gat, ich kenne den Weg dorthin und habe auch schon mit Achis verhandelt. Er ist ein zuvorkommender, umgänglicher Gesprächspartner. Als Kanaaniter, also als Unbeteiligter am Krieg zwischen den Philistern und Hebräern, könnte ich ihm dafür bürgen, dass du es mit deinem Angebot ernst meinst."

Über dieses Angebot seines Schreibers war David froh. Seine blauen Augen leuchteten auf. „Als Begleitung werde ich dir Ikabod mitgeben. Er ist verschwiegen und als Schutz mehr wert als eine ganze Mannschaft."

◆ ◆ ◆

Ungeduldig wartete David auf Karits Rückkehr. *Hoffentlich bringt er eine gute Nachricht. Und hoffentlich noch, bevor die Verfolger aus Gibea in der Wüste Maon auftauchen.*

Seine innere Unruhe wuchs von Tag zu Tag. Zu allen war er mürrisch, seine Frauen waren zur Ansicht gekommen, dass er krank sein müsse. Als sie ihn darauf ansprachen, bat er, man möge ihn in Ruhe lassen. Die Stimmung im Lager war gedrückt.

Dann, nach zwölf Tagen, kamen sie zurück. Karit stieg von seinem Esel, betrat Davids Zelt und zog eine Papyrusrolle aus der Brusttasche.

David schaute ihm aufgeregt zu. „Was steht auf der Rolle?"

Karit begann zu lesen; „Achis, Fürst zu Gat, an David ben Isai, den Anführer des Heeres in Juda."

Davids Augen blitzten, er atmete auf und sagte erleichtert: „Das klingt höflich. Öffne schnell und lies mir vor!" Karit wickelte die Rolle auf. Die Anrede im Inneren war mit derjenigen außen gleichlautend. „Lies weiter!", feuerte David den Kanaaniter an, der das Schreiben anstarrte und dann rief: „Herr, alles hat hervorragend geklappt."

„Du sollst lesen, habe ich gesagt“, drängte David. Seine Hände zitterten.

Karit schluckte und glättete den Papyrus. „Ich freue mich über deinen Brief und begrüße deinen Entschluss, mit sechshundert Soldaten nach Gat zu kommen. Über deine Verfolgung durch den König Saul bin ich im Bilde. Ich halte dich für einen mutigen Mann und einen geschickten Taktiker. Für Leute mit solchen Fähigkeiten habe ich immer Verwendung. Ich betone aber, dass vollständige Unterordnung und unverbrüchliche Treue Voraussetzung für deine Aufnahme sind. Wenn du unter diesen Bedingungen zu uns wechseln willst, werde ich dich willkommen heißen. Teile mir durch einen Boten den Tag und den Ort mit, da du mit deinen Soldaten unsere Grenze überschreiten willst. Wir werden euch gebührend empfangen.“ Unterschrift und Siegel.

Während Karit den Brief vorlas, besserte sich Davids Laune mit jedem Wort. Im Stillen wiederholte er Karits Worte: *Alles hat hervorragend geklappt.*

Erst der letzte Satz machte ihn stutzig. „Und wenn es eine Falle ist?“, hauchte er leise.

„Das glaube ich nicht. Die Philister sind zuverlässig, auf ihr Wort kann man sich verlassen.“

David ging in Gedanken versunken eine Weile lang hin und her, blieb dann direkt vor dem Kanaaniter stehen und sagte: „Gut, dann macht euch wieder auf den Weg. In zwanzig Tagen werden wir am Grenzpunkt Aseka sein.“

◆ ◆ ◆

David rief seinen Rat zusammen. Unverblümt, ohne Beschönigung, erklärte er den Männern die Gefährlichkeit und Aussichtslosigkeit ihrer derzeitigen Lage. Sie war ihnen bewusst. Aber bislang hatte David sie aus allen schlimmen Situationen gerettet – so war es in Adullam gewesen, in Kegila und am Steinbockfelsen – und sie vertrauten, dass er auch diesmal einen Ausweg finden würde.

„Ich habe es mir nicht leicht gemacht und lange überlegt. Ich konnte keinen Lagerplatz finden, wo wir vor Abner sicher sind.“

Für die Zuhörer war das eine böse Nachricht. Er hatte keinen Lagerplatz gefunden? Sie waren schockiert.

David wischte sich mit dem Handrücken über die Augen. „Ich sehe nur eine Rettung, und die ist denkbar schlecht." Dann berichtete er ihnen von seiner Kontaktaufnahme zu Achis. Aufmerksam beobachtete er die Mienen seiner Männer. Einige staunten, andere waren bestürzt, und wieder andere hielten das Ganze anscheinend für einen Witz.

Als er fertig war, wurde es still. Dann meldete sich Benaja zu Wort und sagte mit bedrückter Stimme: „Das ist doch Verrat."

David wurde blitzschnell bewusst, dass er mit der Wahrheit zu schnell heraus gekommen war. Viele der Ratsmitglieder waren bleich vor Entsetzen. Er hatte sich verrechnet und musste die Gemüter beschwichtigen, ehe womöglich gar eine Rebellion ausbrach. Die harte Wahrheit über die Hoffnungslosigkeit ihrer Lage und den einzigen Ausweg musste er scheibchenweise und schonungsvoller vortragen. „Die Flucht zu den Philistern ist natürlich, wie ich schon sagte, nur eine schlechte Lösung. Deshalb habe ich euch gerufen, um gemeinsam über bessere Pläne zu beraten."

Man spürte förmlich, wie sich die Stimmung im Zelt entspannte. Benaja atmete auf, auch die anderen schienen sich zu beruhigen.

„Ich möchte", fuhr David fort, „dass wir bei dieser Beratung eins nach dem anderen überlegen. Eins nach dem anderen. Meine erste Frage an euch ist, wollen wir hier in Karmel bleiben, oder sollen wir unser Lager woanders hin verlegen?"

„Hier bleiben wäre Selbstmord", rief Joab laut und entschieden.

Abinadab nickte bestätigend.

Im Zelt war es erneut still geworden. David wartete eine Weile und fügte dann langsam hinzu: „Der Ansicht bin ich auch."

„Vielleicht könnten wir weiter nach Süden ausweichen, in die Wüste Negev", schlug Eleasar vor.

Dagegen gab es Einwände. Fast alle dortigen Quellen befanden sich in den Händen der Amalekiter, die den Hebräern nicht wohl gesonnen waren. Man könnte also zwischen zwei Feuer geraten. Auch würde das wenige Wild in der wasserarmen Gegend nicht lange Nahrung bieten.

Weitere Vorschläge wurden eingebracht und gleich wieder verworfen. Alle redeten durcheinander, sie kamen zu keinem Entschluss. David ließ sie anfangs gewähren, doch als die Auseinandersetzung an Lautstärke zunahm und in Zetergeschrei ausartete, gebot er Ruhe. „Ich habe eine Bitte an jeden von euch", sagte er. „Sobald ihr einen vernünftigen Vorschlag habt, lasst es mich wissen. Sonst bleibt uns nur der Weg zu den Philistern. Wer dann nicht mit will, kann gehen. Er kann seine Waffen und seine eigenen Sachen behalten, ist aber auf sich selbst gestellt. In einer Woche treffen wir die endgültige Entscheidung."

Joab grinste zufrieden, Samma war verzweifelt, die Mehrzahl der Ratsmitglieder verließ das Zelt mit gesenkten Köpfen.

In den nächsten Tagen drehten sich im Lager alle Gespräche nur um ein einziges Wort: Wohin? Viele hatten sich in ihrem Inneren schon längst für einen - wie man jetzt sagte - Wechsel zu den Philistern entschieden, doch wagte keiner, das vor den anderen zuzugeben. Sie schwiegen.

Als die Woche vorüber war, fragte David jeden einzeln, was er zu tun gedenke.

Fast alle hatten beschlossen, bei ihm zu bleiben, auch Abjathar. Nur eine kleine Gruppe von etwa zwanzig Mann wollte sich vom Heer lösen. David war das recht. So blieben nur die Leute bei ihm, die seiner Politik ohne Wenn und Aber vertrauten.

Ein Besuch Benajas berührte David sehr. „Ich habe ein Zuhause", erklärte er, „ich kann jederzeit zu meinem Vater zurückkehren, muss also nicht nach Gat fliehen. Dir wünsche ich viel Glück auf deinem dornenvollen Weg."

„Benaja, lieber Benaja, die Machtstellung Sauls und Abners in unserem Lande wird nicht immer so bleiben, wie sie heute ist. Sobald sie sich geändert hat, bin ich wieder da." David schloss Benaja, der Tränen in den Augen hatte, fest in die Arme. „Ich hoffe, wir sehen uns in besseren Tagen wieder."

◆ ◆ ◆

Davids Heer kam am vereinbarten Tag in Aseka an. Vier Fünfzigschaften der Philister in voller Ausrüstung erwarteten sie. Obwohl zahlenmäßig geringer, stellten sie eine größere Kampfkraft dar als seine eigenen Leute.

Den Anführer der Philister erkannte David an seiner Kopfbedeckung. Er trug einen Helm mit einem zweistufigen Ring, wie Goliat damals, der ja ebenfalls aus Gat stammte. Bei diesem Gedanken wurde es David unwohl, er musste sich beherrschen.

In diesem Augenblick löste sich der Offizier der Philister von seiner Mannschaft und kam auf die Hebräer zu. Mit gekünstelt freundlicher Miene ging David ihm entgegen. Der Philister lächelte, aber sein Gesichtsausdruck war unecht. „Ich bin Pichol. Im Namen des Fürsten Achis begrüße ich dich im Lande Gat. Du bist doch David ben Isai, nicht wahr?"

Die Hebräer und die Philister hatten immer noch jeweils ihre eigene Sprache, doch hatten sich diese in den zweihundert Jahren Nachbarschaft so weit angeglichen, dass keine Verständigungsschwierigkeiten mehr bestanden.

David nickte. Er erfuhr, dass Pichol ihn mit seinen vier Fünfzigschaften nach Gat begleiten würde.

Die beiden Anführer ritten nebeneinander her. Pichol schien an einer Unterhaltung nicht gelegen zu sein. Trotzdem begann David über seine Verfolgung durch den hebräischen König zu erzählen. Der Philister zeigte nur wenig Interesse dafür. Aber als David auf seine Gefühle zu Saul zu sprechen kam und zu verstehen gab, dass er ihn hasste, blitzten Pichols Augen plötzlich auf. Er hasste diesen Mann ebenfalls und erklärte David jetzt auch gerne, warum. „Bevor Saul König wurde, gab es wohl Scharmützel zwischen den Philistern und Hebräern, besonders im Grenzgebiet, aber das war nur Geplänkel, kein richtiger Krieg. Im Grunde waren die nachbarlichen Beziehungen damals in Ordnung. Die Hebräer leisteten kleine Tribute – nein, sie wurden beileibe nicht rücksichtslos ausgeplündert, wie manche behaupten – und konnten gegen den Rest ihres Getreides und ihrer Herden eiserne Pflugscharen, Äxte, Sicheln, Messer und anderes mehr bei uns eintauschen. Die Werkzeuge erleichterten ihnen das Leben. Gegen kleine Gebühren schärften wir ihnen auch freigebig stumpf gewordene Werkzeuge, damit sie keine neuen erwerben mussten. Es war eigentlich ein friedliches Zusammenleben. Und dann kam dieser Saul. Heimlich hat er sein Heer aufgerüstet und uns bei Michmas hinterrücks überfallen."

David erschrak. Jetzt wird er auf den Krieg im Ela-Tal zu sprechen kommen. Aber der Philister klammerte diesen Zeitabschnitt aus und machte einen Gedankensprung in die Zukunft. „Allerdings wird das nicht mehr lange so bleiben."

*Also planen sie, etwas gegen Saul zu unternehmen,* dachte David.

Als Pichol David prüfend anschaute, pflichtete der ihm gleich bei. Dem Philister gefiel der Hebräer zunehmend besser. David aber hatte begriffen, was der Offizier von ihm hören wollte, und redete ihm jetzt glatt nach dem Mund. Am nächsten Tag war Pichol nicht nur von der Tüchtigkeit, sondern auch von der Glaubwürdigkeit des Mannes vollkommen überzeugt. Abends sah er in David schon einen Freund, dem man volles Vertrauen schenken konnte. Er wusste nun, wie er seinem Fürsten den Ankömmling schildern sollte.

Im Westen kam ein weißer, leuchtender Berg in Sicht. Etwa fünfzig Schritt hohe Kalksteinwände ragten über dem Wadi empor. Eine natürliche Festung in einer strategisch wichtigen Lage. Pichol sah Davids Erstaunen. „Siehst du, Gat ist uneinnehmbar." Ausnahmsweise konnte David ehrlich zustimmen, ohne sich zu verstellen.

Das Heer hielt an, die Anführer ritten weiter, umrundeten den weißen Berg und erreichten eine Rampe, die zum Stadttor führte. Dieses durchquerten sie und ritten auf die Hauptstraße. Zu beiden Seiten standen eng beieinander zwei- und dreistöckige Häuser. Im Erdgeschoss gähnten höhlenartige Räume. Sie gehörten den Handwerkern und Händlern, deren Tätigkeiten sich nahezu ausnahmslos auf der Straße abspielten. David war fasziniert von der Lebensart der Städter. Gleich am Straßenrand wurde alles verkauft, was man sich wünschen konnte: Getreide, Gewürze, Werkzeug aus Bronze und Eisen. Sogar die so begehrten Eisenwaffen gab es. Rechterhand überraschte ihn ein Laden mit so eleganter Kleidung, wie sie in Gibea nur von der königlichen Familie getragen wurde. Betörende Anblicke. *Diese Stadt voller Wunder soll auch meine Stadt werden,* hoffte er.

Bald standen sie vor einem großen, rechteckigen Haus. Es war zweigeschossig, und jedes Stockwerk war höher als ein normales Wohnhaus. Zwei Männer in Uniform nahmen die Reittiere in Empfang und führten sie in ein kleines Nebengebäude.

„Das ist der Palast unseres Fürsten", erläuterte Pichol stolz und bot David den Vortritt.

Über einen Vorplatz, an einem Posten vorbei, erreichten sie die Halle. David hätte nie gedacht, dass es einen so riesigen Raum überhaupt geben könnte. In zwei parallelen Reihen standen auf runden Steinplatten acht Holzsäulen. Auf ihnen lagen vierkantige Balken, die eine bemalte Decke trugen. In der rechten Seitenwand gab es quadratische Fenster, in der linken dagegen zwei Doppeltüren.

Pichol und David gingen durch die Säulenreihen der Halle bis ans Ende zu einem Podest mit dem reichverzierten Thronsessel, von dem ihnen der Fürst entgegenschaute.

Pichol verbeugte sich vor Achis. David ahmte seine Bewegung genau nach.

„Ich begrüße dich, David ben Isai, und freue mich, dass du zu uns gekommen bist", sagte der Fürst gnädig und erhob sich.

Damit schien die Empfangszeremonie auch schon beendet zu sein. Die vordere Doppeltür wurde geöffnet. Der Fürst schritt würdig auf sie zu, die beiden Männer folgten ihm in einen Nebenraum. Achis nahm an einem runden Tisch am Fenster Platz und lud seine Gäste mit einer Handbewegung zum Sitzen ein.

Vor jedem stand eine glockenförmige, kleine Schale mit waagerechten Henkeln, gefüllt mit kühlem Bier. David wartete gespannt, was der Fürst sagen würde, und fieberte vor Erregung. Achis maß ihn von oben bis unten, schien zufrieden und sagte entgegenkommend: „Meine Leute haben mich über deine Geschichte unterrichtet. Ich zolle dir meinen Respekt. Trotzdem würde ich gern aus deinem eigenen Mund hören, warum du aus Juda geflohen bist und als Hebräer gerade zu uns, den Erbfeinden deines Volkes, kommst und ausgerechnet uns deine Dienste anbietest."

Diese unausweichliche Frage hatte David erwartet und sich deswegen gut darauf vorbereitet. „Saul, der König der Hebräer, hasst und verfolgt mich. Es gab für mich keine Möglichkeit, in seinem

Land zu überleben. So war ich gezwungen, es zu verlassen." Das war der erste, der einfachere Teil seiner Antwort. Seine Stimme bekam jetzt einen heiseren Klang. „Das Volk der Philister hat mir schon immer größte Achtung eingeflößt, deswegen wollte ich lieber bei dem bewunderten Nachbarn als irgendwo anders um Aufnahme bitten. Von dir, edler Fürst, ist bekannt, dass du unbeirrt zu deinen Verpflichtungen, zu deinem Wort stehst. Darum habe ich mich für Gat entschieden." Ein kurzer Blick zu Achis, er schien zufrieden zu sein. Mit gestärktem Selbstbewusstsein tat David den abschließenden Schritt. „Fürst, ich danke dir für die Annahme meines Angebots und die freundliche Einladung. Ich werde mich dir nützlich erweisen und stets dankbar sein."

*Eine ausgewogene, kluge Antwort,* dachte Achis. Der junge Mann gefiel ihm, und er beschloss nun endgültig, ihn bei sich aufzunehmen. *Aber wo kann ich ihn am besten einsetzen?* In letzter Zeit wurde die Südostspitze seines Fürstentums immer wieder von Räubern überfallen. *Ob David mit ihnen fertig wird?* Achis schloss die Augen, und eine senkrechte Falte erschien auf seiner Stirn.

Das Summen einer großen grünblauen Fliege war das einzige Geräusch im Raum. Während Pichol ihren Flug verfolgte und überlegte, ob er sie verjagen sollte, starrte David angestrengt auf den Fürsten, als wollte er erraten, was in seinem Kopf vorging. Nach einer für den Hebräer schier unendlich langen Zeit verschwand die Falte in Achis' Gesicht. David wusste, dass er eine Entscheidung getroffen hatte. Jetzt würde sich seine Zukunft entscheiden. Er spürte wie, wie seine Hände feucht wurden.

„Du, David ben Isai, hast das Zeug dazu, selbstständig eine schwierige Aufgabe zu übernehmen", begann der Philister. „Ich könnte dir Ziklag, eine kleine Stadt am Südrand meines Fürstentums, und das zugehörige Landgebiet als Lehen geben."

Davids Augen vergrößerten sich. Mit einer Belehnung hatte er nicht gerechnet. Erfreut wollte er ihm danken, doch der Fürst machte eine abwehrende Handbewegung und fuhr fort: „Damit wären allerdings einige Bedingungen verknüpft. Erstens: Du schützt die dort ansässige Bevölkerung vor den gelegentlich einbrechenden hebräischen Dieben und vor Überfällen aus der Wüste, die immer häufiger vorkommen. Zweitens: Du bringst die Landwirtschaft und Viehzucht in diesem Gebiet wieder zum Blühen. Das Saatgut und die ersten Schaf- und Ziegenherden musst du dir bei den Judäern im Osten holen."

Davids Unterlippe begann zu zittern, aber Achis war so sehr mit der Formulierung der Bedingungen beschäftigt, dass er es nicht bemerkte.

„Am Rande der Wüste Maon wird ja, wie du wohl besser als ich weißt, viel Viehzucht betrieben. Das ganze Gebiet im Süden bis hin nach Beer-Schewa gebe ich dir zum Plündern frei, das heißt, niemand anderem werde ich Raubzüge in diesem deinem Einflussbereich erlauben. Drittens: ..."

Davids Augen weiteten sich vor Entsetzen. *Ach so ist das,* dachte er. *Meine Heimat wird in Einflussbereiche eingeteilt, die nach Belieben ausgeraubt werden dürfen. Und jetzt soll ich die gleiche Rolle übernehmen wie damals jener Anführer der Philister, der Zora überfiel, und den ich glücklicherweise vertreiben konnte. Wer sich wehrt, dem wird das Haus über dem Kopf angezündet. So ist das also ...*

Ein Nein drängte sich auf seine Lippen, doch sein Gehirn arbeitete fieberhaft. Er dachte an den Posten in der Vorhalle. Bei einem Nein hatte er keine Aussichten, lebend zu den Seinen zu kommen. Er musste auf Zeit spielen, ihm würde schon etwas einfallen, wie sich die Bedingungen umgehen ließen. Wenn nötig, würde er den Fürsten auch betrügen. Rasch beherrschte er seinen Gesichtsausdruck.

Achis fuhr inzwischen gelassen mit der Aufzählung seiner Bedingungen fort. „Drittens: Du wirst wie jeder Lehensmann zu Tributleistungen verpflichtet. Für Ziklag sind das pro Halbjahr dreihundert Schafe oder der entsprechende Gegenwert in Silber. Für das erste Jahr wird dir selbstverständlich Freistellung gewährt. Viertens: Wie alle Lehensmänner bist du zur Teilnahme an Kriegszügen verpflichtet."

Mit bitterem Geschmack im Mund gab David sich verbindlich. „Ich danke dir für deine Großzügigkeit, Fürst. Alle Bedingungen will ich bestens erfüllen. Du kannst dich auf mich verlassen."

Achis fasste mit beiden Händen den vor ihm stehenden Henkelbecher. „Dann sind wir uns einig. Lass uns diesen Vertrag mit einem Schluck Bier besiegeln."

*Bier ist doch ein scheußliches Getränk,* dachte David. Dass die Philister Bier brauen, das konnte er noch verstehen, dass sie es aber dem Wein vorzogen, war ihm unbegreiflich.

Pichol schien das fürstliche Bier besonders gut zu schmecken. Er tat einen tiefen Schluck, schaute dann seinen Herrn fragend an und erhielt die Erlaubnis zu sprechen. „Ich hätte zwei Bemerkungen hinzuzufügen." „Bitte", sagte der Fürst freundlich.

Pichol riet, Davids Leute sollten nach Frauen Ausschau halten, am besten nach Philisterinnen, damit die Besiedlung reibungslos vonstatten gehen könnte. „Erst Frau und Kind machen aus hartgesottenen Rebellen gefügige Bauern", fügte er grinsend hinzu. „Die zweite Bemerkung: In Ziklag fehlt es an Werkzeug und Gerät. Ich denke, wir sollten David Hilfestellung leisten …"

„Ein guter Vorschlag", fiel ihm der Fürst ins Wort. „Für diesen Zweck gebe ich dir fünfzig Silberschekel, David ben Isai. Du brauchst sie ja nicht sofort auszugeben. Beurteile an Ort und Stelle, was am Nötigsten gebraucht wird. Alles erforderliche wirst du dann hier in den Läden der Stadt finden. Rückzahlung nach einem Jahr. Dich, Pichol, mache ich für die einwandfreie Abwicklung und Abgeltung des Lehens verantwortlich."

◆ ◆ ◆

Als philistäischer Lehnsmann, zu dem er soeben ernannt worden war, kehrte David bereits ohne Aufsicht zu den Seinen zurück. Er befahl den Männern, sich in einem Kreis aufzustellen, so dass ihn alle gut verstehen könnten. Die Bedingungen für den Verbleib im Lande Gat wollte der Oberhauptmann ihnen erst schrittweise beibringen, soweit er es für geboten hielt. Er befürchtete, die volle Wahrheit könnte zu einer Auflehnung führen, wie seinerzeit in der Wüste Maon vor der Entscheidung, zu den Philistern zu fliehen. So gab er ihnen in einer kurzen Ansprache lediglich bekannt, dass sie Ziklag als eigene Stadt zugeteilt bekämen, dass sie sich dort ansiedeln und ein normales Leben führen könnten.

Seine Leute glaubten ihm aufs Wort. Das aufgestaute Gefühl der ständigen Angst, nicht nur um das nackte Leben, sondern auch um ausreichende Verpflegung, wandelte sich bei den Zuhörern in begeistertes Freudengeheul. Die Männer waren nun wirklich froh, dass sie David zu den Philistern gefolgt waren. Von einem „normalen Leben" träumten sie alle schon lange.

Bei einigen erwachten aber auch Bedenken. „Warum sind die Philister auf einmal so großzügig?" Diese Freigebigkeit passte nicht in das Bild, das sich die Hebräer von ihren Erzfeinden machten.

Doch für solche Überlegungen blieb keine Zeit, die überließen sie David. Jeder musste vor dem langen Weg, der vor ihnen lag, noch seine persönlichen Sachen in Ordnung bringen, das galt besonders für die Sandalen.

◆ ◆ ◆

Drei Tage dauerte der Marsch schon. Hinter Davids Truppe trotteten Esel mit dem Rest des aus Karmel mitgenommenen Getreides. Sie verließen das philistäische Kulturland und kamen in die ihnen gut vertraute Steppe.

Tags darauf rief Pichol, ihr Begleiter, mit ausgestrecktem Arm: „Seht, dort auf dem Hügel. Das ist Ziklag."

Den Weg dahin konnten sie nun nicht mehr verfehlen. Pichol drehte um und machte sich auf die Rückreise. Beim Abschied von David betonte er noch: „Das ganze Land von hier bis zur Wüste im Süden gehört zu deinem Lehen."

David schwoll das Herz. Von nun an unterstand ihm „ein ganzes Land". Dass es nur karge Steppe war, spielte keine Rolle. „Ich bin Lehnsmann! Ich bin Lehnsmann!", jauchzte er im Stillen.

Alle waren neugierig, wie die Stadt - ihre Stadt - aussehen mochte. Als sie näher kamen, wunderten sie sich, dass keine Menschen zu sehen waren. Zwar war das einigermaßen verständlich, denn Bewohner einer Stadt verstecken sich oft, wenn eine unbekannte Armee anrückt, aber warum waren die Felder nicht bestellt, warum stand das Tor sperrangelweit offen?

Erst als David in Ziklag einzog, begriff er, dass Achis ihm keine

Stadt, sondern nur eine Ruine als Lehen zugewiesen hatte, wo kaum Menschen lebten. Fast an allen Häusern fehlten die Haustüren, und die Dächer waren, so weit man sehen konnte, schon lange eingefallen.

David betrachtete seine Männer. Ihre Erwartungen waren enttäuscht worden. *Eine Stadt neu aufbauen können aber nur zufriedene, begeisterte Männer,* dachte David. Er musste verhindern, dass sich ihre Enttäuschung in Entmutigung wandelte. Er musste auf ihre Gefühle eingehen und ihnen einen verständlichen Weg weisen. „Habt ihr vielleicht erwartet, dass die Philister uns eine reiche Stadt schenken? Habt ihr das wirklich erwartet? Wir sollten zufrieden sein, endlich eine sichere Bleibe gefunden zu haben, wo uns weder Abner noch sonst jemand bedroht. Mit unserer Hände Arbeit werden wir diese Stadt zur Blüte bringen. Zunächst schlafen wir uns aber aus, dann bauen wir Backöfen, wie in Engedi, und beginnen ein neues Leben.“

Aus dem Anführer eines kleinen Heeres war über Nacht ein Stadtvorsteher geworden. David fand sich schnell in seine neue Rolle ein. Gleich am nächsten Tag verkündete ein rasch berufener Herold auf dem Torplatz den Besiedelungsplan von Ziklag. Die Krieger wurden aufgefordert, sich in Dreiergruppen zusammenzuschließen. Jede Gruppe konnte sich in den Ruinen einen Raum aussuchen und diesen bei Karit anmelden, der ihn auf einer Wachstafel vermerkte. Damit galt der erwählte Raum als ihr Eigentum. Jeder Hauptmann durfte zehn Männer vorschlagen, die sich seit Kegila besonders hervorgetan hatten. Jene erhielten Einzelzimmer. So erfüllte David sein Versprechen, ungewöhnliche Leistungen großzügig zu belohnen. Hauptleute und Mitglieder des Rates durften zwei Räumlichkeiten in Besitz nehmen.

Für sich und seine Frauen wählte der Stadtvorsteher David das einzige noch gut erhaltene große Haus mit Innenhof. Ahinoam und Abigail bekamen je einen Seitenflügel, den zweistöckigen Mittelteil mit einem Saal im Erdgeschoss, der für Besprechungen geeignet war, behielt er für seine Zwecke.

Die zukünftigen Bewohner mussten ihre zum Teil schwer beschädigten Behausungen selbst in Ordnung bringen. Baumaterial war Mangelware. Es musste außerhalb der Stadt besorgt werden. Viele ergriff die sprichwörtliche Arbeitswut. Da die wenigen Äxte nicht ausreichten, fällten sie mit ihren Schwertern Bäume und schleppten sie die Rampe hinauf in die Stadt, um sie zu Balken und Brettern zu verarbeiten. Allmählich erhielten die Häuser Dächer und Türen.

Sorge bereitete das Stadttor. Es stand offen, ließ sich nicht schließen und auch nicht reparieren, weil die Metallbeschläge verrottet waren. Für neue gab es kein Geld. *Damit werden wir wohl leben müssen,* dachte David. Aber Saatgut und die Herden waren wichtiger.

Er hatte vom Fürsten die Aufgabe erhalten, die Stadt zum Blühen zu bringen. Das dafür nötige Saatgut und die Tiere solle er sich bei den Judäern besorgen, hatte Achis gesagt. Die eigenen Landsleute berauben, das wollte David aber auf keinen Fall. Dann schon, wenn es sein musste, lieber die Amalekiter, ein Volk, mit dem die Hebräer seit Generationen in Feindschaft lebten. Es war ein schwerer Entschluss, aber er hatte keine andere Wahl.

Mit der heiklen Aufgabe wurde Joab betraut.

## 16

Nach vier Wochen war Joab mit seiner Truppe wieder zurück. Jeder der Teilnehmer an dem Raubzug hatte sich etwas mitgebracht, einen Krug, eine Schüssel oder eine farbige Matte. Mit neuer Begeisterung machten sie sich an die Verschönerung ihrer Wohnungen, die Frage, ob die Sachen nun erbeutet oder gestohlen waren, beschäftigte sie nicht. Im Gegenteil, sie fühlten sich als große Sieger. Auch gab es jetzt ausreichend Getreide, und so wurde mit Brot nicht gegeizt.

Die Leute waren zufrieden, die Stimmung in der Stadt ausgezeichnet.

Das Wertvollste aber, was sie von den Amalekitern erbeutet hatten, waren die Tiere, insgesamt 600 Schafe und 200 Ziegen. Die

Hälfte davon beanspruchte David als Anführer für sich, die anderen sollten Gemeingut bleiben und zunächst von Ozem auf den umliegenden Weiden verwaltet werden. Unter den Männern gab es genügend ehemalige Hirten. Ihnen teilte David Herden und Weidegebiete zu.

Diesmal hatte der Oberhauptmann seine kluge Frau, die ehemalige Gutsherrin zu Rate gezogen. Abigail hatte ihm empfohlen, Ozem dieselbe Rolle spielen zu lassen wie einst ihr Aufseher Kelub. „Gute Erfahrungen sollte man nutzen", fügte sie schmunzelnd hinzu. Dass die Überprüfung der Herden mit Hilfe von verschiedenartigen Steinen und einer Wachstafel ihre Erfindung war, behielt die gescheite Frau für sich.

Seinen eigenen Anteil - vierhundert Tiere - ließ David unverzüglich nach Gat treiben, um sie in der Hauptstadt an einen Händler zu verkaufen. Er hatte sich für einen Mann entschieden, der Kamaram hieß, denn der hatte ein großes Geschäft, und außerdem kannte Karit ihn persönlich.

Der Philister versuchte natürlich, den geforderten Preis zu drücken. Die Tiere seien nur Haut und Knochen, behauptete er. Doch David, der ehemalige Hirte, entgegnete prompt: „Schafe und Ziegen, die einen so weiten Weg zurückgelegt haben, sind kerngesund. Auf einer guten Weide werden sie in drei Wochen wieder fett sein."

Noch ein kurzes Feilschen, bei dem Karit geschickt mithalf, und man einigte sich auf den Preis von einem Schekel für jedes Tier.

Kamaram war in diesen Tagen knapp mit Silber und verfügte nur über hundertfünfzig Schekel. Wie immer in solchen Fällen bot er den Geschäftspartnern einen - wie er sagte - günstigen Tauschhandel an und führte sie ins Warenlager. Alles war dort vorhanden: Möbel, Keramik, Hausrat, Schmuck, Schönheitsmittel und vieles andere mehr. Ganz überwältigt konnte David sich kaum satt sehen. Während er noch staunte und unschlüssig war, was er nehmen sollte, hörte er Karits begeisterte Stimme. „So ein herrliches Elfenbein-Relief habe ich noch nie gesehen."

David trat zu ihm und verstand sein Entzücken nicht. „Das ist doch nur eine beschnitzte Platte. Was kann man denn damit anfangen?"

„Du musst wissen, Schmuckstücke dieser Art und Größe besitzen nur Könige und Fürsten", bemerkte der Kanaaniter beflissen.

Das Relief war zwei Handbreit hoch und knapp eine Elle lang. Es zeigte in seiner Mitte einen Zweikampf. Ein Löwe hielt mit der Pranke einen sich aufbäumenden Mann nieder und fletschte die Zähne. „Es müßte babylonischer Herkunft sein", fuhr Karit fort und wollte die schön herausgearbeiteten, stilisierten Blumen neben der Kampfszene betasten.

„Nein, bitte nicht", rief der gerade hinzugekommene Kamaram erschrocken aus. „Schweiß hinterläßt gelbe Flecken."

„Ist das tatsächlich ein königliches Schmuckstück?", fragte David Karit so leise, dass es Kamaram nicht verstehen konnte.

„Mit Sicherheit. Ich schätze, es hat den Wert von mindestens zweihundert Schekeln. In Babylonien gibt es immer weniger Elefanten, sie werden erbarmungslos gejagt, weil Elfenbein an Höfen höher geschätzt wird als Gold und Edelsteine. Besonders Thronsessel werden mit Elfenbeinschnitzereien geschmückt."

David überlegte und wandte sich kurzentschlossen an den Kaufmann. „Für einen Gegenwert von einhundert Schafen nehme ich die Platte gern mit."

„Du scheinst dich auszukennen", rief Kamaram froh, denn er hoffte, das teure Stück mit Gewinn loszuwerden. „Aber schau dir die Arbeit aus der Nähe an, erst dann kommt sie richtig zur Geltung. Sie ist mehr wert als dreihundert Schafe." Der Händler nahm die Schnitzerei sorgfältig in beide Hände und reichte sie David.

Karit dachte, sein Herr mache unnötige Scherze, doch da irrte er sich. David begann hartnäckig zu verhandeln und erwarb das Stück schließlich für einhundertfünfzig Schafe. Es blieben ihm somit noch hundert Schekel für weitere Einkäufe, weil Kamaram ja nur hundertfünfzig Schafe mit Silber bezahlen konnte. David entschied sich für einen Karren mit Deckeln, wie er ihn einst in Zora erbeutet hatte, zwei Zugtiere, kleine Möbelstücke, Papyrus, Wein und Geschenke für seine Frauen.

Karit ging es zwar nichts an, wofür der Oberhauptmann sein Geld ausgab, trotzdem ärgerte er sich über das leichtsinnige, verschwenderische Verhalten seines Herrn. Allein für den Preis des Reliefs hätte man nicht nur die fehlenden Bronzebeschläge kaufen können, sondern gleich ein ganzes Stadttor. Nur den Erwerb der Kleinigkeiten für die Frauen hielt Karit als ein Mann von Welt für richtig.

Das Relief ließ David sich in feines, ägyptisches, gelbes Leinen wickeln, dann nahm er es behutsam unter den Arm und sagte zu Karit: „Lass das Gekaufte fachgerecht verpacken und in den Karren verladen." Zu Kamaram gewandt fuhr er fort: „Ich komme bald wieder, dann werden wir Gelegenheit haben, über zukünftige Geschäfte zu reden."

Kamaram verbeugte sich. „Das Silber wird auf dich warten, Herr." Karit schaute dem Oberhauptmann, der das Warenlager in Eile verließ, kopfschüttelnd nach.

David begab sich schnurstracks zum Palast des Fürsten. Er musste warten, Achis hatte Gäste. Endlich wurde er vorgelassen und in den Thronsaal gerufen, wo der Fürst steif auf seinem erhöhten Sitz thronte. David wunderte sich über sein majestätisches Gebaren. *Wahrscheinlich verlangt es so das philistäische Zeremoniell,* dachte er und verbeugte sich dann auf die gleiche Weise, wie Pichol es ihm damals beim ersten Auftritt in diesem Palast vorgemacht hatte. Nach der Begrüßung trat David näher an den Thron heran und überreichte sein Paket. „Fürst, ich komme, um dir für deine Großzügigkeit zu danken."

Achis blickte ungläubig auf David herab. Seine Lehnsleute verhandelten mit ihm ständig über eine Ermäßigung ihres Tributs, und dieser da bringt ein Geschenk? Das war neu. Sicher hatte das Mitbringsel keinen besonderen Wert, denn woher sollte David auch Geld für kostbare Geschenke nehmen? Doch die Geste selbst war bemerkenswert. Gerührt erhob er sich und klopfte dem Gast freundlich auf die Schulter.

David brannte vor Ungeduld. „Möchtest du es nicht ansehen?"

Mit wenigen Handbewegungen hatte der Fürst das gelbe Tuch entfernt und hielt das glänzende Relief in den Händen. Er betrachtete die Schnitzerei eingehend. *So schöne Arbeiten sind selten,* dachte er. *Sie wirkt wie Elfenbein.* Als Liebhaber schöner Dinge eilte er mit der Platte zum Fenster und staunte. *Kein Zweifel, das ist Elfenbein.*

„Junger Mann, woher hast du dieses herrliche Stück?“

David antwortete ausweichend: „Ich habe nach einem Geschenk gesucht, das meines Fürsten würdig wäre.“ David war sich bewusst, dass er von Schnitzereien und teuren Möbeln nichts verstand, trotzdem riskierte er eine fachmännische Bemerkung: „Passt es nicht vortrefflich zu den Löwenköpfen an den Armlehnen deines Thronsessels?“ Nach Karits Belehrung vermutete David nämlich, dass die hellen Köpfe ebenfalls aus Elfenbein sein mussten.

Achis befestigte das Relief an der Rückenlehne des Sessels und rief voller Begeisterung: „Wirklich! Ich staune über deinen sicheren Geschmack. Das herrliche Relief werde ich hier anbringen lassen.“

„Vielleicht eine Handbreite tiefer“, wagte David nach seinem ersten Erfolg einzuwerfen.

„Du kannst Recht haben, junger Mann. Diese Dinge überlasse ich im Allgemeinen meinem Baumeister, er hat das richtige Auge dafür.“ Achis bedankte sich noch einmal herzlich, diesmal ganz ehrlich, und rief nach einem Diener. Er ließ ägyptischen Wein und Becher bringen. Es war eine Geste für David, denn der Philister wusste, dass die Hebräer Wein dem Bier vorzogen.

Mit dem Becher in der Hand fragte Achis seinen Gast nach den Fortschritten beim Aufbau von Ziklag. David sagte nicht die Wahrheit, sondern erzählte, dass er sich Tiere, Saatgut und landwirtschaftliches Gerät bei den östlichen Nachbarn, den Simeonitern, geholt habe. „Die ersten Felder wurden auch schon bestellt“, berichtete er dem staunenden Fürsten.

*Das ist der richtige Mann für die abseits liegende Stadt, für die am stärksten gefährdete Ecke meines Fürstentums,* dachte Achis. *Meine Berater lagen falsch, als sie mir davon abrieten, dem Hebräer vorbehaltlos zu vertrauen. Davids Erfolg hat mir Recht gegeben.* Mit dem Überfall auf die Simeoniter hatte David klar Stellung bezogen und sich ganz eindeutig auf die Seite der Philister gestellt. Damit war die Gefahr einer Rückkehr des Hebräers zu den Seinen vom Tisch.

Nach einem zweiten Becher verabschiedete Achis seinen Besucher wie einen alten Freund. David spürte, dass er jetzt das völlige Vertrauen seines Fürsten gewonnen hatte. Sollte ihm jemand berichten, dass er gar nicht die Simeoniter, sondern die Amalekiter überfallen hatte, würde Achis es nicht glauben. Das Geschenk hatte sich damit schon ausgezahlt.

◆ ◆ ◆

Vom Palast aus begab sich David wieder zu Kamaram. In seinem schönen Haus saßen sie allein zu Tisch. Der Gastgeber sah in David einen erfolgreichen, in Kürze reichen Lehnsmann und Geschäftspartner, darum wollte er ihm gefällig sein. Kamaram hatte Zugang zum Adel der Philister und wusste, womit man sich dort befasste. Eine Geheimsache, von der er erst vor kurzem erfahren hatte, müsste für David eigentlich von größter Wichtigkeit sein, und die wollte er ihm jetzt verraten und damit beweisen, dass er ihn für einen vertrauenswürdigen Freund hielt. „Es gibt im Fürstentum Leute, die dich mit Mißtrauen beobachten", begann er.

David horchte auf.

Kamaram fuhr fort: „Besonders die Familie Goliats. Maoch, der ehemalige Waffenträger des Riesen, wird nicht müde zu behaupten, dass du seinen Onkel meuchlings erschlagen hast und ein heimtückischer, zu allem fähiger Betrüger seist." Er schüttelte den Kopf. „So ein Unsinn!"

„Tatsächlich?" David bemühte sich, gleichgültig zu wirken.

„Bei Achis hat die Familie kein Gehör gefunden", setzte Kamaram hinzu, „und nun hofft sie - wie man mir sagte - bei Akesch, dem Fürsten von Ekron, der die Niederlage im Ela-Tal noch immer nicht verwunden hat, mehr Glück zu haben."

David zeigte offen sein Desinteresse an diesen Machenschaften.

Kamaram hatte sein Gegenüber aufmerksam beobachtet und fühlte sich durch dessen Benehmen - der Hebräer regte sich nicht im Geringsten auf, wie das ein ertappter Betrüger getan hätte - in seiner Meinung bestätigt, dass David ein ehrenwerter Mann war und Maoch ein Schwätzer.

Es wurde spät und der Gastgeber rief seinen Schatzmeister. Der kam mit zwei Krügen in den Armen. „Darin befindet sich das Silber im Wert von hundertfünfzig Schekel. Soll der Schatzmeister es dir vorzählen?"

„Nicht nötig, ich habe volles Vertrauen zu dir, Kamaram", entgegnete David, nahm die Krüge in Empfang und wollte gehen.

„Mit so viel Geld verzichtet man nicht einmal in Gat auf einen Schutz. Zwei bewaffnete Männer werden dich begleiten."

„Ich danke dir für deine Fürsorge."

David und Kamaram trennten sich wie alte Freunde.

*Auch den Geschäftsmann habe ich für mich gewonnen,* dachte David unterwegs und grinste.

◆ ◆ ◆

Zur Begrüßung umarmten Ahinoam und Abigail David so stürmisch, dass er strauchelte, was die Heiterkeit von Karit und Ikabod erregte, die in der Nähe, an den neuen Karren gelehnt, zuschauten. Sie lachten hinter vorgehaltener Hand über die lustige Szene und freuten sich ehrlich über das Glück ihres Herrn.

Ein Tischler nahm die einzelnen Möbelteile vom Wagen. Im gemeinsamen Wohnraum im ersten Stock wurde ein richtiger Holztisch mit vier Beinen aufgestellt und dazu sechs Hocker. Für jedes Schlafzimmer der Frauen gab es einen Schminktisch mit Schubladen. Solche Möbel konnten sich nur die Reichen leisten.

Die Augen der Frauen leuchteten, es war der Anfang eines neuen Wohlstands.

„Kein persönliches Geschenk?", fragte Ahinoam ihren Mann schmollend.

Das Verhalten der hübschen Frau belustigte David, und er entgegnete vielsagend: „Später."

Zum ersten Mal auf ihrer „Reise" – das Wort hatte einen schöneren Klang als „Flucht" – tafelte David mit seinen Frauen an einem richtigen Tisch. Die Stimmung war locker, sie scherzten und lachten. Beim Wein, der nach dem Essen gereicht wurde, warteten beide voller Neugier auf die Geschenke, das konnte man auf ihren Gesichtern lesen. Noch ein Becher, dann begab sich David in ein Nebenzimmer, kam mit zwei Päckchen zurück und reichte schmunzelnd jeder seiner Frauen eines.

Sie griffen danach wie Kinder. Ahinoam nestelte umgehend an

der kunstvoll geschlungenen Schleife, öffnete es aufgeregt und rief: „Oh! Ein herrlicher Spiegel! Und so viele Schönheitsmittel." Sie hatte ihre eigenen zu Hause in Jesreel gelassen und vermisste sie schon eine ganze Weile. *Eine Frau ist doch erst richtig schön, wenn sie sich schön zurecht gemacht hat.* Für die wohlhabenden Hebräerinnen gab es daran nicht den geringsten Zweifel. Und sie wollte schön sein, schön für sich und für David, ihren Mann. Sie hielt es nicht länger aus, rief: „Ich komme gleich wieder!" und verschwand.

Sie entzündete die Lampen, die auf dem neuen Schminktisch standen. Ihren alten Bronzespiegel, der schon so zerkratzt und blind geworden war, dass auch häufiges Polieren nicht mehr viel half, legte sie beiseite. Jetzt besaß sie ja einen neuen. Und was für einen! Er war nicht nur größer, er hatte einen kunstvoll gearbeiteten Griff in Gestalt einer nackten Ägypterin mit Hathorfrisur. Das Figürchen gefiel ihr, denn die Ägypterinnen galten als besonders schön. Aber das verdankten sie natürlich - wie alle wussten - ihren Schönheitsmitteln.

Mit zitternden Händen kramte sie ihren Beutel aus und legte zwei kleine geschlossene Gefäße auf den Tisch. Sie öffnete das erste Döschen, und ihr Puls schlug schneller. Sie kannte das Mittel, es war gekochtes Schlangenfett, das sehr dünn aufgetragen werden musste. Es ließ das Gesicht wie einen Pfirsich erblühen. Das zweite Gefäß war eine Tonflasche. Ahinoam entfernte den Korken und roch daran. Ein köstlicher Duft strömte heraus. Gleich schüttete sie sich einige Tropfen auf ihre Brust.

Am Boden des Beutels befand sich noch ein Holzkästchen mit ägyptischen Schriftzeichen. Voller Neugier zog sie es hervor und nahm den Deckel ab. „Herrliche Farben", rief sie aus und griff nach einem der Steine darin. Es war Mangan zum Schwärzen von Wimpern und Augenbrauen. Der Name des Mittels klang fremdartig, seine Wirkung aber war gewiss. Es gab auch noch Malachit für grüne Lidschatten, Ocker zum Tönen der Wangenknochen und roten Farbstoff aus der Koschenillelaus zum Färben der Lippen.

Ahinoam stieß einen Freudenschrei aus.

Nachdem sie alles bewundert und in der richtigen Reihenfolge auf dem Tisch aufgestellt hatte, wurden die Mittel angewendet, eines nach dem anderen. Zum Schluss ein letzter Blick in den Spiegel. *Vielleicht ein bisschen zu dick aufgetragen, aber das ist immer noch besser als zu wenig.* Stolz und selbstbewusst eilte sie zurück ins Wohnzimmer, um zu zeigen, wie hübsch sie jetzt war.

David erschrak. Wie scheußlich hatte sich seine wunderschöne Frau zugerichtet! Mit seinem Geschenk, also konnte er nichts einwenden, aber im Stillen schwor er sich: *Nie wieder. Nie wieder werde ich Schönheitsmittel kaufen.*

Ahinoam stellte sich vor ihn hin, drehte den Kopf, stellte das linke Bein vor und wartete auf ein besonderes Lob.

Er beherrschte seinen Ärger und sagte ausweichend: „Du siehst aus wie eine ägyptische Göttin."

In Ahinoams Augen war das ein großes Kompliment, sie war begeistert.

Nun wollte auch Abigail wie eine Göttin aussehen. Sie griff nach ihrem Beutel und verließ den Raum. Es war ihr nicht entgangen, dass Ahinoam übertrieben hatte. *Aber wenn es David gefällt, werde ich es ähnlich machen.* Und so trug sie noch dicker auf.

Als auch sie fröhlich tänzelnd wiederkam, war David entsetzt. Er hatte Verständnis für weibliches Andersdenken, aber diesmal hatten seine Frauen ihn überfordert. Er schaute weg, stand auf und verließ mit den Worten: „Ich habe noch einiges mit Karit zu besprechen", den Raum. In der Tür fügte er hinzu: „Es wird spät werden, bis ich zurückkomme. Wartet also nicht auf mich."

Ahinoam und Abigail schauten einander betroffen an.

„Wir haben uns für ihn schön gemacht und er geht fort, um irgendetwas Unwichtiges zu erledigen!", ärgerte sich Ahinoam.

Abigail schwieg nachdenklich. *Sollten wir etwas falsch gemacht haben?* Sie ließ den ganzen Abend noch einmal in Gedanken vor sich abrollen, fand aber nichts, was David hätte verärgern können. Das Gespräch mit Karit war bestimmt von Anfang an vorgesehen. Aber warum hatte er ihn eigentlich nicht herbestellt?

Etwas schien nicht zu stimmen.

◆ ◆ ◆

Beim Frühstück war die Welt wieder in Ordnung. Die Frauen hatten ihre Farben abgewaschen und David fand sie wieder so reizend wie zuvor. Er war lieb und scherzte mit ihnen.

Aber als Josef abgeräumt hatte, setzte David eine ernste Miene auf und sagte: „Wir müssen uns ernsthaft über unsere Zukunft unterhalten. Seit langem schon erwäge ich einen kühnen Plan, aber die widrigen Umstände erlaubten es bis jetzt nicht, ihn zu verwirklichen. Nach dem Verkauf der erbeuteten Herden aber habe ich zum ersten Mal Geld. Und jetzt kann es losgehen."

Ahinoam und Abigail staunten, setzten sich gerade auf und waren ganz Ohr.

David fuhr fort: „Einmal wird es Saul in Gibea nicht mehr geben, dann wird man einen neuen König wählen. Außer Jonathan, der in Ungnade gefallen ist und sich auch nicht besonders für das Amt eignet, gibt es keinen weiteren ernstzunehmenden Kandidaten, für den sich die Stammesältesten einstimmig entscheiden könnten..."

Seine Frauen hielten den Atem an.

„Dann könnte ich versuchen, König der Hebräer zu werden."

*König?*, dachten Ahinoam und Abigail gleichzeitig. *David, unser Ehemann? König?* Es verschlug ihnen die Sprache. Mit weit aufgerissenen Augen starrten sie ihn an.

David fuhr indessen fort: „Auf dem Weg zum König werde ich viele Schwierigkeiten zu überwinden haben. Heute will ich mit euch über eine von diesen reden und hoffe, dass ihr mir helfen werdet."

„Alles, was mir möglich ist, will ich tun", rief Ahinoam.

Abigail nickte nur. Für sie war das eine Selbstverständlichkeit.

„Die in Gibea verbreiteten Beschuldigungen und schließlich unser Wechsel zu den Philistern haben meinem Ruf sehr geschadet. Einen Mann mit meinem schlechten Leumund würde man nicht zum König wählen."

Ahinoam sprang enttäuscht auf und rief: „Schlechter Leumund? Du hast doch nichts Böses getan."

„Getan oder nicht getan, das ist nicht das Wesentliche. Wichtig ist, dass ich im Lande als Dieb, als Bandenführer und – was noch schlimmer ist – als Verräter gelte."

Bei diesen harten Worten zuckte Ahinoam zusammen. Sie wollte nicht glauben, dass ihr Vater und seine Freunde so über ihren edlen, bewunderungswürdigen David denken könnten. „Das kann nicht wahr sein“, murmelte sie bedrückt.

„Doch, es ist leider so“, widersprach die lebenserfahrene Abigail ihrer jüngeren Freundin.

Um die gedrückte Stimmung aufzulockern, setzte David ein zuversichtliches Lächeln auf. „Ich muss dafür sorgen, dass die einflussreichen Hebräer ihre Meinung ändern. Aber das wird nur möglich sein, wenn sie bereit sind, mich anzuhören. Um sie dazu zu bewegen, will ich mein ganzes Geld und alle die schönen Waffen, die ich von Joab nach seinem Beutezug zu den Amalekitern bekam, einsetzen. Für Geschenke. Und beginnen will ich bei den Judäern.“

„Geschenke! Das ist eine gute Idee“, warf Abigail ein.

„Ich verstehe“, rief Ahinoam begeistert. „Wir müssen uns an die Leute wenden, die mit König Saul unzufrieden sind.“

David nickte. „So ist es. Dein Vater zum Beispiel könnte uns dabei helfen. Ich werde Briefe verfassen, die er dann mit einer lobenden Bemerkung weiterreichen kann. Ich brauche die Namen der Leute, die unsere Verbündeten werden könnten. Denk mal nach, wer dafür in Frage kommt.“

Abigails Augen leuchteten. „Wir werden nachdenken“, sagte sie für Ahinoam und für sich, „heute Abend bekommst du von uns die Namen.“

◆ ◆ ◆

Am nächsten Morgen diktierte David seinem Schreiber Karit Briefe an alle Genannten und auch an etliche andere, die zur Verbesserung seines Rufs beitragen konnten. In diesen unterstrich er, dass die Verleumdungen, die über ihn im Umlauf wären, falsch seien. Er habe niemals etwas gegen den König unternommen. Er habe Saul sogar beschützt, was sein Verhalten in der Höhle von Engedi beweise. Er würde unschuldig verfolgt. Um sein Leben zu retten, habe er Zuflucht im Nachbarland suchen müssen, wie jeder andere in seiner Lage es auch getan hätte.

Mit der Zustellung der Briefe wurde Jischbaal beauftragt. David schärfte ihm ein, dass die Schreiben nicht in unbefugte Hände fallen und auf keinen Fall in die Hände von Doegs Leuten geraten durften. Schon bei kleinster Gefahr sollten sie vernichtet, am besten verbrannt werden. Darum wurde die Briefbotengruppe um den Feuermacher erweitert. Er würde immer eine Flamme in einem Ölkrug mit sich führen. Es war bekannt, dass mit Öl benetzter Papyrus in wenigen Augenblicken vollständig verbrannte und zu Asche zerfiel.

Den ersten gezielten Schritt auf dem Weg zur eigenen Königsherrschaft hatte er damit getan. Während er nachdachte, was der zweite sein sollte, meldete sich in seinem Gewissen ein peinliches Unrechtsempfinden. Er war dabei, Vorkehrungen zu treffen, um Sauls Nachfolger zu werden, obwohl es doch einen rechtmäßigen Thronfolger gab. War er unfair gegenüber Jonathan? Bei dieser Überlegung wurde es ihm unwohl, und er suchte nach einer Entschuldigung. *Es könnte ja sein, dass Jonathan aus irgendwelchen Gründen die Thronfolge nicht antreten will oder kann,* sagte er sich. Das war der Fall, für den er gewappnet sein wollte. Aber dann wäre es anständig, wenn er den Freund über sein Tun in Kenntnis setzen würde. Auch über die Salbung in Bethlehem, die er ihm immer verheimlicht hatte.

◆ ◆ ◆

Unerwartet erschien ein Bote von Achis bei David und riss ihn aus seiner dumpfen Grübelei. „Der Fürst bitte dich umgehend nach Gat zu einer Besprechung“, sagte der Mann.

David fragte nach dem Grund, doch der Bote kannte ihn nicht oder durfte nicht darüber sprechen.

Ein kalter Schauer lief David über den Rücken. Hatte der Fürst etwa seine Machenschaften durchschaut? Waren vielleicht die Briefe mit den Geschenken an die einflussreichen Judäer in seine Hände gefallen?

In der Nacht konnte er kaum schlafen. Unruhig wälzte er sich in seinem Bett hin und her und überlegte, wie er sich dem Fürst gegenüber verantworten sollte.

Doch bereits am nächsten Tag konnte er aufatmen. Jischbaal kam zurück und berichtete, dass er alle Sendungen den Empfängern persönlich übergeben hatte. Eine Panne mit den Briefen konnte also nicht der Grund für die Vorladung nach Gat sein. Aber was dann? Vielleicht die Lüge mit den Amalekitern? Oder sein Überfall auf die Philister in Zora? Oder Kegila? Oder die hundert Vorhäute?

Diese Ungewissheit quälte David den ganzen Weg lang bis in die Hauptstadt.

Unsicheren Schritts betrat er den Thronsaal des Fürsten. Zu seiner großen Überraschung empfing Achis ihn auf das Herzlichste, wie einen alten Freund. Demnach wusste der Fürst nichts Neues über seine Vergangenheit und ahnte auch nichts von seinem Doppelspiel.

Nach den Begrüßungshöflichkeiten nahm Achis seinen Lehnsmann kameradschaftlich zur Seite. „Schau", sagte er, „ich habe dein Elfenbeinrelief in die Rücklehne des Thronsessels einbauen lassen. Mit den Löwenköpfen zusammen sieht es doch großartig aus! Nun besitze ich den schönsten Thronsessel im Lande der Philister."

*Auch Fürsten haben ihre kleinen Schwächen,* dachte David mit ein wenig Spott. *Es hat sich also gelohnt, viel Geld für das Prunkstück auszugeben. Mit dem Relief habe ich mir seine volle Zuneigung erkauft.*

Achis lachte und versuchte, sich betont dankbar zu zeigen. „Ich habe eine gute Nachricht für dich", sagte er froh. „Du bekommst die Gelegenheit zu zeigen, was deine Leute können. Und an Beute wird es auch nicht fehlen." Er machte eine kurze Pause und fügte strahlend hinzu: „Es wird eine ausnahmsweise große Beute geben."

David wurde schwarz vor Augen. Ihn befiel eine böse Vorahnung, die schwerer wog als die Befürchtungen, die ihn auf dem Hinweg schon geplagt hatten. Verzweifelt suchte er nach einer Ausrede.

Indessen fuhr Achis gelassen fort: „Es ist beschlossene Sache: Mit den aufmüpfigen Hebräern machen wir Schluss und zwar für immer. Keine Kleinkriege mehr wie bei Michmas oder im Ela-Tal, die gehen für uns offenbar immer schlecht aus. Diesmal aber nehmen alle fünf Städte teil, nicht nur Gat und Ekron, sondern auch

Asdod, Askalon und Gaza. Wir besetzen die gesamte Jesreel-Ebene, das fruchtbarste Land der Hebräer. Selbstverständlich wird König Saul das nicht hinnehmen und Gegenwehr leisten. Er wird uns mit seiner ganzen Streitmacht entgegen treten, aber wir überrollen seine Leute schon beim ersten Angriff mit unseren Kampfwagen und Phalanxen."

Das alles hatte der Fürst mehr oder weniger im Plauderton vorgebracht, nun aber wurde seine Stimme sachlich. „David, es ist deine Pflicht, aber vor allem dein Recht, an unserem bevorstehenden Sieg teilzuhaben."

David war kreidebleich geworden. Eine Katastrophe! Ein Anteil am Krieg gegen Saul hätte unweigerlich zur Folge, dass sein Traum von der hebräischen Königsherrschaft endgültig ausgeträumt wäre. Seine Lippen bebten.

„Was ist mit dir? Geht es dir nicht gut?" fragte Achis mit väterlich-fürsorglicher Stimme.

„Nein, nein", wiegelte David ab. „Mir ist ... Unterwegs ist meine Wasserflasche zerbrochen, und ich habe aus einem unbekannten Brunnen getrunken. Das Wasser muss schlecht gewesen sein. Seither habe ich Magenschmerzen. Aber nichts weiter Schlimmes."

Besorgt klatschte Achis zweimal in die Hände und beauftragte den eintretenden Diener, ein wirksames Mittel gegen schlechtes Wasser aus dem Vorrat zu holen. Dann fuhr er zu David gewandt fort: „Da du krank bist, will ich es kurz machen. Am zweiten Tag nach Neumond erwarte ich dich mit deiner gesamten Truppe, mit allen sechshundert Mann bei Afek, wo wir uns sammeln."

„Wir werden pünktlich und in voller Stärke da sein", antwortete David, der noch nicht klar denken konnte und sich ein Lächeln abzwang.

Achis begleitete seinen Besucher zur Tür. Der Diener mit dem Medikament wartete schon. „Lass dir genau erklären, wie du die Flüssigkeit einnehmen musst. Leider ist sie bitter, dafür aber desto wirksamer. Es wird dir gleich besser gehen. Wir sehen uns dann bei Afek."

David schob ein verkorktes Tonkrüglein in seine Rocktasche, würdigte den Diener nicht eines einzigen Wortes und wankte hinaus.

◆ ◆ ◆

Der Kaufmann Kamaram war nicht zu Hause, wurde aber in Kürze zurück erwartet. David war es Recht, er brauchte etwas Zeit, seine Gedanken zu ordnen. Vor dem Eingang zum Geschäft stand im Schatten einer Zypresse eine Steinbank für wartende Kunden bereit, dort ließ er sich nieder.

Achis' Befehl zwang ihn zu einem Schritt mit großem Risiko. Alles hing davon ab, wie geschickt und wie überzeugend er das Gespräch mit Kamaram führen würde. Der Schweiß perlte auf seiner Stirn, aber er merkte nichts davon.

Es dauerte lange, bis der Kaufmann erschien. „Man hat dich hier warten lassen?" Er schüttelte den Kopf. „Meine Diener werden es niemals lernen, wen sie draußen und wen sie drinnen warten lassen sollen. Entschuldige, es tut mir Leid." Kamaram geleitete seinen Gast ins Haus. „Was führt dich zu mir?"

David berichtete, dass er mit ihrem ersten Geschäft zufrieden gewesen sei und an weitere denke. Über zwei neue wolle er gleich heute mit ihm verhandeln.

„Für dich will ich alles nur Mögliche tun", sagte der Händler zuvorkommend. Die von David erworbenen Schafe und Ziegen hatte er mit großem Gewinn weiter verkauft. So ein Geschäft würde er gern wiederholen.

„Kann ich dir auch Dinge anvertrauen, die nicht jeder erfahren soll?" Kamaram fasste sich mit beiden Händen an der Brust. „Bei mir wird alles nach Wunsch des Kunden gehandhabt."

David kam sogleich zum Kern seines Anliegens. „In Kürze werden alle fünf Städte gegen König Saul in den Krieg ziehen."

Kamaram nickte.

*Also ist er im Bilde,* dachte David und beschloss, es kurz zu machen. „Auch ich muss Fürst Achis in den Krieg folgen. Das will ich auch, aber ... es gibt da eine peinliche Schwierigkeit. Nicht alle meine Leute werden mitmachen wollen. Schließlich sind sie doch Hebräer. Ich befürchte Ärger in meinem Heer, und dem möchte ich mich nicht gern aussetzen, auch wenn mir mein Anteil an der Beute entgehen wird."

„Ich verstehe“, warf der Geschäftsmann kurz ein und rieb sich nachdenklich das Kinn. Es wollte ihm nicht einleuchten, was gerade er mit der Sache zu tun haben sollte.

„Ich schlage dir ein Geschäft vor“, fuhr David fort, wobei er das Wort „Geschäft“ ausdrücklich betonte.

„Und das wäre?“

Längeres Herumreden hätte keinen Sinn, darum fasste David seinen Vorschlag in knappe Worte. „Über deine Kontakte sorgst du dafür, dass sich der Fürst von Ekron gegen die Teilnahme meines Heeres an dem Feldzug ausspricht. Werde ich auf sein Betreiben hin von diesem ausgeschlossen, erhältst du von mir für deine Bemühungen einhundert Schekel.“

„Hm ...“, murmelte Kamaram ausweichend. „Und weiter?“

„Um in Ziklag eine neuzeitliche, erfolgreiche Landwirtschaft zu betreiben, brauche ich eiserne Pflüge, eiserne Hacken, eiserne Sicheln und viele andere Gerätschaften aus Eisen. Eine Werkstätte zur Eisengewinnung mit Schmiede würde viele meiner Schwierigkeiten beseitigen.“

„Das ist richtig“, bemerkte Kamaram, diesmal mit sichtbarem Interesse. *Das könnte ein blendendes Geschäft werden,* überlegte er.

David unterbrach seine Gedanken. „Was würde eine solche Anlage kosten?“

Davids erstes Anliegen missfiel Kamaram. Er hatte sich nie in politische Dinge eingemischt. Das war immer sein Prinzip gewesen. Wenn er aber ablehnte, würde sich dieser rührige Hebräer an jemand anderen wenden und mit ihm das verheißungsvolle Geschäft mit der Anlage zur Eisenherstellung abwickeln. Das wollte er verhindern, auch wenn das hieße, sich nötigenfalls auch am zwielichtigen ersten Geschäft beteiligen. Mit undurchsichtiger Miene erklärte er also: „Den Preis kann ich dir aus dem Handgelenk nicht sagen, aber bei unserem nächsten Treffen wirst du ihn erfahren. Bestimmt wird er nicht überhöht sein, das versichere ich dir.“

David schwieg und wartete. Kamaram deutete das Schweigen richtig und fügte langsam hinzu: „Was dein anderes Anliegen angeht, auch darum werde ich mich kümmern.“

Der Hebräer reichte ihm lächelnd die Hand.

# 17

Jonathan wohnte in Gallim bei seiner Schwester Michal. Dort erreichte beide die Nachricht von Davids Übertritt zu den Erzfeinden der Hebräer, zu den Philistern. Anfangs hielt Jonathan das für ein unsinniges Gerücht.

Als es schließlich aber doch als wahr bestätigt wurde, rief er zornig: „Jeden kann ein Schicksalsschlag treffen, aber ein Mann muss sein Los ertragen können. David ist kein Ehrenmann mehr, er hat sich als Verräter, als Lump erwiesen."

Michals große Liebe zu David war in den letzten Monaten allmählich erkaltet. Sehnlichst hatte sie auf eine Botschaft von ihm gewartet, aber immer vergeblich.

Zunächst hatte sie ihn in Schutz genommen. Dann hatte sie erfahren, dass er Hauptmann eines kleinen Heeres in Kegila war. Da sollte es für ihn ja wohl nicht schwierig sein, einen Boten zu ihr zu schicken. Aber er hatte es nicht getan. Das schmerzte sie tief. *Hat er vergessen, dass ich ihn über alles liebe? Bei seiner Flucht habe ich mein Leben aufs Spiel gesetzt, und jetzt verbringe ich meine Zeit auf einem abseits gelegenen Gutshof ohne Aussicht, jemals wieder als Prinzessin am Hof auftreten zu können.*

Sie hatte viel geweint und was letztlich in ihrem Herzen an Gefühl zurückgeblieben war, war mehr gekränkte Eigenliebe denn Liebe zu dem Mann, der sie vergessen zu haben schien.

Aber er war immer noch ihr Mann, und ganz gleichgültig war er ihr auch nicht geworden. So empfand sie Jonathans Behauptung als grobe Unverschämtheit. Empört und mit funkensprühenden Augen, ging sie auf ihren Bruder los. „Ein Lump ist er darum noch lange nicht."

Jonathan war betroffen. „Dann hör mir mal gut zu, meine liebe Michal. Ich werde dir nämlich etwas sagen, was ich schon lange weiß, was ich dir aber bis heute verschwiegen habe, um dich zu schonen."

„Was ist es?", rief sie mit einer dunklen Vorahnung.

„Es geht um deinen David. Er hat sich inzwischen zwei Frauen genommen."

„Nein, das ist nicht wahr!", schrie sie auf. „Das glaube ich nicht!" Sie war kalkweiß im Gesicht geworden.

„Nein? Willst du es genauer wissen? Die erste heißt Ahinoam und stammt aus Jesreel, einem kleinen Ort südlich von Kegila. Der Name der zweiten ist Abigail. Sie ist die Witwe eines reichen Kalebiters namens Nabal, der unter geheimnisvollen Umständen verstorben ist, wie das Dienstpersonal in Karmel zu berichten weiß."

Die genauen Angaben über die Frauen machten Jonathans Aussage glaubwürdig. Trotzdem rief sie: „Nein!" Doch dieses Nein war nur noch halbherzig. Sie sank zu Boden und begann zu schluchzen. „So ein Schuft, so ein gemeiner Schuft!"

Jonathan setzte sich zu ihr und drückte sie fest an sich. *Ich hätte es ihr nicht sagen dürfen,* bereute er seine im Ärger hervorgestoßene Äußerung. Dann versuchte er, sich zu rechtfertigen. Einmal musste sie es ja erfahren.

„Du hast Recht, ein Lump!" stöhnte sie, nachdem er fertig war. Ihre Liebe war, während sie seinen Worten gelauscht hatte, ins Gegenteil umgeschlagen und zu blankem Hass geworden. „Ich will ihn nie mehr wiedersehen, nie mehr!" Grausam enttäuscht weinte sie lange vor sich hin. Der Rest an Liebe, der noch in ihr gewesen war, war vollständig erloschen. „Er hat mein Leben zerstört, er hat unser Leben zerstört. Ich hasse ihn!"

Jonathan musste mit ansehen, wie sie sich quälte, und ballte ohnmächtig die Fäuste. Das einst so lustige, frohe Mädchen war zu einer verbitterten Frau geworden.

*Arme Michal,* dachte er.

Beim gemeinsamen Abendessen kamen sie wieder auf David zu sprechen. „Vater hatte Recht, als er uns vor ihm warnte", sagte Jonathan verstimmt. „Ich überlege, ob ich mich nicht mit Vater aussöhnen, eine Frau heiraten und ein ganz normales Leben führen soll."

„Sicher ist es noch nicht zu spät. Das wird für dich das Beste sein", erwiderte sie, dachte aber: *Und ich? Was bleibt für mich?* Dabei schaute sie auf ihren niedergeschlagenen Bruder und entschloss sich, ihm ihre eigenen Sorgen nicht auch noch aufzubürden. Sie musste allein damit fertig werden und beginnen, ein eigenes Leben zu führen. Auf die Frage, wie, hatte sie noch keine Antwort.

◆ ◆ ◆

In der folgenden, schlaflosen Nacht fasste Jonathan einen Entschluss. Zwei Tage später ritt er nach Gibea, gestand dem Vater seine Fehleinschätzung und bat um Verzeihung. Saul nahm ihn in die Arme, Vater und Sohn hatten Tränen in den Augen. Der König war über die Versöhnung mit seinem Ältesten überglücklich und setzte ihn sofort wieder in alle seine alten Rechte ein. Jonathan war erneut Kronprinz und der erste unter den Söhnen am Hofe.

◆ ◆ ◆

Abner hatte seine ehemaligen geheimen Kontakte zum alteingesessenen hebräischen Dienstpersonal in Gat und Ekron aufgefrischt. Doeg war es gelungen, Spione in Asdod und Gaza anzuwerben. In dieser Woche trafen aus den vier Städten gleichlautende Meldungen ein: „Die Philister bereiten einen großen Feldzug gegen die Hebräer vor. Ihr Ziel ist die Jesreel-Ebene."

Unverzüglich rief Saul im ganzen Land seine Krieger zusammen.

Dann bereiteten der König, der Feldoberst und der Thronfolger die Verteidigung vor. Zwei Tage und zwei Nächte lang saßen sie im Thronsaal, schmiedeten Pläne, verwarfen sie wieder und entwickelten neue. Einen Krieg gegen alle philistäischen Fürstentümer gleichzeitig hatte es noch nie gegeben. Sie wussten, dass es sehr schwer werden würde, den Sieg davon zu tragen.

„Die Erfahrungen aus dem Krieg im Ela-Tal müssen wir voll nutzen", wiederholte der König immer wieder. „Eine günstige Ausgangsposition unseres Heeres am Steilhang hat damals wesentlich zum Durchhalten und zum Sieg beigetragen. Um wieder mit dem gleichem Vorteil kämpfen zu können, müssen wir unbedingt die Gilboaberge erreichen und besetzen, noch vor Ankunft der Philister."

Darüber herrschte Einigkeit.

Aber die besten Pläne würden nichts nützen, wenn die Einberufenen wegen der knappen Zeitspanne nicht pünktlich und in voller Stärke an den Sammelpunkten erschienen. Um das Volk aufzurütteln, um ihm die Wichtigkeit des Krieges vor Augen zu führen, kündigte der König öffentlich an, dass alle seine Söhne mit ihm in den Krieg ziehen würden. Die Leute verstanden diese Anspielung. Gäbe es eine Niederlage, würden die Hebräer keinen Thronfolger mehr nötig haben. Es ging um Sein oder Nichtsein des Königtums. Die Aufmarschplätze füllten sich schneller als erwartet.

Saul konnte wieder ruhiger schlafen.

◆ ◆ ◆

David ritt an der Spitze seines Heeres – seines Lehnsheeres – an Gat vorbei auf Afek zu. Im letzten unheilvollen Gespräch hatte der Fürst noch einmal von ihm verlangt, seine gesamten sechshundert Mann mitzubringen. Er hätte mit Achis, so überlegte er nun, aushandeln müssen, dass wenigstens einhundert Mann zur Verteidigung der Stadt zurück blieben. Aber er war so geschockt gewesen, dass er diese Tatsache übersehen hatte.

Es war ihm mit Hilfe von Kamaram gelungen, bei Akesch in Ekron Misstrauen gegen sich selbst zu säen. Er musste aber auch damit rechnen, dass die bei Akesch geweckten Bedenken auch bei Achis Argwohn erwecken konnten. Also musste er sich ihm gegenüber in allem, auch in Kleinigkeiten, korrekt verhalten. Darum hatte er, obwohl sich das Stadttor noch immer nicht schließen ließ, schweren Herzens nur zwei Dutzend Männer unter Abinadabs Führung zum Schutz von Ziklag zurückgelassen. Das Fehlen dieser kleinen Anzahl würde in Afek nicht auffallen.

Um Afek herum lagerten Tausende von Philistern. David schaute nach allen Seiten, suchte die Gater und seinen Fürsten. Als er dessen neues Rundzelt erblickte, das ein Nachbau des im Ela- Tal zurückgelassenen war, ließ er halten und ritt allein weiter. Sein Herz pochte rasend, es drohte ihm den Brustkorb zu sprengen. *Ich bin bestimmt knallrot im Gesicht,* dachte er.

In diesem Moment sah er Achis kommen. Der Fürst fuchtelte wild und aufgebracht mit den Händen in der Luft herum. „Die Fürsten haben wohl den Verstand verloren!", rief er. „Komm mit in mein Zelt, ich werde es dir erklären."

Im Inneren seiner prachtvollen Behausung setzte er seine Rede fort: „Schuld an allem ist Akesch, der Fürst von Ekron. Er hat kein Vertrauen zu dir. Das ist mir absolut unverständlich, er kennt dich doch gar nicht! Ich habe alles getan, um seine Zweifel auszuräumen und ihn umzustimmen. Vergeblich, es hat nichts genützt! Dem Starrkopf ist es zudem noch gelungen, die anderen Fürsten davon zu überzeugen, dass du ein Risiko darstellst und auf keinen Fall mit in die Jesreel-Ebene ziehen darfst. Die Leute haben keinerlei Menschenkenntnis." Im Zelt war es heiß. Achis wischte sich mit dem Ärmel verärgert den Schweiß von der Stirn. „Es ist mir unangenehm, dich wieder nach Hause schicken zu müssen, doch ich verspreche dir, nach unserer Rückkehr aus dem Krieg alles wieder gut zu machen."

*Kamaran hat also gehalten, was er versprochen hat,* dachte David. Am liebsten hätte er vor Freude laut geschrieen, hielt sich aber mit aller Gewalt im Zaum. Vor Anstrengung war sein Gesicht zu einer Grimasse verzerrt.

Achis schloss daraus, die Enttäuschung über den Ausschluss müsse David zutiefst verletzt haben. „Ich habe mich für deine Teilnahme an dem Rachefeldzug eingesetzt, so gut ich konnte", klagte er mit Bedauern in der Stimme und legte dem Hebräer entschuldigend die Hand auf die Schulter.

David hatte sich gefasst. „Dass die Fürsten mir ein solches Misstrauen entgegenbringen, trifft mich hart."

„Das kann ich gut verstehen. So etwas darf und wird sich nicht wiederholen", beteuerte der Fürst, als er seinen Lehnsmann zum Ausgang begleitete.

◆ ◆ ◆

Erleichtert kehrte David zu seinen Leuten zurück und gab bekannt, dass sie am geplanten Feldzug in der Jesreel-Ebene nicht teilnehmen und sofort den Rückmarsch antreten würden.

Die Zuhörer wunderten sich und fragten, warum sie dann den mühsamen Marsch von Ziklag nach Afek überhaupt hatten machen müssen.

David wollte sich auf nähere Erklärungen nicht einlassen und wiederholte ständig: „Der Fürst hat so entschieden."

Sie waren schon fünf Tage unterwegs, als am Horizont ihre Stadt auftauchte. „Ziklag", riefen viele freudig und beschleunigten ihre Schritte. Ziklag war bereits ihre Heimat geworden. Noch vor der Nacht wollten sie ihre Häuser erreichen, um endlich wieder bequem auf der eigenen Pritsche zu schlafen.

Mit dem Blick auf die Stadt dachte David an seine beiden Frauen. Sie hatten ihm in den letzten aufregenden Tagen gefehlt, er sehnte sich nach ihnen. *Dort, oben auf dem Hügel in meinem gemütlichen Haus, warten sie auf mich.* Er hatte ihnen vor dem Verlassen von Ziklag ausdrücklich versprochen, sich in keine Gefahr zu begeben, doch sie hatten ihm nicht geglaubt und waren mit Bangen zurückgeblieben. Wie groß würde die Wiedersehensfreude jetzt sein! Beim Gedanken an ihre Zärtlichkeiten wurde es ihm warm ums Herz.

Wieder waren sie einige hundert Schritte weiter gekommen, da erblickte David eine merkwürdig dunkle Wolke über der Stadt und ein Schrecken durchfuhr seine Glieder. *Rauchschwaden,* dachte er und trieb seinen Esel mit der Peitsche an. Das Tier rannte so schnell es konnte. Der Reiter hatte das Gefühl, er habe sich vom Esel gelöst und fliege über ihm schwebend der Stadt entgegen.

Indessen erhärtete sich der böse Verdacht. Der Rauch konnte keine andere Ursache haben als Feuer. *Hoffentlich ist es nicht mein Haus,* dachte David mit Sorge um Ahinoam und Abigail.

Er ritt durch das Stadttor, bemerkte aus den Augenwinkeln dicht an der Mauer drei schwelende Gebäude, beachtete sie aber nicht weiter. Es wunderte ihn, dass kein Mensch zu sehen war. Erschöpft begriff er nun, dass Ziklag während seiner Abwesenheit überfallen worden war. Auf den Straßen lagen aber keine Toten. Hatte eine Entführung stattgefunden?

Er sprang vom Esel und lief zu seinem Haus. „Ahinoam! Abigail", rief er.

Keine Antwort.

Er durchquerte alle Räume. „Ahinoam! Abigail!", rief er wieder.

Sie waren nicht da. Auch ihre Truhen, die neuen Möbel, die Geräte, die Kleidung, alles, einfach alles war weg.

Aufgewühlt verließ er das leere Gebäude und kehrte in den Innenhof zurück. Plötzlich sah er Kamelkot vor der Veranda liegen. Das war die Erklärung! Amalekiter. Die Amalekiter waren es gewesen. Ein Rachezug! Aber wie haben sie erfahren, dass ich es war, der sie damals überfallen ließ? Woher wussten sie, dass Ziklag unbewacht war? Dazu fiel ihm nichts ein. Jedenfalls hatten sie seine Abwesenheit genutzt, die Stadt ausgeraubt und die Leute entführt.

„Mein Gott, mein Gott", jammerte David leise vor sich hin. „Wo mögen Ahinoam, Abigail und Abinadab jetzt nur sein?"

Alles andere als diese Frage war in den Hintergrund getreten.

Inzwischen strömten die entsetzten Krieger in den Innenhof seines Hauses und umgaben ihren Anführer aufgebracht. Der Hof war voll von müden, hungrigen, armseligen Leuten, denen man die letzten Habseligkeiten geraubt hatte. Manche vermissten ihre guten Freunde. Mit Wut im Bauch standen sie da - ohnmächtig und ratlos zugleich.

Der Mensch verträgt ein Unglück leichter, wenn es einen Schuldigen gibt, und der war schnell gefunden.

„David hat mit uns eine unnötige Reise nach Afek und zurück gemacht", grollten einige. „Warum bloß? Hätte er nicht früher klären können, ob seine Anwesenheit dort nötig oder unerwünscht war?"

„Die Stadt hat er ohne ausreichende Verteidigung zurückgelassen", murrten andere. „Ein unverzeihlicher Fehler!"

Ihr mühsam angehäuftes kleines Vermögen hatte er leichtsinnig aufs Spiel gesetzt. Darüber waren sich alle einig. In ihren Augen loderten Wut und Groll.

Ein Scharfmacher heizte die Stimmung an. „So einen Anführer brauchen wir nicht! Nein, wirklich nicht!"

Andere schlossen sich an: „Nein, nein, nein!"

„Er ist schuld an allem! Steinigt ihn!", rief plötzlich jemand aus der hintersten Reihe, die Stimme voller Hass.

„Steinigt ihn!", kreischte nun auch ein anderer.

„Steinigt ihn!", riefen auf einmal viele.

David hatte seinen eigenen Schmerz noch nicht überwunden, als der Lärm ihn erreichte. Was schrien die Männer da? *Ich höre wohl nicht recht,* dachte er. Kalt lief es ihm den Rücken runter. *Unglaublich! Meine mir bislang stets treu ergebenen Leute wollen mich zum Sündenbock machen? Sie wollen mich steinigen?* Er war eher überrascht als entsetzt.

„Seid ihr alle verrückt geworden?", brüllte Ikabod und sprang beherzt vor seinen Oberhauptmann, um ihn zu schützen. Schon flogen die ersten Steine. Sie sausten an David vorbei und knallten gegen die Wand. „Aufhören", schrie Ikabod den Steinwerfern zu.

Joab fasste David am Arm. „Du musst zu den Leuten sprechen! Sofort, bevor es einen Aufstand gibt."

David war es, als erwachte er aus einem bösen Traum. „Männer", rief er laut. Das war sein erstes Wort. Ein einziges Wort.

Die Leute kannten die befehlende Stimme gut, oft hatten sie sich ihr bedingungslos unterworfen. Sie verfehlte ihre Wirkung auch diesmal nicht. Im Hof wurde es sofort ruhig, ganz still. Nicht einmal das Scharren von Sandalen war zu hören. „Männer, das hier waren die amalekitischen Schurken. Sie haben unsere Stadt geplündert. Sie haben die Wache, die wir zurückgelassen haben, und die Frauen entführt. Sie haben die Wertsachen und unsere Viehherden geraubt. Es gibt keine Toten, also müssen wir davon ausgehen, dass die Verschleppten noch leben." Seine Stimme klang fest und entschlossen. Die Zuhörer schienen seinen Worten zu glauben. Daher fuhr er fort: „Kurzfristig droht ihnen keine Gefahr. Wenn die Amalekiter Menschen rauben, dann nur, um sie auf dem ägyptischen Markt als Sklaven feil zu bieten. Vor dem Verkauf behandeln sie sie gut, um einen höheren Preis zu erzielen. Aber bevor sie Ägypten erreichen, holen wir sie uns zurück. Alles andere natürlich auch, unsere Herden, all unseren Besitz. Ich breche sofort auf. Wer hat noch Kraft, mir zu folgen?"

Es war der Aufruf des Mannes, der sie bisher aus allen Schwierigkeiten herausgeholt hatte. Die ratlose Menge schien unbewusst einen solchen Appell erwartet zu haben. Ihr Gefühl der Hilflosigkeit wurde in neue Bahnen gelenkt. Ein Hoffnungsschimmer, alles Verlorene wiederzugewinnen, richtete sie auf.

„Wer kommt mit?", fragte David noch einmal mit deutlicher Entschlossenheit.

„Ich! Ich! Ich!", brüllten die Stimmen durcheinander.

Die Menge wandte sich voller Kampfesmut dem Tor zu. Auch die verwirrten Scharfmacher schlossen sich ihnen an, als hätte es überhaupt keinen Aufruhr gegeben.

Seit den ersten gegen ihn geschleuderten Steinen war David angespannt gewesen und hatte seine ganze Aufmerksamkeit darauf gerichtet, die Rebellen zu beschwichtigen. Jetzt stellte er sich die Frage, was er mit den Unruhestiftern anfangen sollte. *Am besten gar nichts. Tun, als ob nichts geschehen wäre.* Aber in Zukunft wollte er besser aufpassen. Der Vorfall hatte ihn gelehrt, dass die Beliebtheit eines Anführers schnell ins Gegenteil umschlagen konnte, wenn er einen Fehler beging.

◆ ◆ ◆

Nach fünftägiger Verfolgung erreichte David mit seinen Leuten den Bach Besor. Dort teilte sich die Fährte, die sie verfolgt hatten. Kotspuren der großen Schaf- und Ziegenherden bogen nach links ab, während die kaum erkennbaren Spuren weniger Kamele nach rechts führten, also wie vermutet in Richtung Ägypten.

David hatte eine Ruhepause angeordnet. Alle legten sich auf die Erde, wo sie gerade standen. Der lange mehrtägige Marsch hatte an ihren Kräften gezehrt. Sie lagen da wie tot. Ein Teil der Männer war auch am frühen Morgen noch so erschöpft, dass sie sich kaum auf den Beinen halten konnten und zum sofortigen Weitermarsch nicht mehr fähig waren. Darum entschied David, dass die Geschwächten unter Sammas Führung am Bach Besor ein Zwischenlager aufschlagen und einen Tag lang Kräfte sammeln sollten. Sie erhielten ihre eigene Aufgabe. Wenn sie ausgeruht wären, sollten sie den Amalekitern mit den Herden folgen, sie einholen, ins Zwischenlager zurückbringen und hier auf die Rückkehr der Hauptmacht mit David warten.

David selbst verfolgte die nach Ägypten führende Fährte. Sie führte durch eine karge Steinwüste. Gegen Mittag kam ein starker Wind auf und fegte die wenigen noch vorhandenen Spuren einfach weg. Nun war guter Rat teuer, denn mehrere Pfade führten ins Land der Pharaonen. Welchen von ihnen hatten die Diebe wohl genommen?

In der Nähe hatte Eleasar einen halbverdursteten Ägypter aufgelesen, der, wie er selbst berichtete, Sklave bei den Amalekitern gewesen war. Er hatte nicht mehr weiterlaufen können, weil ihn die Kräfte verlassen hatten. Kurzerhand, ohne sich im Geringsten um sein Schicksal zu kümmern, hatte ihn sein Herr wie einen lästigen Stein in der Wüste liegen lassen, denn ein kranker Sklave war ein unnützer Sklave. Nicht einmal einen Wasserschlauch hatte man ihm gelassen, stattdessen sollte er allein zusehen, wie er am Leben bliebe.

Eleasar reichte ihm seine Wasserflasche. Er trank, verschluckte sich, hustete und leerte sie dann bis auf den Grund. Seine Augen begannen zu lodern. Wütend, mit hässlichen Worten beschimpfte er seinen herzlosen Herrn. Sein Zorn galt allen Amalekitern, weil keiner von ihnen ihm Hilfe geleistet hatte. Auf Davids Frage verriet der Ägypter - sein Name war Neferubens - sogleich das Versteck, in dem sich die Amalekiter mit den geraubten Frauen, den gefangenen Kriegern und der Beute erst einmal verbergen wollten. „Es ist ein Kessel inmitten eines Berges, den ich gut kenne."

„Kannst du uns dorthin führen?", wollte David wissen.

„Mit dem größtem Vergnügen", fauchte Neferubens.

„Kannst du mir den Kessel auch näher beschreiben?"

„Es ist ein Naturwunder, ein hohler Berg."

David schaute Neferubens verwundert an.

„Hohl ist vielleicht nicht der richtige Ausdruck. Es ist ein alleinstehender Felskegel mit einem Trichter in der Mitte. Dort werden die Amalekiter vor dem Weitermarsch nach Ägypten eine mehrtägige Ruhepause einlegen."

David glaubte dem Mann und ließ ihn auf einen Esel setzen.

Der geschwächte Ägypter hielt sich krampfhaft mit letzter Kraft an der Mähne des Tieres fest. Sprechen konnte er aber noch ganz gut.

„Warst du bei dem Überfall auf Ziklag dabei?", fragte ihn der Oberhauptmann.

Der unglückliche Reiter begann zu erzählen: „Die Amalekiter sind in der Nacht durch das offene Tor in die Stadt eingedrungen und haben die wenigen hebräischen Wachmänner nach kurzem Kampf überwältigt. Es waren ja nur sechs Posten da. Die Angreifer waren darauf bedacht, sie lebend gefangen zu nehmen und nicht zu töten. Sie wollen sie ja später auf dem Sklavenmarkt verkaufen."

„Ein Glück", entfuhr es David.

Neferubens setzte seinen Bericht fort: „Der Rest der Bevölkerung wurde im Schlaf überrascht und gefesselt. Die Amalekiter hatten leichtes Spiel."

David zitterten die Hände, er war außer sich. „Sag, was ist mit den Hebräern geschehen?"

„Nichts. Die Männer wurden mit einem Seil aneinander gebunden, dessen Ende am Sattel eines Leitkamels fest gemacht wurde."

„Und die Frauen?"

„Die schrien entsetzlich. Man hat ihnen Tücher um die Köpfe gewickelt und sie zwischen den Hausrat auf Kamele verfrachtet."

David spürte einen Stich im Herzen, rang die Hände und rief: „Das werden sie mir büßen!" Er beherrschte sich dann aber und fuhr fort: „Neferubens, du weißt, dass ich dir vertraue. Solltest du uns aber in die Irre führen, kostet es dein Leben. Hilfst du uns aber bei der Befreiung der Gefangenen, kannst du als freier Mann reich beschenkt nach Hause gehen."

Dieses Versprechen schien dem Ägypter zu gefallen, denn er grinste zufrieden.

Am nächsten Tag fühlte er sich stark genug, wieder zu Fuß laufen zu können. Nachmittags erblickten sie einen hohen kegelartigen Felsen. „Das ist er", rief Neferubens mit ausgestreckter Hand. „Auf der Rückseite gibt es eine unauffällige, kaum wahrnehmbare, enge Schlucht. Ein Wagen kommt nur mit Mühe hindurch. Sie führt direkt in den Kessel, in das Versteck der Amalekiter. Aber Vorsicht, am Eingang stehen immer starke Posten."

„Ikabod wird sich mit seinen Leuten heranschleichen und die Wache lautlos beseitigen." David sah darin keine große Schwierigkeit. „Ist nicht unbedingt nötig", erwiderte der Ägypter verschmitzt. „Wir können sie unbehelligt lassen, denn es gibt einen Schleichweg über den Berghang, den man nur zu Fuß erreichen kann. Er beginnt auf der Nordseite. Ich kann euch führen." Er ballte die Fäuste und fügte hinzu: „Auf die Stunde der Rache warte ich schon ungeduldig und möchte gern dabei sein, wenn ihr ihnen die Kehlen durchschneidet."

*Neferubens geht es nur um Rache,* überlegte David, *mir aber vor allem darum, die entführten Frauen und Männer lebend und unversehrt herauszuholen.* Diesen Unterschied musste er dem Ägypter klar machen. „Unsere Überrumpelung darf die Gefangenen unter keinen Umständen gefährden. Wir dürfen den Amalekitern beim Angriff keine Möglichkeit geben, sich hinter den Gefangenen zu verschanzen oder sie irgendwie als Geiseln zu benutzen."

„Ich war einmal Hauptmann in der Armee des Pharaos", sagte der Ägypter stolz. „Ich weiß, wie man Befreiungsschläge führt. Drinnen im Kessel gibt es nur eine einzige große Höhle. Dort werden die Amalekiter die Gefangenen einsperren - zur Bewachung reichen ihnen dabei zwei Posten aus - und dann schlafen gehen. Das ist die richtige Zeit für einen Überfall, sie sollte man nutzen."

David musste warten, bis es dunkel wurde, dann erst konnte er sich mit seinen Leuten dem Felsen nähern. Der Angriff sollte kurz nach Mitternacht beginnen. Eine lautlose Menschenschlange kroch von Norden den Berg hinauf und verteilte sich leise am oberen Rand des Trichters. Der schräg am Himmel stehende Halbmond ermöglichte einen Blick in den Kessel.

„Die Gefangenen sind also, wie ich richtig angenommen habe, in der Höhle", jubelte der Ägypter. „Das beweisen die vier Posten vor dem Eingang. Vier - mehr als ich dachte." Mit ausgestreckter Hand zeigte er auf sie.

„Und wie kommen wir am besten runter?", wollte David wissen.

Neferubens kannte mehrere Stellen, wo man hinab schleichen konnte. Der Oberhauptmann war nervös, schon zum zweiten Mal überprüfte er, ob er die richtigen Schleudersteine in der Tasche hatte. Dass er die Amalekiter besiegen würde, stand außer Frage, aber es ging um die Unversehrtheit der Gefangenen. Geiseln als Schutzschild war das Schlimmste, was er befürchtete. Dazu durfte es auf keinen Fall kommen.

Auf drei Pfaden stiegen die Hebräer in den trichterförmigen Kessel hinab, lautlos wie Geister. Zwei Gruppen sollten zu den Schlafenden vorrücken und warten. David selbst schlich mit Ikabod und zwei Dutzend erprobter Männer auf die Höhle zu. Seine ganze Aufmerksamkeit richtete er auf die vier Wachmänner vor dem Eingang, die lässig zusammen saßen und sich im Flüsterton unterhielten.

Er winkte Kolaja und fünf weitere gute Schleuderschützen zu sich heran. „Je zwei Mann zielen auf einen Posten. Teilt sie unter euch auf. Ich nehme den rechts außen für mich, das scheint der Anführer der Wache zu sein."

Die Schleuderer suchten sich ihre Opfer aus. Dann schossen sie, gleichzeitig mit David. Alle vier Wachmänner kippten sofort getroffen um, einer stöhnte. Die Schüsse wurden sicherheitshalber wiederholt. Wieder waren es dumpfe Treffer.

David ließ einen Mann den Schrei eines Kamels nachahmen. Das war das Zeichen für die wartenden Krieger, die sich jetzt auf die schlafenden Feinde stürzten und sie in die Zange nahmen. Die Hebräer waren besser bewaffnet, besser ausgebildet und in großer Überzahl.

Einer von den Angreifern rief: „Verfluchte Diebe!", dann begann ein rücksichtsloses Gemetzel.

Der Kampf war schnell beendet. David betrat aufgeregt das finstere Loch. Deutlich erkannte er die Stimmen seiner Frauen, die der Kampflärm geweckt hatte und die jetzt aus der Tiefe um Hilfe riefen. Schnell hatte er sie gefunden. Zuerst nahm er Ahinoam auf die Arme, küsste sie, trug sie hinaus und kehrte sogleich zurück, um Abigail zu holen.

Beide Frauen weinten vor Freude, als er ihre Fesseln durchtrennte. Sie klammerten sich wie Kletten von beiden Seiten an David, als wollten sie ihn nie wieder loslassen. Hastig schilderten sie ihm durcheinander redend die Ereignisse der letzten Tage, während er sie fest in den Armen hielt und abwechselnd küsste.

Ikabod hatte inzwischen eine Fackel gefunden und Abinadab und die anderen Gefangenen befreit. Der Ägypter hatte unter den Leichen seinen ehemaligen Herrn entdeckt und ihm ins Gesicht gespuckt. Die Rechnung war beglichen. Als es hell wurde, suchten die Hebräer die in Ziklag geraubten Gegenstände und wurden rasch fündig. Nichts fehlte.

Als David ins Zwischenlager zurückkehrte, wartete Samma schon auf ihn. Auch er hatte seine Aufgabe erfüllt, hatte die gestohlene Herde eingeholt und eingefangen. Im Lager herrschte große Freude. Schwächliche Schafe und Ziegen wurden geschlachtet und über Feuern gebraten. Die Männer rühmten die Klugheit ihres Anführers und schämten sich im Stillen über den in Ziklag verursachten Aufruhr. David hatte wieder ihr volles Vertrauen.

## 18

König Saul war wie geplant vor den Philistern in den Gilboabergen eingetroffen. Noch vor Sonnenuntergang wurde das Heer am Westhang, der an die Jesreel-Ebene grenzte, stationiert.

Kaum hatte es die Lagerplätze bezogen, als man von Westen her Lärm vernahm. Dann legte sich die Nacht über das Gelände, und alle warteten voller Spannung.

Bei Tagesanbruch schaute der König ins Tal hinab und erschrak zu Tode. So viele Soldaten auf einmal hatte er noch nie gesehen. Einige riesige Menschenmenge, Tausende, Abertausende von Fußsoldaten, dazwischen fünf große Abteilungen mit Kampfwagen. Philister, so weit das Auge reichte, nichts als Philister. Etwa dreimal so viele wie im Ela-Tal. Sein eigenes Heer dagegen war kaum größer als damals. Plötzlich wusste Saul, dass er diesen Krieg gegen die unten angetretene Übermacht niemals gewinnen konnte, wenn nicht ein Wunder geschah. Es wurde ihm schwarz vor Augen, er zitterte am ganzen Körper.

Ein Wunder? An diese Hoffnung klammerte er sich in seiner Ausweglosigkeit. Wer konnte helfen? Samuel fiel ihm ein, aber der war vor einem halben Jahr verstorben. In den letzten Jahren hatten sie sich nicht mehr verstanden, aber früher, gleich nach seiner Salbung zum König, hatten sie Hand in Hand das Königreich verteidigt. Samuel war ein kluger Kopf gewesen und er, nur er, der Gottesmann, hätte ihm einen weisen Rat erteilen, ihm sagen können, was in der ausweglosen Lage zu tun wäre. Aber Samuel war tot. *Und sein Geist?*, fragte er sich. Viele Menschen glaubten, der Geist der Toten lebe weiter ... An diesen Gedanken klammerte Saul sich jetzt. *Samuels Geist muss noch leben. Ich muss ihn befragen. Sofort!*

Die Kriegsvorbereitungen überließ er Abner und Jonathan. Er selbst verkleidete sich, um nicht als König erkannt zu werden, und reiste in aller Eile nach Endor, wo eine bekannte Totenbeschwörerin lebte.

Die meisten Totenbeschwörer waren Betrüger, Bauchredner, die Gespräche mit Toten vortäuschen konnten, das wusste er. Aber die Frau aus Endor galt als zuverlässig.

Dort angekommen, betrat er angespannt die Hütte der Zauberin. Sie erkannte in ihm nicht den König der Hebräer, daher musste er ihr - wie alle Bittsteller - feierlich Verschwiegenheit geloben. Dann fragte sie ihn ganz unbeteiligt, den Geist welches Toten er zu sprechen verlangte.

Als der Fremde den Propheten Samuel nannte, schaute sie den Besucher eindringlich an. Nun wusste sie, dass der König persönlich vor ihr stand.

Schweigend warf sie trockenes Gestrüpp auf den Lehmfußboden und entzündete es. Kleine Feuerzungen spielten zwischen den knisternden Ästen. Der König hielt den Atem an, während die Zauberin die Fenster verhängte und mit einem knarrenden Riegel die Tür verschloss. Dann griff sie zu einem Beutel und schüttete gelbes Pulver ins Feuer. Funken sprühten, und ein gelber Rauch erfüllte den Raum.

*Wie farbiger Nebel,* dachte der König in stummer Erwartung. Sein Glaube, gleich mit Samuel sprechen zu können, wuchs. Er konnte es kaum erwarten.

Die Frau flüsterte jetzt unverständliche Formeln und hob die Arme beschwörend über den Kopf. Saul war überzeugt, im Nebel Umrisse einer weißen Gestalt zu erkennen. Seine Augen weiteten sich. „Wen siehst du heraufsteigen?“, fragte er mit zitternder Stimme die Beschwörerin. Hoffnung mischte sich mit Angst.

„Ein alter Mann kommt im Priestergewand!“, sagte die Zauberin leise.

„Samuel!“, rief der König erregt und sank auf die Knie. „Samuel, ich danke dir, dass du gekommen bist.“

„Warum störst du mich?“, hauchte der für Saul kaum sichtbare Geist.

Demütig antwortete der König: „Ich fürchte die Übermacht der Philister, die unser hebräisches Heer bedroht.“ Seine Schultern sanken noch tiefer herab. „Was soll ich tun?“

Einige Augenblicke vernahm er nur das Knistern des Feuers, dann wieder die leise Stimme. „Nichts. Deine Zeit ist abgelaufen. Morgen wirst du mit deinen drei Söhnen bei mir im Schattenreich sein.“

Saul meinte, nicht richtig verstanden zu haben. Er hörte noch genauer hin.

Die Stimme fuhr fort: „Jahwe hat dich verworfen und wird dein Königreich auf David übertragen.“

Saul war wie vor den Kopf gestoßen, seufzte herzzerreißend und fiel in seiner ganzen Länge zu Boden.

Die Totenbeschwörerin schlug die Hände über dem Kopf zusammen und rief: „Der Geist! Er ist entschwunden.“

Der König verlor das Bewusstsein.

◆ ◆ ◆

Als Saul am nächsten Tag in sein Lager in die Gilboaberge zurückkehrte, war er ein geistig und körperlich gebrochener Mann.

Mit Entsetzen bemerkte er, dass während seiner Abwesenheit das Heer den Hang verlassen hatte. Kalter Schweiß brach ihm aus allen Poren. Er hatte doch befohlen, die erfolgreiche Taktik aus dem Ela-Tal zu wiederholen und sich unter keinen Umständen in die Ebene hinauszuwagen, wo es doch für sie bei einem Zusammenstoß mit den Kampfwagen und den hervorragend organisierten Phalanxen der Philister keine Überlebensmöglichkeit gäbe.

Der König starrte ins Tal. *Warum haben die sich hinunter begeben? Warum?* Stand etwa Samuels Geist dahinter, der ihm und seinen drei Söhnen den Tod vorausgesagt hatte?

In dem Augenblick kam ein verwundeter, blutüberströmter Hauptmann den Berg hinaufgekeucht und meldete: „König Saul, die Feinde haben einen Scheinangriff und dann einen chaotischen Rückzug vorgetäuscht. Prinz Jonathan glaubte, es sei eine besonders günstige Gelegenheit für einen Gegenangriff, und trieb an der Spitze einiger Hundertschaften einen tiefen Keil in die Reihen der Philister. Aber das hatten die Gegner offensichtlich erwartet. Von zwei Seiten griffen sie an und schnitten dem Prinzen den Rückweg ab. Ihm drohte die Einkesselung, und das wäre sein sicherer Tod gewesen. Darum eilte ihm Feldoberst Abner mit seinen Truppen zu Hilfe. Anfangs gelang es ihm noch, Jonathan den Rücken frei zu halten. Aber dann saßen beide in der Falle. Das Ergebnis siehst du selbst." Der Hauptmann zeigte mit der Hand ins Tal und senkte die Augen.

Der König fasste sich an den Kopf, raufte sich die Haare und stöhnte verzweifelt: „Der Krieg ist verloren."

„Ja, der Krieg ist verloren", wiederholte der Hauptmann wie ein Echo.

Saul nickte. Die Umstehenden erkannten, dass er die Hoffnung auf einen Sieg aufgegeben hatte. Eine Weile verharrte er regungslos, dann straffte er sich, es war, als wären ihm alle Kräfte zurückgekehrt. Ohne Hast ließ er sich seine königlichen Hoheitszeichen - den Kopfreif und die Armspange - reichen, sprach ein Stoßgebet zu seinem Gott und ritt mit gezücktem Schwert auf seinem Esel davon, in der Hoffnung, aus den in der Ebene führungslos herumirrenden Männern eine kampffähige Mannschaft zu bilden und wenigstens seinem Lieblingssohn eine Fluchtschneise zu schlagen.

Einer seiner Söhne sollte nach Samuels Worten überleben. Er wünschte aus tiefstem Herzen, es möge Jonathan sein. Er war bereit, sein eigenes Leben zu geben, wenn nur das seine gerettet würde ...

Teil III.

# Der Glanz der Krone

# 1

Bei David in Ziklag erschien ein Bote aus Gat. Er brachte folgende Nachricht: „Die Hebräer wurden an den Hängen des Gilboagebirges vernichtend geschlagen. Nur ein kleiner Teil konnte entfliehen. König Saul hat sich in sein Schwert gestürzt und auf diese Weise Selbstmord verübt. Auch seine Söhne Jonathan, Jischwi und Malchisua sind gefallen. Das hebräische Land westlich von Jordan und Salzmeer wird ab sofort unter philistäische Verwaltung gestellt."

Mit so einer Entwicklung hätte David rechnen müssen. Trotzdem war er wie benommen. Allein begab er sich in den Beratungsraum, setzte sich auf den Boden, lehnte sich mit dem Rücken gegen die Wand und schaute durch ein Fenster in den Himmel, der schon seit langem nicht mehr so herrlich blau und schön gewesen war.

Gerade hatte er erfahren, dass König Saul und der Thronfolger im Krieg gefallen war. *Der Thron ist verwaist,* murmelte er mit leuchtenden Augen. Er blickte erneut in den blauen Himmel und überlegte. Die Zeit, auf die er gewartet hatte, *seine* Zeit, war gekommen.

*Was soll ich jetzt tun?*

Auf diese Frage hatte er noch keine Antwort, wusste aber sofort, was er *nicht* tun durfte, nämlich nach Gibea reisen und sich dort zum König ausrufen lassen. Das wäre nicht nur aussichtslos, sondern auch dumm, denn er würde sich damit sofort die Philister zu Feinden machen.

So einfach ging es eben nicht. Aber wie dann? Eine große, für die Philister undurchschaubare Intrige musste eingefädelt werden. Mit dem teuren Elfenbeinrelief hatte er sich die Gunst, ja, die Zuneigung Achis' erkauft, die galt es jetzt zu nutzen. Erste Schritte auf dem Weg zur eigenen Königsherrschaft waren nur in Gebieten möglich, die diesem Fürsten unterstanden. Solange David nicht wusste, welche das sein würden, hatten weitere Überlegungen zu diesem Thema vorerst keinen Sinn. So schnell wie möglich wollte er nach Gat reisen, um sich Klarheit zu verschaffen.

*Übermorgen werde ich aufbrechen.*

Immer wieder blickte er in den blauen Himmel. Seine Gedanken wanderten in die Vergangenheit. Jonathan hatte ihm bei seinem Aufstieg geholfen, ohne ihn wäre er nie Prinz geworden. David hatte seinen Freund wirklich gemocht, aber die Umstände waren leider so, dass er sich ihm gegenüber nicht ehrlich verhalten konnte. Das war eine Schuld, sie belastete ihn. Konnte er noch etwas für Jonathan tun? Er beschloss, seiner in einer schönen Totenklage zu gedenken.

Und Saul? Es gab Zeiten, wo er ihn tief gehasst hatte. Im Grunde genommen aber war Saul auch nur ein armer Mann, der ewig in Angst lebte, von seinem Thron gestürzt zu werden. *Ich hätte mich einem Konkurrenten gegenüber auch nicht anders verhalten.*

Bei dieser Überlegung verflog der Rest seines Zorns. Jetzt wollte er selbst König werden, und da war es für ihn besser, gut über Saul zu reden. Sauls Anhänger - und davon gab es viele im Lande - durfte er sich nicht zu Gegnern machen. Das wäre ein Fehler.

◆ ◆ ◆

Der Inhalt der Meldung aus Gat war zu den Mannschaften durchgesickert. Im Grunde war sie für das kleine Heer doch günstig. Darum waren die Krieger überrascht, dass David statt eines Freudenfestes eine Totenfeier veranstaltete. Zuerst zerriss er seine Kleider und streute sich Asche aufs Haupt, dann griff er zur Harfe, ließ die Finger über die Saiten gleiten und begann zu singen, ein neues Lied, das sie noch nie gehört hatten.

*„Hebräisches Königreich, dein Stolz*
*liegt erschlagen auf deinen Höhen.*
*Ach, die Helden sind gefallen!*
*Das alte Königtum ist untergegangen. Oh weh.*

*Ihr Berge in Gilboa,*
*kein Tau und kein Regen falle auf euch,*
*denn dort sind die Helden gefallen,*
*Saul und Jonathan, die Geliebten und Teuren.*

*Weh ist mir um dich, mein Bruder Jonathan,*
*Du warst mir so lieb.*
*Wunderbarer war deine Liebe für mich*
*als die Liebe der Frauen.“*

Mit Staunen hörten die Männer zu und wunderten sich. Was hat er gesagt? „Saul und Jonathan, die Geliebten und Teuren“? Bisher war Saul doch immer nur der böse Verfolger gewesen, vor dem man fliehen musste. Aus dem Gehassten war nun plötzlich ein geliebter und teurer König geworden? Warum das denn? Etwa, weil er tot war? Sie konnten es nicht begreifen. Mehr noch verwunderten sie aber die Worte, die sich auf Jonathan selbst bezogen.

*„Weh ist mir um dich, mein Bruder Jonathan,*
*Du warst mir so lieb.*
*Wunderbarer war deine Liebe für mich*
*als die Liebe der Frauen.“*

Was sollten diese Worte denn nun wieder bedeuten? Sie wagten nicht, eine Erklärung zu suchen. Wenn es das bedeutete … Aber nein, das wäre doch Sünde, eine schreckliche Übertretung des mosaischen Gesetzes. Sie schüttelten die Köpfe.

Die kurze Totenklage war beendet. Mit Tränen in den Augen

erhob sich David und ging in den zerrissenen Kleidern, gleich einem vom Leid gebeugten Menschen, zurück in sein Haus.

Die meisten der Versammelten waren verwirrt. Sie hatten geglaubt, ihr Oberhauptmann würde ihnen hochfliegende Pläne unterbreiten, stattdessen hatte es nur diese unverständliche Totenklage für Saul und Jonathan gegeben.

Wäre es nicht ihr hochgeschätzter David gewesen, hätten sie die ganze Sache für ein Missverständnis gehalten.

◆ ◆ ◆

Am nächsten Morgen erschien ein Fremder vor dem Stadttor Ziklags und fragte gleich nach dem Hause des Oberhauptmanns David. Der bewaffnete Mann erregte großes Aufsehen, denn er war ein Amalekiter, also ein Angehöriger des Volkes, das David zweimal überfallen hatte.

Zwischen den Amalekitern und den Bewohnern Ziklags herrschte noch immer eine Art Kriegszustand. Da war es schon verwunderlich, dass einer von ihnen so ohne weiteres in die Stadt kam und nach David fragte. Höchst verwunderlich sogar. Der Mann hatte ein verwegenes, schlaues Gesicht und trug ein kleines Bündel bei sich. Als er es vor dem Oberhauptmann aufknotete, kamen ein Goldreif und eine Armspange zum Vorschein.

David erkannte die Dinge sofort: Es waren Sauls königliche Hoheitszeichen, die der Fremde ihm da vor die Füße legte.

Die Nachricht von der Ankunft eines Amalekiters verbreitete sich wie ein Lauffeuer in der Stadt. Als Samma, Joab und Ikabod davon erfuhren, hasteten sie in das Haus ihres Anführers.

Der Amalekiter erstattete gerade Bericht: „Der König, von einem Pfeil durchbohrt, war von seinen Leuten abgeschnitten. Nur mit großer Mühe konnte er sich noch aufrecht halten. Eine philistäische Phalanx rückte auf ihn zu, als ich in seine Nähe kam. Er war zu schwach, um zu fliehen und bat mich, ihn zu töten. Es sollte rasch geschehen, bevor noch der Feind käme und ihn verspotten und schänden würde. Ich hatte noch Hemmungen, als er aber seinen Wunsch unmissverständlich wiederholte, da tat ich, was er von mir erbeten hatte. Hier, mein Herr, bringe ich dir seinen Reif und seine Spange." Der Amalekiter schaute selbstbewusst und erwartungsvoll auf David.

„Du sagst, du hättest den König getötet?" Die Frage war kurz.

„Ja, Herr." Die Antwort fiel noch kürzer aus.

David runzelte die Stirn und völlig unerwartet erging sein Urteil: „Nehmt ihn fest, er ist des Todes. Er soll hingerichtet werden!"

Joab und Ikabod ergriffen den Amalekiter - ohne auch nur einen Gedanken an die Rechtmäßigkeit dieses Urteils zu verlieren -, so dass er nicht entfliehen konnte.

„Er hat den Gesalbten des Herrn getötet", fügte David gleichsam als Urteilsbegründung hinzu. Der Mann, der wahrscheinlich noch nicht begriffen hatte, dass er dem Tode entgegenging, wurde abgeführt.

Samma starrte seinen Bruder entsetzt an. „Ein Amalekiter auf dem Schlachtfeld! Was hatte er dort zu suchen? Ausgerechnet dir bringt er die königlichen Hoheitszeichen! Ausgerechnet dir? Warum? Das ist doch alles seltsam. Und du fragst ihn noch nicht einmal danach! Hast du vielleicht befürchtet, er könnte etwas verraten, was wir nicht hören sollten?"

Das war eine dreiste Frage. Die Umstehenden verstummten und blickten neugierig auf den Oberhauptmann.

David wurde zornig und fauchte seinen Bruder an: „Der Verdacht, dass ich mit einem Amalekiter gemeinsame Sache machen könnte, ist völlig abwegig. Dein Argwohn ist beleidigend. Warum sich der Amalekiter in den Gilboabergen befand, das weiß ich auch nicht. Aber wenn er schon im Besitz der goldenen Gegenstände ist, dann will er sie auch jemandem anbieten, für den sie einen besonderen Wert haben. Denk mal nach, wer könnte da wohl in Frage kommen?"

Der gescholtene Samma fuhr zusammen. „Ja, du hast Recht", erwiderte er kleinlaut und senkte den Kopf.

David fuhr fort: „Jetzt will ich dir auch erklären, warum der Amalekiter sterben muss. Alle im Lande werden nach diesem Urteil zur Kenntnis nehmen, dass ein Königsmord sofort und ohne Wenn und Aber mit dem Tode bestraft wird. Es war also notwendig, sonst hätte ein neuer hebräischer König keine ruhige Nacht mehr und müsste ständig in Angst vor einem Anschlag leben."

◆ ◆ ◆

Tags darauf war David wie geplant nach Gat gereist und hatte den Fürsten um eine Aussprache gebeten.

Achis empfing ihn überaus höflich. *Sicher plagt ihn sein Unrechtsempfinden nach meiner Zurückweisung in Afek,* überlegte David. *Er fühlt sich schuldig, dass er mich mit sechshundert Mann unnötig ins weit entfernte Sammellager beordert und sein Versprechen über große Beute nicht eingehalten hat.* Die Gelegenheit war also günstig, er beschloss sie zu nutzen und lenkte das Gespräch sofort auf die in Ziklag verkündete Siegesmeldung und dann gezielt auf die Verwaltungsschwierigkeiten, die die vorgesehene Besetzung des neu eroberten Landes nach sich ziehen musste. „Die Hebräer haben in der Königszeit die Freiheit lieben gelernt und werden sich gegen die Besatzer widerspenstig verhalten. Einfache Wachen wie zuvor werden nicht ausreichen, um sie im Zaum zu halten."

„Da hast du Recht", entgegnete Achis. „Die Errichtung von neuen Gebäuden, der Unterhalt starker Wachen, das alles wird Kosten verursachen. Doch die künftigen Einnahmen werden diese wieder mit Gewinn wettmachen, meinen die Fürsten der vier Städte. Davon sind sie felsenfest überzeugt."

David näherte sich seinem Ziel mit Bedacht. Seine wachsende Erregung versuchte er zu unterdrücken. „Und was genau soll mit dem Gebiet Juda geschehen, das sowohl an dein Fürstentum als auch an Ziklag grenzt?"

Achis schaute auf. „Ja, dieses gebirgige, teils öde, aber große Gebiet ist mir zugeschlagen worden. Ich hatte aber noch keine Zeit, über die beste Verwaltungsform nachzudenken. Du kommst aus diesem Land, kennst es also besser als meine Berater. Gut, dass du dieses Thema ansprichst. Vielleicht hast du einen Vorschlag. Er würde mich interessieren."

David trat Schweiß auf die Stirn. Er zögerte nur einen Augenblick und riskierte dann eine anmaßende Bemerkung: „Wenn ich

Juda als Lehen verwalten könnte, entstünden dir, Fürst, keine zusätzlichen Kosten, und beträchtliche regelmäßige Einnahmen hättest du auch."

Schweigen.

Der Fürst stützte den Kopf in die Hand und verharrte eine Weile regungslos in dieser Stellung.

*Wie konnte ich nur so leichtfertig sein,* dachte David erschrocken. *So kaltschnäuzig hätte ich meinen Antrag niemals vorbringen dürfen.* Besorgt schielte er zu Achis hinüber, der immer noch schwieg und auf seine Sandalen schaute. Davids Hände wurden feucht, und er grübelte angestrengt darüber nach, wie er die frech-dreiste Bemerkung rasch in einen Witz umwandeln könnte. Der herzliche Empfang hatte ihn leichtsinnig gemacht. Er hatte in dem Augenblick nicht bedacht, dass das Gebiet Juda flächenmäßig bedeutend größer war als das ganze bisherige Fürstentum Gat. Achis musste denken, er strebe eine Gleichstellung mit ihm an. *Ein dummer Fehler,* beschuldigte sich David selbst mit Bangen.

Der Fürst räusperte sich. „Dein Vorschlag hat etwas für sich", begann er langsam.

David verschluckte sich, ließ Achis nicht aus den Augen und suchte zu ergründen, was er mit diesen Worten meinte. *Soll das vielleicht ein Scherz sein?* Er erstarrte bei diesem Gedanken.

Achis räusperte sich erneut und fuhr fort: „Es ist ein riesiges Lehen mit unvergleichlich schwierigen Aufgaben. Du bist ein tüchtiger Mann, David. Dir traue ich zu, mit den aufmüpfigen Judäern fertig zu werden. Du hast in Ziklag deine Fähigkeiten unter Beweis gestellt. Du bist zuverlässig und ich weiß, dass du das Amt nicht missbrauchen wirst. Du bist der Richtige für diese Aufgabe."

David gingen vor Freude die Augen über. Er begann zu stottern: „Fürst, Fürst ..."

Achis winkte väterlich ab. „Aber du weißt ja, für die Vergabe großer Lehen ist das Einverständnis des Fürstenrates nötig. Aber ich werde deinen Vorschlag als meine Empfehlung unterbreiten."

David war wohl mit der Absicht nach Gat gekommen, ein Lehen auf hebräischem Gebiet zu erbitten. Er hatte an eine unwesentliche Vergrößerung des Gebietes Ziklag gedacht. Es ging darum, den Fuß auf judäische Erde zu setzen. Von da aus wollte er seine weiteren Pläne verfolgen. Jetzt hatte er unerwartet Aussichten, das ganze riesige Juda unter seine Fittiche zu bekommen. „Fürst, ich danke dir." Mit äußerster Anstrengung versuchte er, seine Genugtuung zu verbergen.

Achis mochte diesen jungen, tüchtigen Alleskönner. Er war aber auch der Überzeugung, dass dieser sein fürstliches Vermögen wie kein anderer vermehren würde. „Meiner Fürsprache kannst du sicher sein!" Mit diesen Worten entließ er den Lehnsmann in der Überzeugung, eine kluge Entscheidung getroffen zu haben.

## 2

Auf dem Fürstenrat ging es heftig zu. Die Fürsten trauten David nicht. Sie witterten in ihm einen Verräter. Noch vor kurzem, in Afek, hatten sie ihn als Risiko eingestuft, und heute sollten sie ihm das größte Lehen überantworten? Das war mit ihnen nicht zu machen.

Achis ließ sich aber nicht beirren und argumentierte: „Verräter? Das ist lächerlich! Es gibt kein hebräisches Königreich mehr, wohin also sollte er schon überlaufen? Außerdem kenne ich ihn besser als jeder andere von euch. Und mein Vertrauen hat er."

„Du bist verblendet und leichtsinnig", erklärte Akesch.

Alle pflichteten ihm bei. Doch Achis blieb stur bei seiner Meinung. Was sollten sie tun? Über handfeste Beweise gegen David verfügten sie nicht. Also mussten sie Achis' Empfehlung - wenn auch mit Zähneknirschen - zustimmen.

◆ ◆ ◆

Als David die Ernennung zum Lehnsmann von Juda durch einen Boten erhielt, war er überglücklich. *Jetzt bin ich Herr über einen großen*

*Teil des ehemaligen hebräischen Reiches,* überlegte er. *Aber Lehnsmann ist noch lange nicht König.* Ein langer Weg lag vor ihm. *Wie sollte also der nächste Schritt aussehen? Vielleicht kann ich das Leben heimlich in eine Königsherrschaft umwandeln? Der Titel „König von Juda" würde mir, wenn sich die Verhältnisse einmal ändern, den Weg zum König über alle hebräischen Gebiete ebnen.* Die Phantasie ging mit ihm durch. *Nein,* maßregelte er sich, *nicht alles auf einmal. Erst muss ich König von Juda werden. Gesalbt bin ich ja schon* - er erinnerte sich an die von Samuel in Bethlehem durchgeführte Zeremonie. *Außerdem bin ich durch die Hochzeit mit Michal Mitglied der Königsfamilie. Alles, was ich noch brauche, ist die Zustimmung einer Versammlung, die mich - im Geheimen, ohne Wissen der Philister - zum König erheben würde.* Aber wer sollte diese Versammlung bilden? *Die Stämme des Südens, Juda und Simeon, haben keine Stammesältesten mehr, dafür aber Distriktvorsteher ... Ja, die sollen es sein, die sollen mich zum König wählen,* beschloss er. *Und wer soll diese Männer davon überzeugen, dass ich der richtige Anwärter für das Amt des Königs bin? Natürlich alle, die ich schon früher angeschrieben und beschenkt habe.*

Das Konzept war klar, aber auch gefährlich. Würden die Philister von seinen Bemühungen erfahren, wäre er in ihren Augen ein Verräter und hätte in ihrem Land seine Zukunft verwirkt. Sollten sie seiner habhaft werden, wäre er des Todes. Es lief ihm kalt über den Rücken. Nein, abhalten wollte er sich nicht lassen. Trotz der drohenden Gefahr wollte er es versuchen. *Ja, das will ich.* Und er wollte keine Zeit vergeuden ...

◆ ◆ ◆

Die schon früher beschenkten Judäer wurden alle erneut angeschrieben und nach Hebron, die Hauptstadt Judas, eingeladen. In den Briefen war lediglich von einer Zusammenkunft über die Zukunft Judas und Simeons in dieser schwierigen Zeit die Rede. Nur Ahinoams Vater und Abigails Schwager wurden vom eigentlichen Zweck des Treffens in Kenntnis gesetzt.

Viele Vorbereitungen mussten getätigt werden. David hatte alle Hände voll zu tun, während die Zeit davonraste.

◆ ◆ ◆

Zwei Wochen später näherte sich David mit seinem Gefolge der Stadt Hebron. *Jetzt wird es sich entscheiden,* dachte er und versuchte nach außen hin Ruhe zu bewahren.

Vor dem offenen Stadtor erwarteten ihn zwei Männer: Es waren Baruch und Scheba. Der alte Oberhauptmann umarmte ihn mit großer Herzlichkeit.

„Ich danke dir, dass du gekommen bist", flüsterte David ihm ins Ohr. Die beiden Männer verstanden sich noch immer.

Die Begrüßung durch den Stadtvorsteher Scheba war förmlicher, aber doch freundlich. David konnte aufatmen. Scheba lud ihn mit seiner Begleitung in die Stadt und führte sie in den Beratungssaal. Beim Eintreten raunte er David zu: „Zehn Distriktvorsteher sind gekommen, nur einer fehlt. Dafür sind mehrere Sippenälteste und Ortsvorsteher anwesend."

Im Saal wurde es still. Ein freundliches Willkommen blieb aus.

Einen so kühlen Empfang hatte David nicht erwartet. Er schaute in die Runde, um die Stimmung genauer einzuschätzen. Kaum jemand ließ Wohlwollen erkennen. Dann erblickte er Benaja, der ihm zuwinkte. *Gott sei Dank! Der ältere Mann neben ihm ist bestimmt sein Vater. Auf Benaja ist Verlass,* freute sich David.

Der Stadtvorsteher führte seinen Gast in die Mitte des Raumes und wandte sich sofort an die Männer im Saal mit der Frage: „Was haltet ihr davon, dass David ben Isai, auf dessen Einladung wir heute hier zusammen gekommen sind, uns selbst den Grund für dieses Treffen erläutert?"

Die Zuhörer erklärten sich einverstanden. Sie waren trotz aller Bedenken neugierig, was der gut gekleidete, fürstlich wirkende Mann, der ehemalige Prinz und spätere Räuberhäuptling, ihnen mitzuteilen hatte.

David versuchte vertrauenerweckend zu wirken. „Brüder aus Juda, Brüder Simeon, ich danke euch, dass ihr meinem Ruf gefolgt seid. Wenn ihr mir gestattet, möchte ich euch gern einen Plan erläutern, der helfen soll, die Verhältnisse in diesem Land zu verbessern. Doch davor möchte ich gern etwas zu meiner Person sagen. Vor allem will ich Stellung nehmen zu Gerüchten, die mich als Umstürzler und Verräter brandmarken."

Gespannte Stille lag über dem Raum. David hatte seine Sicherheit wiedergewonnen, sprach vom eigentlich guten König Saul, den böse, neidische Berater gegen ihn, den Helden des Kampfes gegen Goliat, aufgehetzt hatten, obwohl er alles, sogar sein Leben für das Königreich eingesetzt hatte. Dann fügte er hinzu: „Man hatte Saul sogar eingeredet, dass ich nach seiner Krone, ja mehr noch, nach seinem Leben trachte. Alles erfunden, alles Lügen. Während der König mich verfolgte, hatte ich in Engedi sein Leben in meiner Hand. Habe ich ihn getötet? Habe ich ihm auch nur das kleinste Leid zugefügt?"

David vernahm einen gedämpften Zwischenruf: „Nein, das hat er wirklich nicht."

Gegenstimmen gab es nicht. Das erste peinliche Thema schien erledigt zu sein, aber das heikelste stand noch aus: Der Übertritt zu den Todfeinden, den Philistern. Er fuhr sich mit der Zunge über die Lippen, schilderte seine hoffnungslose Lage in Engedi und Karmel, und erklärte dazu: „Es gab schließlich nur noch zwei Wege: Entweder mich und meine Leute dem gleichen Schicksal auszuliefern, das die Priesterschaft von Nob erlitten hat, oder aber zu einer List zu greifen. Es ging um das Leben von sechshundert Hebräern, für die ich mich verantwortlich fühlte. Schutz suchen konnten wir nur bei den Philistern. Das war die einzige Möglichkeit. Dass mir das schwer fiel und dass ich nur an eine kurze Übergangszeit dachte, könnt ihr von Benaja erfahren, der hier unter euch weilt."

Die Augen der Versammelten richteten sich auf den Angesprochenen. Dieser nickte wortlos. Die Stimmung im Saal verbesserte sich ein wenig.

David hob leicht die Schultern und wagte den nächsten Schritt, mit dem er betonen wollte, dass sein Übertritt auch Vorteile für die Hebräer mit sich gebracht hatte. „Es ist unbestritten, dass meine Anwesenheit bei den Philistern den judäischen Grenzorten um Ziklag zugute kam. In den letzten Monaten gab es keine Überfälle mehr, weil ich sie beschützt habe."

In der Hoffnung, dass ein Ortsältester aus einem dieser Dörfer anwesend war, schaute er aufmerksam durch den Saal - und hatte Glück. Eine Stimme antwortete: „Ja, so war es wirklich."

Ein älterer Mann - sein Name war Jekamja, und er war Distriktvorsteher von Merescha - hielt nicht länger an sich und rief: „David ben Isai, du verstehst es, geschickt mit Worten umzugehen, und ein Schlitzohr bist du zudem auch noch, doch solltest du nicht versuchen, uns für dumm zu verkaufen. Mit deiner Vergangenheit haben wir uns abgefunden, sonst wären wir ja wohl nicht hier. Also komm endlich zur Sache!"

Ein zustimmendes Geraune erfüllte den Raum. David lächelte verstohlen. „Da muss ich ausholen und eine einführende Frage stellen: Was meint ihr, was würde mit Hebron, mit den anderen Städten und Distrikten Judas geschehen, falls wir nichts unternehmen und dem Geschehen freien Lauf lassen?"

„Dann kommen die Philister mit ihren habgierigen Steuereinnehmern und lassen uns kaum mehr als unser nacktes Leben", entgegnete Jekamja.

David beugte sich vor. „Dieser Meinung bin auch ich", sagte er. „Also müssen wir uns wehren. Es stellt sich nur die Frage: Wie soll das geschehen?" Er machte eine kleine Pause. „Reicht es aus, wenn wir zu den Regelungen, die in der Zeit vor dem König galten, zurückkehren, als die Sippenältesten, jeder für sich, die Verteidigung im Notfall nach eigenen Ermessen durchführten, oder müssen wir eine Gesamtverteidigung von ganz Juda, Simeon eingeschlossen, anstreben?"

„Diese alten Formen sind überholt", erwiderte Baruch, der hochangesehene, einstige königliche Oberhauptmann, also ein Fachmann für militärische Angelegenheiten. „Auch eine Gesamtverteidigung reicht nicht aus, um es mit den Philistern aufzunehmen. Nur eine kluge List kann uns retten. Und die müssen wir finden. Ohne sie ist die Eigenständigkeit Judas dahin, wahrscheinlich für immer."

Einem jungen Mann schien die abgehobene Auseinandersetzung auf die Nerven zu gehen, denn er rief ungeduldig: „David, am Anfang deines Auftritts war doch von einem Plan die Rede. Spuck ihn endlich aus!"

Heimliche Heiterkeit breitete sich im Raum aus.

David war es gelungen, die Zuhörer so umzustimmen, dass sie seinen Rat erfahren wollten. Er ergriff das Wort. „Nur eine List kann uns retten, wie Baruch so richtig sagte, und ich füge hinzu, dass es eine List sein muss, die es uns ermöglicht, Waffen herzustellen und im Geheimen ein starkes Heer auszubilden. Das geht aber nur, wenn wir keiner direkten philistäischen Kontrolle unterworfen sind. Wir brauchen einen eigenen Staat. Es könnte auch ein philistäischer Vasallenstaat Juda sein, aber natürlich nur dann, wenn er unsere Voraussetzungen erfüllt."

Eine gereizte Stimme schaltete sich ein: „Der eigene Staat ist untergegangen. Dummes Gerede. Also kommt nur ein Vasallenstaat in Frage kommen. Aber meinst du im Ernst", fragte der Sprecher mit unüberhörbarem Zweifel, „der Fürst würde einen nicht von den Philistern kontrollierten Vasallenstaat Juda genehmigen?"

„Also hier stimmt doch etwas nicht", warf Jekamja ein. „Wovon sprecht ihr eigentlich: Von einem philistäischen Vasallenstaat, der nicht von den Philistern kontrolliert wird? Das ist Unsinn, das kann nicht sein."

„Doch, unter bestimmten Bedingungen wäre der Fürst einverstanden." Jedes dieser Worte hatte David langsam und gedehnt vorgebracht.

Im Raum war es totenstill geworden.

„Und was wären diese bestimmten Bedingungen?", fragte Jekamja verärgert, weil er der Meinung war, der Redner führe sie immer noch absichtlich an der Nase herum. „Nenne doch endlich die Sache beim Namen."

Für weiteres Taktieren hatte David jetzt keinen Spielraum mehr, er musste Farbe bekennen.

„Die Bedingung lautet: Der Vasall, der Lehnsmann, muss David ben Isai heißen."

Die Katze war aus dem Sack. Die Mienen vieler Zuhörer verfinsterten sich. *Dieser ehemalige Räuberhäuptling und vielleicht gar Verräter hat die Stirn, sich uns als Landesherr anzubieten,* dachten sie. Eine unglaubliche Dreistigkeit. Unruhe griff im Saal um sich.

David spürte, wie sich die Stimmung wieder gegen ihn wendete.

Er brauchte Unterstützung und blickte zu Baruch. Der alte Mann las die Bitte in seinen Augen und räusperte sich laut. „Wir sollten Davids Vorschlag ernsthaft prüfen. Ich heiße ihn gut. Ich kenne David noch aus Gibea und habe volles Vertrauen zu ihm. Er wird seine Stellung nicht missbrauchen."

David beobachtete, wie Benaja auf seinen Vater einredete.

Eine Würde ausstrahlende Person erhob sich gemessen. „Ich hatte Gelegenheit, mich mit der Vergangenheit des David ben Isai zu befassen, und konnte mich, wie auch Baruch, davon überzeugen, dass man diesem Mann Vertrauen entgegenbringen kann." Viele Mienen drückten immer noch Zweifel aus. An die Unentschlossenen wandte sich der Redner jetzt: „Wisst ihr einen besseren Kandidaten als Anführer - egal, was wir unter diesem Wort verstehen wollen -, der das Zeug hätte, uns vor den Philistern zu schützen? Ihr habt doch gehört, seit David Lehnsmann in Ziklag ist, hat es an der dortigen Grenze keinen Überfall auf judäische Dörfer mehr gegeben. Spricht das nicht für ihn? Ist das nicht Beweis genug?"

Der Auftritt hatte eine Diskussion entfacht. Alle redeten wild durcheinander. Aber bald bildeten sich kleine Gruppen, wie David aus den Augenwinkeln bemerkte. Am schnellsten wuchs die Gruppe um Baruch und Benaja. Als sich auch noch einige weitere zu ihnen gesellten, ergriff Scheba das Wort und erklärte laut: „Ich habe den Eindruck, die Mehrheit ist gewillt, David als Lehnsmann von Juda zu akzeptieren. Bevor wir aber zu einer Abstimmung kommen, müssen wir uns darüber einig sein, was wir von unserem künftigen Lehnsmann eigentlich erwarten. Das Thema ist bereits angeklungen, doch meine ich, dass wir unsere Erwartungen und die Rechte, die ihm zustehen würden, deutlich festlegen sollten. Lasst mich mit der Frage beginnen: Reicht es aus, dass David unsere Würde schützt und die an die Philister zu entrichtenden Abgaben so niedrig wie möglich hält, oder möchten wir mehr erreichen?"

„Mehr! Natürlich mehr. Unser Ziel muss ein selbstständiger Staat Juda sein", erklärte Baruch mit festem Unterton. „Aber jetzt will ich noch etwas zu seinen Rechten sagen. Erlaubt mir zunächst einen Rückblick. In meinen jungen Jahren habe ich miterlebt, wie ein Staat entstand, wie Saul seine Königsherrschaft Schritt für

Schritt aufbaute. Bei Meinungsverschiedenheiten, die den Aufschwung zu behindern drohten, sprach Saul immer ein Machtwort. Anders ging es nicht. Ohne königliche Vollmachten wäre es ihm nicht gelungen, eine Stadt, ein Heer und ein Reich zu begründen." Baruch sah sich um, meinte Zustimmung zu erkennen und brachte seine Rede auf den Punkt: „Wenn David einen starken Staat aufbauen soll, muss er auch die Rechte eines Königs haben."

Jojada, Ahinoams Vater, begriff, dass seine Stunde gekommen war. „Ich halte es mit Baruch. Entweder wir wählen einen König, oder wir lassen es bleiben."

Das Wort König war gefallen. Eine lähmende Stille trat ein. Abigails Schwager Haran nutzte sie gewandt: „Ich bin derselben Ansicht. Aber wozu das ganze Gerede? Lasst uns doch gleich abstimmen, ob wir David zum König erheben wollen."

Davids Familienpolitik trug Früchte. Die engsten Verwandten seiner Frauen waren geschickt vorgegangen. Ahinoams Vater blickte jetzt erwartungsvoll auf Scheba. Der zögerte nicht länger und stellte die grundsätzliche Frage: „Wollen wir zur Wahl eines Königs schreiten, oder wollen wir es nicht?"

Viele antworteten mit Ja. Davids Herz schlug ihm bis zum Halse. Er hatte das Gefühl, alle im Saal müssten es hören. Aber die Versammelten waren mit ihren eigenen Gedanken beschäftigt. Nur wenige hatten eine klare Vorstellung, die anderen hatten sich noch nicht entschieden. Doch keiner widersprach.

„Also wählen wir", sagte Scheba, der sich der Wichtigkeit der Stunde und seiner Verantwortung bewusst war, mit zitternder Stimme: „Wer David ben Isai zum König haben möchte, möge die Hand heben."

Der Kandidat hatte sich an die Wand gelehnt, sah schwarze Kreise vor seinen Augen tanzen und wäre fast gestürzt. Mit dem Rest seiner Kräfte gelang es ihm, Haltung zu bewahren. Die ersten Hände für David schossen in die Höhe. Nach und nach folgten weitere. Für die Unentschiedenen wurde es nun gefährlich, David die Stimme zu verwehren. Denn sollte er auch ohne ihr Handzeichen König werden, was im Augenblick wahrscheinlich war, könnte er es ihnen verübeln. Also streckten auch sie den Arm hoch.

Der Vorsitzende atmete schwer. „Schaut her", sagte er, „alle im Saal haben die Hand erhoben!" Dann trat er dienstwillig zwei Schritte auf David zu und erklärte feierlich: „Mit dieser Entscheidung bist du unser König" und kniete vor ihm nieder.

David hingegen hatte es die Stimme verschlagen.

„Nicht so schnell!" Es war Baruch. „So einfach geht das nicht. Ein König muss gesalbt sein."

David hatte sich schon wieder im Griff und überlegte gerade, ob er auf Samuels Salbung in Bethlehem hinweisen sollte, als Baruch sich an Abjathar wandte und fragte: „Wo befindet sich das Ephod von Nob?"

„Hier ist es", entgegnete der Hohepriester würdevoll und wies auf einen farbig bestickten Beutel.

„Dann können wir die Salbung vollziehen."

*So wird es besser sein,* dachte David. *Ohne eine öffentliche Weihe könnte man mir mein Königtum später streitig machen.*

◆ ◆ ◆

Am nächsten Morgen schritt David drei Stufen zu einem Podest empor, das mit einem kostbaren Teppich bedeckt war. Sein langes, schneeweißes Gewand, ein Geschenk von Scheba, war mit blauen Borten besetzt. Das offene, rotblond leuchtende Haar fiel bis auf die Schultern herab. Daneben standen in einem Halbkreis seine gestrigen Wähler, die zehn Distriktvorsteher in vorderster Reihe.

Abjathar trat mit dem Ephod auf der Brust in den geschmückten Hof des Stadtvorstehers. Die zwölf farbigen Edelsteine blitzten im Sonnenschein. Als er ebenfalls die Podeststufen erstieg, kniete David vorsichtig nieder, darauf bedacht, dass sich der untere blaue Rocksaum dekorativ wie ein Kreis um ihn legte. Der Hohepriester blickte gen Himmel, betete kurz und holte ein goldverziertes Horn hervor. Alle verstummten in Ehrfurcht. „Im Namen unseres Herrn Jahwe ...", begann Abjathar, führte das Horn über das Haupt des vor ihm Knienden und neigte es bedächtig. Als ein dünner Strahl des heiligen Öls zu fließen begann, setzte er den angefangenen Satz fort: „... salbe ich dich zum König von Juda."

Die Zuschauer waren zutiefst berührt. Im Glauben, die Salbung und damit auch die ganze Krönungszeremonie wäre zu Ende, knieten sie alle nieder. Doch der gesalbte König erhob sich nicht wie erwartet. Gebannt blickten sie auf die beiden Männer auf dem Podest. Der Hohepriester griff hinter das Ephod und zog einen Goldreif und eine Armspange hervor.

„Die Hoheitszeichen unseres ersten Königs, des Königs Saul, sollen ein sichtbares Zeichen für die Fortdauer der Königsmacht sein." Mit diesen langsam, feierlich gesprochenen Worten setzte er David den Goldreif auf das Haupt und streifte ihm die Spange über den Arm.

Kniend sahen die Anwesenden dem Vorgang zu und hielten den Atem an. Als nun auch Abjathar, der Gottesmann, vor dem neuen König auf die Knie sank, hatten viele Tränen in den Augen. Die letzten Zweifel, ob dieser junge Mann wirklich das Zeug dazu hatte, Juda zu regieren und von seinen Feinden zu befreien, schwanden in diesem bewegenden Moment.

So riefen die Anwesenden: „Es lebe unser König."

Ein Wonneschauer durchströmte David. Er hob würdevoll die rechte Hand und die goldene Armspange glitzerte in Höhe des Kopfreifs. „Männer Judas und Simeons, ich danke für euer Vertrauen. Gemeinsam werden wir das schaffen, was unserem großen König Saul nicht mehr vergönnt war."

Die Versammelten waren überwältigt und wiederholten laut aus voller Brust: „Es lebe unser König."

Im Beratungsraum, wo am Vortag die Königswahl stattgefunden hatte, warteten Diener. Der Stadtvorsteher winkte sie herbei und sie boten Wein in bis zum Rand gefüllten Bechern an. Dem neugewählten König reichte Scheba persönlich einen besonders schön verzierten mit den Worten: „Hoch lebe unser König!"

Die Becher wurden geleert, der König schritt die drei Podeststufen herab und mischte sich unter die Männer. Die vornehme weiße Kleidung und die Insignien hoben ihn aus der Menge heraus. An jeden seiner Wähler trat er heran, drückte ihm die Hand und fügte einige höfliche Worte hinzu.

Die Feier war nur kurz, denn David hatte noch eine heikle Sache zu erledigen. Er bat die Männer zurück in den Beratungssaal und sagte ihnen mit einer tiefen Falte auf der Stirn: „In meinen Darlegungen vor der Wahl habe ich euch erklärt, dass der Fürst bereit sei, mich zum Lehnsmann von Juda zu machen.“ Dass Achis das bereits getan hatte, verschwieg er ihnen. „Von einem Königreich Juda aber ist in Gat keine Rede gewesen.“

Die Distriktsvorsteher wurden unruhig. David hatte sich zum König eines Königreichs krönen lassen, von dem man gar nicht wusste, ob es der Fürst überhaupt zulassen würde. Hatte David sie hinters Licht geführt? Waren sie etwa einem wohlüberlegten Schwindel aufgesessen?

David spürte erneut ihr Misstrauen und hielt dagegen: „Königreich ist nur ein anderes Wort für Lehen. In unserem Fall ist es gleichbedeutend.“

Die Versammelten waren in der Mehrzahl Vorsteher, also mit Verwaltungsangelegenheiten gut vertraute Männer. Sie teilten Davids Standpunkt nicht. König war in ihrem Verständnis mehr als Fürst und weit mehr als Lehnsmann. Warum also sollte es dem Fürsten Achis nichts ausmachen, einen Teil seines Landes von einem König verwalten zu lassen? Das hieße doch, dass sein Lehnsmann einen höheren Titel trüge als er selbst.

Es blieb David nicht verborgen, dass sich das Misstrauen der Vorsteher vergrößerte. Er musste sofort eine glaubhafte Erklärung geben. „Für den Fürsten sind die Hebräer fast Halbnomaden. Unsere inneren Angelegenheiten, Benennungen, Rangzeichen und Titel sind ihm gleichgültig. Ihn interessiert nur eins: Der Tribut.“

Die letzte Erklärung leuchtete wohl den meisten ein. Doch Jekamja war immer noch irritiert. „König, sag mal, ist die Zustimmung für die Umbenennung einfach oder schwierig?“

„Ich erwarte, dass der Fürst daraus ein Geschäft machen wird.“

„Und das heißt?“

„Nun, einige hundert Schekel werden ihn schneller umstimmen als viele überzeugende Worte.“

Die Männer begriffen, worum es David ging.

„Wie viel brauchst du? Sage es ohne Umschweife“, erklärte Jekamja.

Die anderen zuckten zusammen. Das neue Königreich war kaum einen Tag alt und schon sollten sie zahlen.

„Vierhundert Schekel", entgegnete der König.

„Das ist viel Geld."

„Es soll keine zusätzliche Belastung sein. Dieser Vorschuss wird mit den späteren Steuern verrechnet. Alle Vorsteher, die innerhalb von wenigen Tagen einige Dutzend Schekel aufbringen und nach Hebron senden können, lassen sich von Karit, unserem Schreiber, in eine Liste eintragen."

„Ich will dafür sorgen, dass das Geld zusammen kommt", entgegnete Jekamja. Die Angelegenheit war damit erledigt.

David fiel es nicht leicht, den Männern noch eine unerfreuliche Mitteilung machen zu müssen. „Bis zur Genehmigung des Königreichs Juda durch den Fürsten muss diese Krönung geheim bleiben. Vergesst das nicht!"

## 3

Jekamja hatte Wort gehalten. Mit den vierhundert Schekeln, verpackt in zwei festen Krügen, machte David sich auf den Weg nach Gat. Ungehindert ritt er mit seiner Leibgarde durch das Stadttor und hielt erst vor dem Palast an. Mit dem größeren Krug im Arm begab er sich in die Vorhalle. Glücklicherweise war der Fürst allein, und der Hebräer brauchte nicht zu warten.

Das Begrüßungszeremoniell verlief nach üblichem Muster. Als ihn der Fürst freundlich mit den Worten: „Ein unerwarteter Gast. Was führt dich zu mir?", begrüßte, leitete David das Gespräch nach einigen höflichen Redewendungen behutsam auf den eigentlichen Zweck seiner Reise.

„Ich habe mit den Judäern Verbindung aufgenommen. In diesem Krug bringe ich dir den ersten - sagen wir mal - Tribut. Es sind dreihundert Schekel."

„Wie hast du das geschafft?", staunte der Fürst.

„Ihre Distriktvorsteher erklärten sich bereit, die bisher an Gibea geleisteten Steuern in voller Höhe freiwillig nach Gat abzuführen, wenn eine bestimmte Bedingung erfüllt wird. Sie seien an einen König gewöhnt, sagten sie, und möchten wieder einen König haben. Alles andere interessiert sie nicht. Ich versuchte ihnen zu erklären, dass der Fürst einen Lehnsmann für Juda eingesetzt hat, aber keinen König. ‚Warum darf der Lehnsmann von Juda nicht König von Juda heißen?', haben sie hartnäckig gefragt. Dann drückten sie mir aus freien Stücken dieses Silber", David wies auf den Krug, „als Geschenk für den Fürsten in die Hand und baten mich, ihre Bitte in Gat vorzutragen."

„Das ist sehr ungewöhnlich", warf der Fürst ein. „Nein, eigentlich ist es verrückt."

„Ich bin ganz deiner Meinung. Aber es wäre doch zu überlegen, ob man sich, nur wegen einer Amtsbezeichnung, Schwierigkeiten mit ihnen einhandeln sollte."

Der Fürst schüttelte widerwillig den Kopf.

David ließ sich nicht unterbrechen und fuhr fort: „Der Verwalter von Juda würde in Gat selbstverständlich weiter Lehnsmann heißen. Dass die rückständigen, bockigen Judäer dieselbe Person König nennen wollen, ist doch eigentlich belanglos." David öffnete den Krug und schüttete den Inhalt vor dem Thron aus. Das Silber blinkte verlockend. Es kam Achis sehr gelegen, weil ihn wieder Schulden drückten. Seine abweisende Miene hellte sich auf.

„Wenn man auf diese Weise die Tribute leichter eintreiben kann ...", murmelte er, ohne den Blick von dem begehrten Metall zu wenden.

David bemerkte die Wende im Denken des Fürsten, wurde selbstsicherer und deutlicher. „Ich kann mich verbürgen, dass es in Juda keine Schwierigkeiten geben wird. Aber einen Jahrestribut in Höhe von viertausend Schekeln könnte ich dir, Fürst Achis, jährlich zu Füßen legen."

*Viertausend Schekel ohne jedes Zutun,* dachte Achis. *Viertausend Schekel!* Den anderen Fürsten würde die Benennung König sicher nicht schmecken. Aber für viertausend Schekel im Jahr lohnte es sich, eine Auseinandersetzung mit ihnen in Kauf zu nehmen. *Nichts ist umsonst im Leben.* „Gut“, sagte er dann ohne Begeisterung, „sollen die Judäer ihren Lehnsmann nennen, wie es ihnen gefällt. Diese Genehmigung gilt aber nur so lange, wie in dem Lehen Ruhe herrscht und die Tribute in voller Höhe pünktlich fließen.“

*Es ist erreicht,* jubelte Davids Herz. Von diesem Augenblick an war er auch offiziell König von Juda.

Der Fürst reichte seinem tüchtigen Lehnsmann zum Abschied die Hand.

*Alles geht gut,* dachte David beim Verlassen des Palastes, aber das gefährliche Doppelspiel, auf das er sich eingelassen hatte, würde eines Tages auffliegen. Dann würde es zum Krieg kommen, dafür musste er gewappnet sein. Waffen aus Eisen waren jetzt das Allerwichtigste. In dieser Sache wollte er nun mit Kamaram verhandeln.

Plötzlich hatte er es eilig.

Der Kaufmann war zu Hause und begrüßte ihn wie einen alten Freund.

„Ich komme mit der ersten Anzahlung für die Schmiedeanlage“, sagte David und wies auf den Krug, den er in den Armen hielt. „Obwohl ich ja eigentlich noch nicht so richtig weiß, wofür ich zahle.“

Kamaram zuckte die Achsel. „Das kannst du auch nicht. Die Eisenherstellung ist eines der größten Geheimnisse der Philister. Auf Verrat an Feinde steht die Todesstrafe. Aber du gehörst jetzt zu uns, und darum kann ich dir alles ausführlich erklären.“

David machte es sich bequem und Kamaram erläuterte ihm den Aufbau des Schmelzofens und seine Bedienung, die Technik des Schmiedens und des Härtens von Eisen und am Ende die Kunst des Schleifens.

David gewann nun einen Überblick über die für ihn neue Technik. Sie war schwieriger, als er gedacht hatte. Er begriff, dass seine Leute, seine zukünftigen Schmiede, unbedingt einer Anweisung in Gat bedürften. Ohne sie wären sie nie imstande, eisernes Werkzeug, geschweige denn Waffen, zu fertigen.

Einen entsprechenden Wunsch brachte er jetzt zur Sprache.

„Das ist kein Problem, wir können drei Männer anlernen“, sagte

Kamaram und fragte dann: „Wollen wir jetzt den Vertrag aufsetzen?“

„Wir brauchen noch einen Termin.“

„Drei Monate.“

„Kann es in zwei sein?“

„Ich werde alles daran setzen“, sagte der Kaufmann ungeduldig.

David nickte. Der Händler rief seinen Schreiber herbei und diktierte ihm den Vertrag.

David überreichte Kamaram den Krug mit der Anzahlung von einhundert Scheckel und dachte dabei an die Mengen von Schwertern und Speerspitzen, die schon bald in der neuen Anlage geschmiedet werden sollten.

## 4

Einige Wochen zuvor, gleich nach der großen Niederlage der Hebräer in den Gilboabergen, war es Abner gelungen, mit Esch-Boschet, dem einzig überlebenden Königssohn, und mit einer Leibgarde vom Schlachtfeld zu fliehen. Er eilte nach Gibea, um seine eigene Familie und Sauls Frauen aus der Stadt zu bringen, ehe die Philister kamen. Den eiligst auf dem Marktplatz zusammengetrommelten Einwohnern empfahl er, die Hauptstadt vorläufig zu verlassen.

Auch Lea und ihr Vater, der Schmied Nahor, überlegten, wohin sie sich wenden sollten. Schließlich entschieden sie sich für Gedor, einen Ort am Rande des Hochgebirges, wo sie Verwandte hatten.

Beim Aufbruch trafen sie am Tor auf eine Gruppe Heimkehrer. „Da ist Ner!“, rief Lea erfreut.

Der Hauptmann war leicht am Arm verletzt und wirkte müde.

Sie umarmte ihn herzlich. „Wir fliehen aus Gibea. Komm doch mit uns.“

Ner nahm den Vorschlag dankbar an.

Nachdem David vor vielen Monaten Karmel und die Wüste Maon verlassen hatte, war auch Leas Kontakt zu ihm abgerissen. In Gedor erfuhr sie jetzt, dass David ein großer Lehnsmann in Ziklag geworden war. Man erzählte sich, dass er immer noch Leute bei sich aufnahm. „Dann gehen wir auch nach Ziklag", rief Lea.

Die Männer waren einverstanden.

Unterwegs hörten sie erstaunt, dass David seinen Wohnsitz wieder geändert habe und von Ziklag nach Hebron umgesiedelt sei.

„Zurück in seine hebräische Heimat? Was bezweckt er denn damit?", fragte Ner.

„Darüber zerbreche ich mir auch den Kopf. Aber wenn wir ihm nach Hebron folgen, werden wir es sicherlich erfahren", antwortete Lea dem Hauptmann.

Also machte sich die Gruppe auf den Weg nach Hebron.

◆ ◆ ◆

Ahinoam und Abigail, die mit David nach Hebron gekommen waren, hatten sich in einem großen, schönen, von Henan erbauten Zelt vor dem Tor der Stadt häuslich eingerichtet und warteten auf die Rückkehr ihres Mannes aus Gat.

Da kam plötzlich Josef, der draußen Wache gehalten hatte, ohne Erlaubnis eingeholt zu haben, ins Zelt gelaufen und rief: „Der König! Der Herr kommt heim. Er muss gleich hier sein!"

Die Frauen gerieten in Aufregung. Die Dienerinnen mussten ihnen beim Umkleiden helfen und die Frisuren auffrischen.

Ahinoam schaute hinaus. „Schade! Es ist bereits zu spät, als dass wir uns so schön wie die ägyptischen Frauen machen könnten."

Sie empfingen ihren Gemahl voller Freude vor dem Eingang. Er drückte beide glücklich an sich und flüsterte ihnen ins Ohr: „Ich habe eine gute Nachricht für euch."

„Schnell, erzähl schon!", rief Ahinoam.

„Ja bitte", fügte Abigail hinzu.

„Drinnen im Zelt", erwiderte David.

Als sie sich gesetzt hatten, drängelte Ahinoam erneut: „Also erzähl schon."

„Ab heute seid ihr auch in der Öffentlichkeit Frauen eines Königs."

„Endlich!" riefen beide gleichzeitig. Sie begannen vor Glück zu tanzen wie kleine Kinder.

Ahinoam besann sich auf ihre Schwangerschaft und setzte sich auf ein Kissen. „Endlich werden wir standesgemäß leben können." Sie klatschte in die Hände, während Abigail immer noch tanzte.

David strahlte. Er liebte es, wenn seine Frauen froh waren und es auch zeigten. „Ja, bald sollt ihr euren Palast haben."

Hingerissen schaute Ahinoam zu ihm auf und sinnierte: *Eine Königsfrau ohne Palast ist eben nur eine Königsfrau. Erst der Palast macht sie zur Königin. Wenn mein Kind in einem Palast geboren wird, kann niemand mehr bestreiten, dass es ein Prinz oder eine Prinzessin ist.* Zufrieden strich sie sich eine Haarsträhne aus der Stirn.

Schon am nächsten Tag beriet David mit dem Baumeister über das Projekt. „Ich denke an einen Palast, genauer gesagt an ein Mittelteil, wie in Gibea, aber ohne Ecktürme an den Seiten."

„Das lässt sich machen."

„Wann kannst du anfangen?"

Henan spürte, dass es der König wie immer eilig hatte. „Wenn es sein muss, gleich morgen." Um künftigen Missverständnissen vorzubeugen, fügte er noch hinzu: „Aber allein für den Rohbau werde ich ganze zwei Monate brauchen."

„In drei Monaten müssen die Wohnungen im Obergeschoss bezugsfertig sein, denn dann erwarte ich einen Sohn."

*Ein Sohn? Na ja, ihm gelingt auch alles,* dachte Henan. *Sicher wird das Kind ein Junge,* freute er sich. *Schön, für die Feier will ich dann aber auch die Räume im Erdgeschoss fertig haben, sozusagen mein persönliches Geschenk für den König anlässlich der Geburt eines Thronfolgers.*

David hatte seinen Gast hinausbegleitet und schaute ihm nach. Dabei erblickte er eine Gruppe von Neuankömmlingen vom Stadttor her kommen. Er traute seinen Augen nicht. Es waren Ner, Lea und ihr Vater. Den ersten beiden hatte er viel zu verdanken, bestimmt konnte er sich ihrer Treue auch in Zukunft sicher sein.

Er ließ sie rufen, drückte sie vor Freude an sich und lud sie in sein Zelt.

Die Frauen wunderten sich über die unerwarteten Gäste. „Das sind Ner, Lea und ihr Vater, von denen ich euch erzählt habe", erklärte David.

Abigail und Ahinoam waren schon immer auf diese Lea gespannt gewesen, die den Mut aufgebracht hatte, direkt unter den Augen von Doegs Leuten Kundschaftertätigkeiten für David zu betreiben.

Nach dem Mahl verteilten sich die Anwesenden. In Ahinoams Teil des Zeltes saßen die Frauen auf Kissen zusammen, und Lea erzählte aus Gibea. Die Königsfrauen hörten mit geröteten Wangen zu. Zu gern hätten sie natürlich etwas über Prinzessin Michal erfahren, doch Lea berührte dieses Thema nicht. Trotzdem dauerte es nicht lange, und zwischen den drei Frauen war ein Band der Freundschaft geknüpft.

In Abigails Zelthälfte hatte David mit Ner und Nahor Platz genommen. Der König berichtete den Männern von seiner Absicht, ein Übungslager, ähnlich wie das des Stehenden Heeres in Gibea, einzurichten. Bisher hatte er noch nicht entschieden, wem er es unterordnen sollte. Er blickte auf Ner und sagte unvermittelt: „Das ist eine Aufgabe für dich."

„Traust du mir das zu?", fragte der Hauptmann überrascht.

„Du warst mein erster Lehrer, bei dir habe ich das Kriegshandwerk erlernt. Außerdem hast du unter all den Leuten hier die längste Erfahrung als Ausbilder. Wer sollte sich also für diesen Posten besser eignen?"

„Auf dem Wege nach Hebron habe ich erfahren, dass deine Leute bereits gut geschult sind. Wozu bedarf es da noch eines Übungslagers?"

„Es geht um die neuen Leute von außerhalb. Ich möchte, dass sie etwa zwei Monate geschult werden und dann wieder nach Hause gehen. Denn alle waffenfähigen Männer meines Königreichs sollen eine Ausbildung erhalten. Ein geschulter Krieger wiegt fünf ungeschulte auf."

Ner staunte. An eine solche Art von Ausbildung hatte in Gibea noch niemand gedacht. „Und Waffen? Übungswaffen? Gibt es solche?"

„Darüber werden wir gleich sprechen." David erzählte jetzt von seinem Vorhaben, Werkstätten einzurichten. Das Kernstück würde eine Schmiede für Eisenwaffen sein.

Seine Zuhörer konnten es nicht fassen. David fuhr unterdessen an Nahor gewandt fort: „Die Herstellung von Kupfer- und Bronzewaffen ist dir doch bekannt?"

„Ich habe alle Arten von Schwertern, Speer- und Pfeilspitzen gegossen und geschärft", antwortete der Schmied zurückhaltend und bescheiden.

„Seine Waffen waren die besten in Gibea", warf Ner anerkennend ein und legte ihm die Hand auf die Schulter.

„Mit dir habe ich etwas Besonderes vor", wandte sich David wieder an Nahor, lehnte sich zurück und berichtete von seinem Vertrag mit Kamaram. „Drei judäische Bronzeschmiede sollen in Gat die Eisengewinnung sowie das Schmieden und Härten von Werkzeugen erlernen. Such dir zwei fähige Leute aus. Wenn du diese neue Technik beherrschst, sollst du der oberste Schmied in Juda werden. Die Hüttenanlage und die Schmiede werden dir unterstellt."

Nahor machte große Augen. Das waren Aussichten, von denen er nie zu träumen gewagt hatte. Er beschloss, den Philistern alle Geheimnisse abzugucken und ein erstklassiger Eisenschmied zu werden.

Der geschichtsbewusste Ner hörte staunend zu. Er spürte, dass bei diesem Gespräch Meilensteine für die Entwicklung eines neuen hebräischen Heeres gesetzt wurden. Er war stolz, das miterleben zu dürfen.

◆ ◆ ◆

Der Baumeister Henan hatte Wort gehalten. Das Obergeschoss des Palastes war in der vorgesehenen Zeit fertig geworden. Es war auch Eile geboten, denn gleich nach dem Einzug traten bei Ahinoam die ersten Wehen auf, und die Hebamme wurde gerufen. Unverzüglich erschien sie mit ihrem Gebärstuhl.

Die Wehen hielten einen halben Tag an, dann kam das Kind zur Welt. Es war ein Junge! Der Prinz hatte das Licht der Welt erblickt.

Die Geburtshelferin durchtrennte noch die Nabelschnur. Sofort wurde er im lauwarmen Wasser gebadet und mit Salz eingerieben. Dabei schrie er ganz erbärmlich.

„Das muss sein", erläuterte die Hebamme, „sonst würde sich die runzlige Haut nicht glätten."

Die Mutter hätte dem Kleinen die Tortur gern erspart, aber es ging nun mal nicht anders. Ihr zitterten die Hände vor Aufregung, sie wagte nicht einmal, das Kind aufzuheben. Zum Glück war Abigail die ganze Zeit zugegen. Sie legte es auf ein weißes Wolltuch und klappte die Ecken über das Bäuchlein und die Füße. Unter dem wachsamen Auge der Hebamme umwickelte sie den kleinen Prinzen nun mit Binden, damit er Beine und Arme nicht bewegen konnte. Dem Kind schien die Einschnürung nicht zu gefallen, denn es begann erneut zu schreien. Die Geburtshelferin versicherte der Mutter, dass ohne die Bandagen die zarten Knochen der Arme und Beine des Neugeborenen Schaden nehmen würden. Mehrmals am Tage wurde die Verpackung geöffnet, das Kind mit Olivenöl und mit zu ganz feinem Pulver zermahlenen Myrtenblättern eingerieben und trockengelegt.

Die Geburt hatte in Abwesenheit des Vaters stattgefunden. Nun durfte er zu Mutter und Kind. Unbeholfen schaute er abwechselnd auf Ahinoam und auf das schreiende Bündel. Die Hebamme nahm es behutsam in die Arme und hielt es dem Vater hin. Der Junge brüllte noch lauter als zuvor. Sein Gesichtchen nahm eine leicht bläuliche Färbung an.

David trat erschrocken und verwirrt einen Schritt zurück.

„König, du kannst den Prinzen ruhig auf den Arm nehmen. Er ist gut gewickelt, ihm geschieht nichts", sagte die Hebamme.

Ihre ruhigen Worte zerstreuten seine Bedenken, und er ließ sich das Päckchen in die Arme legen.

„Dein Sohn", rief Ahinoam voller Stolz, trotz ihrer Schwäche.

Erst jetzt wurde David so richtig bewusst, dass er einen Sohn hatte. Er drückte ihn glücklich an sich.

Die Mutter zuckte zusammen und bekam Angst, der starke Mann könnte dem kleinen Kind weh tun. „Leg ihn lieber zu mir aufs Bett."

David tat, wie sie wollte. Dabei bückte er sich und küsste Ahinoam dankbar auf die Stirn. Sie hatte ihm einen Sohn geschenkt. Erst ein Sohn machte einen Mann zu einem wirklichen Mann. Das galt auch für einen König.

Abends wurde eine Hängewiege in den Palast gebracht und an der Decke befestigt. Tag und Nacht saß eine Dienerin daneben. Sobald das Kind zu schreien begann, brachte sie die Wiege zum Schaukeln. Meist ließ sich der Kleine auf diese Weise schnell wieder beruhigen. Half es nicht, wickelten sie ihn in ein frisches, trockenes Tuch und verpackten ihn neu.

Ahinoam achtete sorgfältig darauf, dass die Dienerinnen alles genau nach Anweisung der Hebamme taten.

◆ ◆ ◆

Der achte Tag nach der Geburt war der Tag der Riten. An diesem Tag gab der Vater dem Kind einen Namen. David hatte sich für Amnon entschieden, was soviel wie „zuverlässig“ oder „treu“ bedeutet. Er sollte dem Vater immer treu bleiben und irgendwann einmal ein zuverlässiger König werden.

Der Hohepriester kam mit einem guten, scharfen Steinmesser – ein Steinmesser musste es sein, das verlangte die Tradition seit dem Auszug aus Ägypten – in den Palast, um die Beschneidung vorzunehmen. Das Kind brüllte erbärmlich. Die Wunde wurde mit schmerzstillendem Pulver besprüht und verbunden. Allerdings schien die Verarztung nicht viel geholfen zu haben, denn der Junge weinte immer noch bitterlich. Der Vater biss die Zähne zusammen und schaute weg. Die Mutter hatte Tränen in den Augen, als sie den Kleinen auf die Arme nahm und zärtlich wiegte. Schließlich ließen seine Kräfte nach, und wimmernd schlief er ein. Das Schlimmste war überstanden.

Als alle Männer den Raum verlassen hatten, reichte die Mutter den Jungen Silpa, einer ihrer Dienerinnen, und legte sich völlig erschöpft nieder.

Abigail war keinen Augenblick von ihrer Seite gewichen. Nun drückte sie ihre Hand mit gemischten Gefühlen. Einerseits beneidete sie Ahinoam um das Kind und um ihr Mutterglück, aber es gab auch für sie einen Grund zur Freude, den sie nicht laut erwähnte. David würde sich von nun an mehr darum kümmern, dass auch sie ein Kind bekäme. Sie hoffte den geliebten Mann öfter in ihrem Bett zu haben. Ein freudiger Schauer durchlief ihren Körper.

David hatte seinen ersten Sohn. Er hoffte, dass bald weitere folgen würden. *Dann aber reicht der Mittelteil des Palastes nicht mehr aus,* dachte er. *Ein Frauenflügel muss her, dachte er. Morgen will ich mit dem Baumeister darüber sprechen.*

## 5

Abner und Esch-Boschet waren noch immer auf der Flucht. Sie hatten den Jordan überschritten und Mahanajim in Gilead als neuen Sitz gewählt. In einem kurzen Verfahren wurde der Königssohn auf dem Marktplatz der Stadt zum König erhoben. Das entsprach zwar nicht ganz der Tradition, aber niemand nahm daran Anstoß, denn Esch-Boschet war als der einzig überlebende Sohn des gefallenen Königs Saul der rechtmäßige Thronfolger.

Das ehemalige Königreich Sauls war nun dreigeteilt. Juda und Simeon im Süden wurden von König David regiert; die Gebiete östlich des Jordans beherrschte König Esch-Boschet; den Rest, also das Westjordanland, betrachteten die Philister als ihr Besatzungsgebiet.

Die vernichtende Niederlage in den Gilboabergen hatte Abners Kampfgeist nicht gebrochen. Er dachte an die Gründung eines starken Nordreichs einschließlich des Westjordanlandes, gleichsam ein Gegenstück zu Davids Südreich. Viele Male versuchte er Esch-Boschet vom Sinn und von der Möglichkeit dieses Plans zu überzeugen, aber vergeblich. Der König zog sich, wie einst sein Vater, in seinen Thronsaal zurück, grübelte über sein Unglück und versuchte, allen schwerwiegenden Entscheidungen aus dem Wege zu gehen.

Abner raufte sich die Haare. Nicht einmal seine Anstrengungen, ein stehendes Heer aufzustellen, fanden die königliche Unterstützung. Der Feldoberst gelangte allmählich zu der schmerzlichen Erkenntnis, dass Esch-Boschet nicht der richtige Mann war, ein ausreichend starkes Nordreich zu schaffen, das den Philistern die Stirn bieten könnte. Ganz im Gegenteil, es war nur eine Frage der Zeit, bis die Erzfeinde den Jordan überschritten und auch Mahanajim tributpflichtig machen würden.

Abner war der Verzweiflung nahe. Sein ganzes Leben hatte er um ein freies Hebräerland gekämpft. Sollte sein Traum jetzt ausgeträumt sein? Eines war ihm klar: Ohne einen fähigen Mann auf dem Thron war das einst so glanzvolle Reich dem baldigen endgültigen Untergang geweiht. Schon der Gedanke daran bereitete ihm körperliche Schmerzen.

Er selbst konnte nicht König werden, dafür fehlten ihm alle Voraussetzungen. Er war kein Königssohn, nicht einmal königlicher Schwiegersohn und hatte keine Aussichten, gesalbt zu werden. Der einzige Mensch, der das hebräische Königreich wieder aufbauen und verteidigen könnte, war David.

Abner erinnerte sich in diesem Augenblick an die freche Übergabe des Brautpreises in Gibea, an den unverschämten Auftritt in Engedi. Davids Dreistigkeiten waren ihm immer noch unerträglich. Aber wenn er weiter Feldoberst bleiben und gegen die ihm verhassten Philister ziehen wollte, dann war es nur gemeinsam mit diesem Schurken möglich.

Abner war hin und her gerissen. *Soll ich vielleicht die Seiten wechseln? Ist das Verrat? Ist David überhaupt an einer Zusammenarbeit mit mir interessiert?*

Das war die entscheidende Frage. Er musste es ergründen, ehe er weitere Schritte unternahm.

◆ ◆ ◆

Ein Bote von Abner, den David noch aus der Zeit in Gibea kannte, erschien in Hebron. Er brachte eine geheime Botschaft, die nur aus drei Sätzen bestand. „Feldoberst Abner schlägt dem König von Juda ein Abkommen vor. Im Gegenzug für eine gebührende Stellung im geeinten Königreich ist er bereit, die Stammesältesten des Nordens zu veranlassen, David als ihren König anzuerkennen. Er selbst wird sie nach Hebron geleiten, wo die Ausrufung erfolgen kann."

*Meint Abner es wirklich ernst mit diesem Angebot?* fragte sich David. *Wenn ja, dann ist er sicher auch bereit, eine schwierige Vorbedingung zu erfüllen.*

Er wollte ihn auf die Probe stellen und dachte über eine Aufgabe nach. Sofort fiel ihm Michal ein. Wäre sie, die Königstochter, wieder seine Frau, dann hätte er auch formal Anspruch auf den hebräischen Thron und damit auch Anspruch darauf, König der Nordstämme zu werden.

*Dass mir dieser Gedanke nicht schon früher eingefallen ist.*

Und Michal? Würde sie zu ihm zurückkehren? In der Tat, er hatte sich ihr gegenüber nicht besonders gut verhalten, das konnte er nicht abstreiten. *Aber schuld daran war nicht ich, schuld waren die widrigen Umstände,* versuchte er sich vor sich selbst zu entschuldigen.

Ihrer beider Lage hatte sich in den letzten Jahren grundsätzlich geändert. Heute stand er in der gesellschaftlichen Rangordnung hoch über ihr, war König, der in einem Palast lebte. Sie hingegen verbrachte ihr Leben auf einem kleinen Gutshof in einem wenig bekannten Ort, in Gallim am Ende der Welt, einem Ort, der nach der Zerstörung Gibeas vollständig ins Abseits geraten war. Sie musste den Umzug nach Hebron für sich doch als eine Art Aufstieg betrachten. Und er würde sie mit Geschenken überhäufen und ihr alle Vorrechte gewähren, die ihr als Prinzessin zustanden.

Alles würde wieder werden wie einst.

David wandte sich an den Boten: „Ich werde mit deinem Herrn eine Übereinkunft treffen, unter der Bedingung, dass er mir meine Frau, die Prinzessin Michal, nach Hebron bringt."

Der König sagte weder „Abner", denn diese Formulierung wäre abwertend gewesen, noch „Feldoberst", denn das hieße, er betrachtete ihn noch immer als solchen. Er sagte „mit deinem Herrn" und ließ sich damit alle Wege offen.

Der König war wieder allein. Gedankenverloren saß er auf seinem Thronsessel und dachte an Michal. Sie war nicht nur eine

Prinzessin aus königlichem Blut, sie hatte auch ein königliches Auftreten. Ihre Anwesenheit würde seinen Hof aufwerten, durch sie würde dieser erst den richtigen Glanz bekommen.

◆ ◆ ◆

In Mahanajim trat ein Diener in den Thronsaal und meldete Esch-Boschet, dass Abner im Vorraum warte und um ein Gespräch ersuche.

Ein ungutes Gefühl überkam den König. *Sicher hat er mir wieder etwas Unangenehmes mitzuteilen.* Erfreuliche Nachrichten gab es überhaupt keine mehr. Am liebsten hätte er Abner verjagt, aber das konnte er sich nicht leisten. Er ließ ihn eintreten. Die Begrüßung fiel kühl aus.

Abner nahm das Gespräch auf. „Es ist mir zu Ohren gekommen, dass David einen Streifzug nach Gallim vorbereitet. Er will Prinzessin Michal als seine rechtmäßige Frau zu sich nach Hebron holen. Die Sache ist ernst."

„Was heißt ‚ernst'?", fragte der junge König.

Abner brachte es auf den Punkt: „Wir haben die Wahl, entweder einen Krieg um die Prinzessin zu führen oder sie ohne weitere Einwände an David auszuliefern."

„Und was schlägst du vor?"

„Ausliefern."

Esch-Boschet hatte für seine hochnäsige Schwester noch nie etwas übrig gehabt. Und jetzt einen Krieg – noch dazu gegen den Rat des Feldobersten –, das wollte er auf keinen Fall. „Gut, von mir aus kann er sie haben", entschied er.

Ein kaum erkennbares Lächeln glitt über Abners Gesicht. „So einfach ist das aber nicht", antwortete er. „Michal wird sich nur fügen, wenn sie eine Weisung vom König erhält. Und selbst dann kann es bei ihrem Dickkopf noch Schwierigkeiten geben."

„Mit Frauen gibt es immer Ärger. Lass meinen Boten rufen", bemerkte Esch-Boschet unwirsch. Abner hatte sein Ziel erreicht und hätte gehen können, aber er wollte den Wortlaut des königlichen Befehls noch hören und blieb daher.

Ohne den Boten anzuschauen, sagte Esch-Boschet schroff: „Ich habe eine heikle und vertrauliche Aufgabe für dich. Du reist morgen nach Gallim zur Prinzessin Michal und teilst ihr folgenden königlichen Beschluss mit: Die Interessen des Königreichs machen es erforderlich, dass Prinzessin Michal zu ihrem ersten Mann David ben Isai zurückkehrt." Der König stockte und überlegte, wie ihre Reise wohl am besten vonstatten gehen könnte.

Abner kannte Esch-Boschet gut genug, um zu wissen, was er gerade dachte und warf möglichst gleichgültig ein: „Ich werde sie nach Hebron begleiten lassen."

Damit war die Angelegenheit für den König erledigt. Er nickte zustimmend.

Der Feldoberst und der Bote verbeugten sich, der erste kaum merklich, der zweite tief, und beide verließen den Thronsaal.

Die nächsten Schritte führten Abner in die Frauengemächer des Königs. Rizpa, die ehemalige Kebse Sauls, war noch immer eine schöne Frau. Sie bewunderte Abner. Er war der starke Mann in Mahanajim und der einzige, an den sie sich mit Problemen wenden konnte.

Als er jetzt bei ihr eintrat, war sie überrascht, ein wenig erfreut, aber mehr noch verängstigt. Sie befürchtete, dass sein Besuch Anlass zu Klatsch geben könnte. „Abner, wenn die Leute erfahren, dass du bei mir warst, wird es Ärger geben", sagte sie, ohne ihn anzublicken.

Einen Augenblick lang zögerte er. Er wollte nicht, dass sie Ärger bekam, aber der Besuch war notwendig, er gehörte zu seinem Plan. „Ich wollte nur kurz vorbeischauen", entgegnete er.

Als sie Platz genommen hatten, erkundigte er sich, wie es ihrer Hand gehe, die sie sich bei einem Sturz verrenkt hatte, und beklagte sich dann über das Wetter und die momentane Hitze.

Nachdem er sich bald darauf wieder verabschiedet hatte und gegangen war, fragte sich Rizpa, was diese Aufwartung eigentlich sollte. Abner hatte ihr weder etwas mitzuteilen, noch etwas mit ihr zu besprechen gehabt.

◆ ◆ ◆

So wie sie es vorausgesehen hatte, brodelte tags darauf die Gerüchteküche in der Stadt. Auch der König erfuhr von diesem Besuch, ließ Abner rufen und stellte ihn zur Rede. „Stimmt das, was man munkelt?"

Abner bejahte die Frage.

Rizpa als Frau war Esch-Boschet gänzlich gleichgültig, dennoch geriet er in Wut, denn es handelte sich in diesem Fall nicht nur um eine Weibergeschichte am Hofe. Hier ging es um einen grundsätzlichen Verstoß. Der Beischlaf mit einer Frau des verstorbenen Königs war nämlich gleichbedeutend mit dem Anspruch auf die Thronfolge. *Genau in diesem Sinne, begründet oder nicht begründet, wird der Hof die Liebelei des angesehenen Abners werten,* dachte Esch-Boschet zornig. „Das ist Verrat am König", rief er aus vollem Halse, so dass die Dienstboten vor der Tür jedes Wort verstehen konnten.

Abner blieb ruhig, grinste in sich hinein, setzte eine beleidigte Miene auf und sagte dann auch absichtlich laut: „Was ist denn geschehen? Nichts! Gar nichts! Ich verstehe die ganze Aufregung nicht." Er machte eine Pause und fuhr dann etwas leiser fort: „Morgen werde ich nach Gallim reisen."

„Mach, was du willst, aber verschwinde mir aus den Augen!", brüllte der König mit Schaum auf den Lippen.

„Wie der Vater ...", murmelte Abner, deutete eine Verbeugung an und verließ den Saal.

Die Worte „Verrat" und „verschwinde mir aus den Augen" machten die Runde. Am nächsten Tag wusste ganz Mahanajim, dass der König Abner verjagt hatte. Und warum? Wegen einer Geringfügigkeit, wegen einer Weibergeschichte, von der man nicht einmal weiß, ob sie wahr ist. *Wie konnte er nur den unentbehrlichen Feldoberst aus der Stadt vertreiben?*, hieß es. *Hoffentlich wird sich der Leichtsinn nicht rächen.*

◆ ◆ ◆

Abner beabsichtigte gar nicht, sofort nach Gallim zu gehen. Vorher hatte er noch wichtige Aufgaben zu erledigen und begab sich als Kaufmann verkleidet auf eine Reise durch die nördlichen, von den

Philistern besetzten Stammesländer. Den Ältesten dort gab er in Gesprächen zu verstehen, dass es in Mahanajim praktisch keinen König mehr gebe. Vorsichtig stellte er die Frage: *Was sollte man tun?* Er vermied eine eigene Stellungnahme, die man als einen Verrat an Esch-Boschet deuten könnte und flüchtete sich oft in Redewendungen wie: „Es wäre zu überlegen..." oder „Man könnte darüber nachdenken ..." Der alte Fuchs dachte nur laut darüber nach, was wohl das Beste wäre für den Stamm, den er gerade besuchte. Dann brachte er den König von Juda ins Gespräch, nur um ihn sogleich wieder zu verwerfen. Diese Wortspielereien trieb er so lange, bis die Ältesten ein Zusammengehen mit David nicht mehr ausschlossen.

Die halbe Arbeit war getan.

Die letzte Etappe seiner Rundreise war dann tatsächlich Gallim. Nun galt es, die Prinzessin Michal zur Abreise zu bewegen. Schon immer war sie ein Querkopf gewesen. *Hoffentlich gibt es keinen Ärger.*

Als Abner ihr Haus betrat, hatte Michal Tränen in den Augen. Sie wusste, was dieser Besuch bedeutete. David, ihr Mann, hatte sie betrogen. Über Jahre hatte er kein Zeichen von sich gegeben. Zwei Frauen hatte der Schuft sich genommen. Auch ihr Bruder Esch-Boschet hatte sie hintergangen, sie nicht einmal gefragt, ob sie zu David zurückkehren wolle. Eine bodenlose Frechheit! Sie wurde wie eine Sklavin behandelt. Es tat weh, sehr weh. Dicke Tränen liefen ihr über die Wangen

Der ihr vor etwa einem Monat überbrachte Befehl des Königs, sich zu David zu begeben, hatte wie ein Blitz bei ihr und bei Palti eingeschlagen. Sie dachte über die vergangene Zeit nach. Palti war der einzige Mann gewesen, der ehrlich zu ihr gestanden hatte. Anfangs hatte sie ihm klar gemacht, dass sie sich auch weiterhin als Ehefrau Davids betrachte, dass sie wie Bruder und Schwester miteinander leben würden. Dabei war es geblieben. Mit der Zeit hatten sie sich aneinander gewöhnt und kamen nun gut miteinander aus. Und jetzt sollte sie auch ihn verlieren. Beide wussten, dass Widerstand gegen einen Befehl des Königs zwecklos war.

Als Abner Michal zur Abreise aufforderte, versuchte sie nicht einmal zu widersprechen. Wie eine willenlose Puppe fügte sie sich den Anweisungen des Feldobersten.

Mit Uschu, ihrer alten vertrauten Dienerin, und ein wenig Gepäck, das auf zwei Eseln verstaut war, schloss sie sich Abners Leibwache an. Bis zur Grenze nach Juda, bis Bahurim, durfte Palti mitkommen, dann schickte der Feldoberst den lästigen Begleiter kaltschnäuzig zurück.

Palti wartete weinend, bis die Reitergruppe mit seiner Frau in der Ferne verschwand.

## 6

Durch einen Boten hatte Abner dem König von Juda seine Anreise mit Prinzessin Michal angekündigt.

David wusste um Joabs Hass auf den Feldobersten, der sich nach dem Tode seines geliebten Bruders Asahel, den Abner einst in einem Scharmützel in Selbstverteidigung tötete, bis ins Krankhafte gesteigert hatte. Die Folgen eines Zusammentreffens beider Männer waren schwer vorauszusehen. David machte sich deswegen Sorgen.

Der Zufall kam ihm zu Hilfe. Nomadenbanden hatten in den letzten Tagen im Süden des Landes Viehherden geraubt. Diesen Vorfall nahm der König jetzt zum Anlass, Joab mit einem kleinen Heer in das betroffene Gebiet zu entsenden. Er sollte das Vieh den rechtmäßigen Eigentümern zurückbringen und die Räuber bestrafen.

◆ ◆ ◆

Unterwegs kreisten Michals Gedanken um David und sein Verhältnis zu ihr. Es ging ihr schlecht, und er hatte sich um sie nicht gekümmert. Nicht einmal eine Nachricht hatte er ihr zukommen lassen. Eine ungeheure Missachtung. Und jetzt befahl er ihr, nach Hebron zu kommen, ohne zu fragen, ob sie es überhaupt möchte. Sie schluckte schwer. Ihre Stimmung wurde immer schlechter.

Als Hebron in Sicht kam, fragte sie sich, wie David sie wohl empfangen würde. Das wenigste wäre, dass er im Palasthof auf sie wartete. Aber das war nicht der Fall. In Michal kochte es immer mehr. *Benehmen wie ein Viehtreiber!* Diese ihr entgegengebrachte Geringschätzung war geradezu beleidigend.

In der Mitte des Palasthofes standen ein Mann und eine Frau. Den Mann hatte sie noch nie gesehen, doch die Frau kannte sie. Das war Lea. *Soll mich etwa die Tochter eines Schmieds begrüßen?* Das wäre der Gipfel der Unverfrorenheit.

Über Einzelheiten des Empfangs von Michal hatte David sich keine Gedanken gemacht. Er hatte Wichtigeres zu tun. Im Vordergrund seiner Überlegungen stand Abner. Hier ging es um wirklich große Dinge, ihn wollte er beeindrucken und für seine Sache gewinnen, ohne viel versprechen zu müssen.

Vom Fenster aus beobachtete er unbemerkt den Hof. Abner hatte angehalten. Karit, der Schreiber, ging auf den Feldobersten zu und Lea auf Michal.

Lea machte einen tiefen Knicks und begrüßte die Prinzessin ehrerbietig, wie sie es aus Gibea kannte. *Das ist ja wohl auch das wenigste,* dachte Michal, während ihre Dienerin Uschu vom Esel sprang und sich voller Freude auf Lea stürzte. Uschu war glücklich, in der fremden Welt eine bekannte Seele wiederzutreffen. Die beiden Frauen umarmten sich. Lea machte sich aber gleich wieder von Uschu los und wandte sich höflich an die Prinzessin mit den Worten: „Ich bin die Verwalterin der Frauengemächer und heiße dich im Namen des Königs herzlich willkommen."

Michal wurde es schwarz vor Augen. *Frauengemächer?* Sie sollte in einem Harem wohnen, etwa zusammen mit diesen beiden Bauerntöchtern, von denen sie gehört hatte? Sie sah sich um. Wirklich an zwei Fenstern standen zwei Frauen. Eine hatte sogar ein Kind auf dem Arm. Michal stieg das Blut zu Kopf, und ihr Magen drehte sich um. Nur mit letzter Kraft zwang sie sich, Haltung zu bewahren. Doch ihre Wut konnte das schleichende, schmerzliche Gefühl der Unterlegenheit, der Ohnmacht, das sie überfiel, nicht verdrängen. Sie war diesem rücksichtslosen, unverschämten David hilflos ausgeliefert. Tränen traten ihr in die Augen. Doch nein, vor Dienerinnen würde sie nicht weinen!

Sie nahm sich zusammen, schaute an Lea vorbei und befahl mit heiserer Stimme: „Führe mich in meine Wohnung."

◆ ◆ ◆

Derweil geleitete Karit Abner in die Vorhalle. David warf schnell noch einen Blick auf den Sechseckstern über dem Thronsessel und nahm mit königlicher Haltung Platz.

Der Kanaaniter öffnete die Tür und Abner betrat einen Raum, der dem Thronsaal in Gibea auffallend glich. Ein merkwürdiges Gefühl überkam den stolzen Mann. Dort in Gibea hatte er einst vorn gesessen, und David war als Bittsteller aufgetreten. Heute war es umgekehrt. Doch gleich berichtigte er sich. *Bittsteller bin ich ja nicht, sondern Partner.* Er verneigte sich leicht, so knapp wie eben nötig. Es sollte keine untertänige Verbeugung sein.

David bot Abner mit einer Handbewegung ein Kissen an, während er selbst auf seinem Sessel sitzen blieb.

„Ich begrüße dich in Hebron", sagte der König höflich, fragte nach den Umständen der Reise, seinem Wohlbefinden und anderen unwichtigen Dingen, ehe er zum eigentlichen Thema kam. „Meine Bedingung für unsere Zusammenarbeit hast du erfüllt." Den Satz hatte er mit Anerkennung ausgesprochen. Immer noch hatte David großen Respekt vor dem eher kleinen, drahtigen Mann. „Ich danke dir, dass du die Prinzessin hierher gebracht hast."

Abner nickte selbstbewusst. „Du weißt aber auch, dass ich dir bedeutend mehr bieten kann, … König." Das Wort König kam ihm nur schwer über die Lippen.

David hatte es bemerkt; es war eine kleine Genugtuung für die früher erlittenen Erniedrigungen. Kein Muskel regte sich in seinem Gesicht, als er sagte: „Sprich, ich höre!"

Abner berichtete über die Lage in den Ländern des Nordens, über die Ausbeutung durch die Philister, über die Unzufriedenheit der Stammesältesten mit Esch-Boschet und über seine Gespräche mit ihnen. „Du siehst, ich habe alles vorbereitet. Sie werden dich, König von Juda, auch zum König der Nordstämme ausrufen." Mit dieser Erklärung übertrieb er allerdings bewusst. Keiner der Ältesten hatte ihm dergleichen zugesagt, aber er war fest davon überzeugt, sie dazu bringen zu können.

Davids großer Wunsch, König aller Hebräer zu werden, schien Dank Abners Vorarbeit in greifbare Nähe gerückt zu sein. *Verspricht mir der listige Fuchs aber nicht zuviel?* „Kannst du dich dafür verbürgen?“, fragte David.

„Ich hoffe, dass wir einen Vertrag schließen können. Ich sorge dafür, dass die Nordstämme dich ohne Wenn und Aber zum König küren. Dafür erhalte ich die leitende Stellung im Heer des geeinten Königreichs.“

*Das habe ich kommen sehen,* dachte David und kratzte sich an der Schläfe. Den Posten des Feldobersten durfte er nicht so ohne weiteres versprechen, denn damit rechnete auch Joab. Dem Wunsch Abners, der ja genau genommen eine Forderung war, musste er ausweichen. „Über die Organisation des zukünftigen Heeres habe ich mir noch keine Gedanken gemacht. Es ist noch zu früh, um über leitende Stellungen zu sprechen. Aber du sollst nicht zu kurz kommen.“

Abner war enttäuscht. Es war ihm nicht gelungen, seine Bedingung ganz durchzusetzen. *Trotzdem habe ich schon viel erreicht,* dachte er und lenkte ein. „Einverstanden. Ich brauche für meine Aufgabe drei bis vier Wochen.“

David war zufrieden. Um dem Feldobersten keine Gelegenheit mehr zu geben, noch irgendwelche Wünsche zu äußern, sagte er abschließend: „Dann sehen wir uns in vier Wochen wieder. Ich werde dich und die Stammesältesten erwarten. Sie müssen einzeln reisen, denn die Philister dürfen keinen Verdacht schöpfen, dass sich zwischen mir und dem Norden irgendwelche Beziehungen anbahnen.“

Damit war Abner entlassen.

◆ ◆ ◆

David ließ sich das Gespräch mit Abner gerade noch einmal durch den Kopf gehen, als er plötzlich Eselgetrappel hörte. Er schaute zum Fenster hinaus und erblickte Joab mit seiner Truppe im Hof.

Er hatte seine Aufgabe also schneller durchgeführt als erwartet. David sah, wie Joab aufgeregt mit einem Hofdiener sprach und dann auf den Palast zustürmte.

David ahnte, was seinen Vetter trieb. Der König empfing ihn freundlich. „Erzähle, wie ist dein Feldzug ausgegangen?"

Joab überhörte die Frage und rief mit gereizter Stimme: „Ist es wahr, dass Abner hier in Hebron war, und du ihn hast ungeschoren wieder gehen lassen?"

David blickte in die vor Hass glühenden Augen und wollte beschwichtigen. „Joab, wir müssen, ob es uns passt oder nicht, alle Möglichkeiten ausschöpfen, um die Stammesältesten der Nordstämme für unsere Seite zu gewinnen. Erst dann werden wir den Philistern wirklich gewachsen sein. Wenn eine unserer Schwindeleien vorher in Gat bekannt wird, kann es das Ende des Königreichs Juda sein. Eile ist geboten, das brauche ich dir wohl nicht zu erklären."

Der Vetter hatte gar nicht zugehört, er verfolgte seine eigenen Gedanken. „Abner wollte dich töten, als du noch in Gibea warst. Erinnere du dich an die Falle mit dem Brautpreis für Michal? Gemeinsam haben wir damals unser Leben riskiert. Derselbe Abner tötete meinen Bruder Asahel. Heute verfolgt er eine undurchsichtige Politik in Mahanajim. Er war immer gegen dich, gegen uns. Ihm ist jedes Mittel, jede List recht. Jetzt kommt er mit Michal als Geschenk und sucht mit dir das Gespräch. Er braucht dich für irgendeinen Zweck. Du kannst dir sicher sein, schon bei der nächsten Gelegenheit wird er dein Vertrauen missbrauchen!" Joab hatte die Rede stoßweise, atemlos vorgebracht.

„Ich schließe nicht aus, dass er uns irgendwann in Zukunft untreu wird. Aber heute geht es lediglich um die nächsten Monate. Jetzt brauchen wir ihn, und zwar dringend. Koste es, was es wolle", entgegnete David.

Joab spürte, dass er David nicht umstimmen konnte. „Du bist Abner auf den Leim gegangen", schrie er, verlor die Beherrschung und stürzte hinaus. Vor dem Palast stieß er auf seinen Burschen Amoz. „Du kommst mir gerade recht." Joab zog ihn beiseite und flüsterte: „Ein geheimer Auftrag des Königs. Am Vormittag ist Abner von hier nach Mahanajim aufgebrochen. Du musst ihn einholen und bitten, umzukehren und rasch nach Hebron zurück zu kommen. Es gibt wichtige Neuigkeiten für ihn. Nimm meinen dunkelgrauen Esel, er ist schneller als der Wind."

Vor dem Stadttor kletterte Joab auf einen Felsen und schaute in die Richtung, von wo Amoz mit Abner kommen mussten. Verbissen saß er an den Stamm einer Tamariske gelehnt und starrte nach Norden. Er vernahm keins der Geräusche mehr, die aus der nahen Stadt herauf drangen, nicht das Knarren eines vorüberfahrenden Wagens, noch die Schreie eines Fuhrmanns, der seine Ochsen zur Eile antrieb.

Die Umgebung, die Zeit hatten für ihn aufgehört zu existieren.

◆ ◆ ◆

Endlich hatte David Zeit gefunden, sich um Michal zu kümmern und ließ sie zu sich bitten. Er hatte sie bei ihrer Ankunft nur aus der Ferne beobachtet und war gespannt, wie sie nach den Jahren der Trennung aussah und sich verhalten würde. Er wartete mit klopfendem Herzen.

Die Prinzessin war wütend. Er hatte sie nicht standesgemäß empfangen, er ließ sie warten wie einen Boten. Nicht zu glauben, dieses Verhalten! Wütend betrat sie den Thronsaal, tat einige Schritte, hielt inne und staunte. *Wie in Sauls Thronsaal, wie zu Hause! Damit will er mir zeigen, dass er genauso mächtig ist wie einst mein Vater. Alles nur Schein und Täuschung. Täuschung eines philistäischen Vasallen.* Wieder wollte er ihr etwas vorspielen. Ihre Wut verwandelte sich in glühenden Zorn, ihre Wangen röteten sich, ihre Augen funkelten.

In so einem Zustand hatte David die Prinzessin noch nie erlebt. Sie sah aus wie eine heidnische Göttin, aber sie war schöner als damals in Gibea. Mit David geschah etwas Seltsames, er fühlte sich wie von einem Blitz getroffen. Seine verdrängte Liebe zu Michal flammte wieder auf.

Er trat auf sie zu und streckte ihr freudestrahlend die Arme entgegen. „Ich begrüße dich, Michal. Ich bin glücklich, dass du endlich wieder bei mir bist."

*Seine Begeisterung ist echt,* stellte sie nüchtern fest. Trotzdem trat sie einen Schritt zurück.

*Sie ist mir böse,* dachte David - und er wusste auch, warum. Es ging ihr sicher um die Jahre, in denen er keinen Kontakt zu ihr aufgenommen und nichts von sich hatte hören lassen. Er versuchte ihr zu erklären, warum das nicht möglich gewesen war. „Die Umstände ließen es leider nicht zu." Seine Erläuterungen waren notgedrungen geschönt, er hoffte, sie würde das nicht durchschauen.

Michal trat noch einen Schritt zurück. „So, die Umstände ließen ein früheres Treffen nicht zu? Aber zwei dahergelaufene Bauerntrampel konntest du dir zur Frau nehmen, dafür waren die Verhältnisse gut genug. Sag mal, für wie dumm hältst du mich eigentlich?"

David spürte die Kälte, die aus ihren Gesichtszügen sprach. Plötzlich war er ratlos. *Vielleicht sollte ich sie einfach in die Arme schließen?,* war sein nächster Gedanke. Wieder ging er auf sie zu, doch Michal wich mit einem schrillen „Nein" bis zur Tür zurück. David hielt inne. „Michal, ich liebe dich doch. Ich will alles wieder gut machen."

„Ich glaub dir kein Wort. Du liebst mich nicht, du brauchst mich nur für deine Pläne. Du liebst nur dich, nur dich und deine Ziele. Vor allem die Macht!"

„Michal ..."

„Lass es sein, ich glaube dir nicht." Sie wandte sich um und verließ den Raum.

Innerlich zerrissen trat David ans Fenster und schaute ihr nach. *Eine außergewöhnliche Frau.* Stolz überquerte sie den Hof und entschwand im Treppenhaus des Frauenflügels. *Eine wunderbare Frau. Ich will alles tun, um ihre Liebe wieder zu gewinnen ...* Doch als er sich die Frage stellte: Was denn genau?, da hatte er keine Antwort. Er wusste es nicht. Der Mann, der im Umgang mit Fremden, insbesondere mit Feinden, immer - wenn nötig sofort - über eine Lösung verfügte, fühlte sich Michal gegenüber machtlos.

Er dachte immer noch an die schöne Frau, als Abinadab in den Thronsaal stürmte und rief: „Joab hat Abner erdolcht."

David zuckte zusammen. „Als hätte ich so etwas geahnt! Wir hätten den Mann noch brauchen können." David überlegte kurz und fügte hinzu: „Auf keinen Fall aber darf der Verdacht aufkommen, dass ich, der König, die Hände mit im Spiel haben könnte. Darum müssen wir für den Feldoberst ein würdiges Begräbnis veranstalten. Bei dieser Feier werde ich in einem neuen Klagelied seine großen Verdienste preisen."

## 7

In Mahanajim sank Esch-Boschets Ansehen, und die Zahl seiner Anhänger verringerte sich von Tag zu Tag.

In der Stadt tuschelte man, einige Stammesältesten im Westjordanland dächten an einen Zusammenschluss mit David, dem König von Juda. Manche fanden die Idee sogar gut und meinten, dass die Hürde zu einer Wiedervereinigung in der Person Esch-Boschets zu finden sei. Viele hofften auf eine bessere Zukunft in einem geeinten Königreich.

Zu ihnen gehörten auch zwei Benjaminiter, Scharführer in der Wache des Königs, die Brüder Baanah und Rekab aus Beerot. Sie versprachen sich durch einen David erwiesenen Dienst eine gehobene Stellung in seinem Heer und heckten einen Plan aus.

Sie wussten, dass in Esch-Boschets Palast zur Mittagszeit die Männer schliefen und Frauen Wache hielten. Dabei verrichteten sie leichte Arbeiten, die nebenbei getan werden konnten, beispielsweise Sandkörner aus dem Korn zu klauben, die nach dem Dreschen beim Auffegen auf der Tenne in das Getreide geraten waren.

Während König und Hof ruhten, wurden auch die Frauen manchmal müde. Sie hatten gelernt, ihre einfachen Tätigkeiten im Halbschlaf zu verrichten, und die Aufsicht hatte sich an diesen Zustand gewöhnt. Es störte niemanden, wenn die wachehaltenden Frauen zuweilen einnickten.

Die Brüder blieben in den Mittagspausen wach und warteten auf eine günstige Gelegenheit. Als an einem Tag auch die Torhüterin vor dem Schlafgemach Esch-Boschets zu schnarchen begann, nutzten sie den Augenblick und drangen beim König ein. Dem Schlafenden schlugen sie mit einem Schwert den Kopf ab, legten ihn in einen mitgebrachten Korb und stahlen sich eilig mit der grausigen Beute davon.

Sie versteckten sich im Gebüsch am Ufer des Jabbok und warteten bis Sonnenuntergang. Im Schutze der Dunkelheit liefen sie zum Jordantal und in den darauffolgenden Nächten weiter, ständig am Fluss entlang, bis sie zur Nordspitze des Salzmeeres kamen. Am Westufer entlang eilten sie zur Grenze nach Juda.

Als sie schließlich in Hebron angekommen waren, verlangten sie von der Palastwache, beim König persönlich vorgelassen zu werden. Dabei wiesen sie auf den Korb und erklärten, dass sie ein wertvolles Geschenk für den Herrscher brächten.

Im Thronsaal verbeugten sie sich tief vor David, beinahe berührten sie den Boden. „Wir bringen dir das Haupt Esch-Boschets, deines Feindes“, sagte Baanah und nahm den Korbdeckel ab. Rekab holte den abgeschlagenen Kopf heraus und hielt ihn hoch. „Jahwe, der Herr, hat dir, König, die Rache gegönnt.“

David zuckte zusammen, ließ sich dann aber berichten, wie sie an diesen Kopf gekommen waren. Baanah erzählte den Vorfall gern und schmückte ihn mit vielen Einzelheiten aus, die die Schlauheit der Brüder unterstreichen sollten. Rekab begleitete die Schilderung mit Kopfnicken, besonders an Stellen, wo der Bruder seinen Namen erwähnte.

Mit versteinerter Miene hörte David zu, rief dann unerwartet die Wache und ließ die erstaunten Brüder, die Königsmörder, auf der Stelle fesseln. Sie hatten sich verrechnet. „Sie sind des Todes! Man soll ihnen Hände und Füße abschlagen. Als abschreckendes Beispiel sollen diese beiden Verbrecher am Hebroner Teich aufgehängt werden!“, lautete das Urteil. „So wird es jedem ergehen, der die Hand gegen einen hebräischen König erhebt.“

„Aber König“, schrie Baanah auf, „wir haben doch nur deinen Gegner beseitigt. Gnade!“ Doch die Wache hatte die Brüder schon ergriffen und schleifte sie zur Tür hinaus.

David ließ Abinadab rufen. „Nimm Esch-Boschets Kopf und

bestatte ihn mit allen Ehren in Abners Grab. Die beiden gehören zusammen."

Die Menschen in Hebron waren der Meinung, dass ihr König gerecht und großzügig gehandelt hatte.

Und ... von nun gab es nur noch einen König der Hebräer.

◆ ◆ ◆

Davids größte Sorge war die Ausbildung und Bewaffnung seiner Truppe. Darum freute er sich über die Nachricht von Kamaram, dass die Hütten- und Schmiedeanlage fertig sei. Er reiste persönlich nach Gat, um sie in Empfang zu nehmen.

Der Kaufmann begrüßte ihn herzlich. Während die Anlage auf Wagen verstaut wurde, unterhielten sich die Männer bei einem Becher Wein. David erfuhr bei dieser Gelegenheit, dass Maoch erneut tätig geworden war, die besetzten hebräischen Länder bereiste und in Gat böse Gerüchte verbreitete, dass David mit allen Kräften versuche, auch König der Nordstämme zu werden. Nach Esch-Boschets Tod habe er seine Anstrengungen verdoppelt.

Kamaram nahm das Geschwätz des ehemaligen Waffenträgers von Goliat nicht ernst, aber David sah die Dinge anders. War das nicht eine ernsthafte Bedrohung für ihn? Wenn es Maoch gelingen würde, seine Verdächtigungen mit Beweisen zu untermauern, die Achis misstrauisch werden ließen, geriet sein Doppelspiel unverzüglich in Gefahr. Nahte vielleicht schon der Zeitpunkt für die endgültige Auseinandersetzung mit den Philistern? Das wäre viel zu früh, denn auf einen Krieg war er noch lange nicht vorbereitet. David erschrak innerlich.

Aber in all den Jahren hatte er auch gelernt, seine Gefühle zu verbergen. Mit möglichst gleichgültiger Miene wandte er sich Kamaram zu und sagte wie beiläufig: „Maoch ist verblendet. Seine Rachegefühle müssen ihm den Verstand geraubt haben."

Der Kaufmann hatte von Davids Bestürzung nichts bemerkt und stimmte ihm zu.

Die Anlage wurde in Hebron wieder aufgebaut. Nahor und seine beiden Gehilfen hatten, wie im Vertrag vorgesehen, in Gat gelernt, eiserne Werkzeuge herzustellen. Während ihrer Schulung hatten sie im Geheimen auch beobachtet, wie nebenan eiserne Waffen geschmiedet wurden. Zuhause führten sie sofort Versuche durch. Nach einigen Misserfolgen gelang es auch ihnen, eiserne Schwerter, Speer- und Lanzenspitzen zu fertigen.

Ab sofort war Davids Waffenschmiede Tag und Nacht in Betrieb.

◆ ◆ ◆

Abinadab bereiste jetzt - wie früher Abner - die Stammesältesten der Nordstämme und lud sie nach Hebron ein, um über eine gemeinsame Politik gegen die Philister zu beraten.

Die Ältesten wussten genau, dass Abinadab an einen Zusammenschluss des Nordens mit dem Süden unter Davids Führung dachte, dieses Wort aber nicht verwendete. Sie erklärten ihm, dass sie gern mit dem König einen Vertrag schließen wollten, sagten aber nichts über dessen Inhalt. Abinadab wunderte sich. Daraufhin erfuhr er, dass sie beabsichtigten, David erst im persönlichen Gespräch ihre Wünsche darzulegen.

Drei Wochen später kamen sie in Hebron an. Der König empfing sie in der Abenddämmerung, angetan mit einem weißen, vornehmen Gewand, ohne Hoheitszeichen, nicht im Thronsaal, sondern im Empfangssaal, wie persönliche Gäste. Nach einer kurzen Begrüßung wurde erst einmal aufgetragen. Die Männer hatten seit dem Morgen nichts mehr gegessen und stürzten sich auf die erlesenen warmen Speisen, die zunächst ihre ganze Aufmerksamkeit beanspruchten.

David beobachtete seine Gäste aufmerksam. Nur die Hälfte der Männer hatte er jemals gesehen und nur mit zweien von ihnen gesprochen. Man wusste vieles voneinander, doch man kannte sich nicht näher. David versuchte zu erraten, was jeder dachte und was er voraussichtlich bei der Besprechung sagen würde. *Einen Vertrag wollen sie erzwingen,* kam es David wieder in den Sinn. Er wusste aber immer noch nicht, zu welchen Bedingungen.

Gesättigt und beim Obst, dem letzten Gang, kehrten die Ältesten mit ihren Gedanken zum Vertrag zurück. Ja, sie wünschten sich

David zum König, aber keinen Anschluss an Juda. Sie wollten ihre Bedingungen unmissverständlich vortragen und von ihnen nicht abweichen. So hatten sie unterwegs kurz vor Hebron gemeinsam beschlossen, und daran wollten sie sich halten.

Nach dem Mahl erhob sich der König. Es wurde still im Saal. In seiner Rede gab er seiner Trauer über den Tod Abners und Esch-Boschets Ausdruck. Dann sprach er offen über die Beziehung zwischen Juda und dem philistäischen Fürsten Achis und legte ihnen klar, wie er unter Anwendung einer List oder Täuschung - egal wie man es nennen wollte - als Vasall der Philister König über Juda werden konnte. Er zahle weiterhin hohe Tribute, das sei wahr, aber Juda habe seine Selbstständigkeit. „Es gab keinen anderen Weg, und auch heute gibt es keinen besseren. Solange wir nicht stark genug sind, um einen Krieg mit den Philistern zu gewinnen, müssen wir sie hinhalten. Und es ist gleichgültig, wie. Hauptsache ist, wir erreichen unser Ziel."

Einige Köpfe nickten zustimmend.

Dann berichtete David über seine Vorbereitungen für den irgendwann unausweichlich bevorstehenden Krieg und teilte den Zuhörern mit, dass er bereits insgeheim Eisenwaffen herstelle. Die Stammesältesten staunten. „Und nicht nur das", fuhr er fort. „Nach und nach werden alle Judäer zu Kriegern ausgebildet. Nach einer zweimonatigen Schulung in einem von Ner geführten, gut verborgenen Lager, kehren sie in ihre Wohnorte zurück. Noch zwei Jahre, und alle kampffähigen Männer Judas werden fachkundig mit Schwert, Speer und Schleuder umgehen können."

Die Stammesältesten bewunderten den König von Juda.

David hoffte, das Vertrauen der Männer gewonnen zu haben und kam auf Abinadabs Rundreise zu sprechen. „Mein Bruder berichtete mir, ihr wünscht einen Vertrag. Erklärt mir bitte, was ihr darunter versteht."

„König", antwortete einer der Stammesältesten, der Efraimiter, „deine Ausführungen überzeugen mich. Auch bin ich der Ansicht, dass sich vieles bei uns unter deiner Führung verbessern ließe. Doch wir ...", er machte eine Handbewegung, mit der er die anderen einschloss, „... haben einen gemeinsamen grundsätzlichen Wunsch."

Das Wort „Bedingung" hatte er wohlweislich durch das weichere „Wunsch", ersetzt. Er schaute sich um, und als ihm niemand widersprach, fuhr er fort: „Wir wollen keine Angliederung an Juda, wir wollen ein eigenes Königreich mit dir als König und unsere eigene Hauptstadt, die nicht in Juda liegt."

*Also nicht Hebron,* grübelte David. Offenbar hatten sich in der kurzen Zeit nach Sauls Tod die Stämme des Nordens und des Südens mehr auseinandergelebt, als er bisher vermutet hatte. Aus dem ehemaligen Volk der elf Stämme, denen Josua nach der Eroberung Kanaans eigene Gebiete zugeteilt hatte, waren inzwischen zwei Völker geworden: Juda und Simeon im Süden und die übrigen neun Stämme im Norden. Nur Levi, der zwölfte Stamm, der kein eigenes Land besaß, hatte sich friedvoll auf beide Völker verteilt. *Ich werde große Mühe haben, sie wieder zu vereinen,* überlegte der König.

Der Stammesälteste von Ascher ergriff das Wort. „Wir denken an ein Doppel-Königreich. Das Königreich Juda im Süden bleibt, wie es ist. Unser Königreich der Nordstämme soll unabhängig und selbstständig sein, mit einer eigenen Hauptstadt, die zum Beispiel Gibea heißen könnte." Der Redner machte eine kurze Pause und fügte hinzu: „Weitere Wünsche haben wir nicht."

Alle Anwesenden pflichteten dem Gesagten durch Kopfnicken bei. Dieser Wunsch erschien David unausführbar. Schon jetzt hatte er alle Hände voll zu tun. Das Regieren von zwei Hauptstädten aus konnte er sich überhaupt nicht vorstellen. Sollte er ständig hin- und herpendeln? Das wäre Zeitverschwendung und müsste den Philistern auffallen. Andererseits aber wollte er die außergewöhnlich gute Stimmung bei Tisch nicht ungenutzt verstreichen lassen. „Weitere Wünsche haben wir nicht", hatten sie gesagt. Wenn er die Gelegenheit nicht beim Schopf packte und die Verhandlung sogleich abschloss, könnten den Ältesten überdies andere Wünsche einfallen, solche, die für ihn noch schwerer zu erfüllen wären.

„Eure beiden Anliegen will ich gern berücksichtigen."

Der Efraimiter, der als erster gesprochen hatte, erhob sich. „Der König von Juda erfüllt unsere Wünsche." Noch einmal blickte er jeden einzelnen an. Die Stammesältesten wussten, wonach er mit den Augen fragte, und als er meinte, bei allen Zustimmung zu erkennen, sagte er: „Ich bin dafür, dass wir David ben Isai zu unserem König erwählen. Wer mir zustimmt, hebe die Hand."

Jetzt brauchte David nur noch die Einstimmigkeit. Wie gebannt schaute er auf die Ältesten ...

Alle Hände schossen in die Höhe. Er konnte es kaum glauben. *Sie haben mich einstimmig gewählt!* Er war wie benommen. Alles war schneller verlaufen, als er es hätte erwarten können. Er spürte, wie sich sein ganzer Körper entspannte. Ein großer, schwieriger Schritt war ihm an diesem Tag gelungen. Ab heute war er auch König der neun Stämme des Nordreichs.

Der Efraimiter ergriff wieder das Wort. „Wir bitten dich, David ben Isai, die Salbungs- und Krönungszeremonie in die Wege zu leiten." Er verbeugte sich tief.

Die Zeremonien verliefen wie bei der ersten Krönung.

Es gab jetzt ein doppeltes Königreich aller Hebräer, aber das existierte natürlich nur in den Köpfen der Versammelten. Man gab sich zuversichtlich, doch tief im Herzen quälte alle die bange Frage, wie es weitergehen sollte.

Die Krönungszeremonie war eine geheime Amtshandlung gewesen, über die nur wenige am Hofe unterrichtet waren. Darum wurde auch kein öffentliches Fest veranstaltet. Zum Abend hatte David nur seine Familie und die ihm am nächsten stehenden Mitarbeiter eingeladen.

◆ ◆ ◆

Michal hatte David durch Lea ausrichten lassen, dass sie starke Kopfschmerzen habe und nicht zum Fest kommen könne. Er war verärgert, ließ es sich aber nicht anmerken und versuchte, sich bei der Feier so fröhlich wie möglich zu geben.

Am nächsten Tag war sein Ärger über Michal verflogen. Im Grunde genommen war es doch ganz gut, dass Michal an dem Fest nicht teilgenommen hatte, denn auf diese Weise ergab sich ein Vorwand, sie allein zu sich einzuladen. Ahinoam und Abigail konnten ihm in diesem Fall keinen Vorwurf machen, dass er Michal auf irgendeine Weise bevorzuge.

Michal erschien in einem schlichten Kleid, einer weißen Tunika, die nur an den Enden der Ärmel und am unteren Rand mit einem blauen Band verziert war. Den einzigen Schmuck bildete ein Gürtel in der gleichen Farbe.

David konnte nicht die Augen von ihr lassen. Michal wirkte jugendlich und graziös zugleich. Kein Vergleich mit seinen beiden anderen Frauen. Er war von ihrer Schönheit gefesselt, mehr noch als am Tag ihrer Ankunft in Hebron. Jede ihrer Bewegungen und jedes Wort verrieten ihre königliche Herkunft und Überlegenheit.

Davids erstes Treffen mit Michal in Hebron war anders verlaufen, als er es sich gewünscht hatte. Es war misslungen. David hatte darüber nachgedacht und sich daran erinnert, dass am Anfang ihrer Beziehung in Gibea sein Geschenk, die Lapislazulikette, wesentlich zur Entwicklung ihrer Liebe zu ihm beigetragen hatte. Ja, sie hatte sogar eine ausschlaggebende Rolle gespielt.

Also wollte er es noch einmal mit einer Kette versuchen. Der welterfahrene Kamaram hatte ihm ein Meisterwerk besorgt. In einem zweifingerbreiten netzartigen goldenen Band waren taubeneigroße Türkise eingefasst. Der Stein in der Mitte war doppelt so groß und doch ideal rein, ohne ein einziges Äderchen. Die Türkise schimmerten traumhaft schön, und ihre Farbe erinnerte sowohl an die Wasser des Jordans, der sein neues Königreich durchquerte, wie auch an das Blau des Himmels über Gibea, wo sie ihre glücklichsten gemeinsamen Stunden verbracht hatten. Dieses königliche Geschenk musste Michals Herz doch erweichen …

Nach einer Begrüßung, die förmlich und kühl ausfiel, bot David ihr das Schmuckstück dar. „Erlaube mir, dass ich dir diese Kette zum Geschenk mache."

Für einen Augenblick leuchteten Michals Augen auf. Diese Türkis-Kette gefiel ihr sehr, aber sollte sie sie von dem Mann, der sie ins Unglück gestürzt hatte, der sie jetzt im Frauenhaus seines Palastes wie in einem vornehmen Gefängnis gefangen hielt, überhaupt annehmen?

David hatte ständig den Abend in Gibea vor Augen, als er ihr die Lapislazulikette überreicht hatte. Diesen Abend wollte er wiederholen. Also trat er hinter Michal, um ihr das Schmuckstück umzulegen. Als er dabei wie damals leicht mit dem Finger ihren Hals berührte, zuckte sie auf eine Weise zusammen, die keinen Zweifel daran ließ, dass es ihr unangenehm war.

David war enttäuscht. War der Plan, den er sich zurecht gelegt hatte, falsch? Es fiel ihm so schnell nichts Besseres ein, also entschied er, weiter zu verfahren, wie er es sich vorgenommen hatte. Er wies ihr einen Stuhl an, griff zur bereitliegenden Harfe und begann dieselbe Melodie zu spielen wie dereinst in Gibea, als sie in Jonathans Zelt seinen in Zora errungenen Sieg feierten. Dabei schloss er die Augen und fühlte sich in diese Zeit zurückversetzt. Er war glücklich. War es Traum oder Wirklichkeit? Diese Frage verdrängte er, es sollte eben so sein wie damals. Und er spielte weiter, mit noch größerer Begeisterung.

Als er schließlich die Augen öffnete, war Michal nicht mehr da. Sie war fort, aber die Kette lag auf dem Tisch.

*Also war es doch nicht so wie damals,* dachte er traurig. Merkwürdig, alle seine Pläne hatte er durchführen können, sogar König war er geworden.

Nur konnte er nicht Michal zurückerobern.

## 8

Maoch hatte es sich zur Lebensaufgabe gemacht, den Mörder seines Onkels Goliat als Betrüger zu entlarven und zu überführen. Vom Geld seiner Familie hatte er Spitzel angeworben, die für ihn Nachforschungen anstellten.

Von einem dieser Kundschafter aus Hebron erfuhr er, dass alle neun Stammesältesten des Nordens zur gleichen Zeit bei David waren. Warum das? Das konnte der Spitzel nicht genau sagen, doch war ihm bekannt, dass in der Stadt von einem Anschluss der Nordstämme an Juda und von einer Vereinigung aller Hebräer unter einem König gemunkelt wurde.

*Das ist Verrat!,* grübelte Maoch. Aber David traute er alles zu, auch das. Mit dem Verdacht, David betreibe ein Doppelspiel, wandte er sich an Akesch, den Fürsten von Ekron. Akesch teilte Maochs Ansicht und beschloss zu handeln.

Er rief seinen Schreiber und ließ Briefe an alle Fürsten des Landes verfassen, in denen er auf die neue Gefahr hinwies und ein baldiges Treffen forderte, am besten bei Achis, Davids Lehnsherrn. Außerdem riet Akesch in seinem Schreiben, zu diesem Tag auch David, den „König von Juda“ vorzuladen, damit er ihnen Frage und Antwort stehe.

Das Schreiben schlug in den Palästen von Asdod, Gaza und Askalon wie ein Blitz ein. Die Fürsten waren zutiefst beunruhigt und zu einer Zusammenkunft sofort bereit. Achis hingegen war über Akeschs Einmischung verärgert, hatte aber keine Wahl und musste sich fügen, wenn er im Bund der Fürstentümer nicht als unzuverlässig gelten wollte.

Zu David wurde ein Bote mit einer Einladung gesandt, die einer Aufforderung gleichkam. Der Bote kehrte ohne den Lehnsherren, aber mit einem höflichen Brief an Achis zurück. Darin bedauerte David, dass er zu dem vorgesehenen Termin aus gesundheitlichen Gründen nicht erscheinen könne, sich aber sofort nach seiner Genesung in Gat einfinden werde. Er hoffe, hieß es in dem Schreiben, in zwei Wochen wieder reisefähig zu sein.

Den versammelten Fürsten ließ Achis den Brief vorlesen.

„Krank?“, höhnte der Fürst von Asdod. „Der Mann ist aus Eisen. Er war in seinem Leben nur ein einziges Mal krank, damals nämlich, als seine Frau Michal ihn in Gibea auf das Tragebett band.“

Die Fürsten von Gaza und Askalon konnten ihr Grinsen über diesen offensichtlichen Witz nicht verbergen.

Akesch fand ihr Verhalten gar nicht lustig und erklärte prompt: „Da gibt es wirklich nichts zu lachen. Wir dürfen die Gefahr, die von diesem hebräischen Schuft ausgeht, nicht auf die leichte Schulter nehmen.“

Achis blieb bei seiner Ansicht. „Für Akeschs Anschuldigungen gibt es keinen einzigen Beweis.“

„Kannst du sie denn widerlegen?“, fragte der Fürst von Ekron zurück.

Das konnte Achis allerdings nicht.

Akesch grinste. „Fürst Achis und seiner Leichtgläubigkeit haben wir diese erneute Bedrohung durch die Hebräer zu verdanken. Wir haben ihn gewarnt, er hat unseren guten Rat in den Wind geschlagen. Also dürfen wir jetzt auch erwarten, dass er die Hauptlast zu ihrer Beseitigung übernimmt. Ich schlage vor, er soll mit seiner gesamten Armee ins Stammesland Benjamin einmarschieren, nach Osten ziehen, und unter Umgehung des Stadtstaates Jerusalem bis zum Jordan vorstoßen. Er soll dabei in Benjamin ein Netz von Posten aufstellen, um alle Verbindungen zwischen dem Süden und dem Norden zu unterbinden. Das Land der Hebräer wäre auf diese Weise geteilt. Wir hätten es dann nicht mit einem großen, sondern mit zwei kleinen Gegnern zu tun, aus taktischer Sicht ein großer Vorteil. Das brauche ich doch wohl nicht zu erläutern.“

Achis fuhr auf, aber der Ekroner winkte ab. „Ich bin noch nicht fertig. Nicht nur Gat allein wird gegen David ziehen. Auch die anderen Fürstentümer machen mit und sollen zahlreiche starke Stoßtrupps in die südlichen und nördlichen Gebiete senden. Sollten sie dort auf hebräische Truppen stoßen, werden diese aufgerieben, ehe sie Benjamin und deine Armee erreichen können.“ Mit einer versöhnlichen Geste legte er seine Hand auf Achis’ Arm. „Du wirst es also vor allem oder gar ausschließlich mit dem Stamm Benjamin zu tun haben. Mit denen wirst du doch leicht fertig werden, nicht wahr?“

Achis’ Gesicht verfinsterte sich. Der Fürst von Gaza vermutete weitere Gegenrede und schaltete sich ein: „In Angelegenheiten, die alle Fürstentümer betreffen, haben wir in der Vergangenheit, wenn eine gütliche Einigung nicht erreicht werden konnte, immer abgestimmt. Ich schlage vor, wir verfahren auch diesmal so.“

Also wurde abgestimmt. Alle außer Achis waren für Akeschs Vorschlag und so galt der Beschluss als verbindlich.

◆ ◆ ◆

Schon am nächsten Tag begannen in Gat die Vorbereitungen für den Krieg. Sie blieben von den Stadtbewohnern nicht unbemerkt.

Der Kaufmann Kamaram ließ Erkundigungen einziehen und erfuhr, dass der übereifrige Maoch einen Feldzug gegen die Judäer angezettelt hatte. Es gelang ihm auch, in Erfahrung zu bringen, was die Fürsten beschlossen hatten, einschließlich der militärischen Einzelheiten.

Kamaram war verärgert. Ein unnötiger Krieg mit David würde seinen gewinnträchtigen Geschäften schaden, und das musste auf jeden Fall vermieden werden. Darum sandte er sogleich einen Boten mit einer vertraulichen Nachricht nach Hebron.

David bedankte sich für die Nachricht und teilte Kamaram durch denselben Boten mit, dass er, selbstverständlich ohne sich auf ihn zu berufen, umgehend mit dem Fürsten Achis Kontakt aufnehmen und das Missverständnis ausräumen werde.

Es war eine höfliche, diplomatische Antwort.

In Wirklichkeit aber war für David die Zeit des Versteckspiels mit Gat vorbei, die Stunde der Auseinandersetzung war gekommen. Sowohl im Nord- als auch im Südreich rief David sofort die Mobilmachung aus. Aus allen Orten Judas und Simeons strömten die Männer in Ners Übungslager, wo sie ihre Hauptleute, Waffen und Verpflegung erwarteten. Die Krieger der Nordstämme sammelten sich in Gilgal.

*Welch ein Glück, dass nur ein einziges Fürstentum der Philister in den Krieg zieht,* freute sich David. Von Kamaram wusste er auch, auf welchen Wegen Achis in Benjamin einmarschieren und welche Gebiete er besetzen wollte. Dorthin sandte David seine Späher. Sie brachten täglich neue Meldungen über das Vorrücken des feindlichen Heeres. Es bewegte sich langsam, so dass David seine Vorbereitungen ohne Hast treffen konnte.

Kamarams Bote hatte ihm auch mitgeteilt, dass Achis sein Lager unweit Jerusalem im Tal Rephaim aufschlagen würde. David beschloss, dort die Philister zu überfallen.

◆ ◆ ◆

Alles verlief planmäßig. Als die Feinde in das Tal einrückten, stürzten sich die Hebräer von den Hängen, wo sie sich versteckt hatten, und überrannten die völlig überraschten Philister in nur wenigen Stunden. Es war schneller geschehen, als David angenommen hatte. Achis musste sich geschlagen geben und trat den Rückzug an. Späher berichteten, dass er sich auf Gat zu bewege und dass auch die Truppen der anderen Fürsten die hebräischen Gebiete fluchtartig verließen.

Der Krieg war gewonnen, vorerst wenigstens.

Im Rephaim-Tal wollte David nicht bleiben, weil es, wie sein erfolgreicher Angriff auf die Philister zeigte, vor Überfällen nicht genügend Schutz bot. Er verlegte daher sein Lager weiter nach Osten ins Hinnom-Tal, ganz in die Nähe von Jerusalem. Hier wurden die von den Philistern erbeuteten Zelte aufgebaut und die von den Feinden zurückgelassenen Waffen verteilt. David war stolz, denn seine Armee war nun genauso gut ausgerüstet wie einst die seines Vorgängers Saul.

Auf der Flucht hatten die Philister auch Achis' Fürstenzelt zurückgelassen. David nahm es für sich in Anspruch und richtete sich darin ein. Der Baumeister hatte es so aufgestellt, dass sein Eingang nach Osten wies.

David schob den Vorhang beiseite und blickte bei untergehender Sonne auf zwei in ihrem Schein glühende Bergkuppen. Das war die Grenze von Juda, dahinter lag die freie Stadt Jerusalem, ein Fremdkörper im hebräischen Land, umgeben von einem Gürtel aus Hügeln und Tälern.

Die leuchtenden Bergkuppen faszinierten David. Als er das Lichtspiel bewunderte, fiel ihm wieder ein, dass die Stammesältesten des Nordens keine Hauptstadt in Juda wünschten und umgekehrt die Distriktsvorsteher Judas keine Hauptstadt im Norden. Plötzlich begriff er, dass Jerusalem die Forderung beider Seiten erfüllte. Die Stadt lag weder in Juda noch auf dem Gebiet der Nordstämme.

*Das ist die Lösung,* dachte er. Voller Freude schlug er sich mit den Händen auf die Schenkel. Wenn er diese Stadt in Besitz nehmen könnte, hätte er die von beiden Königreichen gewünschte Hauptstadt und sein Problem wäre gelöst.

Doch gleich mischte sich in seine Freude die seit Generationen wiederholte Aussage: „Jerusalem ist uneinnehmbar." Er kratzte sich an der Wange. *Uneinnehmbar? Warum?* So rasch würde er nicht aufgeben, es ging doch um eine außergewöhnlich wichtige Sache. Die angebliche „Uneinnehmbarkeit" wollte er einer genauen Überprüfung unterziehen.

◆ ◆ ◆

Sie hatten sich in Davids Zelt versammelt und saßen nun im Halbkreis um den König herum. Es waren Karit, der schon in Jerusalem gewesen war und die Stadt kannte; Neferubens, ein ehemaliger ägyptischer Offizier, der in der Vergangenheit an Eroberungen von Städten teilgenommen hatte; Henan, der Baumeister, der Gibeas Mauern errichtet hatte; außerdem Joab, Davids tüchtigster Hauptmann, und Baala, ein junger Hauptmannsanwärter, der an der Grenze zu Jerusalem aufgewachsen und mit der Gegend gut vertraut war.

Die Beratung dauerte an. Karit erläuterte gerade mit dem Blick durch den Zelteingang: „Hinter den beiden Gipfeln vor uns liegt ein tiefes Tal, das Käsemachertal. Dahinter erhebt sich die Stadt Jerusalem auf der Felszunge Ophel. An der Rückseite schließt sich das Kidrontal an." Mit einem Griffel zeichnete er auf die Wachsplatte, die er als königlicher Schreiber immer bei sich trug, die Umrisse einer schlanken Birne. „In allen Richtungen fällt der Fels etwa achtzig Schritte steil ab. Nur im Norden gibt es einen fast ebenen Zugang zur Stadt. Dort befinden sich aber unüberwindliche Mauern mit einem starken Doppeltor."

„Wie stürmt man solche Städte?" Mit dieser Frage wandte sich der König an Neferubens.

„Hm, das geht meiner Meinung nach nur mit Belagerungsmaschinen. Der Versuch, die Stadt allein mit Leitern zu erobern, käme für den Angreifer einem Selbstmord gleich."

David blickte Henan an. „Kannst du Belagerungsmaschinen bauen?"

„Wenn Neferubens mir genau beschreibt, was er meint, dann

kann ich deine Frage beantworten." Der Baumeister wusste genau, dass es unter den jetzigen Umständen nicht möglich war, wollte aber den König nicht von vornherein mit einer verneinenden Antwort erzürnen.

„Es gibt verschiedene Arten von Belagerungsmaschinen", begann der Ägypter.

„Die einfachste", bremste ihn der König, der ahnte, dass Neferubens zu einem weitschweifigen Vortrag ansetzen wollte.

„Stets ist ein Turm aus Holzbalken nötig, der bis an die Zinnen der Mauern heraufreicht."

David blickte Henan forschend an. Dieser schüttelte den Kopf. „Ich wüsste nicht, wo ich genügend lange Balken für diesen Zweck herbekommen soll."

Der König hatte verstanden und war enttäuscht. „Dann bleiben uns also doch nur Leitern."

Karit zuckte die Achseln. „Bei den Einwohnern der Stadt - man nennt sie Jebusiter - heißt es, Jerusalem könne mit einigen Lahmen und Blinden gegen jeden Angreifer verteidigt werden. Natürlich ist das übertrieben, aber doch irgendwo richtig, vor allem, wenn die Angreifer lediglich mit ein paar Leitern kommen." Der Kanaaniter wollte mit dieser zynischen Aussage unsinnige Pläne des Königs schon verhindern, bevor dieser Entscheidungen traf.

„Dann versuchen wir eben, sie auszuhungern. Oder auszudürsten ...", warf Joab ein.

„Das dauert zwar ein wenig länger, ist aber am Ende immer erfolgreich", befürwortete David den Vorschlag und schaute erwartungsvoll in die Runde.

Karit fühlte sich angesprochen. „Ich nehme an, sie haben Lebensmittel für ein halbes Jahr. Von Aushungern kann also kaum die Rede sein. Ein Ausdürsten wäre eher möglich. Ihr Wasser holen sie aus der Gihonquelle im Kidrontal. Aber oben in der Stadt soll es eine zweite Wasserstelle geben. Man hat mir sogar einmal ein Holzhaus gezeigt, das über dem Schacht zur Quelle stehen soll. Wenn das stimmt, wenn es eine Quelle in der Stadt gibt, dann wäre auch ein Ausdürsten schwierig."

„Eine Quelle auf dieser Höhe ist unwahrscheinlich", entgegnete

Henan. „Wenn dem so wäre, dann müsste irgendwo Wasser aus dem Felsen sprudeln. Das müsste man eigentlich an einem Streifen üppiger Pflanzen erkennen, so wie in Engedi. Gibt es sowas?“ Die letzte Frage hatte er an Baala gerichtet.

„Nein, das ist nicht der Fall. Ich kenne den Felsen von allen Seiten“, erwiderte der einheimische Hauptmannsanwärter.

Joab glaubte ebenfalls nicht an eine Schöpfstelle in der Stadt. „Warum sollten die jebusitischen Frauen täglich zur Gihonquelle vor der Stadt laufen, wenn es oben Wasser gäbe?“, fragte er den Kanaaniter.

Karit zuckte mit den Schultern. „Es muss einen Grund geben, den wir nicht kennen. Ich vermute, dass das Heraufbringen des Wassers aus der Quelle im Kidrontal trotz des langen Weges mit weniger Mühe verbunden ist als das Schöpfen in einem Holzhaus über einem Schacht ...“

„Schacht?“, warf David interessiert ein und beugte sich vor.

„Das ist nur eine Vermutung. In Megiddo zum Beispiel gibt es innerhalb der Stadtmauern einen bequemen Treppenschacht zu einer tiefer gelegenen Quelle ...“

Der ortskundige Baala fuchtelte mit den Händen in der Luft und versuchte zu Wort zu kommen.

„Etwas Wesentliches?“, fragte David ihn verwundert.

„Mir ist gerade etwas eingefallen. Karit könnte Recht haben. Es gibt oberhalb der Gihonquelle einen kleinen grünen Fleck an der Felswand. Nur habe ich ihm nie eine Bedeutung beigemessen ...“

„Du widersprichst dir selbst“, entgegnete Henan mürrisch. „Eben hast du noch etwas anderes behauptet.“

„Aber es ist nur ein einfacher grüner Fleck, von ihm geht aber kein Grünstreifen aus“, wehrte sich der junge Mann.

„Das kann nicht sein, da musst du dich verguckt haben. Entweder gibt es einen grünen Fleck mit einem darunter liegenden grünen Streifen oder nicht.“ Für den Baumeister war die Sache erledigt.

„Den Fleck gibt es tatsächlich. Da bin ich mir ganz sicher.“ Die Stimme klang trotzig.

David horchte auf. „Den grünen Fleck oder wenigstens die Stelle, wo er sich befinden soll, möchte ich mir ansehen“, sagte er und wandte sich an den Hauptmannsanwärter. „Kann man genügend nahe herankommen, ohne dass die jebusitischen Posten auf den Mauern uns bemerken?"

Baala nahm aufgeregt Karits Wachstafel zur Hand und wies auf die Ostseite der auf ihr gezeichneten Birne. „Hier, hinter dem Kidrontal, erhebt sich der Ölberg. Von dort kann man die Schöpfstelle ausmachen. Und hier an der Felswand ist der grüne Fleck. Da kann ich dich gefahrlos hinführen."

„Also machen wir uns auf den Weg", rief David neugierig, voller Tatendrang und Hoffnung.

◆ ◆ ◆

Nach einem Marsch von einem viertel Tag erreichten sie den Ölberg. Baala wies mit der Hand auf die hochragende Felswand und sagte: „Da seht ihr, das ist die Stelle, die ich meine."

Auch Henan beäugte die Felswand genau. Er sah sich gezwungen, seine Meinung zu ändern. „Da muss tatsächlich Wasser aus dem Felsen hervortreten. Es stellt sich nur die Frage, was dann mit ihm geschieht." Er blickte in die Runde und sagte mehr zu sich selbst: „Es gibt nur eine Möglichkeit: Es muss unterirdisch weiterfließen." Nach einer Weile fuhr er fort: „Ja, so muss es sein. Das Wasser fließt unterirdisch zur Gihonquelle runter. Nur so kann man sich das Fehlen des grünen Streifens erklären."

David schaute indessen die ganze Zeit in die von Baala gewiesene Richtung und fragte Karit: „Wo befindet sich das Holzhaus in der Stadt?"

„Oben hinter der Mauer. Man kann es von hier aus nicht sehen, aber ich bin mir eigentlich ziemlich sicher, dass es genau über dem grünen Punkt steht." Nachdenklich fuhr der Kanaaniter fort: „Meine Vermutung scheint also richtig zu sein. Es ist vermutlich so wie in Megiddo. Dort befindet sich eine Quelle am Fuße des Berges, außerhalb der Stadtmauer. Es gibt aber eine unterirdische Verbindung in das Innere der Stadt. In Jerusalem muss es ähnlich sein. Ich denke, dass unter dem Holzhaus ein senkrechter Schacht in die Tiefe zum Wasser führt."

„Das hieße also, dass sie das Wasser in Kupfereimern oder Ledersäcken hoch in die Stadt ziehen?“, fragte Henan.

David, der das Gespräch mit großer Aufmerksamkeit verfolgt hatte, sprang auf. „Wo ein Eimer durch passt, kann sich auch ein Mann hindurch zwängen.“ Seine Augen glänzten. Jetzt wusste er, wie man in die Stadt gelangen konnte. „Einige unserer Männer werden durch den Schöpfschacht in die Stadt klettern und von innen das Stadttor öffnen.“

Henan meldete Schwierigkeiten an. „Zu diesem Schöpfschacht muss man aber erst einmal vordringen. Ich denke, das ist nur möglich, wenn bei diesem grünen Punkt dort oben ein mehr oder weniger waagerechter Tunnel beginnt, durch den man in den Felsen hineinkriechen kann ...“

David schnippte mit den Fingern. „Du hast Recht. Lasst uns überprüfen, ob es einen begehbaren Eingang in den vermuteten Tunnel gibt und wie er aussieht!“

◆ ◆ ◆

Ungeduldig warteten die Männer auf die Dunkelheit. In ihrem Schutz gingen sie zuerst zur Schöpfstelle, von dort kletterten sie vorsichtig nach oben. Ein leises Rauschen war zu hören.

„Da fließt Wasser“, sagte Baala mehr zu sich selbst als zu den anderen, eilte voraus und stand plötzlich vor einer grünbewachsenen, etwa vier Ellen hohen Mauer. Die anderen waren ihm gefolgt, beugten sich über die aus großen Steinen errichtete Umrandung und schauten in einen halbrunden Teich hinab.

David strengte seine Augen an. „Und wo soll nun der Eingang in den Felsen sein?“, fragte er enttäuscht mit gedämpfter Stimme.

In der Felswand gab es zwar direkt über dem Wasserspiegel eine breite Öffnung, aber die war nur knapp eine Elle hoch, kaum groß genug, dass eine Ente hindurch schwimmen konnte.

Henan untersuchte die Ummauerung. „Sie ist in gutem Zustand. An einigen Stellen ist sie in letzter Zeit ausgebessert worden. Die Jebusiter haben also einen Grund, den kleinen Teich aufzustauen. Aber welcher mag das sein?“

Die Zuhörer wussten keine Antwort auf seine Frage und wiegten verlegen die Köpfe.

Da platzte Henan plötzlich in die Stille: „Ich weiß es!“ Leise fuhr er fort: „Zur Tarnung! Natürlich! Mit der Ummauerung haben die Jebusiter den Wasserspiegel künstlich erhöht, damit niemand auf den Gedanken kommen kann, den Tunnel zu betreten. Darum die aus Steinen und einem wasserundurchlässigen Mörtel - der sogar noch Pech enthält - gebaute Umrandung. Wenn wir den Wasserstand absenken könnten, müsste das Betreten des Tunnels möglich sein.“

Baala trat von einem Bein aufs andere und flüsterte aufgeregt: „Dann machen wir einfach ein Loch in die Umrandung, und das Wasser fließt aus Teich und Tunnel ab.“

„Schon richtig. Aber wir wissen nicht, um wie viel Wasser es sich handelt. Die Menge im Tunnel ist bestimmt sehr viel größer als die im Teich. Beim Ablassen großer Mengen entstehen aber Geräusche, die zu den Posten auf den Mauern dringen werden.“

Auch der König hatte aufmerksam zugehört. *Der kluge Henan hat Recht,* dachte er, gab sich aber noch nicht geschlagen. „Dann müssen wir auf einen windigen Tag warten.“ Er schaute hinauf. „Bei der Entfernung von sechzig Schritten bis zu den Zinnen erfordert es keinen heulenden Sturm, um das bisschen Brausen zu übertönen.“

„Das ist die Lösung“, rief Henan mit Hochachtung. „Wir warten einfach auf günstiges Wetter.“

Noch in derselben Nacht kehrte David mit seinen Begleitern heim und schon am frühen Morgen hatte er alle Hauptleute um sich versammelt. Auch Henan, Karit und Baala waren dabei.

Der König erläuterte den Anführern, wie er sich die Einnahme von Jerusalem vorstellte. „Eine Gruppe zu allem entschlossener Freiwilliger muss in einer einzigen Nacht durch einen waagerechten Wassertunnel zu einem senkrechten Wasserschacht vordringen, darin hochklettern, sich in die Stadt hineinschleichen und noch vor Sonnenaufgang von innen das Stadttor öffnen.“

Die Hauptleute, die nicht so leicht vor Gefahren zurückschreckten, erblassten. Das war doch eine selbstmörderische Aufgabe. Vorausgesetzt, es wäre tatsächlich möglich, mit Leitern, Seilen und ähnlichem Gerät einen Schacht hinaufzuklettern, dann doch nur einzeln, also einer nach dem anderen. Bestimmt warteten oben Posten, die die Eindringlinge in Empfang nehmen würden, ehe sie die Stadt auch nur betraten. Sollte es doch einem von ihnen gelingen, in die Stadt zu kommen, dann gab es da noch die Torwachen. Aussichtslos, diesmal forderte der König Unmögliches!

David war nicht entgangen, dass sich in den Gesichtern Schrecken malte, aber er ließ sich nicht von seinem Plan abbringen und fuhr fort: „Wenn es der Gruppe gelingt, vor Morgengrauen das Stadttor zu öffnen, erhält jeder eine außergewöhnlich hohe Belohnung. Ihr Anführer wird Feldoberst, die anderen werden zu Hauptleuten befördert oder sie erhalten in der eroberten Stadt ein schönes Haus mit mehreren Räumen als Besitz."

Man hörte das schnelle Atmen der Teilnehmer.

David schaute auffordernd seinen Vetter an, der nie verheimlichte, dass er einmal Feldoberst werden wollte, und sagte: „Als ich gegen Goliat antrat, war das nicht weniger gefährlich."

Joab grinste frech zurück. „Ich nehme dich beim Wort."

„Mein königliches Wort!", entgegnete David ernst.

Mit Joab hatte er schon manchen Ärger gehabt, aber als Belohnung für die Eroberung Jerusalems war er bereit, dem eigenwilligen Vetter den Oberbefehl über das gesamte Heer zu übertragen.

David wandte sich jetzt wieder allen zu. „Also zwanzig Freiwillige, und nur solche, die schwimmen können wie Fische, buddeln wie Maulwürfe, klettern wie Spinnen und kämpfen wie Löwen."

„König, lass das meine Sorge sein", sagte Joab. „Ich bitte nur darum, dass Baala und Henan mitkommen."

Henan war entsetzt. David nickte ihm aufmunternd zu und wandte sich an seinen Vetter. „Über die Rolle des Baumeisters bei diesem Unternehmen sprechen wir später noch einmal."

Joab rieb sich in Vorfreude die Hände. „Noch eine Woche, höchstens zwei und ich bin Feldoberst, Feldoberst des gesamten hebräischen Heeres", sagte er leise frohlockend zu sich.

# 9

Einige Tage vergingen. Henan nutzte sie dazu, um Leitern und Balken vorzubereiten.

Dann zogen dunkle Wolken über den Himmel von Westen heran, und der ersehnte Wind trat mit Tosen auf.

Joab erschien aufgeregt beim König. „Heute?“, fragte er.

„Heute!“, antwortete David.

Joab stürmte davon und erschien kurz darauf mit seiner Mannschaft vor dem Königszelt. David kam zu ihnen heraus, hielt eine kurze Ansprache über die Bedeutung ihres Auftrags und sagte aufmunternd: „Noch vor Sonnenaufgang treffen wir uns in Jerusalem.“ Der König wusste zwar, dass es gar nicht sicher war, ob die Leute es überhaupt schaffen würden, das Stadttor von innen zu öffnen, oder ob er sie vielleicht nie mehr wiedersehen würde. Trotzdem lächelte er sie an, um sie zu ermutigen, und fuhr fort: „Die versprochene Belohnung ist euch gewiss.“

Sofort, nachdem der König sie verabschiedet hatte, setzte sich die Gruppe in Marsch.

Joabs Männer hatten zerlumpte Kleider an und sahen nicht aus wie Krieger, sondern eher wie gewöhnliche Landstreicher. Sollten sie im Tunnel erwischt werden, durfte kein Verdacht auf David und die beiden hebräischen Königreiche fallen. Darum war die Gruppe auch nur spärlich bewaffnet und hatte lediglich das Wichtigste bei sich. Im Gürtel trugen sie ein Messer und an der Seite - unter der Kleidung versteckt - kurze Schwerter. Dafür waren sie wie Packesel beladen. Die einen trugen Fackeln, Hacken, Beile, Spaten und Sägen mit sich, die anderen Balken, Stangen und Leitern, die mit Lederriemen zu Bündeln geschnürt waren. Jedes dieser langen Pakete mussten zwei Mann schleppen.

Baala führte die Gruppe auf demselben Weg, auf dem er zuvor mit dem König gegangen war, aber nur bis zum Kidrontal. Dort versteckten sie sich. Erst nach Anbruch der Dunkelheit ging es weiter. Abends stiegen sie dann die Felswand empor. Sie erreichten den Teich.

Henan erteilte die erste Anweisung. „In die Ummauerung des Teiches werden wir mehrere Schlitze brechen.“ Der Wind hielt weiter an, doch die Wolken hatten sich verzogen und die ersten Sterne kamen zum Vorschein. Der Baumeister zeigte den Männern die Stellen. „Also ran! Je eher die Arbeit fertig ist, desto mehr Zeit bleibt uns für den Aufstieg im Schacht.“

Die in der Rundmauer verwurzelten Sträucher wurden aus dem steinigen Boden gerissen. Erde und Sand wirbelten auf und trafen die Gesichter der Krieger, aber die spürten es kaum. Mit bloßen Händen kratzten sie den Schutt weg, der sich über Jahrzehnte zu einer festen Schicht verhärtet hatte.

Die Schlitze wurden tiefer und dann traten Rinnsale hervor. Zuerst waren sie klein, dann strömte das Wasser stärker heraus.

„Aufhören!“, rief Henan mit einem Blick auf die Zinnen der Stadtmauer. „Stärker darf das Brausen nicht werden.“

Allmählich fiel der Wasserspiegel. Als er um zwei Ellen gesunken war, glitt Asarija, ein Mann, der seine Jugend am Jordan verbracht hatte und schwimmen konnte wie ein Fisch, in den Teich.

„Geh langsam auf die Öffnung zu“, sagte der Baumeister.

Das Wasser wurde tiefer und reichte ihm schließlich bis zur Brust.

„Versuch in die Öffnung zu kommen!“

Asarija verschwand für eine Weile, kam wieder und rief: „Es ist stockfinster dort. Man kann überhaupt nichts sehen. Ich brauche eine Fackel.“

Der Feuermacher, der in Zora das Philisterzelt in Brand gesteckt hatte, gehörte ebenfalls zur Mannschaft. Er hatte in einem Krug nach Gideons Art eine Flamme mitgebracht. Das Entzünden einer Fackel bereitete beim heutigen Wind dennoch Schwierigkeiten. Also glitt er mit seinem Krug in den Teich und folgte Asarija zwei Schritte tief in den Tunnel. Dort gelang es, mehrere Fackeln zu entzünden.

„Bindet die Werkzeuge auf die Balken und schiebt sie in den Tunnel!“, befahl Henan.

Die ganze Gruppe verschwand mit den schwimmenden Packen in der Öffnung, allen voran Asarija, dann Joab, Henan und die anderen. Allein der ortskundige Baala blieb am Teich als Wache zurück.

„Ich höre Wasserrauschen. Ganz in der Nähe“, rief Asarija leise, nachdem sie zwanzig oder gar dreißig Schritte zurückgelegt hatten. Nach wenigen weiteren fügte er hinzu: „Der Tunnel endet hier. Aus der Wand mir gegenüber fließt ...“

Mitten im Satz verschwand er samt seiner Fackel. Als er wieder auftauchte, sagte Henan: „Mit deinem Schwimmen ist es also doch nicht so weit her.“ Durch diese lustige Bemerkung war es ihm gelungen, die unerträgliche Spannung in der Mannschaft zu lindern. Die Leute grinsten, einige lachten sogar.

„Kein Grund zum Lachen“, schnaubte Asarija aus der Finsternis.

Henan hörte nicht mehr zu, er überlegte. *Eine Vertiefung am Tunnelende? Wenn es den senkrechten Schöpfschacht überhaupt gibt, müsste er hier sein.* Aufmerksam musterte er die Decke über seinem Kopf. Nichts. Seine Fackel glühte nur noch schwach. Er ließ sich eine neue, größere geben und konnte jetzt das Gewölbe oberhalb der Vertiefung ableuchten, wo Asarija ins Wasser gefallen war. Dort gähnte wirklich eine Öffnung. Von dort, wo er stand, konnte er nicht hinein leuchten, war aber überzeugt, den Schacht über sich zu haben, denn die Wand vor ihm war verkratzt. Senkrechte Kratzer, sie konnten nur von Eimern stammen, die beim Herablassen und Hochziehen gegen den Felsen schlugen.

Das Wasser reichte hier bis über die Knie. Der Baumeister tastete sich langsam und vorsichtig mit den Füßen bis an den Rand der Vertiefung vor, wobei er sich von Joab an der Hand halten ließ, und beugte sich nach vorn, blickte dann nach oben und bemerkte: „Man kann deutlich erkennen, dass es einen Schacht gibt. Jetzt wissen wir es mit Sicherheit.“ Henan trat mehrere Schritte zurück, um weit genug vom tiefen Wasser entfernt zu sein. „Joab, wir können anfangen“, sagte er und fragte: „Wo ist der Zimmermann mit der Säge?“

„Hier“, antwortete eine kleine Gestalt, die schon dabei war, das gewünschte Werkzeug von einem Holz zu lösen. Der Baumeister wies auf einen langen, schwimmenden Balken, zwei Männer ergriffen ihn und hielten die Enden fest. „Du sägst dreifingertiefe Schnitte in Abständen von einer Elle in das Holz." Der Zimmermann blickte den Baumeister fragend an. Henan wurde ungeduldig. „Das soll eine Leiter werden."

„Aber wir haben doch Leitern dabei."

„Du redest zuviel!", raunzte ihn Henan ungeduldig an. Sofort tat ihm der gerügte Mann Leid, deshalb fügte er hinzu: „Unsere Leitern sind für das unterste Stück einer Zickzack-Treppe, die wir bauen müssen, zu schwach und zu kurz. Wir werden sie aber oben im Schacht bitter nötig haben."

Als alle Schnitte fertig waren, griff der Zimmermann zur Axt, um die Kerben einzuschlagen. Aber er holte nicht aus. Die Hand mit der Axt hing schlaff herunter.

„Was ist? Warum schlägst du nicht zu?", fragte der Baumeister.

Der Mut schien den Zimmermann verlassen zu haben. „Wenn oben jemand Wache hält, wird er doch hören, dass hier unten etwas los ist, und Alarm auslösen."

Die Befürchtung beschäftigte anscheinend auch Henan, denn er entgegnete sofort: „Falls oben jemand wacht, ist es besser, wir erfahren es jetzt, denn dann können wir noch fliehen."

„Fliehen?", schaltete sich Joab brüsk ein. „Flucht kommt überhaupt nicht in Frage." Er funkelte zornig den Zimmermann, der das unnötige Gespräch herauf beschworen hatte, und wies ihn nachdrücklich an: „Mach weiter, aber schnell!"

Die Axt fuhr hoch und sauste wieder herunter. In dem geschlossenen Raum hallte der Schlag von den Wänden wider. Alle erstarrten und horchten nach oben. Aber nichts geschah.

„Du sollst weitermachen, habe ich gesagt", zischte Joab.

Schlag folgte auf Schlag.

Als der eingekerbte Balken fertig war, wurde er vorsichtig, wie eine Treppe, schräg über die Schöpfstelle gestellt. In diesem Augenblick plumpste ein Stein ins Wasser. Die weiter weg stehenden Leute waren überzeugt, dass die Jebusiter ihn herunter geschleudert hatten, und wandten sich zur Flucht.

„Bleibt ihr wohl stehen!", rief Joab. „Den Stein hat unser Balken von der Wand gerissen, ihr feigen Hasen!" Joab war erschüttert.

Seine sonst so mutigen Männer schienen ganz durcheinander zu sein. *Was soll nur werden, wenn wir wirklich auf die Jebusiter stoßen?*, fragte er sich.

Die Gerügten schämten sich und brummten eine Entschuldigung.

*Ein Draufgänger, dieser Joab,* dachte Henan, *mit ihm hat der König die richtige Wahl getroffen. Er wird nicht locker lassen und siegen oder untergehen, und zwar mit allen, die bei ihm sind.*

Die Arbeit an der Treppe ging weiter. Als der erste Balken schon feststand und am unteren Ende mit Steinen verkeilt war, nahm der Baumeister die Sandalen ab und klomm mit einer Fackel in der Hand nach oben.

Klettern war nicht seine Stärke, erst recht nicht über tiefem Wasser. Er nahm seinen ganzen Mut zusammen, stieg bis zur obersten Stufe, streckte die Fackel hoch und rief dann zufrieden zu Joab hinunter: „Ich sehe das Schachtende! Es befindet sich etwa in einer Höhe von zwanzig Schritten. Der Durchmesser ist glücklicherweise überall gleichgroß."

Das Absteigen bereitete ihm größere Schwierigkeiten, denn er konnte die unteren Kerben schlecht sehen und musste sie mit den Zehen suchen. Dabei zog er sich einen großen Splitter unter die Haut, spürte es aber kaum in seiner Aufregung. Als er wieder festen Boden unter seinen Füßen fühlte, atmete er tief durch, wies auf den schräg stehenden Balken und sagte zum Zimmermann: „Das ist der unterste Teil der Treppe. Darüber müssen drei gleiche mit Kerben versehene Balken in einer Zickzacklinie übereinander gestellt werden."

Der Angesprochene nickte. „Das habe ich schon begriffen."

„Bist du sicher, dass du die Treppe hinbekommst?"

Der Zimmermann nickte.

„Darüber kommen dann die Leitern."

Der Zimmermann nickte erneut.

Henan wandte sich erleichtert an Joab: „Ich habe meine Arbeit getan und werde jetzt gehen. Wie vereinbart, wird Baala mich begleiten, denn ohne ihn würde ich den Rückweg nicht finden. Ein Mann, der ihn ablösen und an seiner Stelle vor dem Teich Wache halten soll, kann mich mit einer Fackel zum Ausgang begleiten. Es ist bestimmt schon Mitternacht vorbei, und ich möchte eher beim König auf dem Handelsplatz vor dem Torhaus der Stadt sein, als ihr oben. Viel Glück, Jahwe sei mit euch."

◆ ◆ ◆

Der Zimmermann hatte goldene Hände. Die mit Kerben versehenen Balken wurden aufgerichtet und hochgehievt, einer nach dem anderen. Dadurch wuchs die Treppe in Zick-Zack-Form nach oben.

Aber ein Unglück zeichnete sich ab, als zum Schluss die Leitern heraufgezogen wurden. Der Baumeister hatte sich verschätzt. Die vier Treppenbalken mitsamt den zwei Leitern reichten nicht bis zum Rand des Schachtes. Es fehlten zwei Manneslängen.

„Wie sollen wir die letzte Strecke überwinden?", fragte der Zimmermann ratlos. Er hatte sich genau an Henans Anweisung gehalten.

„Zwei Manneslängen?" Joab machte eine wegwerfende Handbewegung. „Einer steigt einfach auf die Schultern des anderen und befestigt oben ein Seil, an dem die anderen hochklettern können."

Joab stieg die Treppe empor. Der Zimmermann, mit seiner Axt im Gürtel, folgte ihm auf dem Fuß.

Als sie die letzte Leiter erreicht hatten, flüsterte der Hauptmann: „Los! Steig auf meinen Rücken."

Abenteuerlicher wurde es, als Asarija auf den Rücken des Zimmermanns klomm. Joab hielt sich mit ganzer Kraft an der Wand fest und horchte aufmerksam in den Schacht hinauf. Nach außen zeigte er unerschütterliche Zuversicht, doch wusste er genau, dass noch große Schwierigkeiten zu überwinden waren. *Vielleicht wartet oben tatsächlich eine jebusitische Wache in aller Stille, bis wir vollzählig auf der Treppenleiter stehen,* überlegte er. *Dann werden sie Steine oder andere schwere Gegenstände auf uns schleudern, damit wir verletzt ins Wasser fallen und ertrinken.* Diesen schwarzen Gedanken vertrieb er aber sofort wieder. „An Leiter und Treppe festhalten, egal, was auch geschehen mag!", befahl er streng nach unten.

Asarija hatte als erster das obere Ende des Schachtes erreicht.

Jakob folgte ihm und Asarija reichte ihm eine hell leuchtende Fackel. Joab schaute sich um, bemerkte gegenüber die gesuchte, nach oben führende Treppe. *Das ist der Weg in die Stadt!* Von ihrer ersten Stufe aus beobachtete er im Licht der Fackel, wie auch die letzten Männer keuchend am Seil nach oben kamen. Er zückte sein Kurzschwert und schlich als erster hinauf. Seine Leute folgten ihm dicht beieinander.

„Seid gefälligst leise!" zischte er mit gedämpfter Stimme. „Wir sind offenbar schon im Holzhaus."

Er schlich weiter zum Ausgang. Es war noch Nacht und kein Wachmann in Sicht. Ein Stein fiel ihm vom Herzen. Bestimmt gab es Posten auf der Mauer, aber die fürchtete er nicht. Im Allgemeinen achteten Wachposten darauf, was sich außerhalb der Stadtmauern abspielte.

Joab robbte weiter vorwärts und erblickte plötzlich zwei Wächter. Mit flackernden Öllampen in der Hand standen sie zehn Schritte von ihm entfernt auf der Straße und unterhielten sich in aller Ruhe. *Jahwe gib, dass sie hier verschwinden!*

Er kroch zurück und fragte: „Alle oben?"

Es wurde abgezählt. „Ja", lautete die Antwort.

Auf demselben Weg wie vorher schlich er voran, die anderen folgten ihm wie eine Gänseschar. Inzwischen waren auch die Wächter auseinander gegangen und hatten sich entfernt. Offenbar hatte sein Stoßgebet geholfen. „Zur Mauer. Dort fallen wir am wenigsten auf."

Langsam und vorsichtig krochen die barfüßigen Männer mit ihren Sandalen am Gürtel und gezückten Schwertern lautlos in die Richtung, wo sich das Stadttor befinden musste. Nach wenigen Schritten kam ein Turm in Sicht. Auf ein Zeichen von Joab legten sich alle flach auf den Boden. Er selbst schlich weiter, um die Lage genauer zu erkunden.

Inzwischen begann es zu dämmern.

Auf den beiden Türmen, die das Stadttor flankierten, standen je drei Mann. Er konnte sie deutlich sehen. Einer von ihnen schaute auf den Torvorplatz. Trotzdem atmete Joab erleichtert auf, denn zu seinem Erstaunen sah er, dass das innere Tor weit geöffnet war. Er hatte angenommen, dass über Nacht beide Tore geschlossen wären. Seine Aufgabe wurde dadurch erleichtert, denn so brauchte nur ein Tor geöffnet zu werden. Ein Seufzer der Erleichterung entrang sich seiner Brust.

Vor dem Eingang zum Torhaus saßen vier Posten auf einer Steinbank. Die Schilde und Speere lagen vor ihnen auf der Erde. Sie schwiegen. Vielleicht dösten sie gar? Joab kroch zurück und gab seinen Leuten mit der Hand das Zeichen zum Angriff.

Er rannte voran, neben ihm der Zimmermann mit seiner Axt in der Hand.

Der Posten auf dem Turm bemerkte sie als erster. Er schrie: „Alarm! Überfall", und schlug die Trommel. Die Wachsoldaten am Tor rissen die am Boden liegenden Waffen hoch. Weitere Männer kamen aus dem Wachraum gelaufen. Ihr Anführer erkannte die Gefahr und rief nach Verstärkung: „Alle Wachen hierher!"

Als die Hebräer das Tor im Laufschritt erreichten, standen ihnen die Jebusiter schon in Kampfreihe gegenüber und hielten den Angreifern ihre Langspeere entgegen.

Joab tat einen Satz zur Seite, schlug dem Mann vor ihm die Waffe aus der Hand, einem anderen spaltete er mit einem Schlag den Kopf. Drei Hebräern gelang es, mit schwingenden Schwertern in die Bresche zu springen. Die jebusitische Reihe brach auseinander.

Die Hebräer waren in der Torhalle.

„Zum äußeren Tor!", brüllte Joab dem Zimmermann zu, der mit der Axt wie mit einem Knüppel wild um sich schlug.

Die Halle war mit Fackeln beleuchtet. Joab starrte auf die zwei großen, bronzenen Riegel an dem mit Eisenplatten beschlagenen Tor. Nur sie waren wichtig.

Mit zwei gezielten Schlägen seiner Axt hatte der Zimmermann die Sicherungsschnüre durchtrennt und sofort den oberen Riegel zurückgezogen. Der untere Riegel klemmte und öffnete erst, als Joab ihm zu Hilfe kam.

Der Posten mit der Trommel war auf dem Turm zurückgeblieben und schlug in Panik pausenlos auf das Instrument.

Die Stadt schreckte auf.

◆ ◆ ◆

Die Jebusiter waren reich und – wie vermögende Leute – mit der Zeit bequem geworden. Keiner von ihnen verspürte Lust auf anstrengende militärische Übungen. Warum auch sollten sie bei einer Stadtverteidigung das eigene Leben riskieren, wenn sie Geld besaßen und sich Söldner leisten konnten? Folglich hatten sie sich eine Hundertschaft angeheuert. Einige Ratsmitglieder hatten die Meinung vertreten, es seien zu viele, hatte es doch schon seit Menschengedenken keinen Angriff mehr auf Jerusalem gegeben. Auch in Zukunft würde es keinen mehr geben, hatten sie behauptet. Die Vorsichtigeren hatten jedoch auf einer ganzen Hundertschaft bestanden, und so war es auch dabei geblieben. Die eingestellten Söldner selbst teilten bald die Ansicht der Unbekümmerten und widmeten mehr Zeit dem Wein als Übungen mit der Waffe. Etliche hatten sich im Jerusalemer Wohlstand Kugelbäuche angetrunken.

Der wachhabende Soldat in den Unterkünften hörte wohl die Alarmtrommel vom Turm, glaubte aber, es sei der dumme Scherz eines Postens, der sich langweilte. Das war schon vorgekommen. Anstatt die Männer sofort zu wecken, lief er also vor das Haus, um zu erkunden, was los war. Er wusste nur zu gut, dass ihm die Mannschaft ein unbegründetes Wecken nicht verzeihen würde.

Draußen hörte er Schreie und Waffengeklirr. Es war also kein Scherz.

Eilig stürzte er in die Unterkünfte zurück und schrie: „Alarm! Feinde in der Stadt!“

◆ ◆ ◆

David hatte nach dem Abmarsch der Gruppe unter Joabs Führung nervös auf den Abend gewartet. In Gedanken war er ständig bei seinen Männern dort draußen. Ob alles planmäßig lief? Das war die Frage, die ihm keine Ruhe ließ.

Als es dämmerte, verließ er an der Spitze seiner zwei besten Hundertschaften das Lager und rückte im Schutze der Nacht bis zum Handelsplatz vor dem Torhaus der Stadt Jerusalem vor. Nur mit zwei Hundertschaften, weil die wenigen Bäume und Sträucher bei inzwischen sternenklarem Himmel einer größeren Truppe nicht genügend Deckung bieten konnten. Zwei weitere Hundertschaften lagen unter Ikabods Führung dreihundert Schritte tiefer auf der Lauer.

Mitternacht war schon lange vorbei. Alle dachten an Joab und seine tapfere Mannschaft, die sich irgendwo im Innern des vor ihnen liegenden Felsmassivs befinden mussten. Waren sie überhaupt noch am Leben?

Die Zeit verging langsam, sehr langsam. Über den dunklen Bergen Moabs, die hinter dem Salzmeer zum Himmel aufragten, begann es zu dämmern. David ließ das Stadttor nicht aus den Augen. Es hätte sich schon längst öffnen müssen ...

Aber es geschah nichts. Totenstille lag über Jerusalem. Anscheinend war etwas schiefgelaufen. Hatte er sich verschätzt? Seine Schultern sanken tiefer.

Er durfte nicht mehr warten, er musste seine Truppen vom Platz zurückziehen, ehe es hell wurde und die jebusitischen Posten auf den Türmen bemerkten, dass ein Überfall vorbereitet worden war. Außer den Philistern hätte er dann noch einen weiteren Feind. Wenigstens das musste er verhindern.

„Elender Mist, wir können nicht länger warten", knurrte der neben ihm kauernde Abinadab gerade, als im Osten zwei Gestalten auftauchten.

Bei David blitzte ein winziger Hoffnungsschimmer auf. „Ich wünschte, es wären Henan und Baala ..."

Abinadab schüttelte den Kopf. „Einer von ihnen hinkt ..."

„Bereitet den Rückzug vor, aber wartet meinen Befehl ab", sagte David und schaute angestrengt nach Osten, während sein Bruder schon zu Ikabod eilte.

Die beiden geduckt laufenden Männer kamen näher.

„Ja, sie sind es!", rief David aus und hastete ihnen entgegen. „Was ist schief gelaufen?", fragte er Henan atemlos.

Der Baumeister blickte ihn verständnislos an. „Wieso? Als wir Joab verlassen haben, stand bereits der unterste Teil der Leiter im Schacht."

„Du meinst also, es könnte noch gelingen?"

„Bis zur inneren Schöpfstelle, die sich etwa auf halber Höhe mitten im Berg befindet, müssten sie eigentlich schon hochgeklettert sein."

David umarmte vor Freude seinen tüchtigen Baumeister. „Also ist der Plan nicht unausführbar?"

„Keineswegs ..."

In diesem Augenblick ertönte die Alarmtrommel. Auf die Entfernung war sie leise, aber doch deutlich zu hören.

Ein Lächeln ging über Henans Gesicht. „Sie sind in der Stadt! Meine Leiterkonstruktion hat gehalten." Er setzte sich und drückte mit dem Handballen seinen Zeh, um den Schmerz zu lindern, den der Splitter hervorrief, den er sich auf dem Holzbalken eingezogen hatte.

David war schon wieder auf dem Weg zu seinen Truppen. In diesem Augenblick sprang die eine Hälfte des großen Stadttors auf. In der Öffnung erschien Joab mit einer Hand voll Männer. Sie alle waren in erbitterte Kämpfe verwickelt. Es ging um den Torflügel. Joab bemühte sich, ihn offen zu halten, die Jebusiter versuchten verzweifelt, ihn wieder zu schließen. Das Tor bewegte sich langsam hin und her, wie eine Fahne im Wind.

„Mir nach!", rief David seinen zwei Hundertschaften zu, und stürmte nur mit einem Schwert bewaffnet den anderen voran auf Jerusalem zu.

Als David das Tor erreichte, waren nur noch vier seiner Leute bei Joab. Auch sie waren verletzt und kämpften mit letzter Kraft. Davids Truppen kamen im letzten Augenblick.

Mit David und den beiden ihm folgenden Hundertschaften wendete sich das Blatt, denn jetzt waren die Hebräer in der Überzahl.

Die Jebusiter im Torhaus wurden niedergemacht. David preschte mit seinen Leuten auf den inneren Torplatz zu, wo die Soldaten in Reihe angetreten waren. Die Hebräer griffen sie an und kämpften wie die Löwen.

Als sich der Sieg schon abzeichnete und Ikabod mit zwei weiteren Hundertschaften anrückte, übergab David Abinadab die Führung, kehrte um und lenkte seine Schritte zurück zum Tor. Dabei erblickte er den zu Tode erschöpften Joab, eilte zu ihm und sagte strahlend: „Ich begrüße den siegreichen Feldoberst des hebräischen Heeres. Du hast dir diesen Posten redlich verdient."

Die soeben erteilte Beförderung gab Joab, wie durch ein Wunder, die alten Kräfte zurück. Selbstbewusst entgegnete er: „Gleich werde ich dir die Stadt zu Füßen legen, König", und verschwand im Gewühl.

Das Kampfgetöse verlagerte sich in das Innere der Stadt, auf die Hauptstraße. David stieg auf den Turm, von dem der Trommler längst geflohen war, und sah von dort, wie sich die Truppenformation der Jebusiter auflöste und in die Quergassen zerstreute. Die siegreichen Angreifer waren in Blutrausch geraten, und David fürchtete, dass gleich ein Gemetzel an der Stadtbevölkerung einsetzen werde. Das wollte er unbedingt vermeiden.

Zu Eleasar gewandt, der ihm mit dem sterngeschmückten Schild wie ein Schatten gefolgt war, sagte er: „Lauf zum Feldobersten Joab. Er soll den jebusitischen Söldnern Frieden anbieten. Allen, die sofort die Waffen niederlegen, wird das Leben und ihr privates Vermögen zugesichert."

Der König beobachtete von oben die Entwicklung. Die in Not geratenen Söldner waren über Joabs Angebot froh, warfen ihre Speere und Schilde beiseite und ergaben sich.

David lächelte zum ersten Mal seit Tagen.

## 10

Die Leibgarde hatte sich auf dem Turm um ihren König versammelt. David beauftragte Abinadab damit, Arauna, den Stadtfürsten von Jerusalem, sowie den gesamten Stadtrat zu ihm zu bringen. „Aber möglichst ohne Gewaltanwendung", ergänzte er seinen Befehl.

Vor dem Fürstenpalast gab es keinen jebusitischen Posten mehr. Abinadab drang ohne Schwierigkeiten mit einem Dutzend Männer in den Thronsaal vor. Dem um Arauna versammelten Rat, der soeben eiligst zusammengekommen war, wurde es angst und bange. Einigen zitterten die Hände. Sie glaubten, ihre letzte Stunde sei gekommen.

Abinadab trat vor. „Fürst, ich habe den Auftrag, dich und deinen Rat zu meinem König zu führen. Er verspricht euch das Leben zu schenken, wenn ihr seinen Anweisungen vorbehaltlos folgt."

Die Mehrzahl der Ratsmitglieder traute dem Versprechen nicht, aber trotzdem kam ein bisschen Hoffnung auf. *Vielleicht doch ...*, dachten einige in ihrer Verzweiflung. Sie waren zu allem bereit, wenn sie dafür ihr Leben retten könnten.

Umzingelt von einem Ring hebräischer Krieger gingen sie wie eine Herde geprügelter Hunde die mit Toten übersäte Hauptstraße zum Tor hinauf. Arauna versuchte zu glauben, was Hauptmann Abinadab mitgeteilt hatte, doch tief in seinem Herzen quälten ihn schwere Zweifel.

König David saß inmitten seiner Leibgarde auf einem dreibeinigen Hocker, den man aus dem Wachraum geholt hatte, als Abinadab meldete, dass sich der Ältestenrat von Jerusalem mit dem Fürsten Arauna unten in der Torhalle befinde. Sie wurden herauf befohlen. Eleasar stellte sich direkt hinter den König und hielt den Schild mit dem blauen Sechseck-Stern so, dass sich das königliche Zeichen direkt über Davids Kopf befand.

Der vornehm gekleidete Ältestenrat kam die Treppe hoch und betrat die Wehrplatte. Drei Schritte vor dem König fiel Arauna auf die Knie, beugte sich vornüber und berührte mit der Stirn den Boden. Die übrigen Mitglieder des Rates folgten seinem Beispiel.

David genoss diesen Augenblick. Noch vor wenigen Jahren hätten diese reichen Herren ihn nicht einmal in die Stadt gelassen, geschweige denn empfangen. Nun knieten sie mit gesenkten Häuptern vor ihm. David hatte mit Genugtuung bemerkt, dass ihre Gesichter fahlgrau vor Angst waren, und sagte jetzt mit gehobenen Augenbrauen: „Ich begrüße den ehemaligen Ältestenrat der Jebusiterstadt Jerusalem. Die Herren mögen sich erheben."

*Macht sich der Hebräer über uns lustig?*, überlegte Arauna. *Wenn er uns begnadigen wollte, wäre seine Anrede sachlich und nicht spöttisch. Das ist also das Ende.* Verstohlen blickte der Fürst auf die Leibwache Davids. Alle trugen kurze Schwerter hinter den Gürteln. Die Aufforderung aufzustehen hatte er verstanden, doch konnte er dem Befehl nicht folgen, denn seine Knie versagten ihm den Dienst. Aber eine Befehlsverweigerung musste den rabiaten Barbaren in Wut versetzen, darum versuchte er mit aller Anstrengung, sich mit der Hand hochzustemmen. Trotzdem gelang es nicht.

*Sie müssen mich missverstanden haben,* dachte David und sagte freundlicher: „Bitte, erhebt euch."

Die warmen Worte des Königs bewirkten, dass die Angst aus Arauna wich. Er konnte sich wieder bewegen und richtete sich auf. Die anderen taten es ihm gleich.

Ein siegesbewusstes Lächeln glitt über das Antlitz des Königs. „Ich habe Jerusalem erobert, die Stadt ist mein Eigentum."

Die erfahrenen Männer wunderten sich nicht. Was David sagte, war so üblich.

Der König ließ den Blick über sie schweifen und fuhr fort: „Ich brauche kluge Leute, die sich in den Geheimnissen der Verwaltung auskennen." Jetzt horchten die Jebusiter auf.

David fügte hinzu: „Jeder von euch, der mir bedingungslos und treu dienen will, kann in der Stadt bleiben. Wer aufrichtig mitarbeiten will, erhält ein Amt. Wer es aber missbraucht, ist des Todes. Habt ihr mich verstanden?"

Sie hatten es wohl verstanden, trauten dem hebräischen König aber noch immer nicht. Sie konnten es einfach nicht fassen. Für sie war es eher die Fortsetzung des zynischen Spiels zwischen Katze und Maus.

„König, ist es dir mit dem großzügigen Angebot wirklich ernst?", fragte Arauna mit unverhohlenem Argwohn.

„Ganz und gar."

Arauna fiel wieder auf die Knie. „Wir werden dir bis an unser Lebensende dankbar sein und alle Kräfte in deinen Dienst stellen."

David las in ihren Gedanken und hatte keine Zweifel, dass die Mehrheit der Jebusiter nicht aus der Stadt fliehen, sondern ihm, wenigstens eine Zeit lang, wirklich treu dienen würde. Einfach deshalb, weil es für sie die günstigste Lösung war. Schwarze Schafe unter ihnen würde er schnell aussondern.

„Ihr könnt ungehindert in euren Häusern wohnen bleiben. Aber einige Gebäude benötige ich für mich. Ich meine damit den Palast und die Verwaltungsgebäude."

Arauna ließ den Kopf hängen.

Der Mann tat David Leid. „Sicher hast du noch ein anderes Haus oder genügend Geld, dir ein neues zu bauen. Einen Bauplatz will ich dir gern überlassen. Du sollst nicht zu kurz kommen, wenn ich mit deinen Diensten zufrieden bin."

Arauna wusste nicht, ob er weinen oder sich freuen sollte, und sagte nur: „Ich danke dir, mein König." Die Betonung lag auf „mein".

Ein kaum erkennbares Lächeln huschte über Davids Gesicht, als er an den gesamten Rat gewandt mit offizieller Stimme fortfuhr: „Nun dürft ihr als freie Bürger in die Stadt heimkehren."

Arauna wandte sich als erster zum Gehen.

„Noch eins", sagte der König zu ihm. „Richte der Stadtbevölkerung aus, dass ihr keine Gefahr droht. Auch sie kann in ihren Häusern bleiben. Ich befehle, dass sie sich ganz normal ihren Geschäften widmen, ihre Werkstätten öffnen und den bisherigen Beschäftigungen nachgehen soll. Störenfriede aber werde ich bestrafen lassen."

Als die Jebusiter die Wehrplatte verlassen hatten, fragte David Joab: „Wie viele von der Tunnelgruppe sind überhaupt noch am Leben?"

„Fünf."

„Ernenne sie und auch Baala zu Hauptleuten und gib ihre Beförderung unverzüglich bekannt. Das ganze Heer soll wissen, dass der König seine Versprechen auf der Stelle erfüllt. Henan erhält ein schönes Haus, aber das werde ich ihm selbst mitteilen."

Die eiligen Dinge waren erledigt. David war überfroh, er konnte sich ein wenig Zeit gönnen und die Stadt, seine Stadt, mit den Augen in Besitz zu nehmen.

Umgeben von der Leibgarde betrat er in Begleitung von Karit die

Hauptstraße. Eleasar trug den Sechseck-Sternschild vor ihm her, das Zeichen des neuen Herrschers, das bei dieser Gelegenheit den Einwohnern vorgeführt werden sollte. Doch kaum jemand sah es, die Straße war nämlich fast menschenleer. Die Leute hatten sich aus Angst in ihre Wohnungen verkrochen, sie wagten sich nicht einmal an die Fenster.

Mit seinem Gefolge erreichte der König schließlich ein prächtiges Gebäude. „Das ist dein neuer Palast", betonte Karit. „Möchtest du ihn besichtigen?"

David hielt inne und antwortete dann: „Nicht jetzt. Zuerst die Stadt."

Sein ganzes Interesse galt den zweistöckigen Häusern mit Läden und Werkstätten im Erdgeschoss. Die Hauptstraße von Jerusalem ähnelte der Hauptstraße von Gat, war aber viel breiter. Er schaute sich um. *Prächtiger ist sie auch,* dachte er stolz.

Sie bogen um die Ecke. „Und was ist das?", fragte der König und wies auf ein großes Bauwerk in der Ferne.

„Der Baaltempel."

David war entsetzt. „Der muss beseitigt werden. In der Hauptstadt des Hebräerreiches kann es keinen Baaltempel geben. Weder die Judäer noch die Nordstämme werden Jerusalem als ihre Hauptstadt anerkennen, solange dort ein Götzentempel steht."

„König", entgegnete Karit überrascht, „ich habe auf dem Turm bemerkt, dass du mit den Jebusitern ein friedliches Zusammenleben anstrebst. Sollte der Tempel abgerissen werden, hast du die ganze Bevölkerung gegen dich. Sie hängt sehr an ihrem Heiligtum."

„Bist du sicher?"

„Ganz sicher!", antwortete der Kanaaniter mit Nachdruck.

David spürte, dass sein großer Plan wieder ins Wanken geriet. Er wollte unbedingt zweierlei erreichen. Einerseits sollten alle Stämme bereitwillig Jerusalem als ihre Hauptstadt annehmen, aber zweitens sollten auch die Jebusiter, in der Mehrzahl gute Handwerker, zufrieden sein und gern für ihn arbeiten. Jetzt drohte der Baaltempel zum Zankapfel zu werden. Bei Religion kannten die Leute keinen Spaß, noch viel weniger die Priester. Er erinnerte sich an den Zwist zwischen Saul und Samuel, der schließlich zum Untergang des alten

Königreichs geführt hatte. Aus diesen Fehlern hatte er gelernt, er wollte sie nicht wiederholen.

Auf Davids Freude legte sich ein Schatten, und er äußerte verdrossen: „Ich brauche den Rat eines klugen hebräischen Priesters. Und Abjathar weilt noch in Hebron."

„Es ist ein neuer Priester aufgetaucht, mit Namen Gad. Die Leute verehren ihn. Er soll die Eroberung der Stadt vorausgesagt haben. Deine Glaubensgenossen nennen ihn Prophet", erwiderte Karit.

David hatte das Interesse an der Stadterkundung verloren. Das neue Problem beschäftigte ihn zu stark, es hatte Vorrang vor allem anderen.

Umgehend ließ er nach dem Propheten suchen.

◆ ◆ ◆

Josef, Davids Diener, hatte inzwischen den Wachraum im Turm in einen provisorischen Thronsaal umgewandelt. Aus dem Palast holte er Kleinmöbel und einen großen Sessel herbei. Henan selbst hatte über dem Lehnstuhl einen großen Nagel in die Wand geschlagen.

Als der König mit seinen Begleitern eintrat, nahm Josef Eleasar den Schild ab, hängte ihn an den Nagel und erklärte mit Stolz: „Dort soll sein vorläufiger Platz sein."

Josef hatte sich redlich bemüht und erwartete ein Lob. Aber der König erwähnte die Ausstattung des Raums mit keinem Wort. *Vielleicht hat er es gar nicht bemerkt. Und ich habe mich so angestrengt,* dachte der Diener, als Karit mit einem Fremden die Torhalle betrat und diesen direkt zu David führte.

„Das ist Gad", sagte der Kanaaniter kurz.

Der König nickte und gab ihm zu verstehen, dass er sie beide allein lassen sollte.

Ein mittelgroßer Mann mit leicht ergrautem Bart, gehüllt in ein langes Priestergewand, verbeugte sich mit Respekt, aber ohne Unterwürfigkeit vor dem König. „Du hast nach mir schicken lassen?"

„Man hat mir berichtet, du seiest Priester und auch Prophet?"

„Ja, das trifft zu." Der Mann strich mit der Hand über seinen

Bart und fügte hinzu: „Ich bin dir nach Jerusalem gefolgt, um dir eine Botschaft zu überbringen."

Der König staunte.

„Jahwe hat mich wissen lassen, dass er dein Tun gutheißt und dich segnet."

David war überwältigt, fand sogleich Gefallen an dem Propheten und lud ihn freundlich ein, Platz zu nehmen. Für die Botschaft bedankte er sich herzlich und wandte sich darauf dem eigentlichen Thema zu. „Ich brauche priesterlichen Rat", begann er und erläuterte Gad kurz seinen Plan mit der gemeinsamen Hauptstadt für beide Königreiche. „Mit dir will ich über den Baaltempel in Jerusalem sprechen, den es, wie ich meine, in der Hauptstadt eines hebräischen Königtums nicht geben darf. Am liebsten würde ich ihn dem Erdboden gleich machen lassen, aber Karit, der sich in der kanaanitischen Welt und ihrer Religion besser auskennt, vertritt die Ansicht, seine Beseitigung würde die Jebusiter, die ja zum kanaanitischen Volk gehören, gegen mich aufbringen und sie zu meinen Feinden machen ..."

„Karit hat Recht, die Jebusiter hängen mehr an ihren falschen Göttern als die meisten Hebräer an dem einen wahren Gott. Ihr Glaube hat einen gewichtigen Grund. Jerusalem wurde über Jahrhunderte von keinem Feind erobert. Die Jebusiter sind davon überzeugt, dass sie die Sicherheit ihrer Stadt Baal zu verdanken haben. Jetzt kam es aber unerwartet ganz anders. Die Einnahme Jerusalems durch dich hat das Vertrauen in ihren Götzen erschüttert, aber trotzdem glauben sie weiter fest an die alte Prophezeiung ihrer Priester, dass Baal nie einem anderen Gott den Einzug in seine heilige Stadt Jerusalem gewähren, sondern jeden Rivalen vernichten würde."

„Worauf willst du hinaus?", fragte David, dem die lange priesterliche Einführung zu weitschweifig erschien.

Gad legte die Stirn in Falten. „In deinen Überlegungen steckt ein Fehler, König. Der Baaltempel, das Haus des Götzen, spielt aus religiöser Sicht nur eine untergeordnete Rolle. Wichtig ist allein, ob die Stadt in Zukunft Gott gehören oder heidnisch sein wird."

„Ich verstehe dich nicht ganz", erwiderte der König.

„Jahwe müsste auf eine für die Hebräer und Jebusiter gleichermaßen überzeugende Weise in die Stadt einziehen. Wenn Baal ihn dabei nicht vernichtet, wenn die jebusitische Prophezeiung also nicht in Erfüllung geht, dann wird Jahwe in den Augen aller der stärkere Gott sein, der, der über den Götzen gesiegt hat. Von diesem Augenblick an wird Jerusalem für alle die Stadt Jahwes sein."

„Unser Gott Jahwe ist doch ein unsichtbarer Gott, wir haben keine Götterstatuen, wie könnte er da auf überzeugende Weise in Jerusalem einziehen?" Verständnislos blickte David auf den Propheten und sagte: „Erkläre mir deutlicher, was du meinst."

„Wir haben doch die Bundeslade. Mose hat sie für Jahwe in der Wüste bauen lassen. Mit der Bundeslade könnte Jahwe in Jerusalem sinnbildlich Einzug halten." Gad machte eine betrübte Miene und fuhr fort: „Zur Zeit hat sie keinen angemessenen Standort. Sie wird seit der Zerstörung des Heiligtums in Schilo, also schon seit zwei Generationen, in einer Scheune in Kirjat-Jearim aufbewahrt. Zur Zeit wird sie vom Priester Zadok und einigen Leviten betreut."

„In einer Scheune?", fragte der König ungläubig.

„Ja, es wäre eigentlich König Sauls Aufgabe gewesen, ein neues Heiligtum für sie zu errichten, er hat es aber versäumt. Das war eine Sünde, für die er in den Gilboa-Bergen hat büßen müssen ..."

„Du meinst, ich sollte die Lade in die Hauptstadt holen?", fiel David dem Propheten ins Wort.

Gad nickte. „Ganz richtig. Das ist deine königliche Pflicht", sagte er und kehrte zu seiner früher begonnenen Überlegung zurück, die er ausführlicher erläuterte. „Die Jebusiter werden überzeugt sein, dass Baal die Lade schon im Stadttor zerstören wird. Geschieht nichts dergleichen, werden sie enttäuscht erkennen müssen, dass Jahwe der stärkere Gott ist. Mit der Ankunft der Bundeslade und der Errichtung eines neuen Stiftszeltes wird Jerusalem für sie unversehens zur Stadt Jahwes werden, nicht nur für die Einheimischen, sondern auch für alle hebräischen Stammesältesten. Für die letzten insbesondere, dessen kannst du sicher sein. Ob es dann noch ein Gebäude für einen anderen Götzen gibt oder nicht, ist aus unserer Sicht belanglos. Es gibt ja viele davon in unserem Land, eins mehr oder weniger spielt keine Rolle mehr. Das Haus kann ruhig stehen bleiben. Jerusalems Bewohner werden es dir danken."

David war erleichtert. Diese hoffentlich letzte Schwierigkeit auf dem Weg zu einer gemeinsamen Hauptstadt beider Königtümer konnte also ausgeräumt werden. Seine Augen leuchteten wieder. Er wollte es schnell hinter sich bringen. „Willst du mir bei der Überführung der Lade helfen?"

„Selbstverständlich, sehr gern."

„Du begibst dich schon morgen zu Zadok nach Kirjat-Jearim und triffst die nötigen Vorbereitungen."

◆ ◆ ◆

Einige Tage später erwartete David seine Frauen in Jerusalem vor dem Palast, der inzwischen seinen Wünschen entsprechend neu eingerichtet worden war. Für Michal hatte er in dem Flügel, der für die Frauen bestimmt war, die schönste Wohnung ausgesucht und sie das schon wissen lassen. Damit hatte er ihr indirekt kundgetan, dass er sie als seine erste Frau betrachtete, der er besonders zugetan war. Er hoffte, sie würde endlich begreifen, dass er sie liebte, sie mehr liebte als jeden anderen Menschen auf dieser Welt und bereit war, ihr alle Wünsche zu erfüllen. Was konnte sie denn noch mehr wollen?

Endlich erschienen sie im Tor, alle drei. Doch er hatte Augen nur für die eine. Wie schön sie auf ihrem Esel saß, wie anmutig sie ihren Kopf bewegte ...

Ahinoam und Abigail sprangen von ihren Reittieren, liefen ihrem Ehemann entgegen und umarmten ihn stürmisch. Allein Michal blieb auf ihrem Esel sitzen und zeigte keinerlei Interesse an der Begrüßungszeremonie.

David drückte die beiden Frauen an sich, insgeheim schaute er aber auf die Dritte. Ihr Verhalten tat ihm weh. Seine letzten großen Erfolge, die Eroberung Jerusalems, die Inbesitznahme eines Palastes, von dem eine Prinzessin in Gibea nie hätte träumen können, hatte sie nicht beeindruckt. Auch nicht die ihr zugedachte königliche Wohnung. *Was muss ich denn noch tun, damit sie mich so bewundert und liebt wie einst in Gibea?*, seufzte er.

Er wartete unschlüssig einige Augenblicke lang, dann ging er auf sie zu und reichte ihr die Hand. Sie glitt vom Esel, er zog sie an sich und umarmte sie zärtlich. Sie ließ es geschehen, blieb aber stocksteif, ohne jede Regung.

Für einen Moment stiegen Wut und Schmerz in ihm hoch. Ratlos hielt er sie in den Armen, bis sie bat, von Lea in ihre Wohnung geführt zu werden.

Er ließ die Schultern sinken und dachte: *Ein schlechter, ein sehr schlechter Tag heute.*

Mit den Frauen war auch Abjathar aus Hebron nach Jerusalem gekommen. Er hatte von einem Bekannten von den Gesprächen des Königs mit Gad und dessen Reise nach Kirjat-Jearim gehört und wurde ärgerlich. Er, und kein anderer, war Hoherpriester im Lande der Hebräer. Der König hätte wichtige religiöse Entscheidungen nicht ohne vorherige Rücksprache mit ihm treffen dürfen.

David bat Abjathar in den Palast und versuchte, ihm die Ereignisse in Jerusalem während seiner Abwesenheit zu erläutern. Der Hohepriester erklärte dem König jedoch rigoros, dass er sich übergangen fühle und enttäuscht sei.

„Ich habe doch nur Vorbereitungen in die Wege geleitet. Alle weiteren Beschlüsse werden wir gemeinsam treffen, sobald Gad wieder da ist.“ Die Betonung lag auf „gemeinsam“.

Notgedrungen zeigte sich Abjathar mit dem Versprechen zufrieden. Weitere Einwände wollte er nicht riskieren.

David war es gelungen, die Lage zu entspannen. Froh war er trotzdem nicht. Dieser Abjathar ging ihm langsam auf die Nerven, weil seine Ansprüche ständig wuchsen.

◆ ◆ ◆

Zwei Tage später kehrte Gad aus Kirjat-Jearim nach Jerusalem zurück. Er war nicht allein, sondern kam in Begleitung von Zadok, dem Priester, der die Bundeslade betreute. Er wünschte vom König angehört zu werden. Zu dieser Audienz – Neferubens hatte dieses neue ausländische Wort bei Hofe eingeführt – hatte David auch Abjathar gebeten.

Nach der Begrüßung trug Zadok selbstbewusst vor: „Seit Jahren hat sich niemand mehr um die Bundeslade gekümmert. Ich habe für sie mit eigenen Händen ein kleines Heiligtum errichtet. Die Leute aus der Umgebung bringen gelegentlich Opfer und wir - ich und meine Leviten -, wir leben davon. Es wäre daher ungerecht, wenn man uns diesen Lebensunterhalt ersatzlos nehmen würde."

Der König wurde nicht namentlich genannt. Zadok hatte „man" gesagt, trotzdem wusste jeder, wer gemeint war.

*Ein mutiger Mann,* dachte David und überlegte, dass sich hier vielleicht eine Gelegenheit bot, Abjathars Macht einzuschränken. In gütigem Tonfall wandte er sich an Zadok. „Es ist wahr, König Saul hat sich nicht um die Bundeslade gekümmert, aber ich werde dieses Versäumnis wieder gutmachen. Jahwe soll in Jerusalem ein großzügiges Stiftszelt erhalten. Alles wird wieder sein wie in Schilo, und du sollst dabei nicht zu kurz kommen."

„Ich möchte weiterhin die Aufsicht über die Lade haben, auch hier in dieser Stadt."

Abjathar biss die Zähne zusammen. In seiner Abwesenheit hatte Gad schon zu großen Einfluss in Jerusalem gewonnen, nun sollte auch noch ein weiterer Priester eine wichtige Aufgabe erhalten. Alles auf seine Kosten. Er beschloss, seinen Anspruch geltend zu machen. „Die Lade unterstand immer der Obhut des Hohenpriesters, so war es in der Wüste und so war es auch später in Schilo."

David blickte ihm offen ins Gesicht. „Aber nicht mehr in Kirjat-Jearim", erwiderte er. „Dort hat Zadok für sie gesorgt, und ich schlage vor, dass wir sie ihm auch weiterhin überlassen."

Der König hatte zwar keine endgültige Entscheidung getroffen, aber seine Empfehlung deutlich geäußert. Abjathar wusste, dass er David mit weiteren Einsprüchen nur verärgern würde. Also unterdrückte er seine Unzufriedenheit, nickte und hoffte im Stillen, dass sich später noch eine Gelegenheit bieten würde, die Dinge ins Lot zu bringen. Seine Miene blieb finster.

David hatte sein Ziel erreicht. Freundlich und beschwichtigend wandte er sich dem Hohenpriester zu: „Zadoks Bitte bezieht sich ja nur auf die Stiftshütte mit der Bundeslade und nicht auf den Heiligen Bezirk. Der Brandaltar mit dem Wasserbecken wird selbstverständlich dir, dem Hohenpriester, unterstehen."

Jetzt schienen seine beiden Gesprächspartner hinreichend zufrieden zu sein. David hatte allen Grund aufzuatmen. Während der Audienz hatte sich die religiöse Machtstruktur im Lande der Hebräer verändert. Es gab nun zwei ranghöchste Priester. Und sie hatten sich in dieser von David geschickt geführten Verhandlung dem König unversehens untergeordnet. Sollte einer von ihnen sich dem König nicht fügen, musste er damit rechnen, durch den anderen ersetzt zu werden. Es wäre ja nichts anderes als die Rückkehr zur alten Struktur mit nur einem ranghöchsten Priester, dem Hohenpriester.

◆ ◆ ◆

Arauna, der ehemalige Fürst von Jerusalem, war zum König bestellt worden. David hatte ihn, den Besiegten, großzügig behandelt, das wollte der Jebusiter auch nicht leugnen, aber immer, wenn er vor seinem ehemaligen Thron stand, auf dem jetzt ein anderer saß, verursachte ihm das Unbehagen.

David empfing ihn besonders zuvorkommend. „Schon am ersten Tag habe ich dir mitgeteilt, dass die Jebusiter in Jerusalem die gleichen Ämter bekleiden können wie die Hebräer. Deine Fähigkeiten schätze ich hoch, schließlich ist unter deiner Regierung die Stadt reich geworden. Damit hast du deine Eignung für eine hohe Stellung bewiesen. Ein Teil der Stadt wird auch in Zukunft jebusitisch bleiben, und ich erwäge, dich für diesen Bezirk zum Vorsteher zu machen.“

Arauna spitzte die Ohren. *Welche Aussichten! Umsonst ist es sicher nicht.*

David fuhr fort: „Ich muss aber überzeugt sein, dass du unter allen Umständen die Interessen des hebräischen Königtums vertrittst und dich dafür mit deiner ganzer Kraft einsetzt.“

„Ich will dir schwören, dass ich immer in diesem Sinne handeln werde.“

„Ich habe eine Aufgabe für dich, bei der du sowohl dein Verhandlungsgeschick, wie auch deine Treue beweisen kannst.“

*Er gibt mir eine Chance,* dachte Arauna. *Große Chancen im Leben muss man beim Schopf packen und festhalten.* Er ließ alle Bedenken fallen und erklärte kurz und eindeutig: „König, ich bin bereit."

David machte dem Jebusiter nun klar, dass er für die Festigung seines neuen Königtums ein Jahr Frieden und Ruhe vor den Philistern brauche, und fragte Arauna, ob er alle philistäischen Fürsten persönlich kenne. Der Jebusiter bejahte die Frage. Dabei überkam ihn das ungute Gefühl, dass der listige David Unmögliches von ihm verlangen könnte.

„Ich möchte, dass du zu ihnen reist und sie zu einem Friedensvertrag bewegst. Wie du das erreichst, ist dir überlassen."

*Er treibt mit mir dasselbe Spiel wie einst mit seinem Vetter,* dachte Arauna, der sich inzwischen mit Davids Lebensgeschichte vertraut gemacht hatte. *Joab musste sein Leben einsetzen, um Feldoberst zu werden. Wenn ich bei David Stadtvorsteher werden will, habe ich keine andere Wahl, als das Risiko auf mich zu nehmen, von den Philistern als Verräter oder Betrüger angesehen und entsprechend behandelt zu werden. Nichts ist bei diesem Hebräer umsonst.*

David wusste, was in dem Mann vorging, ließ ihm eine Weile Zeit und fragte dann direkt: „Wie hast du dich entschieden?"

Arauna schluckte und sagte: „Ich will es versuchen."

„Das genügt mir nicht. Du musst dich entscheiden, alles auf diese Karte zu setzen oder zu erklären, dass diese Aufgabe deine Fähigkeiten übersteigt. Dann werde ich mir einen anderen Mann suchen müssen."

Arauna trat Schweiß auf die Stirn. „Ich werde es tun."

„Das freut mich. Nach erfolgreicher Rückkehr werde ich dich, wie versprochen, sofort zum Bezirksvorsteher ernennen. Doch du wirst dann noch ein Jahr lang unter Hausarrest, oder sagen wir besser Stadtarrest, stehen, das heißt, du darfst während der ausgehandelten Friedenszeit Jerusalem nicht verlassen."

Arauna wusste genau, was David mit seiner verschleierten Formulierung meinte. Er wollte sich gleichfalls absichern und fragte vorsorglich: „Und wenn die Philister in einem halben Jahr ihre Absicht ändern und wortbrüchig werden, was dann?"

Der König blieb hart. „Deine Sache ist es, die Gespräche so zu führen, dass sie auch bei dem geschlossenen Vertrag bleiben."

◆ ◆ ◆

Arauna hatte mit den Philistern verhandelt und sie überzeugt, dass die Hebräer derzeit über ein sehr starkes Heer verfügten und ein Krieg vor einer gründlichen Aufrüstung nicht im Interesse der Fürsten läge. Er könnte nochmals, wie im Raphaim-Tal geschehen, mit einer Niederlage der Philister enden. Am Ende war es Arauna gelungen, den Friedensvertrag nach dem Wunsch des Königs auszuhandeln. Wieder in Jerusalem, erstattete er dem König Bericht.

David war zufrieden. Zum Schluss fragte er: „Und wird dein Vertrag auch bestimmt ein ganzes Jahr lang halten?"

„Ja, die Fürsten haben begriffen, dass sie ihre Armeen grundsätzlich modernisieren müssen. Dafür brauchen sie wenigstens ein Jahr, habe ich ihnen gesagt. Sie haben mir zugestimmt."

„Gut gemacht, Arauna." Der König klopfte ihm auf die Schulter. „Morgen werde ich das dir gegebene Versprechen einlösen."

Am nächsten Tag wurde Arauna in sein neues Amt eingeführt.

In dem bevorstehenden ruhigen Jahr ohne Krieg hatte David vieles vor. Als erstes berief er eine Regierung mit Ministern. Das war etwas Neues in der hebräischen Geschichte. Saul hatte nur Berater, die in der Regel keine Befugnis hatten, Entscheidungen zu treffen. Jetzt war es anders. Die Minister durften Beschlüsse fassen, aber sie waren für deren Auswirkungen vor dem König verantwortlich. Minister wurden Hebräer, fähige Hebräer, doch jeder von ihnen erhielt einen Jebusiter oder Kanaaniter als Stellvertreter, der den jeweiligen Verwaltungszweig kannte. Diesen Männern, die sozusagen aus der zweiten Reihe heraus die Geschäfte leiteten, waren die innerhebräischen Reibereien gleichgültig. Sie wussten, dass ihre Zukunft allein beim König lag, und versuchten mit allen Kräften, seine Wünsche zu erfüllen.

David konnte ruhig schlafen, sie würden ihn nicht hintergehen.

Auf Grund der sogenannten Doppelbesetzung konnte ein aufmüpfiger oder unehrlicher Minister abgesetzt werden, ohne dass die Arbeiten in seinem Amt unterbrochen wurden. Es war dasselbe Prinzip wie bei den Priestern, es schützte David vor allen nur möglichen Schummeleien seiner neuen hebräischen Elite.

Eine große Sorge bedrückte ihn aber weiterhin. Unter seinen verdienten Mitstreitern gab es mehr Männer, die fähig waren, Ämter zu bekleiden, als Posten. Sie hätten David Undankbarkeit vorwerfen oder sich gar im Geheimen gegen ihn verbünden können, wenn er sie für ihre Leistungen nicht entsprechend belohnte. Darum rief er einen Königlichen Rat, den Rat der Dreißig, ins Leben, in den sie alle ehrenvoll aufgenommen wurden. Vorläufig würden sie ein Gehalt aus den Steuern der Jebusiter erhalten, nach dem geplanten Krieg und dem endgültigen Sieg über die Philister und der Eroberung neuer Gebiete dann zu guter Letzt ertragreiche Ländereien.

Sie wurden großzügiger belohnt, als sie es erwartet hatten. Sie waren David dankbar. Diesen Männern konnte er weiterhin voll vertrauen und immer auf sie zurückgreifen, sollte es notwendig werden. Zum Beispiel für die neue Besetzung eines Ministeramtes, wenn sich der aktuelle Inhaber nicht genügend bewährte.

## 11

Die eiligste Aufgabe für David war jetzt die Überführung der Bundeslade von Kirjat-Jearim nach Jerusalem. Dann beabsichtigte er, die neue Elite und die neue Machtstruktur seinem Volk anschaulich vorzustellen und den Prozess der neuen Reichsbildung in einem öffentlichen Festakt abzuschließen. Mit den Vorbereitungen wurde der erfahrene Neferubens beauftragt, der in Ägypten miterlebt hatte, wie große Menschenmassen bei Feiern organisiert wurden.

Schon zwei Wochen später reiste der König mit dem Rat der Dreißig zu Zadok. Der Priester feierte nur ein kurzes Bittopfer für das Gelingen der Überführung, dann schoben Leviten Akazienstangen in die Tragringe der Bundeslade und hoben sie auf ihre Schultern. Ein Musikzug setzte sich in Bewegung, ihm folgten der König und Zadok, die Lade, der Rat der Dreißig und zum Schluss die Bevölkerung.

Drei Tage lang dauerte die Wanderung. Überall an den Straßenrändern jubelten ihnen festlich gekleidete Menschen entgegen. Sie knieten vor der Lade nieder. Alle wussten über ihren Inhalt Bescheid. Dort befanden sich Jahwes Gaben an sein Volk, die steinernen Gesetzestafeln vom Berg Sinai und ein Gefäß mit Manna zur Erinnerung an die wunderbare Speisung in der Wüste.

Als die neue Hauptstadt in Sicht kam, war die Menschenkette so lang, dass das Auge des an der Spitze schreitenden Königs ihr Ende nicht mehr ausmachen konnte. Seine Aufmerksamkeit galt nun dem Stadttor. Auf beiden flankierenden Türmen standen Trompeter, die ihn und die Lade begrüßten. Neferubens hatte angeordnet, dass in der großen Toröffnung nur eine einzige Person stehen sollte: Gad, gekleidet in ein blendend weißes Gewand.

Als die Kapelle das Tor erreichte, trat der Prophet zur Seite, ließ die Musiker passieren und schloss sich den beiden, dem König David und dem Priester Zadok, an. Zu dritt durchschritten sie das Torhaus, ihnen folgte die Lade. Die goldenen Cherubine auf ihrem Deckel glänzten im Sonnenschein. Mit der Lade hielt Jahwe auf seinem unsichtbaren Thron in Jerusalem Einzug.

Die Jebusiter drängten sich auf dem Platz hinter dem Tor. „Jetzt, jetzt musste es geschehen", hofften sie. „Jetzt musste Baal die Lade zertrümmern …"

Aber nichts geschah.

Enttäuscht ließen die Bewohner Jerusalems den Kopf hängen.

Gad sah den König an, als wollte er sagen: „Habe ich das alles nicht richtig vorausgesehen?"

Um auch noch die letzten Zweifel zu klären, welcher Gott die Gewalt über die Stadt hatte, trug man die Lade bis vor den Baaltempel. Der Teil der einheimischen Bevölkerung, der seine Zuversicht noch nicht ganz aufgegeben hatte, hielt den Atem an. Wann würde Baal endlich zuschlagen? Jetzt, selbstverständlich jetzt, vor seinem Heiligtum …

Und auch diesmal geschah nichts. *Ist Jerusalem nicht mehr Baals Stadt?* Die Jebusiter waren erschüttert.

David blickte kurz zurück. Der heutige Tag war die Krönung seines jahrelangen Kampfes. Mit der Errichtung der neuen Hauptstadt hatte er sein endgültiges Ziel erreicht. Er war unumstrittener König *aller* Hebräer. Vor Freude verlor er die Kontrolle über sich und begann wie im Rausch auf der Straße zu tanzen. Sein weißer Rock, den er auch bei seiner Krönung getragen hatte, wurde ihm lästig, er streifte ihn ab und blieb nur im Schurz. Der Zug näherte sich jetzt dem Palast, dort standen seine Frauen und schauten voller Erwartung aus dem Fenster. Auch Michal. *Bestimmt bewundern sie mich jetzt und sind froh über meinen Erfolg.*

Der hinderlichen Kleidung ledig schlug er in seiner Begeisterung sogar Räder und Purzelbäume.

Ahinoam und Abigail waren hingerissen und stolz auf ihren Ehemann. In ihren Augen war alles, was er tat, großartig und wunderbar.

Anders Michal. Sie geriet außer sich und flüsterte entrüstet: „Halbnackt und fast entblößt tanzt er wie ein Narr vor seinen eigenen Leuten und den fremden Jebusitern. Eine Schande! Ein Greuel!" Nach dem nächsten Purzelbaum wandte sie sich angewidert ab. „So ein geschmack- und schamloses Verhalten! Eines Königs unwürdig! Dazu auch noch lächerlich." Sie schüttelte den Kopf und verließ empört das Fenster. Sie wankte zu ihrem Bett, fiel darüber und weinte: „Diesen Menschen habe ich einst geliebt. Wie war das nur möglich? War ich blind?"

Vor dem Heiligen Bezirk, dem sich der Zug nun näherte, hatte David sein Gewand wieder angelegt. Im offenen Eingang wartete Abjathar, er setzte sich an die Spitze des Zuges und gemeinsam betraten sie den Vorhof. In der Mitte auf einer Erhöhung stand der Brandopferaltar. Eine rot glänzende, fünf mal fünf Ellen große geschmiedete Kupferplatte ruhte auf einem hölzernen Rahmenwerk.

David wunderte sich darüber und fragte Abjathar: „Wäre ein Steinaltar nicht fester und belastbarer?"

„So, genau so, sah Moses Altar aus. Damals musste er zerleg- und tragbar sein. Die Platte und das Gestell wurden einzeln durch die Wüste getragen. Das Zusammenstellen erforderte nur wenige Augenblicke, und der Altar war für die Opferzeremonie bereit."

Der König hatte inzwischen den Altar umrundet und richtete seine Aufmerksamkeit auf das Wasserbecken. Eine in Kupfer gehämmerte Schale ruhte auf vier in Bronze gegossenen Löwen. *Ein Meisterwerk,* dachte David, während sich die Spitze des Zuges der Stiftshütte näherte, einem großen quaderförmigen Gehäuse mit einem Gerüst aus Holzbalken. Die Behänge der Vorderwand waren entfernt. Die Seitenwände und die Decke bestanden, wie zu Moses Zeiten, aus mehreren übereinanderliegenden Schichten. Von außen eine vor Regen schützende, rotgefärbte Decke aus Widderfellen.

David nahm das Innere in Augenschein. Der Raum war geteilt. Die vordere Kammer stellte das Heiligtum dar, die hintere das Allerheiligste. Im Heiligtum bemerkte er drei Gegenstände, den Rauchopferaltar, die Menorah und den Schaubrottisch.

Inzwischen waren die Leviten mit der Lade vorgetreten, trugen sie in die hintere Kammer und setzten sie auf einem bunten Teppich nieder. Gleichzeitig entzündete Zadok die sieben Lampen des Leuchters und das Räucherwerk, hernach legte er zwölf Brote auf ihren Platz. In frommer Andacht nahmen alle an der Zeremonie teil.

Als Nächstes wurden die aus feinem Leinen gefertigten Vorhänge zum Allerheiligsten zugezogen. Die Lade verschwand den Blicken der Zuschauer hinter einer weißen Wand mit den Bildern zweier Cherubine. *Wie auf dem Deckel der Bundeslade,* dachte David.

Das Allerheiligste war nun geschlossen. Nur einmal im Jahr, am Versöhnungstag, durfte es ein Hoherpriester oder Oberpriester betreten, um dort im Inneren ein Rauchopfer darzubringen.

Für die glücklich erfolgte Überführung der Bundeslade feierte nun Abjathar, nachdem er sich im Becken Hände und Füße gewaschen hatte, im Vorhof ein Dankopfer. Ein weißer, makelloser einjähriger Widder brannte auf der Kupferplatte. Der Priester stand mit erhobenen Händen reglos davor und betete. Der Jahwe angenehme Duft brennenden Fetts stieg zum Himmel auf, wurde allmählich weniger, der Opfervorgang ging zu Ende, das Volk harrte auf den üblichen Abschlusssegen. Für die Zuschauer unerwartet traten Zadok und David zu Abjathar vor den Brandaltar, David in ihrer Mitte. Atemlose Stille herrschte, als der König – in Absprache mit den Priestern – seine Hände gen Himmel hob und rief: „Unser Herr Jahwe möge euch segnen."

Zwei früheren Schülern Samuels, Abidan und Jafet aus Rama, war es gelungen, sich in die zweite Zuschauerreihe vorzudrängeln. Als David den Segen erteilte, fasste sich Abidan an den Kopf. „Der König eignet sich priesterliche Rechte an. Unerhört."

„Gott wird ihn strafen", entgegnete Jafet, während David sich schon in der Begleitung seiner Leibwache dem Ausgang des Heiligen Bezirks näherte.

Diesem Gespräch hatte ein junger, gut gekleideter bärtiger Mann zugehört und nickte nun zustimmend, tastete dabei nach seiner Rocktasche, fand was er suchte, lächelte nervös und rannte davon.

„Bestimmt will er sich einen guten Platz vor dem Stadttor sichern. Komm, wir folgen ihm!", rief Abidan Jafet zu und setzte dem Unbekannten nach.

Der Fremde war wie von Sinnen und schien nicht zu bemerken, dass er die Umstehenden anrempelte. Auch hörte er die Beschimpfungen nicht, die ihm nachgerufen wurden. Anstatt achtsamer zu werden, beschleunigte er seine Schritte noch, so dass die zwei Ramaner ihm kaum folgen konnten. So waren sie in die Nähe des Königs geraten.

Der Fremde steuerte direkt auf David zu, stieß ein Mitglied der Wache um, riss seinen Dolch aus der Brusttasche und stürzte sich von hinten auf den König.

Der Unruhestifter war Ikabod aufgefallen. Er beobachtete ihn missbilligend und wollte ihn gerade zur Vernunft bringen, als dessen kurze Waffe aufblitzte.

„Abidan, jetzt kommt die Strafe Gottes", rief Jafet laut.

Aber er hatte sich getäuscht. Ikabod sprang auf den Angreifer zu und ergriff blitzschnell seinen erhobenen Arm. Beide krachten zu Boden. Ikabod schmetterte dem Mörder mit ganzer Wucht die Faust ins Gesicht. Er spürte, wie der Nasenknochen in mehrere Teile zersplitterte und schlug ein zweites Mal zu. Der ohnmächtige Mann wurde zur Seite geschleppt.

David hatte das Gerangel wahrgenommen und sich kurz umgeschaut. „Maoch hier in Jerusalem?", murmelte er und dachte: *Jahwe sei Dank, dass Ikabod ihn erwischt hat.*

Abidan blickte Jafet an. „Haben sich die Zeiten geändert und damit auch Jahwes Standpunkt? Hat Jahwe selbst den König geschützt? Ich verstehe die Welt nicht mehr."

„Ich auch nicht."

## 12

Auf dem Torplatz sollte die Ausrufung des Großreichs Israel erfolgen. Die Bezeichnung „Großreich" gefiel allen, aber „Israel" kam bei den Leuten von Juda nicht besonders gut an. Sie hätten ein Großreich „Juda" unter Einschluss der Nordstämme vorgezogen. Aber man hatte ihnen geduldig zu erklären versucht, dass in der Zeit der Wanderung durch die Wüste alle zwölf Stämme „israelische Stämme" geheißen hatten, und diese Bezeichnung wollte man wieder aufleben lassen.

Die Judäer hatten es hingenommen.

Während der Zeremonien im Heiligen Bezirk hatte Henan aus früher vorbereiteten Teilen ein riesiges hölzernes vierstufiges Gerüst auf dem Platz zwischen Stadttor und Palast errichtet. Es war einer Pyramide ähnlich, aber ohne quadratischen, sondern mit einem halbrunden Grundriss. Auf der obersten Stufe glänzte auf einem farbigen Teppich der Thronsessel. Die Vorderseite dieser Stufe schmückte ein Fahnentuch mit dem blauen Sechseckstern auf weißem Grund.

Inzwischen hatte sich die neue Oberschicht des Königreichs bei Neferubens - für das Volk ungesehen - hinter der Stufenpyramide versammelt. Die Mitglieder des Rats der Dreißig wurden aufgefordert, die vierte, die unterste Stufe einzunehmen und sich gleichmäßig über den ganzen, dem Volk zugewandten Bogen zu verteilen.

Die Menge schaute verblüfft zu, wie die Männer vor ihren Augen, von zwei Seiten kommend, aufmarschierten.

„Das ist der Rat", murmelten die Eingeweihten.

Nicht alle seine Mitglieder waren der Allgemeinheit bekannt. „Wer ist der oder jener?“, fragten die Zuschauer neugierig den zufälligen Nachbarn.

Die Musiker auf den Türmen begannen zu spielen, und gleichzeitig bevölkerte sich die nächsthöhere, die dritte Stufe der Pyramide. Von links erschienen in dunklen Röcken zehn Würde ausstrahlende Männer.

„Die Stammesältesten, die Stammesältesten“, tuschelte das Volk.

Gleichzeitig trat auf derselben Stufe von der gegenüberliegenden Seite eine andere, etwas größere, ähnlich angezogene Gruppe von Männern auf.

Mehrere Judäer riefen zugleich: „Unsere Distriktsvorsteher.“

„Unsere auch“, fügte ein Simeoniter hinzu.

Während das Volk seinen Ältesten noch zuwinkte, belebte sich auch schon die darüber liegende Stufe der Pyramide. Von links kamen in langen weißen Gewändern Abjathar, Gad und Zadok. Die Menge empfing ihre Priester mit starkem Beifall. Gleichzeitig starrte sie gespannt auf die von rechts nahenden, größtenteils unbekannten Gestalten, von denen nur die Hälfte hebräische Kleidung trug.

*Das also ist die neue Regierung,* dachten die Zuschauer mit gemischten Gefühlen.

„Warum so viele Fremde?“, fragten die einen; andere, dem Palast Näherstehende, wollten wissen, dass es sich lediglich um eine Übergangsregierung handelte. „Die Fremden sollen nur so lange im Amt bleiben, bis die Unseren das Regieren gelernt haben“, erläuterten sie.

Neferubens wartete hinter der Pyramide an der Treppe und hielt die königlichen Hoheitszeichen und einen roten Mantel über dem Arm. „Mein König, es ist an der Zeit“, flüsterte der Ägypter untertänig.

David blickte wieder hinaus zum Palast. Überall an den Fenstern waren Menschen zu sehen. Nur eines gähnte leer.

„Warum die Eile?“, sagte er verärgert zu Neferubens, als dieser ihm den Mantel umlegte und den Kopfreif aufsetzte.

Der Ägypter deutete mit den Augen auf die Treppe. Zaudernd stieg David die Pyramide hinauf.

Das Volk wartete geduldig und starrte den im Sonnenlicht gleißenden, immer noch leeren Thronsessel an. Ein wunderbarer Anblick, ein wunderschöner Sessel.

„Er ist sogar mit Elfenbein verziert“, sagte eine Stimme.

„Was ist das denn?“, fragte eine andere.

„Das Kostbarste, was es auf der Welt überhaupt gibt. Wertvoller noch als Gold.“

Eine purpurrot gekleidete Gestalt betrat die oberste Stufe. Alle schauten auf, und die Unterhaltungen verstummten. Donnernder Posaunenschall rollte über die Köpfe hinweg, als der König seinen Platz einnahm. Aufrecht und regungslos saß er da, wie Neferubens ihm geraten hatte.

Ein verstohlener Blick ging hinauf zum Frauenpalast. *Da ist sie! Endlich!*

David vergaß in seiner Freude den Rat des Ägypters, ergriff mit beiden Händen den Goldreif und hob ihn in die Höhe, damit ihn alle sehen und bewundern konnten. Aber es ging ihm nicht so sehr um all diese Menschen, sondern einzig allein um die eine Frau am Fenster, sie sollte ihn mit dem Reif sehen und gleichzeitig hören, wie das Volk ihren unvergleichlichen Ehegatten verehrte.

Und er irrte sich nicht. Die Jubelrufe schwollen in diesem Augenblick gewaltig an, mussten unweigerlich bis zum Palast dringen und dort lautstark seinen riesigen Triumph verkünden. Davids Augen glänzten, Neferubens hatte mit seiner Zurschaustellung gelassener pharaonischer Würde nicht Recht behalten. Die Hebräer reagierten anders. Gerade das Emporheben des Goldringes, der Krone, war zum Höhepunkt des Geschehens geworden.

Als er sich den Reif erneut eigenhändig, eigenmächtig auf sein rötliches Haar setzte, sich selbst vor dem Volk zum Herrscher über sein Reich, das jetzt Israel hieß, krönte, steigerte sich der Jubel ins Unendliche.

„Hoch lebe unser König!“, rief das Volk wie im Wahn.

Plötzlich verbeugten sich, für den Ägypter und David unerwartet, der Rat der Dreißig, die Stammesältesten und die Distriktvorsteher, die Priester und die Minister, alle auf der Machtpyramide versammelten Männer in tiefer Ehrfurcht.

Das Volk war verzückt und sank in höchster Verehrung auf die Knie. Alle, die Obersten und das gemeine Volk, hatten ihn öffentlich als ihren König anerkannt.

Neferubens war inzwischen auf den Torturm geeilt, um von dort aus die Szene zu beobachten, er begriff die Gunst des Augenblicks und beschloss blitzartig, die Zeremonie zu verkürzen und damit an die unvorhergesehene, abgöttische Huldigung anzupassen. Er rief der Kapelle zu: „Die Abschlussmusik."

Die Männer auf der Pyramide hatten Neferubens' Absicht verstanden und verblieben in ihrer Haltung. Die beispiellose Ehrerbietung würde sich im Gedächtnis des Volkes tief einprägen, dachte Neferubens.

Fanfaren schmetterten ein berauschendes Tonstück. David bewunderte das Geschick des Ägypters, der die Königsverehrung so zum Sieden gebracht hatte. Er erhob sich, wartete, bis die Fanfaren verklungen waren, und verließ nun langsam mit großer Würde die Pyramide.

Unten erwartete ihn seine Leibwache, die ihn zum Palast geleitete. Dort wollte er mit seinen Frauen den bisher größten Erfolg seines Lebens feiern. Vor allem freute er sich auf Michal, die zugeschaut hatte, wie ihn das Volk in Demut bewunderte und hochleben ließ. Er war der Größte, einen größeren hebräischen Anführer hatte es seit der Ankunft im Lande Kanaan, seit der Landnahme, nicht gegeben. Auch wurde niemandem so gehuldigt wie ihm. Sie, Michal, hatte sich davon mit eigenen Augen überzeugen können.

Glücklich betrat er die Halle, die zu seinem Empfang festlich geschmückt war. Die von Neferubens vorgenommene Verkürzung der Königsverehrung hatte den weiteren Festplan durcheinander gebracht. Darum befand sich noch niemand in der Halle. Aber über sich im Obergeschoss vernahm er kleine, kurze Schritte. Kein Zweifel, es war Michal, die sich der Treppe näherte.

David zog seinen golddurchwirkten, purpurfarbenen Mantel zurecht und tastete nach dem königlichen Reif, um ihn gerade zu setzen.

Sein Atem ging schneller. Michal hatte ihn wohl durch das Fenster kommen sehen und eilte ihm entgegen, um ihn, den König von Israel, als erste zu begrüßen.

In einem eng anliegenden weißen Kleid stand sie plötzlich auf halber Treppe vor ihm. *So eine schöne Frau!* Heute war sie besonders schön, ging es ihm durch den Sinn. Sein Puls hämmerte. Er begehrte diese Frau. Hingerissen erwartete er, dass sie sich mit einem Freudenschrei an seine Brust warf.

Michal bemerkte den König erst im letzten Augenblick und stutzte. Gleich fiel ihr wieder das Bild auf der Straße vor dem Palast ein, wie er schamlos entblößt vor der Lade getanzt hatte. Sie sah nur dieses Bild und es ekelte sie, widerte sie an.

In diese Gefühle mischte sich mit ganzer Wucht und Deutlichkeit die schmerzliche Erinnerung, dass dieser gewissenlose Mann ihr Leben zerstört hatte. Anstatt in einem Palast hatte sie jahrelang einsam in Gallim, auf einem Dorf, leben müssen und jetzt wie eine Sklavin in einem Frauenhaus. Alle Sachlichkeit war in ihr abhanden gekommen. Sie spürte nur noch das ihr in den langen Jahren zugefügte Leid.

Sie verlor den Rest ihrer Selbstbeherrschung und zischte ihn voller Verachtung wütend an: „Du gemeiner, rücksichtsloser Emporkömmling! Auch mit dem Goldreif meines Vaters auf der Stirn bist du nichts anderes als ein elender Viehtreiber!"

David stand da, zur Säule erstarrt. Er konnte nicht glauben, nicht einmal verstehen, was ihm *seine* Michal da an den Kopf warf, als sie ihn mit kaltem und erniedrigendem Blick von oben bis unten maß.

Dann zuckte sie die Schulter, wandte sich ab und stieg die Treppe hinauf.

*Hat sie das wirklich gesagt? Hat sie mich, den König, Viehtreiber genannt?* Er fühlte sich von der begehrten Frau gedemütigt, in ihm begann es zu kochen.

Der Schock verflog. So konnte er ihre dreiste Unverschämtheit nicht stehen lassen.

„Nein, oh nein, überhebliche Prinzessin! In diesem Palast werde ich das letzte Wort haben. Auch was dich betrifft!“, rief er ihr zornbebend nach.

Als Michal im Obergeschoss verschwunden war, wurde es still in der Halle. Von draußen, von der Straße her, hörte David durch die Tür die Hochrufe der Menge. „Es lebe unser großer König David“, hieß es immer wieder. Plötzlich verstand er, dass er als König wichtigere und eiligere Aufgaben zu erfüllen hatte, als sich mit den Gefühlen einer Frau zu beschäftigen. Michal konnte warten.

# Karte des Gebiets, in dem die Romanhandlung spielt

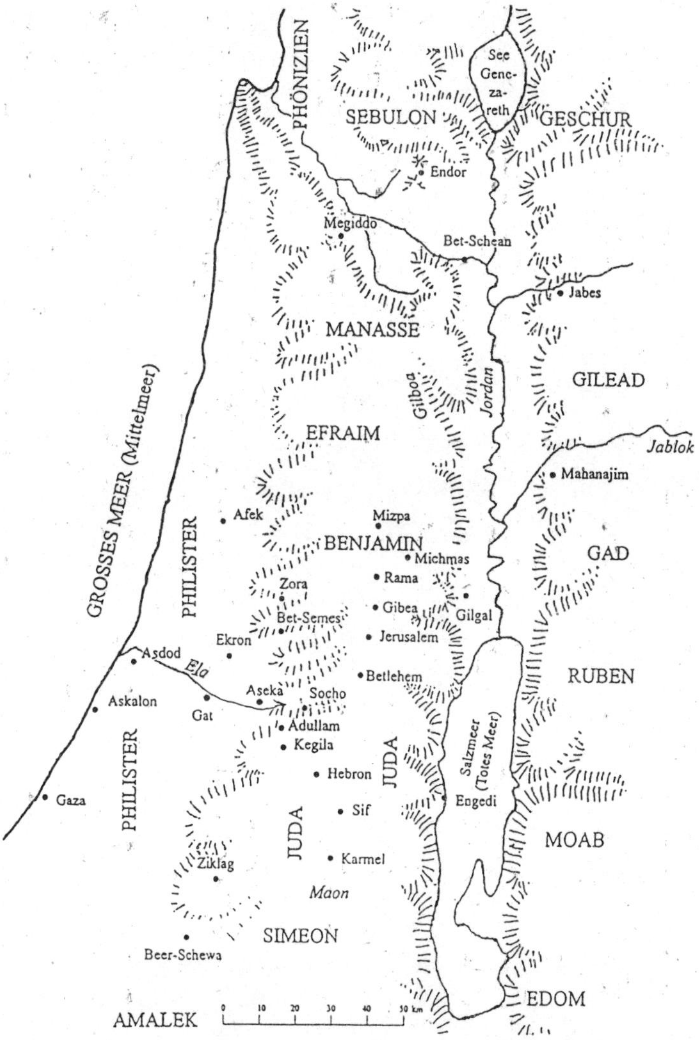

# Namensverzeichnis

***Hebräer***

*Davids Umfeld*

| | |
|---|---|
| Isai | Großbauer in Bethlehem |
| David, Eliab, Samma, Abinadab, Ozem | Isais Söhne |
| Joab | Davids Vetter |
| Kolaja, Ikabod, Josef, Benaja, Jischbaal | Davids Begleiter |
| Michal, Ahinoam, Abigail | Davids Frauen |
| Jojada | Ahinoams Vater |
| Haran | Abigails Schwager |
| Nahor und Lea | Schmied u. seine Tochter |

*Sauls Umfeld*

| | |
|---|---|
| Saul | König |
| Jonathan, Esch-Boschet | Sauls Söhne |
| Michal, Mirab | Sauls Töchter |
| Abner | Feldoberst |
| Doeg | Spion |
| Ner, Baruch | Offiziere |
| Henan | Baumeister |

*Priester*

| | |
|---|---|
| Samuel | in Rama |
| Ahimelech | in Nob |
| Abjathar | Ahimelechs Sohn, bei David |
| Zadok und Gad | in Jerusalem, nach Einnahme der Stadt |

*Stadtvorsteher*

| | |
|---|---|
| Sotai | in Kegila |
| Miklot | in Bet-Semes |
| Scheba | in Hebron |

***Philister***

| | |
|---|---|
| Achis | Fürst von Gat |
| Akesch | Fürst von Ekron |
| Goliat | Vorkämpfer (Riese) |
| Maoch | Goliats Waffenträger |
| Azuri, Ahimiti, Padi, Pichol | Offiziere |
| Kamaram | Geschäftsmann |

***Andere***

| | |
|---|---|
| Karit | Kanaaniter, Schreiber bei David |
| Uschu | Kanaaniterin, Dienerin bei Michal |
| Arauna | Jebusiter, Fürst von Jerusalem vor Einnahme der Stadt |
| Neferubens | Davids Berater |